地 大地 大地 大地 大地 大地 大地 大地 大地 大地

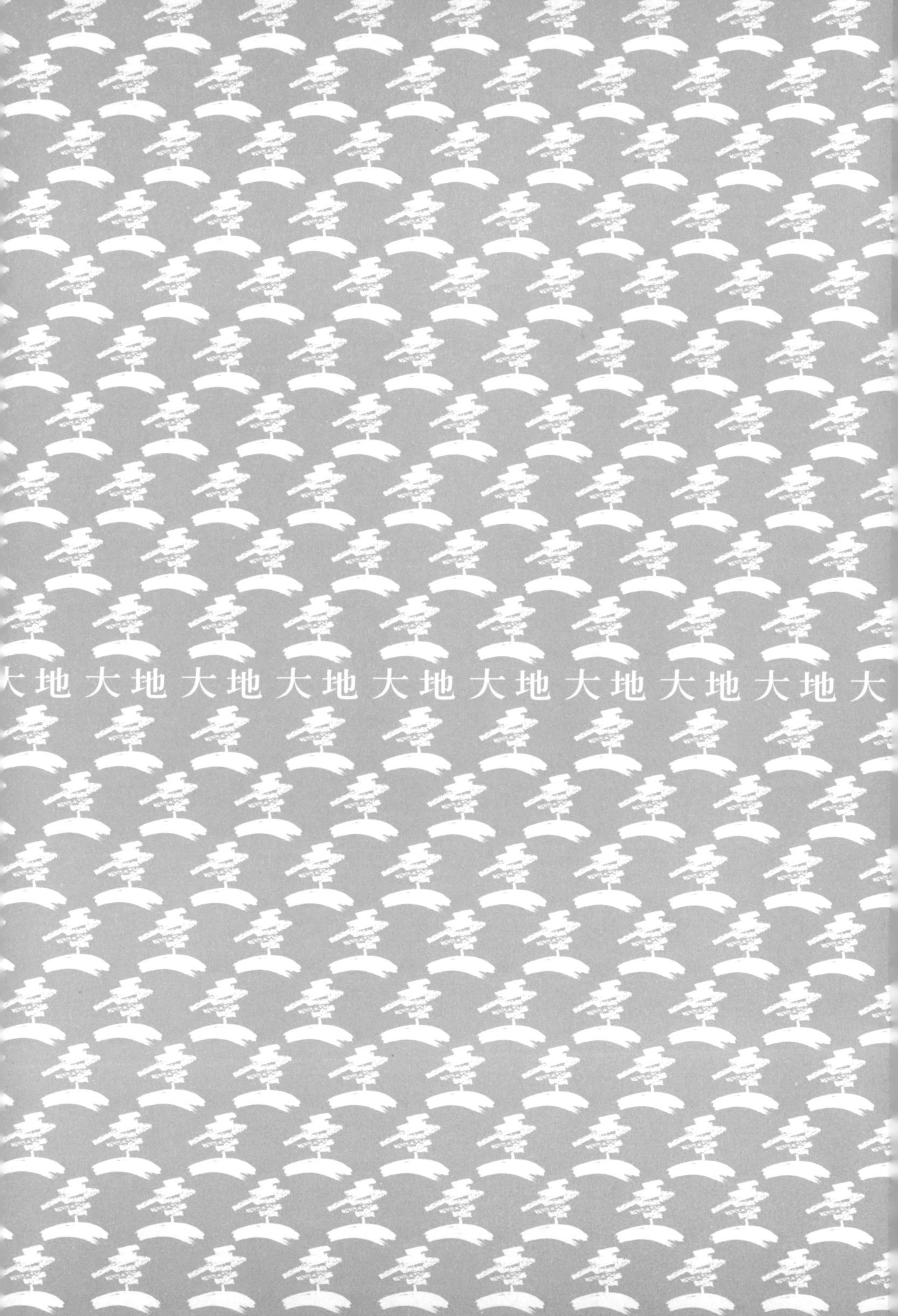
大 地 大 地 大 地 大 地 大 地 大 地 大 地 大 地 大

歷史小說 14

漢宮梟后呂娥姁

張雲風◎著

出版序

「梟」「妖」見崢嶸

◎吳錫清

前年，大地出版社出版過張雲風的兩部長篇歷史小說《秦宮花后──趙姣娥》和《漢宮艷后──衛子夫》。兩部小說分別以秦始皇生母趙姣娥、漢武帝皇后衛子夫為主人公，全面描寫了戰國末期和西漢中期的社會生活，刻畫了眾多人物形象，情節曲折，故事生動，極富傳奇色彩，受到讀者好評。現在，大地出版社再出版張雲風的另兩部長篇歷史小說《漢宮梟后──呂娥姁》和《晉宮妖后──賈南風》，相信它們同樣會受到讀者的歡迎。

中國后妃是一支龐大的粉黛隊伍，其確切人數恐怕誰也說不清楚。中國后妃作為中國古代統治階級的一個特殊階層，生活的基調是痛苦和悲慘的。她們的一生，恨多於愛，苦多於甜，哀多於樂，哭多於笑，其中絕大多數人是帝王的奴隸和僕役，沒有人生自由和人性自由，一切唯帝王是聽，自覺不自覺地充當政治鬥爭的工具、帝王享樂的玩物和傳宗接代的產婆，無辜被遺棄、被辱史。廢黜、被殺戮的不計其數。一部中國后妃史，從本質上說，實是一部中國古代婦女的血淚史和屈辱史。

然而，仍有極少數后妃屬於例外。漢高祖劉邦皇后呂娥姁（呂雉）和晉惠帝司馬衷皇后賈南風正是這「例外」中的兩位。這兩個女人出身不同，經歷不同，因爲丈夫當了皇帝，所以成爲皇后，進而大權在握，操縱國柄，實際統治中國分別達十五年和十一年之久。在男性占絕對主宰的封建社會，呂后和賈后能夠如此出人頭地，不能不算是個奇蹟。

時勢造就英雄。同樣，世勢也造就女人。西漢初期出現呂后，西晉中期出現賈后，說來並不奇怪，而是當時那個時代那個社會催生的產物。呂后生活的時代，正是封建地主階級朝氣蓬勃，積極進取，奮發有爲的時代。新興的大秦帝國，鑄就了輝煌，也鑄就了罪惡。呂后在這輝煌和罪惡中度過童年，十五歲嫁給三十歲的劉邦，當過農婦，蹲過大獄，婚姻生活頗多苦澀。劉邦起義以後，秦代滅亡，接著是長達數年的楚漢戰爭，「大風起兮雲飛揚」，呂后一度被項羽扣爲人質，險遭烹殺。艱辛的磨難錘鍊了呂后的意志和品格，堅強，剛毅，幹練，同時對於紛擾的世界有了清醒和深刻的認識。劉邦稱帝，她被立爲皇后。

按照傳統的禮法，「男正位乎外，女正位乎內」，皇后是不允許參與更不允許干預國家政治的。但是，封建國家「家天下」的性質，以及皇后「正位宮闈，體同天王」的特殊地位，加上呂后個人的才智，奠定了她能夠登上政治舞臺，一顯身手。劉邦在位的時候，她利用劉邦的權力，誅殺韓信和彭越，做了劉邦想做而不敢做的事情。劉邦駕崩以後，她控制儒弱的兒子漢惠帝劉盈，以皇太后的身分代秉朝政。劉盈死，她則擅立兩個少帝，又以太皇太后的身分臨朝稱制，直接發號施令。作爲一個女人，兩千多年前能有此大膽舉動，很不簡單。更難得的是她在專權期間，忠實地執行劉邦制訂的路線，實行「無爲」政治，休養生息，簡政安民，積極防禦匈奴的入侵，有效地保持了國家形勢的穩定。呂后晚年，排斥陳平、周勃等功臣宿將，違背劉邦「非劉氏不得封王」的遺訓，精心培植呂氏外戚集團的勢力，甚至企圖以呂氏天下取代劉氏天下。這是她的失策。至於逼迫劉盈立外甥女張嫣爲皇后，並使劉肥尊妹妹劉媛爲母后，敗壞綱常人倫，亦屬荒唐。不過，從總體上說，呂后是功大於過。「高后女主制政，不出房闥，而天下晏然，刑罰罕用，民務稼穡，衣食滋殖。」（《漢書．高后紀．贊》）班固的這個評價是比較公允的。

時隔四百多年，西晉建立。西晉是依靠世家豪族的支持，通過宮廷政變建立起來的，代表的是一個正在腐朽靡爛著的地主階級的利益。晉武帝司馬炎窮奢極欲，迷戀女色，後宮佳麗幾達萬人，乘坐羊車臨幸妃姬，堪稱一大奇聞。皇帝如此淫奢，皇后、太子、臣僚爭相效尤，整個統治階級沉浸在紙醉金迷的生活之中。皇后楊艷公然接受賄賂，使得賈氏得以與皇家聯姻。太子司馬衷智商低下，呆頭呆腦，是個白癡。更奇的是賈南風，異常醜陋，且悍且妒，根本不具備后妃最起碼的條件，竟然能瞞天過海，代妹而嫁，堂而皇之地進了皇宮，成爲太子妃。

接著，司馬衷當了皇帝，賈南風當了皇后。這個賈后牢牢地控制著皇帝，拉虎皮作大旗，呼風喚雨，興風作浪，玩弄皇權於股掌，簡直不可思議。她在專權期間，除了爲自己和極少數人謀取最大利益外，沒做過任何一件有益於國計民生的事情。這個賈后，特別崇拜呂后，視呂后爲「女中第一英雄」，竭力效法和模仿。

然而，她既沒有呂后那樣的膽識，更沒有呂后那樣的才智，所以「畫虎不成反類犬」，所作所爲只能給國家和人民帶來頻仍的動亂和深重的災難，自己也落得個可恥的下場。《晉書．后妃列傳．贊》評價其人說：「南風熾虐，國喪身傾。」是爲至論。西晉出了個白癡皇帝，同時出了個齷齪皇后，實是中國封建社會的一大悲哀。

封建社會的「女主」一旦掌握了國家的最高權力，必然會濫用這個權力，殘酷地鎮壓、報復她們心目中的政敵和情敵。呂后濫施淫威，殺害大漢的開國功臣、劉氏宗室和劉邦的妃姬，手段極爲殘忍。尤其是用所謂「人彘」的酷刑殺害戚姬，慘絕人寰。賈后殺害楊駿、衛瓘、司馬亮、司馬瑋、司馬遹及楊太后、謝玖等幾個女人，也是窮凶極惡，觸目驚心。在私人生活方面，「女主」肆意追求享樂，毫無節制。呂后長期和審食其私通，既以他爲情夫，又以他爲幫手。賈后更是荒淫，先是未婚先孕，然後是蓄養面首，私通御醫，甚至派人到市井上尋找美男子，載入宮中，供她消受。金碧輝煌的皇宮，在常人想來應是聖潔的，殊不知揭開帷幕看，竟是淫波欲流，污穢不堪。封建制度規定帝王一夫多妻，並沒有規定「女主」一婦多夫。因此，像賈后這樣人盡可夫的淫蕩行爲，完全是極度膨脹的私欲所致，反映了當時世風的敗壞和道德的淪喪。

歷史小說是以歷史爲題材的小說，其寫作應當尊重歷史，不宜有太多隨心所欲的虛構和荒誕不經的「戲說」。張雲風的歷史小說，在這一點上是做得比較好的，致力於運用小說的手法，形象地展示歷史，而不是機械地圖解歷史，更不是人爲地扭曲歷史或編造歷史。書中主要人物、重要情節，乃至故事發生的時間、地點等，均有史實依據，可以從《漢書》《晉書》《西京雜記》《世說新語》等典籍中查到出處。作者將呂后概括爲「梟后」，將賈后概括爲「妖后」，準確地把握了主人公的本質性格特徵，並描繪出了這種性格產生的社會原因和背景，眞實可信，饒有興味。寫呂后之「梟」，有褒有貶，筆法雄健；寫賈后之「妖」，嬉笑怒罵，筆法冷峻。閱讀這樣的小說，可以了解歷史，增長知識，啓迪智慧，培養謳歌眞善美、鞭撻假惡醜的道德情操。

二十四番花信風，一「梟」一「妖」見崢嶸。呂后是「梟鳥」型的女人，賈后是「妖魅」型的女人。這兩個女人在歷史小說中顯露「崢嶸」，是大地出版社繼出版「中國后妃公主傳奇」系列小說之後的又一收穫和成果，從而使文學作品中中國古代婦女人物形象的百花園地更加豐富多彩，千姿百態，絢麗芬芳。這裡既有姹紫嫣紅的美之花，又有色艷質劣的「惡之花」，任人觀賞和評說。

《漢宮梟后—呂娥姁》和《晉宮妖后—賈南風》即將面世。應作者之約，特撰此短文，權作序言。我希望海峽兩岸文壇能夠出現更多有分量有品味的歷史小說，鑒古惜今，以滿足廣大讀者的閱讀期待。

癸未年一月五日

目錄

少女時代

1

單父邑疙瘩寨呂洪和苗氏生了兩個兒子和兩個女兒，其中長女叫呂雉，改名娥姁，從小性格剛烈，很有一股兇悍潑辣勁。

孔子孔聖人家鄉的西南方向，有一片廣大的水域，常年煙波浩渺，霧氣靄靄。水邊長滿蘆葦，春天築成綠色的屏障，秋天開出晶瑩的白花，一眼望不到頭，浩然氣象，蔚爲壯觀。水中上下天光，一碧萬頃，天晴時帆檣點點，沙鷗翔集，天陰時濁浪排空，山岳潛形。夏日的傍晚，這裡尤爲美麗，夕陽斜照湖面，微風蕩起漣漪，流光溢彩，閃金爍玉，更有水鳥嬉游，漁歌唱答，詩情畫意，恍若仙境。

這片水域由三個湖泊組成，從西北向東南依次爲南陽湖、昭陽湖和微山湖。三個湖泊由小變大，由窄變寬，像一個狹長的銀葫蘆，平臥在山水相映的廣袤大地上。戰國時期，南陽湖、昭陽湖和微山湖是楚國與齊國的分界線，水域的西面和南面屬於楚國，水域的東面和北面屬於齊國。西元前二四六年，地處關中一帶的秦國出了個十三歲的少年國王叫嬴政，依靠相國呂不韋的謀畫，立志翦滅六國，統一天下，一次又一次地發動了咄咄逼人的兼併戰爭，楚國、齊國和其他四國的日子越來越不好過了。

昭陽湖和微山湖的西岸，有座城邑叫沛邑（今江蘇沛縣）。沛邑向西三十里，又有座城邑叫豐邑（今江蘇豐縣）。沛邑和豐邑隔湖與齊國相望，一馬平川，地理位置優越，歷來是楚國的北方門戶。

豐邑西北五十里的單父（今山東單縣），也是一座城邑，歷史上頗有名氣。孔子的學生宓子賤曾當過單父令，在很短的時間內便將單父治理得井然有序，人民安居樂業。宓子賤因此受到當地百姓的愛戴，孔子特別鼓勵他繼續施仁愛民，做一個轉世的堯舜。時過數百年，斗轉星移，單父的昇平氣象一去不返，破舊的房屋，冷落的市井，蓬頭垢面和衣衫襤褸的乞丐，是它蕭條衰敗的明顯標記。

單父北郊疙瘩寨住著一戶人家，姓呂。主人叫做呂洪，接近不惑之年，身材頎長，面皮白淨，兩道濃黑的劍眉下，一雙眼睛不停地閃動，流露出一種機警、狡黠的神采。呂洪的妻子苗氏，三十四五歲，矮墩墩的，胖乎乎的，面龐豐滿，眉眼清秀，快手快腳，顯得非常俐落和幹練。

二十年前，呂洪和苗氏結婚，一年後便生了個兒子，叫呂澤。他們滿心歡喜，希望接著生，生他十個八個才好哩，因爲多子多福，這是歷來的古訓。可是事與願違，他們生了一胎以後卻不再生了，大有就此打住的意向。誰知呂澤九歲的時候，苗氏再次懷孕，竄裡竄通，三年連生了三胎：二女一男，名字依次叫做呂雉、呂須、呂釋之。

兒女的名字都是呂洪給起的。呂雉出生的時候，恰有一隻野雞落在房頂上，一邊梳理絢麗的羽毛，一邊發出悅耳的鳴聲，呂洪靈機一動，便以「雉」作爲長女的名字。雉者，野雞也。呂須出生的時候，開始沒有名字，待她長到三四歲的時候，呂洪抱她玩耍，她總愛撫摸父親的鬍鬚，鬍鬚扎手，樂得她咯咯直笑，於是，呂洪又靈機一動，便以「須」作爲次女的名字。須者，鬍鬚也。苗氏嫌女兒的名字不大雅觀，說：「女孩兒家，一個叫野雞，一個叫鬍鬚，多難聽！」呂洪笑著說：「你知道什麼？傻女起個醜名，才會多福多壽哩！」至於幼子釋之的名字，那是信口起的，沒有什麼特別的含義。

這一年，呂澤早已成人，遠去沛邑衙門裡當差役。他在那裡結識了一個姓審的女子，經人說合，二人結婚，小日子過得蠻可以。呂雉、呂須、呂釋之分別十二、十一、十歲了，隨父隨母住在疙瘩寨。一家五口，有房三間，有地四畝，生當亂世，餓不死，撐不著，年復一年，過著普普通通、平平淡淡的生活。

呂洪爲人，農不農，工不工，商不商。這幾個行業，他都沾一點邊兒，卻又從來沒有專業過。他種過地，卻嫌種地費力，所以乾脆將四畝地租給別人耕種，自己收取一些地租。他編過竹簍、蘆席，擔到集市上去銷售，卻是三天打魚，兩天曬網，很快就不幹了。相比之下，他更偏重於士，因爲他自小上過私學，粗通文墨，湊合著能夠讀書寫字。他用三年時間，艱難地讀完了深奧的《周易》，經過仔細揣摩，竟然大致弄懂了八卦的含義。接著，取了一塊光滑的木板，製成一個規整的圓盤，圓盤的中央鑲一面銅鏡，銅鏡周圍畫圓畫線，標明東南西北，寫上天干地支，刻上八卦圖形，利用它竟做起堪輿的營生來。堪輿亦稱風水，是一種迷信術數，透過觀測地形，來確定莊宅基地或墓穴的位置，據說選準位置，家人便可以大吉大利。他的那個圓盤，因此被美其名曰「風水盤」。

呂洪自從掌握了堪輿術數，名聲頓時傳遍十鄉八寨，誰家要蓋房，誰家死了人，都來請他察看風水，相宅相墓，管吃管喝不說，臨了還要塞給他十文二十文的堪輿錢。呂洪心滿意足，其樂悠悠，這比他種莊稼、編簍席來賺錢快多了。

呂洪和苗氏跟所有的父母一樣，非常疼愛自己的兒女。兒子和女兒相比，他們更偏愛女兒。因爲兒子像草，隨便澆一點水，便能成活，而女兒像花，必須精心呵護，才會有艷麗和芳香。呂雉和呂須嬌生慣養，那身段，那長相，一個模子裡脫出來似的，像得不能再像了。紅撲撲的臉蛋，像秋天熟透的山果。水靈靈的大眼，像夜晚閃亮的星星。眉毛彎彎，嘴唇紅潤，笑起來面頰上露出兩個淺淺的酒窩，酒窩裡蓄滿甜蜜，蓄滿純真。姐妹倆唯一的不同之處是姐姐的身材略高於妹妹，姐姐顯得健壯，妹妹顯得纖弱。

十二歲的少女，正是花一樣的年齡，花一樣的歲月。呂雉和呂須正處在這樣的時刻，不爲生活所累，每天除了讀讀書、繡繡花以外，更多的時間是用來玩耍，盡情盡性、無憂無慮的玩耍。姐妹倆愛在自家門前玩一種叫做「砸籌」的遊戲。地上畫一個面盆大的圓圈，圓圈裡放二十支籌杆——五六寸長的蘆葦杆，一丈開外再畫一道線，玩的人站在線外，用方形瓦片砸那籌杆，籌杆被砸出圓圈多者爲勝家。呂雉力氣比呂須大，而且會用技巧，所以玩這種遊戲，總是勝多負少。偶爾，呂須也會獲勝，每當這時，她都會興奮得又蹦又跳，拍著小手，歡快地呼喚道：「哦呵！我勝嘍！我勝嘍！」

呂雉、呂須還常和村裡的小姐妹們玩一種叫做「跳方」的遊戲。地上畫一個長方形，再將長方形分成十個相等的正方形，依次編爲一至十號格。玩的人手持一塊小瓦片，先丟進一號格，然後單腿跳進格內，用腳尖將瓦片踢出格外。然後丟二號格，單腿跳進一號格，再跳進二號格，將瓦片踢進一號格，再踢出格外。跳十號格最難，瓦片丟進格內，人要從一號格跳進二號格、三號格、四號格，直至十號格，然後將瓦片踢進九號格、八號格、七號格，直至一號格，最後踢出格外。玩的過程中，腳不能踩線，瓦片不能壓線，踩了壓了便被淘汰出局，由下一個人接著玩。呂雉玩「跳方」的遊戲，非常熟練，一口氣能跳三個來回。呂須不行，往往跳到七、八號格，不是腳踩線，就是瓦片壓線，只好讓位於其他小姐妹。

疙瘩寨占地廣大，坑坑窪窪綿延數里，橫七豎八住著四五百戶人家。住家多，小孩便多，和呂雉、呂須年齡相仿的男孩和女孩足有一二百人。一般說來，女孩比較乖巧，男孩比較淘氣，當呂雉、呂須和小姐妹們玩耍的時候，總有幾個調皮的男孩前來搗亂。他們沒有什麼目的，只是爲了搗亂而已。一天，呂須正在跳方，好不容易跳到第八號格，勝利在望。這時，一群男孩跑了過來，其中有個名叫狗蛋的男孩，一蹦一蹦的，硬是用腳擦去了畫在地上的方格，嘴裡還說：「哎！哎！叫你跳不成！叫你跳不成！」

呂須很是生氣，說：「你幹什麼？討厭！」

狗蛋並不生氣，咧嘴嘻笑。

呂須手持瓦片，重新在地上畫格，畫好後準備再跳。誰知那個狗蛋又蹦了過來，依然用腳擦去了畫在地上的方格，嘴裡還是那句話：「哎！哎！叫你跳不成！叫你跳不成！」

呂須不願意了，向前和狗蛋理論。狗蛋嘻笑著，輕輕推了呂須一把。呂須沒有防備，一下子跌坐在地上，「哇」地一聲哭了起來。

呂雉見妹妹被人欺侮，勃然變色，彎彎的眉毛翹了起來，大大的眼睛圓了起來，攥緊小拳頭，快步衝過去，照準狗蛋的鼻子，就是一拳頭，說：「我叫你搗亂！」

狗蛋一摸鼻子，鮮血流了出來，自然不答應，伸手抓住呂雉的頭髮，說：「你敢打我！」

呂雉趁勢揪住狗蛋的耳朵，說：「打你又怎樣！」

於是，二人氣乎乎，昂昂然，一個抓住頭髮，一個揪住耳朵，誰也不肯鬆手，誰也不甘示弱，先是以頭頂頭，形成頂牛之勢，接著摔倒地上，翻過來，滾過去，扭打在一起，膠著在一起。呂須和呂釋之想向前幫助姐姐，可是怎麼也插不上手。

在場的男孩和女孩立刻分成兩派。男孩支援狗蛋，大聲喊：「打！打！」女孩支援呂雉，大聲喊：「打！打！」

這是一場實實在在的角鬥，雙方勢均力敵，旗鼓相當。喊聲驚動了大人，一個中年漢子向前，生拉硬拽，好不容易才將呂雉和狗蛋分開。再看呂雉，頭髮散亂，粉臉通紅，氣喘吁吁，眼裡依舊燃燒著怒火，放射出兇光。再看狗蛋，耳朵發青，鼻血狼藉，上衣被扯破，露出一塊髒兮兮的肚皮。中年漢子沒好氣地說：

「去！去！都給我回家去！以後再打架，看我扒了你們的皮！」

呂氏姐弟回到家裡。苗氏看到呂雉的模樣，說：「怎麼？又跟人打架啦？」

呂須噘著嘴說：「都是那個狗蛋，他欺侮人！姐姐是爲了保護我，才跟狗蛋打起來的。」

呂釋之證明說：「就是的，全怪狗蛋！」

苗氏說：「我跟你們說過多少次，小孩兒，要溫順些，不要動不動就跟人打架。狗蛋欺侮人，你們讓著點不就得啦？」

呂雉說：「讓？你讓一尺，他進一丈！我才不讓哩！在這個世界上，誰敢欺侮我們，我就和他拼命！」

苗氏愕然，心想這個丫頭性格剛烈，很有一股兇悍潑辣勁呢！

呂雉和狗蛋打架以後，一天，不知從什麼地方抱回家一隻小狗。小狗出生也就是個把月的光景，身體柔軟，毛色嫩黃，兩隻耳朵豎立著，一條尾巴微翹著，眼睛溜圓，發出黑色的光亮。

呂須和呂釋之一見小狗，高興得跳了起來，說：「呀！小狗眞可愛！」

苗氏好奇，說：「你從哪兒抱回來這隻狗？做什麼？」

呂雉笑著說：「我向王大嬸家要的。我要把牠餵大，教會牠咬人，看狗蛋他們還欺侮人不？」

苗氏生氣地說：「你快把牠還回去，哪有女孩兒家養狗的？再說，你教會牠咬人，不闖禍才怪哩！」

呂釋之說：「姐姐不能養，我養！」

呂須扯著苗氏的衣服，說：「不嘛！把狗留下，把狗留下！」

呂雉不與母親爭辯，朝著妹妹和弟弟做了個鬼臉，抱起小狗回到自己的房間去了。

小狗長得飛快，兩個月後，已經成爲一隻很漂亮很威武的狗了。嫩黃的毛色變成一片金黃，柔和而光滑。豎著的耳朵變成上方捲曲著，彎出兩道自然的弧線。尾巴變得粗壯了，左右搖擺，沒有間隙的時候。眼睛閃閃亮亮，機敏地注視著四周，準備隨時出擊，捕捉牠應該捕捉的獵物。呂雉、呂須和呂釋之很愛這隻狗，給牠起了個響亮的名字：黃黃。

黃黃視呂氏姐弟爲當然的主人，白天隨著主人外出，夜晚蹲伏在主人的床前，時時刻刻聽從主人的召喚和吩咐。自從有了黃黃，呂雉和呂須在跳方的時候，就再也不怕狗蛋一夥前來搗亂了。因爲呂雉的一聲吆喝，或者呂須的一個暗示，黃黃就會騰空而起，撲向前去，對付任何一個膽敢冒犯牠的主人的壞傢伙。

呂雉、呂須和鄰里鄉親同齡的男孩也有在一起玩耍的時候。那是一種叫做「新郎娶新娘」的遊戲：在村外的土壕裡，幾十個男孩和女孩分作兩撥，從中挑選一個男孩當「新郎」，挑選一個女孩當「新娘」。「新郎」前來迎娶「新娘」，眾多的男孩手搭手當作「轎子」，把「新娘」從一個地方抬到另一個地方，然後拜天地，拜高堂，「夫妻」對拜，進入「洞房」。進入「洞房」的時候，「新郎」要親「新娘」一下，「新娘」也要親「新郎」一下。這時是整個遊戲的最高潮，男孩和女孩一起笑著跳著，盡情盡興地歡呼道：「新郎新娘親嘴嘍！新郎新娘親嘴嘍！」歡呼聲中，少小無猜、活潑天眞的農村孩子們尋到了開心，尋到了樂趣。

這一天，該呂雉裝扮「新娘」。「新郎」是一個名叫石柱的男孩。石柱長得臉圓鼻正，眉清目秀，機靈愛笑，一笑便露出兩排潔白的牙齒來，像閃爍著光彩的珍珠。呂雉很喜歡這個「新郎」，心想進入「洞房」以後，他親自己一下，自己親他一下，恰也值！假若「新郎」是狗蛋那號人，眼角堆滿眼屎，鼻涕拖得老長，那才噁心人呢！

「新郎」迎娶「新娘」來了。呂雉充滿期待，充滿嚮往，準備上「轎」。誰知關鍵時刻，石柱臨時變卦，他不願意娶呂雉這個「新娘」，而要讓另一個叫做貞貞的女孩充當「新娘」。事情一下子僵住了，有人說可以變，有人說不可以變，吵吵嚷嚷，亂作一團。最難堪最氣憤的當然是呂雉了，她生平第一次感到受了欺騙，受了污辱，臉脹得紅紅的，胸脯一起一伏，眼角出現淚花，只是強行忍著，才沒讓它流出眼眶。她憤憤地摘掉特意插在頭上的一朵小花，摔在地上，說：「不玩了！妹妹！弟弟！走，回家去！」

遊戲不歡而散。石柱卻不知趣，望著呂雉遠去的背影，說：「你太兇太潑，我才不願意和你做夫妻哩！」

呂雉聽得眞切，又氣又急，又惱又羞，站定，轉身，向著緊跟的黃黃發出命令：「黃黃！上！咬那個不識好歹的東西！」

黃黃聽了主人的吩咐，精神亢奮，奮起四腿，拖著長尾，飛也似的，向著男孩堆裡撲去。男孩們發出驚呼，慌不擇路，四散而逃。石柱嚇得臉色煞白，撒腿就跑。怎奈黃黃的速度比他快得多，猛躥上去，張嘴咬住了他的褲腳。石柱不敢和狗糾纏，舉腿亂踢，只聽得「嗤」的一聲，褲腳被黃黃扯下一片來。

遠處，呂雉拍手大笑，說：「好！好！」隨即喊道：「黃黃！回來！」

黃黃聽得呼喚，嘴裡叼著一片褲腳作爲勝利品，輕輕快快地跑到主人的身邊。呂須和呂釋之拍拍黃黃的頭，誇獎道：「黃黃！好樣的！」

從此，疙瘩寨的男孩知道了呂雉的厲害，也知道了黃黃的厲害。他們再不敢和呂雉正面交鋒了，轉而改變手法，從呂雉名字裡的「雉」字做文章，編出幾句順口溜來。這天，呂雉經過土壕，但聽得以石柱和狗蛋爲首，一群男孩有節奏地高聲喊道：

喔喔喔，唧唧唧，

疙瘩寨裡一隻雞。

什麼雞？

會報曉的大公雞。

什麼雞？

會下蛋的老母雞。

什麼雞？

會覓食的黃雛雞。

什麼雞？

會騷情的臭野雞，臭——野——雞！

男孩們喊完，一起發出肆無忌憚的大笑：「哈哈！哈哈！」

呂雉知道自己的名字就是野雞的意思，也知道野雞還是不正不經、通姦賣淫的女人的代稱。野雞前面加個「臭」字，還「騷情」，眞是難聽死了。她向四周張望，沒有看到罵她的人，鬼知道石柱、狗蛋等藏在什麼地方。她覺得窩火，嘴噘臉吊地回到家裡，用無須置疑的口氣說：「爹！娘！我要改名字！」

呂洪莫名其妙，說：「怎麼啦？好端端的改什麼名字？」

呂雉說：「好什麼呀？野雞野雞，聽來讓人厭惡！」

苗氏說：「那改叫什麼呢？」

呂雉心裡早就有譜，說：「娥姁，就是美好和悅的意思。從今以後，我就叫呂娥姁。」

呂洪和苗氏熟知女兒的脾性，歷來是說一不二的。他們笑了笑，說：「行！依你，呂娥姁就呂娥姁唄！」

然而，後世的史書不明白這段情由，記述呂雉總愛用她的原名，殊不知一個「雉」字，是她最反感最忌諱的哩！

姐姐改名娥姁，觸動了妹妹的神經。呂須也要改名，因爲「須」字實在不像女孩的名字。改作什麼呢？呂須沒有想好。呂雉腦子來得快，說：「我叫娥姁，你就叫娥姘吧！」

呂洪拍手叫好，說：「要得！一個娥姁，一個娥姘，呂家兩個嬌女兒，美好和悅，天下第一啊！」他的話，逗得全家人大笑起來。

2

疙瘩寨首富、里正苟仲極度貪婪和狠毒，專幹爲富不仁、喪天害理的勾當。他爲了霸占呂洪家的四畝土地，設計圈套，訛詐陷害，又串通外甥、單父邑令閻旺，將呂洪關進了大牢。

呂氏一家人，生在疙瘩寨，長在疙瘩寨，生活上不敢有奢望，只求平平安安，有吃有穿，沒病沒災，就心滿意足了。可是，世道不公，人心太壞，一場厄運從天而降，迫使他們不得不逃離祖祖輩輩賴以棲息和繁衍的家鄉。

疙瘩寨屬於丘陵地帶，沒有高山和大河，只有高高低低、起起伏伏的丘陵。土地很少連片，東一塊巴掌大，西一塊簸箕大，零零星星，散布在方圓二三十里疙裡疙瘩的黃土坡上。疙瘩寨的村名即由這種地形特徵而來。呂洪家的四畝地當屬例外，不僅連成一片，而且平平坦坦，土壤是褐色的，相當肥沃，春天插下一根柳枝，夏天能長出一株柳樹來。這四畝地，是呂洪爺爺的爺爺辛辛苦苦置下的產業，經歷六代人，已經一百多年，仍然姓呂，實不容易。土地是農民的根基，土地是農民的飯碗，土地是農民的生存之本、生活之源、生命之脈，珍貴啊！

呂洪家四畝地外面的土地，都是疙瘩寨第一號財主苟仲家的。這個苟仲可不是個等閒人物，既是疙瘩寨的首富，又是疙瘩寨的里正（相當於村長），單父邑的邑令閻旺還是他的外甥。長時間來，他依仗外甥的權勢，利用里正的身分，專幹爲富不仁、喪天害理的勾當，使得多少人家家破人亡，流離失所，生活陷入絕境。因此，疙瘩寨的村民私下裡都罵苟仲爲「狗種」。還有人在這兩個字中間加個「雜」字，罵他爲「狗雜種」。

苟仲的身材低矮，長相的特點是兩個字：肥胖。肥胖的身軀讓人聯想到臘月宰殺的母豬，去了毛，光溜溜的，吹了氣，圓鼓鼓的，開膛破肚，便顯露出紅花花的內臟和臭哄哄的污水來。他的腦袋很大，像一個渾圓的皮球。眼泡下垂，幾乎遮蓋了眼睛。腮幫上堆滿鬆弛的肥肉，一晃一晃的，似乎隨時都有可能掉落到地上。別看苟仲其貌不揚，此人卻有一房妻子和三房小妾哩！

苟仲為人極度的貪婪和狠毒，誰要是碰上他，那就倒了八輩子的大楣了。就說呂洪家四畝地周圍的土地吧，原先並不姓苟，可是苟仲用心險惡，使出手段，硬是將它們一塊一塊地吞併和霸占了。東南那一塊，六畝，原是李二拐家的祖產。李二拐夫妻兩個和五個孩子，全靠這六畝地維持生計。一年大旱，四個多月沒有下雨，土地乾裂成龜紋，莊稼顆粒無收。年關將至，李二拐家七口人七張嘴，吃什麼呀？沒奈何，李二拐去了苟仲家，陪著笑臉，想借幾斗糧食，以度難關。

苟仲倒是慷慨，說：「借糧？行！不過，你知道我家借糧的規矩嗎？」

李二拐說：「知道。苟爺家借糧的慣例，斗糧三分利，今年借糧一斗，來年還糧一斗三升。」

苟仲搖頭，說：「不！行情漲啦！斗糧五分利，今年借糧一斗，明年要還一斗五升的！」

李二拐咋舌，說：「這……這不是對半利了嗎？」

苟仲說：「沒錯，對半利。眼下糧食金貴得很，開春以後，怕是要漲到一倍利呢！」

李二拐心想，你真是個狗種，心這樣黑！轉而想到家裡五個嗷嗷待哺的孩子，也就顧不了許多，咬著牙說：「行！對半利就對半利，我借五斗。」

苟仲故作驚訝，說：「借這麼多？你還得起嗎？」

李二拐說：「苟爺放心，我家不是有六畝地嗎？來年若還不起借糧，那六畝地就歸苟爺了！」

苟仲大喜，瞇縫的眼睛發出亮光，說：「這話可是你說的？好！看在鄰里鄉親的份上，我借給你五斗糧食！」

有了這五斗糧食，李二拐一家人挨過了寒冬，眼巴巴地盼望來年有個好的收成。可是來年，老天爺故意跟窮人作對，依然大旱，還是顆粒無收。李二拐心裡那個急呀，罵天罵地，罵爹罵娘。臘月，苟仲帶了家人來催還糧了，一算帳，五斗糧食變成七斗五升。李二拐家徒四壁，兩手空空，拿什麼還呀？他蹲在地上，痛苦地說：「罷了罷了！從今日起，那六畝地歸你姓苟的了！」

農民失去了土地，就像沒水的魚和沒窩的鳥。李二拐就是這樣，爲了活命，夫妻兩個帶領孩子們，背著簡陋的行李，在一個風雪交加的早晨，依依不捨地離開疙瘩寨，外出逃荒去了，從此泥牛入海，了無音信。

西北那一塊，三畝半，原是周老大家的土地。周老大中年喪妻，既當爹又當娘，一把屎一把尿，把唯一的兒子周憨憨拉扯大。一來因爲家貧，二來因爲周憨憨憨厚老實，所以年近三十了，還沒有娶妻。父子二人相依爲命，一心作務莊稼，三畝半地足以勉勉強強地過日子。怎奈周老大身體一直不好，整年病病歪歪的，看病吃藥，得花很多錢。這一年，他又患了重病，日見其危，可是家無分文，看不起醫生買不起藥，可把周憨憨急壞了。

周憨憨是個孝順兒子，說：「爹！我向苟仲家借些錢去，無論如何要治好你的病。」

周老大止住兒子，說：「不行哪！苟仲心黑，借錢是驢打滾的利，我們還不起啊！」

周憨憨說：「我們家不是有三畝半地嗎？大不了將它貼賠進去！」

周老大說：「胡說！那點地可是命根子，千萬動不得。我的病反正治不好了，不要花那個冤枉錢。我死後，你用一張蘆席將我捲了埋了就得了，保住那點地，你才有活路啊！」

周老大的病情迅速惡化。周憨憨不甘心父親就此離開人世，也就顧不了許多，逕自去到苟仲家借了一千文錢。凡是家中有土地的農民，去向苟仲借糧借錢，苟仲都是照借不誤的。因爲有出才有進，他要讓整個疙瘩寨的土地都改姓苟哩！

周憨憨雖然借到了錢，卻沒能治好父親的病。錢花完了，周老大卻死了。周老大的屍首擱在冰涼的土炕上，要衣服沒衣服，要棺材沒棺材，難道眞用一張蘆席捲了埋了不成？周憨憨於心不忍，又硬著頭皮，去向苟仲借了一千文錢。苟仲說：「你借我二千文錢，一年後就是四千文，你還得起嗎？」

周憨憨說：「還不起，那三畝半地就歸你！」

苟仲要的就是這句話，爽快地答應了。

周憨憨用借來的錢，置辦一身粗衣和一口薄棺，含淚安葬了父親，放眼四顧，家中可是一貧如洗了。一年後，苟仲催著還錢。周憨憨還有什麼可說的？只好把珍藏了多年的地契交到了苟仲的手裡。自己則依然在那三畝半地裡勞作，不過他已不是那塊地的主人了，而是苟仲家的一戶佃農。春天光著脊背犁地，夏天流著臭汗打麥，收穫的糧食統統進了苟家的糧倉。他和其他許多佃農一樣，像是可憐的蜜蜂，採得百花釀蜜後，爲誰辛苦爲誰甜？

也就是七八年的光景，疙瘩寨的大部分土地差不多都歸到苟仲的名下了。然而，他仍不滿足，眼睛又盯上了呂洪家的四畝地。那四畝地處在苟家土地的中間，像是一件漂亮衣服上的補丁，苟仲看了，總覺得刺眼，總覺得彆扭。他一心想將那四畝地也攫爲己有，可是呂洪一不向他借糧，二不向他借錢，怎樣才能如願以償呢？他曾試探著向呂洪表示，願意出高價收買那四畝地。不想呂洪一口回絕了，說：「那是祖傳的產業，萬萬不敢捨棄的。」

苟仲是個貪得無厭的傢伙，他想得到的東西，務要達到目的。他的管家倪球熟知主人的心理，說：「苟爺何不如此如此，還愁得不到呂家的四畝地？」

苟仲一聽大喜，說：「好計！你這就去辦！」

倪球，瘦長個兒，尖嘴猴腮，小鼻子小眼睛，生性圓滑，人稱「泥鰍」。他受主人指使，登門來見呂洪，說：「呂先生的堪輿術，遠近聞名。我家主人苟爺近日要蓋一座堂屋，煩請先生能去看看風水。」

呂洪說：「苟爺家房屋那麼多那麼大，怎麼還要蓋堂屋？」

倪球說：「錢多唄！爲兒孫多置些家產，會扎手？」

呂洪的營生就是堪輿，有人來請，他是求之不得的，當下便答應了。第二天，呂洪來到苟家察看風水。苟家的莊園好大好大，大門套著小門，院落連著院落，華堂麗宅，奇花異草，在疙瘩寨這個地方，眞算得上是天堂了。苟仲親自出來迎接，滿臉堆笑，說：「呂先生可得給我選一塊風水寶地，苟某會感激不盡的。」

呂洪害怕苟仲那種笑，覺得那笑裡似乎藏著什麼，別有用心。他也笑著說：「當然當然，我看風水，自會盡心盡力。但不知苟爺打算在什麼地方再蓋一座堂屋？」

苟仲將呂洪引到院落的東側，指指畫畫，說：「就這兒，再蓋一座堂屋，讓我兒子住。」

呂洪說：「就是貴公子苟貴吧？他好福氣，有你這個爹處處爲他著想。」

苟仲說：「彼此彼此，可憐天下父母心嘛！」

呂洪從懷裡取出風水鏡，這邊照照，那邊看看，完全進入狀態，口中念念有詞，什麼東西南北中，金木水火土，陰陽乾坤巽震坎離艮兌（八卦圖形名稱）等等。苟仲和倪球根本聽不懂他說些什麼，相視而笑，笑裡明顯隱藏著歹意。

呂洪忙乎一陣，在地上確定了堂屋的地基，說：「苟爺的這座堂屋，長六丈六尺，取六六大順的意思；進深三個八尺，取連連大發的意思；座北向南，前後敞亮，左有虎踞之勢，右有龍蟠之象，貴公子入住以後，肯定會大吉大利，大富大貴，終生無病無災，前程不可限量。」

苟仲又滿臉堆笑，說：「好哇！但願如先生所言。那麼，苟某明日可就要開工了！」

呂洪說：「沒錯，開工吧！」

苟仲命倪球付給呂洪五十文堪輿錢。呂洪高高興興地回家，心想不過半個時辰，就賺了五十文錢，這營生滿不錯嘛！

苟仲家開工蓋堂屋了。令人奇怪的是蓋堂屋全不講究，用些磚頭和些泥，隨隨便便地就疊起了牆框，屋樑、門窗用的都是雜木，完全沒有財主家的氣派。更讓人意想不到的是堂屋剛剛有個模樣，突然一天夜裡，發生大火，竟將堂屋燒了個精光，牆壁倒了，屋樑、門窗燒焦了，剩下的只是一堆磚頭，一片灰燼。大火的次日，苟仲、倪球帶領幾名家丁，氣勢洶洶地來到呂洪家。呂洪尚在驚愕，苟仲早就吼起來了：「好個呂洪！你看的什麼風水？什麼六六大順，連連大發？什麼虎踞之勢，龍蟠之象？前腳蓋了堂屋，後腳就遭火焚，你的堪輿術豈不是騙人術嗎？」

倪球幫腔說：「你說得頭頭是道，天花亂墜，原來都是狗皮膏藥，騙人的把戲！」

呂洪未及說話，苟仲命令隨行的家丁說：「去！將他那個狗屁風水鏡給我砸了！」一個家丁向前，抓起放在桌上的風水鏡，使勁摔在地上，圓盤碎了，圓盤上的銅鏡滾出去老遠老遠。

呂洪額頭青筋暴起，大聲說：「你們要幹什麼？」

苟仲冷笑，說：「幹什麼？我要你賠償蓋堂屋的損失！」

呂洪憤憤地說：「你家蓋房，你家遭火，我賠償你哪門子損失？」

倪球說：「是你看的風水，是你定的屋基，當然得賠償！」

「你……你……」呂洪氣得說不出話來。

苗氏和呂娥姁、呂娥姁、呂釋之被這突如其來的情況嚇懵了。慢慢的，他們明白了，原來是「狗種」一夥無事生非，尋釁訛詐來了。娥姁天生膽大，衝著苟仲說：「你家剛蓋的堂屋，牆壁、屋樑、門窗都是濕的，怎麼會著火呢？怕是自家放火來敲竹槓吧！」

一句話說到了要害處。苟仲心虛地說：「你個丫頭片子盡說瘋話，哪有自家放火燒自家堂屋的？」

娥姁撇著嘴說：「那也未必，這世上黑心賊多著哩！」

苟仲不想和丫頭片子糾纏，轉而責問呂洪說：「你給句話，我家蓋堂屋的損失，你倒是賠償不賠償？」

呂洪理直氣壯地說：「你家失火，跟我何干？不存在賠償不賠償的問題。」

娥姁大聲說：「不賠償！不賠償！一千個一萬個不賠償！」

苟仲臉色發青，惡惡地說：「好！我們走著瞧！」說完，帶著倪球和家丁恨恨地走了。

兩天後，單父邑來了兩個差役，不由分說，給呂洪套上三十斤重的枷鎖。呂洪莫名其妙，說：「我犯何罪？爲何拘我？」

差役說：「疙瘩寨的里正苟仲將你告了，告你是不務正業的刁民。邑令大人發話，拿你入獄是問。」說著，押了呂洪就要上路。

苗氏娘兒四個嚇壞了，哭著喊著，不讓差役動身。娥姁氣憤地說：「你們隨便拘人，還有沒有王法？」

差役乾笑著說：「王法？哼！邑令大人的話就是王法！我們奉命辦差，只管拘人，別的事管不著。走！」

差役將呂洪押走了。苗氏和娥姁、娥姁、釋之抱著一團，放聲大哭。事情怎麼會這樣呢？

呂洪戴著枷鎖，艱難地來到單父邑，被關進大牢。大牢裡犯人很多，全都目光呆滯，表情冷漠。第二天，邑令閻旺坐堂，命帶呂洪上堂問案。案情的緣由和結果，他的舅舅苟仲已經打過招呼，關鍵要讓呂洪交出那四畝地。閻旺長得肥頭大耳，賊眉鼠眼，除稀稀拉拉的鬍鬚外，右耳下方一塊黑斑上還生有一撮黃毛，顯得滑稽而猥瑣。此人心術不正，爲官愛受賄賂。不管什麼犯人，凡給他送錢送物的，有罪可判無罪，重罪可判輕罪；不給他送錢送物的，無罪可判有罪，輕罪可判重罪。他非常看重刑罰的威力，犯人稍有不服，立即大刑侍候，拷問逼供，以致許多人被屈打成招，造成無數冤、假、錯案。因此，人們當面稱他爲「老爺」，背地多罵他爲「閻王」。

閻旺注視著跪在堂下的呂洪，猛拍一下驚堂木，說：「刁民呂洪！苟仲告你不學無術，不務正業，專以妖技邪術騙人錢物，可有此事？從實招來！」

呂洪大喊，說：「冤枉啊！小民只是以堪輿爲營生，偶爾給人相宅相墓，奉公守法，不敢騙人錢物！」

閻旺說：「堪輿就是妖技邪術！你給苟仲家看風水，說得那麼好聽，爲什麼他家蓋了堂屋，尚未住人，就遭火災？」

呂洪說：「按理說，新蓋的堂屋不該失火。那火肯定是苟家的人故意所爲，意欲加禍於小民。」

閻旺又猛拍一下驚堂木，說：「一派胡言！你說苟家的人故意放火，可有證據？」

呂洪說：「小民沒有證據。」

閻洪冷笑，說：「這不得了！你沒有證據，怎可反咬一口，誣陷他人？這麼著，你鼓弄妖技邪術，致使苟仲家蒙受了損失，你應予以賠償，這案子就算結了，本官也就不再追究你的罪責。」

呂洪說：「那火與小民無關，小民爲什麼要賠償他家的損失？再說了，小民家境貧寒，想賠償也賠償不起。」

閻旺身子略往前傾，眨巴著鬼祟的鼠眼說：「你家不是有四畝地嗎？賠償足夠了。」

至此，呂洪終於明白了，原來荀仲家蓋堂屋，本是一個圈套，目的在於栽贓陷害，企圖霸占自家的四畝土地。邑令閻旺和舅舅荀仲是串通一氣的，狼狽爲奸，魚肉百姓，以賠償爲名，行霸占之實。他惱怒，他氣憤，一個「閻王」，一個「狗種」，聯手欺壓一個安分守己的平民，眞他媽的陰險和狡猾啊！

呂洪默想片刻，說：「小民家的四畝土地，是祖傳的產業，更是小民家的飯碗，賠償給了荀家，小民一家人可怎麼活啊？」

閻旺捋捋右耳下面黑斑上的黃毛，說：「你可以繼續幹你堪輿的營生，給人相宅相墓呀！」

呂洪說：「大人方才不是說那是妖技邪術嗎？」

閻旺嘿嘿一笑，說：「那就另當別論了。」

呂洪哭笑不得，跟這樣的「閻王」能說些什麼呢？他又默想片刻，說：「賠償之事，容小民再考慮考慮。」

閻旺破例開明起來，說：「可以。不過，我警告你，考慮是有時限的，三天，給你三天時間。到時候若再拖延，莫怪本官不客氣，本官的刑具可不是吃素的！」

問案結束，呂洪被重新關進大牢裡。

3

苟仲不僅霸占了呂洪家的四畝土地，而且還要逼呂娥姁去苟家爲其病重的兒子沖喜。呂洪一家人走投無路，只好拋卻故土，逃離疙瘩寨。

呂洪被關在牢房裡，細想兩天來的遭遇，眞像做夢似的，一切都那麼荒誕，一切又那麼眞實，想說說不清，想道道不明。他從昨天到現在還沒有吃飯，饑腸轆轆，餓得不行。可是在這牢房裡，每天只開一次飯，現在哪有吃的呢？好不容易挨到中午，牢頭大喊：「開飯嘍！開飯嘍！」犯人們一陣騷動，蜂擁著擠到牢房門口的木欄處，眼巴巴地望著牢頭提著的竹籃子。竹籃裡放著一些黑糊糊、硬梆梆的粗糧饃饃。牢頭依次走到每一間牢房的門前，隔著木欄，發給每個犯人一個饃饃。犯人們接過饃饃，狼吞虎嚥，三口兩口就吃完了。吃完了就看著別人吃，那垂涎的目光，那淒然的神情，看了讓人心悸，讓人膽寒。

呂洪也領到了一個饃饃。他掰了一塊放進嘴裡，又乾又澀，難以下嚥。但他最後還是把整個饃饃都吃了，因爲別看一個饃饃，它可是自己生存和保命最起碼最基本的條件啊！

第二天上午，呂洪躺在乾草鋪地的「床」上，迷迷糊糊地想著心事。突然聽得牢頭開啓牢門的大鎖，喊道：「呂洪！出來！有人探牢來了！」

探牢？呂洪一骨碌爬起來，走出牢門，抬眼看見妻子苗氏和女兒娥姁站在前面。苗氏手抹眼淚，娥姁撲上來，哽咽著喊了一聲：「爹！」

牢頭領了呂洪、苗氏和娥姁，進了過道的一間房裡，說：「有話快說，時間不多！」

呂洪忙問：「你們怎麼到這鬼地方來了？」

苗氏淚水嘩嘩，說：「差役將你押走，我們都快急死了，不來看你，怎麼放心得下？」

娥姁說：「到了這裡，牢頭不讓進，娘給了他們二十文酒錢，這才讓進來。」

苗氏說：「過堂了嗎？怎麼說？」

呂洪嘆了口氣，說：「唉！都是苟仲那個狗雜種，一心想霸占我們家的四畝地，假裝蓋什麼堂屋，接著又焚毀堂屋，陷害於我。邑令閻旺是他的外甥，舅甥二人串通好了，非要我賠償苟家的損失。閻旺已經把話挑明了，只要我交出那四畝地，事情就了結了。」

苗氏說：「你答應了嗎？」

呂洪說：「還沒有。閻旺限我三天時間考慮，三天後若不答應，他揚言要用刑的。」

「什麼？用刑？」苗氏和娥姁同時驚呼起來。

停了一會兒，苗氏又說：「苟仲那號人，我們惹不起。我看，我們就將那四畝地賠償給他吧，只當是以地消災。」

呂洪說：「不行不行！那四畝地姓呂已經一百多年了，我怎能眼睜睜看著它改姓苟？再者，沒有了土地，我們一家人喝西北風去？他要用刑就用唄，看能把我怎樣？」

娥姁雖然尚未成人，但是特有心計。她覺得苟仲既然有了吞併自家土地的意圖，那是會不擇一切手段的，不達目的，絕不罷休。況且，苟仲的背後又有閻旺作靠山，要權有權，要勢有勢，那四畝地遲早都會被苟仲奪走的。好漢不吃眼前虧。照眼前情勢看，低頭忍讓才是上策。於是說：「爹！娘說得對，我們就把那四畝地交給苟仲吧！我們小小百姓，勢微力弱，是根本鬥不過人家的。地是死的，人是活的，眼下是保人要緊。俗話說：『留得青山在，不怕沒柴燒。』又說：『君子報仇，十年不晚。』吃些虧就先吃些虧，來日方長，總有一天，我們會出這口惡氣的。」最後這句話，她是咬著牙攥著拳頭說出口的。

苗氏接著說：「娥姁這些話很有見識，我們就忍了讓了吧！」

呂洪一巴掌打在額頭上，跺著腳說：「嗨！祖傳的產業保不住，妻子兒女活受罪，我，我還算什麼男人？」

這時，牢頭過來，大聲說：「時間已到，走人走人！」

苗氏抓緊最後的時間，說：「那麼，就這樣定了，我們回家就把地契給苟家送過去！」娥姁迅速打開手帕，把從家中帶來的兩塊煎餅塞在父親手裡。

呂洪默然。事情到了這個地步，他還能說什麼呢？

苗氏和娥姁回家，找出了保存多少年的地契。那是一片竹簡，上面刻著呂洪祖輩六代人的名字，土地的位置，長多少步，寬多少步，四周界臨地主的姓名，並烙有歷任官府的印鑑。苗氏手捧地契，看了許久許久，想到它即將歸於別人，即將在呂洪名字下面另刻上苟仲的名字，心如刀絞，淚滿眼眶。

苗氏將去苟仲家。娥姁說：「我跟娘一起去！」

苗氏說：「我獨自去就可以了，你去幹什麼？」

娥姁說：「我怕苟仲家人欺侮娘！」

苗氏一把將娥姁攬在懷裡，說：「眞是娘的乖女兒！」

苗氏和娥姁來到苟家，站在寬寬大大的庭院裡。倪球迎了上來，說：「喲！苗夫人，稀客稀客！」

苗氏說：「倪管家！勞你告訴苟爺，就說我給他送地契來了。」

倪球嘻嘻而笑，說：「行！我這就去告訴苟爺。」

不一時，苟仲出現在庭院裡。苗氏憎恨眼前這個肥豬似的「狗種」，神情卻不能流露出來，平靜地說：「苟爺不是要我們賠償損失嗎？我們實在賠償不起，只好將自家的四畝地白送給苟爺。哪！這是地契，你請過目。」

倪球接過地契，遞給苟仲。苟仲看後，臉上油光泛紅，咧嘴大笑，說：「鄰里鄉親，好說好說。」

苗氏說：「只是呂洪還關在牢裡，苟爺得趕快把人放了！」

苟仲說：「自然自然。」

娥姁插話說：「你可不能耍賴！」

苟仲並不氣惱，說：「這個傻妞，嘴好厲害！啊！苗夫人，是不是進屋坐坐？」

苗氏一刻也不想在苟家多待，說：「不了，我還有事。」隨即拉著娥姁的手，大步走出苟家的庭院。

過了一天，呂洪回到家裡。娥姁、娥妍、釋之和父親抱頭痛哭，就像久別的親人重逢，只有淚水才能表達彼此間的感情。

生活重新恢復了平靜。土地沒有了，今後的日子可怎麼過呀？呂洪犯愁，苗氏作難。對於他們說來，今後的日子是個可怕的未知數，命運朦朧，前景茫然。富豪苟仲則完全是另外一種心情。呂家的四畝土地終於弄到手了，所有的土地終於連成片了，心裡樂得跌進蜂蜜罐裡似的。他帶著管家倪球，圍繞疙瘩寨轉了一個大圈，方圓二十里，大大小小，每一塊土地都姓苟，每一塊土地都是自家的。廣大的土地意味著什麼？意味著堆積如山的糧食，意味著閃光鐵亮的金錢。啊哈！眞是痛快啊！

禍兮福矣，福兮禍矣。不久，從苟仲家裡傳出一個消息：苟仲唯一的寶貝兒子苟貴生病了，而且病得很怪，頭不疼，腦不熱，吃什麼，吐什麼，一天到晚沉沉昏睡，面皮蠟黃，雙眼緊閉，就跟死人一般。

呂洪一家人聽說了這個消息，暗暗欣喜，頗有一種幸災樂禍的味道。呂洪心想，不義之財，取了遭災，苟仲勾結官府奪了自家的土地，災禍不就來了？苗氏直性子，把憋在心裡的想法說了出來：「善有善報，惡有惡報。苟家兒子得病，是報應，是立竿見影的報應！」娥姁感到痛快，說：「讓他病，病死了才好哩！」

娥姁和釋之拍著手說：「狗種狗種，就該斷後絕種，看還貪心不？」

苟仲的兒子苟貴確實病了。苟貴年近十九歲，長相和苟仲完全相反，乾瘦乾瘦的，就像一根芝麻杆兒。小時候害過禿瘡，以致頭上留下個拳頭大的禿斑，那裡不長頭髮，光光亮亮的，十分顯眼。左眼上方也有一塊禿斑，影響到左邊的眉毛只有半截，和右邊的眉毛不相對稱，很是怪異。

苟貴患病，苟仲急得團團打轉。苟仲雖然有四房妻妾，可兒子卻只有一個，繼承家產的義務，傳宗接代的責任，全指望著這個寶貝疙瘩哩！而今他卻病了，病得奇怪，病得沉重，這可怎麼好？

苟仲家裡有的是錢。他將單父邑所有的名醫都請了來，給他的兒子治病。名醫治病，都用湯藥。苟貴吃藥便吐，根本進不了肚裡。七八天後，苟貴便氣息奄奄，快要走上黃泉路了。名醫們料無回春之力，一個個搖頭嘆息而去。

苟仲越發著急，就像熱鍋上的螞蟻，說：「這可怎麼好？這可怎麼好？」

倪球說：「少爺或許是中了邪了，名醫不管用，何不請巫醫來看看？」

苟仲一拍手，說：「是呀！我眞急糊塗了，怎麼忘了巫醫？快！快！你這就去請一位巫醫來。」

倪球去不多時，便帶回一個五十多歲，矮矮胖胖，形象古怪的巫醫來。古人迷信，以爲鬼邪可致疾病，於是便有人裝神弄鬼，專以畫符、念咒、祈禱等迷信方法看病騙錢。這類人就是巫醫。巫醫來到苟貴床前，看了一眼只剩下一口氣的病人，然後看看屋頂，看看門窗，煞有介事地說：「啊！好重的邪氣！」

苟仲慌忙說：「那就懇請先生快快驅邪，救救我的兒子！」

巫醫說：「應盡之責，不勞懇請。」他命眾人迴避，只留苟仲在房裡侍候，擺開一張方桌，桌上供奉神位，焚香點燭，隨後像變戲法似的，穿上一件花花綠綠的法衣，戴上一個齜牙咧嘴的面具，手裡還持一把寶劍，揚臂跨腿，搖頭晃腦，圍繞方桌舞蹈起來。一邊舞蹈，一邊口中念念有詞，好像是天仙地仙、日仙月仙、山神水神、風神雨神、男鬼女鬼、善鬼惡鬼之類，沒法聽得清楚。不一會兒，他站著不動了，微閉雙眼，暗暗憋氣，猛一挺身，憑空仰倒在地上。苟仲嚇了一跳，心想這又是什麼門道？

許久，巫醫起來，脫去法衣，摘了面具，丟開寶劍，說：「取筆墨來！」

苟仲趕緊取來毛筆和硯臺，並親自磨墨。巫醫坐到桌旁，提筆蘸墨，唰唰幾筆，在三片竹簡上畫出三道鎮符來，說：「這三道鎮符，一道掛於大門口，一道掛於窗戶上，一道掛於少爺的床邊。任何鬼邪，見此鎮符，不寒而慄，自然不敢傷害少爺。」

苟仲連連點頭，說：「照辦！照辦！」

巫醫又說：「我給少爺驅了鬼邪，他的病只好了一半。這另一半，還要用另外的法子，才能徹底治癒。」

苟仲恭敬地說：「煩請先生指點。」

巫醫說：「少爺的病，一半是鬼邪作祟，一半是陰氣太重所致。陰氣太重，侵入五臟六腑，所以才昏睡不醒。現在必須消除他體內的陰氣，方可康復如初。」

「請問先生，怎樣才能消除陰氣呢？」

「以陰攻陰。」

「以陰攻陰？請問怎麼個攻法？」

「沖喜！最快最好的攻法是沖喜！」

荀仲大喜，說：「感謝先生指點迷津。」他喚來倪球，給了巫醫一百文錢，以作驅邪的酬謝。巫醫相當高興，收拾好自己的東西，嘴裡哼著小曲兒離去了。

荀仲立即召集家人，商量沖喜之事。所謂沖喜，是北方農村流行的一種習俗，即將凶事辦為吉事，如男子病入膏肓，臨時迎娶一個女子，讓二人結為夫妻，就叫沖喜。據說這樣做，可以減緩男子的病情，其實沒有任何道理。荀仲的妻子，也就是荀貴的生母朱氏，愛子心切，竭力贊成沖喜。而荀仲的三個妾都沒有兒子，巴不得荀貴一命嗚呼哩！這樣她們日後便可以和朱氏一樣，平等地瓜分荀家的家產。因此，她們對沖喜不感興趣，只顧嗑著瓜子兒，沉默不語。

荀仲說：「巫醫說了，只有沖喜，才能治癒貴兒的病。沖喜是肯定的，問題在於這個時候，找誰家女子來沖喜呢？」

沒有人吭聲。因為人人知道，憑荀貴那副模樣，平時連提親的媒人都沒上過門，現在又重病垂危，命在旦夕，到哪裡去尋沖喜的女子？須知沖喜過後，荀貴病死，人家女子就得活活守寡啊！

好久，倪球乾乾地咳嗽一聲，說：「我倒是想到一個人。」

荀仲忙問：「誰？快說！」

倪球說：「呂洪家的女兒呂雉。啊！現在好像改名叫娥姁了。」

荀仲猶疑地說：「那個妞，我見過，長得很俊，嘴巴厲害。只是爲了那四畝地，呂洪可能記恨於我，他會讓女兒給貴兒沖喜嗎？」

倪球說：「我們別說沖喜，只去鄭重地提親，多帶些財禮，多說些好話，沒準兒能成。荀爺想，呂洪家沒了土地，一家人生活沒有著落，能不著急？這時候去提親，許諾娥姁過門後就是荀家的少奶奶，對他們說來是雪中送炭，歡喜不說，恐怕還要感激荀爺哩！」

荀仲眯縫的眼睛發出光來，說：「對！對！你明日就去提親！財禮嘛，可以先給三匹錦緞，三匹白帛，再加上五千文錢。你可以先軟後硬，不妨提說提說閻旺，讓呂洪莫忘了，我還有個當邑令的外甥。」

於是次日，倪球果眞到呂洪家提親來了。他一進門，便拱手說：「恭喜先生！恭喜夫人！」說著，示意隨行的家丁將帶來的財禮放到了桌上。

呂洪迷惑不解，說：「你幹什麼？」

倪球笑著說：「我給先生和夫人家的千金做媒來了。事情是這樣的：我家荀爺唯一的公子荀貴，今年十九歲，尚未成家。他可是個有福之人，荀爺已替他置下萬貫家產，千頃土地。上門提親的媒人踏破門檻，可荀貴誰家的閨女也看不上，單單看中你們家的娥姁，死纏著荀爺，要他派人前來提親。荀爺疼愛兒子，這不，就派我做這個大媒來了。荀爺說，媒做成了，荀貴和娥姁立即大婚，娥姁過門後就是少奶奶，吃香的，喝辣的，金銀首飾，綾羅綢緞，享用不盡……」

呂洪聽了這番信口胡編的鬼話，氣得臉色發青，頭腦發脹，沒好氣地說：「得了得了！回去轉告你們家荀爺，就說荀家的門樓太高，我們高攀不起，也不想高攀。」

苗氏插話說：「荀貴不是患了重病嗎？」

倪球說：「荀貴的病不礙事，只是頭疼腦熱而已。巫醫說了，只要大婚，他的病立刻就會好的。」

倪球漏嘴說出了「巫醫」二字，呂洪立刻明白了一切。他心頭騰起熊熊怒火，大聲說：「好啊！你個姓倪的！你要讓我們家的娥姁去苟家沖喜不是？告訴你，快死了這個心！我們家的娥姁終生不嫁，也不會進他苟家的大門！」

苗氏也很惱怒，說：「你倪球好歹也是個男人，爲何光幫著苟家做缺德的事？」

倪球臉上紅一陣白一陣，幾次張嘴，卻說不出話來。讓呂娥姁沖喜的主意是他出的，做媒泡湯，回去可怎麼向苟爺交代呀？這時，他想起苟仲「先軟後硬」的吩咐，便軟中帶硬地說：「先生和夫人且別動怒，事情還可商量。你們想必知道，在這疙瘩寨，或者說在這單父邑，還沒有我家苟爺辦不成的事。誰讓人家是財主和里正哩？誰讓人家有個外甥閻旺哩？他認定和你們呂家結親，是看得起呂家，是呂家的造化，呂家的福氣。順著他，只有好處，沒有壞處。假若惹惱了他，他去官府跟閻旺打個招呼，你們還不是吃不了兜著走？」

倪球不提閻旺還罷，提起閻旺，直氣得呂洪渾身哆嗦，兩眼冒火。他手指倪球，大吼一聲：「你給我滾！讓他閻旺再把我關進大牢好了，我等著他！」

倪球仍不知趣，還想說什麼。娥姁、娥姸、釋之一起向前，說：「滾！滾！滾！」蹲伏在一邊的黃黃頓時來了勁，對著倪球，「汪！汪！汪！」地吠叫個不停。

倪球見勢不妙，脹紅著臉，就要離去。

呂洪說：「把桌上的東西拿走，省得髒了我們家的屋子！」

倪球努嘴示意，讓隨行的家丁拿了錦緞、白帛和銅錢，訕訕地走出了呂家的大門。黃黃追出門去，又是一陣狂吠：「汪！汪！汪！」

倪球走了，呂洪一家人陷入了危機。呂洪蹲在地上，連聲嘆氣說：「嗨！這是什麼世道？」

苗氏將娥姸和釋之摟在懷裡，流淚說：「老天爺不是把我們往絕路上推嗎？」娥姁緊鎖秀眉，認眞思索著擺脫危機的出路和辦法。

寂靜，死一樣的寂靜。許久，娥姁看看父親，又看看母親，終於說話了。她說：「眼下只有一個字：逃！」

呂洪和苗氏吃了一驚，說：「逃？往哪裡逃？」

娥姁說：「還是那句話：好漢不吃眼前虧。憑我們現在的處境，無論如何是鬥不過苟仲他們的，所以只有一逃了之。我哥呂澤不是在沛邑嗎？我們不妨先逃到他那裡去。而且沛邑令是爹的遠房親戚，或許他能幫我們一點忙。」

呂洪說：「沛邑邑令叫裴勖，是我姑父的表弟。呂澤在沛邑當差，就是裴勖給安排的。」

娥姁說：「那就好，有這個親戚總比沒有這個親戚強。別猶豫了，趕快收拾，今晚就動身！」

呂洪和苗氏非常欣賞女兒的見識和鎭靜，說：「只有這樣了，逃，越快越好。」

於是，全家人忙活開了，不外乎是包包裹裹，捆捆紮紮。好在沒有什麼值錢的家當，不到一個時辰，便將該帶的東西都收拾好了。晚上，全家人飽飽地吃了一頓。月暗星昏之時，幾個人影，一輛獨輪小車，還有那隻黃黃，悄然無聲地逃離了疙瘩寨，消失在迷迷茫茫的夜色中。

4

呂洪一家人逃亡途中遭遇強盜，呂氏姐妹被擄往山寨。沛邑邑令出面相救，呂娥姁和呂娥妍毫髮無傷，平安下山。

初秋時節，夜色迷茫。天空湧現大片烏雲，遮蓋了本來就很昏暗的月光和星光。空曠的原野被黑幕籠罩著，讓人感到鬱悶和壓抑。偶爾出現一兩株樹，樹枝伸展，鬼蜮似的，使空曠的原野更增添了幾分陰森森的氣氛。

呂洪夫婦帶著兒女，急急忙忙地踏上了逃難的路程。他們的逃難工具是一輛獨輪小車，那是一種非常原始的車子，一個面盆大小的圓輪，兩個由粗而細的車把，圓輪上方和稍後部位是扁平的木架，木架上可以載物，也可以坐人。現在，呂洪正推著車子，苗氏和娥姁拉著車子，娥妍和釋之分坐於車子兩側，牢牢抓住捆綁在車上的雜物，神情略顯緊張，匆匆忙忙地前行。他們最擔心的是逃難的行蹤被人發現，苟仲家的人追趕上來，那可就糟糕透頂，恐怕只有死路一條了。

他們心情沉重，誰也沒有說話。只有黃黃歡快而亢奮，牠似乎非常喜歡夜間遠行，擺動長尾，撂開四腿，圍繞著獨輪車，跑前跑後，跑左跑右，一刻也不停息。

他們一鼓作氣走出十餘里，沒有發現有人追趕和攔截，這才長長地舒了口氣。

呂洪說：「但願老天保佑，能讓我們逃過劫難。」

苗氏說：「苟仲家的人沒有想到我們逃得這樣快，若是想到，我們怎麼也逃不出來的。」

娥姁說：「天亮以後，苟仲、倪球發現我們一家人逃了，不把鼻子氣歪才怪哩！」

娥妍和釋之說：「還有苟貴，讓他乾瞪眼等死吧！」

這家人這麼說著話，腳步並沒有放慢。因爲他們知道，不到沛邑，就不能算是安全的，相反倒是隨時都有落入虎口的可能。接下來是單父邑通往豐邑和沛邑的大道，道路比較寬闊，也比較平坦。獨輪車行駛在這樣的道路上，顯得輕快了許多。隱約可見的道路彎彎曲曲，車輪滾地的聲音吱吱呀呀。起風了。秋夜的風是柔和的，吹到人的臉上，絲絲涼意，陣陣清爽。草叢中有螢火蟲在閃爍，還有不知名的蟲兒在唱歌。露水很重，頭髮上、衣服上和車把上的濕潤，表明了它的存在。

呂洪一家人不敢有絲毫的鬆懈和怠慢，緊緊張張地向前趕路。約莫四更時分，他們到達一座山前。呂洪認得，這座山叫做青龍山，再往前走十里，便是豐邑了。過了豐邑，就是一條平坦的大路，直達沛邑。那樣，苟仲家的人縱有天大的本事，追趕他們也無濟於事了。

呂洪招呼苗氏和娥姁說：「停！停！歇歇腳再走！」

苗氏和娥姁止住腳步，車子停下。

呂洪伸了伸胳膊，說：「眞累死我了。」

苗氏和娥姁擦著額上的汗，說：「逃難的滋味眞不好受。」

娥姸和釋之下車，說：「我倆的腿都坐麻了。」

他們就勢坐在地上。苗氏取了幾塊煎餅，說：「你們都吃一點，路還長著哩！」

娥姸和釋之掰了一角煎餅丟給黃黃，說：「黃黃！你也吃一點！」黃黃跳起來叼了煎餅，蹲在一邊幾口就吃完了。

山上吹來一股颼颼的涼風。他們同時抬頭看山，但見山不太高，卻也是懸崖峭壁，怪石嶙峋，突兀的山巒綿延起伏，遮住半邊天空。山上長著很多樹木，高高低低，黑糊糊地連成一片，一眼望不到盡頭。苗氏不禁犯疑，說：「這地方邪乎！快吃，我們還是上路吧！」

就在這時，黃黃突然跳起來，向著樹林深處一陣猛吠。呂洪急忙起身，說：「不好！恐怕遇到賊人了！」

說時遲，那時快，樹林深處早躥出一二十個黑影來。黑影飛快地向路邊移動，不一時便到了呂洪一家人的跟前，四向散開，將他們圍在了中間。有人發出一聲呼哨，「唰」地一亮，陡然冒出七八束熊熊燃燒的火把來。

呂洪借著火把的亮光看去，只見黑影變成了彪形大漢，頭裹黑巾，身穿黑衣，有的持刀，有的執棍，目空一切，虎視眈眈。呂洪尚未反應過來，只聽得一個三十四五歲，敞衣露胸、臉方嘴闊的大漢高聲喝道：「嗨！你們是什麼人？過我青龍山，留夠買路錢。識相的，把錢留下走人；不識相的，白白搭上性命！」

呂洪嚇得魂不附體，渾身哆嗦，拱手作揖，說：「好漢饒命！好漢饒命！實不相瞞，我和妻子、兒女被仇家所逼，逃難路過此地，兩手空空，身無分文，實在沒錢孝敬各位。」

苗氏嚇得心驚肉跳，臉色煞白。娥姁、娥姸、釋之緊偎在母親的身後，驚慌害怕，緊張得喘不過氣來。

大漢不相信呂洪的話，看見那輛獨輪車，說：「搜！」

幾個舉火把的賊人立刻向前搜索，發現車上只有破衣爛裳舊棉被之類，沒有一樣值錢的東西。一人回報大漢說：「報告山主！車上沒有貨色，我們遇到的確實像是逃難之人。」

那個被稱作「山主」的大漢朝地上唾了一口，說：「呸！真他媽的晦氣，開市便遇上個窮鬼！」他猛地看到苗氏身後藏著兩個女孩，立時來了興趣，說：「兩個妞站出來，讓本山主瞧瞧！」

娥姁和娥姸嚇得緊緊抱住苗氏，不敢抬頭。早有兩個舉火把的賊人向前，強行將她倆拉到山主跟前。山主就著火亮左看右看，哈哈大笑，說：「兩個妞倒還標致。這樣吧，山寨都是大老爺們，缺少兩個侍女，就將兩個妞帶上山去，斟個酒端個茶什麼的，也讓爺們享受享受。」

呂洪和苗氏嚇得魂飛天外，「撲通」跪地，連連磕頭，說：「好漢開恩！好漢開恩！窮人家的閨女，侍候不了山大王，就求你們饒了她倆吧！」

山主說：「少廢話！活膩了不是？假若惹惱了本山主，一刀一棍，就叫你倆去見閻王爺！」他接著一揮手，說：「夥計們！走！」

賊人拉著娥姁和娥妍上山。呂洪和苗氏放聲大哭，喊道：「閨女！閨女啊！」娥姁和娥妍拼命掙扎著，轉過臉來發出淒厲的呼喊：「爹——！娘——！」

釋之也哭著喊道：「姐姐！姐姐！」

黃黃見自己的小主人被人拉走，極不願意，追上前去，伸長脖子狂吠。一個賊人掄起棍棒要打黃黃。黃黃翻身一躍，躍到一側，吠聲更加急促和響亮。

呂洪和苗氏看著漸漸隱去的火把，心如刀絞，失魂落魄。他們做夢也沒有想到，竟在青龍山遇到了賊人，丟失了女兒。怎麼辦？怎麼辦？老天爺啊！你為何這樣凶狠和殘忍，專門跟逃難人過不去？

呂洪畢竟是男人，突然有了主意，說：「快！快去沛邑！找到裴勔和澤兒，或許能救出娥姁和娥妍！」

苗氏擦了擦眼淚，點頭說：「只好如此了。」

於是，呂洪推車，苗氏拉車，釋之坐在車上，急急匆匆地出發了。他們不是在走，而是在跑，是心急火燎、近乎瘋狂的跑。

跑出老遠，釋之突然說：「呀！黃黃呢？黃黃怎麼沒有跟上來？」

呂洪和苗氏也發現黃黃沒有跟上來，說：「顧不上牠啦！救你姐姐要緊！」

天亮時，他們到了豐邑。不能停留，不能休息，必須向著東方，繼續前進。車輪滾地，揚起一溜塵土。大汗淋漓，衣服全部濕透。路上出現行人，看到這個情景，不解地說：「這兩口子得是瘋了？推車拉車，飛也似的，人受得了嗎？」

太陽出來了，他們沒有發覺。天上飛著大雁，路邊楓葉火紅，他們沒有看到。他們的心中只惦記著娥姁和娥妍，飛快地移動腳步，向前趕路。也就是午時剛過的光景，他們終於到達了沛邑城外。呂洪記得，兒子呂澤和兒媳審惠是住在城西柳家莊的，他們便逕直去了那裡。三拐兩拐，到了兒子的家門口。呂洪急促地叫門。苗氏一屁股坐到地上，再也起不來了。

大門打開，出來的正是審惠。她乍見公公婆婆，一副狼狽不堪的模樣，頓時驚呆了，說：「你們？怎麼弄成了這個樣子？」

呂洪說：「一言難盡。你先告訴我，呂澤在家不？」

審惠說：「他在邑衙當值，尚未回來。」

呂洪說：「那好，你先招呼你婆婆和釋之，我這就到邑衙找呂澤去。」未及審惠答話，他一轉身，風風火火地就走了。

呂洪到過沛邑，知道邑衙的位置。他到了那裡，立刻見到呂澤。呂澤很是詫異，說：「爹！你怎麼來了這裡？」

呂洪見了兒子，淚水嘩嘩地流了下來，從頭至尾，把怎樣逃難，怎樣在青龍山歇腳，怎樣遇到賊人的情況，約略地說了一遍。末了說：「娥姁和娥妍硬被賊人擄上山了，說是當侍女，誰知道會怎樣啊？你得趕快告訴邑令大人裴勖，他是我姑父的表弟，只有請他出面幫忙，興許能救出你的妹妹。」

呂澤聽了這番話，恰也著急，說：「走！這就去找邑令大人！」

呂澤領了父親，很快來到裴勖的書房。書房裡除了裴勖外，還有兩人，一是沛邑的主吏（邑令主要僚屬，管政事）蕭何，一是沛邑的獄掾（邑令僚屬之一，管刑獄）曹參。呂洪和裴勖是認識的，私下裡他也稱他爲姑父，公開場合他則稱他爲邑令大人。呂洪見了裴勖，就要跪地磕頭。裴勖趕忙攔住，說：「自家親戚，無須客氣。坐！坐！」

呂澤給父親搬了個圓杌，呂洪坐下。裴勖說：「你家住在單父邑，怎麼有空到沛邑來了？」一句話問到了呂洪的心痛處。他強忍淚水，一五一十，敘說了逃難路上的遭遇。最後說：「現在只有來求姑父了，姑父坐鎮一方，見多識廣，或許能有辦法救出我那兩個閨女。」

裴勖又是皺眉，又是點頭，說：「你說那個山主什麼長相？」

呂洪說：「三十四五歲，大高個兒，臉方嘴闊，聲音洪亮。」

裴勖朝蕭何和曹參笑了笑，說：「是他！是他廖鵬！」

蕭何和曹參也笑著說：「是他！沒錯！」

呂洪疑惑地問：「姑父認識那個山主？」

裴勖說：「認識認識。廖鵬原是沛邑的一個獵人，自幼習武，練得一身好功夫。他的妻子郭氏年輕貌美，姿色出眾。一天，廖鵬外出打獵，同村財主毛通的兒子毛松前去串門，無恥地姦污了郭氏。郭氏蒙羞受辱，懸樑自盡。廖鵬得知情由，怒殺毛松，並到邑衙自首。毛通一心要讓廖鵬償命。我，還有這兩位，即蕭主吏和曾獄掾，念他廖鵬是條好漢，故意改凶殺爲誤殺，從輕發落，免了他的罪責，釋放回家。他回家後，深夜放了一把火，將毛通家的莊園燒了個精光，然後聯絡一夥人落草青龍山，打家劫舍，殺富濟貧，當上了山大王。他和我們還算有些情義，從來不傷害沛邑的百姓。現在，他擄了你的兩個女兒，我這就寫一封信去，相信他會放人的。」

呂洪連忙說：「姑父大恩，感謝不盡！」

裴勖說：「蕭主吏！勞你用我的名義，寫信給廖鵬，就說那兩個女孩是我的親戚，求他放人就是了。」

蕭何說：「是！」於是坐到案前寫信。呂洪趁此機會打量了蕭何和曹參二人。但見蕭何中等身材，皮膚白淨，面如滿月，神態從容，一派幹大事的風度。曹參個子偏高，四方臉，厚嘴唇，粗黑的眉毛下一雙大眼炯炯有神，顯得十分幹練。

不一會兒，蕭何將信寫好。裴勖看了一遍，非常滿意，說：「曹參和呂澤，你倆挑兩匹快馬，拿我的信去青龍山，務要見到廖鵬，請他放人。」接著轉身對呂洪說：「你得是住在呂澤家？你就回去等消息吧！」

曹參、呂澤、呂洪一起離開書房。在邑衙門前，呂洪看著曹參和呂澤策馬馳去，這才走回柳家莊。青龍山的山主確實是廖鵬。四更多天，他帶領夥計們下山，開市不吉，直覺得晦氣。不過，倒是擄得兩個女孩，也算小有收穫。他們滅了火把，拉著娥姁和娥妍姐妹，穿越層層樹林，攀登重重石階，回到了山頂的大寨。那裡是一片高低不齊、錯落有致的房屋，周圍綠樹參天，前後有人把守，是個很隱秘的所在。廖鵬吩咐眾人說：「繼續睡覺！夜晚再出去尋買賣！」有人詢問兩個妞如何處置，廖鵬說：「先關起來，等爺們睡醒了再說！」

娥姁和娥妍被關進一間小屋，門上上了一把大鎖。娥妍非常害怕，流著淚說：「姐！他們會把我們怎樣？」

娥姁儘管也怕，但畢竟比娥妍年長，且有主見，遇事不怎麼驚慌。她知道，此時此地，害怕、驚慌於事無補，只有沉著冷靜，才能跟賊人周旋。她發現，那個被稱作「山主」的大漢，並不像人們通常所說的綠林大盜那樣，紅眼睛，綠眉毛，巨嘴獠牙，殺人如麻。相反，他好像很正派，很剛毅。她安慰娥姸說：「別怕，順其自然，見機行事。」

娥姸又說：「爹、娘、釋之他們不知怎樣了？」

娥姁說：「他們肯定逃往沛邑了，將情況告訴呂澤哥，呂澤哥或許能來救我們。」

大約未時左右，門鎖啓動，屋門打開。進來一個中年漢子，說：「走！山主飲酒，讓你兩個侍女前去侍候！」

娥姁和娥姸不敢不從，跟了中年漢子走出小屋。他們來到一間寬敞的大廳，那裡擺滿條桌，圍桌坐有四五十個賊人。桌上有大碗酒、大盤肉，酒香和肉香飄溢，令人垂涎。山主坐在正面中央位置，穿著對襟坎肩，沒有繫扣，露出了紫銅色的健壯胸脯。他見呂氏姐妹進了大廳，一副膽怯的樣子，不禁哈哈大笑，說：「不用怕，我們不會吃人！讓你兩個上山，只是因爲山上沒有侍女，飲酒吃肉缺少點情趣。好好幹，爺們不會難爲你們！來！先給本山主斟碗酒！」

娥姁和娥姸沒有反應過來，站著沒有動彈。有人說：「快呀！山主叫斟酒哩！」

娥姁趕忙向前，取了酒舀子，先給山主，次給其他人，一一舀酒。娥姸仿著姐姐，也取了酒舀子，分別給坐在兩側的人舀酒。山主端起酒碗，說：「來！爲我們的山寨興旺發達，乾！」眾人齊聲說：「爲興旺發達，乾！」一仰脖子，咕嚕咕嚕地喝了個碗底朝天。

山主興致很高，忽然說：「哎！兩個妞！會唱歌嗎？唱個歌兒曲兒什麼的，讓爺們開心開心！」娥姁紅著臉說：「會唱幾句，就是唱得不好。」

山主說：「那就唱幾句，唱得不好不要緊。」

娥姁自小精明，不想惹惱賊人。她懂得，惹惱賊人，吃虧的只會是自己。她跟娥姸悄聲商量一下，二人站定，擺好姿勢，啓朱唇，放嬌喉，悠悠揚揚地唱起她們經常唱的《梳頭歌》來：

春天呀那個滿園花兒開，
花香呀那個飄在閨房外。
睜眼呀一看紅亮亮，
原是呀原是呀太陽升起來。
一夜呀好睡的小妹妹，
懶洋洋呀起呀起床來。
起床來呀做呀做什麼？
笑瞇瞇呀坐呀坐對梳妝檯。
散開呀長溜溜的黑頭髮，
梳呀梳呀梳起來。
一梳呀那個蝴蝶結，
二梳呀那個荷花開。
三梳呀那個鳳求凰，
四梳呀那個滿頭彩。
五梳呀那個最呀最難梳，
要梳出呀一對戲水的鴛鴦緊相挨。
哎嘿依喲嘿——
要梳出呀一對戲水的鴛鴦緊相挨！

娥姁和娥姘唱罷，以手捂臉，顯得很不好意思。山主帶頭喝采，大聲說：「唱得好！」眾人齊聲應和，說：「不賴！不賴！」大廳裡一片輕鬆歡快的氣氛。這時，廳外走進一人，報告說：「啓稟山主，沛邑獄掾曹參在山寨外面求見！」

廖鵬說：「啊！快請！快請！」

那人去不多時，便領著曹參進了大廳。呂澤跟在曹參的後面。廖鵬早就迎了上去，朗朗大笑，說：「啊哈！曹老弟，什麼風把你給吹來了？」

曹參也笑著說：「好啊！你占山爲王，飲酒吃肉，好快活啊！」

娥姁和娥姸一眼看到了呂澤，高興得流著眼淚撲過去，大喊一聲：「哥——！」

她倆的喊聲驚動了所有的人。廖鵬疑疑惑惑地說：「這是怎麼回事？」

曹參哈哈大笑，說：「廖兄啊！曹某正爲此事而來。喃！這位是沛邑的差役，叫呂澤。這兩個妞，正是他的妹妹。他們的父親叫呂洪，是邑令大人裴勖的親戚。你這個山大王打家劫舍，把裴勖的親戚給劫上山啦！哪！邑令大人有信給你，請你高抬貴手，放了兩個妞！」

廖鵬接信在手，一拍腦門，說：「嗨！大水沖了龍王廟，怎麼撞了自家人？我啊，該死！該死！」

曹參說：「不知者不爲過。廖兄放人，就給了裴勖的面子了。」

廖鵬說：「那還用說？放人放人！哎！曾老弟既然到此，總該和兄弟們喝幾碗吧？」

曹參說：「公務在身，不敢久留。我只喝一碗怎樣？」

廖鵬說：「痛快！」立即親自斟酒，端給曹參。曹參接過，一飲而盡，說：「謝了！那我就將人帶走了？」

廖鵬說：「煩請曹老弟在邑令大人跟前多多美言，就說廖某日後定當面謝罪。」

事情很突然，也很簡單。娥姁和娥姸跟著曹參和呂澤，毫髮無傷地下山了。走至山腰，突然聽到狗的吠聲。原來那是黃黃，邊吠邊朝娥姁和娥姸跑來，歡快地親熱地跳著，只想撲到小主人的懷裡。娥姁和娥姸抱住黃黃，淚眼模糊，動情地說：「黃黃！你一直守在這裡等著我們，眞是太難爲了！」

他們來到山下。曹參和娥姁共騎一馬，呂澤和娥姸共騎一馬，輕輕快快地馳向沛邑。娥姁和娥姸都是第一次騎馬，心裡有些緊張又有些興奮。她倆回想一天來的經歷，簡直像傳奇故事，曲折離奇，新鮮刺激，太不可思議啦！

5

娥姁和娥妍安全歸來，呂洪一家人欣喜萬分。收割穀子，意外獲得一筆橫財。呂洪家從此變得有錢了，在柳家莊修建起漂亮闊氣的府宅。

太陽西墜，鳥兒歸林，絢麗的晚霞給沛邑城池抹上一層玫瑰色，淡淡的，柔柔的，明亮中流露出幾分寧靜和溫馨。這時候，曹參、呂澤和娥姁、娥妍已經進了沛邑城，到了裴勖的書房裡。曹參一一介紹。娥姁和娥妍向裴勖和蕭何行禮，說：「感謝邑令大人和蕭主吏救命之恩。」鶯啼燕語，嬌聲嚦嚦。裴勖和蕭何端詳呂氏姐妹，衣著雖然樸素，容貌卻很清麗，言行舉止討人喜歡。尤其是姐姐娥姁，面龐豐潤，眼睛明亮，見了官吏，毫不怯場，反而從容鎮定，落落大方。裴勖不由想到自己的兒子，何不聘娶此女爲妻？此女若能成爲裴家兒媳，沒準兒裴家會因此而人財兩旺哩！然而，這只是裴勖瞬間即逝的想法而已，遠不到說出口的時候。他笑了笑，溫和地說：「人回來最好，謝就免了。」

接著轉向呂澤，說：「呂澤！你還愣著幹什麼？還不快帶妹妹回家去？你們的爹娘等著他倆，恐怕正心急如焚、望眼欲穿呢！」

呂澤恭敬地回答說：「是！」

娥姁和娥妍再次謝過邑令大人和蕭主吏，同時謝過曹獄掾，然後和呂澤一起，離開書房，離開邑衙。黃黃追了上來，親親熱熱，唯恐再次失去主人。呂家兄妹感到從未有過的輕鬆和快樂，順街沿巷，出了城門，很快到了柳家莊。呂澤家的大門敞開著，呂洪和苗氏不時出門張望，盼著女兒歸來，確實是心急如焚，望眼欲穿。突然，他們發現遠處有三個人影。再看，啊！那不是澤兒、娥姁和娥姁嗎?他們急忙迎了上去，娥姁和娥姁也看到了爹娘，急忙跑了過來。

「閨女——!」「爹——!」「娘——!」伴隨著幾聲急切的呼喚，父女母女緊緊地抱在了一起，一天的驚恐、焦急、等待、期盼和突如其來的喜悅，化作淚水，猶如傾盆大雨，自天而降。

審惠也迎了上來，笑著說:「妹妹平安歸來，喜事。好啦!別哭了，回家吧!」

釋之看到黃黃，雙手把牠摟在懷裡，說:「黃黃!黃黃!我想死你了!」

呂洪和苗氏手拉兩個女兒，嗚咽著，走進了呂澤和審惠的家。這是一個狹窄的小院，正面三間草房，算是堂屋;一側兩間草房，算是廂房。院裡有一株柳樹，樹梢高過房簷;還有幾株菊花，黃色和白色的花朵散發出幽幽的清香。

洗臉。喝水。說話。晚上，審惠操持，一家人難得地吃了一次團圓飯。呂澤特地取出一罈好酒，招待爹娘和妹妹。娥姁和娥姁喝了幾口酒，臉泛桃花，艷若彩霞。她們敘說了被擄往山寨的經過，呂洪和苗氏敘說了飛車趕路的情景，感慨係之，且驚且喜。苗氏說:「我到了澤兒家門口，心裡一鬆勁，兩腿軟得像棉花，一下子就癱到了地上。」

審惠說:「我看到那樣子，真嚇壞了，趕緊沖了一碗紅糖水給婆婆喝下，婆婆才回過神來。」

呂洪說:「感謝老天，危難總算過去了。裴勖、蕭何、曾參都是好人，是他們鼎力相助，我們一家人才得以有驚無險。呂澤!你可要在裴勖手下好好當差，不然，我們對不起人家。」

呂澤說:「孩兒謹記爹的教誨。」

說話間，天色黑定，夜幕降臨。呂澤和審惠說:「大家都累了，早點休息吧?」

苗氏說:「一下子添了五口人，怎麼個住法?」

審惠說:「好住!公公婆婆住堂屋西邊的一間，娥姁娥姁住廂房南面的一間，釋之嘛，就在堂屋中間打個地鋪，將就一些。」

苗氏說：「眞難爲你們了。」

審惠說：「嗨！一家人，有什麼難爲不難爲的？」

從此，呂洪全家就在沛邑落籍了。然而全家七口人，只有呂澤一人當差掙錢，六張開嘴要吃飯，日子過得艱難哪！幸好呂澤兩年前在村東頭置了二畝薄地，他們便把全部精力使在薄地裡，收穫糧食後省吃儉用，這才不致成天餓肚子。呂洪很想重操堪輿的營生，可一想到在疙瘩寨，爲苟仲家堪輿進而遭到訛詐的情景，立刻就打消了這個念頭。一天，他在沛邑城裡閒逛，看到有人使用相術替人相面，頓時靈機一動，那玩意兒誰不會呀？所謂相面，就是根據人的長相特徵來推測人的氣數和命運，吉凶呀，福禍呀，貴賤呀，貧富呀，壽夭呀，等等。它和堪輿一樣，本是一種迷信方術，可在古代，由於科學技術落後，相信它的人極多。呂洪是個精明而狡黠的人，在相面攤前坐上半天，便將相術的種種技巧揣摩得八九不離十了。

打這以後，呂洪便有了新的營生：相面。他替人相面，吸取了過去堪輿的教訓，儘量讚美人的長相，推測未來卻說得模棱兩可，可以這樣理解，也可以那樣理解，尤其要說「天機不可洩露」、「日後自見分曉」之類的話，玄玄乎乎，如雲似霧。這樣，每天下來，他都可以掙回三五十文錢，使得家中的境遇略有改善。第二年，審惠生了個兒子，取名呂台。呂台的降生，給呂家帶來了歡樂，也帶來了煩惱。說是歡樂，因爲呂洪和苗氏有了孫子，當上爺爺和奶奶了；娥姁、娥姸和釋之有了侄兒，當上姑姑和叔叔了。說是煩惱，因爲又多了一張嘴要吃飯，本來就緊巴的日子就更加緊巴了。

這年秋天是個好年景。地裡的穀子成熟了，放眼望去，穀穗長長，穀穗彎彎，金黃金黃，就像狼和狗的尾巴。辛勤的耕耘有了豐碩的收穫，苗氏和審惠的臉上掛滿喜悅，掛滿歡欣。成熟的穀子得抓緊收割，穀子進了自家的糧甕，那才是眞正意義上的糧食哩！

審惠自從生了呂台，就沒有時間下地幹活了。呂洪在街頭相面，呂澤在邑衙當差，收割穀子的任務自然而然地落到了苗氏和娥姁、娥姸三人身上。釋之年齡最小，又是男孩，不淘氣不惹禍就謝天謝地了，指望他幹活是靠不住的。

這天，苗氏發話說：「從今日起，我們得抓緊收割穀子。娥姁、娥姸！你倆先去地裡，輕割輕捆，儘量別損穀穗。中午我給送飯去，後晌，我們一起幹！」

審惠說：「我也去吧？」

苗氏說：「用不著你去，我的寶貝孫子台兒哪能離人？」

娥姁和娥姸說：「就是！我們的侄兒最爲貴重，嫂嫂待在家裡照看台兒要緊。」

釋之說：「我也去。」

苗氏說：「你去可以，但有一條：不許搗亂！」

於是，娥姁、娥姸、釋之，當然還有黃黃，一塊兒下地了。黃黃尤爲歡勢，圍著主人跑前跑後，永遠沒有疲乏的時候。每遇大樹小樹，它都要去樹根聞一聞，間或翹起後腿撒出幾滴尿。所有的狗都有這種習慣，撒尿是爲辨識道路留下的標記，憑著尿的氣味，不論外出多遠，總會敏銳地嗅出回歸的路程。走不多時，他們到了自家的地裡，但見微風吹過，穀穗擺動，金燦燦的，沉甸甸的，好景象啊！娥姁捲起衣袖，揮動鐮刀，割了第一把穀子。穀桿粗壯，握在手裡，頗有一種豐滿實在的感覺。娥姁用銅製的鐮刀割倒穀子，整齊地放在地上。娥姸用細長的樹皮捆紮穀子，碗口粗一捆兒，手拽樹皮，使勁一擰，打個死結，就捆紮好了。娥姁在前面割，娥姸在後面捆，不一時，地裡便等距離地平放著二三十個穀子捆兒，像是裹著嬰兒的金黃色襁褓，一模一樣，非常好看。

這邊，娥姁和娥姸在埋頭勞作；那邊，釋之在逗黃黃玩耍。黃黃非常聰明，能夠領會主人的意圖和接受主人的命令。釋之用手畫一個圓，說：「翻個跟頭！」黃黃騰地就翻一個跟頭。釋之扔出去一個瓦片，說：「去叼回來！」黃黃立即跑過去，呼哧呼哧地便將瓦片叼回來。釋之大聲說：「黃黃，好樣的！」黃黃得到誇獎，越發搖頭擺尾，儼若沙場歸來的英雄。

釋之再次扔出去一個瓦片，瓦片飛出老遠，落到一棵大槐樹跟前。這棵大槐樹，樹幹堅挺，樹皮斑駁，樹枝上長滿綠葉，形成一個巨大的樹冠，很是雄壯和威武。釋之命令黃黃去將瓦片叼回來，黃黃去了，卻遲遲沒有反應，接著發出了「汪！汪！汪！」的吠聲。釋之趕忙跑過去，只見黃黃兩條前腿在樹根附近一個勁地扒土，唰唰唰，很快扒出了一個小坑。黃黃看到釋之前來，興奮地圍著大槐樹轉了一個圓圈，吠了兩聲，繼續扒土。扒出的土有點潮濕，飛濺著，就像天上落下的「土雨」。釋之覺得奇怪，朝著地裡喊道：「姐！你們過來一下！」

娥姁和娥姁聽到喊聲，直一直腰板，極不情願地走了過來，說：「怎麼啦？」

娥姁腦子反應極快，說：「這底下肯定埋藏著什麼東西。」

釋之一努嘴，說：「看！」

娥姘和釋之不大相信，說：「哪能呢？」

娥姁說：「黃黃的鼻子非常靈敏，牠的表現告訴我們，這底下肯定埋藏著什麼東西！讓開，讓我將它挖出來，看個究竟！」

受著好奇心的驅使，娥姁蹲下身子，揮動鐮刀，鑿那土坑。黃黃退到一邊，伸長舌頭，呼哧呼哧地喘氣。土坑越鑿越深，忽然「當」的一聲，鐮刀似乎鑿到了石板上。娥姁刨去鬆土，露出的果然是石板。石板不大，略一用力，就將它豎了起來。再看，原來石板底下埋著個絳紫色的陶罐，陶罐上蓋著圓蓋。娥姁的心「撲通撲通」地跳，娥姘和釋之的眼睛瞪得溜圓：這陶罐裡裝著什麼呢？娥姁屏住呼吸，不敢用手開啟圓蓋，而是用鐮刀的尖端輕輕地將圓蓋撥開。霎那間，娥姁姐弟驚呆了：原來陶罐裡裝的不是別物，而是金餅和銀錠，金光閃閃，銀光燦燦，金光銀光爭輝，光華奪目，璀璨耀眼。

娥姁慌忙蓋上圓蓋，坐在地上，心跳血湧，老半天說不出話來。她迅速向四周看了看，擔心有人發現了他們的舉動。幸好，四周沒有人，她的心這才定了下來。她弄不明白，爲何有人將這麼多的金銀埋在野外的大槐樹下，那麼金銀的主人呢？死了？逃了？她也弄不明白，爲何偏偏自家姐弟發現了這些金銀，它意味著什麼？是福？是禍？她一時無法找到答案，趕緊又蓋好圓蓋，放下石板，再在石板上埋些土，命娥姁和釋之抱幾個穀子捆兒來，將鑿開的土坑遮了個嚴嚴實實，從外面看，根本看不出任何痕跡。她鄭重地叮囑妹妹、弟弟說：「此事不能聲張，不許對外人說出去！」

這時，苗氏挎著一個柳編的籃子，給他們送飯來了。她看了一眼穀地，說：「怎麼？一個上午才割這麼一點點？還有，那幾個穀捆兒爲何挪到大槐樹下？是怕它們被曬著？」

娥姁讓娥姁和釋之吃飯，自己則將母親拉到一邊，悄聲敘說了發現金銀的經過。苗氏大驚，說：「有這種事？我去看看！」

娥姁一把拉住母親，說：「別看！省得暴露形跡。這事，恐怕得把爹叫來，讓他拿個主意。」

苗氏一想也是，一面叫娥姁吃飯，一面對釋之說：「快吃！吃畢去城裡找你爹，讓他立刻回來，就說有急事。」

釋之一抹嘴，說：「好哩！」蹦蹦跳跳地進城去了。

約莫過了半個時辰，呂洪和釋之一起回來了。呂洪說：「有何急事？偏要叫我到地裡來？」

苗氏笑而不答。娥姁面對父親，如此這般，這般如此，又將發現金銀的經過敘說了一遍。呂洪聽著，眼睛發亮，急不可待地說：「哪裡？就是那棵大槐樹下？你們不會看錯吧？」

娥姁說：「黃金白銀，千眞萬確，我們怎能看錯呢？」

呂洪起身就要前去察看。娥姁說：「爹先別急。現在的問題是，我們該怎麼辦？是原封不動呢？是上報官府呢？還是自己取回家呢？爹得拿定主意。」

呂洪想了想，說：「這些金銀肯定是哪家財主埋下的，兵荒馬亂的年月，財主藏匿財產的事情多的是。它們既然被發現了，哪能原封不動？不能上報官府，上報官府，肯定叫貪官污吏白呑了。不如取回家，雖是意外之財，但或許是老天爺有意賜給我們的，算是對好心人的報答吧！」

娥姁說：「女兒也是這麼想，我們不取，遲早也會被別人取走的。」

苗氏說：「這用得上一句古話，叫做：馬不吃夜草不肥，人不得外財不富。」

呂洪說：「好！就這麼定了！你們周圍看著點，我去把那陶罐取出來！」

苗氏、娥姁、娥姁、釋之席地而坐，裝出勞作休息的樣子，眼睛盯著四個方向，警惕著可能出現的行人。呂洪來到大槐樹下，挪開穀捆兒，刨去浮土，抬起石板，雙手一使勁，便將絳紫色的陶罐提了上來。感覺挺沉，足有十幾斤重。他揭開圓蓋，趕緊又蓋住，陶罐裡果眞是滿滿的金餅和銀錠啊！他將陶罐放到苗氏送飯的柳籃裡，上面苫兩個穀子捆兒，遮蓋嚴實。接著依舊蓋了石板，將地面的鬆土全部刮入坑內，踩平，使之完好如初。然後說：「今日別幹活了，回家吧！」

於是，呂洪挎著柳籃，苗氏、娥姁、娥姸、釋之各扛兩個穀捆兒，幹活收工似的，不緊不慢地回到了家裡。回到家裡，呂洪命將院門、屋門都關了，娥姸和釋之在院子裡守著。他叫苗氏、娥姁和審惠進入堂屋的西間，隨後從柳籃裡取出陶罐，「嘩」的一聲，將罐裡的金餅和銀錠倒在了炕上。哇！金餅閃耀，銀錠發光，滿屋生輝。審惠最爲驚奇，睜大眼睛，說：「啊！這麼多的金銀！哪來的？」

呂洪說：「說來話長，娥姁自會告訴你。來，先數一數，看有多少金餅和銀錠？」

數字很快出來了，共計金餅二百枚，銀錠一百枚。呂洪說：「一枚銀錠相當於五千文錢，一枚金餅相當於一百枚銀錠。我的娘哎！這值多少錢呀！」

呂洪一家人從此變得有錢了。然而他們有錢卻不敢使用，整日提心吊膽，生怕金銀的主人會突然出現，找上門來，向他們討還本不屬於他們的財產。好在這種情況並沒有發生，一兩個月過去了，無聲無息，風平浪靜。年底，呂洪試著取了一枚銀錠，去城裡購買布帛、酒肉等物。嘿！順順當當，沒人懷疑。接著，呂洪又去城裡給妻子、兒媳、女兒賣了幾件金銀首飾。嘿！還是順順當當，沒人懷疑。呂洪大喜，由此斷定那些金餅銀錠已經屬於呂家，他可以隨意支配，大可不必有什麼顧忌。

有錢不花，等於傻瓜。有錢不使，等於白癡。呂洪可不是傻瓜和白癡，他很愛錢也很會用錢。當務之急是他家住的地方過於狹窄，院落太小，房屋太少，小兒子釋之每天都要打地鋪睡覺。他和家人一商量，決定重新修建一處房屋。房屋是一家人的窩，修建就要修建得寬寬大大，舒舒服服的。他在柳家莊逛了兩天，看中莊南一塊三畝大的房基，斷然地將它買了下來。越年二月，春暖花開。呂洪雇了三四十名匠人，大興土木，在新買的房基上開始了修建房屋的工程。

自家修建房屋，呂洪的堪輿術數派上了用場。他親自丈量，親自放線，選準了最佳的風水。而且，磚瓦、木料都用上等的，匠人的做工一點不許馬虎。辛辛苦苦忙了三個月，一座嶄新的偌大的呂家府宅落成了。這是柳家莊最漂亮最闊氣的府宅。四周建有圍牆，圍牆上方用青磚砌成規整的帶有空隙的圖案。府門朝南，門樓高大，大門黑底紅邊，中間嵌有兩個對稱的碩大銅環。進了大門，是一堵牆壁，俗稱「照壁」，上面繪有草木蟲魚圖畫。繞過照壁，迎面是五間飛簷翹角的堂屋，堂屋前面有房廊，兩根朱紅色圓柱分外醒目。房廊兩側，各有畫廊通向一個小院。東面小院，三間正房，四間廂房，擬做呂澤、審惠及其兒女們的住處；西面小院，也是三間正房，四間廂房，擬做呂洪、苗氏以及娥姁、娥姸、釋之的住處。最後面，一邊是茅廁，一邊是馬廄，馬廄很大，因爲呂洪打算要養十幾頭牲口。沿著圍牆內側和空著的地方，已經栽了許多樹木和花卉。待到樹木長成和花卉開放之時，整個環境將是清幽和美麗的。六月初六是個吉日，呂洪一家人從原來的住處搬進了新的府宅。家具是新的，陳設是新的，被褥是新的，就連鍋碗瓢盆也是新的。眞個是舊貌換新顏，另闢一重天。那個喜啊樂啊，實在是筆墨難以形容的。

柳家莊的人無不納悶：這個呂洪不過是個相面的，落戶柳家莊還不滿兩年，竟然修建了一座壯美的府宅，他哪來的這麼多錢呢？接著，柳家莊的人更加驚異：沛邑邑令裴勖裴大人看重呂洪，因爲呂洪家府宅落成，決定給呂洪家贈匾。百姓接受邑令贈匾，那是一種莫大的榮耀。那麼，呂洪到底有何能耐，竟會享受如此殊榮呢？這是一個謎，一個撲朔迷離的謎，謎底無人解得。

苦澀婚姻

6

呂洪雙喜臨門，擺設酒宴招待各方客人。泗水亭長劉邦成了酒宴場上的主角，高談闊論天下大勢。呂洪認準一個女婿，從而決定了呂娥姁從坎坷走向輝煌的人生歷程。

沛邑邑令裴勖要給呂洪家掛匾，消息不脛而走，傳遍了整個沛邑城。古時，官府給平民掛匾，不外乎兩種情況：一是這個平民品德非常高尚，廣受人們的愛戴和敬仰；二是這個平民在某方面做出了卓越貢獻，給百姓帶來福祉。呂洪跟這兩種情況毫不沾邊，那麼裴勖爲何要給他家掛匾呢？

其中別有情由。兩年前，裴勖出面，從青龍山救回呂家姐妹，見過姐姐呂娥姁。當時，他就萌生了一個想法，何不聘娶娥姁爲兒媳？他的兒子裴成十八歲，已經到了婚配的年齡。可是，因爲是初次見面，加之呂洪又正處在窮愁潦倒的時候，他並沒有將想法說出口來。隨著時間的推移，呂洪漸漸成了個人物，不僅在沛邑站穩了腳跟，而且在柳家莊修建了府宅，遠近聞名。因此，裴勖更加願意和呂洪結爲兒女親家，讓裴成聘娶呂娥姁爲妻。他曾把想法告訴過主吏蕭何，蕭何未置可否。一次閒談中，蕭何在呂澤跟前透露了邑令大人的意思。呂澤回家便轉告了父親。呂洪想了想，說：「此事恐怕不成。我看過裴勖的面相，不是個有福有壽之人。他的眉毛上方有個黑點，那叫眉點，諧音『霉點』，總有一天會倒楣的。他的手顯得比別人的短，手短諧音『壽短』，肯定不會長壽。再說他的耳朵，沒有耳垂，這是人相之大忌。『垂』，有流傳下去的含義。有耳無垂，明顯隱喻著有『兒』卻不能『流傳』，是絕後的相。因此，別看裴勖現在是個邑令，但日後全家必遭滅門之禍。所以，你的妹妹不能嫁給他的兒子。」

呂澤說：「爹對我們邑令的觀察倒是細致，我怎麼沒有看出來？」

呂洪說：「你呀，還嫩了點！」

當然，裴勖的話，蕭何的話，呂澤和呂洪的話，都是在背地裡說的，誰也沒有明言。呂洪樂得裝糊塗，權當沒有這回事。當他得知裴勖要給自家掛匾的時候，立即猜到了對方的用心：無非是套交情，目的在於爲娥姁成爲裴成的妻子創造氣氛。

掛匾定在六月十六日。辰末巳初，裴勖乘坐八抬大轎，衙役抬著碩大木匾，前面有人鳴鑼開道，後面有人持刀護衛，浩浩蕩蕩地到了呂家府宅的大門前。圍觀的百姓很多，爭著來看難得一見的熱鬧。呂洪、苗氏、呂澤、審惠、娥姁、娥姁、釋之穿戴齊整，早在門前恭候，看到裴勖下轎，一起跪地，說：「歡迎大人光臨，感謝大人恩典。」

裴勖滿面春風，笑著點頭，說：「請起！請起！」他有意多看了娥姁幾眼，但見她娉娉婷婷，玉人兒似的，心中更是喜悅，不由想到：裴成若能娶得此女爲妻，確是一種福分哩！

呂洪和呂澤陪著裴勖、蕭何、曹參等人步入大門，走進堂屋的正廳。覆蓋著紅綢的木匾尾隨而至，停在了正廳門外。裴勖說：「呂洪！一來，賀你落籍沛邑，二來賀你喬遷之喜，本官特製匾一方，贈送給你。你我原是親戚，來日更長，但願此匾作證，本官對你深寄厚望啊！」

裴勖的「來日更長」、「深寄厚望」，大概就是你我要結爲兒女親家的意思。呂洪故裝糊塗，說：「邑令大人的恩典，小民銘記不忘。」

裴勖朝著衙役們一揮手，說：「將匾揭開！」

衙役揭去紅綢，木匾露出眞相來。那是長方形，長約六尺，寬約三尺，紅漆塗底，四周刻有精致的蔓草花紋，中間四個金色篆體大字：福壽綿長。上款爲：沛邑呂公洪。落款爲：沛邑令裴勖題，乙亥年（此爲西元前二二六年）六月。

輝。

眾人看了匾文，鼓掌喝采，齊聲說：「好匾！好匾！」

蕭何和曹參指揮衙役，將匾抬進屋內，懸掛於正廳迎面牆上的中央位置。紅匾金字，滿堂生輝。

呂洪受寵若驚，說：「『呂公』，『福壽綿長』，愧不敢當，愧不敢當啊！」

他笑呵呵地禮請裴勛、蕭何、曹參落座，轉而命娥姁和娥妍道：「快！快給貴客上茶！」

娥姁和娥妍手持茶壺、茶碟，一一給客人斟茶。當時的茶叫「荼」，又叫「茗」，略帶苦味，既作藥用，又作飲用，是具有高貴身分的人才能享用的奢侈品。裴勛一面飲茶，一面注視娥姁，相信她就是自己的兒媳。娥姁似乎覺察到了裴勛的眼神，不由粉臉紅艷，越發媚麗動人。

呂洪張羅著要給裴勛等人準備酒宴。裴勛說：「今日來人太多，酒宴免了，以後再說吧！」

呂洪說：「那就很不好意思了。」

裴勛飲了茶，起身要回邑衙。呂洪取出一枚銀錠，塞到蕭何手裡，說：「各位衙役辛苦，煩請主吏分賞給他們，讓他們買杯酒喝。」

蕭何說：「勞呂公破費了。」

呂洪說：「應當的！應當的！」

裴勛出門上轎，呂洪一家人跪地恭送。蕭何趁機將呂洪拉到一邊，說：「呂公可知邑令大人贈匾的用意？」

呂洪裝聾作啞，說：「不知。」

蕭何詭秘地一笑，說：「日後便知。」接著又說：「呂公又是喬遷，又是受匾，雙喜臨門，恐怕得有所表示吧？」

呂洪說：「當然當然，改日定當設宴招待各位。」

蕭何說：「這還差不多。」說罷，掉頭自去。

邑令贈匾，使呂洪的身價大增。從此，人們不約而同地改稱他爲「呂公」了。呂公，這一稱謂含有榮耀和尊敬的意思。

呂洪和家人商量，覺得人情債總是要還的，於是決定六月二十日擺設酒宴，招待沛邑的官吏以及各方的人物。爲此，他和呂澤專門請來蕭何幫忙，總理酒宴事項。蕭何熟悉情況，當即給沛邑的大官小吏發了請柬，並叮嚀呂洪和呂澤說：「一定要讓客人吃好喝好，使他們乘興而來，盡興而去。」

呂洪和呂澤說：「沒問題，好酒好菜，儘管享用就是了。」

轉眼便是六月二十日。晴空萬里，沒有一絲雲彩。烈日炎炎，像是燃燒的火球。呂家堂屋前面，用青色布幔搭起一個巨大的帳篷，帳篷連著正廳，裡面整齊地擺著十幾張方桌及許多圓杌。另一邊，臨時壘起四座爐灶，呂洪雇來的七八名廚師，正在那裡忙碌地烹製酒宴用的美味佳肴。

巳末午初，客人們漸次到來，拱手作揖，幾乎無一例外地說：「呂公喬遷大喜，受匾大喜，雙喜臨門，可喜可賀啊！」

呂洪恭敬地迎接每一位客人，笑容可掬地說：「同喜同喜！同賀同賀！」

這次酒宴帶有賀喜性質，所以客人們前來都不是空手，多少總要帶些賀禮。蕭何宣布說：「賀錢三千文以上者，請正廳裡坐；賀錢三千文以下者，請帳篷裡坐！」

客人們嘻嘻哈哈。有的說：「我可要坐正廳裡了。」有的說：「我只好坐帳篷裡了。」

沛邑邑令裴勖原本也是要來赴宴的，轉而一想覺得由兒子裴成代替自己赴宴更爲合適。因爲他一心想讓裴成娶呂娥姁爲妻，那麼何不趁此機會讓裴成去呂家亮亮相呢？讓呂洪夫婦見見未來的女婿，讓呂娥姁見見未來的丈夫，相信他們都會稱心滿意的。於是，裴成奉父之命，穿一身新衣，帶五千文賀錢，前來作客了。裴成的到來，出乎許多人的意外，只有蕭何心裡明白：裴成作客是假，相親是眞。裴成因是裴勖的公子，賀錢又是五千文，自然被讓到了正廳裡落座。

來客中還有一人，年齡與裴成相仿，長相卻比裴成標致。他，就是呂澤的妻弟、審惠的弟弟審食其（食其，讀作異基）。自從呂洪落戶柳家莊以後，審食其是經常到這裡來串門的。他和呂娥姁、呂娥姁以兄妹相稱，關係非常親熱。他感覺得到，他很願意和呂娥姁單獨相處，二人待在一起，心情異樣，似乎特別的充實和歡愉。

客人很多，正廳內外，一片歡聲笑語。這時，大門外面又進來一人，人未到，聲音先到：「哪位是呂公？啊！呂公雙喜臨門，可喜可賀呀！劉某來遲，還請原諒！」

呂洪循聲看去，但見來人三十歲左右年紀，白布上衣，灰色長褲，身材魁偉，氣宇軒昂。蕭何笑著介紹說：「這位是大名鼎鼎的泗水亭長，姓劉名邦，沛邑第一號混世魔王。」

呂洪拱手說：「失敬失敬，歡迎劉亭長光臨舍下。」

那位叫劉邦的中年人輕輕搡了蕭何一把，說：「好啊，你個蕭主吏！寒磣我不是？」

蕭何依然笑著說：「哎！劉老兄！今日規矩：賀錢三千文以上者，請在正廳裡坐；賀錢三千文以下者，請在帳篷裡坐。不知老兄帶來多少賀錢呀？」

劉邦朗聲大笑，說：「我嗎？賀錢一萬文。」

「啊！一萬文！」所有的人都吃了一驚。

呂洪大喜，禮讓劉邦到正廳裡就座。蕭何悄聲提醒呂洪說：「這位劉亭長口無遮攔，好說大話，一萬文怕是空頭人情哩！」

呂洪說：「無妨，難得的是一股豪氣。」

劉邦跟在場的每一個人都很熟悉。他拉拉這個人的手，拍拍那個人的肩，稱兄道弟，大不冽冽，信口說些俏皮話，使場上的氣氛更加活躍和熱烈。

呂洪親自安排正廳裡的座次。劉邦賀錢一萬文，理所當然地坐了首席。裴成身分尊貴，坐了次席。入座的還有蕭何、曹參、審食其和沛邑獄吏任敖。他自己和兒子呂澤同座作陪。其他的客人則在帳篷裡坐定，席次隨意。

呂夫人苗氏和審惠指揮廚師們上菜。每桌先是八個涼菜：豬肝、鳳爪、熏腸、鹿脯、醬牛肉、鹹鴨蛋、五香花生、麻辣粉絲。酒是當時流行的胡椒酒，斟在黑釉瓷碗裡，清清亮亮，滿屋飄香。呂洪起立，端著酒碗，大聲說：「承蒙各位看得起呂某，光臨舍下，呂某不勝感激。來，我先敬各位酒，乾！」

眾人跟著起立，說：「打擾呂公，不好意思，乾！」說罷，全都乾了第一碗酒。接著吃菜，開口大嚼。劉邦、裴成、蕭何、曹參、任敖等人回敬呂洪酒。呂洪說：「不敢當！不敢當！」堅持和眾人一起，同時乾了第二碗酒。

第三碗酒怎麼個喝法？劉邦一眼瞧見苗氏，說：「呂夫人！來！來！我要和你喝這第三碗酒！」

苗氏嚇得連連擺手，笑著說：「不敢不敢，我不會喝酒。」

眾人起哄，鼓動著說：「呂夫人！跟他喝，喝！」

呂洪說：「拙荊委實不會喝酒，各位還是饒了她吧！我看是不是這樣：由小女娥姁和娥姸代替她們的母親，向各位敬酒，怎樣？」

眾人贊同，說：「使得使得。」

呂洪於是喚來兩個女兒向客人敬酒。娥姁和娥姸款款而至。眾人眼睛爲之一亮，因爲呂家兩個妞長得太艷麗太可人了。尤其是娥姁，粉紅色上衣，鴨蛋青長裙，身段苗條，面龐豐潤，約略梳妝，充滿靈氣。呂氏姐妹露出甜甜的微笑，逐一給客人的碗裡舀酒，羞羞怯怯地說：「大人請用，不成敬意。」呂氏姐妹敬酒，誰能推辭？眾人興致勃勃地乾了第三碗酒。

裴成和審食其在喝這碗酒的時候，覺得特別的香，特別的醇。接下來是客人們互相敬酒。蕭何、曾參、任敖帶頭，大家不約而同地把矛頭對準劉邦，輪番向他敬酒。劉邦眞是海量，來者不拒，每次都和對手喝了個碗底朝天。酒喝多了話就多。劉邦滿面紅光，解開上衣鈕扣，旁若無人地高談闊論起來。他說：「各位！乘著酒興，我來說說天下大勢怎樣？」眾人並無反應，他全然不管，接著說：「當今天下，用一個字來形容，就是：亂！先是春秋爭霸，後是戰國稱雄，已經亂了五百多年了，老百姓吃夠了苦頭。現在，西面秦國的國王嬴政好生了得，憑著雄厚的國力，一次又一次地發動兼併戰爭，志在統一天下。這個勢頭是誰也阻擋不了的，我們楚國的滅亡只是早晚間的事。從實而論，天下統一，未嘗不是好事，只不知道這個嬴政統一天下以後會是什麼樣子。他若是個明主，造福於黎民，則國家幸甚，黎民幸甚；反之，他若是個昏君，不顧黎民死活，那麼老百姓恐怕還要繼續受苦受難哩！」

劉邦高談闊論，成了酒宴場上的主角，其他的人與之相比，黯然失色。其時，呂洪在仔細地觀察著劉邦的神情，但見他四方臉膛，前額寬廣，鼻高嘴闊，棱角分明；兩道眉毛又粗又黑，由內向外上翹，組成一個倒「八」字形；兩個耳朵碩大，耳垂厚實且長，這是一種福相。更重要的是他眉宇間流露出一股豪爽英邁的氣概，心繫天下，談吐不凡，日後必能幹成一番大事業。呂洪滿心歡喜，猛地生出一個想法來：何不將娥姁嫁他爲妻？這樣，呂家兒女怕會有享用不盡的榮華富貴哩！

開始上熱菜了。熱菜也是八個，依次爲四喜丸子、紅悶雞塊、楊豚韭卵、蝦米竹筍、狗肉、膾鯉、蒸豚和雁羹。熱氣騰騰，濃香飄溢。客人們狼吞虎嚥，一邊大吃，一邊稱讚說：「嗯！美味佳肴，好吃！好吃！」

這頓酒宴足足進行了一個多時辰，人人酒足飯飽，個個紅光滿面。廚師收拾碗筷盤碟，客人們陸續告辭，盛讚主人待客的熱情。呂洪單請劉邦、蕭何、曾參三人留下，並將他們引到另一間房裡，說有要事相商。三人納悶：酒宴已畢，還能有什麼要事呢？

呂洪請三人落座，開門見山地說：「敢問劉亭長，你是哪裡人氏？貴庚幾何？可曾娶妻？」

劉邦爽快地回答說：「劉某家住豐邑東面的中陽里，今年三十歲。家中有父親和繼母，還有一個哥哥和一個弟弟。我自小不好務農，專愛結交朋友。前些年出任泗水亭長，整日東跑西顛，尚未顧上娶妻成家。」

呂洪聽了大喜，說：「這就好！這就好！」

劉邦、蕭何、曹參莫名其妙，不明白呂洪所說的「好」是什麼意思。

呂洪恰也直爽，說：「實不相瞞，呂某粗通相術，接觸過成千上萬來相面的人。但像劉亭長這種長相的人，呂某還是第一次見到。你有一副大富大貴的相，也有一個大富大貴的命，前程似錦，不可限量。所以……」

劉邦眼睛發亮，說：「所以什麼？」

蕭何和曹參也說：「呂公但說無妨。」

呂洪說：「所以呂某想和劉亭長結爲親戚。我家長女娥姁，今年十五歲，蕭主吏和曹獄掾是知道的，劉亭長剛才也已見過。她不是大家閨秀，倒還知書識禮，姿色也算出眾。劉亭長若不嫌棄，呂某願將她嫁你爲妻，怎樣？」

劉邦簡直不敢相信自己的耳朵，說：「呂公是說願將令嬡嫁我爲妻？」

呂洪點頭，說：「是這樣，沒錯！」

劉邦又驚又喜，眞是天上掉下一塊餡餅，走路拾得一包黃金。他以手撓腮，咧嘴嘻笑，一時竟不知道說什麼爲好了。蕭何暗暗叫苦，心想邑令大人裴勖還指望娶娥姁爲兒媳哩，怎麼卻讓劉邦占了先？曹參不知其中底細，笑著說：「這樣一來，我等就又有喜酒喝了。痛快！痛快！」

呂洪說：「劉亭長！同意與否，你倒是給句話呀！」

劉邦回過神來，連聲說：「同意！同意！」說著，起身跪地，給呂洪磕了三個頭，說：「小婿劉邦拜見呂公，啊！不，拜見岳父大人！」

蕭何和曹參大笑，說：「你這個混世魔王倒學會乖巧了。」

呂洪非常高興，說：「自古婚姻需父母之命，媒妁之言。小婿既然同意娶娥姁爲妻，應該回家去稟告你的父母。至於媒人嘛，我看就有勞蕭主吏和曹獄掾了。你們三人都是非同小可的角色，日後要在一起幹大事的。」

劉邦說：「小婿今日就回家去稟告父母。」

蕭何和曹參說：「成人之美，定當效勞。」

這是一次和諧而融洽的談話。呂洪憑他獨特的觀察力和判斷力，認準了一個大有作爲的女婿，從而決定了呂娥姁從坎坷走向輝煌的人生歷程。

7

呂洪決定將娥姁嫁給劉邦爲妻。娥姁拿婚姻作賭注，表示同意。八月十六日舉行婚禮，三十歲的新郎，十五歲的新娘，他們會幸福美滿嗎？

呂洪送走了劉邦、蕭何、曹參，心裡樂滋滋的，立即叫來苗氏和娥姁，告訴她們，自己已經決定將娥姁嫁給劉邦爲妻。苗氏甚是驚訝，氣乎乎地說：「這樣大的事情，你爲何不商量商量就自作主張？我問你，劉邦多大年齡？」

呂洪說：「三十歲。」

苗氏說：「就是呀！一個男人三十歲還未成家，足見其人實在不怎麼樣。要不，爲何三十歲還打著光棍？我們的娥姁，今年才十五歲，十五歲和三十歲，年齡相差一倍，這婚姻合適嗎？再說了，我們今天才第一次見到那個姓劉的，光聽說是個亭長，芝麻粒大的一個小官，至於他的根根底底，你知道多少？了解多少？兩眼墨黑，就稀裡糊塗地許諾將女兒嫁給他，你昏了頭不是？迷了心不是？」

呂洪受了妻子的訓斥，並不氣惱，笑著說：「你呀，應了女人的那句老話：『頭髮長，見識短。』劉邦的年齡是大了些，官職是小了些，但他天庭飽滿，地角方圓，龍準虎鬚，兩耳垂肩，完全是王者相貌和英雄氣度。這些，你懂嗎？我敢打賭：劉邦日後必定飛黃騰達，娥姁嫁了他，自會有潑天的榮華富貴，而且就連呂澤、娥姁和釋之，恐怕也會因他而拜將封侯哩！」

呂洪說得天花亂墜，玄玄乎乎，苗氏還有什麼可說的？榮華富貴，人人羨慕和嚮往。假若娥姁嫁給劉邦，呂家果眞因此而發跡而榮耀，那可是盼之不得、求之不得的啊！

娥姁站在一邊，沒有說話。此前，她雖然也想過自己的終身大事，但那個想只是朦朧的和抽象的，就像水中月和鏡中花，似乎美麗，卻很飄渺，恍恍惚惚，不可企及。現在，父親突然宣布要將她嫁給劉邦爲妻，那麼一切就是眞實的和具體的了。劉邦，就是中午酒宴間坐在首席的那個人，她還向他敬酒來著。那個人身材、長相確是不錯，談論天下大勢，志向似乎高遠。怎奈已經三十歲，這年齡未免大了些。還說是個亭長，十里爲一亭，十亭爲一鄉，亭長也就是管理十里以內的事情，這官職未免小了些。因此，母親反對這樁婚事，不是沒有道理的。然而，父親是一家之主，父親懂得相術，認定劉邦日後定當如何如何，那麼自己又有什麼反駁的理由呢？娥姁出身農家，疙瘩寨的經歷使她懂得權勢是人的生存之本。有權有勢，可以爲所欲爲；無權無勢，只能受人欺凌。故而，她盼望自己的丈夫能夠出人頭地，能夠威風八面。那樣，她乃至整個呂家，就可以遠離懦弱，遠離貧窮，過上夢寐以求的美好生活。這麼一想，她相信父親的話是對的，嫁給劉邦就嫁給劉邦，不妨拿婚姻作個賭注，輸了血本全無，贏了則大富大貴，成爲人上之人。

呂洪詢問娥姁說：「閨女！你的意見怎樣？」

娥姁粉臉通紅，有幾分羞怯，又有幾分惶恐，說：「父母之命，女兒不敢違抗。」

呂洪哈哈大笑，說：「看！我們的女兒同意了！」

苗氏也笑著說：「你個死丫頭！倒是說兩句硬氣話呀！」

娥姁輕扭腰枝，嬌羞地說：「娘！」

當呂洪、苗氏和娥姁在談論娥姁婚姻大事的時候，泗水亭長劉邦已回到中陽里的家裡。中陽里，這是豐邑東面的一個普通村落。村落中間是一條寬寬的黃土路，黃土路兩側，稀稀拉拉住著一二百戶人家。村落的西北角，一片參天大樹，幾間簡陋草房，還有雞窩、豬圈、馬廄之類，這裡就是劉邦的家了。

劉邦的父親叫劉執嘉，是個忠厚老實的農民。劉執嘉娶妻龐氏，生了三個兒子：長子叫劉伯，早死；次子叫劉仲，娶妻張蓮；三子便是劉邦，又名季。劉邦二十歲的時候，龐氏病故，劉執嘉續娶陳氏，生了第四個兒子叫劉交，年方八歲。張蓮是個厲害的角色，過門不久就嚷著分家。因此，所謂劉邦的家早已分灶吃飯：劉執嘉、陳氏和劉交是一攤，劉仲、張蓮和他們的兒子是一攤，劉邦獨自是一攤。田地和住房也分成三部分，屬於劉邦的有三畝薄地和兩間廂房。劉邦從小生性懶散，害怕吃苦，當了泗水亭長以後更加好逸惡勞。所以，他的三畝薄地由劉仲代耕，兩間廂房則常年掛鎖，自己混蕩江湖，一人吃飽，全家不餓，樂得個逍遙快活。

劉執嘉很不喜歡劉邦的爲人，曾生氣地訓斥說：「我怎麼生了你這麼個兒子？整日游手好閒，無所事事，就像個無賴！你看你兄長劉仲，一門心思務農，今日買塊地，明日買頭牛，家產越置越多，這才是過日子的樣子嘛！你就不能向他學學？」

劉邦不以爲然，笑著說：「不就是幾畝地兩頭牛嗎？我不稀罕。我呀，要就不置，要置就置一份大家產！」

劉執嘉說：「你呀，吹牛不打草稿，說的比唱的好聽！大話空話姑且別論，當務之急是你先得討個老婆，難道打一輩子光棍不成？」

劉邦倒是想討個老婆的，可是一個小小亭長，俸祿微薄，喝酒都得賒帳，哪家女子願嫁自己呀？誰知老天有眼，他去呂家赴了一次宴，白吃白喝一頓不說，還白白地撈了一個黃花閨女做老婆，眞是喜從天降，福從空來。他急忙忙，興沖沖，回家向父親和繼母稟告此事。劉執嘉和陳氏不大相信，說：「天下哪有這等好事？」

劉邦說：「我都給岳父大人磕過頭了，還能有假？」

看來，一切都是眞的。劉執嘉和陳氏恰也歡喜，立即張羅起來，準備給劉邦辦理婚事。辦理婚事是要花錢的，錢從何來？劉執嘉讓劉仲、張蓮夫婦拿出一些錢，劉邦又從朋友處借了一些錢，算是解決了問題。好在房是有的，劉邦親自動手，將兩間廂房粉刷了一遍，並置辦了一些必要的生活用品。古人的結婚手續一般是六道程式，合稱「六禮」。哪六禮？一日納采，二日問名，三日納吉，四日納徵，五日請日，六日親迎。蕭何和曾參受呂洪之請，充當媒人，少不了來去奔波，從中穿針引線。前後也就是兩個月的光景，最後確定八月十六日為親迎之日，三十歲的劉邦和十五歲的呂娥姁就要在這一天成婚了。

這一天，秋高氣爽，天宇蔚藍。太陽升起來，柔和的光芒給世間萬物鍍上了一層金色，山川、河流、原野、樹木顯得分外的明媚。空中不時飄過幾朵白雲，悠然自得地變幻著形態。偶爾有雁陣飛過，四平八穩，整齊劃一，它們要飛向南方，去尋找新的歸宿，新的家園。

這一天，呂娥姁很早很早就醒來了。她想到當天就要成為新娘，就要去中陽里，就要和那個叫做劉邦的中年漢子拜堂成親，接著就要和他同床共枕，心裡說不清是什麼滋味。喜悅是肯定的，因為女大當嫁，結婚是人生第一大事，今日臨到自己頭上，怎能不喜悅呢？喜悅之餘又有些擔憂，因為她並不熟悉劉邦，自己委身於他，靠得住嗎？會幸福嗎？再就是傷感，家中有父母，有兄嫂，有弟妹，而今卻要離他們而去，去到一個陌生的地方陌生的人家，做另外一種女人，過另外一種生活，想來真有點揪心哪！

金雞叫明的時候，苗氏呼喚娥姁起床。苗氏特意給女兒打了三個荷包雞蛋，放了好些糖，逼著娥姁吃了。隨後，苗氏、審惠和娥姘一起，幫助娥姁梳妝。頭髮是洗過的，梳成飛天式樣，插上金釵和步搖（一種帶有垂珠的首飾），再戴上一朵紅綢花。搽粉，那粉又細又白，搽在臉上，散發出淡淡的幽幽的芳香。面頰上輕抹一點胭脂，白裡透紅，像是春雨過後的桃花。畫眉，細細的，彎彎的，舒展開來，像是大雁的兩隻翅膀。戴耳環，那是精致的金環，下面串著珍珠，金光燦燦，銀光閃閃。塗口紅，不濃不淡，恰到好處，勾畫出兩片讓人心動的嘴唇來。接著穿衣服，上身淺綠色內衣，下身淡黃色內褲，外面罩以大紅色絲質繡花上衣和長裙。粉色長襪，紫色花鞋，花鞋上鑲兩隻銀扣，小巧而又精致。娥姁梳妝妥當，面對銅鏡仔細端詳，非常滿意。娥妍拍著手說：「哇！我姐真漂亮！」審惠也笑著說：「可不是嗎？就跟仙女似的。」

辰末巳初，大門外面響起歡快的嗩吶聲和鑼鼓聲。不用問，那是劉邦帶領迎親的隊伍，前來迎娶新娘了。劉邦今日格外精神。嶄新的掛褲嶄新的鞋，胸前佩戴一朵大紅花，騎在一匹棕紅色的馬上，昂首挺胸，目光炯炯，儼若一位身經百戰的將軍。他的前面是吹鼓手，後面是一輛迎親的馬車。馬車經過裝飾，披紅掛彩，就連拉車的馬，腦門上也佩戴了紅花。中國北方習俗，新郎來接新娘，新娘家的人要將大門關上，新郎必須發放足夠的「喜錢」，大門才會開啓，讓新郎進入。這種事一般多由小孩承擔，圖的是個喜慶和熱鬧。娥姁的弟弟釋之時年十三歲，看見劉邦到來，立即關上大門，插了門栓。

劉邦敲門。釋之說：「開門不難，快發喜錢。」

劉邦從門下塞進二十文錢。釋之說：「喜錢不多，此門難過。」

劉邦又塞進三十文錢。釋之說：「喜錢太少，還得再掏。」

劉邦再塞進五十文錢。釋之說：「喜錢喜錢一百文，我給新郎開大門。」說著，去了門栓，開了大門，劉邦及迎親的隊伍魚貫而入。

蕭何、曾參以及沛邑的許多衙役早在庭院裡等候，見了劉邦，連聲道喜。劉邦笑容滿面，抱拳作揖，說：「感謝！感謝！」

呂洪見過劉邦，叮嚀說：「小女從今日起，就是你劉家的人了，她若有不周全之處，還望多多包涵。」

劉邦說：「岳父大人放心，我和娥姁自會相敬相愛的。」

呂洪說：「那就好！那就好！」

另一邊，呂澤指揮著，將娥姁的嫁妝搬上馬車。呂洪家境殷富，給予娥姁的嫁妝頗爲豐厚，穿的用的，鋪的蓋的，裝滿兩個大木箱。木箱沉重，四個人方能抬起。嗩吶吹起來，鑼鼓敲起來，那是催促新娘登車了。娥姁頭蓋面衣（蓋頭），由審惠和娥姁扶著，款款走了過來。苗氏在後面跟著，不停地抹著眼淚。劉邦見那娥姁，一身大紅，像一團火，似一片霞，俏美艷麗，婀娜娉婷。他向岳父岳母磕了一個頭，再向娥姁鞠了一個躬，然後引了娥姁，慢慢地走向門外。娥姁登車，嗩吶聲和鑼鼓聲更加歡快和熱烈。劉邦上馬，媒人蕭何、曾參及送親的呂澤也上馬。隨著一聲「起程」的呼喚，這支迎親的和送親的隊伍上路了。隊伍離開柳家莊，向北向西，上了沛邑通往豐邑的大道。這時，忽有一二十個小孩站在路邊，放開嗓門，高聲唱道：

咚咚鏘，咚咚鏘，
柳家莊出了新氣象：
粗大漢，三十歲的新郎，
嬌女子，十五歲的新娘。
同吃一鍋飯，
同睡一個炕。
咚鏘咚鏘咚咚鏘，
你說窩囊不窩囊？窩囊！
咚鏘咚鏘咚咚鏘，

你說荒唐不荒唐？荒唐！

這是怎麼回事呢？原來，這是沛邑邑令裴勖的兒子裴成所爲。裴勖是滿指望呂娥姁能嫁給兒子裴成的。裴成也以爲這件婚事十拿九穩。誰知他們還未及向呂家提親，半路上殺出個劉邦來，三棰兩棒子，就迅速地娶了呂娥姁。裴勖生氣，裴成更生氣，悔不該提親遲疑，讓劉邦得了個先手。裴成眼看著本該屬於他的心上人嫁了別人，感到窩火，於是便想出個損招，買通那些小孩惡作劇，故意羞辱劉邦和呂娥姁。

劉邦聽了小孩的歌聲，並不氣惱，反而笑著說：「自古婚姻，『男大不算大，女大禍一家』。三十歲的新郎，十五歲的新娘，正好匹配，有什麼窩囊和荒唐的？」娥姁聽了小孩的歌聲，心中暗暗叫苦。她，一個花季少女，嫁給一個比自己年長一倍的中年漢子，確實有些窩囊和荒唐。但這件婚姻是父親選定和堅持的，自己表示過同意的，所以儘管窩囊和荒唐，也只好聽天由命了。但願一切如父親所言，劉邦既有富貴相，又有富貴命，前程不可限量，自己和家人跟著沾光就是了。

從柳家莊到中陽里，也就是二十餘里，馬快車疾，半個時辰就到了。劉家門前，聚集了好多人。他們當中，有中陽里的鄰里鄉親，也有劉邦的一幫朋友，人人翹首以待，盼著一睹新娘的風采。馬車停下，嗩吶吹響，鑼鼓敲響，眾人圍了上來。劉邦走到馬車跟前，撩起車簾，笑著說：「到家了，下車吧！」娥姁的心蹦蹦亂跳，扶著劉邦的手慢慢下車。眾人沒有看到娥姁的面容，只看到娥姁窈窕的身段和鮮麗的衣裙，發出驚嘆說：「呀！好紅火的一個新娘！」

地上燃起一堆柴燎，青竹爆裂，發出嗶嗶叭叭的脆響。劉邦的嫂子張蓮向前攙扶新娘，圍著柴燎轉了一圈，然後跨過一個炭火正旺的火盆，進入正房。那是劉執嘉夫婦和小兒子劉交住的地方，臨時裝飾，用作爲新郎新娘舉行婚禮的場所。婚禮儀式是農村通用的，無非是一拜天地，二拜高堂，夫妻對拜，最後是新郎引新娘進入洞房。洞房是劉邦兩間廂房中的一間，面積不大，經過布置，倒也像回事。新娘進入洞房後，坐定，新郎便到外面應酬賀喜的客人去了。

劉家沒有單獨的院落。迎面正房和兩側廂房中間的空地上，整齊地擺著十幾張方桌，客人們隨興而坐，等待著享用酒宴。不一時，酒宴開始了。劉家的家境不算富裕，所以酒宴上缺少名貴的菜肴，但雞鴨魚肉還是有的，酒也豐盛，足以讓人吃飽喝足。劉邦笑逐顏開，向前來賀喜的每一位客人敬酒。客人們跟他取笑逗樂，一陣陣歡聲，一陣陣笑語，酒宴掀起一個又一個高潮。洞房裡的娥姁聽到外面的歡聲笑語，心頭蕩起幸福的漣漪。她想，儘管丈夫年齡偏大，但體格健壯，儀表堂堂，朋友很多，人緣極好。要不，怎會有這麼多的客人呢？

這時，娥姁聽到一個洪亮的聲音說：「哎！我說劉兄！你把新娘藏在洞房裡，怕是不夠意思吧？你最好把我們的嫂子請出來，讓我們見識見識，我們還要喝嫂子敬的酒哩！」

立刻有人附和說：「對！把我們的嫂子請出來，讓她給我們敬酒，讓她給我們敬酒！」

劉邦笑著說：「新娘的面衣尚未揭開，我這個新郎還沒看到她的眞面貌呢！」

還是那個洪亮的聲音說：「那就把新娘請出來，當眾揭開面衣！」

許多人附和說：「對！對！快把新娘請出來！」早有兩個性急之人，強行拉著劉邦，將他推進洞房，非要他請出新娘來不可。眾人盛情難卻，劉邦只好來和娥姁商量，說：「你都聽到了，我的那些兄弟們非要見你，並要你出面敬酒，怎樣？」

娥姁說：「按照禮數，新娘的面衣要到晚上才能揭開，這個時候，我怎好拋頭露面？」

劉邦說：「嗨！我們是普通人家，管它什麼禮數不禮數的。走！到外面去，我要當眾揭開你的面衣，讓眾人看看，我劉邦娶了個多麼漂亮的妻子！」說著，拉了娥姁，出了洞房的門。

眾人齊聲叫好，催促說：「新郎快揭面衣！新郎快揭面衣！」

劉邦受到鼓勵，一伸手，揭去了娥姁頭上的面衣。所有的目光都集中在娥姁的身上，大家先是一驚，接著一起鼓掌喝采，說：「啊！好美的新娘！」

娥姁彎腰，笑著向客人們行禮。客人們又讚嘆說：「呀！賽過西施，勝過嫦娥。劉兄！你眞是好福氣啊！」

娥姁聽到眾人的讚嘆，心裡甜甜的，蜜蜜的，異常歡喜。劉邦領著她，到每一張桌子跟前敬酒。先敬劉執嘉和陳氏夫婦，次敬劉仲和張蓮，娥姁第一次見到了自己的公婆和兄嫂。接下來敬劉邦的朋友，他們當中有沛邑的官吏和衙役，還有各地的亭長，除了蕭何、曹參、任敖外，娥姁都是第一次聽說他們的名字。再敬一位，但見他二十二三歲，長得粗壯，掃帚眉，豹子眼，開懷敞胸，很是剛勇。

劉邦介紹說：「這位是我的好友樊噲，家住沛邑城裡，以屠狗宰豬爲業，生性最爲曠達爽快。」

娥姁不知該怎麼稱呼樊噲，隨口說：「我敬樊大哥酒，凡事多請關照。」

樊噲哈哈大笑，聲音極其洪亮，說：「不對！我稱劉邦爲兄長，你就是我的嫂嫂，嫂嫂怎麼倒稱我爲『大哥』了？」他的話又惹起一陣哄笑。

樊噲接著說：「還有個節目，我們要新郎新娘當眾喝一碗合卺酒，怎麼樣？」

眾人齊聲叫好，說：「對！當眾喝一碗合卺酒！」

劉邦和娥姁料想逃不過這個節目，索性大大方方，各取一碗酒，互相勾著手臂，在眾目睽睽之下，將酒喝了。娥姁喝了酒，臉上泛起紅暈，越發顯得嬌美了。喜慶酒宴進行了兩個時辰，直到日傍西山時方才結束。客人們酒足飯飽，陸續離去。劉邦和娥姁送走最後一個客人，笑瞇瞇地回到了屬於他倆的洞房裡。二人你看著我，我看著你，心底燃起熊熊的烈火。好不容易挨到上燈時分，劉邦情急難奈，抱住娥姁，親了又親。接著上炕，脫去衣服，顛鸞倒鳳，瘋狂起來……

窗戶外面，有人「聽喜」，即偷聽洞房裡的動靜。劉邦的弟弟劉交似乎聽出了門道，興奮地說：「接上火了！接上火了！」

「哈哈！哈哈！」所有聽喜的人放聲大笑，笑得沒遮沒攔，笑得無限開心。

8

呂娥姁結婚以後，中陽里出現了一個年輕的漂亮的農婦。劉邦去咸陽服役，呂娥姁感到自己的婚姻有幾分苦澀，有幾分酸楚。

劉邦和娥姁舉行了婚禮，二人組成了一個新的家庭。劉邦相當滿意和歡喜，因爲妻子年輕美貌，嫁妝豐厚，從此再沒有人稱他爲「光棍」了。娥姁的心情比較複雜，說不上是喜是憂，是甜是苦，一切跟做夢似的，昨日的黃花閨女，今日忽然變成小媳婦了。她才十五歲，正值花苞一樣的年齡，然而婚姻使她成爲家庭主婦，豈不可笑？豈不滑稽？

婚後三日，劉邦和娥姁「回門」，即新婚夫妻回到女方家去，看望和問候女方的父母。這是例行的習俗，沒有什麼可以記述的。當晚，他們又回到中陽里，度過了新婚的第四個恩愛之夜。次日，劉邦要去泗水（今江蘇沛縣東）。因爲他是泗水亭長，那裡有他的差事。娥姁捨不得丈夫離去，可是男人自有男人的事業，她怎能拖他的後腿？劉邦寬慰娥姁說：「泗水離家不遠，十天半個月我就會回來的。」娥姁默默點頭。此時此刻，她能說些什麼呢？

劉邦走了。娥姁守著兩間廂房，有些失落，有些惆悵。兩間廂房，一間是臥室，一間是廚房。她閒著沒事，把臥室和廚房掃了又掃，擦了又擦，以致很難發現一粒灰塵。做姑娘的時候她是不大管家務事的，那些事主要由母親去做。而今，她是劉家的媳婦了，而且是獨自生活，所以所有的家務事都得自己去做，打水，劈柴，做飯，洗衣，什麼都得幹。

娥姁的公公劉執嘉五十多歲，身子骨硬朗，性格比較隨和。平時別無所好，唯愛喝酒，下地幹活或有事外出，隨身總要帶著跟隨他多年的葫蘆酒壺，酒癮犯了，乾抿上幾口，渾身舒服，那是一種莫大的享受。劉邦討了老婆，他是高興的，只是弄不懂，如花似玉的娥姁怎會看上自己那個不成器的兒子呢？娥姁的婆婆陳氏是典型的農村婦女。她的前夫病故，中途改嫁劉執嘉，生了兒子劉交。她和劉仲、劉邦兄弟沒有什麼感情，整個心思都集中在自己的兒子劉交身上。劉邦結婚，娶了個天仙般的妻子，她嘴上不說，心裡卻想：女人不要太美貌，太美貌了是非多。

劉執嘉、陳氏和劉交住在正房裡，正房前面兩側各有兩間廂房，左側屬於劉邦的，右側屬於劉仲的。劉仲生性憨厚，不愛說話，整天在地裡幹活，天色黑定時才趕著牲口回家。他，就像父親劉執嘉所誇獎的那樣，很會置家產，今日買塊地，明日買頭牛，渴望有一天能過上地主的生活。他的妻子張蓮是個小心眼愛計較的女人，個頭不高，皮膚粗黑，嘴巴部位向外凸出，牙齦裸露，長相有幾分猥瑣。張蓮從第一眼看到娥姁的那刻起，便本能地產生了一種嫉妒的心理：瞧！這個剛過門的妯娌多年輕，多美貌，自己和人家一比，簡直是癩蛤蟆比白天鵝！還有，娥姁的衣飾也使她眼紅，金釵、步搖、耳環，以及繡花的絲質衣裙，她是從來沒有見過的，更不用說穿戴了。還有，娥姁的嫁妝，那是兩個大木箱，沉重得很，天知道那裡面裝著多少金銀財寶！

娥姁作爲新過門的媳婦，很想和公婆、兄嫂處好關係，尤其是婆媳和妯娌的關係。可是數日以後，她發現陳氏和張蓮對她十分冷淡，彼此間根本沒有共同的語言。娥姁歷來心高氣傲，受不得半點委屈，心想：你們不理我，我還懶得理你們哩！大路朝天，各走一邊，你我生活在這個世界上，誰看誰的臉色？

一天，從清早開始，天就下雨，直到中午，仍然沒有停息的意思。爲了做飯，娥姁冒雨到井邊打水，好不容易打了一桶水，剛剛提起來，腳下一滑，人摔倒了，水也灑了，很是狼狽。劉仲這天沒有下地，看到這個情況，主動出來幫助娥姁打了一桶水，並提到娥姁的廂房前。娥姁衝他一笑，說：「謝謝哥！」不想這一切被張蓮看得清清楚楚，她的心裡不由得升起了一股騰騰的妒火。劉仲回到自己家裡，張蓮鼻子不是鼻子，眼睛不是眼睛，酸不溜溜地說：「哎喲！人家打水，你獻的什麼殷勤？還『謝謝哥』來著，多親熱呀！」

劉仲說：「你說什麼呀？你沒見娥姁摔倒了嗎？我幫她打一桶水，怎麼啦？」

張蓮故意把聲音放大，說：「怎麼啦？她有胳膊有腿，連一桶水都不能打？何用你去操心？再說了，你兄弟結婚，老爺子要我們拿出那麼多的錢，我們圖個什麼？落個什麼？我看，你是天下第一號傻瓜，這會兒還幫人家打水，眞是……」

娥姁在廂房裡聽得眞眞切切，好生氣惱，氣惱的是嫂嫂張蓮太不仗義，指桑說槐，別有用心。她也不做飯了，氣乎乎地回到臥室，開了從娘家帶來的大木箱，那裡面有她父母作爲嫁妝送給她的十枚金餅和十枚銀錠。她取了一枚銀錠，走進正房，問公公劉執嘉和婆婆陳氏說：「我和劉邦結婚，兄嫂他們拿出了多少錢？」

劉執嘉說：「你問這個做什麼？」

娥姁朝右側廂房指了指，說：「你沒聽嫂嫂嚷嚷嗎？正問圖個什麼、落個什麼呢！」

劉執嘉說：「你嫂嫂就是那種人，她愛嚷嚷就讓她嚷嚷去。」

娥姁說：「不行！我不想占他們的便宜。請告訴我，他們到底拿出了多少錢？」

陳氏說：「娥姁既然問了，你就告訴她唄！」

劉執嘉見娥姁堅持打破沙鍋問到底的樣子，只好如實說：「不多，也就是五千文。」

娥姁取出銀錠，遞給劉執嘉，說：「這枚銀錠，剛好値五千文，請你還給兄嫂，從此以後，我和他們兩不欠。」

劉執嘉說：「這，這是做什麼？」

娥姁說：「賬還是算清了好，省得別人說三道四。」說罷，自回廂房。

劉執嘉手持銀錠，說：「張蓮眞不是個東西，斤斤計較，日後怎麼面對劉邦和娥姁？」

陳氏說：「你就把銀錠給她送去唄！看來，我們劉交結婚的時候，也是不敢讓她出錢的。」

劉執嘉去到右側廂房，把銀錠交給劉仲，說：「劉邦結婚，你們出了五千文錢。現在，如數還你，以後再莫亂嚼舌頭了。做人嘛，總得給自己留條後路！」

劉仲說：「這……」

張蓮知道所謂「亂嚼舌頭」、「留條後路」，是指自己剛才說的那番話，脹紅了臉，沒有言語。自從這次打水事件以後，娥姁便產生了另建一處房屋的念頭。她覺得，和張蓮這號人對門而居，抬頭不見低頭見，實在彆扭。半月過後，劉邦回家休假，娥姁眼蓄淚水，訴說了自己的委屈。劉邦很是生氣，說：「張蓮如此絕情，我們少搭理她就是了。」

娥姁趁機告訴丈夫，想要建房另外居住。劉邦遲疑地說：「建房固然是好，但我們哪來的錢呀？」

娥姁說：「錢，我有。你只要給句准話就行了。」

劉邦又說：「我好賴是個亭長，掌管亭內治安和道路，公事纏身，哪有時間在家建房？」

娥姁說：「你沒時間，我可請我爹和嫂子審惠的弟弟審食其來幫忙，由他們經管，用不了兩個月，我保證給你建三間新房。」

既不要掏錢，又不要勞神，劉邦還有什麼可說的？他同意娥姁建房，只是叮囑說：「眼下正值亂世，房屋稍微寬大些就行了，大可不必鋪張。」

娥姁是個乾脆俐落的人，看準的事情立即就辦，從不拖泥帶水。第二天，她回了一趟柳家莊，將父親和審食其請了來，取出兩枚金餅，由他們去找匠人，購買磚瓦木料，擇日開工，開始建房。新房建在原房的後面，寬寬大大的三間正房，原房仍作爲廚房，只是封了原先的門，改在後牆中央另開新門。周圍建起圍牆，圍牆的南面建一個簡單的門樓。這樣就形成了一個單獨的院落，院落裡開鑿一眼新井，自成一統，別有洞天。新房落成，娥姁非常滿意，說：「再不用見婆婆和嫂嫂那兩副冷漠的嘴臉了，謝天謝地。」

建房的中途，劉邦回來過一次。他幫不上什麼忙，住了一夜就又去泗水忙他的公事了。新房建成後，他又回家，且驚且喜，說：「看不出，你還眞有能耐，兩個月就將新房建成了。」

娥姁得到丈夫的誇獎，矜持地一笑，說：「你才知道？你老婆的能耐大著哩！」

娥姁很快建起了新房，劉執嘉頗爲驚訝。他對陳氏說：「娥姁年紀輕輕，氣度不凡。張蓮那點心眼，跟她沒法比喲！」

娥姁建了新房，張蓮最不開心。她弄不明白，十五歲的娥姁哪來的神通，像變戲法似的，三變兩變，就在她的眼皮底下，變出三間嶄新的正房和一個寬敞的院落來。自己，這輩子也沒有這個本事啊！

娥姁有了自己的安樂窩，滿足中帶有幾分愜意。劉邦原有三畝薄地，是由劉仲代耕的。說是代耕，其實收成全歸了劉仲和張蓮，劉邦沒得過任何好處。娥姁閒著沒事，把那三畝薄地要了回來，頭裹紗巾，捲起褲腿，親自下地勞作。從此，中陽里出現了一個年輕的漂亮的農婦，她的舉止吸引著許多人好奇的目光。日復一日，年復一年。時間老人邁著不緊不慢的步伐，既無起點又無終點地悠悠前進。隨著時間的推移，世界在變化，人也在變化，變化是自然界和社會界永恆的規律。在呂娥姁結婚後的第二年，她的妹妹呂娥姁也結婚了，是劉邦做的大媒，嫁給了他的好友樊噲。樊噲出身屠戶，娥姁不滿意這個丈夫。怎奈呂洪給樊噲相面，說他和劉邦一樣，日後也當大富大貴。娥姁無話可說，只好嫁給樊噲，當了銷售狗肉和豬肉的老闆娘。其後三四年裡，娥姁的兄嫂呂澤和審惠又生了個兒子，取名呂產。娥姁的弟弟呂釋之也娶了妻子黃薇，生了兒子呂祿。呂洪和苗氏一家，有兩個兒子，兩個媳婦，三個孫子，人丁興旺，其樂融融。

這個時候，天下大勢更發生了巨大的變化。秦王嬴政以叱咤風雲的雄心和氣概，不斷地發動兼併戰爭，取得了一次又一次輝煌的勝利。韓國、趙國、魏國、楚國、燕國、齊國相繼滅亡，終於，在西元前二二一年，嬴政最後統一了中國，結束了自春秋以來長達五百多年的分裂局面。

秦王嬴政統一的中國稱秦朝，這是中國歷史上第一個封建制的國家。嬴政自稱始皇帝，後世多稱他爲秦始皇。秦始皇爲了鞏固新生的封建制政權，採取了一連串斷然的措施，其中之一是廢除分封制，實行郡縣制，分天下爲三十六個郡，郡轄縣，縣轄鄉，鄉轄亭，從中央到地方，建立起嚴密的行政體制。沛邑和豐邑原屬楚國，如今則歸秦朝了。秦朝新置泗水郡，改沛邑爲沛縣，作爲泗水郡的郡治所在地。豐邑則改爲鄉，劃歸沛縣管轄。原先的沛邑邑令裴勖官職未變，只是官職名稱改作沛縣縣令罷了。楚國也好，秦朝也好，對於普通平民來說，改朝換代沒有什麼實質性的意義。他們所想所盼的是，少些戰爭，少些動亂，少些災荒，能夠吃飽飯穿暖衣就好。可是，秦始皇君臨天下，高高在上，根本無視平民的疾苦，修陵墓，建宮殿，築長城，開馳道，肆意地徵發兵役和徭役，越發變本加厲了。西元前二一九年，就連劉邦也被派往國都咸陽（今陝西咸陽）服了一年的勞役。

劉邦身爲亭長，也算是朝廷的一名低級官員，本可以不服徭役的。可是，沛縣縣令裴勖怪罪他搶先下手，奪了自己的兒媳，所以硬是指名道姓，要他去咸陽服役。劉邦儘管有一百個不願意，可是胳膊扭不過大腿，只能奉命。臨行前，他回了一趟中陽里，向妻子告別。娥姁聽說丈夫要出遠門，很是傷感，說：「你一走就是一年，我一個女人家，守著這麼大的一個院落，夜晚怎能睡得安穩？」

劉邦說：「我去跟爹說一聲，讓他晚上住到這邊來就是了。」

這一夜，劉邦和娥姁床上做愛，倍顯纏綿。次日天明，劉邦離家去咸陽了。娥姁心頭空空落落的，打不起一點精神。她回想嫁給劉邦已經七年了，七年來又落得個什麼呢？劉邦常年在泗水任上，開始半個月一個月回一次家，後來兩個月三個月才回一次家，就他而言，家庭、妻子不過是生活中的一個點綴，基本上是沒有放在心上的。娥姁扳著手指計算過，結婚七年來，自己和劉邦在一起生活的時間總共不滿兩個月，眞是來也匆匆，去也匆匆。她急切地盼望著有個孩子，可是劉邦很少在家裡住，孩子從哪裡來？娥姁剛出嫁時，只有十五歲，好比一個沒有成熟的瓜，對男女間的情事不甚明白，聽任劉邦擺布，除了新鮮以外，其他幾乎沒有什麼感覺。隨著年齡的增長，她的性欲隨之增長，渴望得到更充分更熱烈的情愛。她渴望得到丈夫緊緊的擁抱和壓迫，以致動彈不得，窒息得喘不過氣來。她渴望丈夫撫摸她的身體，吮吸她的舌頭，搓揉她的乳房，那會使她酥酥的麻麻的，進入一種銷魂的境界。她還渴望丈夫用硬硬的胡茬刺扎她的面頰，並在她的腋下和兩腿間搔癢癢，那會使她渾身舒坦，忘情地大笑。可是，所有這些，劉邦都沒有給她，她也就無法得到。劉邦每次回家，總是迫不急待地和她上床，上床後呼哧呼哧，她還沒有反應過來，他已得到滿足，然後便翻身睡去，很快扯起了響亮的鼾聲。這時，娥姁心裡說不清是什麼滋味，總覺得有幾分苦澀，有幾分酸楚。自己算什麼？充其量是丈夫的一個玩物而已。

現在倒好，丈夫拍一拍屁股走了，扔下她一個孤單的女人獨守空房，寂寞無聊。父親呂洪不是說劉邦該當大富大貴嗎？整整七年了，他怎麼還是個亭長，一點也沒有個大富大貴的模樣？娥姁在家中胡思亂想，劉邦已經踏上通往咸陽的路程了。同行服役的共有四五十人，帶隊的是劉邦的好友曹參。他們晝行夜宿，長途跋涉二十多天，這才到了咸陽。咸陽是戰國時期秦孝公所建，著名改革家商鞅在此主持第二次變法，使秦國迅速強大了起來。從秦孝公起，咸陽便是秦國的都城。秦始皇統一中國後，仍以咸陽爲國都，將天下豪富十二萬戶遷至咸陽居住，使之成爲全國最大的城市。

咸陽座落在渭河兩岸，按照「渭河貫都以象天漢，橫橋飛渡以法牽牛」的格局設計，氣勢恢弘。渭河北岸，有高大巍峨的咸陽宮，那是秦始皇居住和聽政的場所。咸陽北阪上，仿照已經滅亡的六國宮室的原貌，重新建造起無數宮室，金碧輝煌。渭河南岸，原有興樂宮和章台宮，秦始皇猶嫌不夠，又決定建造更加壯美和豪華的阿房宮。這座阿房宮，先造前殿，東西二百五十丈，南北五十丈，殿上可坐一萬人，足見其規模之巨。渭河上架有長一百九十丈、寬六丈的木石結構橋樑，將南北宮殿連成一體。遠遠望去，橋樑猶如長虹臥波，宮殿猶如群星閃爍，雲蒸霞蔚，氣象萬千，彷彿是天上的銀河宮闕，降落人間。

劉邦一行人漫步在咸陽街頭，大開眼界，驚嘆不已。然而，他們是來服役的，役人的身分容不得他們有什麼閒情逸致。曹參經過交涉，他們被派到驪山，任務是修建秦始皇陵墓。於是，劉邦等人只在咸陽住了一天，折回頭來到了驪山腳下。驪山是一座嶙峋俏麗的山脈，山形像一匹昂首嘶鳴的駿馬，故名。山上建有烽火臺，那是西周幽王為博寵妃一笑而「烽火戲諸侯」的遺址。秦始皇十三歲即秦王位的時候，就決定在驪山北麓修建陵墓，待他當了皇帝，更徵發全國的囚徒和民工，加快修建陵墓的步伐。設計中的秦始皇陵規模很大，占地面積接近六十平方公里，主體部分為墓冢，先開挖墓穴，然後封土，墓冢高達五十米。圍繞墓冢，建造內城和外城，所有建築窮極奢麗。劉邦在這裡服役，主要是構築墓冢，從遠處一筐一筐地背土，背來倒在墓冢上，周而復始，整日重覆著機械式的勞動。

參加背土的囚徒和民工有二三十萬人，密密麻麻，螻蟻一般。他們只能幹活，不准說話，不准休息，若有違背，必然招致監工的一頓皮鞭，甚或丟掉性命。吃得很差，每天三頓飯，每頓飯兩個黑饃饃加一塊鹹菜，渴了就喝生水。夜晚，數百人擠在一個帳篷裡睡覺，草席鋪地，磚當枕頭，潮濕，陰暗，污穢，簡直不是人住的地方。

劉邦好逸惡勞慣了，哪裡受過這種苦這號罪？他覺得整個身子快要散架了，精神快要崩潰了，天昏地暗，生不如死。曹參知道劉邦素有大志，提醒他說：「天將降大任於斯人也，必先苦其心志，勞其筋骨。眼下這種情況，你只有一個字：忍。只有忍，才會有熬出頭的一天。」

劉邦苦笑，說：「忍就忍唄！除了忍，又有何法？」

劉邦咬緊牙關忍著，堅持背土。越年春天，秦始皇東巡郡縣，路經驪山。劉邦遠遠看到秦始皇出行的鹵簿（儀仗隊），旌旗遮天蔽日，車馬綿延數里，前呼後擁的侍衛雄赳赳，氣昂昂，威風無比。尤其是秦始皇乘坐的金根車，鎏金錯銀，巧奪天工，美輪美奐。劉邦怦然心動，不禁脫口感嘆說：「嗟乎！大丈夫活在世上，就當如此矣！」

曹參聽到了劉邦的感嘆，心想別看此人目前困窘，然而他的志向卻大得很哩！

9

劉邦服役期滿回家。他和姘頭曹縈生的兒子劉肥找上門來，隱私暴露。呂娥姁感到受了欺騙和侮辱，賭氣回了柳家莊。劉邦發誓，呂娥姁永遠是他的嫡妻，一定和她分享榮華富貴。

劉邦在咸陽服役整整一年，然後獲准回歸家鄉。這一年，是劉邦終生難忘的一年，所見所聞，收穫甚多。第一，他看到了一個從戰亂紛爭到統一強大的封建帝國，這個帝國以秦始皇爲核心，幹大事，建偉業，大刀闊斧，轟轟烈烈，猶如一輪初升的太陽，以其不世的輝煌照亮了四面八方。第二，他看到了也親身感受到了生活在社會最底層的普通平民的苦難，沉重的兵役、徭役負擔，還有苛刻的刑法，壓得他們喘不過氣來，他們的內心深處埋藏著火山，火山一旦爆發，能夠燒毀一切，吞沒世界。

西元前二一八年的夏天，劉邦回到中陽里。呂娥姁見他衣衫不整，臉面粗黑，頭髮、鬍子長得老長，險些沒有認出丈夫來。劉邦感慨係之，訴說了在驪山服役的經歷。娥姁聽了，恨得咬牙，說：「皇帝活得好好的，忙著建什麼陵墓？他建陵墓，讓那麼多人服役，眞是該死！」

當夜，劉邦和娥姁親熱，酣暢淋漓，大有一種久別勝過新婚的感覺。天亮時分，娥姁起床，梳洗以後去廚房做飯。她要給丈夫做一頓豐盛的飯菜，以補償他在服役期間所吃的苦頭。太陽高高升起，院落裡金色一片。這時有人敲門。娥姁開門一看，見是一個十七八歲的小夥子，身體肥胖，大手大腳，楞頭楞腦的。娥姁不認識小夥子，問：「你找誰？」

小夥子說：「我找我爹。」

「你找你爹，怎麼找到我家來了？」

「我爹就住這兒。」

「你胡說什麼呀？你爹怎麼會住這兒？」

「沒錯，我爹就住這兒。」

娥姁莫名其妙，問：「你爹叫什麼？你叫什麼？」

小夥子回答說：「我爹叫劉邦，我叫劉肥。」

娥姁腦子裡「嗡」的一聲，懵了，說：「什麼？你爹叫劉邦？你叫劉肥？你家住哪裡？你娘是誰？」

劉肥說：「我家住泗水，我娘姓曹，叫曹縈。」

頓時，娥姁全明白了，原來她的丈夫劉邦，早在和她結婚以前若干年，就有了一個叫做曹縈的女人，而且生了兒子劉肥。這一切，劉邦從未跟她提起過，她是被劉邦蒙蔽和欺騙了，難怪劉邦一心只在泗水任上，動輒一兩個月不回家，那是因爲他還有另外一個家啊！

娥姁的心像被人捅了一刀，疼，痛，酸，麻。她想咒天，她想罵娘，她想一頭撞死，她想放一把火把房屋和院落燒個乾乾淨淨。

劉邦聽到有人說話，披著衣服走出正房。劉肥一見，連忙說：「爹！我娘病了，讓你趕快回一趟泗水。」

劉邦好生尷尬，說：「這……這……」

娥姁滿臉淚水，發瘋似地撲向劉邦，沙啞著嗓子說：「好啊！你個劉邦！你早就有了女人，有了兒子，你，你爲什麼還要娶我？你，你騙得我好苦啊！」她撲向前去，扯爛了劉邦的衣服，抓破了劉邦的面皮，跺著腳說：「我，我沒法活啦！」

劉邦聽任娥姁耍潑，打不動手，罵不還口。他自覺理虧，耷拉著腦袋，不知該說些什麼。站在門口的的確是他的兒子劉肥，他和劉肥的生母曹縈的確有著曖昧的關係。

那是劉邦剛剛擔任泗水亭長的時候，血氣方剛，精力旺盛。他最愛喝酒，但又囊中羞澀，經常身無分文。沒有辦法，只好賒賬，說什麼也不能虧待了腸胃。泗水是一個小鎮，全鎮不過百十戶人家。鎮的東頭有一家酒店，賣酒的是一個青年寡婦，姓曹名縈。曹縈姿色說不上出眾，恰也長得端正，衣著得體，頭臉乾淨。劉邦常到曹縈酒店裡喝酒，喝了多半是賒賬。曹縈並不計較，總是笑眯眯地說：「無妨！劉亭長儘管喝，就是把我這個小酒店喝得關門，我也願意。」

一天傍晚，劉邦又來喝酒，喝著喝著，忽然下起雨來。劉邦一時半會兒走不了，索性又要了幾碗酒，並讓曹縈炒了兩個小菜，自斟自飲，喝了個痛快。天色黑定，雨仍不停。劉邦起身要回住所，誰知頭重腳輕，一步也動彈不得。曹縈的丈夫已死多年，受夠了年輕守寡的淒苦。她見劉邦生得雄壯，心裡早有非分之想，怎奈礙於臉面，那種話無法出口。不想今日天賜良機，不僅天雨留住了劉邦，而且他還喝醉了，她完全可以在他身上找回失去的夢想。她心情激動，悄悄地關了店門，然後架著劉邦，進了內室。她幫劉邦脫去衣服，自己也脫去衣服，於是，二人便赤裸裸地睡到了床上。劉邦開始糊裡糊塗，接著神志清醒，發現身旁睡著一個女人，皮膚光光的，乳房軟軟的，立時激情高漲，使出了男人的手段。曹縈是過來人，知道怎樣迎合男人。霎時間，這一對男女盡情地張狂起來，忘乎所以，樂不可支。

這是劉邦第一次接觸女人，他從曹縈身上得到了快樂，得到了滿足。曹縈也像乾柴遇到了烈火，渴望烈火熊熊燃燒，永不熄滅。從此，劉邦隔三岔五地到曹縈的酒店裡來喝酒，喝完酒後就在酒店裡過夜。對他來說，這是一舉兩得的好事：一是大大方方地喝酒，再不用說賒賬之類的話了；二是大大方方地偷情，曹縈是心甘情願地做他的情婦的。不久，曹縈懷孕了。十月懷胎，一朝分娩。接著，曹縈生了個兒子。泗水鎮的男人和女人暗暗發笑，說：「寡婦生子，奇聞奇聞！」

曹縈並不在乎別人的譏笑，乾脆給兒子取名叫劉肥，意思是說，我兒子的父親姓劉，至於叫劉什麼，你們猜去！別人當然知道劉肥的父親是劉邦，可是劉邦是亭長，管修路，管捕盜，得罪他有什麼好處？所以眾人心裡明白，只是沒有必要說破而已。

一轉眼過去十年，劉肥快滿十歲了。在這十年裡，劉邦一直和曹縈明來暗往，保持著一種親熱的關係。終於有一天，劉邦告訴曹縈說：「我快要結婚了，對象是呂公呂洪家的長女呂娥姁。」

曹縈聽了卻不感到奇怪，只是心裡有些嫉妒，有些酸意。她知道，她是個寡婦，她和劉邦之間，只可能是情人，而不可能是夫妻，劉邦另娶黃花閨女做妻子，完全是情理中事。她眼含淚水，說：「你結婚以後，還到我這裡來嗎？」

劉邦說：「來，一定來！因爲這裡不僅有你，而且還有我們的兒子。」

曹縈破涕爲笑，說：「算你還有良心。」

劉邦和呂娥姁結婚以後，多數時間待在泗水，依然常到曹縈的酒店裡喝酒並過夜。一年前，劉邦去咸陽服役，曹縈是知道的。劉邦服役期滿，剛回到中陽里，她也是知道的。曹縈最近一直患病，而且病得沉重，隨時都有撒手人寰的可能。所以，她才派劉肥到中陽里告訴劉邦，請他趕快前來泗水，她要見他一面。劉肥到中陽里尋爹，讓娥姁撞了個正著。娥姁得知丈夫另外還有一個家，而且兒子都已經十八九歲，焉能不氣？焉能不急？她披頭散髮，哭著喊著，要和劉邦拼命。劉執嘉、陳氏、劉仲、張蓮，還有一些街坊鄰居，聽到哭聲和喊聲，一起圍攏來，問這問那。慢慢地，人們理出了頭緒。原來，劉邦在泗水有個情婦，叫曹縈；眼前這個肥胖小夥子，是劉邦和曹縈的兒子，叫劉肥；劉邦蒙蔽和欺騙了呂娥姁，所以呂娥姁不答應，正和劉邦吵鬧哩！

劉執嘉弄清了事情的原委，氣得臉皮抽搐，鬍鬚翹動，大罵劉邦說：「你他娘的眞不是個東西，丟人現眼，做下這等荒唐事！」

張蓮平素嫉妒娥姁，今日有點幸災樂禍，撇著嘴說：「劉邦兄弟有外遇，這算什麼？人家不費吹灰之力，就得了個大小夥子做兒子，應當開心才是，何必大動肝火呢？」

誰都聽得出來，張蓮所說的「人家」是指娥姁。劉仲衝著妻子說：「你閉上那張臭嘴行不行？你還嫌不夠亂不是？」

當時的場面是亂的，人心也是亂的。娥姁感到受了奇恥大辱，回房取了一個小小的包袱，滿臉淚水，快步走出了院落。劉執嘉跟在後面，急促地說：「娥姁！你去哪裡？」

娥姁沒有回答，只管走去。劉執嘉轉身對劉邦說：「你還不快去把娥姁追回來？」

劉邦哭喪著臉，說：「我能把她追回來嗎？」

劉肥傻乎乎地站在那裡，根本沒想到他的出現會引發這樣嚴重的後果。劉邦不冷不熱地問他說：「你到這兒來做什麼？」

劉肥說：「我娘病得沉重，讓爹速去一趟泗水。她說，爹若去得遲了，你們就見不上面了。」

劉邦用拳頭一擊腦袋，嘆氣說：「唉！事情全湊在一起了！」他回房換了一身衣服，就要和劉肥去泗水。

劉執嘉叮囑說：「我想娥姁肯定是回娘家了。你得去一趟柳家莊，無論如何要把她接回來。」

劉邦說：「是！」

時值六月，烈日當頭，酷暑炎炎。娥姁的心裡像有火在燃燒，灼熱灼熱。劉邦欺騙了她，劉邦侮辱了她，使她的身心遭到了巨大的摧殘和打擊。她沒有辦法使自己平靜下來，只能通過離家出走，以逃避心靈上所受到的傷害。離家出走，去往哪裡？唯一的去向就是柳家莊，那裡是她的娘家，那裡有她的親人。中午時分，她汗流浹背地回到了家裡。呂洪、苗氏、審惠、呂釋之、黃薇笑臉相迎。尤其是呂台、呂產、呂祿三兄弟，一起發出歡呼，高興地說：「姑姑回來嘍！姑姑回來嘍！」

娥姁很想回報家人一個笑臉，可怎麼也笑不出來。她急匆匆地走進呂洪和苗氏居住的房間，撲到床上，「嗚嗚嗚」地大哭起來。眾人愣然，不明白發生了什麼事情。苗氏急切地說：「娥姁！怎麼啦？夫妻兩個吵架啦？受委屈啦？」

呂洪說：「劉邦服役剛剛回來，吵的什麼架嘛？」

不提劉邦還好，一提劉邦，戳到了娥姁的痛處，她哭得更傷心更厲害了，淚雨滂沱，一發而不可收。

呂洪和苗氏急壞了，說：「你倒是說話呀！到底是怎麼回事？說出來心裡會好受些，不然會哭壞身子的。」

娥姁一骨碌坐起來，頭髮沾在額頭上，面色發白，雙眼紅腫，把劉邦早有另外一個女人，他還和那個女人生了個兒子，如此如此，敘說了一遍。在場的人聽了無不驚訝，無不氣憤，說：「劉邦怎麼是這種人？」

苗氏最是氣惱，埋怨呂洪說：「都是你做的好事！當初，裴勖有心和我們結爲兒女親家，你不同意，偏偏看中劉邦，說他既有大富大貴的相，又有大富大貴的命，硬要把娥姁嫁給他。現在倒好，弄成了這個局面，怎麼了結？怎麼收場？」

呂洪有口難辯，喃喃地說：「怪我怪我，怪我不了解劉邦的底細。」

審惠知道娥姁當日還沒有吃飯，自去廚房做了一碗酸辣湯餅（麵條），端來讓娥姁吃。娥姁不想吃，苗氏和審惠左勸右勸，她才勉強吃了。吃完就蒙頭睡覺，任憑別人說什麼，她一概不予搭理。第二天，呂洪叫來兒子呂釋之，說：「你去泗水打聽打聽，看劉邦和曹縈到底是怎麼回事？他們若是正式夫妻，你姐就得和劉邦離婚；若是曖昧關係，事情還有回轉的餘地。」

呂釋之去了泗水，當晚就回來了，回秉說：「曹縈是個寡婦，在泗水鎮開了個小酒店。劉邦在那裡當亭長，常去酒店喝酒，於是二人便好上了，生了兒子劉肥。他們不是正式夫妻，只是姘頭而已。這一年來，曹縈一直在生病，聽說是最難治的癆病。昨天晚上，劉邦前去和她見了最後一面，她就死了。曹縈沒有親人，所以劉邦正在那裡打點，大概明天便可安葬。」

呂洪微微點頭，若有所思。苗氏說：「劉邦沒有良心，娥姁說什麼也得跟他離婚。」

呂洪說：「你當離婚是吃炒豆喝涼水，就那麼容易？自古以來，烈女不嫁二夫，娥姁離婚了，還嫁不嫁人？」

「這……」苗氏無話可說了。

呂洪和苗氏把釋之打聽到的情況，如實告訴了娥姁。呂洪強調說：「劉邦和曹縈不是正式夫妻，他們相好屬於偷雞摸狗的行爲。男人嘛，年輕荒唐，是常有的事。好在曹縈昨天晚上已經死了，這也是報應。」

「什麼？曹縈死了」娥姁頗爲吃驚。

苗氏點頭，說：「是死了，釋之親眼見到的。」

呂洪說：「曹縈沒有親人，劉邦正在那裡料理後事。看來，劉邦還多少有些情義，放著別人，拍拍屁股不管，又能拿他怎麼著？所以，我和你娘勸你，凡事看開點，想遠點，得饒人處且饒人，你就原諒他劉邦一回吧！我還是那句話，別看劉邦現在不起眼，將來肯定是會有所作爲的，你跟他和好，必然會有享用不盡的榮華富貴。」

娥姁坐著發呆，什麼話也沒有說。

呂娥姘住在沛縣城裡，得知娥姁回到娘家，專門前來柳家莊看望姐姐。娥姘經劉邦做媒，嫁給樊噲以後，生活安定，心滿意足。樊噲雖然粗魯，但很會疼愛妻子，他們已經生了兒子樊伉，一個虎頭虎腦的小傢伙。娥姁生活在縣城裡，每天有肉吃，諸事不操心，容貌不減當年，更加風姿綽約。不像娥姁，常年在地裡勞作，風吹雨打日頭曬，年輕時的風韻打了不少折扣。娥姁見了娥姁，知道妹妹在各方面都勝過自己，鼻子一酸，淚水嘩嘩地流了下來。娥姁安慰姐姐說：「姐姐不必難過，事情總會好起來的。姐夫和樊噲要好，經常到我家喝酒，談論天下大事。樊噲生性剛猛，從沒佩服過任何人。但他對姐夫非常崇拜，說姐夫不是凡夫俗子，而是一個想大事幹大事的人。姐夫風流好色，固然不對，但事情已經做出來了，你怨也好，恨也好，都於事無補。再說，曹縈已經死了，相信姐夫再不會有花心了。」

娥姁說：「狗改不了吃屎，豬改不了貪腥。他劉邦的花心恐怕才是開始哩！」

娥姁笑著說：「看你說的？姐夫能是那種人嗎？」

娥姁說：「我算把他看透了！他呀，永遠是一條吃屎的狗，一隻貪腥的豬！」

娥姁和娥姁姐妹正在說話，審惠進來說：「劉邦來了！」

娥姁生氣地說：「他還有臉到這兒來？」

娥姁說：「人家是負荊請罪來了，你就不能寬容點？」

劉邦是料理完曹縈的喪事而來柳家莊的。這幾天來，他也夠狼狽的。先是劉肥找到中陽里，使娥姁了解了他和曹縈的隱私，娥姁又是吵又是鬧的，一氣之下，離家出走了。接著劉肥告訴他說，曹縈病重，要他火速去一趟泗水。當他到了泗水的時候，曹縈已進入彌留之際，她勉強地說一句「照看好我們的兒子」，隨即就斷氣了。他張羅著，草草地埋葬了曹縈，安排了劉肥，然後就匆匆地到柳家莊來了。

劉邦像往常一樣，頭戴一頂用竹皮製作的涼帽，身穿一件粗白布褂，腳踏一雙苧麻涼鞋，大不咧咧地來見他的岳父岳母大人。呂洪對他客客氣氣，吩咐呂釋之和黃薇趕快做飯。劉邦已經幾天沒有好好吃飯了，狼吞虎嚥地吃了個飽實，還美美地喝了兩大碗酒。

呂洪說：「娥姁這次回家，尋死覓活的，傷心得很。現在，你該如何收拾這個局面呀？」

苗氏說：「你一個大男人家，怎能那樣對待娥姁呢？」

劉邦紅著臉說：「千錯萬錯，都是我的錯。我不該和曹嫈有私情，更不該一直瞞著娥姁。對此，我爹把我臭罵了一頓。今日，我向二老及娥姁賠罪來了，懇望你們能原諒我的無恥和荒唐。」

呂洪說：「你能有這個認識和這個態度，當然很好。不過，娥姁擔心，你未來富貴以後，還會……」

劉邦說：「我劉邦未來怎麼樣，我不敢說。假若能像岳父說的那樣，果真有個什麼榮華富貴，那麼這個榮華富貴一定和娥姁分享。她永遠是我的嫡妻。我若當了縣令，她就是縣令夫人；我若當了郡守，她就是郡守夫人；我若當了王侯，她就是王侯夫人。我可對天發誓，我若違背今日所言，天誅地滅！」

呂洪說：「女婿言重了。」他轉而對苗氏說：「你去告訴娥姁，就說劉邦來接她回家，讓她收拾收拾，跟著回去，別耍小孩子脾氣。」

苗氏去跟娥姁商量，特別說到劉邦所發的誓言。娥姁說：「發誓，誰不會？上嘴唇和下嘴唇一碰，還不是一套一套的？重要的在於心，要看他的心是紅的還是黑的！」

苗氏說：「你這個丫頭倒會說話，他的心是紅是黑，能看出來？」

娥姸說：「就是！姐夫認錯賠罪了，你就跟他回去把！」

娥姁說：「不行！今日回去，太便宜他了。娘去告訴他，他若果真回心轉意，半個月後，親自駕車來接我。」

娥姁性格倔強，苗氏是知道的。她無法說動娥姁，只好將娥姁的話如實地轉告劉邦。劉邦嘿嘿一笑，說：「行！半個月就半個月，半個月後，我親自駕車來接她就是了。」

呂洪說：「這叫解鈴還需繫鈴人，那就有勞女婿再跑一趟了。」

劉邦說：「應該的，應該的，她是在懲罰我的無恥和荒唐哩！」

10

審食其陪呂娥姁去沛縣城裡看走馬，大大改變了呂娥姁的心情。在天際布滿晚霞的時候，在一塊青綠色的高粱地裡，二人演出了一幕情濃意熾的鴛鴦配來。

劉邦認錯賠罪，來接妻子回家。呂娥姁爲難丈夫，讓他半個月以後再來接她。劉邦無可奈何，只好獨自回中陽里去了。娥姁的心情是極其矛盾的。一方面，她憎恨劉邦的無恥和荒唐，長期和曹縈私通，並生了兒子劉肥，自己完全有理由和他離婚；另一方面，她又不敢輕易走離婚這條路，因爲婚後再嫁，那是一件很不光彩的事情。劉邦認錯賠罪，並發誓永遠以她爲嫡妻，這使她感到多少有些安慰。自己當初不是拿婚姻作爲賭注嗎？看來已經輸了不少，但還沒有輸光。賭博仍在進行，自己不妨繼續賭下去，或許能有大獲全勝的那一天。

世事複雜，人心難測，娥姁的情緒一直低落，怎麼也提不起精神來。她的心頭像有一堆亂麻，越理越亂，毫無頭緒。因此，除了睡覺以外還是睡覺，似乎只有睡覺，才能撫平受傷的心靈。呂洪和苗氏，呂澤和審惠，呂釋之和黃薇，都替娥姁擔心：這樣睡下去，再健康的人也會睡出病來的。他們絞盡腦汁，苦思冥想：怎樣才能使她擺脫陰影，快活起來呢？

審惠說：「我想到一個人，或許他能使娥姁開心。」

眾人忙問：「誰？」

審惠說：「我的弟弟審食其。」

眾人又問：「這是爲何？」

審惠說：「我也說不清楚其中的緣由，但我注意過，只要娥姁和食其在一起的時候，她總是滿面紅光，神采飛揚的。」

審食其就住在沛縣城裡，沒有正當的營生。審惠託人捎句話，他就來到了柳家莊。審惠交給弟弟一個特別的任務，那就是用一切方法讓娥姁笑起來，樂起來。食其興高采烈，說：「沒問題，我包叫她恢復從前的那個模樣。」

於是，審食其來到娥姁睡覺的地方，說：「娥姁妹妹！起來！大熱天，睡什麼覺嘛？」

娥姁聽到食其的聲音，勉強起身，說：「兄長從哪兒來？」

食其說：「聽說妹妹心情鬱悶，特來看你呀！」

娥姁說：「多謝兄長關心。我這心情啊，這輩子也好不了啦！」

「這是什麼話？人活在世上，何必自己作踐自己？走！跟我進城看走馬（跑馬）去！它會使你忘卻一切煩惱和憂傷的。」

「我懶得動彈，不想去。」

「不去不行！就是背，我也得把你背去！」

盛情難卻。娥姁這才下床，簡略梳妝，上穿一件淡綠色絲衣，下穿一條粉紅色長裙，跟家人打過招呼，然後和食其一起進了沛縣城。沛縣城不算太大，但作爲泗水郡的郡治所在地，恰也熱鬧繁華。東街一側，布幔圍成一個數畝大的場地，老遠就聽見鼓聲咚咚，鑼聲噹噹，敲出激烈而歡快的節奏。食其取出五文錢，丟進入口處的木匣裡，他和娥姁便進了走馬的場地。

場地裡有好幾百人，沿著布幔站成一個大大的圓圈。場地中央，有三匹棕紅色的駿馬在奔馳，馬背上各坐著一個花枝招展的少女，英姿颯爽，剛健俏麗。馬跑得很快，馬背上的少女兩手扶著馬鞍上的圓環，忽左忽右地以腳點地，飛躍騰挪，直看得人眼花繚亂。鼓聲鑼聲敲出悠揚的節奏，少女同時在馬背上做倒立的動作，一顛一顛的，瀟灑自如。鼓聲鑼聲又由悠揚變爲亢奮，馬跑得更快，忽然，第一匹馬上的少女縱身一躍，凌空翻了個跟頭，穩穩地騎到了第二匹馬上；第二匹馬上的少女以同樣的動作，穩穩地騎到了第三匹馬上。眾人看得呆了，一起鼓掌喝采：「好！好！好！」娥姁也情不自禁地鼓掌，加入喝采人的行列，大聲說：「好！好！好！」

食其看到娥姁忘情的神態，笑著說：「這就對了，爲什麼要自己跟自己過不去呢？」

娥姁臉色一紅，說：「我是不是失態了？」

食其說：「沒有！高興，快樂，這才叫生活！」

這時，走馬場裡即將進行飛馬抓錢的節目。兩個班主手持銅鑼，銅鑼的鑼面朝下，走至觀眾的跟前，說：「有錢的捧個錢場，沒錢的捧個人場，有勞了！」

好些人從衣袋裡掏出錢來，丟進銅鑼裡，發出「噹噹」的聲響。班主走至食其和娥姁的跟前，誤以爲他們是夫妻，笑著說：「請大哥大嫂賞光！銅錢噹噹響，兒孫聚滿堂。」

食其和娥姁立時脹紅了臉，卻又不便解釋。食其取了五文錢，讓娥姁丟進銅鑼裡。娥姁照辦，錢落銅鑼，那響聲清亮，聽來像是天宮的仙樂。班主笑著點頭，說：「多謝大哥大嫂！」隨即轉向下面的觀眾。

食其去娥姁耳邊悄聲說：「班主稱我們爲大哥大嫂，還祝我們兒孫滿堂哩！」

娥姁滿臉飛紅，含混不清地說：「老天爺點錯了鴛鴦譜。」

食其琢磨此話，摸不準是什麼意思。她是指班主亂點鴛鴦譜呢？還是指她嫁給劉邦嫁錯了呢？

班主收了數百文錢，笑容可掬，一再向觀眾敬禮致意。然後，圍繞場地，每隔二三丈遠，將錢一摞一摞地擺在地上。雄渾激越的鼓聲鑼聲再次響起，三位少女驅著駿馬，由慢而快，圍著錢摞的內側，跑出一個碩大的圓形。鼓聲鑼聲越來越急，駿馬越跑越快。忽然間，三位少女同時用腳尖勾住馬鞍上的圓環，嬌柔的身體倒向馬的右邊，頭完全向下，伸展右臂，用手抓那錢摞，手到錢起，兩圈跑過，場地上的錢摞全被抓起，盡入少女隨身攜帶的布囊中。人們發出瘋狂似的歡呼，高聲喝采：「好！好！好！」娥姁和食其也拍手喊叫：「好！好！好！」

走馬結束，娥姁仍不願離去。她太興奮太激動了，因爲此時此刻，確如食其所說，她忘卻了所有的煩惱和憂傷。

觀眾陸續散去。食其說：「我們也走吧？」

娥姁這才回過神來，回味著說：「走馬眞是精采，看了過癮！」

食其說：「你想看，明日再來好了。」

他們離開走馬場，信步在街上閒逛。前面有一家賣涼粉的小店。食其說：「吃不？買一碗嘗嘗？」

娥姁點頭，說：「吃！」

二人進入店內，各吃了一碗涼粉。那涼粉是用綠豆製成的，晶瑩如玉，切成細絲，調上作料，吃在嘴裡，軟軟的，涼涼的，酸酸的，辣辣的，非常爽口。他們又來到街上，食其給娥姁買了一串冰糖葫蘆，娥姁吃了，甜中帶酸，味道眞好。約莫申末酉初時分，娥姁和食其出了沛縣城門，準備返回柳家莊。這一天，二人的心情特別好，尤其是娥姁，一直籠罩在心頭的陰霾彷彿一掃而光，感到一種從未有過的輕鬆和歡愉。她抬頭看了一眼走在身邊的食其，發現食其也正注視著她，目光中流露出異樣的神情。她猛然一陣心跳。爲何如此？說不清楚。

娥姁自從落戶柳家莊以後，就和食其有了交往。食其是她嫂子審惠的弟弟，比她年長五歲，她稱他爲兄長。食其身材健壯，長相英俊，皮膚白皙，眉清目秀，算得上一個美男子。她做姑娘的時候，曾經嚮往過嫁給食其，誰知陰差陽錯，偏偏嫁給了劉邦，以致引出了一連串讓人意想不到的煩心事。今日的接觸，她更意識到食其是一個關心和體貼別人的人，她陪她看走馬，她給她買涼粉和冰糖葫蘆，事情雖小，卻體現了他的眞摯和溫存。他不像劉邦，那樣粗心，那樣無情，他是一個可以依靠和値得信賴的人。

食其的心裡也不平靜。他自從認識娥姁以後，就被娥姁的姿色和性格所吸引，渴望她能成爲他的妻子。劉邦的出現，徹底粉碎了他的夢想，他只能眼睜睜地看著自己的心上人，嫁到中陽里去。他曾極度懊惱和悲傷，哀嘆有情人終不能成爲眷屬。這些年來，他的眼前經常浮現娥姁的面影，夢牽魂縈，拂之不去。他已經二十八歲了，一直沒有娶妻，就是因爲現實中再沒有遇到過像娥姁那樣可意的人。今日，他陪伴娥姁，心中有甜有苦。甜，是因爲他很喜歡她；苦，是因爲她畢竟是別人的妻子。他注視娥姁，見她身段苗條，面龐豐潤，眉眼含笑，乳房高聳，獨具女人的一種成熟美。他有點心猿意馬，埋藏在心底的欲望和衝動，透過目光，一覽無餘地流露了出來。

太陽快落山了。遙遠的天際布滿橘紅色的晚霞，綺麗無比。娥姁和食其已經走到柳家莊的村口，可是他們卻不急於回家，反而向村外的田間走去。田間長滿高粱，高粱茁壯，高過人頭，碧綠的葉片在晚霞的映照下，抹金塗翠，紅紅亮亮。二人找了塊乾淨的地方，並肩坐下。娥姁突然說：「食其哥，你爲何還不成個家呢？」

食其說：「你還不知我的心嗎？我到哪裡去找像你這樣的女人？」

娥姁的心爲之一震，說：「像我這樣的女人？像我這樣的女人有什麼好？人家劉邦根本就不稀罕。」

食其說：「他不稀罕我稀罕！娥姁！實話跟你說，從我見你的第一天起，我就喜歡上你了。即使在你結婚以後，我還時時想著你戀著你，怎麼也排解不開，捨棄不掉。我恨自己沒出息，也恨自己缺少男人的氣概。可是，感情這個東西，說不清，道不明，只要你愛上一個人，鬼使神差，無法割捨啊！」

食其的這番話，使娥姁感到激動和震撼。她不由得緊偎著食其的肩膀說：「眞是苦了你了。」

食其再也控制不住自己的欲望，伸手將娥姁攬在懷裡，緊緊地抱著她，並低頭吻她，吻她的眉毛，吻她的眼睛，吻她的面頰，吻她的嘴唇。娥姁也是一樣，報以回吻。於是，四片嘴唇緊緊地貼在一起，他吮吸她的舌頭，她吮吸他的舌頭，恨不得把對方吸進自己的肚裡。食其又去衣撫摸娥姁的乳房，他和她同時感到一陣暈眩，一陣酥麻。騰騰的欲火燃燒起來，天大的力量無法撲滅。他和她不用語言溝通，全憑心靈感應，手拉著手，來到高粱地深處，以天作廬，以地作床，以一望無際的青綠色高粱作屛障，脫去衣服，赤裸裸地演出了一幕鴛鴦配來。那是最開心最美妙的一刻，身子完全融化，靈魂飛上天空，山間舒展彩雲，海上洶湧波濤，金光閃爍，鮮花開放，百舸爭流，群鳥飛舞，整個世界一片絢麗，燦爛輝煌……

娥姁和食其從來沒有這麼痛快過和滿足過。二人穿好衣服，相視而笑，甜情蜜意全在這一笑中。他們擁抱著，又在高粱地裡坐了許久，竊竊私語，互訴衷腸。娥姁說：「我是有夫之婦，你就不嫌棄我嗎？」

食其說：「不！你在我的心目中，永遠是聖潔的天使，愛猶恐不及，怎會嫌棄呢？」

娥姁說：「你總應該成個家呀！」

食其說：「不！家是什麼？家是負擔，家是累贅。我願獨自生活，終生追隨在你的左右。」

娥姁說：「這怎麼可以？劉邦發現你我的關係，他會殺了你的。」

食其說：「那就讓他殺好了，我爲愛爲情而死，死也値得！」

食其的癡情和執著使娥姁深受感動。她瘋狂地熱吻食其，眼裡閃著晶瑩的淚花，說：「你，你眞是個有情人！」食其也瘋狂地熱吻娥姁，並揭開娥姁的上衣，熱吻娥姁的乳房，吮吸兩個櫻桃似的乳頭。騰騰的欲火再次燃燒起來，二人遂脫去衣服，重演鴛鴦配，情濃意熾，酣暢淋漓，盡興方休。

太陽下山了，綺麗的晚霞漸漸隱去。食其和娥姁才依依不捨走出高粱地，走回柳家莊。遠處吹來習習的晚風，好清爽好愜意啊！呂洪一家人坐在院落裡納涼，等待著娥姁和食其的歸來。當娥姁和食其走進大門的時候，呂台、呂產、呂祿發出歡呼，說：「姑姑回來嘍！舅舅回來嘍！」

娥姁滿面春色，笑著說：「你們三個小鬼頭，調皮了沒有？」

呂台兄弟說：「沒有沒有！」

娥姁自回柳家莊以後，今日第一次有了笑樣。呂洪和苗氏心裡歡喜，也挺納悶：食其使了什麼神通，使得女兒改變了心情呢？

苗氏關心地問：「你們去城裡玩了一天？」

娥姁笑樣不改，說：「食其哥陪我看走馬了，那可驚險啦！」接著，她眉飛色舞地講述了走馬的情況，講到關鍵處，還比劃著做了幾個動作。呂台、呂產、呂祿不願意了，噘著嘴說：「舅舅偏心，光帶姑姑去看走馬，爲何不帶我們去？」

食其笑著說：「對不起，我的寶貝外甥。舅舅改日帶你們三個一起去看走馬，怎麼樣？」

呂台兄弟拍手說：「那才好！那才好！」

審惠和黃薇擺出晚飯來，那是煎餅和綠豆小米粥。娥姁和食其確實餓了，對坐著吃飯，邊吃邊發出會心的微笑。這天夜裡，娥姁躺在床上，翻來覆去睡不著覺。她回想著白天的經歷，特別是高粱地裡的情節，那是多麼新鮮和刺激啊！她捫心自問：這樣做是不是對不起丈夫？轉而一想，得出答案：才不是哩！自古以來，男人可娶三妻四妾，女人爲何要保持貞節操守，眞是他娘的混帳邏輯！就說劉邦吧，他是有婦之夫，卻可以隨心所欲地玩女人，那麼自己和食其偷情，又有什麼不可以？來而不往非禮也。你偷情，我也偷情，我們彼此彼此，也就是那麼回事了。

半個月後，劉邦果眞親自駕了一輛馬車，來接娥姁回家。呂洪和苗氏喚出娥姁，讓他們夫妻見面。娥姁見劉邦面目黧黑，眼窩深陷，話裡帶刺地說：「看你這樣消瘦，得是又和哪個寡婦鬼混了？」

劉邦嘿嘿一笑，說：「看你說的，哪能呢？最近忙得一塌糊塗，連覺都睡不安穩。」

呂洪說：「呂澤最近也說忙，你們倒是忙些什麼呀？」

劉邦說：「嗨！最近朝廷發下話來，說始皇帝在巡幸途中，在博浪沙（今河南原陽）遭人刺殺，險些喪命，所以命在全國搜捕凶犯，夜間也得盤查過往行人。呂澤是衙役，我是亭長，能不忙嗎？」

呂洪說：「有這種事？那個凶犯叫什麼？怎麼連皇帝也敢刺殺？」

劉邦說：「據說叫張良，字子房，城父（今安徽亳縣東南）人。他刺殺始皇帝，自己倒是沒有動手，而是雇傭了一個力士，埋伏在博浪沙的土丘旁邊。始皇帝的車隊經過那裡，力士手持鐵錘，猛地躍出，砸中其中一輛豪華車子。其實，那只是始皇帝的副車，始皇帝則在後面更豪華的金根車裡。力士砸了個空，被侍衛們擒住，經過審問，這才供出張良來。」

娥姁插話說：「張良敢於刺殺皇帝，膽魄倒是不小。他沒有得手，肯定藏起來了，你們到哪裡去搜捕他？」

劉邦說：「可不是嘛！搜捕張良，等於是在大海裡撈針，談何容易？再說了，人們私下裡都認爲張良是英雄，即使發現了他，誰又會把他交給官府？所以，我們這些當差的都是白忙活，純粹是做做樣子而已。」

劉邦在岳父岳母家吃了中午飯，下午即駕了馬車，載了娥姁回中陽里。路上，劉邦嘻皮笑臉地問娥姁說：「哎！想我不？」

娥姁朝他唾了一口，說：「呸！想你個頭！」

劉邦說：「打是親，罵是愛，呸是最好最好的下酒菜。」

娥姁見劉邦油嘴滑舌不正經，哭不得，笑不得，陰沉著臉，不再說話。她在想著自己的心事：什麼時候才能和審食其再見面呢？娥姁重新回到了自己的家。家中多日沒有住人，到處落滿塵土。她捲起衣袖，打水，掃地，擦桌子，不一會兒，便收拾得乾乾淨淨。

劉邦蹲在一邊，看著娥姁麻利的樣子，感嘆地說：「家中沒個女人，還眞的不行哩！」

娥姁沒好氣地說：「那你就再找個寡婦回來呀！」

劉邦自討沒趣，尷尬地笑著說：「嘿嘿！我這不是誇你嘛！」

娥姁說：「你別給我灌迷魂湯！你收住那個花心，我就謝天謝地謝神靈了。」

夜裡，劉邦大獻殷情，娥姁故意不予理睬。怎奈劉邦一再撩撥，她也就閉上眼睛，聽任劉邦張狂。不知怎麼的，她總覺得和劉邦做那種事，缺少興奮，缺少熱情，遠不如和審食其在高粱地裡的那一幕。這或許就是人們通常所說的做著吃不如偷著吃，家花沒有野花香吧？

劉邦起義

11

劉邦帶領民工赴咸陽服役，途中逃亡，占領芒碭山，當了山大王。劉執嘉和呂娥姁被捕下獄，蕭何、曹參、任敖設計營救，使之獲得釋放。

春夏秋冬，四季更替。日出日落，星轉斗移。時間進入西元前二一四年。這一年，呂娥姁懷孕生了個女兒，取名劉媛。她和劉邦結婚已經十二年了，一直盼望著有個孩子，現在終於如願，心裡深感欣慰。她的奶水充足，劉媛吃得香甜。幾個月後，小傢伙長得白白胖胖，很討人喜歡。兒女是女人生活的寄託。從此，餵養和照料劉媛，成爲娥姁生活中最重要的事。

劉媛出生的前後，秦始皇在全國實行封建統治，更加嚴厲和殘酷了。西元前二一三年，秦始皇下令焚書，在各郡縣焚燒了除秦史、醫藥、卜筮、種樹書籍以外的所有書籍。西元前二一二年，秦始皇下令坑儒，在咸陽附近坑殺了四百六十多名犯禁的儒生。這就是歷史上著名的「焚書坑儒」事件，給中國古代的文化學術事業造成了巨大的破壞。

同時，秦始皇肆意追求享受，踐踏民權民生，再次頒下旨來，徵發七十餘萬人到咸陽，爲他修建驪山陵墓和營造阿房宮。七十餘萬，一個多麼龐大的數字！秦始皇窮奢極欲，由此可見一斑。沛縣縣令裴勖接到了朝廷的命令，要他在二十天以內將一百名民工送到咸陽，不得有誤。裴勖不敢怠慢，立刻派出衙役到各村落抓人，很快抓到了足額的青壯年民工。民工抓到了，那麼派誰領隊送往咸陽呢？裴勖眉頭一皺，立刻想到劉邦。

劉邦搶先占了他的兒媳，他一直牢記在心，耿耿於懷。數年前，他讓劉邦去咸陽服役，就是爲了報復和懲罰劉邦。這一次，他又有了機會，仍要劉邦去做這件吃力不討好的差事。根據以往的經驗，被派往咸陽服役的民工，中途逃跑的極多。劉邦領隊，如果有人逃跑，那麼朝廷便可以治領隊一個死罪。劉邦實在不情願當這個領隊。可是，縣令指派，他一個小小的亭長又無法違抗，只能服從命令。他回家跟娥姁告別。娥姁不滿地說：「怎麼又要去咸陽？上一次服役，這一次領隊，我看你非把命搭上不可。」

劉邦苦笑，說：「人在屋簷下，焉能不低頭？縣令大人指派，我又有何法？」

在一個細雨淅瀝的陰天，劉邦帶領一百名民工上路了。這些民工，年齡在十八歲至五十歲之間，上有老，下有小，家中的負擔都很沉重。他們當中的許多人，已經不止一次地被官府徵發服役，有的甚至是第三次前去咸陽。他們深知服役的苦處，那是一種地獄般的生活。因此，他們害怕服役，憎恨服役，一路上詛天咒地，牢騷滿腹。終於，有人逃跑了，先是一兩個，接著是七八個。逃跑的方式都很巧妙，有的藉口口渴，要去井邊喝點井水；有的藉口肚脹，要去草叢中方便方便。得到劉邦允許，他們去了，一去便沒了蹤影。晚上，劉邦一行人到了豐鄉（原豐邑）西面的澤中亭，一點名，一百名民工只剩下七十人。劉邦抓耳撓腮，叫苦不迭，這可怎麼好？劉邦常年在基層當差，熟知民生的疾苦，完全了解民工逃跑的原因。同時，他也知道朝廷的法律，作爲領隊，若不能將一百名民工足額地帶到咸陽，自己肯定要被判死刑。怎麼辦？劉邦思量來思量去，覺得與其去咸陽送死，不如一逃了之。於是，他將七十名民工集合起來，宣布說：「朝廷黑暗，官府腐朽，你們誰也不願意去咸陽服役，我是知道的。我的心情和你們一樣，所以並不怪罪你們。爲了你們的父母和妻兒，我決定放了你們，你們趕快各自逃命，自謀生路去吧！」

民工們說：「感謝劉亭長的大恩。只是我們逃了，官府向你要人，你怎麼辦？」

劉邦說：「我還能怎麼辦？只有和你們一樣，也逃命去就是了。」

民工們非常感動，說：「你眞是個好人！」說罷，紛紛逃去。其中有十餘名青壯年民工不願逃亡，說：「世道這樣黑暗，逃又能逃到哪裡去？劉亭長！你就帶領我們造反吧！我們追隨你，擁護你，闖蕩天下，圖個快活！」

劉邦抱拳作揖，說：「承蒙各位抬愛，劉某定當和你們同生死，共患難，有福同享，有難同當。走！我們先喝點酒去，然後去芒碭山（今安徽碭山南）安身，商量如何闖蕩天下。」

他們來到澤中亭的一家小酒店，買了幾罈酒和幾斤肉，喝了個痛快，吃了個痛快。酒足飯飽以後，遂趁著夜色，沿著澤中小道向南進發。前面有一人察看道路，回來報告說：「前面有一條大蛇盤踞路中，我們很難通過。」

劉邦帶有幾分酒意，大聲說：「大丈夫幹大事，豈能懼怕一條蛇？」他逕自向前察看，朦朧中見那條蛇碗口來粗，當路盤踞，蛇鱗閃光，蛇舌捲動，好生嚇人。劉邦拔出佩劍，大喝一聲說：「好孽障！怎敢擋我去路？」一劍砍下，將蛇砍作兩段。

眾人喝采道：「劉亭長就是神勇，不比凡人！」

劉邦得意，說：「這等小事，何足道哉！」

他們繼續前進，天亮時分，進入了芒碭山。芒碭山由芒山和碭山組成，山形峻峭，山勢險惡，更有參天的樹木和密密的荊棘，白天不見太陽，夜晚不見星月，實是落難之人逃亡藏匿的天然場所。他們選擇了一處有利的地形，砍樹伐木，很快修建了幾間房屋。於是，逃亡的民工將劉邦按坐在一個又粗又圓的木墩上，跪地磕頭，一起拜他爲山大王。劉邦是第一次見這麼多人向他磕頭，表示尊敬和擁戴，心裡美滋滋的，很是受用。

劉邦在芒碭山當了山大王，打家劫舍，除惡扶貧，聲名大震。附近十鄉八寨的農民不滿朝廷的壓迫和剝削，慕名而來，投靠劉邦，使之麾下迅速發展到七八百人。他們自稱綠林好漢，專門懲治富豪劣紳，大碗喝酒，大塊吃肉，大秤分金銀，確實自由快活。劉邦派出一個精明幹練的心腹，到中陽里去找到呂娥姁，報告了自己的行蹤。娥姁聽後大驚，說：「我的娘哎！他不是當了強盜嗎？」那個心腹又去了一趟沛縣，找到蕭何、曹參和任敖，轉達劉邦的話，說他已在芒碭山落草。蕭何等也暗暗吃驚，說：「這個無賴！闖出天大的禍事了！」

劉邦釋放服役的民工，逃到芒碭山聚眾造反。沛縣縣令裴勖得到消息，非常驚恐。他怕朝廷怪罪下來，丟了官職尚在其次，就連性命也難保住。他一方面飛書上奏咸陽，如實報告劉邦造反的事實；一方面派出衙役，到中陽里去抓劉邦的親屬。

這天，娥姁懷抱劉媛，正和公公劉執嘉談論劉邦的事情。忽然，兩個衙役如狼似虎地衝了進來，不由分說，給二人各戴上了三十斤重的枷鎖。劉媛見了生人，又見娘親戴上那玩意兒，放聲大哭。劉執嘉抗議說：「幹什麼？光天化日之下，你們怎能隨便抓人？」

衙役說：「劉邦在芒碭山當了強盜，難道不該抓他的親屬？」

娥姁說：「我的孩子還不滿三歲，正吃著奶，你們抓了我，孩子怎麼辦？」

衙役說：「我們是奉命辦差，至於你的孩子怎麼辦，我們管不著！」

劉媛哭得更厲害了。娥姁緊緊地抱著女兒，眼角流出淚來。劉執嘉對衙役說：「我是劉邦的爹，你們抓我好了。劉邦的媳婦正餵養孩子，還請二位手下留情。」

衙役說：「不行！縣令大人指名要抓劉邦的爹和妻子，我們怎敢手下留情？」

娥姁氣憤地說：「難道一個不滿三歲的孩子也要去坐大牢嗎？」

衙役說：「那是你的事，我們只奉命抓你！」

劉執嘉的妻子陳氏，兒子劉仲和劉交，一起到了娥姁的院落裡，企圖阻止衙役抓人。但衙役執行的是公務，他們雖然激憤，卻也不敢反抗。

劉執嘉見衙役毫無人性，料難通融，便徵求娥姁的意見說：「事已至此，我看只有將媛兒託付給你婆婆和張蓮照料了。」

娥姁討厭婆婆和張蓮的為人，說：「那還不如將媛兒送到柳家莊去，由我爹娘和兄嫂照料，我才放心。」

娥姁相對地比較信任劉交，說：「劉交兄弟，勞你辛苦一趟，務要將劉媛交到我爹我娘手中。這樣我就感謝不盡了！」

劉交從娥姁手裡接過劉媛，說：「嫂嫂放心，我這就把媛兒送到柳家莊去。」

劉媛伸手踢腿，「哇哇」大哭，喊道：「娘——！」

娥姁淚水嘩嘩，心如刀割。衙役催促犯人上路。劉執嘉和娥姁心裡叫苦，怨恨說：「劉邦啊劉邦！你把家裡人害慘了！」

很多街坊鄰居出來觀看，嘀嘀咕咕地議論說：「劉邦眞是的，怎能去當強盜呢？」「我早就說過劉邦不是好人，整日游手好閒，沒個正經。這不？鬧出大事來了！」「公公和媳婦同時被拘捕，這在中陽里，還是頭一回見哩！」

娥姁聽到這些議論，心中十分難受。劉媛的哭聲，以及三十斤重的枷鎖套在脖子上，使她更加難受。她不敢面對朝夕相處的街坊鄰居，只能低頭看著自己的腳尖走路。走出去老遠，還能聽到劉媛尖銳、稚嫩的哭聲。從中陽里到沛縣不足三十里。娥姁覺得那是三百里三千里，好長好長啊！中午過後到了沛縣，街上行人駐足圍觀。有人說：「一個半老頭子，一個年輕媳婦，犯了什麼罪了？」有人說：「嗨！公公和媳婦不是扒灰就是殺人唄！」娥姁聽了這話，又羞又氣，恨不得地上有條裂縫，一頭鑽進去。

娥姁和劉執嘉被關進沛縣的監獄。一個在女獄，一個在男獄。監獄的情況，娥姁略知一二。當初，她的父親呂洪曾被關進單父邑的大牢，她和母親苗氏前去探望過，那裡的黑暗和機詐，給她留下了難忘的印象。沒料想十四五年後，她自己也進了大牢，同進大牢的還有她的公公劉執嘉。她覺得窩囊和晦氣，自從嫁了無賴劉邦，煩心事一件接著一件，眞是背運啊！

監獄的牢頭大多勢利，腦袋渾圓，面色蒼白，沒有什麼表情，只認識錢不認識人。娥姁和劉執嘉初進監獄，不大懂得監獄的規矩。牢頭們嘻嘻哈哈，冷嘲熱諷地說：「喲！這不是山大王劉邦的娘子嗎？他在芒碭山快活，卻讓娘子在這裡受苦，眞不夠意思。」「別看劉邦五大三粗，他的娘子倒是蠻年輕蠻標致嘛！劉邦造反是要被殺頭的，丟下這麼個漂亮的娘子守活寡，多可惜呀！」「嗨！她守活寡，你可惜什麼？得是想跟人家上床睡覺不是？看你那熊樣，一覺睡下來，不累趴下才怪哩！」

「哈哈！哈哈！」牢頭們肆無忌憚地放聲大笑。

娥姁聽任牢頭們的譏笑和奚落，眼淚只能往肚裡嚥。她恨劉邦拖累了她，使她到了這麼個骯髒、猙獰的鬼地方。她更牽掛女兒劉媛，不知劉交是否將她送到了柳家莊。劉媛若有什麼閃失，自己可眞是沒法活啦！

到了開飯的時間。牢頭給每個犯人發了一個黑饃饃和一塊鹹菜。娥姁試著咬了一口饃饃，硬得像石頭，澀得像沙子，無法下嚥。牢頭說：「到了這個地方，還想吃山珍海味不是？可哪裡有啊？」娥姁不理牢頭，皺著眉頭咬著牙，吃了半個黑饃饃，再也吃不下去了。

第二天，呂洪、苗氏、審惠來探獄。呂洪給牢頭塞了一百文錢，牢頭准許他們和犯人見面。娥姁急切地說：「劉媛呢？劉交給你們送過來沒有？」

苗氏說：「送過來了，好好的。我們給她餵羊奶，沒事！」

審惠說：「劉媛由婆婆、黃薇和我照料，你儘管放心好了。」

娥姁說：「那就好，那就好！」

呂洪說：「你和親家公既然進來了，就別煩躁，我們自會打點，讓你們儘快出獄的。」

娥姁嘆氣，說：「唉！到了這種地步，煩躁又有何用？我認命了！要怪就怪劉邦，他當什麼山大王，卻讓家人替他坐牢，眞是沒心沒肺，白披一張人皮！」

呂洪悄聲說：「我已派人通知劉邦，他知道你和親家公入獄，肯定會設法營救的。」

娥姁說：「他？哼！只圖自己快活，才不會來營救我們呢！」

呂洪說：「別那麼說。劉邦這次占山爲王，興許正是發跡的開始哩！」

苗氏塞給娥姁一方手帕，手帕裡面包有幾塊軟軟的煎餅。其後，娥姸也來探望過娥姁。姐妹見面，感嘆唏噓，淒然落淚。娥姸說：「姐姐切莫悲傷，我們都在打通關節，使你儘快出獄。」

娥姁說：「劉邦拉屎，卻叫別人擦屁股，眞是難爲你們了。」

娥姸說：「樊噲跟這幫牢頭很熟，他已打了招呼，牢頭再不敢刁難你的。」

娥姁說：「牢頭刁難，我倒不在乎。只是這心裡，光牽掛劉媛，眞不好受。」

娥姸說：「劉媛有爹娘他們照管，你就放一百二十個心吧！」

審食其亦到獄中探望娥姁。那次在高粱地裡，他們酣暢淋漓地風流了一回，其後再沒有見過面。他想念她，她也想念他，而今在獄中見面，四眼對視，感慨萬千。娥姁說：「今日見你一面，我死也能瞑目了。」

食其說：「別說晦氣話！爲了你，也爲了我，你得好好活著！」

娥姁說：「這個鬼地方，進來了還能出去？」

食其說：「吉人自有天相。我相信，你一定能夠平安出獄。不然，我也自請入獄，和你一起坐牢。」

娥姁聽了食其的話，覺得世上還有一個和自己心心相印的男人，心中略感寬慰，說：「別做傻事！我自個兒坐牢就夠冤枉的了，犯不著你也貼賠進來。」

沛縣的動靜，全在劉邦的掌握之中。一方面，呂洪已經派人告訴他，說劉執嘉和娥姁受到牽連，被捕入獄；一方面，他在沛縣派有密探，已經探到了同樣的消息。他本想帶領他的手下攻打沛縣，營救父親和妻子。轉而一想又覺得不妥，因爲芒碭山初建，還不具有攻打沛縣的力量。猛地，他想到了好友蕭何、曹參和任敖，何不請他們幫忙，設法營救父親和妻子？劉邦派人和蕭何、曹參、任敖聯繫。三人出於友情，慨然允諾，答應幫忙。可是，朝廷的法律嚴苛，造反者的家屬應判死罪，營救劉執嘉和呂娥姁，談何容易？蕭何沉思許久，說：「這事必須如此如此，方可成功。」曹參和任敖說：「好計策！我們分頭行動就是了。」

這一天，縣令裴勖親自審問劉執嘉和呂娥姁。衙堂肅靜，氣氛森嚴。裴勖落座，命犯人上堂。衙役們手持庭棍，拉著長腔，發出庭威：「威——武——！」

劉執嘉和娥姁戴著枷鎖跪地，等候審訊。裴勖看見娥姁，心想她若嫁給自己的兒子裴成，又怎會落到囚犯的地步？接著拍響驚堂木，厲聲說：「下跪犯人報上名來！」

「草民劉執嘉。」

「民女呂娥姁。」

裴勖說：「大膽刁民！劉邦造反，背叛朝廷，該當死罪。你二人是他的親屬，知情不報，是何居心？」

劉執嘉磕頭，說：「草民冤枉！劉邦常年在外，做事從不和家人商量。大人說他造反，草民實不知情。」

娥姁伏地，說：「民女只知劉邦是去執行大人派遣的公務，哪裡知道他竟造反了呢？假若果眞造反，也是大人的派遣所致，跟民女無關。」

裘勖大怒，說：「嗨！好個刁婦！你倒把劉邦造反歸罪於本官了，豈有此理？來人！給我用刑，治治這個刁婦！」

衙役應聲說：「是！」

就在這時，門外進來一個衙役，遞給裘勖一片白帛。裘勖看那白帛，原來是一份無名帖子，上面寫著兩行字：「裘勖狗官：劉執嘉和呂娥姁若傷一根汗毛，即取爾全家性命！」他大驚失色，說：「這……這……」

蕭何趁機向前說：「這無名帖子來頭不小，大人問案，還是愼重爲好。」

裘勖臉色稍定，說：「這是賊人的手段，意在恫嚇本官。本官爲朝廷效力，豈能以私殉法？來人！給我用刑，治治這個刁婦！」

話音剛落，縣令夫人從側門進了衙堂，急急地說：「不可用刑！不可用刑！」她手裡也有一份無名帖子。裘勖接過一看，頓時瞠目結舌，面如死灰。原來帖子上寫道：「裘勖狗官：你的兒子裘成已在我們手中。限你三日內釋放劉執嘉和呂娥姁，違期即砍裘成的狗頭！」

縣令夫人淚流滿面地說：「裘成是我們唯一的兒子，他若有個三長兩短，裘家可就要斷子絕孫啦！」

裘勖心慌意亂，不知該如何決斷。蕭何向前說：「裘成公子的性命要緊，大人務請三思。」

等候行刑的衙役說：「這刑還用不用啊？」

裘勖一揮手，說：「用個屁！退堂！」

第三天，裘勖按照無名帖子規定的期限，乖乖地釋放了劉執嘉和呂娥姁。他的兒子裘成，當天也回到家裡，毫髮無損。

裘勖問兒子說：「你怎麼會落到賊人手裡的呢？」

裴成說：「那天我在街上閒逛，被幾個大漢用黑布袋套了頭，拉了就走，押在一個地窖裡，直到今天才放出來。」

縣令夫人欣喜地說：「兒子回來就好，回來就好。」

他們根本不知道，這一切都是蕭何設計的計策。娥姁的回話，是任敖教的；兩份無名帖子，以及抓押裴成的大漢，是曹參指派的人所爲。蕭何、曹參、任敖暗中幫助劉邦，營救劉執嘉和呂娥姁，體現了朋友間肝膽相照、兩肋插刀的熱血心腸。

12

劉執嘉和呂娥姁出獄，爲免再被拘捕，由審食其護送，上了芒碭山。娥姁生了個兒子，是劉邦的種還是食其的種？她自己也說不清楚。

劉執嘉和呂娥姁出了監獄，內心充滿喜悅，如飛似地回到柳家莊。呂洪、苗氏以及全家人發出歡呼，慶幸他們平安出獄。娥姁急切地關心她的女兒劉媛，問：

「劉媛呢？劉媛怎樣？」

苗氏笑著說：「劉媛好著哩，看把你急的！」

審惠抱著劉媛走過來。劉媛伸出小手，喊道：「娘！娘！」

娥姁一把接過劉媛，緊緊地摟在懷裡，說：「我的女兒，想死娘了！」她熱烈地親著劉媛的臉頰，眼裡早已流下淚來。

劉媛說：「娘！你……你去哪啦？我……我好想你！」

娥姁哄她說：「娘去打壞蛋了，今天才回來。」

劉媛說：「我長大了也……也要打……打壞蛋。」

娥姁再次親吻女兒，說：「我們家的劉媛眞是好樣的！」所有的人都大笑起來。

呂娥姘和審食其得知娥姁出獄的消息，都趕來向她表示祝賀。娥姁眉笑顏開，由衷地感謝自己的妹妹和情人。尤其是對食其，他所說的「我也自請入獄，和你一起坐牢」的話，她一直記在心裡，想起來就很感動和激動。他，算得上是自己眞正的知心和摯友。

呂洪突然想起一個問題，說：「沛縣縣令怎麼會這麼快就放你們出獄的呢？」

劉執嘉說：「我也納悶，不知什麼原因。」

娥姁笑著說：「全虧蕭何、曹參、任敖三人幫忙。」接著，她將自己知道的情況，包括蕭何怎樣設計，任敖怎樣教她回答縣令問話，曹參怎樣抓了裴成並派衙役投送無名帖子，敘述了一遍。眾人聽後，驚嘆不已，說：「劉邦有了眾多熱心朋友的幫忙，興許眞能幹成一番大事哩！」

劉執嘉和娥姁出獄了，下一步該怎麼辦？

苗氏說：「回中陽里唄！人都放出來了，難道還會再抓進去不成？」

呂洪搖頭，說：「不行！你呀，還是那句話：『頭髮長，見識短。』沛縣縣令之所以放了親家公和娥姁，那是因爲他的兒子被蕭何他們抓了。現在，他的兒子平安無事，他還會那麼心善？我想，他還是要抓人的，不然，他沒法向朝廷交代。所以，中陽里的家，你們是回不去了！」

娥姁說：「那我就住你們這裡，或者住娥妍家。」

娥妍說：「住我家最好，我們倆姐妹可以隨意說話。」

呂洪說：「你們當裴勖是個傻瓜？他在中陽里抓不到人，能不到處尋找嗎？」

娥姁嘆氣，說：「國不國，家不家，我是走投無路了。」

呂洪說：「只有一條路：去芒碭山，找劉邦！」

娥姁大驚，說：「什麼？去芒碭山？劉邦已經當了強盜，我也去當強盜不成？」

呂洪說：「如今這個世道，當強盜的不一定都是壞人。官逼民反，那是不得已的辦法，不反就要丟掉性命。」

娥妍說：「我家那口子說了，他也要上芒碭山，和姐夫一起打天下。」

呂釋之說：「樊噲姐夫上芒碭山，我也去！」

呂台、呂產、呂祿跟著起哄，說：「對！我們都去芒碭山！」

苗氏說：「什麼？你們都要上芒碭山？瘋了不是？」

娥姁拿不定主意，有意徵詢審食其的意見說：「食其哥！你說呢？」

食其從心底不願意讓娥姁去芒碭山，因為那樣他就很難再見到她了。可是，現實情況明擺著，沛縣縣令肯定還要繼續抓人，萬一娥姁再度入獄，必然會是九死一生。他想了想，說：「呂洪伯伯說得對，眼下風聲正緊，應該上芒碭山去避一避。上芒碭山，不等於是當強盜，權當避難，過一段時間再說。」

食其的話使娥姁下定了決心，說：「行！那就去芒碭山。」

劉執嘉說：「我一個老頭子，去芒碭山做什麼？他們要抓就抓我好了，大不了死在獄中。」

呂洪說：「那不值得。再說了，你再入獄，劉邦和娥姁能安心嗎？」

劉執嘉不再吭聲，等於同意去芒碭山。那麼，誰送劉執嘉和娥姁去芒碭山呢？

呂洪說：「看來只有有勞食其了，食其為人沉穩，做事大家放心。」

食其說：「沒問題，我保證將劉伯和娥姁妹妹安全送到芒碭山。」

苗氏說：「說什麼也得讓娥姁在家中住一天呀！明天走怎麼樣？」

呂洪說：「不行！吃過中午飯就走，省得夜長夢多。」

黃薇已經做好了中午飯。於是，大家吃飯。飯後，苗氏給娥姁準備了一包衣服，含著淚叮嚀娥姁說：「從今往後，你可要自己照顧好自己。劉媛，你能照管就自己照管，若有困難，就派人送回來，娘是不會虧待外孫女的。」

娥姸說：「姐這一去，不知什麼時候才能再見面。你在芒碭山安下身後，可要隨時捎信給我們，省得我們掛念。」

娥姁說：「你們放心，我會照顧好自己，並隨時捎信回來的。」

審食其去城裡雇了一輛馬車，停在門外。呂洪先請劉執嘉上車，再命娥姁上車。娥姁懷抱劉媛，眾人相送，揮手話別。那是讓人傷心和動情的一個時刻，尤其是幾個女人，眼裡無不蓄滿了淚水。馬車離開柳家莊，一直向西，經過豐邑，拐向西南，漸漸進入丘陵地帶。時值初秋，天高地曠，樹葉開始脫落，路邊草叢間搖曳著五顏六色的花朵。馬蹄聲得得，車輪聲吱呀。劉執嘉閉目養神，劉媛高興了一陣，也在娥姁的懷裡睡著了。

審食其側向坐在娥姁的對面，不時注視娥姁，那眼神分明在說：「我愛你！」娥姁回報他以甜甜的微笑，那意思也是在說：「我同樣愛你！」

前面有一片高粱地，葉片開始變黃，高粱穗呈絳紫色。食其感嘆地說：「那片高粱多美啊！」娥姁聽出了食其話裡的含義，說：「柳家莊村邊的高粱比這還美，我會永遠記在心裡的。」二人的話顯然是隱語。因為有劉執嘉坐在車裡，他們只能用這種方式來回憶他們在高粱地裡風流的美好時光，並表達心心相印的真摯感情。

再向前行，就進入芒碭山地界了。地勢越來越陡峭，樹木越來越茂密，道路高高低低，馬車時快時慢。迎面出現兩道山崖，挨得很近，就像突兀而起的兩扇大門。車夫停住馬車，說：「到了，進了山崖，便是芒碭山！」

食其、娥姁、劉執嘉依次下車。他們觀察四向，但見山青水綠，花開鳥鳴，一輪夕陽斜掛空中，柔和的陽光給山巒和樹木抹上淡淡的金色，恍若仙境。食其付給車夫車錢，車夫趕著馬車自去。然後，食其背了包袱，娥姁懷抱劉媛，劉執嘉緊了緊腰帶，緩步走進山崖。就在這個時候，山崖上猛地躥出無五六個大漢來，當道而立，高聲喝道：「嘿！什麼人如此大膽，竟敢闖我芒碭山？」

娥姁和劉執嘉被嚇了一跳，心想：糟了，遇見強盜了。食其遇事沉著，拱手說：「敢問幾位好漢，你們得是劉邦的兄弟？」

一個大漢說：「大膽！我們山主的名諱豈是你叫得的？快說，你們是什麼人？爲何要進山？」

食其笑著說：「對了，我們正要找你們山主。這兩位，一位是你們山主的父親，一位是你們山主的妻子。還有這個小妞，她是你們山主的女兒。我嘛，名叫審食其，是你們山主的朋友。」

那個大漢說：「既是山主的家人，就請隨我上山吧！」說著，引了娥姁等朝山裡走去。其他的大漢重新登上山崖隱伏起來。山路崎嶇，山路曲折，三轉兩拐，娥姁早已辨不出方向來。劉媛說：「娘！我……我們到這兒來做……做什麼呀？」

娥姁說：「來找你爹。」

劉媛說：「我爹怎……怎麼會在這裡呀？」

娥姁說：「你爹在這裡打壞蛋。」

那個引路的大漢說：「你爹在這裡領著大夥兒幹一番驚天動地的大事業。」

劉媛說：「什麼叫驚……驚天動地的大事業呀？」

「這……」娥姁回答不清楚，食其、劉執嘉和那個大漢恐怕也回答不清楚。山路盡頭，是一長溜石階。拾級而上，山頂出現了一片房屋。大漢說：「你們等著，我去通報山主。」

大漢去不多時，劉邦在眾人的簇擁下，大踏步地迎了出來，老遠就喊道：

「爹！娥姁！劉媛！我來嘍！」

劉邦還是原先的模樣，大不咧咧的，只是在山上待久了，衣服有幾處破裂，鬍鬚長得很長。他從娥姁手中接過劉媛，雙手舉起，就地轉了一圈，說：「乖女兒！想爹不？」

劉媛說：「想！」

劉邦說：「爹也想你喲！」這時，他才發現食其，說：「食其兄弟！感謝你把我的家人送上山來。」

食其說：「應該的，無須感謝。」

劉邦向他的手下逐一介紹他的家人和食其。眾人齊聲說：「歡迎劉伯和夫人以及食其兄弟光臨山寨！」

劉邦說：「走！到我的住處去！」

劉邦抱著劉媛，娥姁、劉執嘉、食其跟在後面，來到一個院落。院落裡有七八間房屋，都是樹木作牆，蘆席蓋頂，顯得十分簡陋。一側有個燒水的木炭爐子，炭火通紅，黑糊糊的銅壺裡冒出熱氣。他們進入正面的一間大房，那裡就是劉邦的住處了。房裡有一張大床，床邊有一張方桌，此外就沒有什麼像樣的東西了。四面牆上懸掛著刀槍棍棒之類，倒是非常搶眼。

娥姁、劉執嘉和食其隨便坐下。劉邦提來銅壺，倒了三碗開水，說：「你們先喝點水，過會兒吃飯。」他去門外向一個機靈小夥吩咐了幾句，轉回來繼續抱著劉媛，說：「這山大不大？樹多不多？」

劉媛說：「大，多。爹！你給我捉一隻小鳥，好不？」

劉邦大笑，說：「行！爹明天不僅給你捉一隻小鳥，還要給你捉一隻小兔。」

劉媛拍著小手，高興地說：「哦！我有小鳥和小兔嘍！」

娥姁看著女兒高興的樣子，臉上露出微笑，說：「女孩兒家，哪有養小鳥和小兔的？」

劉執嘉說：「她喜歡，就讓她養唄！」

這時，那個機靈小夥和另外一個廚師模樣的人，各提了一個竹製的食籠進來。食籠一層一層地揭開，從中取出一碗一碗的食物來。主食是白裡帶黃的糲飯，菜肴有野雞肉、野豬肉、蘑菇、竹筍等，另有一罈柏葉酒。劉執嘉大爲驚訝，說：「怎麼？這裡還有酒喝？」

劉邦說：「麻雀雖小，五臟俱全。外面有的，我們芒碭山全有。」他給父親、妻子、食其和自己各斟一碗酒，說：「我爲你們接風。來，乾！」乾了一碗酒，吃菜。平時，娥姁、劉執嘉和食其是很難吃到野雞肉和野豬肉的。而在芒碭山，這不過是普通菜肴。那肉，燉得又爛又香，吃來別有風味。劉媼尤愛吃野雞肉，左手抓一隻雞腿，右手抓一隻雞腿，吃得滿臉油水，煞是過癮。

吃飯中間，劉邦問起父親、妻子入獄和出獄的情況。娥姁簡略地敘述了一遍，末了說：「你倒好，自顧在這裡當山大王，家人入獄，不管不問。若不是蕭何、曹參、任敖幫忙，我們現在還在獄中受罪哩！」

劉邦說：「我哪能不管不問呢？我曾專門派人去告訴蕭何、曹參和任敖，請他們設法，營救你們出獄。」

劉執嘉說：「你有這個心就好。」

劉邦說：「裴勖抓你們入獄，我遲早要爲你們報仇！」

吃罷飯已是掌燈時分。劉邦命人收拾一間廂房，讓父親和食其居住。接著到山寨去安排了夜間巡邏的事宜，回來後鑽進娥姁的被窩，二人忘乎所以地做起愛來。他們分開已有一段時日了，所以這次做愛，倍感痛快和滿足。

廂房裡，劉執嘉顛簸了一天，晚上又喝了點酒，上床不久就睡著了。食其卻翻來覆去，久久不能入眠。他想像著劉邦和娥姁赤裸著親熱的情景，直覺得渾身燥熱，極不自在。他在劉邦和娥姁中間，充當了一個第三者的角色。他雖然很愛娥姁，娥姁也很愛他，但他們畢竟不是夫妻，二人相好，不能公開，只能偷偷摸摸，躲在高粱地裡苟且偷情。而今，劉邦和娥姁正在隨心所欲地張狂，自己卻和一個老頭子共臥一床。唉！眞是……

夜間，山上的風很大。一陣陣松濤，一聲聲猿啼，攪得食其心煩意亂。直到五更時分，他才打著哈欠，朦朦朧朧地睡去。等到食其醒來的時候，已經接近午時。廂房裡明明亮亮，院落裡寂靜無聲。食其咳嗽一聲，娥姁從門縫悄悄地探進頭來，笑著說：「醒啦？」

食其說：「劉伯、劉邦和劉媛哩？」

娥姁說：「劉邦說下山踩點了，公公領著媛兒去看山景了。他們不讓吵醒你。」

食其直視娥姁的眼睛，說：「娥姁！你知道嗎？夜間，我幾乎沒有合眼，一直在想著你。我多想能像劉邦那樣，把你摟在懷裡，可是……唉！」

娥姁說：「我也一樣，我只當劉邦是你。」

食其伸手將娥姁拉了進來，抱著她就是一陣狂吻。娥姁說：「讓我把院門關上。」她去關了院門，轉回來又和食其抱在了一起。食其使勁撫摸娥姁的乳房。娥姁索性脫去衣服，睡到了床上。食其欲火難耐，急切地趴到娥姁身上。頓時，電閃雷鳴，山洪爆發，天地渾然一體，不辨東南西北。

食其和娥姁幹完好事，匆忙穿好衣服。娥姁去開了院門，好像什麼事情也沒有發生過。飯菜是現成的，娥姁放在炭火爐子上熱了熱，食其坐下來吃飯。這時，劉執嘉和劉媛回來了，劉執嘉手提一個鳥籠，劉媛懷抱一隻小兔。劉媛說：「娘！快看小鳥和小兔！」

娥姁看鳥籠裡原來有一隻小鳥，乳黃色的羽毛，鮮紅色的腳爪，淺灰色的尖喙，飛上飛下，不停地跳躍；再看小兔，毛色雪白，耳朵尖長，一雙圓溜溜的紅眼睛，就像兩顆晶瑩的紅瑪瑙，很是可愛。娥姁說：「誰給你捉的？」

劉媛說：「一個叔叔。」

劉執嘉說：「劉邦下山的時候，跟他的手下人叮嚀了，給劉媛捉一隻小鳥和一隻小兔。這不？那人不費吹灰之力，就給劉媛捉來了。」

劉媛說：「我要自個兒餵……餵小鳥和小兔，讓它們再生……生出個小鳥和小兔來！」

娥姁笑著說：「行！我的乖女兒就是能幹！」

劉執嘉說：「食其！你眞是好睡呀！早晨我起來的時候，你還呼嚕呼嚕地打著鼾哩！」

食其紅著臉說：「一覺睡過了，剛剛起來，剛剛起來！」

下午，劉邦回來了。劉媛讓他看小鳥和小兔。劉邦看了非常高興，說：「我們家的劉媛有小鳥和小兔作伴，就不寂寞了。」

娥姁說：「踩點踩好啦？」

劉邦說？「好啦！夜裡就去端鍋。」

劉執嘉沒有聽懂，說：「什麼叫踩點和端鍋？」

劉邦說：「這是我們這一行的的暗語。踩點，就是探摸情況；端鍋，就是採取行動。」

劉執嘉說：「你可別做喪天害理的事情。」

劉邦說：「孩兒知道！我們踩點、端鍋，對付的都是爲非作歹的土豪劣紳。至於窮苦人家，則是加以關照和保護的。」

夜裡，劉邦帶領手下下山端鍋，寅末卯初方才歸來。他丟給娥姁一個布袋。

娥姁說：「這是什麼？」

劉邦說：「你打開看看。」

娥姁打開布袋，布袋裡有好多金餅銀錠、珍珠瑪瑙以及首飾。娥姁說：「這是哪來的？」

劉邦說：「今夜端鍋，碰上一個特富的主，我們把他的家產劫掠了。」

娥姁說：「劫掠的財物全部歸你？」

劉邦說：「哪能？每次劫掠的財物，一半歸山寨公用，一半由兄弟們均分，人各一份。」

娥姁說：「難怪眾人肯為你賣命，原來他們都得了好處的。」

劉邦說：「這叫利益！沒有利益，誰還造反？」

次日，食其要回沛縣。劉邦遞給他八枚金餅，說：「兩枚給你食其兄弟，其餘的給蕭何、曹參和任敖，也各是兩枚。請轉告他們，他們營救我父我妻，我會報答的。」

娥姁說：「你告訴我爹我娘，就說我好著哩，不用牽掛。」

劉執嘉說：「你也要想法告訴劉交，就說我已上了芒碭山。」

食其點頭，說：「我一定照辦。」他深情地看了娥姁一眼，轉身下山去了。這以後，娥姁發覺自己懷孕了。那麼，肚裡的孩子是劉邦的種還是食其的種呢？她說不清楚。她把懷孕的事情告訴了劉邦，劉邦非常高興，說：「看來，芒碭山是一塊福地，你一上山就懷孕了，這回得給我生個兒子。」

娥姁說：「生兒生女由得你我嗎？」

劉邦說：「沒問題！我劉邦是山大王，山大王的夫人肯定能生個帶牛牛的娃！」

十月懷胎，一朝分娩。西元前二一一年的夏天，娥姁臨盆，果真生了個兒子。

劉邦樂得眉飛色舞，說：「哈哈！我劉邦的事業有了接班的啦！」

娥姁注意觀察兒子，長相像誰呢？似乎像劉邦，又似乎像審食其。到底像誰？隱隱約約，模模糊糊，似是而非，實難分辨。

13

秦始皇病死，秦二世繼位，人民生活陷入絕境。陳勝、吳廣揭竿而起，中國歷史上第一次全國性的農民大起義爆發了。劉邦亦在沛縣起義，號稱沛公。

呂娥姁在芒碭山生了兒子，劉邦滿心歡喜，認爲是個好兆頭。他給兒子取了個吉利的名字：劉盈。盈者，充溢、圓滿之謂也。從此，劉邦當他的山大王，娥姁精心照管一兒一女，劉執嘉天天喝酒吃肉。生活是單調的，恰也平平安安，沒有什麼憂愁和煩惱。

山外的世界不停地發生激烈的變化。就在劉盈出生的第二年，秦始皇最後一次出巡，七月在沙丘平臺（今河北平鄉東北），突然患病死了。隨行的中車府令趙高勾結丞相李斯，僞造詔書，賜秦始皇的長子扶蘇死，立秦始皇的幼子胡亥爲太子。他們嚴密封鎖了秦始皇已經死亡的消息，直至回到咸陽的時候才發喪。於是，胡亥即皇帝位，他就是歷史上臭名昭著的秦二世。九月，秦始皇被葬進驪山陵墓，陵墓的壯觀奢麗，空前絕後。接著，宦官出身的趙高升任郎中令，把持了朝政大權。趙高是一個奸詐的野心家和陰謀家，教唆秦二世大肆殺戮先朝功臣和兄弟姐妹，造成上下震恐，人心浮動。同時，繼續徵發民工修建阿房宮，調遣五萬士兵屯戍咸陽。各種刑法更加嚴酷，人民搖手觸禁，動輒陷刑，一人犯法，罪及三族，一家犯法，鄰里連坐。全國變成一座大監獄，到處出現了「赭衣塞途，囹圄成市」的恐怖景象。人民的生活陷入絕境，終於，中國歷史上第一次全國性的農民大起義爆發了。

那是秦二世元年（西元前二〇九年）七月，陽城（今河南登封）人陳勝和陽夏（今河南太康）人吳廣，奉官府命令，帶領九百名戍卒戍守漁陽（今北京密雲西）。這一行人途經蘄縣大澤鄉

（今安徽宿縣東南）的時候，突然遇到大雨，河水泛濫，道路不通，耽誤了好幾天的行程。他們掐指推算，怎麼著也不能如期到達漁陽了。而根據朝廷的法律，戍守違期是要被斬首的。陳勝和吳廣急壞了，商議說：「反正是個死！與其去漁陽送死，不如就此造反，轟轟烈烈地死個痛快！」於是，二人率領九百名兄弟，斬木爲兵，揭竿爲旗，點燃了武裝反抗秦王朝暴虐統治的革命烈火。

義旗一舉，如火如荼。處於水深火熱之中的農民爲了生存，自發地加入到起義軍的行列，向郡縣官府發起了猛烈的攻擊。他們首先攻克了蘄縣，接著攻克了陳縣（今河南淮陽），並在那裡建立了農民政權：國號爲張楚，陳勝自稱張楚王，吳廣自稱假王。陳勝、吳廣領導的農民起義軍，猶如星星之火，迅速形成燎原之勢。八月，起義軍傑出將領周文奉命西進，負責進攻秦都咸陽。周文進至函谷關的時候，已經擁有戰車千輛，將士數十萬人。九月，周文兵抵戲水（今陝西臨潼東），距咸陽不足百里。

秦二世面對聲勢浩大、威武雄壯的農民起義軍，驚恐萬狀，急得像熱鍋上的螞蟻，連連驚呼：「奈何？奈何？」少府章邯提出建議，大赦天下，並徵發修建驪山陵墓和阿房宮的刑徒爲兵，發給兵器，迎擊周文。秦二世採納了章邯的建議，同時任命章邯爲將軍，率兵抵抗周文。雙方在戲水之畔展開了一場惡戰，死傷無數。周文由於是孤軍深入，加之缺乏戰鬥經驗，所以連戰連敗，被迫退出關中，東向曹陽（今河南靈寶東北），再退至澠池（今河南澠池西）。窮凶極惡的章邯追襲不止，最後，周文兵敗自殺。

陳勝、吳廣高舉起革命的旗幟，摧枯拉朽，攻郡掠縣，大有一種「順者昌，逆者亡」的氣勢。這使各地的郡守和縣令膽戰心驚，惶惶不可終日。他們都是秦王朝的地方官吏，平時橫七豎八，作惡多端，如今風雲變幻，神鬼莫測，無非面臨著兩種選擇：一是順應潮流，站到起義軍一邊，這樣可以保住性命，也可以維持地位；二是忠實於朝廷，跟起義軍對抗，這樣必然會被消滅，落得身敗名裂的下場。沛縣縣令裴勖密切注視著動蕩的時局，到底該作如何選擇，頗費思量，主意難定。

農民起義軍日日壯大、勝利進軍的消息，像鋪天蓋地的雪片，源源不斷地傳到沛縣。裴勖百思不得其解：堂堂官兵爲何如此不堪一擊呢？他接到了張楚王陳勝頒發的告示，大意是說各地郡守和縣令，回應起義軍，既往不咎，繼續爲官；消極懈怠或者負隅頑抗，新賬老賬一起算，格殺勿論。裴勖嚇壞了，爲了自保，不回應起義軍不行啦！

當周文率領數十萬大軍進抵戲水的時候，裴勖以爲咸陽指日可破，其後將是起義軍的天下。因此，他召來主吏蕭何和獄掾曹參說：「形勢吃緊，我決定舉旗回應張楚王，你二人以爲如何？」

蕭何和曹參說：「大人是朝廷官吏，眼下不宜發號施令。即使發號施令，恐怕也沒有人聽從。」

裴勖說：「那該怎麼辦呢？」

蕭何說：「大人若果眞決定起事，不如把逃亡在外的人都召回來，免除他們的罪責。這樣，大人就會受到沛縣子弟的愛戴，一呼百應。」

曹參說：「劉邦在沛縣子弟中最有影響，此人若能回來，那麼大人舉旗起事，肯定會順順當當。」

裴勖細想，覺得蕭何和曹參的話很有道理，說：「劉邦可能記恨於我，現在召他，他會回來嗎？」

蕭何說：「劉邦與其連襟樊噲關係親密，大人不妨讓樊噲去一趟芒碭山，好言撫慰，相信劉邦會以大局爲重，前來爲大人效力的。」

曹參說：「劉邦這個人最重義氣，大人捐棄前嫌，他必不會虧待大人。」

裴勖說：「好！你二人這就去找樊噲，傳達本官的話，讓他速去芒碭山，召劉邦回來，共議大事。」

樊噲出身屠戶，殺豬宰羊屠狗的職業，使他練就了健壯的體魄和悍勇的性格。他娶了呂娥姸爲妻，並有了兒子樊伉，生活比上不足，比下有餘，還算說得過去。樊噲爲人豪爽曠達，從小渴望從軍，身穿甲冑，駕馭戰馬，縱橫馳騁，衝鋒陷陣，那是他的理想和願望。劉邦上了芒碭山，使他好生羨慕。陳勝、吳廣起義，更使他激動不已。他說：「男子漢大丈夫，就當如此！」所以，蕭何和曹參前來傳達裴勖的話，要他去芒碭山召回劉邦，他滿口答應，說：「沒問題，我一定把劉邦給召回來！」

芒碭山，劉邦比以往任何時候都更加緊張和忙碌。他派出的密探天天帶回來讓人欣喜讓人激動的消息：陳勝和吳廣領導的起義軍，就像冬天滾雪球一樣，越滾越大；又像秋風掃落葉一樣，掃蕩著秦王朝的污泥濁水。形勢發展得這樣迅速，使他深刻認識到朝廷已經腐朽到極點，在農民起義軍的猛烈衝擊下，它很快就要壽終正寢了。因此，他和兄弟們正躍躍欲試，準備隨時加入到起義軍的行列。

就在這時，樊噲到了芒碭山。樊噲說明來意，劉邦一拍大腿，說：「眞是天助我也！」

樊噲說：「姐夫何意？」

劉邦說：「我正欲舉旗回應張楚王，怎奈沒有功勞，怕人小瞧。現在裴勖召我共舉大事，等於把沛縣送給起義軍，豈不是天助我也？」

樊噲說：「此事宜快不宜慢，慢了恐生變故。」

劉邦說：「兄弟說得很對，我這就打點，準備下山。」

兩天後，劉邦留下一百人守護山寨，帶領八百人前往沛縣。行前，劉執嘉叮嚀說：「此去沛縣，務要小心謹慎，遇事不可魯莽。」

劉邦說：「爹爹放心，我自會相機行事。」

娥姁說：「裴勛是我們的仇人，他的話可以相信，但不可全信。凡事要多和蕭何他們商量，切莫中了奸人的圈套。」

劉邦說：「我心中有數。」

劉邦帶領隊伍下山了。劉執嘉和娥姁忐忑不安，不知道劉邦此去會是什麼樣的結果。

劉邦的隊伍接近沛縣城，但見城門緊閉，吊橋高懸，城頭上有士兵守衛，全然沒有準備起義的跡象。劉邦問樊噲說：「這是怎麼回事？」

樊噲也摸不著頭腦，說：「怪了！怎麼會是這樣？」

劉邦命隊伍稍稍後退，就地紮營。不一會兒，侍衛通報說：「營外有兩個人，自稱是蕭何和曹參，求見山主。」

劉邦說：「快請！」說著，他和樊噲一起，出營迎接蕭何和曹參。

劉邦見他二人，頭上無冠，腳上無履，衣服透濕，像是剛從水裡出來一般，忙問：「兩位老弟怎會如此狼狽？」

蕭何和曹參說：「唉！說來話長，慚愧慚愧！」

劉邦說：「快請到帳內說話。」他引了蕭何和曹參進入營帳，命侍衛取來兩套衣服，讓二人換上，然後落座說話。

蕭何說：「裴勛原先迫於形勢，勉強決定起義。所以我和曹參才建議將老兄召回，共舉大事。樊噲去了芒碭山，裴勛又得到消息，說周文在關中被章邯打敗了。因此，他突然變卦，改變主意，害怕將老兄召回，於他不利。」

曹參說：「老兄造反，裴勖早將情況報告朝廷，接著拘捕了老兄的父親和妻子。近日，他得知老兄、蕭何和我是最好的朋友，懷疑蕭何和我一直在暗中支援著老兄，所以動了殺機，企圖謀殺我們二人。」

蕭何說：「幸虧我們得到消息，這才越城逃出，游過護城河，到此與老兄會合。」

劉邦聽了蕭何和曹參的話，又氣又恨，說：「裴勖老賊，出爾反爾，要我劉邦不成？我這就攻打沛縣，殺他個片甲不留！」

蕭何說：「強攻恐怕不妥，必然造成人員傷亡。依我看來，只需一篇告示，逼使城中內亂，沛縣父老必殺裴勖，歡迎老兄進城。」

劉邦說：「一篇告示？一篇告示管用嗎？」

蕭何說：「現在天下的大氣候是伐無道，誅暴秦。沛縣城裡的百姓心向農民起義軍，就像長夜盼望黎明，久旱盼望甘霖。裴勖爲官這麼多年，充當朝廷的幫兇，敲榨勒索，草菅人命，早已激起天怒人怨。所以，老兄只要發一告示，陳述利害，沛縣父老自會掂來輕重，採取行動。」

劉邦大喜，說：「好！那麼就請老弟執筆，代寫告示，我先謝了。」

蕭何並不推辭，略一思索，提筆在一塊布帛上寫道：「天下苦秦久矣！賦稅、徭役、兵役、刑律，壓得百姓喘不過氣來。陳勝、吳廣已經揭竿而起，暴秦亡在旦夕。裴勖憑藉沛縣孤城，垂死掙扎，豈能長久？懇望沛縣父老鄉親出於正義，共誅裴勖，選擇可信任者立之，以順應天意民心，保全家室。不然，我即發兵攻城，難免家毀人亡，悔之晚矣！此示，劉邦。」

同樣的告示，蕭何寫了兩份。劉邦非常滿意，命人將布帛栓在箭頭上，從不同的方向射入城中。兩份告示，猶如兩瓢油潑在正在燃燒的柴堆裡，激起了沖天的火焰。人們一傳十，十傳百，群情激奮，意氣高昂。有人說：「告示說出了我們的心裡話，我們應該行動起來，殺掉裴勖那個狗官！」有人說：「對著哩！只有殺掉裴勖，迎接劉邦，才能保全家室！」

鳥無頭不飛，蛇無頭不行。這個時候，獄吏任敖當仁不讓地站了出來，並約會衙役呂澤，帶領激憤的沛縣子弟，浩浩蕩蕩地湧向縣衙。任敖先去大牢裡釋放了所有的囚犯，說：「我宣布你們無罪，願意回家的回家，不願意回家的跟我走，去殺狗官裴勖！」

囚犯們發一聲歡呼，說：「這個年頭，回家有什麼出路？我們願意跟你走，去殺狗官裴勖！」

縣衙裡，裴勖發覺形勢不妙，趕緊命人關上大門，嚴防死守。縣衙的衙役多是任敖和呂澤的朋友，這個時候誰願爲縣令賣命？因此，所謂嚴防死守不過是做做樣子而已。任敖命人抬來一根木頭，撞擊大門，只聽得「轟隆」一聲巨響，大門被撞開了。沛縣子弟以及剛被釋放的囚犯們發一聲喊，手持棍棒之類，蜂擁著衝向縣衙的後院。裴勖，還有他的妻子、兒子、兒媳等，嚇得篩糠似的，躲在一間房裡。眾人衝進去，不由分說，一陣亂棍，將他們活活打死。任敖向前，手起刀落，砍了裴勖的頭顱，大聲說：「走！我們迎接劉邦去！」

守城士兵不知道縣衙裡發生的事情，仍在城頭上張望。任敖手提裴勖的頭顱，厲聲說：「裴勖膽敢對抗劉邦，已被我等誅殺。你們趕快放下兵器，迎接劉邦入城，不然，裴勖就是樣子！」

守城的士兵原本是迫不得已才來守城的，現在見裴勖已死，哪裡還有心思守城？他們乖乖地放下兵器，並識相地打開了城門。劉邦、蕭何、曹參、樊噲見此情景，知道城內已經得手。這時，任敖、呂澤到了他們的跟前，簡略說明了事情的經過。劉邦大喜，說：「我得沛縣，任敖兄弟當屬頭功！」

任敖說：「哪裡哪裡？還是你老兄的告示起了關鍵的作用。」

劉邦以及他的隊伍，在眾人的簇擁下，漸次入城。沛縣的父老鄉親填街塞巷，鼓掌歡迎。劉邦非常激動，招手微笑，頻頻向圍觀的人們致意。他的隊伍算不上雄壯，但人人昂首挺胸，倒也精神。劉邦等進了沛縣縣衙，那裡已被收拾齊整。劉邦、蕭何、曹參、任敖、樊噲、呂澤，還有十幾名沛縣父老的代表，在大廳裡落座，開始商量起殺了裴�以後的大計來。

父老代表說：「國不可一日無君，家不可一日無主。現在裴勯已死，我們共推劉邦為沛縣縣令。」

劉邦連連搖手，說：「不可不可！目前天下正亂，諸侯並起，不宜再置什麼縣令。再說，劉某缺德少才，也不敢妄居一縣之尊。所以，還請各位選擇可立者立之。比如蕭主吏、曹獄掾，皆為沛縣賢者，且熟悉情況，立為縣首，最為合適。」

蕭何、曹參說：「得了唄，老兄！我們不是那塊料，縣首之位，非你莫屬。」

父老代表說：「對著哩！我們早就聽說劉邦命當富貴，而且在芒碭山闖蕩數年，統兵理政，頗有經驗。縣首這個位置，只能由你來坐。」

劉邦一再推辭，怎奈眾人異口同聲，一致推舉他為縣首。盛情難卻，劉邦也就應允，笑著說：「承蒙各位抬愛，我只好遵命了。只是縣令這個稱呼不好，有沿襲舊制之嫌，我們得換個稱呼。」

蕭何說：「陳勝、吳廣稱王，老兄可以稱公，從今以後，老兄稱沛公可好？」

劉邦想了想，說：「行！就叫沛公吧！」

於是，眾人跪地磕頭，說：「沛縣得有沛公，可喜可賀！」

次日，沛公劉邦在沛縣殺牲祭旗，公告天下，正式宣布起義。先前，有人謊稱他是赤帝子轉世，所以旗幟一律用紅色。在祭旗儀式上，沛公頒布幾條命令，主要內容是：起義軍不許侵擾百姓；免除秦朝廷的賦稅和徭役；號召沛縣子弟自願從軍。命令頒布，沛縣人民歡呼雀躍，尤其是青壯年，紛紛報名從軍。數日內，劉邦的隊伍猛地增加了三千多人。

劉邦起義，改原來的縣衙為沛公府，裡裡外外裝飾一新。他派人去芒碭山，接回父親劉執嘉、妻子呂娥姁，以及兒子劉盈和女兒劉媛，家人團聚，皆大歡喜。劉執嘉的身價陡然提高了，人人尊稱他為太公。娥姁的身分也發生變化，人人尊稱她為夫人。就連劉盈和劉媛，也被人尊稱為公子和千金。

劉邦搖身一變，成為沛公，成為一支起義軍的領袖，而且住進了原先的縣衙，這是娥姁始料所未及的。當初，劉邦上芒碭山，她以為是當了強盜，不曾想強盜竟也能出人頭地，成為一方諸侯，受到人們的擁戴和尊敬，簡直不可思議。她看到，沛公府外，白天黑夜都有士兵守衛，別人要見沛公，必先通報，得到允許，方可入內。每次議事的時候，都是以劉邦為中心，招兵買馬，募錢屯糧，劉邦點頭了，事情才算定論。她不由得暗暗發笑，心想自己嫁給這個無賴，他倒成了氣候哩！

這時，娥姁突然想到她的家鄉疙瘩寨，想到那裡的仇人荀仲和倪球，還有單父縣（原單父邑）縣令閻旺。她對劉邦說：「有仇不報非君子。你得把荀仲、倪球、閻旺給我殺了。」

劉邦聽娥姁說起過這幾個人，爽快地答應說：「嗨！這是小菜一碟！」當即命呂澤帶領五十名士兵，去到單父縣，先殺了閻旺，再殺了荀仲和倪球，把荀家的家產全部掠來，充作軍需。

呂洪、苗氏、娥姁歡喜不盡，說：「惡有惡報。『閻王』、『狗種』、『泥鰍』欺良霸善，死有餘辜。」

劉邦起義，開局順利。當時曆法以十月為歲首，所以起義軍初步走上正軌的時候，也就到了這年的年底了。九月末，劉邦在沛公府舉行家宴，辭舊迎新。劉家的人和呂家的人都被請了來，他們當中，有劉邦的父親劉太公，繼母陳氏，兄長劉仲和弟弟劉交，劉仲的妻子張蓮；娥姁的父親呂洪，母親苗氏，哥哥呂澤和嫂子審惠，弟弟呂釋之和弟媳黃薇，妹妹呂娥姸和妹夫樊噲及其兒子樊伉，侄兒呂台、呂產、呂祿。前年，審惠和黃薇同時分娩，說來蹊蹺，都是雙胞胎，又都是女孩。呂洪和苗氏歡喜得得了寶貝似的，給四個孫女取名，依次叫呂梅、呂菊、呂蘭，呂竹。這四姐妹自然也到場了。此外還有審食其，他是審惠的弟弟，也在邀請之列。

這是一次難得的聚會。大家都感到沾了劉邦的光，歡聲笑語，喜氣洋溢，溫馨親情，其樂融融。宴間，有一個女人最不自在，她就是張蓮。張蓮因爲嫉妒，曾使娥姁相當難堪，沒料到劉邦竟然混到這一步，娥姁越發的風光了，自己和人家一比，簡直是瘟雞比鳳凰啊！幸好大家興致高昂，談笑風生，誰也沒有理會張蓮的存在，她才約略感到一些輕鬆。

呂洪滿面紅光，得意地說：「我早就說過，我的女婿定當富貴，裴勖必然短命。這不？應驗了吧？」

劉太公讚許地說：「親家公眞有眼光！」

劉邦說：「一縣之首，算得什麼？我要繼續造反，爭取更大的富貴！」

呂洪和劉太公豎起大拇指，說：「好！有志氣！」

娥姁微笑著說：「得了！只要家人安生，我就心滿意足了。」

劉邦說：「安生？開弓沒有回頭箭，既然走上造反這條路，怕是想安生還安生不了啊！」這話眞叫劉邦說著了。在其後的歲月裡，娥姁的確沒能安生，生活充滿酸甜苦辣，一言難盡。

14

劉邦起義的同時，項梁和項羽也舉起了反秦的大旗。項羽全殲秦軍主力，劉邦西入關中，秦朝滅亡。項羽亦提兵入關，搶奪推翻秦王朝的勝利果實。

沛公劉邦起義後，首要的任務在於擴展地盤，壯大勢力。他北攻胡陵（今山東魚台東北），西進豐邑，擊殺秦泗水郡守，取得了初戰的勝利。這期間，他的弟弟劉交，妹夫樊噲，小舅子呂澤和呂釋之，好友周勃、夏侯嬰、盧綰，以及審惠的弟弟審食其等，都參加了起義軍，並逐漸成爲獨當一面的將領。當然，他的主要助手還是蕭何、曹參、任敖，加上樊噲，形成了一個兼文兼武的指揮核心。尤爲難得的是張良來到劉邦軍中，使劉邦領導的起義軍如虎添翼。張良字子房，先祖爲韓國人。他曾收買一名力士，在博狼沙刺殺秦始皇，因此名滿天下。秦始皇在全國範圍內嚴加搜捕，他乃隱姓埋名，藏身於下邳（今江蘇睢寧西北）。他在那裡受到一位高人的指點，熟讀兵書，從而成爲一個滿腹經綸、足智多謀的政治家和軍事家。劉邦早就聽說張良的大名，及至見面，促膝交談，彼此十分投機，大有相見恨晚之慨。從此，張良加入到劉邦指揮核心的行列，出謀劃策，成爲劉邦的發展和成功至關重要的人物。

風起雲湧，山搖地動。就在劉邦起義的同時，江南地區的項梁及其侄兒項羽也起兵反秦了。項梁和項羽出身於世代爲將的楚國貴族，祖籍下相（今江蘇宿遷西南），避仇於吳中（今江蘇蘇州）。當陳勝、吳廣領導的農民大起義如火如荼的時候，項氏叔侄受到影響和鼓舞，遂在吳中殺了秦會稽郡守，集合精兵八千人，舉起了反秦的大旗。民間早有「亡秦必楚」的傳言。項梁和項羽起義以後，迅速渡過長江北上，決心擔負起「亡秦」的歷史重任。與此同時，一些早被秦始皇消滅了的六國貴族的後裔也紛紛跳了出來，占地稱王。如田儋稱齊王，魏咎稱魏王，趙歇稱趙王，韓廣稱燕王，等等。他們雖然打出了反秦的旗號，然其用心不言而喻：企圖恢復失去了的貴族統治。

不管各路起義軍抱著怎樣的目的，但在當時的情勢下，有一點是一致的，即奉張楚王陳勝爲共同的領袖。不料，秦二世二年（西元前二〇八年）初始，形勢突然發生變化。十一月，假王吳廣被部將田臧殺害。十二月，張楚王陳勝又被御者莊賈殺害。一時群龍無首，農民大起義遭受了嚴重的挫折。秦二世抓住這個時機，任用御犬章邯、司馬欣、董翳三人爲將，統率秦兵，分頭鎮壓各路起義軍。起義軍分散作戰，極易被秦兵各個擊破。六月，項梁在薛縣（今山東滕縣南）召集各路起義軍首領會議，劉邦等人皆與會。會上，項梁提議立已故楚懷王的孫子熊心爲王，仍號楚懷王，以繼承張楚王陳勝的地位，作爲各路起義軍的共同領袖。這項提議獲得通過。事實上，項梁的提議別有用心。因爲當時他的手下擁有精兵六七萬人，實力最強，同時再立楚懷王，完全由他控制，他便成了各路起義軍實際上的最高領導人。薛縣會議以後，劉邦和項梁、項羽聯合作戰，在東阿（今山東陽谷東北）、城陽（今山東甄城東南）、濮陽（今河南濮陽西南）等地連敗章邯部的秦軍主力。接著轉攻雍丘（今河南杞縣）、外黃（今河南杞縣東北）、陳留（今河南開封東南）等地，給予秦軍以沉重的打擊。在雍丘之戰中，曹參非常勇猛，斬殺了秦三川郡守李由。面對節節勝利，項梁有點得意忘形，驕傲起來，疏於戒備。九月的一天夜裡，章邯突襲項梁駐地定陶（今山東定陶西北），項梁部死傷累累，項梁本人也被秦軍殺死。項梁死後，項羽接替了叔叔的位置，成爲那支起義軍的首領。

項羽名籍，字羽，隨項梁起義時年方二十四歲。他自小就不安分，渴望當一個「萬人敵」的將軍。長大後志向高遠，一次看到秦始皇南巡，斷然說：「彼可取而代也！」他身材魁偉，氣宇軒昂，武藝高超，力能扛鼎，在起義的初期戰鬥中，立下了許多軍功。項梁之死，對於各路起義軍來說，無疑是一大損失。迫於形勢，劉邦和項羽退向東南的彭城（今江蘇徐州）一帶，加以休整。劉邦駐紮碭縣（今安徽碭山南），項羽駐紮彭城西。楚懷王倚重劉邦和項羽，任命劉邦爲碭郡長，封武安侯；任命項羽爲魯公，封長安侯。

劉邦在外作戰，不時派人回沛縣向父親和夫人報告自己的行蹤。劉太公和呂娥姁得知劉邦升任碭郡長，並封武安侯，很是歡喜。娥姁將消息告訴了爹娘。呂洪咧嘴大笑，說：「我說嘛！劉邦有富貴的相和富貴的命。這不？由縣到郡，由公到侯，升官晉爵，多大的前程！」

苗氏說：「他還能往上升嗎？」

呂洪說：「沒準兒，再升就該當王了！」

娥姁說：「他若當王，我不就是王后了？」

呂洪說：「當然啦！我們呂家能出個王后，也是祖上積德了。」

娥姁暗笑，心想當初自己拿婚姻作賭博，現在看興許大贏了。當劉邦和項羽在彭城休整的時候，秦都咸陽出現了新的情況。趙高誣陷丞相李斯蓄意謀反，凶狠地殺死了李斯，自任丞相。他一方面嚴密封鎖各地起義軍連挫秦軍的消息，一方面慫恿秦二世縱情享樂，不必過問政事。秦二世聽任趙高的擺布，成天待在後宮，鑽在女人堆裡，過著聲色犬馬、醉生夢死的生活。趙高大權獨攬，爲所欲爲，把秦二世完全架空了。彭城方面，楚懷王與各位首領商討了下一步的作戰方略，決定兵分兩路：一路以主力北上，救援受到章邯攻擊的趙王趙歇；一路以偏師西進，趁關中空虛之際，直搗咸陽。此前，楚懷王曾與各位首領約定：先入關中者即封爲關中王。因此，項羽以爲項梁報仇爲名，要求率兵西攻關中。但是，許多首領不同意項羽的要求，私下活動楚懷王說：「天下飽受秦朝統治之苦，西攻關中只能仗義而往，不可殘害百姓。然而項羽剽悍猾賊，殺戮不禁，所過之處，無不殘滅，恐怕極難當此重任。相比之下，劉邦是個寬大長者，扶義而西，最爲合適。」楚懷王也很畏忌項羽，所以決定以宋義爲上將軍，項羽爲次將軍，范增爲末將軍，統率起義軍的主力，北上救趙；而劉邦則率部向西，進兵關中。

劉邦即將遠征，忙裡偷閒，回了一趟沛縣。娥姁說：「你這一去，不知何年何月才能回來，我和盈兒、媛兒怎麼辦？」

劉邦說：「你可雇些男傭女僕，看護好沛公府就行了。」

娥姁說：「男傭女僕都是外人，使用起來，怎能放心？」

劉邦說：「倒也是。那，你說怎麼辦？」

娥姁說：「最好的辦法是我們隨軍西征，一來全家人能夠常在一起，二來我也可以照料你的生活。」

劉邦說：「不行不行！西征是去打仗，刀光劍影，可不是鬧著玩的。再說了，我是一軍之首，拖家帶口，也有諸多不便。」

娥姁說：「那你得留下一個靠得住的人，保護我們母子母女。」

劉邦想了想，說：「行！我把審食其留下來怎樣？他是你嫂子的弟弟，做事沉穩，完全可以照料你們。」

劉邦的話正中娥姁的下懷。她說：「食其能夠留下來最好，可是這樣豈不誤了他的前程？」

劉邦說：「嗨！他的前程還不是我說了算？只要他能照料好你們，日後封侯拜將，自然少不了他的。」

劉邦在家中住了一夜，就又匆匆忙忙地回到了碭郡。他打發審食其返回沛縣，隨即升帳點將，統領本部萬餘人，踏上了進兵關中的漫長征程。秦二世三年（西元前二〇七年）是不平常的一年。這一年裡，劉邦和項羽的反秦鬥爭取得了決定性的勝利。

年初，宋義、項羽、范增率兵救趙，兵抵安陽（今河南廣陽南），與圍趙的秦軍隔漳河相望。秦軍時有二十餘萬人，兵勢依然強盛。宋義因此不敢渡河，滯留四十六日按兵不動。項羽急切求戰，遭到宋義的呵斥。宋義還大言不慚地說：「披堅執銳，我不如你；運籌帷幄，你不如我。」項羽性格剛烈，本來就不甘位居宋義之下，又見宋義明明怯戰，還要妄自尊大，心頭騰起怒火，斷然殺了宋義，宣布自己為假（代）上將軍。楚懷王不敢得罪項羽，傳話除去「假」字，項羽正式升任上將軍。

十二月正是天寒地凍的時候。項羽率部眾一行渡過漳河，破釜沉舟，焚毀營帳，每個士兵只帶三日乾糧，以示不勝即死的決心。在巨鹿（今河北平鄉西南），項羽和秦軍遭遇，雙方展開激戰。項羽部下人人奮勇，個個爭先，無不以一當十。結果，秦軍大敗，秦將蘇角被殺，王離被俘。章邯見大勢已去，走投無路，只好和司馬欣、董翳一起，帶領二十萬秦軍投降了項羽。巨鹿之戰，項羽全殲了秦軍的主力，戰爭的局面徹底改觀。各路起義軍首領因此奉項羽為當然的統帥，十分敬畏。他們入帳拜見項羽，無不膝行而前，莫敢仰視，並用最美好的詞語，頌揚項羽的蓋世功勛。項羽哈哈大笑，說：「這算什麼？只要項某願意，即使是高山大海，我也能把它倒轉過來！」

巨鹿之戰也為劉邦西進解除了後顧之憂。劉邦一路連破秦軍，不斷補充兵源和給養，羽翼日見豐滿起來。張良在劉邦軍中發揮了軍師的作用。在他的調度下，劉邦在進軍途中堅持採用避實擊虛、迂迴前進的策略，收到了極好的效果。二月，劉邦攻克陳留（今河南開封東南）。三月，避開開封（今河南開封），繞道白馬（今河南滑縣東）、曲遇（今河南中牟東），連戰得勝。接著避開滎陽（今河南滎陽東）和洛陽（今河南洛陽），大膽迂迴，向南出轘轅（今河南偃師東南）

險道，準備經武關（今陝西商縣東南）進入關中。六月，劉邦進抵宛城（今河南南陽），遇到秦南陽郡守呂齮的頑強抵抗。劉邦按照一路來的戰法，打算丟下宛城，繼續西進。張良說：「這次不行！前有秦軍據險扼守，後有宛城阻住退路，如果貿然西進，將遭前後夾擊，非常危險。因此，必須先下宛城，然後方可西進。」劉邦聽從了張良的建議，連夜偃息旗鼓，繞道回師，將宛城包圍。呂齮知道守城無望，情願投降。劉邦大喜，特奉呂齮爲殷侯，讓他繼續鎮守宛城。

劉邦不戰而下宛城，等於是從政治上瓦解了秦軍。因此，從宛城向西，丹水（今河南淅川西南）、胡陽（今河南唐河南）、酈（今河南鎮平東北）、析（今河南西峽）等地的守將紛紛投降。這時，劉邦通令全軍：嚴禁搶掠。這更提高了劉邦的威信，當地人民競相稱頌他的仁慈，並熱烈歡迎他的部隊。八月，劉邦攻入武關，敲響了秦王朝最後滅亡的喪鐘。

咸陽，丞相趙高正處於權力的頂峰時期。他視秦二世爲掌上玩物，自專國政，進而竟做起了篡權竊國、取而代之的黃粱美夢。正直的朝臣鄙夷這個閹豎，恥於與他爲伍。他恨在心頭，遂在咸陽宮中演出了一幕指鹿爲馬的鬧劇。一天，秦二世設朝。趙高命人牽來一隻活潑可愛的小鹿，裝模做樣地說：

「臣近日覓得一匹好馬，健壯俊美，特來獻於陛下。」

秦二世說：「這明明是一隻鹿，丞相怎麼說是馬呢？」

趙高說：「不！它就是馬！」

秦二世感到可笑，詢問朝臣說：「你們說說，丞相獻給朕的是鹿還是馬呀？」多數朝臣沉默。有人獻媚於趙高，說：「是馬！」有人剛正不阿，說：「是鹿！」

退朝後，趙高把那些膽敢違背自己意志、說鹿是鹿的朝臣，全部下獄治罪。這樣一來，趙高一手遮天，更加肆無忌憚了。章邯投降項羽，劉邦攻進武關，這些消息都被趙高封鎖著，秦二世一無所知。形勢急轉直下，趙高心裡發虛，唯恐秦二世怪罪下來，性命不保。於是，他便稱病不朝，接著殺了秦二世，並派人向劉邦求和，表示願和劉邦分王關中。劉邦不予理睬，加快了進軍的速度。九月，趙高誘和不成，另立了一個叫子嬰的人，去帝號，改稱秦王。子嬰不甘心當趙高的傀儡，設計殺了趙高，並派兵拒守藍田關（今陝西藍田東南），作垂死的掙扎。但是，秦軍已毫無鬥志，劉邦繞過藍田關，在藍田（今陝西藍田西）大破秦軍，取得了進兵關中最後一戰的勝利。

越年便是西元前二〇七年。十月，劉邦大軍進抵灞上（今陝西西安東南），隨即向咸陽進發。當了四十六天秦王的子嬰，無力回天，只好素車白馬，脖上繫著麻繩，手裡捧著國璽，出城投降。投降儀式在軹道（今陝西西安東灞河旁）舉行，至此，秦王朝宣告滅亡。劉邦大軍進駐咸陽。眾多的將領陶醉於勝利，忙著分取財物。唯有有遠見的蕭何則先入丞相府，收集秦朝的圖籍和文書。他已想到，這些圖籍和文書，對於劉邦日後建立國家政權是非常重要的。亭長出身的劉邦住進豪華壯麗的咸陽宮，看到宮裡無數的奇珍異寶，心花怒放，樂不可支。那裡有青玉五枝燈，造型呈蛟龍狀，燈點亮時，龍鱗皆動，光華盈室。那裡有十二尊金人，分執琴、筑、笙、竽等樂器，儼若一支樂隊。那裡還有一面方鏡，高六尺，寬四尺，表裡光亮，可以照見人的五臟六腑，內臟有病的人站在它的前面，即可照出病灶之所在。當然，最使劉邦動心的還是宮裡的數千名美女，她們正當妙齡，身段苗條，姿色美艷，舉首投足，嬌嬌滴滴，千般媚態，萬種風情。劉邦隨意挑選幾名美女侍寢，大有一種銷魂奪魄的感覺，妙不可言。劉邦心迷了，神醉了，連著數日，待在咸陽宮裡盡情享受，勝過其樂悠悠的神仙。

樊噲看不慣劉邦的德性，一天進宮問劉邦說：「姐夫是想得天下還是想當富家翁呢？秦帝之所以滅亡，就在於窮奢極欲，貪圖享樂。姐夫難道想步其後塵不成？為了今後的大計，我希望姐夫回軍灞上。」

劉邦正處在溫柔鄉中，豈能聽得進樊噲的意見？樊噲生氣地扭頭離去，將情況告訴了張良。張良接著進宮，誠懇地說：「秦君無道，主公方能順利到達咸陽。如今剛到咸陽，主公就安於享樂，這無疑是助桀為虐。常言道『忠言逆耳利於行，良藥苦口利於病』。所以我勸主公聽從樊噲的忠告，迅速回軍灞上。」

劉邦畢竟是胸有大志的人。樊噲和張良的進諫，使他有所清醒，於是立即下令封閉秦宮和府庫，全軍撤離咸陽，仍到灞上駐紮。十一月，劉邦召集咸陽及附近各縣的父老和豪傑，說：「關中父老苦於秦朝的苛刻法律久矣！我劉某率兵進關中，就是為了解除你們的痛苦。我與諸侯有約：先入關中者即為關中王。這裡，我以關中王的身分宣布，秦朝的苛刻法律一律廢除，同時制訂約法三章：殺人者死，傷人及盜死罪。」

秦朝的苛刻法律，關中人民是深惡痛絕的。劉邦一旦宣布將之全部廢除，為制訂旨在維持社會秩序的約法三章，立即引起巨大的回響。各個階層的人士歡欣鼓舞，送來牛羊酒肉，慰勞劉邦的將士。劉邦又令部下不要收受這些禮物，以免加重百姓的負擔。消息傳開，關中人民更加擁戴劉邦，唯恐劉邦不做關中王。事實證明，劉邦的行動，不僅安定了民心，而且贏得了民心。

巨鹿，項羽一直沉浸在全殲秦軍主力、諸侯逢迎捧場的喜悅之中。他很快得知劉邦已經滅了秦朝，進了咸陽，不由勃然大怒，說：「這個鄉巴佬，怎敢先我而入咸陽？」他立即下令，全軍開拔，西進關中，搶奪推翻秦王朝的勝利果實。其時，項羽本部的兵力約有四十萬人，加上投降的秦軍二十萬人，共六十萬人。這樣一支龐大的隊伍，綿延百里，車輪滾滾，戰馬嘶鳴，塵土飛揚，旌旗蔽日，磅礴氣象，蔚為壯觀。途中，燒殺搶掠的事情時有發生，項羽全然不加制止。項羽本部的將士常以勝利者的姿態，歧視和欺凌投降的秦軍，彼此間屢屢發生尖銳的衝突。及至新安（今河南澠池東），有人蠱惑項羽，說投降的秦軍人數眾多，普遍懷有不服心理和反抗情緒，他們回到關中，等於回到了家鄉，萬一鬧出亂子，局面不可收拾。項羽出身貴族，明顯具有貴族武士的氣質，只相信個人勇力，不懂得也看不到群眾的智慧和作用。他對別人的蠱惑不加分析，竟然下令，將投降的秦軍全部坑殺於新安城南。那是二十萬生靈啊！一夜之間，成爲飄泊異鄉的恨鬼冤魂。由此可見，不可一世的項羽本質上是愚蠢的，貪殺濫殺，殘酷暴戾，令人髮指。

十二月，項羽大軍進抵函谷關（今河南靈寶東北）。函谷關已有劉邦的軍隊在把守。項羽一聲令下，即把劉邦的守軍打得落花流水。項羽大軍入關，進駐鴻門（今陝西臨潼東北）。這裡距灞上不過四十里。劉邦部將中有個叫曹無傷的，見項羽兵強勢盛，嚇破了膽。他有心投降項羽，遂派人密告項羽說：「劉邦想當關中王，讓子嬰當丞相，把秦宮的珍寶統統據爲己有。」被項羽尊爲「亞父」的范增也進言說：「劉邦歷來貪財好色，而入關後卻不貪財物，不戀美女，看來志向不小。因此要趕快消滅他，不可失掉時機。」

項羽提兵入關就是衝著劉邦的，當然不會喪失機會。他立刻下令：次日早晨，全軍飽餐，進軍灞上，攻擊劉邦。兩虎相爭，風雲突變，一場大規模的戮殺看來不可避免了。

15

鴻門宴，一場不戰之戰，項羽喪失了殺害劉邦的大好時機。
項羽焚燒咸陽，恢復諸侯割據分封制，自稱西楚霸王，封劉邦爲漢王。
劉邦憤怒卻又無奈，率部前往南鄭。

灞上，地勢高峻，地形開闊。它處在雄渾厚重的白鹿原上，背倚秦嶺，東臨灞河，西臨滻河，進可攻，退可守，歷來爲兵家必爭之地。劉邦的十萬大軍就駐紮在這裡，帳篷挨著帳篷，營壘連著營壘，旌旗相望，鼓角間鳴。將士們的神情都很平和，進進出出，說說笑笑，尚未意識到大戰臨頭、一觸即發的嚴峻形勢。項羽攻破函谷關，進駐鴻門，劉邦是知道的。但他卻沒有什麼反應，思想上既未引起重視，戰事上也未作任何準備。他以爲，項羽入關是正常的，項羽的軍隊和他的軍隊同是起義軍，彼此屬於友軍關係，友軍之間以和爲貴，不至於互相殘殺，兵戎相見。

時值隆冬，烏雲翻滾，寒風凜冽。前幾天下了一場大雪，融雪結成長長的冰凌，像巨人的獠牙，像鋒銳的尖刀，懸掛在帳篷四周的布簷上。劉邦的帥帳位於營壘的南側，蕭何、張良、曹參、樊噲等要人的帳篷分布在帥帳的周圍。他們的帳篷裡都生有炭火，炭火通紅，驅走了刺骨揪心的嚴寒。

這天夜裡，張良正在帳篷裡讀書，突然來了一位不速之客。張良一看，見是好友項伯，不禁喜出望外，說：「啊！老兄！怎麼會是你呀？」

項伯笑著說：「是我又怎麼樣，不歡迎？」

張良說：「哪裡哪裡？只是大冷天，又是夜裡，萬沒想到老兄會大駕光臨。」

項伯說：「閒話少說，你趕快收拾收拾，立刻跟我走！」

張良不解其意，說：「這是爲何？」

項伯說：「不跟我走，你就要大禍臨頭，難逃一死。」

張良十分驚愕，說：「這麼嚴重？」

項伯說：「對！非常嚴重！別說是你，就連劉邦，也難逃此一劫。」

張良猛然醒悟，說：「老兄的意思是，項羽要攻擊劉邦？」

項伯點頭，說：「是！攻擊的時間就定在明天早晨。」

項羽攻擊劉邦，這是高度機密大事，項伯爲什麼急於告訴張良呢？原來，他們二人之間有著一種非同尋常的關係。項伯是項梁的弟弟，也是項羽的叔叔。秦始皇在位的時候，項伯和張良同遊咸陽，彼此認識，結爲朋友。項伯爲人莽撞，曾經殺人而被官府判爲死刑。張良盡力活動，花費很多金銀，買通官府，這才保住了他的性命。因此，項伯把張良當作救命恩人，時刻想著報答的機會。多少年後，張良在劉邦軍中出任軍師，項伯則在項羽軍中當了左尹。二人身在異地，各爲其主，但友情仍在，一直保持著書信的聯繫。白天，項羽決定攻擊劉邦，項伯在場。項伯爲救朋友，這才冒著危險，飛騎連夜馳到灞上，要張良快跟他走，免得喪命。

張良得知項伯通報的消息，萬分驚駭，說：「感謝老兄。但我張良效力於劉邦，劉邦將有急難，我一逃了之，太不仗義。當年，我救老兄，出於一個『義』字。現在，同樣出於一個『義』字，我不能不告訴劉邦。」

於是，張良急急地進了劉邦的帥帳，如此這般，將項伯的話一五一十地告訴了劉邦。劉邦一聽，大驚失色，說：「天哪！這可怎麼辦？」

張良說：「主公派兵扼守函谷關，引起項羽的疑忌，這是誰出的餿主意？」

劉邦說：「一些短視小人唄！他們說派兵扼守函谷關，不讓項羽入內，我便可以穩穩地做關中王了。」

張良說：「主公以爲以目前的兵力，能夠對抗項羽嗎？」

劉邦默然，許久才說：「當然不能。可是事已至此，你說該怎麼辦？」

張良想了想，說：「只有請來項伯，主公親口表明心跡，就說無論如何也不敢違背項羽的意志。」

劉邦心中有疑，突然問：「先生怎麼會認識項伯的？」

張良敘說了自己和項伯交往的經過。劉邦說：「哦！原來如此。那麼，先生和項伯誰長誰幼？」

張良說：「項伯比我年長。」

劉邦說：「那好！煩先生將項伯請來，我要以兄長之禮待他。」

張良去不多時，便邀了項伯，一起來到劉邦的帥帳。劉邦稱項伯爲「項兄」，笑臉相迎，並親自爲之斟酒，態度極其熱情和誠懇。項伯大受感動，心想劉邦貴爲諸侯，沒有架子，蠻隨和蠻可親的嘛！劉邦得知項伯有個兒子尚未娶妻，立即許諾說：「我正好有個女兒，項兄若不嫌棄，你我結爲兒女親家可好？」

項伯說：「那當然好。只怕我家犬子高攀不起呢！」

劉邦說：「那就一言爲定。日後請張良先生做媒，你我結爲兒女親家。」

三杯酒下肚，劉邦顯得極爲眞誠，說：「我進關中，登記了吏民的戶籍，封閉了秦宮的府庫，所有財物，絲毫未取。爲什麼？就是爲了等待項將軍。我派兵把守函谷關，也只是爲了防止發生意外，沒有任何別的意思。我日夜都在盼望項將軍早日到來，哪有反對他的膽量？所以，務請項兄在項將軍面前多多美言，就說小弟是無論如何也不敢違背項將軍的恩德的。」

項伯是一個厚道人。他見劉邦態度謙恭，且和自己約爲兒女親家，滿口答應在項羽面前向著劉邦說話。同時，他還出主意說：「明天一早，劉將軍最好能到鴻門，當面拜謝項羽，以消除項羽的疑忌。記住！要早一點，不然，他就發兵了。」

劉邦說：「行！我明天一早便到鴻門。」

項伯當夜返回鴻門，逕到項羽帳中，將劉邦的話和盤告訴了項羽，還說：「劉邦不破關中，侄兒你敢入函谷關嗎？在這個問題上，劉邦是有大功的。現在，你要攻擊一個有大功的人，我以爲是不義之舉。爲了共同的事業，我希望你能善待劉邦，莫讓天下人恥笑。」

項羽重兵在握，自以爲天下無敵，並沒有把劉邦當作眞正的對手，而且入關即攻劉邦，也確實師出無名。所以，他採納了項伯的意見，連夜下令，撤銷進攻灞上的計劃。

次日黎明，劉邦帶領張良、樊噲和侍衛等一百多人，到鴻門謁見項羽。項羽尚未起床，劉邦等只能耐心地在帳外等待。辰末巳初，項羽升帳會見劉邦，說：「不好意思，讓沛公久等了。」劉邦剛起義時稱沛公，項羽沿用這個稱呼，頗有小瞧劉邦的意思。

劉邦並不在乎，說：「無妨。在下是冒昧前來謁見的，唯恐打擾了將軍的睡眠。」劉邦自稱「在下」，項羽聽了很覺受用。

項羽大笑，說：「哪裡哪裡？敢問沛公此來有何見教？」

劉邦拱手，說：「見教實不敢當，只是來向將軍表明在下的誠意。當初，將軍和在下戮力攻秦，將軍戰於黃河北，在下攻於黃河南，然不自意，由在下首先入關破秦，所以能和將軍在此見面，實是萬幸。現在，偏有小人爛嚼舌頭，挑撥將軍和在下的關係，這是在下不願意看到的。」

項羽頭腦簡單，說：「沛公帳下可有一個左司馬叫曹無傷的？就是此人挑撥離間，密告於我，說沛公入關後如何如何。不然，我何以提兵至此？」

劉邦知道了，曹無傷原來是個吃裡扒外的叛徒。中午，項羽在帥帳中設宴，招待劉邦和張良。項羽的叔叔項伯和「亞父」范增出席作陪。帥帳裡，四周擺出四張低低的長條桌，賓主皆屈腿跪坐。項羽、項伯東向，范增南向，劉邦北向，張良西向。酒肉相當豐盛，項羽和劉邦互相敬酒後，眾人開懷暢飲，放口大嚼，氣氛熱烈而融洽。

范增是個有見識有智謀的政治家。他預見到劉邦將是和項羽爭奪天下的強勁對手，所以極力主張儘快殺掉劉邦。宴間，他多次舉起所佩玉玦，做出斬殺的手勢，示意項羽，要其下手，殺害劉邦。項羽卻不予理會，只顧飲酒吃肉。范增無奈，到帳外召來項羽的堂弟項莊，吩咐說：「項將軍過於仁慈，不忍殺害劉邦，必將留下禍患。你現在進帳去，先向劉邦敬酒，然後請求舞劍助興，趁機將劉邦殺了。不然，你們這夥人，遲早會成爲劉邦的俘虜。」

項莊奉命進帳，先向劉邦敬酒，然後說：「我家將軍和沛公飲宴，無以爲樂，我請求舞劍助興。」

項羽說：「可以。」

於是，項莊拔劍起舞，時時逼近劉邦，伺機下手。項伯識破了項莊的企圖，亦離座提劍起舞，常用身體掩護著劉邦。這是一個緊張而微妙的時刻，項伯稍有疏忽，劉邦就將命喪黃泉。

張良看到情況不妙，離座出帳，找到守候在軍門口的樊噲。

樊噲急切地問：「今日之事如何？」

張良說：「非常非常的危急。項莊舞劍，意在沛公。」

樊噲說：「這還了得？我這就進帳去，要死，我們大家死在一起！」說罷，持盾執劍直入軍門。軍門口有項羽的侍衛阻攔。樊噲以盾撞擊侍衛，大喝一聲：「去你的！」侍衛倒地。樊噲大步闖進帥帳，西向站立，直視對面的項羽，眼睛瞪得溜圓，惡狠狠，氣乎乎，一副拼命的樣子。

項羽見狀大驚，本能地手按利劍，挺直腰板，問道：「你是何人？」

張良連忙介紹說：「他叫樊噲，是我家主公最得力的武將，嫉惡如仇，勇冠三軍。」

項羽素來崇尚勇力，脫口稱讚說：「好個壯士！賜酒！」

侍從斟了滿滿一大碗酒，遞給樊噲。樊噲說：「謝了！」端起大碗，一飲而盡。

項羽說：「賜彘肩！」

「彘肩」是生豬肉。樊噲接過，叩盾於地，將彘肩放在盾上，以劍切肉，大口大口吃著，旁若無人似的。

項羽欽佩樊噲的壯勇和豪氣，再次稱讚說：「好個壯士！還能喝酒嗎？」

樊噲大聲說：「我死且不避，幾碗酒算得什麼？想那秦帝有虎狼之心，殺人無數，刑法嚴酷，這才導致天下反叛。楚懷王曾與諸侯約定：『首先破秦入關者即爲關中王。』我家主公首先破秦入關，封閉秦宮府庫，不取一財一物，還軍灞上，以等將軍。派兵守衛函谷關，也是爲了防止意外，維持關中穩定。我家主公如此勞苦功高，沒有得到任何封賞，而將軍卻偏聽小人讒言，要殺有功之人，請問是何道理？這無異是步亡秦的後塵，我認爲是根本不足取的。」

樊噲這番話義正詞嚴，說得項羽面紅耳赤，無言以對。許久，項羽才尷尬地說：「壯士請坐！」

樊噲也不客氣，挨著張良坐下，手中依然緊握劍把。張良向劉邦使了一個眼色。劉邦會意，藉口如廁，離座出帳。張良和樊噲緊隨其後，也離座出帳。他們來到一個僻靜地方。張良說：「主公可知剛才的險情嗎？」

劉邦搖頭，說：「什麼險情？」

張良說：「項莊舞劍，意在刺殺主公。若非項伯暗中庇護，恐怕……」

劉邦大驚，說：「原來如此！那現在怎麼辦？」

張良說：「走！主公得趕快脫離虎口！」

劉邦猶疑地說：「沒有向主人辭行，就這樣走掉，怕不禮貌吧？」

樊噲心直口快，說：「這是什麼時候，還講那些禮數？大行不顧細謹，大禮不辭小讓。如今人爲刀俎（切肉的案板），我爲魚肉，還有什麼可辭行的？」

劉邦說：「好，那我先走，有勞張先生留下來，代我謝謝項羽。」

張良說：「主公來時可帶了什麼禮物？」

劉邦說：「哎呀！先生不提，我還眞地忘了。我來時，帶了一對白璧，準備獻給項羽；一對玉斗，準備獻給范增。剛才見二人臉色難看，我沒敢敬獻，亦請先生代我獻之。」

劉邦從懷中取出玉璧、玉斗，遞給張良，叮囑說：「我翻越驪山，抄小路回灞上，也就是二十里的樣子。先生可多磨蹭一會兒，估摸著我已回到軍中，再去告訴項羽。」

張良說：「好啦！快走吧！」

劉邦來時帶有一些車馬、侍衛，這時也顧不上招呼了。他獨騎一馬，樊噲、夏侯嬰、靳強、紀信四人徒步，持劍保護，匆匆離開鴻門，匆匆返回灞上。劉邦回到灞上，第一件事就是將曹無傷殺了。張良估計劉邦走得遠了，這才回帳向項羽說明情況。他說：「我家主公不勝酒力，不能前來辭行。他讓我敬獻項將軍足下一對白璧，敬獻范亞父足下一對玉斗，望請笑納。」

項羽說：「沛公現在哪裡？」

張良說：「我家主公見項將軍有意責備他的過失，故而獨自回營，想來已到灞上了。」

項羽神情怏怏地收了玉璧，置於桌上。范增則將玉斗丟在地上，拔劍擊碎，衝著項羽說：「唉！豎子不足與謀！奪你天下者，必劉邦也，我們這夥人就等著當俘虜吧！」

這段故事，便是歷史上著名的「鴻門宴」。劉邦在處於軍事劣勢的情況下，採取委曲求全的策略，避免和項羽發生正面衝突，保存了自己的實力。范增老謀深算，極有經驗，斷定劉邦志向遠大，勢將成為項羽的對手，所以一再要求殺害劉邦。而項羽缺乏政治頭腦，全憑感情用事，喪失了殺害劉邦的大好時機。鴻門宴上，酒肉的後面隱藏著殺機，劍舞翩翩，驚心動魄，張良和樊噲表現出了超人的智慧和膽略。這是一場不戰之戰，預示著劉邦和項羽之間，不可避免地還要進行你死我活的最後較量。

鴻門宴後幾日，項羽氣勢洶洶地進入咸陽，並在城內進行了瘋狂的大屠殺。他殺死已經投降了的秦王子嬰，命令士兵到處放火，焚燒秦朝的宮室。豪華壯美的咸陽宮和阿房宮，規模龐大的秦始皇陵地面建築，處處起火，處處冒煙，咸陽城內外，煙火籠罩，三月不滅。咸陽曾是當時中國最大最美的城市，頃刻之間，化為灰燼，斷壁殘垣，一片狼藉。咸陽也有項羽愛惜之物，那就是秦宮裡珍藏的金銀珠寶和數千名美麗宮女。他將愛惜之物劫掠一空，統統運回彭城。接著產生了東歸之意，說：「富貴不歸故里，猶如穿著錦繡衣服夜行，誰知道啊？」

有一個叫做蔡生的人，譏笑說：「人說楚國人沐猴而冠，今日看來，果不其然。」

這話傳到項羽耳中。項羽非常惱怒，命人架起油鍋，將蔡生烹殺了。項羽的狂傲、貪婪和殘暴，引起了關中人民的強烈憤慨和仇恨。而項羽視芸芸眾生如糞土，關注的和追求的只是他自身的利益。他以蓋世英雄自居，認為天下已定，自己理當凌駕於各路諸侯之上，主宰一切。因此，他廢除秦始皇時確立的中央集權制，恢復諸侯割據的分封制，假惺惺地尊奉楚懷王為義帝，自己則自封為西楚霸王，建都彭城，獨占東方最為富庶的九郡，地域相當於今江蘇、浙江全省和山東、河南、安徽、江西等省的一部分。這個西楚霸王是地位最高的諸侯王，擁有封其他諸侯為王的權力。於是，一下子就又出現了十八個王，他們是：漢王劉邦，都南鄭（今陝西漢中）；雍王章邯，都廢丘（今陝西興平東南）；塞王司馬欣，都櫟陽（今陝西臨潼東北）；翟王董翳，都高奴（今陝西延安北）；西魏王魏豹，都平陽（今山西臨汾西南）；河南王申陽，都洛陽（今河南洛陽東北）；韓王韓成，都陽翟（今河南禹縣）；殷王司馬卬，都朝歌（今河南淇縣東北）；趙王趙歇，都代城（今河北蔚縣東北）；常山王張耳，都襄國（今河北邢臺西南）；遼東王韓廣，都無終（今河北薊縣）；燕王臧荼，都薊（今北京西南）；膠東王田市，都即墨（今山東平度東南）；齊王田都，都臨淄（今山東淄博北）；濟北王田安，都博陽（今山東泰安東南）；九江王英布，都六縣（今安徽六安北）；衡山王吳芮，都邾縣（今湖北黃岡北）；臨江王共敖，都江陵（今湖北江陵）。

這十八個王當中，除劉邦和英布出身低微外，其餘的多是六國舊貴族的後裔和秦朝的降將。項羽實行分封制，使他們分享了反秦戰爭的勝利果實，皆大歡喜，唯獨劉邦悶悶不樂。按照原先的約定，劉邦是應該占有關中地區的。但是，項羽撕毀原約，將劉邦趕到地處西南一隅的巴郡（今四川東部）、蜀郡（今四川中部）和漢中郡（今陝西南部和湖北西北部），批准率兵三萬人，去當漢王。對此，劉邦非常憤怒，一度想和項羽拼個死活。張良、蕭何、樊噲等及時進諫，分析了利害得失關係。劉邦這才鎭靜下來，決心以退爲進，積蓄力量，日後再和項羽較量。

這年四月，項羽命令各個諸侯王回到自己的封地去。劉邦無奈，只好率部取道杜南（今陝西長安南），穿越秦嶺峽谷，前往南鄭。關中人民是擁戴劉邦的，數萬名青壯年自願加入到劉邦的隊伍。逆境能夠錘煉人的意志。劉邦在南鄭休養生息，勵精圖治，隨時準備北上和東進，再和項羽一比高低，爭奪天下。

艱辛磨難

16

呂娥姁和審食其日日尋歡，夜夜作樂，無異於一對恩愛的夫妻。
漢王劉邦進抵南鄭，拜韓信為大將軍。
韓信實施「明修棧道，暗渡陳倉」的計謀，一舉平定三秦，揭開了楚漢戰爭的序幕。

西元前二〇六年二月，劉邦被封為漢王，四月率部前往南鄭。這時，他五十歲，已經到了「知天命」的年齡。劉邦在進軍關中的途中，屢屢派人回沛縣，向父親劉太公和夫人呂娥姁報告情況，並捎回一些金銀珠寶等物。他在進入咸陽以後，想法漸漸發生變化，就很少派人回沛縣了。他的身邊不乏女人，就連洗腳也是由侍女代勞。所以，娥姁在他心目中的印象越來越淡了。

劉太公和娥姁住在沛公府，生活是舒舒服服、悠閒自在的。可是劉太公並不習慣於這種生活，更多的時間是住在老家中陽里。那裡有他的老伴、他的朋友。中陽里離豐邑很近。每當晴天，劉太公總愛提著酒葫蘆，嘴裡哼著地方小曲兒，到豐邑去趕集。他和許多屠戶、商販、賣酒的和賣餅的混得很熟，並愛看鬥雞鬥狗、樗蒱（一種博戲）、蹴鞠（古代足球）等玩意兒。他的口袋裡有錢，出手大方。因此，豐邑的三教九流人等都喜愛這個老頭，親切地稱他為「老神仙」。

劉太公回了中陽里，那麼沛公府裡就只住有娥姁、劉盈、劉媛了。審食其是劉邦專門留下來照管家人的，他裡外張羅，倒是把沛公府管理得井井有條。食其雇用幾個男傭，負責看門、趕車、做飯、掃地、務花等雜活；同時雇用幾個女僕，負責娥姁及其兒女的飲食起居。其中有兩個女僕，一叫柯玫，一叫林瑰，十二三歲，頭臉乾淨，長相標致，作為娥姁的貼身侍女。沛公府裡共有三個院落。前院有大廳，是原沛縣縣令議事問案的地方。中院有十幾間房屋，是男傭女僕住宿的地方。娥姁、劉盈、劉媛住在後院，那裡設計精巧，環境清幽，儼若世外桃源。中院和後院中間開一拱門，拱門一側有一間大房，那是食其的住處。夜間，拱門關起來，除了食其以外，任何人也進不了後院。這種布局是食其和娥姁精心安排的。自從劉邦西征以後，他和她像脫韁的野馬，沒有任何羈絆和束縛，日日尋歡，夜夜作樂，無異於一對恩愛的夫妻。

食其和娥姁私通，是出於一種愛，一種情。他是非常喜歡她的，爲了她，他年近四十還沒有成家，甘願付出和犧牲。不過，他也有一種負罪感和畏懼感，因爲娥姁畢竟是劉邦的妻子，他占有她，那是不道德的。這事若叫劉邦發現了，那麼自己能有好果子吃嗎？相比之下，娥姁反倒坦然，反倒自信。她以爲，劉邦是個色鬼，他年青的時候就與曹寡婦鬼混了，還生出個兒子劉肥來。她和他結婚，很難說有什麼甜蜜的愛情，他只是把她作爲生兒育女的工具罷了。劉邦隨著身分、地位的提高，肯定還會和許多女人睡覺。狗吃屎，豬貪腥，那是鐵定的規律，根本改不掉的。男人能偷女人，女人也能偷男人。這叫以眼還眼，以牙還牙，互相扯平，兩不吃虧。更何況，食其在娥姁的心中是接近於完美的，他身體健壯，相貌英俊，重情重義，沒有花心，是個打著燈籠也難找的男人。自己跟這樣的男人偷情，值！

劉邦進了咸陽以後，陸續傳出不少流言。有人說，劉邦住在咸陽宮裡，每天夜裡要和二十個宮女睡覺。有人說，劉邦看中秦二世的一個美妃，睡一夜就給了她千兩黃金。娥姁聽到這些流言，相信全是眞的。她很嫉妒，也很憤恨，咬著牙說：「劉邦啊劉邦！你荒淫，你無恥，你不是人！」因此，她和食其私通就越發放肆了。

沛公府裡的男傭女僕都知道娥姁和食其之間不光彩的關係。但他們是下人，不敢多嘴多舌，免得給自己帶來麻煩。娥姁和食其爲了封住男傭女僕的嘴，有意多給他們一些月俸，並警告說：「你們自管做好你們的事情，不要嘀嘀咕咕。倘若惹出是非，只有吃不了兜著走！」男傭女僕明白這種警告的意思，哪裡敢嘀嘀咕咕、招惹是非呢？

呂洪和苗氏經常帶著兩個兒媳、三個孫子、四個孫女來看娥姁。他們來看娥姁，娥姸必帶兒子樊伉前來會合，全家人聚在一起吃一頓飯，圖個熱鬧。這一天，是小字輩最開心的時刻。他們當中，包括劉盈、劉媛、呂台、呂產、呂祿、呂梅、呂菊、呂蘭、呂竹和樊伉。他們在院落裡跑著喊著叫著笑著，玩著捉迷藏、接長龍等遊戲，無拘無束，盡情享受童年的歡樂。男孩中，呂台、呂產、呂祿和樊伉相當頑皮，大呼小叫，肆無忌憚；只有劉盈比較文靜，靦腆中帶有幾分懦弱。呂洪、苗氏、娥姁、娥姸、審惠、黃薇坐著說話。呂洪說：「我們家兩個女婿、兩個兒子都在關中打仗，留下你們幾個女人和一幫孩子，也夠難爲的了。」

苗氏說：「聽說仗快打完了，他們也該回來了吧？」

娥姁說：「回來？他們才不會回來呢！尤其是我們那一口子，只顧自己享福，沒準兒早把我們忘了。」

娥姸說：「我們那一口子也不是好東西，跟著姐夫學壞了。」

審惠和黃薇說：「就是，呂澤和釋之也不捎信回來，實在讓人牽掛。」

呂洪說：「男人自有男人的事業。劉邦、樊噲他們刀刀槍槍，出生入死，也不容易。」

苗氏說：「我倒希望一家人能在一起，平平安安地過日子。」

食其招呼男傭女僕，擺出了酒菜。呂洪和苗氏帶領家人入席，美酒佳肴，隨意享用。呂洪特意向食其敬酒，說：「你一個大男人家，不能隨軍衝鋒陷陣，卻要在這裡照料娥姁，受委屈了。」

食其說：「哪裡哪裡？我是兄長，受託照料娥姁妹妹，應該的，應該的。」

酒足飯飽，呂洪等離去，沛公府裡又恢復了平靜。夜間，劉盈、劉媛睡得死死的。娥姁和食其使出手段，任意張狂。開春以後，天天都有關中傳過來的消息。其中，最重要的一條消息是項羽自稱西楚霸王，劉邦被封為漢王。怎麼？劉邦封王了？娥姁且驚且喜，且恨且懼。她記得，劉邦當初曾經發誓：他當縣令，她就是縣令夫人；他當郡守，她就是郡守夫人；他當王侯，她就是王侯夫人。現在，劉邦果真當了漢王，那麼自己不就是漢王夫人了嗎？不！王的夫人通常稱「后」，自己應該稱漢王后才對。驚喜過後，她很快又冷靜下來。她知道，凡是當王的人，便可以娶很多很多的妻子；劉邦成為漢王，意味著他和她之間，只能有婚姻，不會有愛情；而這個婚姻又是極不牢靠的，完全取決於劉邦的興趣；他若知道自己和食其的關係，不殺了自己和食其才怪哩！

那些日子裡，娥姁的心情相當複雜。四月，西楚霸王項羽的大軍東歸，在沛縣通往彭城的大路上，儘是士兵、馬車、旗幟，前不見頭，後不見尾。食其向前打聽劉邦什麼時候回來，得到的回答是：「劉邦？他回來做什麼？人家如今是漢王，正忙著去南鄭享福哩！」

食其把打聽到的情況告訴娥姁。娥姁說：「南鄭？南鄭在什麼地方？」

食其說：「南鄭在關中的南面，中間隔著秦嶺，遠得很偏得很呢！」

娥姁說：「呵！這個死鬼！封個漢王，封到南鄭去了，還回得來嗎？」

食其說：「難說。」

當娥姁和食其談說劉邦行蹤的時候，漢王劉邦正率領大軍行進在秦嶺的峽谷中。秦嶺山高林密，上有懸崖峭壁，下有湍急河流，形勢十分險惡。峽谷中的道路叫做棧道，那是在山崖上鑿洞，插入木柱，木柱上鋪板，凌空架設的道路。行人、馬匹走在上面，稍有不慎，便會跌入萬丈深淵，粉身碎骨。劉邦大軍艱難地通過棧道。許多將士氣得罵娘，說：「項羽這個狗娘養的，不得好死！讓老子走這種道不道路不路的，不是作踐人嗎？」

途中，張良提出建議說：「主公不妨焚毀棧道。」

劉邦大驚，說：「這是為何？」

張良說：「一，可以防止項羽之兵進入南鄭；二，告訴項羽，主公再無東歸之意，麻痹敵人。這樣，主公便可休養生息，以利再戰。」

劉邦接受了張良的建議，通過棧道後，便將身後的棧道燒了個精光。章邯、司馬欣、董翳原是秦朝的大將。項羽封這三人為王，分占秦國故地，時人因稱這三人所占的地盤為「三秦」（今陝西）。項羽這樣做是經過考慮的，目的在於讓他們三人監視劉邦，並堵住劉邦的出路。劉邦燒毀棧道，章邯和司馬欣立即派人飛馬報告項羽。項羽哈哈大笑，說：「棧道沒了，他劉邦出不了秦嶺，就老死在南鄭吧！」

劉邦在南鄭駐紮下來，一面安撫百姓，一面抓緊練兵。又有很多青壯年加入到他的隊伍，兵力總數很快超過十萬人。軍中，英勇善戰的將軍倒是不少，如曹參、樊噲、任敖、周勃、灌嬰、夏侯嬰等，都很知名。但是，他們都是將才，而不是帥才。劉邦要和項羽爭奪天下，急需一個通曉兵法、能夠指揮全軍的元帥。這時，一個叫韓信的人投奔漢王。他，毅然充當了全軍統帥的角色。韓信，淮陰（今江蘇淮陰）人。自幼家貧，無衣無食，飽受過各種侮辱和欺凌。長大後，參加了項梁和項羽的起義軍，多年才當上郎中，任務是手持長戟，把守軍門。他平時最愛讀書，尤其是各類兵書，揣摩《孫子兵法》等，融會貫通，大徹大悟。他曾向項羽獻用兵之策，遭到嚴厲訓斥。項羽說：「呸！你小小一個郎中，配獻什麼兵策？」韓信非常寒心，一跺腳，來到南鄭，投奔劉邦，當了一名普通的士兵。一次，韓信所在的兵伍（班）十四人違犯軍紀，按律當斬。夏侯嬰為監斬官，已斬十三人，輪到韓信，韓信仰天嘆道：「漢王不是要奪取天下嗎？為何斬我壯士？」夏侯嬰聽其言，觀其人，但見韓信身材魁偉，相貌堂堂，方臉大耳，眉毛粗壯，尤其是一雙眼睛，目光閃亮，灼灼逼人。夏侯嬰驚奇韓信的長相，停止行刑，並將韓信的話轉告劉邦。劉邦說：「嗨！他說那話？想必小有能耐，那就放了吧！」韓信因此保住性命，不久當上了管理軍糧的小官：治粟都尉。

蕭何已被劉邦任命爲丞相，總理內外事務。蕭何召見韓信，韓信盡吐胸中韜略，眞知灼見，智慧超人。蕭何大喜，立即進言劉邦，說：「大王正愁全軍沒有統帥，韓信到來，是天助大王也。我勸大王重用此人，奪取天下，他是得力的幫手。」

劉邦說：「韓信是從項羽軍中過來的，沒有尺寸之功，我怎敢輕易重用？不行，還是等等再說吧！」這一等就等了多日，遲遲沒有反應。韓信料想劉邦和項羽一樣，粗俗淺薄，不識人才。他大失所望，後悔來了南鄭，於是在一個雨天，不辭而別，獨人單騎，離軍出走，準備另投明主。蕭何得知消息，未及稟明劉邦，也是獨人單騎，尾隨韓信，一路追去。

守衛城門的吏卒報告劉邦說：「治粟都尉韓信逃亡了。」

劉邦說：「一個都尉，逃亡就逃亡唄！有什麼大驚小怪的？」

接著又有吏卒報告說：「丞相蕭何也逃亡了。」

劉邦勃然變色，說：「蕭何也逃亡了？怎麼可能呢？我一直視他爲左膀右臂，他怎能如此負心薄情？」

當天，蕭何沒有回來。次日，蕭何還沒有回來。劉邦心甚怏怏，以爲蕭何果眞逃亡了。第三天，蕭何回來了。劉邦且怒且喜，說：「你這個沒良心的傢伙，爲何要逃亡？」

蕭何笑著說：「我不敢逃亡，而是去追一個逃亡的人。」

「誰？」

「韓信。」

「你得是吃飽飯撐的？別人逃亡，你不去追，偏偏追他韓信，至於嗎？」

蕭何滿臉嚴肅，鄭重地說：「諸將易得，一帥難求。像韓信這樣的人，可以說是國士無雙。大王若打算長期待在南鄭，那麼用不用韓信，也就無所謂；大王若要爭奪天下，那麼就非韓信不能共圖大事。這，大王要慎重決斷。」

劉邦說：「我當然是要東向中原的，怎能窩窩囊囊地待在南鄭呢？」

蕭何說：「大王要東向中原，重用韓信，他會留下；若不重用，他必逃亡。」

劉邦說：「好！看在你的面子，我就提拔韓信爲將軍。」

蕭何說：「讓韓信當將軍，他還不會留下。」

劉邦說：「那我就提拔他爲大將軍。」

蕭何說：「這就對了，大王眞是英明！」

於是，劉邦準備召見韓信，封他爲大將軍。蕭何連忙搖手，說：「不可不可。大王素來不重禮儀，封大將軍如召小兒，韓信豈能心服？大王若是眞心封韓信爲大將軍，那麼就應該舉行隆重的儀式，擇日齋戒，設壇拜將，通告全軍。」

劉邦說：「我說蕭老弟，你眞是得寸進尺啊！」

蕭何說：「我是爲大王的事業著想，其中毫無私利。」

劉邦儘管心中不甚願意，但還是接受了蕭何的意見，選定吉日，齋戒設壇，拜韓信爲大將軍。當劉邦宣布任命，並親手將大將軍印遞到韓信手裡的時候，十餘萬將士先是萬分驚愕，接著高舉兵器，發出了雷鳴般的歡呼聲。韓信升任大將軍，幾乎天天和劉邦當面議事。

劉邦說：「蕭丞相屢屢稱讚將軍，將軍何以教本王計策？」

韓信謙遜地說：「教大王計策不敢。我只想問，大王意欲奪取天下，對手是不是項羽？」

劉邦說：「當然是項羽。」

韓信說：「大王自料軍事實力誰強誰弱？」

劉邦想了想，說：「本王不如項羽。」

韓信說：「對！我也認爲大王的軍事實力不如項羽。但是，事物都有兩面性，強可以變弱，弱可以變強。我在項羽軍中待過，熟知項羽的爲人。他既有匹夫之勇，又有婦人之仁，很難成就大事。他名爲霸王，不居關中而都彭城，乃一大失策；威逼義帝，厚賞親信，諸侯不平。而且凶狠殘暴，濫殺無辜，早已失掉人心。任用秦朝的三個降將分王三秦，也屬愚蠢之舉，殊不知三秦父老對章邯、司馬欣、董翳三人深惡痛絕，根本不買他們的賬。大王和項羽完全不同，自入武關以後，強調軍紀，秋毫無犯，除秦苛法，約法三章。因此，三秦父老擁戴大王，期盼大王。不日，大王舉兵東向，三秦可傳檄而定，進而進兵中原，等待項羽的只會是兩個字：滅亡。」

韓信胸有成竹，侃侃而談。劉邦頻頻點頭，滿面喜色。劉邦只恨相見韓信太晚，放心地委以軍權。從此，用兵方略，皆由韓信決斷。韓信派出千餘名士兵，砍木伐樹，重修被焚燒了的棧道。章邯、司馬欣探得消息，立刻派密使報告項羽。項羽大笑，說：「讓他修去，沒有十年二十年，他修得成嗎？」密使還報告說：「漢王已任用韓信爲大將軍。」項羽越發大笑不止，說：「韓信？就是在我軍中當過郎中的那個韓信？無名鼠輩，竟當大將軍，我看劉邦是猴急了，拿著柴火棍當槍使！」

其時，項羽後院起火，出現麻煩。田榮、陳餘等參加過反秦起義，但未被封王，心中不平，遂聯合起來反對項羽。田榮趕走齊王田都，殺膠東王田市和濟北王田安，自立爲齊王。陳餘趕走常山王張耳，迎趙王趙歇至襄國，趙歇立陳餘爲代王。項羽親率大軍，集中全力對付那裡的事態，完全放鬆了關中的警戒。這年八月，韓信實施「明修棧道，暗渡陳倉」的計謀，突然發兵，通過故道（一名陳倉道，北起今陝西寶雞東陳倉古城），攻襲雍國。雍王章邯毫無準備，倉促應戰，在陳倉（今陝西寶雞東）和好時（今陝西乾縣東），被打得落花流水，全軍崩潰。漢軍進圍廢丘，塞王司馬欣和翟王董翳無力抵抗，先後投降。韓信趁勢派出多支部隊，迅速平定了關中的大部分地區。

劉邦任用韓信，僅用一個月的時間就平定了三秦，戰事之迅速，戰果之輝煌，出乎所有人的意料，從而揭開了楚漢戰爭的序幕。劉邦咧嘴大笑，說：「我得韓信，猶如周武王得姜子牙也！」

韓信說：「承蒙大王誇獎，在下實不敢當。當務之急是要鞏固關中，作爲大王的根據地；進而要打通東進的道路，決戰項羽。」

劉邦說：「一切均由將軍調度。」

劉邦平定三秦，惹火了彭城的項羽。他暴跳如雷，說：「好個劉邦！竟敢滅我親封的雍王、塞王和翟王，這還了得？」他殺了韓王韓成，另封鄭昌爲韓王，命其率兵殺向關中。足智多謀的張良考慮到劉邦在關中立足未穩，迅即致信給項羽，說：「漢王只是欲得關中，兌現當初的約定即止，不敢東向。」項羽頭腦簡單，相信張良所言，立命鄭昌停止進兵。這，爲劉邦安撫百姓、休整軍隊贏得了時間。越年，劉邦揮師東向，楚漢戰爭全面打響了。

17

濉水一戰，劉邦統率的六十萬反楚聯軍土崩瓦解。
呂娥姁和劉太公在逃難途中落到楚軍手裡，被扣為人質。
劉邦調整戰略部署，立劉盈為太子。

越年便是西元前二〇五年。新年伊始，項羽命九江王英布殺死義帝熊心。此舉意味著，項羽急不可待，即將宣布自己為皇帝了。漢王劉邦任用韓信，穩紮穩打，在經營關中地區的基礎上，兵出函谷關，河南王申陽和韓王鄭昌投降歸漢。漢軍由此打開了東進的道路。十一月，劉邦把都城從南鄭遷至櫟陽，平定隴西（今甘肅東南），並將過去秦朝皇帝的獵場、花園、池塘分配給農民耕種，豁免從軍將士家庭的徭役一年。實行這些措施，旨在為出關作戰建立一個比較穩固的後方基地。

三月，劉邦從臨晉（今陝西大荔）渡過黃河，向項羽的勢力範圍發動攻擊。西魏王魏豹被迫投降，殷王司馬卬為俘虜。這時，項羽手下的又一位傑出人才陳平投奔劉邦，使漢軍很快到達洛陽。陳平，陽武（今河南原陽東南）人。少時家貧，好讀書，通曉黃老之術。參加反秦起義，後歸項羽，任都尉。他耳聞目睹項羽的種種暴行，認識到項羽很難成就帝業，於是斷然投奔了劉邦。劉邦見他身材偉岸，面如冠玉，心中歡喜。及至交談，陳平盡言楚軍虛實，劉邦更是高興。劉邦當日便任命陳平為都尉，使參乘，典護軍。漢將灌嬰等人不大服氣，奉勸劉邦用人愼重。劉邦說：「陳平乃奇謀之士，歸我所用，用之不疑，無須多慮。」

劉邦在洛陽，有一個叫董公的老人進言說：「臣聞『順德者昌，逆德者亡』，『兵出無名，事故不成』。故曰：『明其為賊，敵乃可服』。項羽大逆無道，殺害義帝熊心，正是天下之賊也。

仁不以勇，義不以力。漢軍應當爲義帝舉行喪禮，遍告諸侯，藉此東伐，四海之內必仰漢王恩德，望風來歸。」

劉邦聽後大喜，說：「好啊！先生的建議眞是金玉良言！」他立命爲義帝發喪，三軍縞素，設靈祭奠，自己則袒臂露胸，大哭於靈前。如此三日，劉邦派出使節，聯絡各地諸侯說：「天下共立義帝，北面事之。而項羽大逆無道，殺害義帝，罪惡滔天。本王親爲發喪，兵皆縞素，悉發關中兵，討伐殺害義帝的罪魁禍首！」這是劉邦對項羽的正式宣戰，楚漢戰爭進入一個新階段。劉邦打出爲義帝報仇的旗號，具有很大的號召力和影響力。劉邦統率的漢軍，已經歸降的諸侯軍，加上回應討伐項羽的諸侯軍，組成一支反楚聯軍，總兵力猛地發展到六十萬人。這支隊伍浩浩蕩蕩，長驅直入，沿途幾乎沒有遇到什麼抵抗，四月輕而易舉地進占了楚都彭城。

這一戰果來得太容易太突然，以致劉邦迷迷糊糊，不大相信這是眞的。然而，當他看到項羽的後宮堆積如山的財物和花枝招展的美女時，又不能不相信這是眞的。他非常興奮，命人將財物和美女裝車運往櫟陽，然後和各地諸侯花天酒地，慶賀勝利，討論起如何瓜分楚國的土地來。沛縣距離彭城不過百里。呂娥姁得知劉邦不戰而得彭城，心裡恰也歡喜。劉太公也趕到沛縣，他想見見久違了的兒子。蕭何、曹參、任敖、樊噲、周勃、呂澤、呂釋之相繼回過沛縣和家人團聚，並帶回來許多關於漢王的消息。娥姁和太公料想劉邦也會回沛縣一趟的，怎奈等了多日，全然沒有動靜。娥姁生氣地說：「我早就說過，他把我們早忘了。這不？彭城離得這麼近，他也不回來一趟！」

太公也懊惱地說：「劉邦確實不是個東西，沒心沒肝沒肺！」

劉邦進占彭城的時候，項羽並不在彭城而在齊國作戰。項羽獲悉彭城失守，勃然大怒，罵道：「劉邦這個無賴，怎敢乘虛入我彭城？」他留下大部分將士繼續攻齊，自己則領三萬精兵火速南下，來攻漢軍。劉邦依然陶醉在勝利的喜悅當中，對於項羽的南下毫不知情，更談不上戒備。突然，有人報告說：「項羽親率精兵，已抵彭城東郊。」劉邦如夢初醒，這才調兵遣將，一面命漢軍禦敵，一面命撤離彭城。在彭城東郊，項羽大破漢軍。漢軍倉皇南逃，項羽尾隨追擊。在靈璧（今安徽濉縣西）東面的濉水，兩軍對壘，展開激戰。從早晨打到中午，漢軍全面崩潰，死傷二十餘萬人，屍首填塞濉水，以致河水爲之不流。楚軍將劉邦包圍在一個狹小的地帶，高聲喊道：「劉邦投降！劉邦投降！」劉邦嚇得篩糠似的，喟然嘆息說：「我命休矣！」

也是劉邦命不該絕。就在他上天無路入地無門的時候，天氣突變，平地裡颳起強風，拔樹折木，飛砂走石，烏雲遮住太陽，白晝如同黑夜。頓時，楚軍大亂，劉邦趁機奪路逃脫，身邊只有夏侯嬰等十餘名騎兵。他慌不擇路，拼命地向北逃跑，一口氣逃至沛縣。這時，他才想到沛公府，想到他的家，想到他的父親、妻子和兒女。他沒敢進城，打發夏侯嬰去沛公府看了看。夏侯嬰去不多時，回來報告說：「沛公府裡沒有人，大門上貼有楚軍的封條。鄰里說太公、夫人、公子和小姐日前逃亡了，不知去向。」

劉邦說：「唉！眞是兵敗家亡啊！」他見沛縣一帶，來來往往盡是楚軍，不敢停留，轉向西行。途中，夏侯嬰弄到一輛馬車，讓劉邦坐進車裡，急急地前進。劉邦一行十餘人到達豐邑的時候，天色將晚。路邊，有個男孩和女孩，抱著一團，傷心地在哭泣。夏侯嬰眼睛一亮，說：「嗨！那不是大王的公子和小姐嗎？」他連忙下馬，去路邊看個究竟：男孩果然是劉盈，女孩果然是劉媛。其時，劉盈六歲，劉媛九歲。夏侯嬰把劉盈、劉媛抱到車上。劉邦又驚又喜，說：「你倆怎會在這裡？娘呢？爺爺呢？」

劉盈已經兩年多沒見過爹，乍見劉邦，怯生生的，不敢說話。劉媛的性格有點像母親，說：「昨天，沛縣城裡來了很多楚軍，說是要抓漢軍的家屬，抓一個殺一個。娘和爺爺，還有食其叔叔，讓我帶著弟弟首先出城，在西門外等候，他們收拾些行囊，隨後趕來和我倆會合。我倆在西門外左等右等，一直等到天黑，也沒有見到娘、爺爺和食其叔叔。他們想必是讓楚軍抓去了。我倆在城河邊蹲了一夜，天明時想回家去，卻見大門被楚軍封了。我倆沒有辦法，想到爺爺和奶奶的家在豐邑中陽里，便徒步來到這裡。可是來到這裡卻迷路了，不知道往哪個方向走……」

劉媛說到這裡，難過地哭了起來。劉盈見姐姐哭，也跟著哭了起來。劉媛說：「娘、爺爺、食其叔叔肯定是被楚軍殺害了。爹！我們可怎麼辦啊？」

劉盈哭得更厲害了，說：「我要娘——！我要娘——！」

劉邦黑虎著臉，說：「當時，他們應該和你們一起逃命才是，何必收拾什麼行囊？這下倒好，爲了行囊，把命都貼賠了，值得嗎？」

騎馬隨行的夏侯嬰說：「太公和夫人福大命大，未必就遭楚軍殺害。對了，公子和小姐一天沒吃沒喝，快吃點東西喝點水吧！」

馬車上帶有餱（乾糧）和水。劉邦取些來，劉媛姐弟狼吞虎嚥，又吃又喝，那味道勝過美酒佳肴。這時，遠處出現一溜火把，還可聽到隱約的人聲。劉邦斷定那是追趕的楚軍，慌忙說：「快走！楚軍追來了！」

車夫掄起馬鞭，抽打馬的屁股。夏侯嬰和十餘名騎兵緊緊地護衛著馬車，急急地向西馳行。劉邦嫌劉盈、劉媛在車上，加重了車的負荷，影響了車的速度，竟然狠心地將他倆推下馬車，說：「危急時刻，爹顧不了許多，你倆還是自己逃命去吧！」

劉盈、劉媛跌倒在地，發出淒厲的呼喊：「爹！你不能不管我們！」

夏侯嬰心疼劉盈和劉媛，趕緊下馬，抱著他倆，快步塞進車裡，說：「兩個孩子嘛，能有多重？若叫楚軍抓了去，怎麼得了？」

不想劉邦只顧自己，再次將兒子和女兒推下馬車。夏侯嬰也再次下馬，重新抱著他倆，快步塞進車裡。劉邦很不樂意，呵斥夏侯嬰說：「危急時刻，是本王重要，還是他倆重要？」說著，第三次將兒子和女兒推下馬車。同時催促車夫，說：「快！越快越好，越快越好！」

夏侯嬰好生氣憤，說：「大王重要，他倆也重要！」他不得不再次下馬，左手抱了劉盈，右手抱了劉媛，躍上馬背，追趕已經馳去的馬車。追趕數里，總算追趕上了。劉邦顯得不好意思，尷尬地說：「夏侯將軍，眞難爲你了。」

夏侯嬰說：「他倆是大王的親骨肉，臣能不管嗎？」

劉邦立時脹紅了臉，無話可說。劉邦、劉盈和劉媛逃脫了楚軍的追趕，娥姁、太公和食其卻落到了楚軍的手裡。原來，當楚軍在沛縣抓捕漢軍家屬的時候，娥姁、太公、食其打發劉盈和劉媛先行出城，他們還要收拾些行囊，以備在逃難路上使用。男傭女僕亂糟糟的，說：「我們怎麼辦？我們怎麼辦？」

食其給每人發了一枚金餅，說：「你們各自逃命去吧！」

柯玫、林瑰不忍離去，說：「我倆願意侍候夫人。」

娥姁略加收拾，帶了幾件衣服和一些金銀珠寶，打作兩個包袱，自己背一個，食其背一個。這時，柯玫和林瑰匆匆進來說：「楚軍已進前門，出不去了！」

食其說：「快走偏門！」

柯玫、林瑰扶了娥姁，食其扶了太公，急急忙忙地出了偏門。大街上到處是氣勢洶洶的楚軍。娥姁等不敢直出西門，只好繞道北門，折向西門。西門外，亂哄哄的一片，擠滿逃難的人群。他們東找西找，怎麼也找不到劉盈和劉媛。娥姁嚇壞了，焦躁地說：「這可怎麼好？這可怎麼好？」

太公說：「說得好好的，讓在西門外會合，他倆能去哪裡呢？」

食其說：「此地不可久留，得趕快離開才是。」

娥姁說：「我們朝哪裡走呢？」

食其說：「聽說漢軍和楚軍正在靈璧打仗，我們只有向南，興許能遇到漢軍。」

娥姁說：「那盈兒和媛兒怎麼辦？」

食其說：「他倆找不著我們，有可能去柳家莊或中陽里，料想不會出事。」

娥姁眼含淚水，說：「也只好如此了。」

娥姁一行五人，不敢走大路，專走小路，逕直向南，走走停停，提心吊膽，至為狼狽。當夜，他們在一座破敗的土地廟裡住宿，誰也沒有合眼。次日凌晨重新上路，一心盼著能遇見漢軍。四月正是春暖花開之時，柳條泛綠，隨風搖曳；小溪水滿，波光粼粼。彩色的蝴蝶在花間飛舞，輕靈的紫燕在空中穿梭。可是，娥姁等人無心欣賞美好的春光，只顧緊緊張張地趕路。劉太公已近古稀之年，走著走著便走不動了。娥姁也是多年沒走過遠路，兩腿沉重，一步也不想動彈了。他們只好坐下來休息，擦擦額頭的汗，緊緊腳上的鞋，警惕地東張西望，生怕碰上壞人。怕有鬼就有鬼。就在他們坐下休息的時候，大路上呼喇喇地馳過一隊騎兵，有人高舉一面軍旗，軍旗上繡著斗大的「楚」字。食其說：「不好！我們遇見楚軍了！」

娥姁、太公尚未反應過來，那隊騎兵已經衝到他們的面前。一個頭目模樣的人厲聲喝道：「呔！你們是什麼人？膽敢鬼頭鬼腦，窺探我軍動靜？」

食其趕忙向前，陪著笑臉說：「我們是過路的，走得累了，暫且在這裡休息。」

那個頭目說：「過路的？我看不像！前面正在打仗，你們進入戰區，莫非是漢軍的密探不成？」

食其說：「長官說笑了。哪有一個老人和三個女人當密探的？」

一名士兵去頭目耳邊嘀咕兩句。頭目點頭，說：「你，還有那個女人，把包袱遞過來，讓老子檢查檢查！」

「這……」食其和娥姁把包袱緊緊摟在懷裡。早有兩個士兵向前，一把奪了包袱，就地打開，高興地說：「哇！好多金銀珠寶哩！」

頭目說：「好！有收穫！金銀珠寶，兄弟們分了！」

又有一名士兵說：「還有這三個女人，一個婆娘兩個妞，長得讓人心疼，也分給兄弟們，讓大夥兒快活快活，怎樣？」

娥姁氣得橫眉怒目的說不出話來。柯玟、林瑰嚇得臉色煞白，狠不得地上有條裂縫一頭鑽進去。太公急得喉嚨痰壅，大聲大聲地咳嗽起來。關鍵時刻，食其還算鎮定，嚴厲地說：「你們可不要亂來！你們知道我們是誰嗎？」

頭目說：「你不是說你們是過路的嗎？」

食其說：「說明了嚇死你！聽著！這位老人是漢王的父親劉太公，這位夫人是漢王夫人呂娥姁，這兩位姑娘是夫人的貼身侍女。你們若敢動他們一根汗毛，我家漢王饒不了你們，你們家項王也饒不了你們！」

所有的楚軍都被鎮住了，不敢輕舉妄動。還是那個頭目，說：「你的話當眞？那麼你是誰？」

食其說：「我說的千眞萬確！我嘛，是漢王的管家，名叫審食其。走！我要見你們家項王！」

所有的楚軍又高興起來，說：「項王正派人抓捕漢軍家屬哩！我們不費功夫，竟然抓到了漢王的爹和妻子，肯定會有重賞。哈哈！哈哈！」

就這樣，娥姁和太公落到了楚軍的手裡。項羽得到報告，興奮地說：「好！把他們押去彭城，嚴加看管，扣為人質，看他劉邦怎樣憋跳？」

在其後的一段時間裡，娥姁、太公不知劉盈和劉媛的下落，劉邦、劉盈、劉媛不知娥姁和太公的下落。他們都以為對方凶多吉少，今生今世，恐怕再也不能見面了。

再說劉邦，乘坐馬車，拼命地西逃。半個月前，他統率六十萬大軍東伐項羽，那場面，那陣勢，是何等威風，何等氣派；不曾想濉水一戰，六十萬大軍頃刻土崩瓦解，若不是那場颶風幫忙，他怕是早就去見閻王了。唉！因勝而驕，吃了多大的虧啊！他很後悔，但不氣餒，決心總結經驗教訓，一切從頭開始，再和項羽決一雌雄。

五月，劉邦逃至滎陽。逃散的漢軍陸續歸來，總共約有十餘萬人。所幸高層領導人物無一傷亡，他們還是一個兼文兼武的指揮核心。丞相蕭何坐鎮關中，及時地向滎陽輸送糧草和兵員，大大地穩定了軍心。這時候，原先降漢的司馬欣、董翳、魏豹、趙歇、陳餘等諸侯王見風使舵，又倒向項羽一邊。這使劉邦非常氣憤。他大罵道：「這些烏龜王八羔子，沒有一個好東西！下次讓老子逮著，非扒了他們的皮不可！」

劉邦在滎陽召開了軍事會議，研究今後的戰略部署。張良說：「實踐證明，原先的反楚聯軍數量雖多，素質太差，實是一幫烏合之眾，沒有任何戰鬥力。」

韓信說：「六國貴族的後裔參加聯軍，說到底是一種投機，根本靠不住。」

張良說：「是這樣的！所以我們的急務是要建立一支眞正的可靠的反楚聯軍，從各個方向深入楚境，打擊敵人。」

劉邦說：「眞正的可靠的反楚聯軍應當包括哪些人呢？」

張良說：「彭越算一個。此人出身漁民，參加反秦起義，一直受到項羽的排斥，所以反楚最為堅定。英布也算一個。此人曾是驪山刑徒，現封九江王，內心不服項羽。所以應當爭取他倆歸漢，共同反楚。」

劉邦說：「先生所言極是。我已派人去聯絡彭越和英布了。」

張良說：「漢軍今後總體戰略部署，大體是這樣的：第一，依靠關中爲後方，在滎陽、成皋（今河南滎陽西）一帶堅持正面防禦，以對付楚軍的主力。這是正面戰場。第二，爲配合正面戰場，讓彭越開闢敵後戰場，擾亂楚軍後方。第三，韓信大將軍可率兵北渡黃河，開闢北方戰場，消滅項羽的附屬勢力；同時爭取英布歸漢，開闢南方戰場，從南北兩方面解除漢軍的側翼威脅，反過來形成對楚軍的戰略包圍。」

劉邦喜形於色，說：「先生的構想太精采啦！即使姜子牙轉世，用兵也不過如此吧！」

韓信也說：「先生文韜武略，韓某佩服！」

劉邦立即部署正面防禦。滎陽和成皋背靠關中，北臨黃河，附近有廣武等山，利於據守。劉邦命在滎陽和著名糧倉敖倉（今河南滎陽西北）之間築一甬道（兩旁有土牆的道路），使漢軍的糧食供應有了充分的保障。楚軍幾次進攻滎陽，都被漢軍擊退。正面戰場得以穩定，劉邦於八月回了一趟櫟陽。劉邦這次回櫟陽辦了一件大事，那就是宣布立劉盈爲太子。從實而論，劉邦並不喜歡劉盈，總認爲這個兒子過於懦弱，缺少陽剛之氣。但劉盈畢竟是他和娥姁的兒子，娥姁或許已經離開人世，立劉盈爲太子，也算是對她的報答和紀念吧。

這時候，沛縣的很多人爲逃避楚軍的抓捕，紛紛來到了櫟陽。他們當中，有蕭何、曹參、任敖、周勃的家屬，有呂洪、苗氏全家，以及樊噲的妻子娥妍、兒子樊伉等。他們衷心希望娥姁也能大難不死，平平安安地來到櫟陽。劉盈成爲太子，娥姁理應分享做母親的榮寵和富貴。可是，她在哪裡呢？她還活著嗎？悠悠蒼天，茫茫大地，有誰知道娥姁生死存亡的消息？

18

呂娥姁和劉太公作爲人質，被扣押在彭城。楚漢戰爭的戰略優勢逐漸轉向漢軍方面。項羽寵姬虞姬和娥姁見面，兩個女人進行了一次有意思的談話。

彭城，西楚霸王項羽居住的地方，人稱「項王宮」。項王宮裡有一個偏院，長方形院落，七八間房屋。呂娥姁和劉太公作爲人質，就被扣押在這裡。偏院裡，有水井，有鍋灶，可以燒水做飯。但門前日夜有士兵把守，不經允許，偏院裡的人是不能走出大門的。

柯玫和林瑰手腳勤快，照料娥姁和太公的飲食起居，周到而細致。審食其還是管家角色，定期去府庫領取糧食和油鹽，還可以出宮去購物，行動相對自由一點。他們的財物在逃難途中被楚軍搶走了，所幸食其身上還有幾枚金餅，所以生活還不至於十分困窘。

娥姁一直牽掛著劉盈和劉媛，同時也牽掛著爹娘和娥妍。她讓食其想法去一趟沛縣，打聽打聽情況。可是當時的環境容不得食其脫身，食其只好花錢雇了一人去沛縣。那人回來說，項王在沛縣抓捕漢軍家屬，好多人都逃到關中去了，其中包括呂洪全家人和呂娥妍母子。娥姁聽後稍感欣慰，因爲爹娘和娥妍等人平安無恙，實屬萬幸。至於劉盈和劉媛，是死是活，沒人知道，也無從打聽。

終於有一天，食其興沖沖地告訴娥姁說：「喜事！喜事！劉盈有消息了！」

娥姁瞪大眼睛，急切地說：「眞的？快說，他怎樣？」

太公也急切地說：「快說，他在哪裡？」

食其不緊不慢，說：「他呀，享福啦！」

娥姁說：「你就別賣關子了，直說他怎樣吧？」

食其這才說：「櫟陽傳來消息，說漢王劉邦已立劉盈為太子啦！」

「眞的？」娥姁和太公且驚且喜，同時發出疑問。

食其說：「我是聽楚軍說的，大概錯不了。」

娥姁滿腹狐疑，說：「怎麼可能呢？盈兒怎麼會到了櫟陽呢？那麼媛兒呢？她又怎樣了？」

太公也說：「是啊！盈兒怎會到了櫟陽呢？」

食其說：「不外乎兩種情況：一是劉盈和漢王在什麼地方相遇了，漢王將他帶到了櫟陽；二是劉盈和劉媛千里尋父，長途跋涉尋到了櫟陽。」

娥姁說：「照你這麼說，劉媛也在櫟陽了？」

食其點頭，說：「我想是的。」

娥姁說：「那就謝天謝地謝神靈了！」

太公說：「劉邦立盈兒為太子，看來他還像個人樣。」

娥姁說：「他還像個人樣？他的老爹和妻子在這裡受苦受罪，他管了嗎？他問了嗎？」

太公說：「他是不知道我們在這裡受苦受罪嘛！對了，食其！你得想個辦法，讓劉邦知道我們在這裡才好。」

食其說：「我會的。我打算花錢雇人去一趟櫟陽，給漢王送一封信去。」

食其做事歷來沉穩，精心物色，花了一枚金餅，雇了一人前往櫟陽。那人走到滎陽，得知劉邦已從櫟陽返回滎陽，便在那裡將食其的信交給了劉邦。劉邦讀信，方知娥姁和太公困於彭城，淪為人質。他大罵項羽卑劣無恥，懷著滿腔仇恨，加緊進攻楚軍。

劉邦按照張良構想的戰略部署，派出韓信、曹參、灌嬰三員大將，北渡黃河，消滅項羽的附屬勢力。這支部隊一路北進，勢如破竹，活捉西魏王魏豹，斬殺趙王趙歇和代王陳餘，並迫使燕王臧荼投降歸漢。這樣，包括魏國、趙國、代國、燕國在內的廣大北方地區，基本上劃進了漢國的版圖。次年（西元前二〇四年）十一月，劉邦派謀士隨和說服九江王英布起兵攻楚，連連取勝。彭越亦在楚地小打小鬧，不停地騷擾項羽的後方。北方、南方、後方三個戰場同時開戰，使得項羽腹背受敵，窮於應付，簡直有點應接不暇了。

但是，項羽畢竟是項羽。他除了個人的剽悍勇猛外，手下還有數十萬軍隊，還有足智多謀的亞父范增和能征慣戰的將領鍾離昧、龍且、周殷等。因此，他集中優勢兵力在滎陽、成皋一帶發起攻擊，多次攻占運糧甬道，切斷了漢軍的糧食補給線，從而使劉邦在正面戰場陷入困境。

劉邦爲了爭取喘息的機會，假意向項羽求和，只希望獲得滎陽以西的土地。項羽準備答應劉邦的條件。但是范增反對，說：「劉邦施的是緩兵之計，應當趁熱打鐵，加強進攻，不然，後必悔之。」這次，項羽聽從了亞父的意見，急圍滎陽，志在消滅漢軍。

劉邦處境趨於危急。他徵詢謀士酈食其的意見，說：「你有何策能解目前困境？」

酈食其說：「歷史上的商湯王和周武王，都是通過分封諸侯而在戰爭中贏得勝利的。我以爲大王也應當這樣做，分封六國諸侯的後裔，拉攏和利用他們，以削弱項羽的勢力。」

劉邦是病急亂投醫，未及深思熟慮，立即下令刻六國王印，準備遣使分赴六國，再封六國諸侯王。恰巧張良來見劉邦，聽說此事，當即嚴肅地說：「此計若行，主公的大事休矣！」

劉邦說：「這是爲何？」

張良說：「此一時，彼一時也。目前的情況和商、周的情況根本不同，死板地效法古代，只有百害而無一利。主公試想，如果復立六國的後裔，那麼現在跟隨主公的天下之士就要各歸其主，主公還和誰一起打天下呢？而且，現在是楚強漢弱，新立的六國諸侯王必將倒向項羽一邊，豈不是更加壯大了敵人的力量嗎？所以我說，此計若行，主公的大事休矣！」

劉邦恍然大悟，立命銷毀六國王印，還大罵酈食其說：「豎儒！險些壞了你老子的大事！」

可是，危急的困境如何解除呢？陳平熟知楚軍內部的情況，及時進言說：「項羽所依仗的重臣，不過范增、鍾離昧、龍且、周殷等數人而已。大王不妨利用金錢實施反間計，離間其君臣關係。項羽爲人意忌信讒，因疑而惑，必內相誅，到時候就有好戲看了。」

劉邦說：「行啊！我撥給你四萬斤黃金，你去安排就是了。」

陳平利用這些黃金，收買了很多楚軍，讓他們散布說：「范增、鍾離昧等爲項王出生入死，功勞最大，然而卻不得裂地封王，心懷怨恨。他們已與漢王達成密約，不日就要投降漢王，共滅項王，分占其地了。」

這話傳到項羽耳中，項羽果然生疑。恰有楚國使者赴漢營議事，陳平命人備下一桌豐盛的酒宴，虛情以待。使者赴宴，漢軍接待的官員遵從陳平的囑咐，假裝驚愕地說：「我以爲是亞父的使者哩，怎麼會是項王的使者？」他立刻命令撤去豐盛的酒宴，改用最簡單的飯菜招待使者。那個使者回歸楚營，把所見所聞如實告訴項羽。項羽疑上加疑，確信范增等人通敵叛己，不再信任他們。范增又氣又怒，說：「天下事大定矣，項王你就好自爲之吧！」他恨恨地告老還鄉，離開楚軍，不久發病而死。

楚軍的領導核心被瓦解了，但項羽圍攻滎陽的態勢沒有改變，劉邦的處境仍然岌岌可危。劉邦手下的大將紀信說：「事情十萬火急，臣請扮作大王欺騙楚軍，大王可趁機逃離滎陽。」

紀信的忠誠使劉邦深爲感動。劉邦說：「這很危險，是要賠上性命的啊！」

紀信說：「楚漢戰爭，可以沒有紀信，但不可以沒有大王。就讓臣替大王去死吧！」

劉邦無奈，只好贊同紀信的計劃。五月的一天夜裡，陳平驅趕滎陽居民二千餘人，一起湧出滎陽東門。項羽命楚軍出擊，不許逃脫一人。接著馳出一輛豪華的馬車，朱輪黃蓋，左側插一面大旗，旗上繡一個大大的「劉」字。紀信扮作劉邦的模樣，身穿王服，端坐在車廂裡。有人大聲說：「城裡糧盡，漢王投降！」楚軍信以為真，高呼萬歲，爭著搶著跑到城東觀看。場面嘈雜而混亂。這時，劉邦在張良、陳平等數十人的護衛下，騎馬飛快地逃出了滎陽西門，馳向成皋方向。

項羽聽說漢王投降，也到東門來看究竟。他見車裡坐著的不是劉邦而是紀信，知道上當了，怒不可遏，喝問紀信說：「漢王在哪裡？」

紀信平靜地回答說：「漢王已逃出滎陽了。」

項羽氣得咬牙，凶狠地說：「哼！你們竟敢戲弄本王，眞是膽大包天！來人！將這個紀信給我燒死！」

紀信被活活燒死，項羽占領了滎陽。項羽再追襲劉邦至成皋，而劉邦已經回到關中了。

劉邦在關中補充了兵力，準備再次出關，反攻成皋和滎陽。但是，在正面戰場發動反攻，面對的是數十萬楚軍，取勝幾乎是不可能的。謀士轅生獻計說：「大王不要東出函谷關，應該南出武關，吸引項羽主力南下，漢軍則堅守不戰，爭取時間休整。同時命韓信等在北方加強活動，攻城掠地。如此，項羽多處應戰，兵力必然分散。那時，大王再攻成皋，定可破楚。」

劉邦欣然採納了轅生的意見，發兵出武關，攻擊於宛城和葉縣（今河南葉縣南）之間。項羽得知情況，果然親率重兵，南來求戰。劉邦堅壁不出，既休整了隊伍，又拖住了楚軍的主力。彭越在楚軍的後方，趁機發動攻擊，一舉攻占下邳（今江蘇邳縣南），進逼彭城，迫使項羽暫且撇下漢軍，轉而長驅千里，回救楚都。劉邦抓住戰機，迅速揮師北上，略經小戰，便奪回了成皋和滎陽。

六月，項羽擊敗彭越，又引兵匆匆西向。劉邦料難對抗項羽，主動放棄成皋和滎陽，退至黃河以北的修武（今河南獲嘉）。其時，大將軍韓信正駐軍修武，因無戰事，軍中幾乎沒有什麼警戒。劉邦同他開了個玩笑，悄悄走進軍帳，將韓信的大將軍印偷了。韓信發現丟了大將軍印，驚恐萬狀。劉邦將印送還，韓信又羞又愧，無地自容，趴在地上連連磕頭，說：「末將該死！末將該死！」

劉邦和韓信的部隊會合，勢力大振。劉邦仍想奪取成皋和滎陽，但被張良、陳平等人制止了。八月，劉邦派部將盧綰和劉賈率兵二萬餘人，南渡黃河，配合彭越，竭力破壞楚軍的後方補給線。彭越一面燒毀楚軍的屯糧，一面攻占睢陽（今河南商丘西南）等十七城，有效地截斷了前線楚軍與後方彭城之間的聯繫。項羽腹背受敵，於九月留下部將曹咎守衛成皋，自己則率兵東向，返回彭越。這時的項羽，已完全陷入被動的局面。

西元前二〇三年是楚、漢雙方的戰略地位發生根本轉變的一年。不過，劉邦開始並未意識到這種轉變，倒是被劉邦斥之為「豎儒」的酈食其不失時機地提出了反守為攻的問題。他說：「楚漢久持不決，百姓騷動，海內搖蕩，農夫釋耒（古代翻地的工具），農女下機（織布機），天下之心未有所定也。大王應該在項羽東歸的時候，迅速收復成皋和滎陽。同時要設法把楚、漢以外占地最廣的齊王田廣爭取過來，這樣才能造成天下歸漢之勢。」

劉邦十分重視酈食其的意見，立即付諸行動。十月，劉邦數萬大軍圍攻成皋，楚將曹咎堅守不出。劉邦派人罵陣激將，接連多日，直把曹咎罵得狗血噴頭。曹咎忍無可忍，兵出成皋應戰。就在楚軍橫渡成皋西面汜水的時候，漢軍發起攻擊，曹咎兵敗自殺。劉邦一舉收復成皋和滎陽，駐軍滎陽東面的廣武城。與此同時，酈食其自告奮勇，到了齊都臨淄。齊王田廣是已故齊王田榮的兒子，由項羽所立，但有反楚的思想傾向。酈食其搖動三寸不爛之舌，極言天下終將歸漢的形勢，最後說：「齊王歸附漢王，齊國社稷可得而保也；不歸附漢王，危亡可立而待也。」田廣爲了自保，不得不宣布歸附漢王。齊國七十餘城不戰而下，酈食其立下了天大的功勞。

劉邦攻占成皋和滎陽，田廣歸漢，這是楚漢戰爭中的一個轉折，表明戰爭的戰略優勢開始轉移到漢軍方面。然而，項羽根本看不到這個變化，氣得嗷嗷直叫，眞想把劉邦生擒活捉，碎屍萬段，以解心頭之恨。他從彭越手中奪回睢陽等地，顧不得兵馬疲乏，又匆匆趕返西線，力求與劉邦速戰。可是劉邦憑險堅守，無懈可擊。一時間，雙方形成對峙的局面。

廣武城位於廣武山上，有東、西二城，相距不過百丈，中間隔著深不見底的廣武澗。劉邦駐軍西城，項羽駐軍東城，彼此相望，誰也奈何不了誰。漢軍占有敖倉，糧食供應不成問題；楚軍遠道而來，糧食供應難以爲繼。項羽欲戰不能，情急之中思得一計，命人將劉邦的父親和妻子弄到廣武來。

呂娥姁和劉太公自被楚軍扣爲人質後，一直住在彭城的項王宮。他們活動的天地只限於他們所住的那個偏院，此外沒有什麼人身自由。審食其是可以和外人接觸的，通過他，娥姁和太公知道了一些外界的消息。他們知道，劉邦和項羽爭奪天下，彼此間戰事不斷，互有勝敗，到底鹿死誰手，還很難說。

項羽經常回到項王宮居住。這裡，有他在戰爭中掠得的大量財物，更有他在戰爭中奪得的眾多美女。項羽有很多妻妾，但他最寵愛的是一個叫做虞姬的大美人。虞姬，二十一二歲，天生麗質，雪膚花顏，能歌善舞，妖艷嫵媚。項羽每次回到項王宮，必爲虞姬舉行盛大的歌舞宴會。歌舞宴會上，虞姬是當然的主角。她打扮得像天上的仙女，在悠揚悅耳的樂曲聲中，邊歌邊舞，歌聲甜美，舞姿婆娑。項羽由衷地喝采道：「人美，歌美，舞美，妙不可言，妙不可言啊！」

虞姬是知道呂娥姁被關在項王宮的。她想，劉邦正和項羽爭奪天下，那麼漢王夫人一定姿色出眾，才貌雙全，足爲女中豪傑。一天，受著好奇心的驅使，虞姬突然命人將娥姁帶到她的寢宮鳳凰殿來，她要親自瞧瞧呂娥姁是何等樣的人物。

虞姬要見娥姁，娥姁是推辭不過的。她簡略梳妝，便由柯玫和林瑰侍候，來到鳳凰殿。鳳凰殿高大巍峨，雕樑畫棟，殿裡的飾物都是從亡秦的咸陽宮和阿房宮裡掠來的，精致絢麗，金碧輝煌。更有成群結隊的宮女，穿紅著綠，戴金佩銀，輕盈盈地來來去去，瀰漫在殿裡的是一股濃郁的撩人的芳香。虞姬端坐在殿中的繡榻上，兩旁侍候的宮女有二三十人。娥姁向前施禮，說：

「娥姁參見虞姬。」

虞姬說：「免禮！請坐！」

娥姁在一側的圓杌上坐定，抬頭看那虞姬，只見她年輕美貌，珠光寶氣，驕矜中帶有幾分稚嫩，是個典型的以姿色取悅於男人的女人。虞姬也在端詳娥姁，只見她年近四十，衣著樸素，眉角有很多皺紋，並無光彩照人之處。虞姬微微一笑，心想這個漢王夫人，論相貌，比自己差遠啦！

虞姬說：「夫人住在這裡，可有什麼不方便處？」

娥姁說：「還好。既爲人質，就不敢有過高的奢求。」

虞姬說：「他們男人爭鬥，叫我們女人受苦，眞不像話。」

娥姁說：「男人自有男人的事業，我們女人是管不上的。」

虞姬說：「怎麼管不上？我就能管住我們家項王。項王不管在哪裡打仗，我只要捎去一句話，說我想你了，他準立刻回來，從不讓我失望。」

娥姁說：「那是你的福氣。我們家漢王不像項王，他把兒女私情看得很淡，自從他西征以後，我們還沒見過面哩！」

虞姬說：「我也聽說了，你和漢王之間，徒有夫妻之名，而無夫妻之實，是這樣嗎？」

娥姁說：「差不多吧！其實，我已習慣了，也就無所謂了。」

虞姬說：「自古以來的英雄，都是既愛江山又愛美人。我們家項王就是這樣的英雄，他對我可眞心啦！」

娥姁說：「如果那樣，項王的敵人將不是漢王，而是你虞姬！你以色相蠱惑項王，以致項王不能集中心思打仗，他怎能奪得天下呢？即使奪得天下，又怎能保住天下呢？」

虞姬顯得不悅，說：「我虞姬是以色相蠱惑項王？我會是項王的敵人？哼！你眞會說話，竟然如此離譜！」

娥姁說：「虞姬不信？那就走著瞧好了。」

談話不歡而散。娥姁回到自己所住的偏院，心裡亂亂的，怎麼也提不起精神來。她很嫉妒虞姬，住在那樣豪華的鳳凰殿裡，有那樣多的宮女侍候著，還有可心的項王寵著她和疼著她，眞是幸福啊！而自己卻是一個俘虜，一個人質，沒有自由，形同囚犯，眞他娘的晦氣！虞姬說自己和劉邦徒有夫妻之名，而無夫妻之實，事實不正是這樣嗎？虞姬一句話，就能把項羽從前線叫回來，而自己被囚禁在彭城，劉邦問也沒有問過，更不用說關心和體貼了。她很傷心，也很怨恨，當人質的日子什麼時候是個頭啊？

突然有一天，偏院裡來了許多楚軍。他們不由分說，命娥姁、太公、食其、柯玫和林瑰登上一輛馬車，隨即上路，疾馳而行。這是要去哪裡呢？楚軍不說，他們無從知道，只好閉上眼睛，一切聽天由命吧！

19

呂娥姁和劉太公被押到廣武前線。項羽威脅劉邦，意欲烹殺人質。劉邦不為所動，說：「我的父親就是你的父親，我的妻子就是你的嫂子，你要烹殺他們，還請分給我一杯羹湯喝。」

初冬時節，小草枯萎了，花兒雕謝了，乾黃的樹葉隨著蕭蕭的寒風，一片一片地落到地上。放眼四望，山變得清瘦了，水變得蕭條了，天空被烏雲籠罩著，讓人感到沉悶、壓抑和憂傷。馬不停蹄，車輪滾滾。呂娥姁、劉太公等坐在車廂裡，經受著強烈的搖晃和顛簸，骨頭都要散架了，還時時想嘔吐，那滋味實在難受。馬車走了兩天，也許是三天，終於在日薄西山的時候停下了。一路監押馬車的楚軍說：「到了！下車吧！」

審食其第一個下車。柯玫和林瑰扶著娥姁下車。太公最後下車。太公因為年老，下車後便坐在一塊大石頭上，臉色發白，呼呼喘氣，一步也不想挪動了。他們朝四周看了看，發現到處都是帳篷，到處都是士兵，顯然是到了作戰的前線了。

食其問一個楚軍說：「請問這是什麼地方？」

楚軍沒有任何表情地回答說：「廣武。」

「我們到這裡來做什麼？」

「不知道。」

「我們還回不回彭城？」

「不知道。」

有人前來，引著他們進了一個帳篷。帳篷裡除了一些乾草外，什麼也沒有。又有人給他們送來幾個黑饃饃，冷冰冰地說：「這裡不比彭城，將就著吃將就著睡吧，不要隨便走動。」

太公和柯玫、林瑰一路上太累了，沒有吃饃，躺到乾草上就睡著了。食其掰了一塊饃給娥姁，說：「你得吃一點。」

娥姁說：「我哪吃得下呀？」

食其自己吃了一個饃。然後將乾草鋪平，說：「那你先睡一會兒。」

娥姁說：「我能睡著嗎？我們還是坐著說說話吧！」

食其說：「行！」他將乾草劃攏到一邊，緊挨帳篷旁邊的木柱，便和娥姁並肩坐下。帳篷外面有士兵守衛，帳篷裡面漆黑一片。一陣寒風吹過，娥姁打了個寒顫。食其趁勢將娥姁摟在懷裡，熱吻她的臉頰和嘴唇。接著是兩人的舌頭攪在一起，交流著熱烈的忘情的訊息。

食其和娥姁已經好長時間沒在一起親熱了。若不是太公和兩個侍女在場，他們是會毫不猶豫地脫去衣服，在乾草地上張狂的。尤其是娥姁，經歷種種磨難，內心甚是不平。在別人眼裡，她已是漢王夫人了。可是漢王夫人又怎麼樣？沒有榮華，沒有富貴，沒有家庭，沒有愛情，甚至連一張睡覺的床都沒有。這是什麼世道？這是什麼生活？她已人到中年，法律上的丈夫沒有給她任何關愛，倒是多年的情人與她朝夕相伴，同甘共苦。因此，她在食其面前，就應當是一個赤裸裸的女人，任意顛倒張狂，怎麼也不算過分。一陣激情過後，娥姁輕聲說：「楚軍把我們弄到這裡來，是要做什麼呢？」

食其說：「這裡是前線，項羽動用人質，無非是要要挾漢王。」

娥姁說：「如此說來，劉邦也在廣武？」

食其說：「我想他應該在廣武，不然，項羽就不會把你和太公弄到這裡來了。」

娥姁說：「我們會有生命危險嗎？」

食其說：「我想不會。人質不過是別人賭博的籌碼，安危與否，取決於賭博雙方的實力。現在，漢軍和楚軍實力相當，項羽還不至於殺害人質。」

娥姁說：「萬一我有個三長兩短，你得想法逃出去，選個女人成個家才是。」

食其捂住娥姁的嘴，說：「不許胡說！萬一眞的那樣，我活著又有什麼意思？我也會隨你而去的。」食其的癡情和誠心使娥姁深深感動。她抱著食其，又是一陣狂熱的親吻。寒風呼嘯，黑夜深沉。食其和娥姁都睏了，彼此擁抱著，朦朦朧朧地睡著了。天亮時分，帳篷外面人聲嘈雜，戰馬嘶鳴，戰鼓咚咚。幾名楚軍闖入帳篷，說：「項王有令，押人質去前沿陣地！」

不容置疑，不容分說。楚軍押了娥姁、太公、食其、柯玫和林瑰，穿越帳篷的空隙，曲曲拐拐，走出一個城門，來到一座山上。那裡插了許多旗幟，排滿楚軍方陣，刀劍閃亮，戈戟鮮明。居中一杆高揚的帥旗，旗上繡著一個斗大的「項」字。帥旗下站著一人，身材魁偉，金盔金甲，執刀佩劍，氣宇軒昂。不用說，他就是大名鼎鼎的西楚霸王項羽了。項羽身後，肅然站立十幾位將軍，昂首挺胸，目不斜視，手握劍把，很是威風。且有一匹高頭大馬，毛色火紅，神情剽悍，極不安分地踢蹄噴氣，一副桀驁不馴的樣子。

娥姁等人被押到項羽面前。項羽一揮手說：「綁了！」

山上栽有幾根木柱。幾名楚軍向前，手持粗繩，將娥姁、太公、食其、柯玫和林瑰分別綁在木柱上，使其面向西方。娥姁放眼看去，前面是一道深澗，深澗的對面也有許多旗幟和士兵，居中一杆帥旗，旗上繡著一個斗大的「劉」字。再看，帥旗下站著一人，一身戎裝，神采奕奕。呀！他不正是自己的丈夫劉邦嗎？劉邦的身後也站立十幾位將軍，娥姁認識的有樊噲、任敖、呂澤等人。娥姁很想看到兒子劉盈和女兒劉媛，可是他們不在前線，她怎會看到他們呢？

隔著深澗，太公也看到了劉邦。他放聲喊道：「劉邦！快來救我！」怎奈他的聲音畢竟微弱，劉邦是根本聽不見的。項羽跨前一步，向著深澗對面的劉邦說：「哎！劉邦！你我爭奪天下，就應當兩軍對壘，堂堂正正地廝殺一場，別當縮頭烏龜好不好？」

劉邦說：「那要因形勢而定，該正面廝殺就正面廝殺，該堅壁拒守就堅壁拒守，不能一概而論。」

項羽說：「我念你也是一條好漢，千萬別當孬種。這麼著，你我不帶一兵一卒，單獨決鬥一場如何？你若勝我，我回彭城去；我若勝你，你回關中去。從此各守本土，兩不相擾，怎樣？」

劉邦笑著說：「不！我寧可跟你鬥智，不跟你鬥勇。」

項羽心火突突，惱怒地說：「想我項羽，對你劉邦不薄。當初在鴻門宴上，我沒殺你。隨後還封你爲漢王，占有巴、蜀之地。可是，你一而再再而三地跟我作對，忘恩負義，何至於此？」

劉邦冷笑，嚴厲地說：「項羽！你別自吹自擂了！你背信棄義，違背了先入關中者即爲關中王的誓約；你嫉賢妒能，將我趕到南鄭，還讓章邯等堵住我的歸路；你凶狠殘暴，坑殺降卒，焚燒秦宮，搶掠財物，殺害義帝；你妄自尊大，擅封諸侯，爲政不平。這些，都是大逆無道，天下所不容的。我以正義之師誅殘暴，擊逆賊，上應天意，下順民心。你若識相，立即放下武器，乖乖投降；否則，等待你的只能是滅亡！」

項羽歷來狂傲自負，何曾受過這種窩囊氣？他指著綁在木柱上的人質，怒氣沖沖地說：「劉邦！你看好了：這裡是你的父親和妻子，還有管家和侍女。你須立刻退兵，否則，我就把他們烹殺了！」

娥姁和太公聽得「烹殺」二字，嚇得臉色煞白。食其、柯玫和林瑰緊緊閉上眼睛，心想完了，一切都完了。

劉邦倒不驚慌，從容地說：「項羽！我和你一起受命於楚懷王，約爲兄弟。所以，我的父親就是你的父親，我的妻子就是你的嫂子。你要烹殺他們，還請分給我一杯羹湯喝！」

娥姁聽了這話，氣得險些暈厥，高聲罵道：「劉邦！你不是人！」

太公也罵道：「劉邦逆子，你簡直是個畜牲！」

項羽更是怒不可遏，厲聲說：「來人！架起油鍋，把人質給我烹殺了！」

項羽的叔叔項伯與劉邦和張良私交深厚，進言項羽說：「劉邦是個爲天下而不顧家的人，殺了他的父親和妻子，又有何益？我看還是留下他們的性命，這樣對於劉邦也是個牽制。」

項羽向來缺少主見，說：「罷了罷了，那就暫且饒了他們吧！」這時，他看到劉邦比比劃劃、大不咧咧的樣子，便悄悄命一弓弩手說：「瞄準劉邦，放箭！」

那個弓弩手箭技高超，搭箭，拉弓，照著劉邦，「嗖」的一聲，將箭射出。深澗對面的劉邦毫無防備，飛箭猶如閃電，說時遲，那時快，正中他的右胸。「啊！」他大叫一聲，跌倒在地。

「啊！」張良、樊噲等人驚呼，急急地圍住劉邦，連聲喊道：「大王！大王！」

「啊！」娥姁、食其也發出驚呼，眼睛瞪得溜圓。

太公年老眼花，看得不夠眞切，說：「怎麼啦？」

食其說：「漢王中暗箭了。」

太公雖然剛才大罵兒子，但聽說劉邦中箭，還是大驚失色，說：「得是項羽放的暗箭？」

娥姁滿臉緋紅，扭頭責問項羽說：「你口口聲聲標榜堂堂正正，然而卻用暗箭傷人，算什麼英雄？算什麼好漢？」

項羽哈哈大笑，說：「我講堂堂正正，劉邦卻搞歪門左道。我用暗箭射他，這叫以其人之道還治其人之身！懂嗎？哈哈！哈哈！」

娥姁和太公雖然氣憤，但性命掌握在項羽手裡，奈何人家不得。他們被解開繩子，依然被押到那個帳篷裡。娥姁心裡七上八下，心想劉邦中箭，要不要緊？礙不礙事？假若那箭射中要害處，他會死的；假若他死了，自己可要變成寡婦啦！

太公沒有想那麼多，只是不停地問：「劉邦中箭，傷著沒有？傷了哪兒啦？」

劉邦中箭，傷著右胸，跌倒在地，害怕會影響漢軍的士氣，故意雙手抱腳，說：「賊虜射中我的腳趾了。」

張良、樊噲等將劉邦扶歸軍帳，喚來軍醫，拔箭，上藥，止血，包紮。他感到陣陣強烈的疼痛，很想臥床休息。張良說：「這是非常時刻。主公應該強忍疼痛，巡營勞軍，以安眾心，防備楚軍偷襲漢營。」

劉邦說：「先生所言極是。」於是，他仍穿戴整齊，裝出微微跛腳的樣子，巡視了各個軍營。還特意到山上走一走，讓深澗對面的楚軍看到：我劉邦雖然中箭，但平安無恙，沒事！漢軍高呼萬歲。楚軍不敢妄動。劉邦疼痛難忍，當天馳回成皋養病，接著回了櫟陽。娥姁和太公從楚軍口中聽說劉邦巡營勞軍的消息，知道他的箭傷並無大礙，也就不再擔心。

這時，北方戰場的韓信突然採取軍事行動，使得整個局面變得複雜起來。原來，劉邦在派酈食其說服齊王田廣歸漢的時候，同時命韓信大軍東進，配合酈食其完成使命。田廣已經歸漢，韓信大軍就該停止前進，就地待命。可是，韓信帳下謀士蒯通用心險惡，說：「大將軍奉命東進，現在並無命令讓大將軍停止進軍呀！想那酈食其，不過是一介儒生，憑著一張嘴，不戰而下齊國七十餘城；而大將軍統兵數萬，歷時數年，只下趙國五十餘城。日後論起功勞來，難道大將軍還不如一個儒生嗎？」

韓信貪功心切，竟然不顧田廣已經歸漢的事實，在田廣解除戒備的情況下，突然渡過黃河，猛烈地攻襲歷下（今山東濟南西）的齊軍。田廣非常惱怒，認為劉邦背信棄義，酈食其說降是一種欺騙，遂將酈食其烹殺了，重新倒向項羽一邊。酈食其臨死時大叫冤枉，痛罵韓信說：「韓信哪韓信！你爲個人爭功，害死我酈某，你也不得好死啊！」

韓信攻勢不減，迅速占領了包括臨淄在內的廣大齊地，因而在軍事上嚴重地威脅了楚軍的側翼。項羽發現形勢不妙，被迫從西線抽調一部分兵力，號稱二十萬，由大將龍且率領，東向救齊。十一月，韓信與龍且大戰於濰水（今山東濰河）一帶，二十萬楚軍全軍覆沒，龍且受傷自殺。韓信乘勝追擊，在莒縣（今山東莒縣）俘獲了田廣，平定了全部齊地。

濰水之戰，殲滅了項羽的大量兵力。因而，漢軍不僅在戰略上而且在兵力上都占有了優勢，實現了由弱反強的歷史性轉變。劉邦在櫟陽養好箭傷，重返廣武前線。這時，天天都會接到韓信的戰報，劉邦有喜有憂。喜的是韓信橫掃齊地，攻必克，戰必勝，成爲震懾項羽的一支重要軍事力量；憂的是韓信不服指揮，漸成氣候，難以駕馭，日後必生禍端。一天，韓信派了蒯通爲使者，到了廣武。劉邦接見蒯通，問道：「大將軍派你來，所爲何事？」

蒯通說：「齊人詭詐多變，反覆無常，而且毗鄰楚國，權輕者難以服眾，亦難鎮守其地。因此，大將軍懇請漢王能封他爲假王。」

劉邦勃然變色，說：「我正困於此地，朝夕盼望韓信前來救援，他倒好，竟然要自立爲王了！」

蒯通說：「這……」

張良和陳平在場，趕忙踩了一下劉邦的腳尖，悄聲說：「韓信要自立爲王，大王想擋也擋不住。不如因而立之，使自爲守，不然，必生變故。」

劉邦立刻大悟，朗聲大笑說：「男子漢大丈夫要當王就當個眞王，爲何要帶個『假』字？好！本王即封大將軍爲齊王。」

蒯通磕頭，說：「謝漢王！」

二月，劉邦命張良攜帶新製的齊王印，赴臨淄封韓信為齊王。韓信心滿意足，跪地西拜，說：「恭祝漢王萬壽無疆！」

張良尚未離開臨淄，項羽也派使者拉攏韓信來了。項羽的使者叫武涉，游說韓信說：「當前項王和漢王之事，權在足下。足下助項王則項王勝，助漢王則漢王勝。項王今日亡，那麼漢王明日必取足下。足下與項王有故交，何不反漢聯楚，三分天下而王齊地？足下倘若助漢王而擊項王，恐非智者所為也。」

這番話本來是可以打動韓信的心的，可惜為時已晚。韓信說：「我曾在項王軍中待過，然而官不過郎中，位不過執戟，出謀不聽，劃策不用，所以才背楚歸漢。漢王授我大將軍印，數萬大軍悉聽號令。近日又封我為齊王，恩高德重。因此，我怎能反漢聯楚，做忘恩負義的小人呢？」

武涉沒有說動韓信，悵惘離去。蒯通是一心向著韓信的。他說：「大將軍顯然看到，大將軍在項王和漢王爭奪天下的鬥爭中，具有舉足輕重的地位，向楚則楚勝，向漢則漢勝。依在下之見，大將軍應當既不向楚，也不向漢，保持中立態度。如此，則楚、漢、齊三分天下，鼎足而立。大將軍文韜武略，憑藉齊地的形勢和資源，雄據一方，足成霸業。俗話說：『天與弗取，反受其咎；時至弗行，反受其殃。』此事，請大將軍認眞考慮！」

三分天下，鼎足而立。雄據一方，足成霸業。這是一幅美妙的圖景，韓信為之怦然心動。可是，他對劉邦還有感激之情，猶疑地說：「漢王待我甚厚，我怎可見利而背恩呢？」

蒯通說：「漢王給予大將軍恩德是為了什麼？說到底是因為大將軍對他有用，他要利用大將軍對付項羽。項羽一旦滅亡，漢王就會翻臉不認人，轉而收拾大將軍。有道是『勇略震主者身危，功蓋天下者不賞』。大將軍正是這樣，勇略震主，功蓋天下，漢王能不疑忌能不多心嗎？」

韓信滿足於眼前既得的利益，無心背叛劉邦，說：「好啦！先生的話，我會考慮的。」

蒯通見韓信胸無大志，鼠目寸光，自嘆認錯了人，不辭而別，歸隱山林。這年夏秋之際，楚漢戰爭的勝負形勢逐漸明朗化了。楚軍的北方戰線已全部崩潰，南方戰線只能守住壽春（今安徽壽縣）等少數地方，後方戰線也因彭越的騷擾變得極不穩定。項羽駐軍廣武東城，進退維谷，兵疲糧盡，士氣低落，軍心動搖。八月，劉邦突然想起了他的父親和妻子，派遣陸賈爲使者，前往楚營見項羽，要求釋放太公和娥姁。項羽依然擺出不可一世的架勢，拒不答應。劉邦再派侯公爲使者，遊說項羽。這次，項羽急於從廣武脫身，答應送還太公和娥姁，但提出一個條件，即楚漢雙方簽訂停戰和約，以鴻溝（今河南賈魯河）爲界，中分天下，溝東屬楚，溝西屬漢，互不侵犯。劉邦只想著父親和妻子早日歸來，爽快地同意了項羽的條件。於是，雙方簽約。九月，當了兩年半人質的太公和娥姁終於獲得自由，感慨萬千地回到了劉邦身邊。

20

楚漢簽訂和約，呂娥姁和劉太公回歸漢營，結束了當人質的磨難。在函谷關，呂娥姁遭遇意欲殺人行凶的歹徒。在櫟陽，呂娥姁發現劉邦又娶了三個姬妾——她必須面對的三個情敵。

九月，正是深秋季節。陽光柔和，天空蔚藍。山坳裡和田地間仍有一些鮮明的綠色，但更多的是金色、紅色和紫色，斑爛而絢麗。不時吹過清爽的秋風，夾雜著野花野果的芳香，讓人感到心曠神怡。

這一天，呂娥姁和劉太公就要結束當人質的磨難回歸漢營了，心裡有幾分激動，又有幾分緊張。他們不敢相信這是眞的，然而楚軍說得明白：「楚漢已經簽訂和約，項王沒有必要再扣留人質，漢王迎歸你們的使者，馬上就到。」顯然，這是眞的，他們的的確確要回歸漢營了。

柯玫和林瑰特意打來一盆水，讓娥姁洗淨她那張多日未洗的臉。還幫她梳頭，拍去她衣服上的灰塵。約莫巳時，漢使侯公帶領二十名漢軍和一輛馬車來到帳篷的外面。侯公進入帳篷，「撲通」跪地，恭敬地說：「在下侯公奉漢王之命，前來迎接太公和夫人回歸漢營！」

他這一跪，使得娥姁和太公渾身不自在起來。娥姁忙說：「快起快起，落難之人，怎敢受此大禮？」太公也說：「禮數免了，快點上路要緊。」

侯公說：「是！就請太公和夫人登車。」柯玫、林瑰扶著娥姁，食其扶著太公，走出帳篷。帳篷外面的漢軍一起跪地，說：「恭迎太公和夫人！」

娥姁從這一刻起，方知「尊貴」二字的含義。她現在是漢王夫人，尊貴得很，所有人見她都是要下跪的，眞是不可思議啊！馬車啓動，漢軍前後護衛。太公將信將疑，說：「我們眞的不當人質啦？」

侯公說：「不當啦！從現在起，你老就享大福啦！」

娥姁說：「漢王現在哪裡？」

侯公說：「漢王現在軍帳裡，等著爲太公和夫人接風。」

馬車先是在楚軍陣地前進。娥姁看到，楚軍非常忙碌，有的在拆卸帳篷，有的在收拾行裝。楚漢議和展示了和平前景，疲憊不堪的楚軍急於東歸，盼望著和家人團聚了。馬車越過廣武澗上的小橋，西面便是漢軍陣地。這裡的情景與楚軍陣地的情景大不相同，漢軍依然全副武裝，嚴陣以待，沒有任何鬆懈的跡象。漢軍知道馬車裡載著太公和漢王夫人，他們手舉兵器，有節奏發出歡呼：「萬歲！萬歲！萬歲！」。

馬車繼續前進，進了廣武西城，停在一個高高大大的帳篷前面。劉邦已經等候在那裡，看到太公下車，急忙跪地，說：「不孝兒子劉邦拜見父親大人！」張良、陳平、樊噲及眾將士也跟著跪地，說：「恭迎太公！」娥姁下車。劉邦起立，衝她一笑，說：「你受苦了！」張良等依然跪地，齊聲說：「恭迎夫人！」

場面是壯觀的，感情是眞摯的。太公和娥姁雖然當了兩年半的人質，飽受磨難，但此時此刻，一切都成爲過去，取而代之的是極度的欣喜與歡樂。呂澤、呂釋之、樊噲見到娥姁，格外興奮。娥姁看到，幾年的軍旅生涯，使得哥哥、弟弟、妹夫變得更加健壯和威武了，眞是打心眼裡高興。她向他們詢問父親呂洪、母親苗氏、妹妹娥姁、兒子劉盈和女兒劉媛的情況，得到的回答是：「他們都在櫟陽，好著哩！」

娥姁說：「好就好。唉！一切跟做夢似的，想也不敢想啊！」

軍帳裡，大盤小盞，已經備好酒宴。劉邦引太公和娥姁入座，張良等作陪，熱熱火火，開始吃喝。劉邦、張良、陳平、樊噲等分別向太公和娥姁敬酒。太公幾杯酒下肚，滿面紅光，感嘆地說：「我已兩年多沒有好好喝酒啦！」

劉邦說：「今日，你就好好地喝個痛快。」

張良說：「不止今日，是從今以後，你老人家就天天喝個痛快。」

「哈哈！哈哈！」所有人都大笑起來。

娥姁說：「我們當了兩年半的人質，別說喝酒，就連飯也常常吃不飽的。」

陳平說：「項羽也眞個蠢的，非要抓住太公和夫人當人質。結果怎樣？還不是把人質放了，他倒落個虐待人質的壞名聲。」

太公突然想起那天項羽要在陣前烹殺人質的情節，責問劉邦說：「你個小子！項羽那天要烹殺我和娥姁，你不但不加阻止，還說要分給你一杯羹湯喝，你安的什麼心？」

劉邦說：「我料他項羽色厲內荏，不會烹殺人質，所以才那樣說，故意氣他的。他若果眞烹殺了父親和娥姁，孩兒哭猶不及，哪會喝什麼羹湯呢？」

太公說：「就是。你小子無情也不至於無情到那種地步嘛！」

娥姁說：「沒準兒。他呀，爲了江山，是根本不顧家人的。」

劉邦說：「哪能呢？我和項羽簽訂和約，還不是爲了營救你們？」

張良和陳平說：「沒錯！漢王正是爲了營救太公和夫人，所以才和項羽簽訂和約的。」

太公和娥姁說：「哦？那倒難爲他了。」

當夜，劉邦和娥姁重溫舊情，彼此說不上是什麼感覺。劉邦感到，她皮膚粗糙了，乳房鬆弛了，缺少新鮮的活力；娥姁感到，他動作遲鈍了，精力不濟了，缺少勇猛的氣概。

劉邦說：「這幾年，太公和你一起居住，承蒙你的照顧，多謝了。」

娥姁說：「謝我大可不必，要謝還得謝食其、柯玫和林瑰，若不是他們，我們難熬到今天。」

劉邦說：「食其，我肯定是要重謝的，日後封侯，少不了他一份。柯玫和林瑰，我們操心著，務要給她倆物色個好丈夫。」

娥姁說：「我還沒有問你，劉盈和劉媛是怎麼到了關中的？他倆現在怎樣？」

劉邦說：「說來也巧，那年我兵敗濉水，路過沛縣，本想帶你們一起逃亡的。可是，沛公府已被楚軍封了，找不到你們。我和夏侯嬰等掉頭向西，走到豐邑，恰見盈兒和媛兒在路邊哭泣。於是，我就帶了他們，一直到了櫟陽。我已立盈兒爲太子，媛兒也長成大姑娘了。」

娥姁說：「看來是老天爺在保佑著我們一家人，每到危難時刻，總能逢凶化吉，遇難呈祥。對了，我要到櫟陽去，我要趕快見到盈兒和媛兒。」

劉邦說：「這有何難？我明天就派人護送你和太公回櫟陽去。」

這一夜，娥姁難得地睡了一回好覺，身心放鬆，安穩香甜。第二天，劉邦命呂釋之帶領二十名騎兵，護送太公和娥姁回櫟陽。釋之已是一位將軍，頭戴兜鍪，身穿甲冑，很是威風。

劉邦叮囑說：「此去櫟陽，雖是我軍地界，但還是要小心。」

釋之說：「漢王放心，有我釋之在，沒問題！」

太公和食其，娥姁和柯玫、林瑰，分乘兩輛馬車，在釋之和二十名騎兵的護衛下，從容地上路了。兩輛馬車各駕三匹馬，行駛起來是相當快捷的。秋風習習，花香陣陣。高粱紅了，穀子黃了。溝溝壑壑長滿楓樹，樹葉如塗如染，呈現出紫紅色，一望無際，不見盡頭。天空有雁陣飛過，就像在蔚藍的天幕上寫下的優美而動人的詩行。

他們過滎陽，過洛陽，當晚宿於澠池（今河南澠池）。次日再向西行，前面便是函谷關。函谷關一帶四面環山，樹木茂密，怪石嶙峋，號稱天險。釋之一行走到這裡，格外小心，生怕發生什麼意外。突然，從兩面山崖上躥出幾個彪形大漢來。他們穿著黑衣黑褲，並用黑布蒙面，只露出凶神惡煞的眼睛來。他們手持明晃晃的大刀，衝到路上，衝向馬車，顯然是要殺人行凶。釋之高聲喊道：「不好！有歹徒！」

趕車的漢軍立刻意識到遇到了危險，迅即揚鞭抽打馬的臀部，抖動韁索，大聲吆喝：「駕！駕！駕！」那馬受了刺激，立刻撂開四蹄，瘋狂地奔跑起來。二十名騎兵個個都是好樣的。他們自覺地分成兩組，一組緊緊護衛著馬車，向前疾馳；一組和釋之一起，擊殺自天而降的歹徒。有個歹徒手腳俐落，飛速地攀上第二輛馬車。一名騎兵手疾眼快，照準歹徒的腦袋，揮刀砍了下去。歹徒立時身首分離，跌落在地上。釋之等人大發神威，刀砍劍刺，不一會兒，便將所有的歹徒殺死了。釋之數了數，發現歹徒共有六人。他們和常人並沒有什麼特別之處，很難確定他們的身分。不過，釋之還是發現了，六個歹徒的左臂上都刺有一朵梅花圖案。這意味著什麼？他說不清楚。坐在馬車裡的太公和食其，娥姁和柯玫、林瑰，全然不知道剛才驚險的一幕。他們只覺得趕車的漢軍大聲吆喝，有點驚恐，有點反常；馬車突然加快了速度，快得驚人，快得發瘋。他們在車廂裡無法坐穩，幾乎是向後躺著，兩手死死地抓住車框，才不至於被拋出車外。馬車一口氣跑出數里，到了一片稍微開闊的地帶，這才逐漸地慢了下來。

太公問：「剛才發生什麼事啦？」

趕車的漢軍說：「遇上歹徒了，好險！」

娥姁說：「歹徒？他們要幹什麼？」

趕車的漢軍說：「看樣子是要殺人行凶。」

娥姁大驚，說：「殺人行凶？他們要殺誰？」

趕車的漢軍說：「誰知道呢？」

這時，釋之等人趕了上來。娥姁說：「情況怎樣？」

釋之說：「歹徒共有六人，全死了。」

「他們要幹什麼？」

「他們不像是打家劫舍的強盜，看樣子是衝著姐姐你而來的。」

娥姁更是吃驚，說：「什麼？衝著我而來的？我並沒有冤家對頭呀！」

釋之說：「歹徒的左臂上都刺有一朵梅花圖案，他們肯定是受人唆使，前來行刺姐姐的。」

娥姁茫然，睜大眼睛，許久說不出話來。食其說：「這裡大有文章，日後要格外小心謹愼才是。」

他們休息片刻，繼續上路。過了函谷關，便是大路，車快馬疾，當晚抵達櫟陽。櫟陽城不算太大，平面呈南北向的長方形，城垣周長約八公里。城內只有一條縱向大街和兩條橫向大街，形成簡明而實用的城市布局。它建於戰國時期，秦國獻公最早在這裡建都。接著，秦國孝公在這裡任用商鞅變法，從而使秦國迅速強盛起來。秦國後來遷都咸陽，最終由秦始皇完成了統一天下的宏偉大業。

劉邦平定三秦後即以櫟陽爲國都，在櫟陽城內偏北部位新建了一座漢王宮。漢王宮中有很多院落，其中一個院落由劉盈和劉媛居住。呂洪和苗氏一家人逃難到櫟陽，爲了照料劉盈和劉媛的生活，也居住在這個院落裡。這天，當釋之護送娥姁和太公進入漢王宮的時候，全宮爲之轟動。劉盈和劉媛跑得飛快，邊跑邊喊：「娘——！娘——！」娥姁也跑向劉盈和劉媛，邊跑邊喊：「盈兒——！媛兒——！」霎那間，母子母女緊緊地擁抱在一起，淚水嘩嘩，就像決堤開閘的河水，洶湧奔流。呂洪和苗氏迎來了，審惠和黃薇迎來了，呂台、呂產、呂祿、呂梅、呂菊、呂蘭、呂竹迎來了。彼此招呼著，問候著，驚愕，喜悅，興奮，那場景難以用筆墨描述。

許久，呂洪才發現和娥姁一起歸來的還有太公與食其。他向前問候二人，說：「別後重逢，眞讓人開心吶！」

娥姁引著劉盈和劉媛，走到太公跟前，說：「快叫爺爺和叔叔！」

劉盈和劉媛乖乖地叫道：「爺爺！叔叔！」

太公老臉笑成一朵花，說：「哎！爺爺的好孫子好孫女！」

食其說：「兩年多不見，盈兒和媛兒長高了。」

「姐姐！姐姐！」隨著親切而熱烈的的呼喊，一個女人風風火火地跑了過來。娥姁定睛一看，張開雙臂迎上前去，說：「啊！娥姸妹妹！」

跑過來的女人正是娥姸。她一把抱住娥姁，氣喘吁吁地說：「姐姐！姐姐！你想死我了！聽說你回來，我一口氣就從家裡跑過來了。」

娥姁說：「妹妹！我也想你呀！」

樊伉跟隨在母親的後面，叫娥姁道：「大姨！」

娥姁拍著樊伉的肩膀說：「哎呀！我們家的樊伉長成大小夥子啦！這個頭，這長相，和他爹一模一樣。」

呂洪說：「別光站在這裡說話呀！快回家去，該吃的吃，該喝的喝。」

眾人移步，熱熱鬧鬧地走向劉盈和劉媛居住的院落。剛剛走到院落門前，丞相蕭何從宮外趕了來，撂衣跪地說：「臣蕭何參見太子殿下！恭迎太公和漢王夫人！」

蕭何是劉邦最倚重的同僚之一。他一直坐鎮櫟陽，輔佐劉盈，並為前線提供給養和兵員，深得劉邦的信任。劉盈說：「丞相平身！」

太公和娥姁說：「折煞人了，怎敢勞丞相行此大禮？」

蕭何平身，陪同劉盈、太公和娥姁等走進院落。院落裡有一個大廳，眾人落座。早有年輕貌美的宮女獻上茶來。娥姁眞是渴了，輕輕抿了一口，那茶苦中帶香，直貫心田。太公說：「我不喝茶，有酒嗎？快拿酒來，我直想喝酒。」

呂洪說：「酒，有的是，你老盡可以開懷暢飲！」轉而吩咐宮女說：「快取酒來。」

宮女取來了酒，斟上敬給太公。太公一飲而盡，手捋鬍鬚說：「啊！這才叫痛快！」

「哈哈！哈哈！」所有人都朗聲大笑起來。

蕭何說：「太公和夫人路上還算順利吧？」

太公說：「順利什麼呀？險些丟了老命！」

蕭何大驚，說：「這是怎麼回事？」

娥姁說：「我們在途中遇到歹徒了。若不是釋之他們護衛，我們怕是已在黃泉路上了。」

蕭何、呂洪、苗氏、娥妍等目瞪口呆，說：「歹徒？歹徒要幹什麼？」

釋之說：「事情是這樣的：今日上午，快到函谷關的時候，突然從山崖上躥出六個蒙面人來，直直地衝向馬車，看樣子是想行刺姐姐。有一個人已攀上馬車，幸虧我們有所防範，而且人手比歹徒多，就將歹徒殺死了。」

蕭何說：「光天化日之下，竟會有這種事？歹徒的身分能不能確定？」

釋之說：「沒法確定。不過，我們發現，六個歹徒的左臂上都刺有一朵梅花圖案。」

蕭何陷入沉思，說：「歹徒，行刺，梅花圖案。這事非同小可，非要查個水落石出。」

正在這時，大廳外面，娉娉婷婷走進三個妖艷的女人來。三人同時跪地，嬌裡嬌氣地說：「臣妾恭迎太公和夫人。」

太公和娥姁相當驚愕，說：「她們是誰？」

「她們……她們……」呂洪想介紹，卻不知道該怎麼介紹，一時語塞。蕭何幫他解圍，說：

「這三位都是漢王姬妾，分別稱管姬、趙姬、薄姬。」

太公臉色不大好看，說：「哦！」

娥姁臉色非常難看，心想劉邦又娶了三個妻子，居然瞞著自己，滴水不漏，眞他娘的混帳！她回到櫟陽重見親人的喜悅頓時一掃而光，只覺得心口隱隱作痛，嫉妒，憤恨，委屈，想哭，想喊，想罵人，想一頭撞死。眾人陸續散去。晚飯吃得索然寡味。夜幕降臨，太公、食其、柯玟、林瑰、劉盈和劉媛都去睡了，呂洪和苗氏陪著娥姁坐著說話。

娥姁氣憤地說：「那三個女人是從哪兒來的？」

呂洪說：「她們原是魏王魏豹的宮女。漢王滅魏，先將姓管的和姓趙的納爲姬妾。管、趙、薄三人曾約爲姐妹，發誓說：『先富貴者不忘無富貴者。』一次，漢王和管姬、趙姬調笑，管姬、趙姬說起她們的誓約，漢王說：『我成全她。』就又納了姓薄的爲姬妾。」

娥姁臉脹得通紅，說：「劉邦花花腸子花花心，既然又娶了三個妻子，還讓我回來做什麼？她們若生了兒子，劉盈的太子地位還能保住嗎？」

苗氏說：「不瞞你說，她們已經有了兒子。管姬的兒子叫劉恢，趙姬的兒子叫劉友，薄姬的兒子叫劉恆。」

娥姁近乎瘋狂地喊道：「她們都有了兒子？劉邦啊劉邦！你眞夠狠心，又一次將老娘騙了！」

呂洪和苗氏說：「你別喊叫，也別生氣，凡事得從長計議。懂嗎？從長計議！」

娥姁回到櫟陽，原本是興高采烈的，沒料想平地裡出來她必須面對的三個情敵。她就像吃飯吃了一隻蒼蠅，噁心，氣惱，只想狠狠地發洩一場才好。

一步登天

21

西元前二〇二年十二月，劉邦大軍圍項羽於垓下。項羽南逃至烏江，兵敗自刎，楚漢戰爭結束。劉邦即皇帝位，立呂娥姁為皇后，劉盈為太子。呂娥姁一步登天，極度喜悅和興奮。

楚漢簽訂和約，決定以鴻溝為界而中分天下。這個條件是項羽提出來的，和約簽訂，項羽非常滿足，立刻拔營起寨，率領楚軍，興沖沖地東歸彭城。劉邦也很高興，命人打點行裝，準備西回關中。一個項王，一個漢王，摒棄了多年來的積怨，似乎要洗心革面，友好相處了。張良和陳平識破了項羽利用停戰保存實力、以謀伺機反撲的企圖。他倆及時向劉邦進言說：「現在，漢已控制了多半個天下，各地諸侯都來歸附，楚則兵疲糧盡，氣息奄奄。這正是滅楚的極好時機。如果放過這個時機，那會養虎遺患，後悔莫及。」

這一席話提醒了劉邦。他說：「那該怎麼辦？」

張良和陳平說：「跨越鴻溝，擊滅項羽！」

劉邦經常是人一提醒他就明白。他立即下令跨越鴻溝，追擊項羽，同時派人命令韓信和彭越到固陵（今河南太康南）會師，共擊楚軍。此舉表明，楚漢相持的局面結束了，漢軍的戰略進攻開始了。劉邦大軍抵達固陵時，卻不見韓信和彭越的影子。項羽一個反擊，輕而易舉地便擊敗了追趕的漢軍。劉邦大為惱火，詢問張良說：「韓信和彭越不聽調遣，這是為何？」

張良說：「他倆擁兵不進，無非是為了索要封地，與主公討價還價。主公不妨派遣使者告訴他倆，從陳縣以東直至海邊的土地封給韓信，從睢陽以北到穀城（今山東東阿南）的土地封給彭越。他倆得了利益，自會進兵的。」

張良的分析準確無誤。劉邦派遣使者將封地的許諾告訴韓信和彭越，他倆立即發兵，前來固陵。楚將周殷鎮守壽春。劉邦採納陳平計策，派人去做策反工作。周殷頗識時務，叛楚歸漢，而且說動九江王英布，投降了劉邦。這樣一來，高傲的項羽眾叛親離，完全成了孤軍作戰，只有招架之功而無還手之力了。項羽處境孤立，自然而然地想到了彭城的虞姬。他派人把虞姬接來軍中，整日尋歡作樂，完全放鬆了軍務。劉邦組織四路大軍，韓信和彭越兩路由北向南，英布、周殷一路由南向北，他自己一路由西向東，分進合擊，步步為營。四路大軍需要一位軍事統帥統一指揮，統一調度。這個統帥的責任自然而然地落到了韓信的頭上。因為他是劉邦任命的大將軍，且封齊王，尊崇的地位僅次於劉邦。

項羽原想退回彭城，但退路已被切斷，只能向南方逃跑。西元前二〇二年十二月，項羽逃到垓下（今安徽靈璧東南），各路追兵亦到垓下。其時楚軍只有十萬人，而漢軍超過五十萬人。漢軍對楚軍，迅速完成了合圍的態勢。項羽被漢軍重重包圍在垓下，兵缺糧盡，面臨絕境。夜間，韓信採取攻心戰術，命漢軍中的楚地將士放聲高唱楚地歌謠。楚地歌謠具有淒清哀婉的特點，唱來如訴如泣，真切感人。楚軍聽到熟悉的楚歌，激起思鄉情緒，淚流滿面，無心戀戰。項羽聽到四面楚歌，大驚失色，說：「漢軍已經攻占了楚地嗎？怎會有這麼多人高唱楚歌呢？」

項羽徹夜不寐，擁著虞姬，自顧在軍帳中悶頭飲酒。他面對美若天仙的虞姬和常年騎坐的騅馬，回想英雄蓋世的戰鬥一生，情不自禁地用楚歌曲調唱了一支即興創作的《垓下歌》：

力拔山兮氣蓋世，
時不利兮騅不逝（飛馳）。
騅不逝兮可奈何，

虞兮虞兮奈若（你）何！

項羽連唱數遍，慷慨悲壯，聲淚俱下。虞姬知道屬於她和項羽的時間不多了，遂隨著項羽的歌聲，翩翩起舞。同時放嬌喉，吐鶯聲，也用楚歌曲調唱出了自己的心聲：

漢兵已掠地，

四方楚歌聲。

大王意氣盡，

賤妾何聊生？

在場的侍從目睹這淒楚的一幕，放聲大哭，莫敢仰視。歌停舞止。項羽緊緊地擁抱著虞姬，說：「時運不濟，日暮途窮，我……我只是捨不得你啊！」

虞姬滿眼淚花，說：「我也捨不得大王，只是事已至此，無力回天，大王還是多多保重吧！」說著，她快步走到帳邊，取了項羽的寶劍，一抹脖子，倒地，鮮血飛濺。

「虞姬——！虞姬——！」項羽發出撕肝裂膽的呼喊，撲向虞姬，緊緊將她抱住，再看，虞姬已經氣絕身亡。他一拳頭砸在地上，痛苦地說：「嗨！我堂堂一個霸王，連心愛的虞姬都保不住，還算什麼男人？」

虞姬死了，項羽心中了無牽掛。他提了刀，佩了劍，騎上那匹高大的騅馬，向帳外的八百餘名精銳侍衛說：「走！趁著夜色，跟隨本王突圍出去！」侍衛各各上馬，緊跟在項羽的後面，風馳電掣，直向南方逃去。天明時分，劉邦接到報告，說項羽夜間南逃了。劉邦說：「窮寇必追，不能讓他逃脫！」他立命大將灌嬰率五千名騎兵，尾隨著項羽的蹤跡，一路追了下去。

項羽急速南行，前面有淮河擋住去路。臨時找船擺渡，過了淮河一看，身邊只有一百多人了。他繼續前進，很快到達陰陵（今安徽定遠西北），不知不覺迷失了道路。他向一個老農問路，大概是他不得民心的緣故吧，老農故意說：「向左。」項羽向左，不想左邊卻是一片沼澤地，雜草叢生，淤泥過膝。這片沼澤地害苦了他，使之耽擱了逃跑的時間，灌嬰率領的騎兵逼上來了。項羽好不容易離開沼澤地，改向東行，到達東城（今安徽定遠東南）的一個高坡上。這時，他的隨從只剩騎兵二十八人了。而漢軍騎兵卻有數千人，搖旗吶喊，形成了重重包圍圈。

項羽並不畏懼，面對隨從，豪壯地說：「我自起兵反秦以來，已經八年。期間，經歷大戰小戰七十餘次，攻無不克，戰無不勝，從未打過敗仗。然而今日卻困於此地，這是天欲亡我，絕非戰之罪也。現在，死戰的時刻到了，我願為諸君潰圍決戰，一定三戰三勝，斬將，刈旗，讓諸君知道這是天欲亡我，絕非戰之罪也。」

項羽命二十八名騎兵分成四隊，面向四方。漢軍齊聲鼓噪，步步進逼。項羽說：「我去斬殺漢將，你們趁勢突圍便是。」說著，驅馬揮刀，大吼一聲，衝下高坡。漢軍見項羽凶猛，紛紛後退。項羽手起刀落，斬一漢將，奪路逃出。漢將楊喜回過神來，策馬追趕。項羽掉轉馬頭，眼睛睜圓，宛若銅鈴，大喝一聲，猶如雷霆。楊喜驚恐不已，打一冷顫，險些墜下馬來。項羽的隨從亦從高坡上馳下，來與項羽會合。項羽掄開大刀，左砍右劈，又斬殺一名漢將和漢軍數十人。他哈哈大笑，炫耀地說：「怎麼樣？」

隨從們伏在馬背上佩服地說：「大王真神人也！」

項羽的隨從又死了二人，只剩下二十六人了。項羽帶領他們突圍而出，南馳逃至烏江（今安徽和縣東北）。烏江瀕臨長江，極目望去，但見江水洶湧，白浪滔天，驚濤拍岸，聲若雷鳴。烏江亭長撐來一隻小船，說：「江東（烏江附近的長江呈南北走向，江東即長江以南地區）地方千里，人口眾多，足以立腳。大王可速渡江，以待日後，捲土重來。」

項羽苦笑，說：「天欲亡我，渡江何益？想當初，我項羽與江東子弟八千人起兵反秦，而今無一人返回，我有何面目再見江東父老？即使他們不說什麼，我也深感有愧啊！」他停了停，轉而對烏江亭長說：「看得出，你是一位厚道的長者。我死到臨頭，別無所求，只是這匹坐騎騅馬，年方五歲，日行千里，所當無敵。我不忍心殺它，就贈送給你吧！」

烏江亭長說：「這……」

這時，灌嬰率領的騎兵呼喊著，鋪天蓋地地包圍上來。項羽和他的侍從二十六人一起下馬，手執刀劍，與漢軍展開了短兵相接的肉搏戰。項羽依然勇猛，掄動大刀，神出鬼沒，一股氣殺死漢軍數百人。刀光劍影，血肉橫飛。項羽的胸前、胳膊、腿上已受了十餘處傷，體力漸漸不支。二十六名侍從已全部戰死。他搖晃著身軀，以刀拄地，喘著粗氣，抬眼看到漢將司馬童，說：「哎！你我不是故交嗎？」

司馬童手指項羽，告訴另一個漢將王翳說：「他，就是項王！」

項羽說：「我聽說劉邦懸賞，凡得我頭顱者賞千金，封萬戶侯。好吧，我成全你！」說著，猛地一刀砍向脖子，自刎而死。

漢將王翳、司馬童、楊喜、呂勝、楊武爲了邀功求賞，爭搶著向前，分解了項羽的屍身。曾經威風凜凜、不可一世的西楚霸王項羽死了，死得壯烈，死得悲慘。可惜他臨死的時候也沒弄明白敗於劉邦的原因，一味地歸罪於「天」，歸罪於「時」，也夠荒謬的了。不過，他的荒謬是可以理解的，因爲他畢竟年輕，死時只有三十一歲。

劉邦得知項羽命喪烏江，不用說有多開心和得意了。他兌現開出的懸賞承諾，分別賞給王翳等五人千金，冊封侯爵。項羽死了，楚國大部分土地歸漢。唯有魯地（今山東）一些豪紳心中有氣，拒不降服。劉邦命人攜帶項羽頭顱，宣示魯地，並以魯公之禮，葬項羽於穀城（今山東平陰西南），封項伯等為侯，賜姓劉。魯地豪紳見大勢盡去，難再起浪，也就忍氣吞聲，打消了武裝拒漢的念頭，魯地遂平。

至此，歷時三年多的楚漢戰爭終於結束了。漢王劉邦利用穩定的關中後方，最大限度地贏得民心，知人善任，實行正確的戰略和策略，成為勝利者。項羽死後，劉邦立刻想到盟友式的部屬韓信。此人占地廣大，實力雄厚，弄得不好，必將成為又一個項羽。所以，他沒等韓信回師，就逕入韓信軍中，收回了大將軍印，同時宣布改封韓信為楚王，領淮北土地，都下邳。隨後又封彭越為梁王，領原魏國土地，都定陶。韓信和彭越雖然很不願意，但也沒有理由反對，只好率部分別回到下邳和定陶去。

楚漢戰爭結束，劉邦躍躍欲試，急切盼望當皇帝了。可是這話夯口，自己不便說出。恰好，楚王韓信、梁王彭越、趙王張敖、燕王臧荼等聯名上書說：「亡秦無道，天下誅之。大王最早進入關中，接受秦王投降，所建功勛最多。存亡定危，救敗繼絕，以安萬民，功盛德厚。因此，我等懇請大王立皇帝尊號。」

劉邦喜出望外，然而卻又不形於色，假惺惺地說：「各位諸侯推崇本王，本王何以自處呀？」

韓信等再次上書說：「大王出身布衣，誅滅亂秦，威名大震。自為漢王以來，行威德，誅不義，平定天下，恩施四海。現在，項楚已滅，乾坤一統，大王立皇帝尊號，最為適宜。」

劉邦按捺不住內心的喜悅，遂答應說：「各位諸侯既然要求，為天下百姓著想，那就這麼著吧！」

於是，這年二月甲午日，劉邦在定陶即皇帝位。這時是漢開國的第五年，劉邦四十九歲。劉邦作為漢朝的開國皇帝，後世多稱他為漢高帝或漢高祖。漢王一躍而為皇帝，文臣武將無不歡欣鼓舞。他們追隨漢王闖蕩天下，出生入死，盼望的期待的不正是這個結果嗎？

高帝登基，第一件事是追尊他的生母為昭靈夫人。接著宣布，立結髮妻子呂娥姁為皇后，立兒子劉盈為皇太子，封女兒劉媛為魯元公主。這個消息以最快的速度傳到櫟陽。漢王宮裡，不，應當改叫漢皇宮了。漢皇宮裡，頓時歡聲四起，喜氣洋溢。尤其是娥姁，喜訊來得突然，喜訊來得眞實，眉飛色舞，笑逐顏開，坐也不是，站也不是，簡直不知如何是好了。

娥姁的喜悅和興奮是可以理解的。她十五歲嫁給比自己年長一倍的劉邦，完全是父親呂洪的安排。當時，她是拿婚姻作為賭注的，目的在於贏得榮華和富貴。她和劉邦的婚姻沒有幸福可言，相反倒有幾分苦澀。尤其是她發現劉邦早有情婦曹寡婦，並生有兒子劉肥以後，她憤怒過，瘋狂過，以致和審食其在高粱地裡演出了偷情的一幕。劉邦上芒碭山當了山大王，她受牽連，被捕入獄，蒙受了很大的屈辱。劉邦起兵反秦以後，基本上沒有關照過家人，她和劉邦之間，正如虞姬所說，徒有夫妻之名，而無夫妻之實。多少年裡，她只能在審食其身上尋求感情寄託。接著是兩年多的人質生涯，失去兒女，失去自由，形同囚犯，不死不活，還險些被項羽烹殺。好不容易脫離苦海，回歸櫟陽，卻發現劉邦又娶了三個年輕貌美的姬妾。她氣惱，她嫉妒，她痛恨劉邦色習難改，無情無義。如今，滿天陰霾散去，忽見萬里晴空，她怎能不喜悅不興奮呢？劉邦立自己為皇后，立劉盈為皇太子，封女兒為魯元公主，說明劉邦還是看重自己和兒子、女兒的。自己過去說他沒心沒肝沒肺，顯然是冤枉他了。

娥姁知道，自己將是中國歷史上第一個有名有姓的皇后。秦始皇和秦二世按說是應該有皇后的，但是史籍中並沒有記載秦朝皇后的名字。而自己，姓呂名雉，改名娥姁，是漢朝開國皇帝劉邦的皇后。這個事實要被載入史冊，那是肯定無疑的。皇后意味著什麼？意味著尊崇，意味著權勢，意味著榮華，意味著富貴，意味著一國之母、天下第一女人，了不得啊！平民出身的呂娥姁，當過農婦，當過囚犯，當過人質，時來運轉，一步登天，成爲皇后。這是一個奇蹟。但是，奇蹟並未到此爲止。這位史稱高后或呂后的女人，沿著她的生命軌跡，繼續演繹著傳奇故事，還會創造出更大的奇蹟來。

呂后的父親呂洪也是非常喜悅和興奮的。他得意地說：「二十多年前我就相中了我們的女婿，說他既有富貴的相，又有富貴的命。怎樣？應驗了吧？女婿富貴，我們家出了個皇后，這是多大的造化！」

苗氏笑著說：「你行！你未卜先知，你神通廣大！可你別忘了，我們家娥姁嫁給劉邦，吃了多少苦呀？」

呂洪說：「這叫吃得苦中苦，方爲人上人。懂嗎？人在這個世界上，總是要吃苦的，沒有苦就沒有甜。這不？苦盡甜來了不是？」

苗氏說：「我說不過你，你是常有理！」

呂洪說：「我本來就有理嘛！」

審惠、黃薇以及她們的兒女一起向呂后賀喜。呂台、呂產、呂祿說：「姑姑當了皇后，就是我們最大的靠山。我們的前程，全靠姑姑了。」

呂后說：「打虎依仗親兄弟，上陣全靠父子兵。你們好好努力，姑姑日後用你們的地方多著哩！」

呂台、呂產、呂祿非常乖巧，趕緊趴在地上磕頭，說：「是！皇后娘娘！」

他們的滑稽舉動，惹得全家人開心地大笑起來。

接著又有一件喜事：高帝決定將女兒魯元公主劉媛嫁給趙王張敖爲妻，讓呂后派人立即將劉媛送到定陶，張敖和劉媛就在定陶完婚。這件喜事來得非常突然，呂后毫無心理準備。她是十分疼愛女兒劉媛的，而對女婿張敖卻一無所知。她迅即召來丞相蕭何，詢問張敖的爲人。蕭何說：「張敖的父親叫張耳，大梁（今河南開封西北）人，早年與皇上交往，關係甚密。陳勝、吳廣起義，張耳參加了，建有軍功。項羽分封十八個諸侯王，張耳爲十八王之一，封常山王，都襄國。楚漢戰爭中，常山國被代王陳餘所滅，張耳歸順皇上。韓信滅趙國和代國，皇上乃封張耳爲趙王，都代城。今年初，張耳病死，張敖嗣立爲王。這個張敖，二十歲出頭，長得一表人材。他是積極支持皇上即皇帝位的，所以皇上決定將魯元公主嫁給他，大概有投桃報李的意思。公主嫁過去即爲王后，福是有得享的。」

「丞相的意思是說，這樁婚姻使得？」

「使得。」

「只是我就這麼一個女兒，才十三歲，讓她嫁到那樣遠的地方去，我怎能放心？」

「皇上既然決定了，這是無法更改的。皇后還是收拾收拾，讓公主趕快動身吧！」

呂后雖然捨不得女兒，但此時此刻，也只能按照高帝的意思，爲劉媛收拾嫁妝。這是皇家嫁女，嫁妝體面而豐盛，什麼金銀珠寶，什麼綾羅綢緞，什麼鋪的蓋的，什麼吃的用的，紅紅紫紫，花花綠綠，裝了滿滿三大車。劉媛得知自己要出嫁，而且要嫁給一個她根本不認識的趙王張敖，心裡苦苦的酸酸的，流著淚說：「娘！我不出嫁行不行？」

呂后強作笑顏，說：「傻丫頭！男大當婚，女大當嫁，這是常理，哪能說不出嫁的傻話？」

劉媛說：「可我不認識那個張敖呀！」

呂后說：「不認識不要緊，拜堂以後入了洞房，不就認識啦？我和你爹結婚以前也只見過一面，由你外公作主，我就出嫁了。」

劉盈和姐姐劉媛感情很好，說：「我不讓姐姐出嫁！姐姐嫁得那麼遠，我們什麼時候才能見面呀？」

呂后說：「你怎麼也說傻話？你是太子，日後就是皇帝。到時候你發一句話，讓張敖把你姐姐送回來，你們不就見面了？」

說什麼也是多餘的。蕭何指派一個將軍，帶領五十名士兵，護衛劉媛，攜帶嫁妝，東赴定陶。漢皇宮裡的人都來送行，千叮嚀萬囑咐，衷心祝福公主一路順風，婚姻美滿。呂后緊緊地擁抱劉媛，熱淚盈眶地說：「孩子！你要保重啊！」劉媛點頭，欲語無聲，含淚登車。馬車啓動，緩緩而去。呂后目送車的背影，站著一動不動，眼裡湧出大股淚水，淚水順著鼻樑，叭嗒叭嗒地滴落在衣服的前襟上。

22

高帝確定建都長安，重重封賞文臣武將。呂后為情夫審食其爭得侯爵。高帝採用陳平妙計，巡遊雲夢，生擒韓信。韓信由楚王降為淮陰侯，感慨萬千。

漢高帝劉邦在定陶為張敖和劉媛辦理了婚事，五月駕幸洛陽。洛陽位於伊洛盆地，面臨伊闕，背靠邙山，東有虎牢關，西有函谷關，為天然形勝之地。早在西周初年，周武王的弟弟周公姬旦便營建洛陽，作為豐鎬（今陝西西安西南）的陪都。東周建都洛陽，歷時五百多年。秦始皇時，曾將洛陽賜給相國呂不韋，呂不韋的封邑多達十萬戶。高帝到達洛陽，被其青山綠水、繁華富庶所吸引，便想效法東周，以洛陽為國都。他的臣僚多為山東（華山以東）人，也都希望建都洛陽。

一天，高帝在洛陽南宮舉行盛大宴會，君臣共飲，同慶同樂。宴間，高帝突然提出一個問題，說：「你們說說，朕與項羽爭奪天下，為什麼會朕勝彼敗呢？」這是恭維皇上的極好機會。有人說：「皇上平易近人，項羽狂妄自大。」有人說：「皇上攻城掠地，賞罰分明，與天下同利；項羽嫉賢妒能，殘害功臣，懷疑賢者，不能與天下同利。所以，皇上得了天下，項羽失了天下。」

高帝手理鬍鬚，不緊不慢地說：「你們這是只知其一，不知其二。實話跟你們說吧，運籌帷幄之中，決勝千里之外，我不如張良；安定國家，撫慰百姓，籌集軍餉，不絕糧道，我不如蕭何；連百萬之眾，戰必勝，攻必克，我不如韓信。張良、蕭何和韓信，三人皆為人傑，我能用之，所以才能奪得天下。而項羽有一范增卻不能用，他焉有不敗之理？」

高帝這番話顯示了他知人善用的胸襟。知人善用，不是高帝奪得天下的唯一原因，但的確是極其重要的原因。張良、蕭何、韓信三位「人傑」才華出眾，各有所長。高帝虛懷以待，委以重任，幫助他制訂正確的政策並付諸實行，收到了最佳的效果。眾人聽了高帝的話，心悅誠服，齊聲說：「皇上英明！」

高帝知人善用，常常表現出從諫如流的品格特徵。這天，高帝正在南宮規劃建都洛陽的事宜，侍衛報告，說有一個名叫婁敬的戍卒求見皇上。高帝說：「一個戍卒要見朕？他有何事？」

侍衛說：「好像是要進言建都方略。」

高帝說：「那好！讓他進來！」

婁敬拜見高帝。高帝見他粗布衣服，黑黑瘦瘦，特意賜給飲食，說：「你要進言建都方略，不妨說來聽聽。」

婁敬不亢不卑，從容地說：「陛下意欲建都洛陽，可是要效法東周？」

高帝說：「是的。」

婁敬說：「陛下取得天下與東周取得天下的情況完全不同。臣建議建都洛陽不如建都關中。關中被山帶河，四塞穩固，猝然有急，立時可得百萬兵馬。關中是亡秦的故地，資源豐富，土地膏腴，實爲天府。陛下在那裡建都，縱然山東發生叛亂，亦可憑藉關中而控制天下。」

高帝點頭，說：「你的話很有道理，朕得愼重考慮。」

高帝將婁敬的建議轉告臣僚，臣僚異口同聲表示反對。他們說：「東周建都洛陽，興旺了好幾百年；秦始皇建都關中，幾十年就滅亡了。所以說，建都關中不如建都洛陽。」

公說公有理，婆說婆有理。高帝一時猶豫，難以爲斷，轉而徵詢張良的意見。張良說：「洛陽方圓不過數百里，土地貧瘠，四面受敵，此非用武之地。而關中左崤（山）函（谷關），右隴

（今甘肅）蜀（今四川），沃野千里，南有巴蜀之饒，北有胡苑之利，阻三面而固守，獨以一面東制諸侯。諸侯安定，（黃）河渭（河）漕挽天下，西給京師；諸侯有變，順流而下，足以委輸。此所謂金城千里，天府之國。所以說，婁敬的建議是正確的。」

高帝歷來敬重張良，果斷地說：「先生所言極是，朕決定建都關中。」當日，高帝起駕西遷，並賜婁敬改姓劉氏，拜為郎中，號曰奉春君。高帝回到櫟陽。櫟陽軍民傾城出動，高呼萬歲，歡迎皇上。高帝顯得異常激動。作為漢王，他曾多次出入櫟陽，那時只不過是一方諸侯，進進出出，並未引起人們太多的注意；如今，他是皇帝，是據有天下的九五之尊，再進櫟陽，那滋味那感受與以往大不一樣。人們頂禮膜拜，熱情歡呼，使他感到一種從未有過的滿足和歡欣。十多年的風雨，十多年的追求，換來這潑天的榮耀和富貴，不容易啊！

漢皇宮裡，除了劉太公以外，所有的人都跪在地上，迎接高帝歸來。呂后說：「臣妾恭迎皇上！」劉盈說：「兒臣恭迎父皇！」呂洪、苗氏帶領家人，還有眾多的宮監和宮女，人人說「恭迎」，個個叫「皇上」。高帝滿面春風，說：「罷了罷了，平身吧！」

「謝皇上！」人們平身，無不露出喜悅的笑容。

高帝回到櫟陽以後，首先考慮的是怎樣封賞文臣武將。他們跟他風裡來雨裡去，同生死共患難，現在應該得到回報了。他第一個想到的是張良，此人運籌帷幄之中，決勝千里之外，功勛卓著，應予重賞。他經過斟酌，決定封張良為王，並由其在齊地自選一塊封地，賜給封邑三萬戶。

張良為人謙遜，淡泊名利，說：「臣與皇上幸會於留（今江蘇沛縣東南），願封留侯足矣！至於封王和賜給封邑三萬戶，臣斷然不敢接受。」

高帝說：「先生眞君子也！」於是便封張良為留侯。

高帝第二個想到的是蕭何，此人擔任丞相多年，坐鎮後方，支援前線，為高帝打敗項羽提供了充足的後勤保障。高帝決定封他為鄼侯，封邑八千戶。不想此舉卻遭到一些武將的反對，他們說：「臣等被堅執銳，攻城掠地，多者經歷百餘戰，少者也有數十戰，所立功勞大小不等。而他蕭何是一文人，從未上過戰場，只會舞文弄墨，沒有尺寸功勞，爵位卻在我等之上，這是為何？」

高帝微笑，說：「諸君知道打獵嗎？」

武將們說：「知道。」

高帝說：「諸君知道獵狗嗎？」

武將們說：「知道。」

高帝說：「打獵，追殺野獸的是獵狗，而發號施令指示野獸所在方位的是獵人。說句不客氣的話，諸君只能追殺野獸，功狗也；至於蕭何，發號施令，指示野獸所在方位，功人也。請問：功狗和功人能相提並論嗎？」

武將們為了爭功，落了個「功狗」的稱謂，自討無趣，皆莫敢言。於是，高帝封蕭何為百官之首，賜帶劍履上殿，入朝不趨。其他文臣武將也一一封侯。如曹參封平陽侯，樊噲封舞陽侯，陳平封曲逆侯，夏侯嬰封汝陰侯，灌嬰封穎侯，周勃封絳侯等等。

高帝封侯，尤其照顧到外戚，即呂后的親屬。呂后的父親呂洪先前已被封為臨泗侯。呂后的哥哥呂澤和弟弟呂釋之，分別被封為周呂侯和建成侯。呂氏一家三侯，顯然是最為榮崇的了。

但是，高帝封侯忘記了一人，那就是審食其。呂后很不樂意，拐彎抹角地說：「皇上封侯，還有遺漏的人沒有？」

高帝想了想，說：「好像沒有。」

呂后說：「皇上忘記當年說過的話了。」

高帝納悶，說：「什麼話？」

呂后說：「皇上當年西征，留下審食其照管太公和臣妾，怎麼說來著？」

高帝恍然大悟，說：「啊！朕果眞忘了。當年，朕說過，日後封侯，少不了審食其的一份。」

呂后說：「這麼多年，審食其照管太公和臣妾，盡心盡力，忠誠不二。他和我們一起逃難，一起當人質，一起受苦受罪，確實難為了。皇上封侯，理應想到他的。」

高帝說：「這是朕的疏忽。朕說過的話，總是要兌現的。這麼著，朕就封審食其為辟陽侯，怎樣？」

呂后欣喜，說：「應該的，應該的。」

於是，審食其被封為辟陽侯。他的侯爵是呂后幫他爭來的。倘若高帝知道審食其和呂后之間非同尋常的曖昧關係，那不鬧得天翻地覆，殺了奸夫淫婦才怪哩！

高帝封賞了文臣武將，念念不忘的還是建都問題。他覺得櫟陽地處高原，附近沒有名山大川，屬於征戰之地，萬一打起仗來，防守不易。因此有必要另外選擇一個地方，加以營建，使之成為大漢的國都。他召集臣僚鄭重討論這個問題。

蕭何說：「臣主張建都長安。」

高帝精神為之一振，說：「長安？好！這個名字好，寓意長治久安。請問這個長安在什麼地方？」

蕭何說：「長安位於亡秦故都咸陽的東南方向，南倚龍首原，北臨渭河。秦都咸陽地方狹小，城市不斷向渭河南岸擴展，很早就在長安興建了興樂宮和章台宮。秦始皇時，又在長安附近興建了阿房宮。現在，興樂宮保存完好。臣以為可在興樂宮的基礎上，廣加擴建，很快便可建成一座新都城。」

高帝說：「好！就這決定了，國都就建於長安。具體建設事項，由你丞相全權負責。」

蕭何說：「臣遵旨！」

其他人沒有什麼異議，建都長安的事就這樣確定了。

越年是西元前二〇一年。當時全國實行郡縣制和分封制並存的局面，高帝以下，還封有七個異姓王，分別是：燕王盧綰，韓王韓信（這個韓信和楚王韓信同姓同名），楚王韓信，梁王彭越，趙王張敖，九江王英布，長沙王吳芮。這七個異姓王的封地加在一起，大體上相當於戰國末期東方六國的疆土。他們直接治理封地，擁有軍隊，徵收賦稅，成為把持一方的實際統治者。這是楚漢戰爭中的產物，削弱了中央集權制。高帝稱帝以後，就容不得這種局面繼續存在了。

高帝審視七王，韓信最使他放心不下。韓信從齊王徙為楚王，依仗卓越的軍事才幹，一直不把朝廷放在眼裡。此人假若起兵反叛，那麼後果不堪設想。高帝派人暗中監視韓信的舉動，得到的密報更使他憂心忡忡。密報說，項羽麾下大將鍾離昧投奔了韓信，被韓信奉為上賓。密報說，韓信出巡，常有千萬兵馬護衛，儼若帝王，似有反叛之心。高帝大怒，說：「天無二日，國無二君。韓信所作所為，不是要跟朕唱對臺戲嗎？」

樊噲、灌嬰等武將氣乎乎地說：「立即發兵，擊殺那個豎子！」

高帝默然。他想到，天下初定，再起刀兵，實非良策。再說，自己和韓信開戰，也未必能夠占到便宜。

高帝回到後宮，悶悶不樂。呂后說：「皇上因何事煩惱？」

高帝說：「韓信擁兵自重，武將們主張武力討伐，朕怕由此會生出許多麻煩，故而正思對策。」

呂后說：「臣妾以為，對於韓信這種人，只能智取，不可力敵。此等大事，皇上應和張良、陳平商量才是，不必顧及武將們的意見。」

高帝眼睛一亮，說：「是呀！陳平號稱智多星，朕怎麼將他忘了？」

陳平應召入宮。高帝說明事情原委。陳平想了想，說：「密報說韓信意欲謀反，有人知道嗎？」

高帝說：「沒有。」

「韓信知道嗎？」

「不知道。」

「皇上以爲論兵力，朝廷比楚強嗎？」

「不比它強。」

「皇上麾下諸將，有誰能敵韓信嗎？」

「沒有。」

陳平說：「這就對了。朝廷的兵力不比楚強，諸將無人能敵韓信。如果發兵擊殺，只能促使爆發新的戰爭，皇上就會陷入危險的境地。」

高帝說：「那該怎麼辦呢？」

陳平說：「對於韓信，只能智取，不可力敵。」

高帝大驚：陳平的說法怎麼和呂后的說法一模一樣啊？他接著詢問說：「怎麼個智取法？」

陳平兩眼放射出智慧的光芒，說：「古代天子都有巡遊的禮儀，借機會合諸侯。皇上不妨假裝巡遊雲夢（今湖北南部和湖南北部），命諸侯十二月會於陳縣。陳縣位於楚境西隅，料他韓信必來迎接皇上。到時候，皇上一聲令下，只需幾名力士，便可擒住韓信。」

高帝撫掌大笑，說：「愛卿妙計！」

經過精心部署，高帝帶領文臣武將，十月從櫟陽出發，巡遊雲夢。各地諸侯接到詔命，要求十二月到達陳縣，皇上屆時要會見他們。韓信接到詔命，心中忐忑不安。他不知道高帝巡遊的目的，更不知道高帝在陳縣會合諸侯到底是什麼意思。他很爲難：赴會，或許是自投羅網；不赴會，等於表示自己確有反叛之心。怎麼辦呢？韓信陷入深沉的困窘之中。

鍾離昧力勸韓信起兵反漢。可是，韓信認爲自己於漢有蓋世奇功，高帝也對自己不薄，不到萬不得已的時候，不能走上反漢的道路。臣子當以忠誠爲本，背叛朝廷，背叛皇上，那是要落下千古罵名的啊！

韓信思前想後，左右爲難。有人進言說：「鍾離昧原是項羽的部將，也是皇帝的仇人。大王若殺鍾離昧，攜其首級拜謁皇帝，皇帝必定歡喜，興許能免去災禍。」

韓信沉思許久，說：「這怕是沒有辦法的辦法了。」

韓信找來鍾離昧，繞著彎子說明自己的苦衷。鍾離昧聽出韓信話裡的意思，憤然地說：「劉邦之所以不敢輕易攻楚，那是因爲有我鍾離昧在；大王若要殺我，獻媚於劉邦，只怕我今日死，明日就輪到你了。」

韓信默不作聲。鍾離昧手指韓信，厲聲罵道：「我原以爲你是個頂天立地的大英雄，沒想到你沒血性沒骨氣，實是個卑劣儒夫，無恥小人！罷了罷了，這天地間沒有我的活頭了。我先去陰曹地府，在那裡坐等你韓大將軍。」說罷，以劍自刎，氣絕身亡。

十二月，高帝已到陳縣，住於驛館。韓信攜帶裝有鍾離昧首級的木匣和一些貢物，趕往陳縣赴會。高帝高坐於御榻，左右站滿雄赳赳氣昂昂的衛士。韓信呈上鍾離昧的首級和貢物清單，跪地叩拜，說：「臣韓信赴會來遲，還請皇上恕罪！項羽舊將鍾離昧逃匿楚境，臣已將他緝殺，特將其首級獻於皇上。」

高帝哈哈大笑，說：「韓愛卿！久違了，別來無恙乎？」

韓信說：「承蒙皇上惦記。」

「鍾離昧死啦？」

「死了。」

「哈哈！死了好啊，朕又少了一個仇家。」高帝突然話鋒一轉，嚴肅地說：「韓愛卿！鍾離昧死了，你的事可還沒完吶！」

韓信打了個寒顫，捉摸不透高帝的意思。

高帝直視韓信，直來直去地說：「韓信！有人告你謀反，可是事實？」

韓信連連磕頭，說：「皇上，冤枉啊！臣韓信忠於皇上，日月可表，天地共鑒。懇請皇上明察！」

高帝向左右衛士使了個眼色，早有幾名彪形大漢向前按住韓信，並綁了個結實。韓信氣急敗壞地說：「皇上！這是幹什麼？」

「韓愛卿，」高帝換了一種語氣，溫和地說，「告你謀反的人很多，這等大事，朕能不管嗎？國有國法，家有家規。委屈你到廷尉去說說清楚，沒謀反就好，沒謀反就好啊！」

韓信說：「臣絕無謀反之心，若要謀反，何必等到今天？」

高帝說：「朕也是這樣想的，你若果真謀反，就不是到廷尉去說說清楚的問題了。」

韓信還要爭辯。衛士們推推搡搡，將他帶走。韓信嘆了口氣，說：「人常言『狡兔死，良狗烹』，果然如此啊！」

高帝不費吹灰之力，一舉擒住韓信，十分高興。當天，駕幸洛陽，韓信被五花大綁，丟在隨行的馬車裡。接著，高帝返回櫟陽，這才給韓信鬆綁。高帝命收拾一處宅院，專供韓信居住。宅院外面，派有士兵嚴密把守，韓信實際上是被囚禁了。

一天，高帝專門召見韓信，和顏悅色地說：「韓愛卿！你怨朕了不是？」

韓信說：「微臣不敢。」

高帝說：「愛卿是個聰明人，應當明白，朕不抓你不行啊！」

韓信說：「微臣明白，皇上抓臣，是為了警告其他諸侯王。」

高帝大笑，說：「哈哈！還是愛卿了解朕吶！這麼著，從今往後，愛卿就在朝廷任職，不過，楚王是當不成了，就改封為淮陰侯吧！事已過去，不必計較，你我還是君臣，還是朋友，和好如初，從頭開始。」

此時此刻，韓信還能說什麼呢？他注視著高帝，感慨萬千，心想這個亭長出身的皇帝真是厲害，一會兒陰臉，一會兒陽臉，翻手為雲，覆手為雨，比起自己來，能耐大多了。高帝生擒韓信，除去最大的一塊心病。他決心再也不封異姓王，以免給劉漢江山增添不必要的麻煩。楚王的位子出現空缺，那麼由誰來接替呢？他立刻想到他的同父異母弟弟劉交。劉交從軍多年，雖無大的軍功，卻也吃了不少苦頭，於是便封劉交為楚王。高帝還有個嫡胞兄長劉仲，又名劉喜，本是農民，也被封為代王。這時，高帝的長子，也就是他和曹寡婦所生的兒子劉肥，已經三十多歲，高帝一併封他為齊王。

劉交和劉仲封王，呂后沒有什麼意見。唯獨劉肥封王，呂后非常生氣。呂后以為，儘管曹寡婦的屍骨早已化作死灰，但高帝心中還在想著她和念著她。不然，他怎會封他和她的兒子劉肥為齊王呢？呂后是個忌恨心很強的女人，咬著牙說：「野種也封王，豈有此理？哼！走著瞧，看老娘怎樣收拾你！」

23

漢皇宮外，來了三位不速之客。高帝親自迎接，表明來客非同一般。
戚雪兒和呂后初次見面不歡而散，這在彼此心靈上埋下了仇恨的種子。

六月，火一樣的六月。早晨，鮮紅的太陽升起來，掃盡草葉上的露珠，吞沒花叢中的霧氣，隨後便以刺眼的光芒和灼人的炎熱，統禦著整個世界。路上的塵土滾燙滾燙，河邊的石頭吱吱作響，一陣南風吹過，平地裡捲起一股熱浪，火燒火燎，讓人窒息得喘不過氣來。

櫟陽漢皇宮裡，呂后面對炎炎酷暑，心情煩躁，大發脾氣。她自成爲皇后以後，榮華富貴有了，然而愛情卻沒了。一年多來，高帝只在她的寢宮住過一夜或者兩夜，其他時間都是和管姬、趙姬、薄姬在一起。兩個月前，高帝沒打任何招呼，又納了范姬。這使呂后非常傷心，因此也更加嫉妒和憤恨。她意識到，在高帝的感情生活中，已經沒有她的位置，她已是一個多餘的人了。

呂后經常在銅鏡中端詳和審視自己，發現姿色銳減，確實大不如前。最大的變化是臉頰和嘴唇沒有了紅潤，額頭和眼角爬滿了皺紋，頭髮失去了光澤，皮膚失去了彈性。呂后也經常觀察管姬、趙姬、薄姬、范姬。她承認，她們比自己年輕，她們比自己漂亮，她們比自己更具風韻和魅力。然而，這種差異是歲月和經歷留下的痕跡，怪得了自己嗎？自己已近四十歲，生過一兒一女。自己種過莊稼，蹲過監獄，當過人質，飽經磨難。這時候，還要求自己如花似玉，娉娉婷婷，可能嗎？公平嗎？高帝作爲結髮丈夫，應該理解和體諒這一點呀！一日夫妻百日恩，他怎能將自己徹底冷落了呢？

呂后知道，歷史上所有的帝王都是少情寡義的。《周禮》規定，帝王可以立一個王后，三個夫人，九個嬪，二十七個世婦，八十一個女御。這種混帳制度，給了帝王以特權，同時也決定了帝王對於愛情的輕浮性和隨意性。他們寵幸女人，圖的是美色，圖的是享受，根本沒有專一的愛情可言。尤其是像高帝這樣的好色之徒，恨不得把天下所有的美女都納爲姬妾，姬妾姿色衰退，他便一腳把她們踢開。

這時候，呂后正有一種被「踢開」的感覺，滿腔委屈，滿腹怒火。然而，她的委屈和怒火卻無從發洩，也不能發洩。因爲高帝是皇帝，權力至高無上，他說一句話，可以使人升入天堂，也可以使人栽進地獄。歷史上發生過許多許多后妃被廢被殺的慘劇，自己可不能因爲爭寵而丟掉皇后的寶座。

接著出現的一件事，幾乎使呂后失去理智，接近瘋狂。這天，漢皇宮外，突然來了一輛馬車。馬車上先下來一位老者，六十歲左右年紀，穿著齊整，神態安祥。接著下來一位少婦，手裡攙著一個男孩。這位少婦最多只有二十歲，長得十分美貌。穿著質地優良、做工考究的粉紅色上衣和淡綠色絲裙，亭亭玉立，就像綠葉托起的一朵荷花，艷麗而又清新。乳房高聳，挺出兩個豐滿、優美的輪廓，逗人遐想。烏黑的長髮梳作時興的飛天髻，髻上插著金簪和步搖。耳垂戴著金製耳環，耳環上綴有紅色瑪瑙和白色珍珠，輕輕晃動，發出絢麗的光芒。瓜子臉，柳葉眉，皮膚白淨，嘴唇紅潤，尤其是長長的睫毛圈著的兩隻又圓又大的眼睛，像兩汪清水，黑亮黑亮，足以奪人魂魄。她攙著的男孩約莫三歲，壯壯實實，虎頭虎腦，很討人喜歡。

老者和少婦走近宮門。宮門兩側站滿衛士，手中執著長戟，威風凜凜。老者向前，恭敬地說：「請問這是漢皇宮嗎？」

沒有人回答。因爲守衛宮門的衛士目光都集中在少婦身上，誰也沒有注意老者的問話。老者又問了一遍，方有衛士醒過神來，說：「正是。」

老者說：「勞你通報，我們要見漢王。啊！不！是皇上。」

衛士說：「呔！你這老頭好不曉事，堂堂皇上是你見得的？」

老者笑著說：「勞你通報，就說雪兒姑娘千里尋夫，皇上一定會見我們的。」

衛士見老者和少婦有些來頭，卻也不敢怠慢，急匆匆地入內通報。

高帝正在自己的寢宮納涼。他上身穿一件沒有袖子的開襟絲褂，下身穿一條寬寬大大的短褲，側身臥在一張竹編的御榻上。身旁簇擁著管姬、趙姬、薄姬和范姬，有的給他搧扇子，有的給他捶脊背，有的給他捏大腿，說說笑笑，非常開心。

宮監高青點頭哈腰，陪著笑臉，小心翼翼地報告說：「啟稟皇上，剛才衛士通報，說有個雪兒姑娘要見皇上，皇上是見也不見？」

雪兒姑娘？高帝聽到這四個字，渾身觸電似的，猛地從御榻上坐起，急切地問：「她在哪裡？她在哪裡？」

高青答：「現在宮門口。」

高帝說：「快讓她進來呀！啊！不不！還是朕去迎她！」

高帝親自到宮門口迎接一個人，這是破天荒的事情，也是天大的禮遇，過去還從來沒有發生過。管姬等人嬌聲嬌氣地說：「什麼貴客呀？還要皇上親自迎接呀？」

高帝根本不理會她們，披上一件長衣，逕向宮門走去。高青緊跟在後面，說：「皇上慢走，大熱的天，可別累壞身子。」

高帝出現在宮門口。所有的衛士嚇得要死，齊刷刷地跪地，說：「皇上吉祥！」

老者和少婦也跪地，分別說：「草民戚貴參見皇上！」「賤妾戚雪兒參見皇上！」

高帝咧嘴大笑，說：「啊哈！朕在這裡見到你們，眞是沒想到啊！」他一眼看到戚雪兒身邊的男孩，猶疑地說：「他是……」

戚雪兒說：「他是皇上的兒子，名叫劉如意。如意！快給父皇磕頭！」

如意怯生生地站著，嚇得直往雪兒的身後躲。雪兒強行將他按在地上，他才稚聲稚氣地說：「磕頭，磕頭。」

高帝異常興奮，一把抱起如意，就地轉了一個圓圈，隨後高高舉起，開心地說：「這個兒子長得像朕，像朕！」

高青和衛士們看得呆了，誰也弄不清楚高帝和老者、少婦、男孩之間到底是一種什麼關係。說來話長。

那是楚漢戰爭的第二年。四月，還是漢王的劉邦率領反楚聯軍，利用項羽在齊地作戰的時機，長驅直入，輕而易舉地攻占了楚都彭城。突如其來的勝利使他頭腦發熱，得意忘形，整日在項王宮裡飲酒作樂，放鬆了對於項羽的警戒。項羽率領三萬精銳回救彭城，濉水一戰，劉邦被打得落花流水，死傷達二十餘萬人。劉邦僥倖逃得性命，經沛縣，過豐邑，意外遇到了兒子劉盈和女兒劉媛。當時，他由大將夏侯嬰和十幾名漢軍護衛，乘坐馬車向西逃跑，頗有點惶惶如喪家之犬、急急似漏網之魚的味道。天黑時分，他們到了虞縣（今河南虞城）境內，人困馬乏，又饑又渴，急需找一個地方歇腳。爲了避開追趕的楚軍，他們離開大道，抄小路拐向偏僻之處，黑燈黑火，不知不覺來到了一個莊園。

這個莊園很大，小溪環繞，樹木蔽天。夏侯嬰叫門，說明來意，驚動了莊園主人——一位五十多歲的老者。老者允許這一行人在莊園住宿，並命家人準備了豐盛的酒宴招待客人。酒宴間，老者注意觀察，發現劉邦神態威嚴，氣宇軒昂，夏侯嬰等對他畢恭畢敬，便知他不是等閒人物。於是，老者邀請劉邦進入內室，單獨設宴款待。劉邦詢問其地其人。老者告訴他說：這個莊園叫做梅花塢，因盛產梅花而得名。自己姓戚名貴，是虞縣的豪紳。兒子戚廣娶妻耿氏，生有一女，名叫戚雪兒。幾年前，項羽的軍隊路過梅花塢，搶走了耿氏。戚廣奮起抗爭，被楚軍活活打死。其後，爺爺和孫女相依爲命，守護著莊園，過著富裕的卻又是提心吊膽的日子。

劉邦聽了戚貴的敘述，感慨係之，說：「老人家不容易啊！」

戚貴說：「敢問官人姓什麼叫什麼？我看你威武穩重，相貌堂堂，一定是個大人物。」

劉邦如實相告，說：「我姓劉名邦。」

戚貴大驚，說：「官人得是漢王劉邦？」

劉邦說：「正是。」

戚貴趕緊伏地磕頭，說：「草民有眼無珠，怠慢漢王，該死該死！」

劉邦說：「老人家允許我等住宿，並設酒宴招待，何言『怠慢』二字？快快請起，快快請起！」

戚貴起立，欣喜而又激動，說：「漢王駕幸寒舍，草民不勝榮幸。我當叫出孫女雪兒來，敬漢王一杯酒。」說著，三步併著兩步，去將雪兒叫了來。

雪兒進了內室，劉邦只覺得眼前一亮，滿屋生輝。但見她身材窈窕，面龐紅潤，豆蔻年華，清純鮮麗。尤其是她的一雙眼睛，撲閃撲閃，黑亮的眸子轉動，具有一種奪魂攝魄的冷艷之美。劉邦正在發愣，戚貴對雪兒說：「這位就是漢王，快向漢王敬酒。」

雪兒羞答答，嬌滴滴，斟酒獻給劉邦，說：「民女向漢王敬酒，祝願漢王早日打敗項羽，一統天下。」

劉邦聽雪兒聲音清脆，就像黃鶯啼叫，看雪兒手臂雪白，就像玉片閃亮。他貪婪地直視著雪兒，恨不得一口把她吞了，嘴上錯亂其詞，連連說：「是是！對對！好好！」

雪兒嫣然一笑，抬眼注視劉邦。她見他年齡已經很大，比爺爺小不了幾歲，然而身材魁偉，臉方嘴闊，眉宇間流露出一股英氣和豪氣。她的目光碰到他的目光，不知爲什麼，她不由地芳心一陣亂跳，臉上泛起紅暈。

劉邦心猿意馬，話裡有話地說：「有緣千里來相會。劉某借花獻佛，也敬雪兒姑娘一杯酒。」

雪兒也不推辭，端起酒杯將酒喝了。不一會兒，臉上的紅暈散開，艷似桃花，燦若彩霞。

戚貴見劉邦和雪兒互相敬酒，彼此眉目傳情，頗有相見恨晚的意思。他突然生出一個想法，說：「草民孫女雪兒，今年十六歲，姿色、才藝遠近聞名，而且能歌善舞，略曉武藝。漢王若不嫌棄，草民願將雪兒奉獻，終生侍候漢王。」

一句話石破天驚。劉邦欣喜，周身血液奔湧。雪兒害羞，扭著衣角默不作聲。

劉邦想了想，說：「承蒙老人家抬愛，劉某感激不盡。不過，有些話需要講明。劉某已經四十好幾，早有妻室，並有一兒一女，就是隨我同行的那兩個孩子。再說，劉某近日打了敗仗，正處於困頓之時。戎馬生涯，前程難料，劉某害怕委屈了雪兒姑娘……」

戚貴說：「嗨！這不是問題。漢王只要能夠善待雪兒，就是她的造化了。再說，勝敗乃兵家常事，暫時打了敗仗算不了什麼。我看項羽窮兵黷武，不得人心，成不了氣候，滅亡只是遲早的事。雪兒！你說是不？」

雪兒沒有言語。戚貴緊逼一句，說：「爺爺問你，你可同意這門婚事？」

雪兒羞得無處藏身，低頭斂眉，說：「聽憑爺爺做主。」

雪兒的表態，等於是說同意了。劉邦樂得心花怒放，忘卻了自己的年齡和身分，撩衣跪地，對著戚貴磕有三個響頭，說：「孫女婿劉邦拜見爺爺。」

戚貴大笑，說：「好！好！好事無須多磨，難得今天是個好日子，你倆就在今夜完婚！」

戚貴是個豪紳，家產豐厚，萬物齊備，當即吩咐下去，稍加收拾布置，劉邦和雪兒便拜堂成親了。劉邦的隨行人員，除了夏侯嬰被拉來照料外，其他人都睡得死死的，誰也不知道這件事。

那一夜，劉邦和雪兒，一個是情場老手，一個是情竇初開，顛鸞倒鳳，盡情領略枕席風光，情濃意熾，酣暢淋漓。

劉邦擁抱著雪兒，撫摸著雪兒，發現雪兒的左臂上刺有一朵梅花圖案，好奇地說：「玉臂雪膚，刺上這玩意兒幹什麼？」

雪兒說：「這是我們梅花塢人的標誌，爺爺、我和家丁，所有的人左臂上都刺有這個標誌的。」

劉邦說：「哦！原來如此。」

老夫少妻，恩愛苦短。次日早晨，劉邦一行還要趕路。雪兒依依不捨，說：「大王就不能多住幾日嗎？」

劉邦說：「不行啊！軍中不可一日無帥，許多事情都等著我回去處理吶！」

雪兒說：「今日離別，不知什麼時候才能再次見面。大王總該給賤妾留個信物呀！」

劉邦說：「哎！你不說我倒忘了。」他解下隨身佩戴的一隻玉如意，遞給雪兒。說：「這只玉如意，權當信物，也是你我相愛的見證。」

劉邦走了，留給雪兒的是深情的思念、美好的憧憬和漫長的等待。戚貴心裡樂滋滋的。他因雪兒嫁給漢王劉邦而感到驕傲和自豪。他有一種預感，劉邦和項羽爭奪天下，最後的勝利者一定是劉邦而非項羽。果真到了那一天，劉邦就是皇帝，雪兒就是皇妃，如果劉邦的結髮妻子呂娥姁遭遇不測，那麼雪兒還有可能成爲皇后哩！

戚貴從此變得更加關心政事了。他派出家丁四處打探情況，呂娥姁被楚軍俘虜，陷爲人質；

楚漢戰爭久久相持，互有勝負等等，都在他的掌握之中。一夜龍恩，雨露滋潤，雪兒竟然懷孕了。十月懷胎，一朝分娩，雪兒竟然生了個兒子。兒子的臉形和眉眼活脫脫地像是劉邦。戚貴歡喜，雪兒更歡喜，遂以劉邦贈送的信物給嬰兒取名，叫做劉如意。雪兒抱著兒子，親了又親，滿懷希望地說：「如意啊如意！你快快長大，娘這一生，全指望你啊！」

戚貴派出的家丁傳回來許多有價值的消息。先有消息說，項羽將劉太公和呂娥姁押往廣武前線，企圖以人質要挾劉邦。戚貴暗暗點頭，說：「很好。」他是希望項羽將呂娥姁殺害的，那樣，就為雪兒競爭皇后掃除了最大的障礙。接著有消息說，項羽和劉邦議和了，項羽決定歸還人質。戚貴緊鎖眉頭，說：「不好，呂娥姁活著，雪兒就難當皇后。」他思索再三，腦際立刻浮現出一項狠毒的計劃：先發制人，刺殺呂娥姁。他斷定，劉太公和呂娥姁回歸漢營後，必經函谷關，西去櫟陽。自己若在函谷關設下埋伏，出其不意地刺殺呂娥姁，或許能夠成功。

戚貴把計劃告訴雪兒。雪兒說：「計劃倒是好的，只是風險太大。」

戚貴說：「為了你和如意，爺爺冒一冒風險，值得！」

於是，戚貴利用信鴿向在滎陽、成皋一帶活動的家丁發出指令，要他們探清呂娥姁西去櫟陽的準確時間，並提前在函谷關埋伏，屆時刺殺呂娥姁。刺殺行動最終失敗了，六名家丁被護送劉太公和呂娥姁的呂釋之等全部殺死。但是，由於計劃周密，呂釋之只發現歹徒的左臂上刺有梅花圖案，其他情況一概不知。

這以後，戚貴知道：劉邦圍項羽於垓下，項羽自刎於烏江；劉邦即皇帝位，確定建都關中；劉邦巡遊雲夢，生擒功臣韓信，把他降為淮陰侯……劉邦從漢王變為皇帝，印證了戚貴當初的預感。戚貴好生得意，說：「哈哈！我的孫女婿當了皇帝，痛快，痛快，眞是痛快啊！」

雪兒噘著嘴說：「他當皇帝，怕是早把我們忘了。」

戚貴說：「他把我們忘了，我們就找他去！」

於是，戚貴和雪兒帶著劉如意，千里迢迢，從梅花塢來到櫟陽，來到漢皇宮。高帝見到他們，尤其是見到美貌如初的雪兒和尚未見過的如意，眞是喜從天降，笑逐顏開。他懷抱如意，領著戚貴和雪兒，興沖沖地回到寢宮。管姬、趙姬、薄姬和范姬還在那裡。她們乍見雪兒，不由暗暗吃驚：莫不是天上的仙女下凡來了？高帝給她們一一介紹。管姬等心裡酸溜溜的，不過臉上還是裝出笑的模樣。雪兒倒很坦然，她已將管姬等人打量了一遍，論姿色，她們遠不如自己，因而非常自信，心裡說：「若要爭寵，你們是贏不了我戚雪兒的。」

高帝親自到皇宮門口迎接一個老者和一個女人，而且那個女人美若天仙，還帶著一個三歲的男孩。這個消息早有人報告呂后。呂后一聽，半張著嘴，許久說不出話來。她調動全部神經，竭力思索，但怎麼也理不出個頭緒。那個老者是誰？那個女人是誰？那個男孩又是誰？他們從哪裡來？他們要幹什麼？一個又一個問號連連跳出，呂后苦思冥想，可惜全無答案。又有人告訴她說，剛才在宮門口，那個老者自稱「草民戚貴」，那個女人自稱「賤妾戚雪兒」，還說那個男孩是「皇上的兒子」。她聽了更加吃驚，恰似兜頭挨了一盆涼水。她意識到，那個叫做戚雪兒的女人肯定又是高帝什麼時候收納的姬妾，而且戚雪兒又爲他生了個兒子。她感到深深的痛苦和悲哀，高帝一次又一次地欺騙自己和耍弄自己，動輒出來一個姬妾，動輒出來一個兒子，那麼他到底有多少姬妾和兒子呢？高帝的姬妾多，對自己的皇后地位構成威脅；高帝的兒子多，對劉盈的太子地位構成威脅。這兩個「威脅」不是危言聳聽，而是很現實很具體地擺在面前，細細想來，眞是太可怕啦！

第二天，出於禮儀，雪兒帶著如意前來拜見呂后。高帝擔心呂后故意刁難雪兒，遂陪著雪兒一起前來。雪兒自稱「奴婢」，跪地說：「奴婢戚雪兒拜見皇后。」

呂后見雪兒果然年輕，美貌非凡，心裡那個嫉妒，像是熊熊烈火。但因高帝在場，她不便發作，只是冷冷地說：「你和皇上什麼時候成親的？」

雪兒說：「四年前。」

呂后說：「四年前？我怎麼沒聽皇上說起過呀？」

高帝嘿嘿一笑，說：「朕忘了，朕忘了。」

呂后不理高帝，繼續問雪兒說：「皇上在你那裡住了多長時間？」

雪兒說：「只住了一夜。」

呂后說：「只住了一夜？住了一夜，你便生了兒子，這可能嗎？」

「這……」雪兒不知該怎樣回答了。

高帝說：「這有什麼奇怪的？朕是天子，天子自有天子的福分，天子自有天子的能耐。朕臨幸過的女人，她能不生兒子？」

呂后說：「那是。不過，臣妾還是擔心，擔心有人敗壞了皇家血脈。」

這話等於是說雪兒與人私通才生了劉如意的。雪兒粉臉脹得通紅，卻無法分辯。高帝不願意了，說：「皇后怎麼這樣說話？劉如意就站在你的面前，你仔細看看，他長得像不像朕？」

「這……」這回輪到呂后無話可說了。

雪兒和呂后的初次見面不歡而散。這在彼此心靈上埋下了仇恨的種子，種子發芽開花，導致了雪兒日後悲慘的命運。

24

蕭何主持修建的長樂宮和未央宮竣工。高帝徙都長安。叔孫通制訂朝會禮儀，高帝深有感觸地說：「朕乃今日知為皇帝之貴也！」呂后也從中感受到了權力的重要和珍貴。

自從戚雪兒進入漢皇宮以後，高帝劉邦迷戀她的姿色，多數時間和她住在一起，日日尋歡，夜夜作樂，別說呂后，就連管姬、趙姬、薄姬和范姬，也統統被冷落了。這期間，范姬生了兒子劉建。這樣，高帝就有了七個兒子，依次為：劉肥、劉盈、劉如意、劉恢、劉友、劉恒、劉建。這正應了高帝說過的那句話：「朕臨幸過的女人，她能不生兒子？」

這兩年來，高帝的父親劉太公算是享福了。高帝即皇帝位以後，特意把繼母陳氏從豐邑接來櫟陽，陪伴太公，解除了太公的不少寂寞。而且，高帝每隔五天必拜見太公一次，以盡兒子的孝道。時間長了，有人看不慣了，告訴太公說：「天無二日，民無二王。皇上雖是你的兒子，卻是人主；你雖是皇上的爹，卻是人臣。人主經常拜見人臣，哪有這個道理？如此下去，威重不行，有違禮儀。」太公細想，此話有理。於是，高帝再來拜見的時候，他必親自掃地，恭迎於門，倒退著走路，引導高帝步入大廳。高帝見狀大驚，伸手扶住太公，說：「爹！這是幹什麼？」

太公說：「皇上是人主，爹是人臣，爹不能因是皇上父親而亂天下大法。」

這給高帝出了個難題。他詢問儒學博士叔孫通，從禮儀角度考慮，怎樣才能使太公不受委屈？叔孫通想了想，說：「可以給太公一個太上皇的尊號。這樣，皇上拜見太公，太公就不必行人臣之禮了。」

高帝說：「太好啦！」於是當即頒詔說：「人之至親，莫親於父子。故父有天下傳歸於子，子有天下尊歸於父，此人道之極也。以前天下大亂，兵革並起，萬民苦殃；朕被堅執銳，自率士卒，犯危難，平暴亂，立諸侯，以致偃兵息民，天下大安。此皆太公之教訓也。朕已爲皇帝，今尊太公爲太上皇。」此詔頒布，朝野歡呼，人人稱讚高帝是個大孝子。

可是，太上皇卻不怎麼高興。這是爲何？因爲太上皇的老家在豐邑的中陽里，平生結交的都是屠戶、商販、賣酒賣肉者、鬥雞鬥狗者一類人物，如今住在深宮，天地狹小，沒有了當初的生活情趣，所以常常悶悶不樂。高帝得知這一情況，說：「嗨！好辦！」他立即下令，在櫟陽的南方，渭河的南岸，新建一個城鎮，城鎮的街道、房屋、酒肆、肉店，乃至居民家的雞窩、鴨舍、羊欄、狗圈等，完全仿照豐邑的格式興建，務求一模一樣。他又下令，將豐邑的居民，全部遷來城鎮居住，原來幹什麼營生，現在還幹什麼營生。遷來的居民歡天喜地，不用指點，便知自家的住處。就連雞、鴨、羊、狗，也自識道路和棲息之所。在這個城鎮的一隅，還仿照太上皇中陽里舊居的格式，新建了幾間房屋。當然，呂后當年修建的那個院落，也包括在其中的。

高帝爲新建的城鎮取名叫新豐，即新的豐邑的意思。太上皇和陳氏移住新豐，看到的是故里景象，遇到的全是熟人，心中大喜。呂后也曾到過新豐，親眼見到她當年修建的那個院落，回憶起十五歲時出嫁的情景，心頭別有一種滋味。

舊年過去，新年來臨。新年是西元前二〇〇年，開年便爆發了一場戰爭。高帝稱帝之時，北方古族匈奴迅速崛起。匈奴一稱胡，秦始皇時修築長城，就是爲了抵禦匈奴的入侵。匈奴原先分成很多部落，後來冒頓單于（冒頓讀作莫獨；單于爲匈奴最高首領的稱謂）統一各部，統治了大漠南北的廣大地區，成爲漢王朝境外的一支強大力量。韓王韓信都晉陽（今山西太原南），原本是高帝安排用來防備匈奴南侵的，不想此人叛國投敵，反而勾結匈奴，屢屢侵犯大漢的北部邊境。高帝大怒，遂於十月親率三十二萬大軍，進抵晉陽，征討匈奴和韓信。

此前，高帝曾多次派人去匈奴探察情況。回來的人都說，匈奴地廣人稀，不堪一擊。唯有劉敬（即進言高帝建都關中的婁敬）獨持偏見，說：「匈奴表面示弱，暗伏奇兵，臣以爲不可擊也。」高帝自恃兵多將廣，不把匈奴放在眼裡，治了劉敬一個妄言沮軍之罪，把他關了起來。並自率十萬先鋒部隊，匆匆北進，到了平城（今山西大同東），駐軍於白登山。

時值初冬，北風呼嘯，烏雲翻滾，一場大雪過後，氣溫驟然下降，道路受阻，水面結冰。高帝對此沒有充足的準備，以致十分之二三的士兵凍裂了耳朵和腳趾，怨聲四起。更糟糕的是冒頓單于好像自天而降似的，率領四十萬匈奴騎兵，重重包圍了白登山。匈奴騎兵習慣於北國環境，身著皮衣，足蹬胡靴，縱馬馳騁，往來如飛。他們時時發出高聲吶喊，說：「漢皇劉邦，快快投降！漢皇劉邦，快快投降！」

高帝後悔莫及。第一，自己不該不聽劉敬的話，犯了貿然攻擊匈奴的錯誤；第二，自己不該脫離主力部隊，犯了孤軍深入的錯誤。十萬大軍駐紮在山上，缺少帳篷，缺少糧食，缺少薪炭，裡裡外外一片埋怨和謾罵之聲，高帝幾乎陷入了絕境。他急得走來走去，搓著雙手，連聲說：「這如何是好？這如何是好？」

隨軍的陳平說：「臣思得一計，或許能使匈奴退兵。」

高帝說：「快說，何計？」

陳平去高帝耳邊說：「如此如此，這般這般。」

高帝說：「此計未免鄙陋，但事已至此，也只好一試了。」

陳平立命畫工精雕細刻，繪了兩幅美女畫；又精挑細選，準備了兩箱金銀珠寶。隨後，派一幹練使者，並帶美女畫和金銀珠寶，秘密潛入匈奴軍營，會見冒頓單于的妻子閼氏（閼氏讀作嫣支，匈奴首領正妻的稱謂），獻上禮物。閼氏收了禮物，心裡十分歡喜。她見美女畫上的美女，儀態嫵媚，風情萬種，自然而然地產生了妒意，說：「漢朝女人都是這樣美麗嗎？」

使者說：「可不是嘛！漢皇如今困厄在白登山上，正想將幾位這樣的美女獻給單于。只怕這幾位美女來了，閼氏就會……」

閼氏一聽急了，說：「別，別，請你回覆漢皇，千萬千萬別獻美女。我家大王這邊，我說服他退兵就是了。」使者悄悄回歸漢營。閼氏故作嬌態，慫恿單于說：「大漢皇帝自有神靈護佑，大王可以暫時得到卻不能長期占有他的土地。所以，我們應該回到大漠去，何必在這裡大動干戈，褻瀆神靈？」

冒頓單于聽了閼氏的話，放鬆了對於白登山的包圍。高帝被圍七天以後，趁著大霧天氣，奪路突圍。恰好，漢軍的主力部隊趕到，高帝得以脫險回師。回師途中，高帝突然想起劉敬，感慨地說：「朕若聽此人諫言，何有白登山之險？」

他立刻釋放了劉敬，並封之爲建信侯。高帝被圍困於白登山，軍報傳至櫟陽，人人焦急萬分。尤其是漢皇宮裡的女人，大有一種大樑將傾的感覺，皇上要是有個三長兩短，那可怎麼得了？高帝平安歸來，她們且驚且喜，都想陪伴皇上睡上一夜，說說自己擔心受怕的心情。可是，高帝回來以後，只是寵幸戚姬戚雪兒，對於呂后和管姬等懶得看上一眼。呂后恨得牙根都是癢的，罵道：「戚姬那個騷狐狸，迷惑皇上，都快成精了！」

高帝回師，匈奴冒頓單于繼續騷擾漢境，攻襲代城。代王劉仲是高帝的哥哥，出身農民，根本不懂軍事，匈奴來犯，保命要緊，一逃了之。高帝非常生氣，認爲劉仲臨陣脫逃有損國家尊嚴，也有損皇家體面，遂免其王號，貶爲合陽侯。代王位置出現空缺。管姬、趙姬、薄姬和范姬積極活動，都想讓高帝封自己的兒子爲代王。結果卻使管姬等大失所望，因爲高帝偏心，偏偏封了戚姬的兒子劉如意爲代王。一般說來，皇子封王是通向皇位必不可少的步驟。年僅四歲的劉如意竟然榮膺王號，難道不是高帝有意安排的嗎？戚姬滿面春風。呂后憂心忡忡。管姬、趙姬、薄姬和范姬搖頭嘆息，有苦難言。

二月，丞相蕭何主持修建的長安新都，以其宏大的規模和嶄新的氣象出現在龍首原畔。最早竣工的是長樂宮和未央宮，占地廣大，建築壯麗，磅礴的氣勢和豪華的設施，令人嘆爲觀止。長樂宮位於未央宮的東面，坐北向南，一稱東宮。四周築有夯土宮垣，宮垣總長十點六公里。宮城平面略呈方形，面積約六平方公里。四向各開一門，宮門建有闕樓。宮城內共有十四座主要宮殿，其中南部居中的前殿爲正殿，是供皇帝舉行朝會和議事的場所。前殿的後面，有臨華殿、大夏殿、宣德殿、通光殿、高明殿等，是供皇帝會見大臣和其他人員的地方。西部偏北又有一組宮殿，包括長信殿、長秋殿、永春殿、永寧殿、永壽殿、永昌殿等，供皇帝后妃居住，各殿自成單元，小巧而又別致。

未央宮位於長樂宮的西面，座北向南，一稱西宮或紫宮。四周也築有宮垣，宮垣總長八千五百六十公尺。宮城平面略呈橫長方形，面積約五平方公里。四向各開一門，南門和北門分別稱南闕和北闕，東門和西門分別稱東司馬門和西司馬門。宮城內共有四十多座樓臺殿閣，主要宮殿有前殿、宣室殿、溫室殿、清涼殿、宣明殿、廣明殿、昆德殿、玉堂殿、白虎殿、金華殿、合歡殿、昭陽殿、飛翔殿、披香殿、鳳凰殿、鳴鸞殿、麒麟殿等。爲了珍藏國家圖書、典籍和檔案，未央宮裡還建有石渠閣和天祿閣，使之功能更加完備，增添了幾分文化韻味。

長樂宮和未央宮，所有的建築無不雕樑畫棟，金碧輝煌，所有的設施無不精之又精，窮極奢麗。二宮竣工，高帝由蕭何陪同，帶領眾多的文臣武將，前往察看。一切都是見所未見的，一切都是聞所未聞的。堂皇，富麗，豪華，氣派，恰似天宮仙闕降落人間，贏得一片稱讚聲和喝采聲。然而，高帝卻有幾分不快。他責問蕭何說：「天下匈匈（擾攘不安），勞苦數載，成敗尚在兩可之間，修建宮室，爲何如此鋪張？」

蕭何瞅了高帝一眼，說：「正因爲天下未定，所以才要修建這樣的宮室。皇上以四海爲家，只有宮室壯麗，才能體現出尊崇和威德，以免世人笑話。」

高帝轉而大笑，說：「嗯！蕭愛卿所言極是，朕錯怪你了。」

蕭何說：「皇上言重了。臣爲皇上效力，皇上滿意就好。」

就在當月，高帝命徙都長安。聖命下達，官民聞風而動，從櫟陽到長安的大路上，紅紅火火，車水馬龍，來來去去，盡是搬運器物的人群。皇親國戚和達官權貴更是搶先一步，在長安選擇最好的地段，大興土木，修建府宅。蕭何及早作出規劃，確定了城垣、街道、居民坊裡和其他重要建築的位置，使長安的城市建設井然有序地進行。

建信侯劉敬再次進諫說：「皇上雖都長安，但長安民戶不足，而且北有匈奴，東有六國強族，一旦發生事變，皇上很難高枕而臥。因此，應該把六國強族的後裔和各地的豪門名戶遷徙到長安居住，此乃強本弱末之術也。」

高帝點頭，說：「對！就這麼辦！」他立刻頒旨，採取強制手段，把齊楚一帶的強族後裔昭氏、屈氏、景氏、懷氏、田氏五族和地方豪門共十餘萬人遷徙長安。這些強族豪門財大氣粗，也在長安廣建府宅。一時間，到處乒乒乓乓，到處塵土飛揚，一座又一座府宅拔地而起，大小有別，風格各異，成爲長安新鮮而又美麗的風景。

淮陰侯韓信沒有趕這個時髦。他自從被擒被貶以後，一直住在櫟陽，住在高帝指定的院落裡。院落外面把守的士兵已經撤去，他的行動相對自由了一點。高帝還算仁慈，把他的家屬從下邳接了來，使其一家人得以團聚。但是，他最寵愛的相姬和他最疼愛的兒子韓童卻沒有來。相姬捎話說：「臣妾不是不愛大王，正因爲愛，所以不能盲目地西去櫟陽。臣妾預料，皇上或是別人，終究不會放過大王的，滅門之禍只是遲早的事。出於這種考慮，臣妾必須攜帶韓童歸隱山林，隱姓埋名。這樣，大王萬一遭遇不測，還有韓童在，臣妾算是爲大王保存了韓氏一支血脈。」韓信回想自己曾經封王拜將，威風八面，如今卻連愛姬和愛子都保不住，不禁痛心疾首，仰天長嘆。轉而又想，自己已經沒有了兵權，雖封侯爵，實似平民。那麼，相姬所說的「滅門之禍」，是不是疑神疑鬼？是不是杞人憂天？韓信從切身經歷中領悟到了功高震主的道理。他有點心灰意冷，不想到長安去湊熱鬧，只願在櫟陽終老一生。可是，高帝卻沒有忘記他，專門在未央宮南面給他修建了一處府宅，門楣上刻了「淮陰侯府」四個大字，並命他搬到長安居住。高帝的舉動使韓信大惑不解。這是對一個功臣的報答？還是對一個叛臣的監視？聖命容不得韓信多想，他只能遵從旨意，極不情願地移住長安。移住長安的當天，高帝發下話來，允許淮陰侯配置二十名侍衛。韓信懸著的一顆心終於落了地，心想皇上還是相信自己的，要不，怎會允許自己配置侍衛呢？

徙都歷時數月，諸事安排妥當。長樂宮和未央宮裡都有高帝的寢宮，他可以隨意居住。后妃們則住在長樂宮，其中呂后住長信殿，戚姬住長秋殿，管姬等分住其他各殿。劉盈是太子，住在未央宮，博士叔孫通爲太子太傅，負責教授太子學業。當時，長安尚未建築城垣，長樂宮和未央宮的警衛十分重要。高帝經過斟酌，任命建成侯呂釋之爲禁軍衛尉，統領三千名禁軍護衛兩宮。同時任命辟陽侯審食其爲郎中令，管理兩宮內部事務。呂后對於這兩項任命是滿意的，因爲呂釋之是她的弟弟，而審食其則是她的情人。

高帝和他手下的許多文臣武將均出身民間，自由散漫慣了，不懂也不講究朝廷禮儀。每次朝會，總是吵吵嚷嚷，有的醉酒狂呼，有的拔劍擊柱，全然沒有規矩。高帝厭惡這種場面，卻也沒有辦法。叔孫通揣摩高帝的心理，說：「儒者，難與進取，可與守成。臣願徵求儒生，共同制訂朝廷禮儀，以突出皇上的威嚴。」

高帝同意。叔孫通遂召集儒生三十餘人，以秦朝的禮儀爲基礎，很快制訂出一套新的禮儀，並找來一些士兵進行了演練。高帝看過演練，非常滿意，命文臣武將仿照學習，在十月的朝會上正式使用。

十月一日是新的一年的元旦。這天朝會的主要內容是高帝、呂后和劉盈太子接受文武百官的朝賀。卯正（早晨六時），長樂宮前殿前面，三百六十名士兵，鮮冠麗服，持戈執戟，肅然端立，目不斜視。中間一百二十名士兵分作兩行，向對平舉五彩日月旗和龍鳳旗，組成一條通道。樂隊奏起《帝臨》《朱明》樂曲，一人手執長鞭，掄圓摔出三聲脆響。宮監高青手執拂塵，笑容可掬，引導文臣武將，經過通道，魚貫進入前殿。文臣以蕭何、張良爲首，站在東邊，西向；武將以韓信、曹參爲首，站在西邊，東向。大行（掌管接待賓客的官員）拖著長腔高喊：「皇帝早朝！」側門外有人接著高喊：「皇帝早朝！」這時，高帝、呂后和劉盈進入側門，後面有數名宮女打黃羅傘擎青鸞扇。高帝頭戴冕旒，呂后頭戴鳳冠，劉盈頭戴長冠（一稱劉氏冠，根據劉邦當亭長時所戴之冠改制而成），三人均穿袞服，走到大殿的中央，轉身面向朝臣。打傘擎扇的宮女，迅速地站到三人的身後，以傘和扇作爲其背景。高帝和呂后分別在龍榻和鳳榻落座，劉盈則站在他們的前方右側。

樂隊奏響《練時日》樂曲。大行高喊：「諸侯王朝賀皇上、皇后和太子！」

各位諸侯王跨前一步，跪地高呼：「吾皇萬歲萬歲萬萬歲！皇后和太子千歲千歲千千歲！」

大行高喊：「列侯朝賀皇上、皇后和太子！」

各位列侯跨前一步，跪地高呼：「吾皇萬歲萬歲萬萬歲！皇后和太子千歲千歲千千歲！」

接下來是沒有封王封侯的文武官員，按照官階高低，依次朝賀，程式如前。有些官員動作失儀，當即由御史糾出，拉到一邊，直到儀式結束。這次朝會，莊嚴，隆重，熱烈，自始至終無敢喧嘩失禮者。高帝大喜，深有感觸地說：「朕乃今日知爲皇帝之貴也！」

呂后參加這次朝會，心情非常激動。當諸侯王、列侯、文武百官跪地高呼「千歲千歲千千歲」的時候，她感到威風，感到得意，同時感到權力的極端重要和珍貴。皇帝、皇后和太子，是普天下地位最高、身分最尊、權力最大的三個人。正因爲如此，人們在這三個人面前，才會頂禮膜拜，誠惶誠恐。呂后是個精明幹練的女人，當然知道在皇帝、皇后、太子三個人中，皇帝是核心，至尊至貴，至崇至重。皇后、太子的尊貴來源於皇帝的尊貴，皇后、太子的權力來源於皇帝的權力，這是亙古不變的眞理。她想到這裡，不禁深沉地看了高帝一眼，心裡說：「我不想從你身上得到愛情，但想從你身上得到權力。以權易愛，恰也値得！」

這年年初，呂后的父親呂洪患病死了，接著母親苗氏也患病去世。呂洪生前封臨泗侯，兒子呂澤和呂釋之分別封周呂侯和建成侯。因此，呂洪和苗氏的葬禮相當隆重，高帝親臨靈堂致哀，文武百官亦到呂府祭奠。這時候，呂澤的兒子呂台、呂產，呂釋之的兒子呂祿均已長大成人，而且呂台又娶妻生了兒子呂通。呂后在父母的葬禮以後，意味深長地訓誡侄兒們說：「你們給我聽著：好好做人，好好做事，光宗耀祖，任重道遠！」

呂台等跪地磕頭，說：「謹記姑母教誨！」

呂后注視侄兒們，眼裡閃動著溫和和親切的光芒。她想到一個問題，想到在整個皇宮裡，除了兒子劉盈以外，自己再沒有親人。高帝應該是自己最親最親的親人的，然而他被戚姬迷住心竅，形如外人。而呂澤、呂釋之及其兒女，和自己同姓一個「呂」字，他們，只有他們，才是自己眞正的親人哪！

25

高帝既愛韓信，又恨韓信，或許是極度興奮，或許是出自眞誠，恩賜韓信「三不殺」。歷史故事使呂后不寒而慄，她帶著劉盈登門造訪有名望的大臣。

西元前一九九年是高帝稱帝的第四年。高帝審視天下，天下還算安寧。唯有韓王韓信勾結匈奴，屢屢騷擾漢境。上年的白登山之圍，使他這個大漢皇帝丟盡了臉面。因此，他決意再次親率大軍，蕩平匈奴，以解心頭之恨。

出征之前，高帝突然想到一個人，一個他又愛又恨的人，那就是淮陰侯韓信。他愛韓信，因爲韓信是個軍事天才，曾爲大漢創建了蓋世功勛；他恨韓信，因爲韓信時時有獨立的思想傾向，渴望封疆裂土，難以駕馭。從內心裡說，高帝相信韓信沒有謀反，巡遊雲夢，生擒韓信，只是一種防患於未然的手段，誰讓韓信功高震主來著？

韓信去王封侯以後，先住櫟陽，繼住長安。高帝不想虧待這位功臣，所以特意賜給他一座府宅，並允許他配置二十名侍衛。韓信也算規矩，除參加一些重大朝會外，其他時間不進長樂宮和未央宮，只在府中種花務草，逗狗觀魚。他很少和外人交往，尤其像樊噲、周勃、灌嬰一類人物。他覺得，自己和他們在一起，簡直是自己的恥辱。

這天，高帝興致很高，決定登門造訪韓信。陪同造訪的有丞相蕭何和曲逆侯陳平。蕭何是韓信的恩人，是他最早發現了韓信的才幹，才使韓信得以出人頭地。陳平是韓信的敵人，是他設計了巡遊雲夢的計策，才使高帝輕而易舉地地擒獲了韓信。

高帝突然造訪，韓信深感意外。他未及換穿朝服，跪地磕頭，說：「臣不知皇上大駕光臨，死罪死罪！」

高帝說：「起來起來！朕說過，你我既是君臣關係，又是朋友關係，禮數就免了！」

韓信說：「謝皇上氣魄如虹，胸襟似海。」

高帝大笑，說：「什麼虹不虹海不海的？朕和丞相、曲逆侯來訪，一是看看韓愛卿，二是想和韓愛卿痛飲幾杯，歡迎不？」

韓信又驚又喜，說：「承蒙皇上惦記罪臣，罪臣舉雙手歡迎。」

高帝說：「又來了！什麼罪臣？誰說你有罪？」

韓信說：「是！是！臣嘴拙！臣嘴拙！」

韓信禮讓高帝、蕭何、陳平進入正廳，吩咐管家準備上等的酒上等的菜，招待貴客。不一時，酒菜擺出來。高帝上坐，韓信對坐，蕭何和陳平側坐，約略客氣一番，便吃喝起來。韓信尋思：高帝此來，是何用心？莫不是又要降罪於我嗎？啊！不像不像，他一個侍衛也沒有帶呀！而且他還反對自己「罪臣」的說法，不像興師問罪的樣子。那麼，他到底要幹什麼呢？

幾杯酒下肚，高帝說話了。他說：「韓愛卿！朕且問你：朕決意再攻匈奴，你可願意隨軍出征？」

韓信一陣欣喜，以爲高帝想要重新啓用自己了，激動地說：「爲國家和皇上效力是韓信的天職。皇上若攻匈奴，韓信願爲先鋒！」

高帝淡淡一笑，說：「朕有樊噲、周勃、灌嬰等人，先鋒一職，就不勞韓愛卿了。」

韓信自悔唐突，沒有弄清高帝的意思，怎麼就貿然請戰了呢？高帝話鋒一轉，說：「淮陰侯！朕問你一個問題好嗎？」

韓信沒有覺察高帝從「韓愛卿」改口「淮陰侯」的微妙變化，說：「皇上請問。」

高帝說：「你認爲朕統兵作戰，能指揮多少兵馬？」

韓信默想片刻，說：「皇上要聽眞話還是假話？」

高帝說：「當然是眞話呀！」

韓信舉起右手翻了翻，說：「十萬。」

蕭何和陳平大驚，說：「你說什麼？我們皇上只能指揮十萬兵馬？」

高帝臉上露出難堪的神情。可不是嗎？堂堂皇帝，只能指揮十萬兵馬，連一個將軍也不如啊！

韓信心裡說：「我說十萬，還是高抬了你哩！」

高帝接著說：「那麼你呢？你統兵作戰，能指揮多少兵馬？」

韓信歷來有自負自傲的毛病，總以爲自己比別人強，說話辦事不看對象，不講策略。他看著高帝，直來直去地說：「臣指揮兵馬，自然是多多益善。」

蕭何和陳平大驚失色，睜大眼睛，張大嘴巴，說：「啊？」

高帝臉色越發難看。心想，韓信哪韓信，你也太狂傲太自大啦！朕只能指揮十萬兵馬，而你卻是多多益善，這不是故意貶低朕和蔑視朕嗎？他乾乾地咳嗽一聲，冷笑著說：「淮陰侯！統兵打仗，朕是不如你啊！既然你有那樣大的能耐，怎麼倒被朕擒獲了呢？」

酒宴氣氛有些尷尬，有些緊張。韓信自知說了別人不愛聽的話，惹高帝不快，未免有些惶恐。但話已出口，無法收回，應該設法補救才是。怎樣補救呢？他定了定神，立刻想到一個高帝肯定滿意的回答，於是說：「皇上剛才問的是帶兵問題，而不是帶將問題。皇上雖然不善帶兵，卻善帶將；而韓信只能帶兵，不能帶將，充其量只是皇上手下的一員偏將而已。因此，皇上擒獲韓信，不費吹灰之力。再說，皇上是天子，天授神權，英明睿智，豈是一般凡人比得了的？」

高帝聽了這番話，樂得心花怒放，朗聲大笑，說：「哈哈！朕善帶將，朕善帶將，這話說得好啊！眞是知朕者，韓愛卿也！來！喝酒喝酒！哈哈！哈哈！」

尷尬、緊張的氣氛被打破，四人碰杯喝酒。韓信內心有幾分苦澀，幾分惆悵。他，一位叱咤風雲的蓋世英雄，竟要在高帝面前察言觀色，逢迎拍馬，違心，虧心，甚至可以說是無恥。然而，除了違心、虧心、無恥以外，又能怎麼樣呢？人在屋簷下，焉能不低頭。此時此刻，自己只能忍氣吞聲，苟活圖存哪！

高帝或許是極度興奮，或許是出自眞誠，說：「韓愛卿！你是大漢第一功臣，沒有你韓信，就沒有我大漢。所以，朕是不會虧待你的。現在，當著蕭丞相和曲逆侯的面，朕賜你『三不殺』，即見天不殺，見地不殺，見金（金屬器具）不殺。有此三不殺，你就在長安安安穩穩地頤養天年吧！」

韓信趕忙跪地磕頭，說：「謝皇上隆恩！」

蕭何和陳平對看了一眼，那意思是說：「三不殺？這不就是免死鐵券嗎？」

酒宴持續了一個時辰，高帝起駕回宮。路上，蕭何說：「皇上恩賜韓信三不殺，是不是……」

高帝說：「是不是太寬大太恩典了不是？別忘了，還有下一句：你就在長安安安穩穩地頤養天年吧！『三不殺』加上『安安穩穩』，其中奧妙，你們想去。」

陳平心領神會，說：「皇上是恩威並用，軟硬兼施，目的在於穩心，穩住韓信的心。」

「哈哈！哈哈！」高帝大笑。蕭何和陳平茫然，弄不清楚高帝大笑的含義。匈奴冒頓單于和韓王韓信騷擾漢境變本加厲。高帝大怒，隨即率領三十萬大軍御駕親征。隨行的文臣有陳平，武將有樊噲、周勃、灌嬰等人。戚姬戚雪兒深受高帝寵愛，高帝出征，戚姬和兒子如意必然隨軍。隨軍意味著得寵，意味著榮耀。這使呂后妒火熊熊，咬牙切齒。種種跡象表明，高帝是非常非常喜歡劉如意的，劉如意隨時都有取代劉盈而成爲皇太子的可能。自戚姬入宮以後，呂后有意留心歷史上關於后妃和太子的故事，其中有兩個故事使她受到震動，不寒而慄。

一個是周幽王廢立王后和太子的故事：

周幽王姬宮涅登基以後，立申氏爲王后，申氏所生的兒子姬宜臼爲太子，天下太平無事。但是，幽王好色，恨不得把天下所有的美女都收入後宮，供他恣意享樂。不久，他通過戰爭掠得一個美女，名叫褒姒。褒姒長得漂亮，有沉魚落雁之容，閉月羞花之貌。幽王大喜，視她爲心肝寶貝，封爲貴妃，寵愛無比。褒姒出身貧苦，自小長在民間，過不慣宮廷的奢靡生活。所以入宮以後整日愁眉不展，沒有笑臉。天仙般的美人不笑，讓人遺憾，幽王也感到不快。奸臣虢石父獻上一策，說：「大王不妨帶領貴妃遊覽驪山，並點燃烽火，貴妃看了高興，一定會笑。」

幽王爲了博得貴妃一笑，果然帶領褒姒遊覽驪山並在夜間點燃了烽火，濃煙四起，火光閃耀。烽火是軍事報警的信號，各地諸侯見了，立即統領兵馬，擊鼓吹號，前來勤王。頓時，驪山下車水馬龍，旌旗飛揚，人聲鼎沸，好不熱鬧。褒姒從未見過這種景象，甚感詫異。幽王討好地說：「這叫烽火戲諸侯，完全是爲了讓愛妃開心發笑啊！」褒姒聽了，好氣好惱，不禁冷笑了一聲。這一聲冷笑也給了幽王以欣喜，因爲他心愛的美人畢竟開口笑了。

後來，褒姒生了兒子伯服。幽王愛褒姒，當然也就愛伯服。他作出決定：廢去原先的王后申氏和太子姬宜臼，改立褒姒爲王后，伯服爲太子。申氏氣憤不過，飲鴆自殺。姬宜臼逃到外祖父申侯那裡，哭訴母親和自己受到的不公待遇。申侯大怒，聯合西戎，攻擊幽王。幽王點燃烽火告急，各地諸侯受過戲弄，誰也不來救駕。結果，幽王被西戎人殺死，褒姒被西戎人搶走，歷時二百七十五年的西周王朝就此滅亡。

再一個是晉獻公寵姬殺子的故事：

春秋時期，晉獻公姬詭諸原有三房夫人：齊姜，生子申生，申生被立爲太子；大狐氏，生子重耳；小狐氏，生子夷吾。三房夫人和三個兒子都有賢名，一家人生活得和和睦睦，美美滿滿。不久，獻公又得兩個愛姬：大驪姬和小驪姬。大驪姬生子奚齊，小驪姬生子悼子。這樣一來，晉國後宮不再平靜，女人爭寵，王子爭位，彼此間展開了殊死的拼爭。獻公偏愛年輕貌美的大驪姬，由母及兒，並意廢申生，改立奚齊爲太子。他把申生和其他兒子封到外地去，只留奚齊住在京城。申生的生母齊姜異常氣憤，全力相爭。獻公大怒，逼令齊姜投繯自盡。齊姜死了。狡猾的大驪姬設計了一個圈套：她慌稱做夢夢見了齊姜，要申生在曲沃（今山西聞喜東北）爲齊姜舉行一次祭祀。申生照辦，隨後派人，把一些祭肉進獻給父親，以示孝敬之心。大驪姬心腸歹毒，預先在祭肉上放了毒藥，並當著獻公的面用祭肉餵狗，狗立刻死亡。她一把鼻涕一把眼淚，咬定申生故意投毒，旨在殺害獻公、自己和奚齊。獻公本來就有廢申生之意，加之又有祭肉鐵證，恨恨地說：「我當殺此逆子！」大驪姬火上澆油，進而說：「重耳和夷吾也參加了申生的陰謀，不可不除。」獻公年老昏聵，一切都聽大驪姬的，派兵捉拿申生兄弟，立奚齊爲太子。結果，申生自殺而死，重耳和夷吾逃亡國外。獻公死後，奚齊當了國君，晉國由此引發了數十年的動亂。

歷史是一面鏡子。歷史是有可能重演的。呂后反覆思索，自然而然地想到，現在高帝寵幸戚姬，不就像當年周幽王寵幸褒姒、晉獻公寵幸大驪姬一樣嗎？褒姒得寵，伯服成爲太子；大驪姬得寵，奚齊成爲太子。那麼，戚姬得寵，劉如意會不會成爲太子？一旦劉如意成爲太子，劉盈不就成了姬宜臼和申生了嗎？自己不就成了申氏和齊姜了嗎？

呂后心煩意亂。呂后寢食難安。這天，舞陽侯樊噲的夫人呂娥姁到長樂宮長信殿看望呂后。姐妹見面，呂后心情略有好轉。二人關起門來，說了老長時間的悄悄話。這些年來，娥姁活得蠻滋潤的。她的丈夫樊噲和高帝是連襟關係，一直受到高帝的高度信任。加之，樊噲生性豪爽，作戰英勇，每建軍功都能得到豐厚的賞賜，家產相當殷實。她的兒子樊伉已經結婚，因此她已是當婆婆的人了。她美中不足的是樊噲常年出征在外，自己要受床笫寂寞之苦。好在她的管家夏浩正值壯年，體格雄健，長相英俊，娥姸稍加勾引，他便頂替了樊噲不在家時的空缺。偷情的女人心情好，偷情的女人容顏艷。因此，娥姸雖然只小呂后兩歲，但看上去要年輕許多，同時也漂亮許多。呂后打趣說：「看妹妹精神煥發的樣子，得是偷著吃了？」

娥姸羞紅了臉，笑著說：「看姐姐說的，妹妹哪能呢？」

呂后嘆了口氣，說：「我眞羨慕妹妹，小家子過小日子，痛痛快快，無憂無慮，多好啊！」

娥姸說：「怎麼？姐姐不順心？看你，憂憂愁愁的，眼角那麼多皺紋，頭上都有白髮了。」

高后說：「唉！姐姐煩心的事情多著吶！不怕妹妹笑話，皇上和我已經很長時間沒在一起住了。過去，他寵愛管姬、趙姬、薄姬、范姬；後來，憑空冒出個戚姬來，他便把全部心思放在戚姬身上。如果僅僅如此倒也罷了，更氣人的是他愛屋及烏，特別心疼戚姬的兒子劉如意。皇上對我和盈兒歷來無情無義，戚姬那個騷狐狸再吹枕邊風，慫恿皇上廢掉盈兒，改立劉如意爲太子。你說，皇上他能無動於衷嗎？皇上一直嫌棄盈兒懦弱，說他是扶不直的井繩，而對劉如意卻是誇了又誇，說他長相像爹，特別聰明。這一貶一褒說明了什麼？說明皇上心中沒有盈兒，只有劉如意，遲早要提出廢立太子的問題。如果盈兒被廢了太子名號，那麼姐姐我這個皇后位置也得讓給別人啦！」

娥姸聽了這一席話，又氣又惱，大聲說：「皇上怎能這樣對待姐姐？你十五歲嫁給他，爲他生兒育女，爲他吃苦受罪，蹲監獄，當人質，容易嗎？他倒好，今天愛這個，明天愛那個，全不念結髮夫妻之情，這算什麼？最可恨的是那個戚姬，狐眉狐眼，妖裡妖氣，活脫脫的一個狐狸精！惹我急了，我叫我們家樊噲造反逼宮，把那個騷狐狸給殺了！」

呂后看娥姸氣惱的樣子，不禁「撲哧」一笑，說：「你胡說些什麼呀？造反逼宮，那是鬧著玩的？」

娥姸說：「這不是讓戚姬給氣的嘛！對了，姐姐！你說皇上遲早要提出廢立太子的問題，事情眞有那麼嚴重嗎？」

呂后點頭，說：「男人若被女人迷了心竅，什麼樣的荒唐事和缺德事都會做出來的。」

娥姸又提高了嗓門，說：「那可不行！我們呂家能有今天，靠的是姐姐；日後長保富貴，靠的是盈兒。所以，姐姐務要設法，保住盈兒的太子地位。」

呂后搖頭，說：「難吶！」

娥姸想了想，說：「妹妹倒有一法，或許管用。」

呂后忙問：「何法？」

娥姸說：「皇上現在不在長安，姐姐可帶上盈兒，遍訪各位有名望的大臣。你倆一個是皇后，一個是太子，登門造訪大臣，既有關心的意思，又有結交的意思。那些大臣都是追隨皇上打天下的功臣，說話很有份量。果眞有一天，皇上提出要廢立太子，大臣們死諫相阻，我看他皇上也未必下得了決心。」

呂后聽了這話，眼睛發亮，精神陡增，說：「對呀！我怎麼沒有想到這個方法呢？妹妹！看不出來，你一向嘻嘻哈哈的，今天這幾句話，說的還滿有道理哩！」

娥姸得到呂后的誇獎，很是得意，笑著說：「這叫士別三日，當刮目相看！」

呂后說：「對！對！士別三日，當刮目相看；士別三日，當刮目相看。」

娥姸看看天色不早，告辭回府。走著走著又回過頭來說：「姐姐得是和皇上很長時間沒在一起住了？」

呂后說：「這還有假嗎？」

娥姁說：「那你就不能……」

「不能什麼？」

「嗨！姐姐是個聰明人，別跟我裝糊塗。他皇上有那麼多的女人，姐姐就不能有個把男人？比如審食其，他跟姐姐多少年了，忠心耿耿，有情有義，姐姐何不跟他偷偷地……」

呂后臉上一陣發燒，說：「看你說的，好不正經！你當皇宮是青樓柳巷不是？」

娥姁做了個怪臉，蹙了蹙鼻子，說：「好！好！權當我沒說，沒說！」說罷，轉身自去。

呂后目送娥姁的背影，心裡說：「我和審食其相好已經二十多年了，女人偷情的事，還用你教我？」

在以後的日子裡，呂后果然帶著太子劉盈，遍訪各位有名望的大臣。他們當中，有丞相蕭何、留侯張良、平陽侯曹參、曲周侯酈商、汾陰侯周昌、安國侯王陵、太子太傅叔孫通等。曲逆侯陳平、絳侯周勃、穎陰侯灌嬰、汝陰侯夏侯嬰等隨高帝出征，呂后和劉盈特意拜訪了他們的夫人。造訪中，呂后和劉盈區別對象，贈送各種不同的禮物，並以禮待人，問老問病，問寒問暖，態度非常謙恭。皇后和太子登門造訪大臣，那是大臣的榮耀。因此，他們都感謝皇后和太子的恩典，表示一定要報答皇后和太子，赤膽忠心，以效犬馬之勞。呂后暗暗歡喜，心想有了這些大臣們的支持，自己和劉盈在皇宮裡的地位就穩固多啦！

干政鋒芒

26

高帝無力征服匈奴，只好實行和親政策。
高帝在趙國險遭謀殺，決心鏟除異姓諸侯王。
陳豨和韓信密謀，自封爲代王，叛亂反漢。

高帝親率二十萬大軍征討匈奴冒頓單于和韓王韓信，原指望大獲全勝，挽回白登山被圍七天七夜的面子。誰知到了代城一帶，根本沒有看到匈奴軍的影子。因爲冒頓單于知己知彼，不願跟漢軍正面對抗，而是憑藉騎兵輕便快捷的特點，採用「你來我走，你走我來」的策略，專打游擊戰。高帝氣得臉紅筋暴，卻又沒有任何辦法。

建信侯劉敬熟悉匈奴的情況，說：「匈奴歷來凶悍，不是一兩次征討就能解決問題的。臣有一個長遠之策，就怕皇上不會接受。」

高帝說：「既是長遠之策，朕怎會不接受呢？」

劉敬說：「臣的長遠之策，概括起來就是『和親』二字。皇上若能把嫡長公主嫁給冒頓單于爲妻，並贈送非常豐厚的嫁妝，那麼冒頓單于必定高興，必定會立嫡長公主爲閼氏。閼氏生子，就是匈奴太子。這樣，皇上和冒頓單于是岳父和女婿的關係，女婿還敢對岳父無禮嗎？冒頓單于死後，太子繼爲單于。那時，皇上和單于又是外公和外孫的關係，外孫就更不敢對外公無禮了。這是一勞永逸之策，臣請皇上三思。」

高帝欣賞這個計策，說：「此策甚好！你這就去匈奴，和冒頓單于商量和親事宜。」

高帝大軍無功而返，取道邯鄲、洛陽回長安。在邯鄲趙王宮裡，高帝受到趙王張敖和王后劉媛的款待。劉媛即魯元公主，是高帝和呂后唯一的女兒。她由高帝作主嫁張敖以後，已生一女一兒，女名張嫣，兒名張偃。劉媛款待父皇高帝，發自內心，眞誠而熱情。張敖款待岳父高帝，心裡彆扭，想笑，卻笑得很不自然。這是爲何呢？

原來，高帝上年也曾到過邯鄲，張敖和劉媛也曾設宴款待。張敖有個愛姬叫貫靈靈，十七八歲，姿色美麗，恰似陽春三月的桃花。她也隨之赴宴，不想被高帝一眼看中，指名要她侍寢。張敖雖然一百個不樂意，但在皇上跟前，只能服從聖命。自己的愛姬被岳父大人奪去，已近一年，張敖的心中能好受嗎？高帝不顧張敖的彆扭，自顧飲酒。這時，突然發生了一件讓人意想不到的事情。

張敖家臣貫高，即貫靈靈的哥哥，原是趙國貴族的後裔。高帝建漢稱帝，貫高早已心懷不滿，加之高帝又強行奪了靈靈，更激起了貫高的仇恨。因此，他用重金收買兩個力士，手持利刃，藏於茅廁的壁牆中，企圖在高帝如廁的時候進行行刺。也是高帝命不該絕，膽大心細的周勃發現了茅廁壁牆的秘密，當即將兩個力士擒獲。周勃將情況告訴高帝，高帝大怒，說：「竟有這等事？眞是狗膽包天！」他飯也不吃了，酒也不喝了，惡狠狠地瞪了張敖和劉媛一眼，憤然離席，命用囚車押了兩個力士，全軍開拔，前往洛陽。張敖和劉媛莫名其妙，不知發生了什麼事情。高帝走後，他們方知貫高的所作所爲，嚇得魂飛魄散，張口結舌，一句話也說不出來。貫高還算仗義，說：「此事乃小人主使，與大王和王后無關。一人做事一人當，現請大王將小人押解長安，任殺任剮，小人認了！」

張敖無奈，只得派人將貫高押解長安，聽由高帝發落。高帝在途中又是氣憤又是懊悔。是他，親自封了張敖爲趙王；是他，親自將劉媛嫁給張敖爲妻。不曾想張敖人面獸心，恩將仇報，竟然要謀殺堂堂皇帝，謀殺岳父大人，眞是是可忍，孰不可忍！他深有感慨地詢問陳平說：「你說人心怎麼這樣險惡呢？朕待張敖不薄呀！」

陳平說：「問題出在異姓諸侯王上，他們出身貴族，貪得無厭，不會也不可能和皇上的劉漢天下同心同德。」

高帝點頭，說：「不錯，是這個理！所以，爲了長治久安，朕要鏟除所有的異姓諸侯王！」

高帝回到長安，立命將貫高和兩個力士交刑部審訊，務要查出幕後元凶。就在這時，靈靈承受龍恩，生了個兒子，取名劉長。劉長，是高帝的第八個兒子。劉敬也回到長安，彙報說匈奴冒頓單于同意和親事宜，並提出漢皇帝最好能嫁給他兩位公主。高帝說：「這混蛋得寸進尺，朕從哪裡弄兩位公主去？」

劉敬說：「皇上可以挑選兩個宗室女子，或者兩個宮女，假稱她們是公主，反正他冒頓單于是辨不來眞假的。」

高帝說：「倒也是。不過，這事得同皇后商量商量。」

高帝難得地來到了長信殿。他在跨進殿門的霎那間，不知怎麼的，似乎有一絲內疚的歉意掠過心頭。他已很長很長時間沒有到過長信殿了，而長信殿和戚姬居住的長秋殿不過是一牆之隔，自己親近戚姬疏遠呂后，未免做得太過分了。不管怎麼說，呂后畢竟是皇后，是太子的生母，她爲大漢的江山社稷吃過不少苦頭。因此，自己過分地疏遠她和冷落她，是沒有道理的。

高帝突然到來，呂后深感詫異。她未及多想，趕忙跪地，說：「臣妾恭迎皇上！」

高帝扶起呂后，滿臉堆笑地說：「皇后平身，皇后平身。」呂后聽得出來，高帝話裡帶著關愛和體貼，完全是發自內心的。高帝落座。呂后吩咐侍女柯玫和林瑰上茶。高帝飲茶，說：「皇后！朕有一事得和你商量商量。」

呂后說：「皇上英明睿智，自己決斷就得了，還跟臣妾商量什麼？」

高帝說：「事情是這樣的：大漢建國，匈奴屢屢犯境。憑我們目前的實力，很難徹底征服匈奴。所以，建信侯劉敬提出了和親的計策，朕認爲是切實可行的。劉敬近日去了趟匈奴，匈奴冒頓單于提出要娶大漢兩位公主爲閼氏，以結百年之好。皇后以爲怎樣？」

呂后說：「在目前情況下，和親不失爲上策。可是，我們哪有兩位公主呀？」

高帝說：「魯元公主算一個。」

呂后大驚，說：「皇上說的是劉媛？臣妾就這麼一個女兒，而且已經嫁給趙王張敖，怎能再嫁匈奴單于？」

高帝皺起眉頭，說：「唉！別提你那個寶貝女兒了，提起她來朕就生氣。」

呂后更加吃驚，說：「怎麼啦？」

於是，高帝把在邯鄲的經歷如實告訴呂后，最後說：「這事就發生在趙王宮裡，誰敢保證張敖和劉媛不是主謀？」

呂后驚得目瞪口呆，說：「會……會有這……這種事？」

高帝說：「貫高和兩個力士已交刑部審訊，很快就會水落石出的。」

這時，呂后突然流下淚來，說：「臣妾不了解張敖，但了解媛兒。臣妾相信，媛兒是斷然不會參與謀殺皇上這種大逆不道的事的。」

高帝說：「但願如此吧！你倒說說，這兩位公主嫁匈奴單于的事情，該怎麼辦呀？」

呂后說：「這事能不能變通變通？」

高帝說：「劉敬倒是說了，可以挑選兩個宗室女子，或者兩個宮女，假稱公主，反正匈奴是辨不來眞假的。」

呂后破涕爲笑，說：「那就好辦了。」

高帝說：「這是爲何？」

呂后說：「臣妾的侍女柯玫和林瑰早到了婚嫁的年齡。她倆跟隨臣妾多年，忠實本分。皇上也說過，要給她倆找個好婆家的。臣妾以爲，可以讓她倆扮作公主，嫁給匈奴單于。」

高帝一拍手，說：「是啊！朕怎麼就沒有想到呢？」

接下來，呂后把高帝和自己的意思告訴柯玫和林瑰。柯玫和林瑰一想，嫁給匈奴單于能當閼氏，閼氏相當於漢朝的皇后，恰也歡喜，滿口同意。高帝大喜，立命置辦豐厚的嫁妝，由劉敬擔當和親使，護送大漢「公主」去匈奴和冒頓單于成婚。冒頓單于成爲大漢的女婿，作爲回報，殺了韓王韓信。由此，大漢換來了十餘年的和平。

不久，趙王后劉媛帶著女兒張嫣和兒子張偃，回長安看望父皇和母后。自從發生謀殺事件以後，張敖的精神徹底垮了。事情發生在趙王宮，凶手是他的管家貫高收買的力士。他縱然有百張嘴千張嘴，也說不清道不明自己的干係。他意識到，趙王是肯定當不成了，沒準兒腦袋也得搬家。因此，整日唉聲嘆氣，坐等高帝即岳父大人的發落。劉媛熟知丈夫的爲人，相信他是清白的，對於謀殺事件並不知情。所以，她回長安，名義上是看望父母，實際上還是爲給丈夫說情。高后見到劉媛，且驚且喜。尤其是看到活潑可愛的外孫女和外孫，心底湧起了祖輩人的激情。劉媛流著眼淚，說：「母后！你得給女兒作主，張敖他的確沒有謀殺父皇啊！」

呂后說：「這事先別下結論，刑部正在審訊貫高和力士，到時候會有個說法的。」

劉媛說：「女兒著急呀！張敖擔驚受怕，心神恍惚，都快成死人了。」

呂后說：「他怕什麼？爲人沒做虧心事，半夜不怕鬼敲門。」

劉媛說：「話可以這麼說，但父皇的脾氣，母后是知道的，他能饒過張敖嗎？」

呂后說：「你父皇說了，異姓諸侯王，沒一個好東西，光想謀反。大漢一統天下，百姓安居樂業，不是蠻好嘛？他們還要謀反，豈不是自己找死？」

劉媛說：「張敖可沒有謀反呀！」

呂后說：「那就看刑部審訊的結果吧！媛兒！你既然回來了，就多住些日子，娘就你這麼一個女兒，娘想你啊！」

這時，太子劉盈到長信殿向呂后請安。劉盈見了劉媛，非常高興，緊緊地擁抱姐姐，說：「姐姐回來，怎麼也不告訴弟弟？」

劉媛說：「我不是剛到嘛！還沒緩過氣來呢！」

劉盈轉身看見張嫣和張偃，說：「他倆得是我的外甥女和外甥？快！快叫舅舅，叫舅舅！」劉媛吩咐張嫣和張偃，說：「快叫舅舅！你們的舅舅是太子，太子就是日後的皇帝，懂嗎？」

張嫣和張偃同時叫了一聲：「舅舅！」

這一天，呂后和兒子、女兒、外孫女、外孫一起吃飯，一起說話，心情敞快，臉上露出了平時很難見到的笑容。

轉眼又是一年。西元前一九八年十月，照例舉行朝賀大典。這次大典改在未央宮前殿舉行，淮南王（原為九江王）英布、梁王彭越、趙王張敖、楚王劉交，都到長安朝賀高帝。高帝興致勃勃，命在前殿大擺酒宴，招待各位諸侯王以及文武大臣。太上皇劉執嘉也被請了來，並坐了上座。高帝手捧玉杯，首先向太上皇敬酒，說：「當初，太上皇常說我劉邦是個無賴，不會置辦家產，本事不如兄長劉仲。現在，你老人家再看看，我劉邦的家產跟劉仲相比，誰的多？誰的少？」

太上皇大笑，說：「好啊，你個小子！故意揭你爹的短不是？」

各位諸侯王和文武大臣目睹這滑稽有趣的一幕，樂得哄堂大笑，同時跪地，高呼萬歲。接著，大家紛紛向太上皇和高帝敬酒，歡樂的氣氛達到高潮。兩個月後，刑部審訊貫高和力士的謀殺案有了結果。事實證明，整個謀殺乃貫高主謀和策劃，趙王張敖並未參與，也不知情。高帝命將貫高和兩個力士斬首，同時廢去張敖趙王名號，降爵爲宣平侯。貫靈靈得知哥哥已死，趙王被廢，覺得再無臉面活在世上，自殺身亡。可憐劉長年幼喪母，高帝命呂后收在宮中撫養。呂后雖然不怎麼願意，但高帝發話了，她也不好拒絕，權且把劉長當作自己的兒子，勉強再盡一次做母親的責任。趙王位置空缺，高帝命徙代王劉如意爲趙王。這使呂后頗爲擔憂，因爲劉如意取代了她女婿的趙王位，可見在高帝的心目中，劉如意越發顯得重要了。

再過一年，五月，高帝的繼母陳氏死了。七月，太上皇劉執嘉也死了。高帝爲繼母、生父舉行了隆重的葬禮，葬於櫟陽北原，並在那裡新置一縣，稱萬年縣。高帝在安頓家事的同時，一直沒有忘記國事。北方代國與匈奴接壤，那裡是最容易出事的地區。原先，他封兄長劉仲爲代王，但劉仲畏懼匈奴，幾年前已潛國逃亡。他繼封劉如意爲代王，但因劉如意年紀太輕，並沒有到封國去。所以，代國一直沒有行政長官，那裡的局勢隨時都有失控的危險。他想來想去，想到一個人，那就是陳豨，派此人去，或許能爲監守代國。但不能封王，因爲此人是異姓，封王只會給自己增添麻煩。那麼封他爲什麼呢？他又想來想去，最後決定封陳豨爲陽夏侯，以代國相國的身分，監守代國。

陳豨原名希，長得虎背熊腰，大頭大耳，渾身氣力。壯年的時候當過山大王，一次打獵，遇到一頭野豬，他三拳兩腳，便將野豬打死。從此改名豨，豨者，野豬也。後來，他投靠高帝，參加反秦起義，作戰勇猛，升任將軍。他和高帝相處多年，認爲高帝愛施小仁小義，爲人詭詐，言而無信，缺少光明磊落的氣魄和胸襟。相比之下，他更敬重更佩服淮陰侯韓信，認爲韓信文武兼備，大智大勇，點將用兵，出神入化，勝過《孫子兵法》的作者孫武。因此，他經常去拜訪韓信，一方面向韓信請教用兵方略，一方面對於韓信因功而罪的待遇鳴冤叫屈，恨恨不平。高帝封他為陽夏侯，並以代國相國身分監守代國，他表面上感謝皇上隆恩，其實內心裡並不服氣，暗暗說：「憑我的能耐和軍功，為什麼不封我為代王？難道我還不如你的農民哥哥劉仲和無知孺子劉如意嗎？」

陳豨赴任前夕，再次拜訪韓信。陳豨依然稱韓信為「大王」，說：「大王……」

韓信打斷陳豨的話，說：「我早已不是什麼大王，陳將軍自管稱我為韓信或淮陰侯好了。」

陳豨固執地說：「不！在陳豨心目中，大王永遠是大王。」

韓信苦笑，說：「你就是這麼個倔脾氣！哎！聽說你被封為陽夏侯，並以代國相國身分監守代國，可喜可賀啊！」

陳豨陰沉著臉，氣呼呼地說：「可喜可賀什麼呀？老頭子（指高帝）既然要我監守代國，就該封我為代王。而他倒好，只給了我一個代國相國身分，這不是作賤人嗎？他的哥哥劉仲和兒子劉如意算什麼東西，都能封代王，偏偏我就不能封代王嗎？」

韓信說：「封這封那麼不重要，不必太多計較。問題的關鍵在於實力。懂嗎？實力！只要你有了實力，還怕沒有王號嗎？」

陳豨似有所悟，說：「大王所言極是。」他停了停，又說：「大王！陳豨此去代國，準備召集大王原先的部下，反他娘的！我要讓劉邦看看，項羽死於烏江，韓信被困長安，但天下英雄豪傑並未屈服，還有我陳豨，還有成千上萬的將士，我要高舉造反的大旗，再和劉邦作一番較量！」

韓信大驚，環顧四周，沒有發現他人，這才稍安。自從上次高帝登門造訪以後，韓信一直處於矛盾和痛苦之中。他回想高帝對於自己的態度，大體上經歷了愛、恨、畏三個階段。楚漢戰爭初期，高帝急於要有一位軍事統帥，經蕭何的推薦，自己得到高帝的重用，官拜大將軍，那是愛的階段。楚漢戰爭中期，自己封齊王，高帝就開始恨了。自己由齊王徙爲楚王，就是恨的表現。但當時高帝還要利用自己，恨是有保留的。楚漢戰爭結束，高帝奪得天下，他的恨到了極致，於是就巡遊雲夢，生擒自己，削去楚王名號，降封爲淮陰侯。自己到櫟陽、長安以後，高帝對於自己主要是畏，畏懼自己通曉軍事，畏懼自己東山再起。他的所謂「三不殺」，貌似恩賜，實是虛假的謊言，目的在於穩住自己，只允許自己「安安穩穩」地頤養天年，不允許自己有非分之想。韓信十分了解高帝其人，他可以與人共患難，但不可以與人同安樂。他和所有的帝王一樣，一旦占有了江山，就要誅殺功臣，誅殺一切可能對他的江山構成威脅的人。韓信想到自己戎馬一生，英勇蓋世，到頭來卻被軟禁在長安，恰如虎落平陽，龍擱沙灘，不由得心底騰起一腔怒火和豪情。陳豨的一番話，給了他鼓舞，也給了他希望。他握著陳豨的手，來到庭院當中。抬頭看天，天邊一彎新月，被片片烏雲遮蓋著，時隱時現。低頭看地，地上兩個人影，似分似連。二人在庭院裡慢慢走動，走了好幾個來回。韓信終於止步，注視陳豨的眼睛，鄭重地說：「陳將軍！我有話跟你說！」

陳豨說：「大王請講，陳豨聽著！」

韓信顯得很鎮靜，一字一頓地說：「代國乃天下精兵薈萃之地，將軍此去，只要振臂一呼，立刻可以召集數十萬兵馬，奮起反漢，力量可觀。將軍是皇上的幸臣，第一次有人告你謀反，皇上未必相信；第二次有人告你謀反，皇上就會生疑；第三次有人告你謀反，皇上必定大怒，自會親率大軍前往征伐。那個時候，長安空虛，我……」

韓信說到這裡停住，頗爲猶豫。陳豨急促地催問說：「大王就怎樣？」

韓信眼裡露出兩道仇恨的光芒，說：「我就起事，突入皇宮，誅殺呂后和太子，回應將軍。這樣，若不出現意外，天下可圖也！」

陳豨素知韓信料事如神，統兵有方，當即跪地，說：「陳豨謹聽大王教誨！」

韓信說：「此事關係重大，切莫掉以輕心！好啦，你去吧，抓緊行動，我等候你的消息。」

陳豨興致勃勃地離開長安，前往代城。他在代城以韓信因功而罪為說詞，鼓動韓信原先的部下重新匯集，以為韓信討回公道。很快，他便聚集起二十萬兵馬，自封為代王，發布反漢檄文，要與大漢皇帝決一高低了。

七月，陳豨反叛的消息傳到長安。高帝不信，說：「朕委重任於陳豨，他怎會反叛呢？」接著，一日三番警報，均說陳豨反叛。高帝這才著急，惱怒地說：「陳豨混蛋，辜負了朕的好心。朕當御駕親征，將這個忘恩負義之徒碎屍萬斷！」

高帝迅速安排了朝廷事項，太子劉盈監國，外事委於蕭何，內事委於呂后，然後帶著戚姬和劉如意，親率三十萬大軍，取道洛陽，鎮壓陳豨的叛亂。陳豨畢竟有勇無謀，不懂用兵方略。他在漳河（今河北漳河）一帶重兵布防，準備與官軍進行決戰。高帝大喜，說：「他若分散打圍，打打走走，朕要取勝，尚需時日；他若與朕進行陣地戰，注定敗亡。」高帝命令下去，全軍在漳河南岸紮營，好好休整，隨時聽從號令，殲滅陳豨叛軍。

就在這個時候，長安發生了一件大事：淮陰侯韓信謀反，被呂后設計殺害了。

27

西元前一九六年正月，呂后掌握了韓信蓄意謀反的確切證據，並和蕭何一起設計了智取韓信的計策。

蕭何爲了國家利益，因公廢私，誆騙韓信進宮。

事態的發展完全像淮陰侯韓信所預料的那樣：陳豨到代國兩個月後就造反了，造反的兵馬很快發展到二十萬人；高帝怎麼也沉不住氣，親率三十萬將士前往征伐，只留呂釋之的禁軍守衛長安。韓信心中暗喜，說：「劉邦啊劉邦！你做事情顧此失彼，這可是用兵之大忌啊！」

陳豨每隔三五天必派一人到長安，一方面是向韓信通報情況，另一方面是徵詢韓信對於用兵的意見。陳豨通報的情況，原先是不錯的，叛軍的形勢發展很快，頗有星火燎原之勢；接著就比較糟糕，漳河布防，等待決戰，這無疑是一著臭棋。韓信的心情由喜而憂，卻又無法臨陣指揮，大有一種鞭長莫及之感，只能獨自嘆息，靜觀其變。

韓信聰明一世，糊塗一時。他萬沒想到有一個人正在監視他的行動，他的一切全在這個人的掌握之中。這個人不是別人，就是呂后，就是韓信並不怎麼看重更未放在心上的女人。

韓信和呂后交往不多。二人只是在朝會上見過面，當時，呂后坐在高帝身邊，韓信作爲臣子，跪地向高帝和呂后磕頭，照例說些「萬歲萬萬歲」、「千歲千千歲」之類的頌詞。在韓信的心目中，呂后就是一個女人，一個依靠高帝而登上皇后寶座的女人。他知道，她出身平民，種過莊稼，蹲過監獄，當過人質，除了愛和高帝寵愛的姬妾爭風吃醋外，並無什麼本事。而且高帝對她相當冷淡，她的兒子劉盈也不討高帝喜歡，隨時都有被廢去太子名號的可能。正因爲如此，韓信怎麼會看重呂后並把她放在心上呢？

其實，韓信錯了。首先，韓信忘記了一個非常重要的事實，那就是呂后和高帝的元老重臣之間有著特殊的親密的關係，元老重臣們忠誠於高帝，同樣忠誠於呂后，當高帝不在長安的時候，呂后完全可以利用高帝的名義發號施令，行使皇權。其次，韓信忽視了呂后已經當了五六年的皇后，這期間的經歷使呂后大大增強了政治才幹。她和高帝之間的感情生活並不和諧，但二人的政治理念極其一致。他們都希望大漢江山固若金湯，長治久安，誰若企圖顛覆或動搖大漢江山，那是絕對不能容許的。

按照傳統規定，帝王后妃生活的天地只局限在後宮，不允許參與更不允許干預朝政。但高帝征伐陳豨，命令太子劉盈監國，內事委於呂后，外事委於蕭何，這給呂后登上政治舞臺提供了機會。誰都知道，劉盈是懦弱的，蕭何是忠厚的。因此，三人當中唯有呂后當仁不讓，勇敢地挑起了斷決國事的千斤重擔。呂后的情夫審食其和弟弟呂釋之是她的左膀右臂，她主要通過這兩個人來呼風喚雨，一試鋒芒。

審食其和呂釋之經過多年的磨練，政治上趨於老練和成熟了。他倆絕對地忠誠於呂后，只要呂后一聲令下，他倆自會奮不顧身地去執行，即使上刀山下火海，也在所不辭。高帝離開長安以後，呂后出於一種本能，自然而然地加強了對於韓信的監視。因爲她分析了留守在長安的所有朝臣，認爲有動機有能力造反的除了韓信以外，不會再有第二個人。食其奉命，主動地接近韓信的家丁。這一接近不要緊，竟然發現了一個天大的秘密。

原來，韓信家丁中有個叫謝東的人，貪財好色，很不安分。謝東有個弟弟叫謝西，游手好閒，吃喝嫖賭，是個混混。審食其先認識謝西，再認識謝東，彼此間稱兄道弟，飲酒作樂，不分你我。食其出手闊綽，每次飲酒，總是搶著付錢，不讓謝氏兄弟破費。謝東、謝西好生感動，認定審食其是最仗義最通達的朋友。一天，他們又在一起飲酒。食其故意說：「謝東老弟在淮陰侯府中當差，想必見多識廣，不知那裡可有什麼新聞？」

謝東正啃著一隻雞腿，說：「老兄指哪方面的新聞？」

食其笑著說：「大的小的，葷的素的，什麼都行啊！」

謝西插話說：「哥哥前些日子不是說，陳豨曾經拜訪過韓信嗎？這不是新聞？」

食其立刻豎起耳朵，說：「就是正在造反的陳豨？他去拜訪過韓信？」

謝東說：「沒錯！兩個月前，陳豨拜訪過韓信，接著，陳豨去了代國，到那裡以後就反了。」

食其追問說：「陳豨拜訪韓信，他們都說了什麼？」

謝東搖頭，說：「不大清楚。他們先在大廳裡說話，繼到庭院裡說話，挺神秘的，我只聽見陳豨叫韓信為『大王』來著。」

食其說：「啊？韓信早被罷了楚王名號，陳豨還叫韓信為『大王』？這不是犯逆嗎？那麼，從那以後，他們之間還有聯繫嗎？」

謝東又喝了一杯酒，說：「不大清楚。但最近，隔三岔五，總有一個外地人，風塵僕僕地來見韓信，至於他們之間談了什麼，那就不得而知了。」

食其獲得如此重要的情報，滿心歡喜，說：「兩位老弟！你們遇到老哥，算是交上紅運啦！」

謝東和謝西不解其意，猶疑地說：「審兄是……」

食其哈哈大笑，起身告辭，說：「日後便知！日後便知！」

食其一路小跑，來到長信殿，見了呂后，沒頭沒腦地說：「有名堂有名堂啦！」

呂后莫名其妙，說：「什麼名堂？」

食其滿面春風，去呂后耳邊如此這般，彙報了探聽到的情況。呂后皺著眉頭，說：「果然不出所料，他韓信真的要反了！快去！叫禁軍衛尉釋之來！」

食其去不多時，領了釋之來見呂后。呂后把情況一說，釋之一拍胸脯，說：「我這就帶領禁軍，去把韓信反賊抓了來！」

呂后撇著嘴說：「愚蠢！韓信是誰？就憑你那幾個禁軍，能抓住韓信？再說了，抓住韓信，他來個死不認賬，咬定沒有謀反，又能拿他怎樣？所以，我們對韓信，還得像皇上當年巡遊雲夢那樣，只能智取，不可力敵。而且要有他謀反的眞憑實據，要讓他死個明白！」

「那……」釋之無話可說了。

呂后目光炯炯，說，「食其！你要繼續親近謝東，讓他把知道的情況寫下來，呈交給我。還有，謝東不是說最近常有人來見韓信嗎？我料定那是陳豨派來的人，是來給韓信送信，通報消息。釋之！你不妨帶領禁軍，埋伏於交通要口，務要將送信的人活捉，搜出陳豨的信件。證據到手，我們就可以收拾韓信。注意！事情要做得乾淨俐落，切莫打草驚蛇！」

食其和釋之退下。長信殿裡只剩呂后一人。她倒背著雙手，在殿裡來去走動，心裡充滿自信。她覺得，自己這時候像個統帥像個將軍，爲了高帝創建的大漢江山，必須施展大智大勇，堅定不移地殲滅一切敢於蠢蠢欲動的敵人。

食其去找謝東，沒有找見，卻遇上了謝東的弟弟謝西。謝西淚流滿面地說：「審兄！你得救救我哥哥，不然，他就沒命啦！」

食其詫異地說：「怎麼回事？慢慢說，慢慢說。」

謝西說：「昨天晚上，哥哥財迷心竅，偷了淮陰侯府的幾件珠寶，不想被韓信的侍衛逮了個正著。他們把他關了起來，聽說要押解官府，嚴查嚴辦。官府哪能不聽韓信的？看來，我的哥哥難逃劫難了。」

食其說：「韓信若將謝東押解官府，那倒好辦。不過，謝東知道韓信和陳豨私通謀反的事，韓信如果發現了，必會殺人滅口。」

謝西更加著急了，說：「那可怎麼好啊？」

食其說：「你趕快把你哥哥知道的情況寫出來，我帶你到皇后那裡告發韓信。」

謝西大驚，說：「審兄認識皇后？」

食其說：「這個你就不用管了，快寫吧！」

謝西說：「可是，哥哥知道的情況，我也不大清楚呀！」

食其說：「你就寫個大概，就說陳豨曾經秘密找過韓信，二人鬼鬼祟祟地密謀很久就是了。」

謝西照辦，找來筆和帛，寫了告發材料，交給食其。食其說：「你等著，到時候我會帶你去見皇后。」謝西千恩萬謝，目送著食其離去。禁軍衛尉呂釋之也在積極行動。他帶領十餘名精幹禁軍，埋伏於長安東的灞橋（今陝西西安東）附近。夜間，果然有一人黑衣黑褲，騎一黑馬，飛也似地通過灞橋，馳向長安。釋之一揮手，禁軍提起絆馬索，黑馬倒地，騎馬人連翻了幾個跟頭，摔在地上。騎馬人尚未反應過來，禁軍們早已向前，將他死死地按住，並從他身上搜出一顆蠟丸來。釋之打開蠟丸，見裡面藏著一方白帛，白帛上寫有蝌蚪小字，且有韓信和陳豨的名字。釋之如獲至寶，縛了騎馬人，返回長樂宮。謝西的告發材料和陳豨聯絡韓信的信件，一起到了呂后手裡。呂后怒從心頭起，惡向膽邊生，說：「快請丞相進宮！」

這時已是三更時分。釋之討好地說：「姊姊身體要緊，這事是不是等天明了再說。」

呂后狠狠地瞪了釋之一眼，說：「你懂什麼？兵情似火，火燒眉毛的事情，能等嗎？」

「是！」釋之立即帶領幾名禁軍，打著燈籠，去請蕭何。蕭何正在熟睡，聽得禁軍衛尉親自來請自己深夜進宮，意識到必有大事。他不敢怠慢，穿好衣服，隨著釋之，急匆匆地到了長信殿。太子劉盈已被呂后叫了來，不明白發生了什麼事情，坐在一邊直打哈欠。蕭何要給太子和呂后磕頭。呂后伸手止住，說：「免禮！事關緊急，深夜打擾丞相，多有得罪。」

蕭何說：「不敢不敢！臣爲朝廷效力，應盡犬馬之勞。」

呂后說：「我叫太子和丞相前來，只是爲了一件大事：淮陰侯韓信企圖謀反，你們可知道？」

劉盈和蕭何大吃一驚，同時說：「啊？」

呂后說：「你們先看看這兩件東西。」

食其忙把謝西的告發材料遞給劉盈，把陳豨聯絡韓信的信件遞給蕭何。劉盈看那材料，上面寫的是：「兩個月前，陳豨拜訪韓信，陳豨稱韓信爲大王。他二人密談了很久很久，陳豨去代國後就反了。」蕭何看那信件，上面寫的是：「韓信大王台鑒：我軍正和老頭子對峙於漳河，不日即將開戰。切望大王如前所約，趁長安空虛之時，突襲皇宮，誅殺太子和皇后。如此，老頭子必回師以救長安，我軍尾隨追殺，必獲全勝。劉漢江山覆亡，指日可待矣！祈祝安康。陳豨叩首。」

劉盈和蕭何互換材料和信件，分別看過。劉盈嚇得臉色煞白，說：「韓信謀反，父皇不在京城，這如何是好？」

呂后說：「你慌什麼？皇上不在京城，不是還有我和蕭丞相嘛！」

蕭何說：「這……這……」

呂后說：「丞相以爲韓信謀反，不可思議，是不？其實，從皇上離開京城的那一天起，我就盯上他了。因爲在長安，有動機有能力謀反的只有韓信一人！」

蕭何說：「事已至此，皇后準備如何處置？」

呂后說：「韓信乃一代梟將，跟他來硬的，恐怕不行，所以應以智取爲上。至於如何智取，還請丞相想個萬全之策。」

蕭何心底湧起波瀾。當初，韓信到漢中投奔漢王，不被重用，中途離去。是他，不辭辛苦，追回韓信，並說服漢王，築壇拜將，使韓信出任大將軍，成爲漢軍的統帥。從那以後，韓信用兵如神，屢出奇謀，輔佐漢王打敗項羽，使漢王最終奪得了天下。從一定意義上說，韓信是大漢開國的第一功臣，沒有韓信，就沒有大漢，這是不爭的事實。在楚漢戰爭中，韓信別說謀反，哪怕是保持消極或中立態度，那麼天下形勢就不會是現在這個樣子。

長期以來，蕭何和韓信的私人關係滿好，蕭何欽佩韓信的軍事才幹，韓信敬重自己的高尚人品，彼此間沒有芥蒂，禮貌往來，不避嫌疑。而今，韓信勾結陳豨，蓄意謀反，而且被呂后抓住了把柄，這是蕭何最不願意看到的。於私，他想偏袒韓信；於公，他要維護國家利益。然而，蕭何畢竟是個賢明的丞相，當私情和公法發生矛盾的時候，他只能捨棄前者，堅持後者。私歸私，公歸公，因私廢公，那會落下千古罵名的。

呂后再次詢問蕭何，說：「丞相可有萬全之策？」

蕭何緊鎖眉頭，認眞思索，許久才說：「皇后主張智取韓信，這是正確的。一來可以免除動亂，二來可以不擾百姓。至於如何智取，臣想是不是這麼辦。」

接著，他詳細地說出了設計的計策。呂后一聽大喜，高興地說：「丞相妙計！這回，他韓信死定啦！」

蕭何說：「那就各就各位，按計行事。不過，行事務要周密，切莫露出破綻。」

天色將明，蕭何告辭回府。路上，他回想和韓信十年來的交往，心中百感交集，暗暗說：「韓信老弟！這事由不得你，也由不得我，還請多多見諒啊！」

這時已是西元前一九六年的正月。天空布滿烏雲，寒風異常凜冽。一天下午，一名全身戎裝的戰士，騎著一匹棕紅色的戰馬，風馳電掣般地跑進長安，邊跑邊喊：「捷報捷報！皇上生擒陳豨，不日班師回朝！」「捷報捷報！皇上生擒陳豨，不日班師回朝！」那名戰士跑著喊著，飛快地進了長樂宮。捷報驚動了長安，捷報感染了長安。人們紛紛走出家門，湧向街頭，歡呼雀躍，祝賀皇上平叛大捷。

丞相府裡的蕭何聽到了這個消息，長嘆一聲，嘴角露出一絲苦澀的微笑。淮陰侯府裡的韓信聽到了這個消息，相當恐慌和驚異，心想這個陳豨，怎麼這樣不中用呢？

長樂宮裡，上自呂后、劉盈，下至宮監、宮女，人人歡天喜地，個個笑逐顏開。郎中令審食其奉命發出通知：次日早朝，長樂宮前殿舉行儀式，太子和皇后接受文武百官朝賀，慶祝皇上征伐陳豨取得的勝利。所有的朝臣都接到了通知，當然也包括韓信。韓信可顧不上什麼朝賀不朝賀的問題，他有自己的急事要辦。近半年來，陳豨通過信使，給他送來許多信件。他要將那些信件全部燒毀，不能留下陳豨和他聯絡的任何痕跡。次日卯正，長樂宮裡鐘鼓齊鳴，喜氣洋溢。太子劉盈和呂后端坐在前殿，滿面春色，接受朝賀。年過六旬的張良因病，久不臨朝，這天也特意前來，向太子和皇后行了跪拜大禮。但是，韓信沒有來。這是意料之中的事情，接下來該是蕭何出馬了。蕭何乘車來到淮陰侯府。韓信見了蕭何，高興得什麼似的，說：「哎呀！蕭丞相！怎敢勞你大駕光臨寒舍，折殺我韓信了。」

蕭何說：「朝會上不見老弟尊面，我這個糟老頭子只好登門拜訪了。」

韓信說：「不敢不敢。」

蕭何一板正經地說：「我且問你，今日朝會，你接到通知沒有？」

韓信說：「接到啦！」

蕭何說：「這就是你的不對了。既然通知你了，就該參加朝會。今日朝會，不比往常，是太子和皇后接受文武百官朝賀，慶祝皇上在前線取得的勝利。連留侯張良老先生都去了，你爲何不去？」

韓信說：「嗨！不就是一次朝會嘛，去不去有什麼要緊？丞相你是知道的，即便皇上在京城，許多朝會，我也是不參加的，更何況皇上不在京城，我去湊那個熱鬧幹什麼？」

蕭何說：「正因爲皇上不在京城，所以今日的朝會你才更應該參加。現在是太子監國，皇后掌管內宮事務。你不前去朝賀，他們會說你看不起他們。這樣，遲早會生出事端來。」

韓信心中有氣，說：「問題有那麼嚴重嗎？再說了，我是死豬不怕開水燙，他們生出事端，又能拿我怎樣？大不了再削去淮陰侯的爵號，讓我當一個平民算了。」

蕭何不動聲色，說：「話不能這麼說。我記得皇上說過，他和你既是君臣關係，又是朋友關係。皇上不發話，誰敢削去你的淮陰侯爵號？」

韓信想了想，猶豫地說：「我跟太子和皇后並不熟悉，我去朝賀，人嫌狗不愛的，他們會歡迎嗎？」

蕭何反問說：「禮多人不怪，他們有什麼理由不歡迎呢？」

韓信依然猶豫，說：「我去了，他們會不會對我下毒手？」

蕭何哈哈大笑，說：「看你老弟，說到哪裡去了？你是大漢的功臣，他們爲何要對你下毒手？再者，太子是一個懦弱公子，皇后是一個婦道人家，他們有膽量有能力對你這個大將軍下毒手嗎？」

韓信也笑了，說：「什麼大將軍？那都是陳芝麻爛穀子的事了。」

蕭何見韓信口風鬆動，趕忙拱著雙手說：「韓老弟！你就聽我的話，前去一趟，朝賀朝賀，哪怕是做做樣子，太子和皇后自會歡喜。這對你只有好處，沒有壞處。」

韓信一直把蕭何看作是兄長和恩人，相信他所說的都是爲了自己好，沒有一點惡意。而且，韓信不知道盛傳的所謂「捷報」是假的，以爲陳豨確被高帝擒住，自己進宮朝賀，正好表明與陳豨叛亂無關。因此，他說：「既然丞相苦苦相勸，那我就去長樂宮走一趟。此去，好處壞處暫且不論，我可純粹是看重丞相的面子哦！」

蕭何連連拱手，說：「多謝！多謝！」

韓信走進內室，特意換了一身朝服，然後和蕭何一起登車。韓信的二十名侍衛都是彪形大漢，見韓信外出，自動持刀執劍，要跟隨護衛。韓信一揮手，說：「去！去！我這是和丞相一起進宮，又不是自個兒逛街，你們跟著，算做什麼？」

「是！」侍衛們就地止步。

馬車啓動。這時，韓信下車，還來得及，還不至於遭遇殺戮之災。但是，他過於相信蕭何，也過於相信自己，竟然沒有下車。隨著車輪的滾動，死神一步步向他逼近了。

28

呂后誅殺韓信。
韓信仰天長嘆，說：「想我韓信英雄蓋世，今日竟死於一個女人之手，豈非天哉！」
梁王彭越被廢爲庶人，處以流放，途中遇見呂后，以爲遇見了救星。

烏雲低垂，天色陰晦。刺骨的西北風發出尖銳的的呼叫，吹在光禿禿的樹枝上，樹枝不停地搖動，像是無數病重的老人，渾身哆嗦，打著寒顫。路旁和牆角有堆堆積雪，上面蒙著厚厚的灰塵，昏昏暗暗，透出死氣沉沉的慘白色光芒。

蕭何和韓信乘坐馬車前往長樂宮。二人沉默著，誰也沒有說話。蕭何知道，這是他和韓信最後一次交往，內心有幾分淒苦，又有幾分歉意。韓信正在盤算著，一會兒見了太子和皇后，應該說些什麼呢？

馬車到了長樂宮的東闕，蕭何和韓信下車，改爲步行。二人走到前殿門前，當值宮監說：「朝會已經散了，太子和皇后去了鐘室。」鐘室是長樂宮裡的一座別殿，距離前殿不遠，因內懸報時的巨鐘而得名。

韓信說：「既然朝會已經散了，我還是回去吧！」

蕭何說：「這怎麼行？你既然來了，總得見一見太子和皇后呀！」

韓信無奈，只得和蕭何前往鐘室。鐘室門前，早有四名宮監恭候，說：「太子和皇后有旨，淮陰侯韓信進宮朝賀，請在鐘室相見。」

韓信回答說：「是！」他看了一眼蕭何，那意思是：就「請」我一人嗎？

蕭何拱手一笑，說：「韓老弟請進，我在這裡候著就是了。」

韓信也就不再顧忌，昂首闊步，跨進鐘室的大門。瞬間，鐘室的大門關上了。韓信正在疑惑，說時遲，那時快，空中突然落下一張麻繩編織的大網來，同時躥出十餘名禁軍，拉著大網的繩索，朝著相同的方向猛跑，把韓信結結實實地捆了起來。韓信掙扎著，大聲說：「你們要幹什麼？」進而呼喊蕭何說：「蕭丞相！快來救我！蕭丞相！快來救我！」

韓信喊也是白喊。因爲蕭何按照預定的計策，把韓信騙進鐘室就算完成了任務，這時已經腳底抹油，溜得無蹤無影了。韓信情知上當，遭了暗算，依然掙扎和喊叫。禁軍擔心發生意外，又在韓信身上捆了幾道繩索，一一打了死結。這樣，韓信縱有天大的本事，也奈何不得了。他第一個反應是氣憤，氣憤他高度信任的蕭何欺騙了他，出賣了他，感嘆地說：「成也蕭何，敗也蕭何，早知今日，何必當初？唉！」這一聲「唉」，結束了他和蕭何交往的全部是非與恩怨。禁軍推著蕭何，走近正殿。正殿上，端坐著威嚴的呂后和惶惑的劉盈。審食其和呂釋之侍立兩側，手中分別握有刀和劍。呂后怒視韓信，斥責說：「沒良心的東西！皇上和大漢待你不薄，你爲何賊心不死，一再謀反？」

韓信已經鎮定下來，說：「謀反？誰謀反？你說我謀反，有證據嗎？」

呂后說：「證據？我這就給你證據。」她示意食其，說：「把證據拿給他看！」

食其先把謝西寫的告發材料舉到韓信眼前。韓信粗粗看過，哈哈大笑，說：「這也算證據？憑空捏造，栽贓陷害，人人都會。」

食其又把陳豨的信件舉到韓信眼前。韓信仔細看過，暗暗叫苦，心想這東西怎會落到他們手裡的呢？不過，他仍然鎮定，說：「陳豨和我聯絡，那是他的事情，不能據此斷定，他所聯絡的人必定謀反。」

呂后大怒，說：「證據確鑿，你還狡辯！我且問你：陳豨信上說『切望大王如約，趁長安空虛之時，突襲皇宮，誅殺太子和皇后』，白帛黑字，這如何解釋？『如約』二字說得非常清楚，你和陳豨早有約定，一人在長安，一人在代國，同時謀反！」

韓信臉色有些暗淡，心想這個女人居然抓準了陳豨信件中的要害，還眞不簡單。他定了定神，滿不在乎地說：「欲加之罪，何患無辭？就如你所說，你準備拿我怎樣？」

呂后厲聲說：「叛臣逆賊，斬首示眾，夷滅三族！」

韓信臉色大變，說：「我即便犯了死罪，也應由皇上處治，內宮后妃，無權擅殺功臣。」

呂后冷笑，說：「你曾是功臣不假，但現在是叛臣逆臣反臣。本后正是奉皇上旨意，鏟除你這個禍根！」

韓信說：「你奉皇上旨意？騙人！皇上恩賜我三不殺，他不會言而無信。」

呂后說：「不錯，皇上確實恩賜你三不殺：見天不殺，見地不殺，見金不殺。本后遵從皇上旨意，照樣能夠殺你！來人！行刑！」

禁軍早已準備好了，用一個很大的黑布袋，套住韓信全身，使之看不見天，也看不見地。同時搬來一塊長方形木板，木板上倒插著很多削尖的竹籤，異常鋒銳。韓信死到臨頭，掙扎著大罵：「呂雉！你一隻野雞，一個刁婆和潑婦！你殺了我，我到陰間跟你算賬！」

呂后萬沒想到韓信竟然知道她小時候的名字，還罵她爲「野雞」。她更加氣惱和憤恨，咬牙切齒地說：「行刑！」

韓信仰天長嘆，說：「悔不該當初沒聽蒯通的話啊！想我韓信英雄蓋世，今日竟死於一個女人之手，豈非天哉！」

禁軍抬起韓信，發一聲喊，將韓信拋空，使之重重地落在木板上。鋒銳的竹籤深深地刺進韓信的肌體，鮮血四流，染紅了木板，染紅了木板周圍的地磚。韓信死了。死的時候，沒有見天，沒有見地，沒有見金。高帝恩賜的三不殺，不能成為他的救命符。在殺害韓信的過程中，呂后顯得堅定、沉穩、果斷，劉盈卻嚇得心驚肉跳，以手捂臉，不敢看那血腥的場面。呂后瞪了劉盈一眼，不滿地說：「瞧你那點出息！」

當天，釋之奉呂后命令，帶領禁軍包圍了淮陰侯府，將韓信父族、母族、妻族及侍衛、男傭、女僕六十餘人全部斬首。韓信的愛姬相姬具有先見之明，早就帶著韓信的兒子韓童藏匿山林，不知所終。謝東和謝西告發韓信有功，經審食其提攜，雙雙當上了萬年縣境的亭長。呂后殺了韓信，立即派人報告遠在漳河前線的高帝。高帝驚訝不已，沒料想自己想幹而不敢幹的事情，呂后竟然幫他幹了。他暗暗佩服呂后的膽魄，同時想到呂后擅自做主，誅殺韓信，先斬後奏，這也未免太過分啦！

高帝征伐陳豨的戰事並不順利。主要原因是時值冬天，滴水成冰，而且遠離長安，糧草接濟困難，兵力也顯得不足。陳豨憑藉漳河，設防布陣，足以與高帝周旋。官軍與叛軍對峙著。高帝忙裡偷閒，帶著戚姬和劉如意，返回洛陽，休息休息，調整身心。他想知道呂后誅殺韓信的細節，遂派人到長安通知呂后，命她速往洛陽，當面報告情況。這一通知本屬無意，然而卻導致了梁王彭越的悲慘下場。彭越字仲，昌邑（今山東巨野東南）人。青年時代當過漁民，當過山大王。陳勝、吳廣起義後，他也乘亂起義，但並不受陳勝、吳廣節制。楚漢戰爭中，他率領一支獨立的武裝力量，活動於項羽的腹地，時時偷襲楚軍，攻城邑，斷糧道，給項羽造成了很大的麻煩。漢王劉邦和項羽在垓下決戰的前夕，曾約韓信和彭越共擊項羽。韓信和彭越並不買賬，故意按兵不動。這時，劉邦聽從了張良的建議，分別封韓信、彭越為齊王和梁王。他倆這才進兵，幫助劉邦徹底殲滅了項羽。劉邦稱帝，彭越成為正兒八經的梁王，都定陶。

彭越身材魁偉，體格健壯，一臉絡腮鬍鬚，兩眼炯炯有神。他生來天不怕地不怕，作戰非常英勇，身上留有二十餘處刀砍劍刺的傷疤。他也是高帝的開國功臣之一，論軍功僅次於韓信，在諸侯王中享有崇高的威望。彭越和韓信的私人交情十分深厚，彼此間常有書信往來，逢年過節還互相贈送些禮物，略表情誼。正因爲如此，彭越對於韓信降爵爲淮陰侯是深表同情的，但懾於高帝的皇權，同情只能放在心裡，言語上和行動上不敢有絲毫的流露。突然，彭越聽說韓信被呂后殺害了，罪名是蓄意謀反。這給彭越以強烈的震撼和巨大的刺激，使之有了一種兔死狐悲的感覺。他不相信朝廷公告的說法，因爲韓信若要謀反，早就反了，何必等到今天？由彼及己，彭越感到一種不祥的預兆，自言自語地說：「卸磨殺驢，過河拆橋，果眞是『狡兔死，良狗烹』啊！」

就在彭越心慌意亂、六神無主的時候，高帝從洛陽頒來一道聖旨，命他率梁國兵馬，前往漳河與官軍會合，征討陳豨。彭越手捧聖旨，思前想後，左右爲難：去，必然和韓信一樣，白白送死；不去，聖命如山，皇上怪罪下來，怎麼得了？

彭越部將扈輒建議說：「大王可以推說自己有病，不能出征，另派一人，率少許兵馬前往應付應付，不就得了？」

彭越實在不想羊入虎口，自去送死，所以便採納了扈輒的建議，一面回書高帝，謊稱自己有病；一面指派一員偏將，率五千兵馬前往漳河。高帝大怒，將彭越的回書摔在地上，憤憤地說：「反了反了！諸侯王不聽調遣，朕這個皇帝還能當嗎？」他立刻命符璽御史趙堯前往定陶，說：「你去告訴彭越，他有病沒病，都得給朕出征！養兵千日，用在一時，這事還由得他了？」

趙堯奉命，前往定陶，照實轉達了高帝的原話。彭越嚇壞了，明白違抗聖命，是要殺頭的。他萬分無奈，只好親自出馬，率兵出征，以謝死罪。心懷叵測的扈輒又說話了。他說：「大王現在出征，恐怕爲時已晚。」

彭越說：「這是爲何？」

扈輒說：「幾天前，皇上命大王出征，大王沒有應命，已經違抗了聖旨；現在，大王受了皇上的斥責，方才出征，皇上信得過嗎？所以，大王此去，必遭暗算。」

彭越猶豫地說：「那該怎麼辦？」

扈輒說：「一不做，二不休，大王索性舉兵造反，遙與陳豨呼應，這才是死裡求生的辦法。」

彭越細想，舉兵造反，風險太大，不如裝病裝到底，看他皇上怎麼動作。因此，他既不說出征，也不說造反，乾脆躲在梁王府，關上大門養起病來。隔牆有耳。彭越和扈輒的談話，偏被彭越手下的一個僕人偷聽到了。這個僕人渴望得到封賞，一口氣跑到洛陽，將彭越和扈輒的談話，一五一十地報告了高帝。高帝大怒，親率精銳三千人，直撲定陶，以迅雷不及掩耳之勢，出其不意地擒獲了彭越和扈輒，五花大綁，押解洛陽，交廷尉審訊。審訊的結果是：舉兵造反的建議是扈輒提出的，彭越沒有受其唆使，本無大罪。但彭越作爲諸侯王，兩次違抗聖命，拒不率兵出征，具有謀反的嫌疑；加之，扈輒建議造反，彭越未作處治，而且知情不報，姑息養奸，已經構成死罪。高帝面對審訊的結果，頗爲躊躇。他想，剛剛殺了韓信，再殺彭越，必然會招致非議，有人會據此大做文章，說自己凶殘暴虐，濫殺功臣，不仁不義。高帝可不想落個暴君的名聲，所以爲定：赦免彭越死罪，廢爲庶人，流放青衣（今四川名山北），以觀後效。至於扈輒，罪不容赦，斬首示眾。

彭越從梁王到庶人到流犯，所有的榮華富貴就跟水泡泡一樣，眨眼之間全沒了。他痛心疾首，卻還要跪地磕頭，感謝皇上不殺之恩。他感到憋氣和窩囊，只想罵娘。轉而尋思，自己比韓信還是強多了，總算保住了性命。留得青山在，不怕沒柴燒。流放就流放，老子在流放期間要重整旗鼓，再創大業。彭越身穿寫有「囚」字的囚衣，戴上三十斤重的枷鎖，由八名役吏押解，離開洛陽，前往青衣。路途遙遠，行程艱難。彭越回想昔日騎馬乘車、侍從如雲的情景，無限感慨，黯然神傷。有道是：「成者王侯敗者賊。」這話一點不假啊！

彭越由役吏押解，數日後到達鄭城（今陝西華縣），迎面遇見一支車馬隊伍。但見前面有二百名士兵舉著五彩旌旗，後面有二百名士兵手持刀、槍、戈、戟等兵器，中間一輛鳳輦，鑲金嵌玉，包錦裹繡，華麗至極。彭越暗暗吃驚：鳳輦是皇后專用的車輿，自己莫不是遇見皇后了？

不錯，彭越的確遇見呂后了。

呂后接到高帝的通知，安排好宮中事務，前往洛陽報告誅殺韓信的細節。呂后外出，總要帶著審食其。因爲審食其不僅是她鍾愛的情夫，而且是她得力的幫手，她是須臾離不開他的。這時，審食其正騎著高頭大馬，隨行在鳳輦的右側。他一眼認出路邊的流犯彭越，馬上悄聲報告呂后。呂后一聽，立命駐輦。高帝擒獲彭越，她略有所聞。但高帝怎樣處治的，她不大清楚。借此機會，她要問個究竟。

食其下馬，領了彭越，來見呂后。彭越跪在鳳輦旁邊，說：「罪民彭越拜見皇后！」

呂后故作驚訝地說：「這是怎麼了？梁王爲何如此狼狽？」

彭越說：「啓稟皇后，請千萬別稱罪民爲梁王，皇上已廢我爲庶人，並流放蜀地，我已成了一個流犯啦！」

呂后腦子裡飛快地掠過「放虎歸山」四個字，但臉上很平靜，說：「什麼罪民、流犯？你犯了何罪？」

彭越說：「唉！一言難盡。」接著，他把獲罪的始末說了一遍，最後說：「我實在是冤枉啊！」

呂后眼珠子轉了轉，說：「彭愛卿乃開國之元勛，朝廷之棟樑，誰人不知，誰人不曉？皇上也眞是的，偏聽小人讒言，作出錯誤決斷，這不公平。」

彭越聽了這幾句話，以爲遇見了救星，連連磕頭，說：「我彭越一片忠心，蒼天可鑒！若有反心，天打雷劈！」

呂后淡淡一笑，說：「彭愛卿言重了。來人！還不快給梁王去了刑具？你們都是木頭人不是？」

押解彭越的役吏猶疑地說：「這……」

呂后一揚手，說：「沒你們的事，本后自會跟皇上說的。」

役吏給彭越去了刑具，彭越感到一陣輕鬆，再次磕頭，說：「多謝恩典！多謝恩典！皇后眞是王母娘娘，大慈大悲，舉世無雙。」

呂后大笑，說：「什麼呀？本后怎敢和王母娘娘相比？彭愛卿，你說，你有什麼要求？」

彭越哭喪著臉，說：「皇上赦我死罪，已是大幸。我本不該提什麼要求，只是皇上將我流放青衣，千里迢迢，山險水惡。懇請皇后在皇上跟前美言幾句，將我流放故里昌邑，妻兒老小能夠團聚，我就感恩不盡了。」

呂后說：「這好辦！本后見了皇上，一定給你說情。是不是這樣？青衣，你就不必去了，乾脆隨我回洛陽。皇上高興了，沒準兒恢復你的梁王名號，也是可能的。」說罷，還命侍衛牽過一匹馬來，讓彭越以騎代步，東返洛陽。

山重水複疑無路，柳暗花明又一村。彭越由憂變喜，由哀變樂，從心底感激呂后，感激她通情達理，感激她寬厚大度。她，眞是賢明的皇后，仁慈的國母，天下蒼生黎民的護衛神哪！

呂后帶著彭越抵達洛陽。洛陽有南宮和北宮，高帝住在南宮，呂后住進北宮。北宮附近有驛館，呂后命審食其將彭越安排在驛館居住，同時派了幾名侍衛專門侍候。

當天，呂后帶著貼身侍女蘭兒和麗兒，由審食其陪同，前往南宮拜見高帝。蘭兒和麗兒，十三四歲，長相姣好，聰明伶俐。自柯玫和林瑰遠嫁匈奴單于以後，她倆便成爲呂后的貼身侍女，手腳勤快，嘴巴嚴實，很受呂后的賞識。他們進了南宮，走向高帝的寢殿，老遠就聽見悠揚的絲竹管弦之聲，且有一個女人在唱歌，音綿聲軟，綿軟中含有幾分嬌氣。呂后知道，唱歌的是戚姬，一個自己最反感最痛恨的女人。她沒有急於進殿，而是駐足靜聽，且聽那個女人唱些什麼。殿裡，傳出鏗鏘的音樂和靡靡的歌聲：

君不行兮夷猶，蹇誰留兮中洲！美要眇兮宜修，沛吾乘兮桂舟。令沅湘兮無波，使江水兮安流。望夫君兮未來，吹參差兮誰思！

駕飛龍兮北征，邅吾道兮洞庭。薜荔柏兮蕙綢，蓀橈兮蘭旌。望涔陽兮極浦，橫大江兮揚靈。揚靈兮未極，女嬋媛兮為余嘆息。橫流涕兮潺湲，隱思君兮悱惻。

桂棹兮蘭枻，斵冰兮積雪。采薜荔兮水中，搴芙蓉兮木末。心不同兮媒勞，恩不勝兮輕絕。石瀨兮淺淺，飛龍兮翩翩。交不忠兮怨長，期不信兮告餘以不閒。

朝騁騖兮江皋，夕弭節兮北渚。鳥次兮屋上，水周兮堂下。捐余玦兮江中，遺餘佩兮澧浦。采芳洲兮杜若，將以遺兮下女。時不可兮再得，聊逍遙兮容與！

戚姬唱的是戰國時期楚國詩人屈原創作的詩歌《湘君》，內容是描寫女神湘夫人等待男神湘君遲遲不至，因而感到愛、恨、怨、悲的複雜心情。呂后聽不大懂，問食其說：「這是什麼歌？」

食其說：「好像是楚地歌曲，至於叫什麼名字，我也不知道。」

呂后說：「軟綿綿輕飄飄的，有什麼好聽的？」

食其迎合說：「那倒是。」

這時，只聽得殿裡的高帝拍手喝采，說：「愛姬唱得好啊！就是太文謅了，好些地方，朕聽不懂。最好來一段葷的，郎呀妹呀夫呀妻呀什麼的，聽來過癮。」

呂后一撇嘴，說：「瞧皇上這德性！」說著，故意咳嗽一聲，緩步跨進寢殿的大門。

高帝的貼身宮監高青發現呂后，大聲通報說：「皇后駕到！」

呂后見高帝半躺半倚在御榻上，向前跪地，說：「臣妾拜見皇上。」食其、蘭兒和麗兒也跟著跪地，問候皇上。

高帝點頭，說：「來啦？平身吧！」

呂后等說：「謝皇上！」起身站立。

戚姬本來正在歌舞，短衣長裙，雙臂裸露。她見皇后，是要行禮的，乃就地而跪，說：「戚雪兒參見皇后！」

呂后討厭這個女人，但在高帝面前，不便發作，只是點頭說：「罷了！」戚姬起立。就在這當口，呂后發現戚姬的左臂上刺有一朵梅花圖案，大為驚奇。她突然想起那年在函谷關被歹徒追殺的情景，莫非……

29

呂后設計誅殺彭越。彭越死前揭露呂后說：「你和審食其長期通姦的醜事，還能隱瞞多久？」呂后氣急敗壞，命將彭越屍骨剁成肉醬，分送諸侯王。

宮監高青搬來一張圓杌，放在高帝御榻的左側，說：「皇后請坐。」

呂后落座，示意蘭兒和麗兒，說：「我和皇上說話，你們去外面候著。」

蘭兒和麗兒說：「是！」

審食其也準備退出。呂后說：「辟陽侯不是外人，可以留下。」說著，有意看了一眼戚姬。

戚姬頗爲知趣，說：「皇后和皇上說話，臣妾自當迴避。」說罷，扭動著腰枝退下。

高帝背靠御榻，右腿架在左腿上，說：「朕召你來洛陽，是想問問誅殺韓信的具體情況。韓信果眞謀反了嗎？」

呂后說：「沒錯，他確實謀反了。」

高帝說：「有證據嗎？」

呂后說：「有。辟陽侯！你將謝西的告發材料和陳豨的信件，讓皇上過目。」

食其取出材料和信件，雙手遞給高帝。高帝認眞看過，說：「看來，韓信確實謀反了。不過，韓信畢竟是功臣，是列侯，你要殺他，總該向朕通報，不該先斬後奏啊！」

呂后說：「當時情況緊急，來不及通報皇上。皇上出征前吩咐，太子盈兒監國，外事委於蕭丞相，內事委於臣妾。我們三人反覆合計，才採取了行動。」

高帝說：「哦？蕭何也參加了誅殺韓信的行動？」

呂后說：「蕭何可起了大作用啦！」接著，她把蕭何如何誑騙韓信進宮的過程敘述一遍，末了說：「蕭何堅持公法，不徇私情，難能可貴。」

高帝點頭，又問：「韓信臨死時說了什麼？」

呂后說：「他提到蒯通。」

食其插話說：「韓信的原話是：『我悔不該當初沒聽蒯通的話啊！』」

高帝手摸腦門，說：「蒯通？這個名字，朕聽說過。」

呂后說：「臣妾已經調查清楚，蒯通原是韓信的謀士。韓信爲齊王時，蒯通曾竭力鼓動韓信造反，韓信沒有聽他的。其後，他便離開韓信，隱於民間。」

高帝皺起眉頭，說：「他敢鼓動韓信造反？那好，朕一定要抓住他，放在油鍋裡烹了！」他伸展雙臂，打了個哈欠，說：「還有什麼事嗎？」

呂后兩眼直視高帝，說：「臣妾聽說梁王彭越也反了？」

高帝說：「彭越反與不反，在於兩可之間。朕命他率兵征伐陳豨，他擔心會走韓信的老路，故意裝病。他的部將扈輒慫恿他舉兵造反，他未予理睬，但也未處治扈輒。廷尉審訊認爲，他違抗聖命，具有謀反的嫌疑；加之又包庇反臣，已經構成死罪。朕考慮彭越以前的功勞，並沒有殺他，只廢爲庶人，流放到蜀地去了。」

呂后將圓杌朝前挪了挪，說：「皇上！你這可是放虎歸山啊！」

高帝說：「哪有那麼嚴重？不管怎麼說，彭越於我大漢還是有功的，饒他一死，也不算過分。朕以仁德治天下，還是少些殺戮爲好。」

呂后說：「臣妾不敢苟同皇上的意見。論功，韓信不比彭越小，可該殺的還得殺。皇上注重仁德，那要看對什麼人。對於黎民百姓，講究仁德是對的；而對於叛臣反賊，就不能講究仁德。

皇上戎馬一生，好不容易創建了大漢江山。而那些異姓諸侯王，有幾個安分的？今天你造反，明天他造反。爲了什麼？還不是爲了覬覦天下，爭奪皇權？平常的日子倒還罷了，稍有風吹草動，他們可都不是省油的燈啊！就說彭越吧，他違抗聖命，包庇扈輒，說明他跟皇上不是一條心。這種人，流放到蜀地去，能服罪嗎？能老實嗎？蜀地是膏腴之地，天府之國。彭越到了那裡，暗暗積蓄力量，重新舉兵造反，那可就難以對付啦！」

呂后的這一番話，說動了高帝。他曾下過決心徹底鏟除異姓諸侯王的，怎麼事到臨頭，又心慈手軟了呢？他不禁後悔起來，後悔赦免了彭越的死罪。他想了想，說：「皇后所言，甚是有理。可是，朕已赦免了彭越，金口玉言，哪能變更呢？」

呂后說：「這好辦！就說彭越在流放以後還要謀反不就得了？」

高帝說：「可他已經離開洛陽，不知到了什麼地方，朕得派人把他抓回來。」

呂后微微一笑，說：「無須皇上操心，臣妾已經把他抓回來了。」

高帝很是詫異，說：「你怎會遇見他的？」

呂后說：「臣妾在來洛陽的途中，經過鄭城，偶爾遇見彭越。臣妾想，這是一隻老虎，放歸山林可了不得，所以連哄帶騙，就把他帶回來了。現在住在驛館，有侍衛侍候著，跑不了。」

高帝有點生氣，說：「你……」那意思是說：沒有我的許可，你怎能想怎麼做就怎麼做呢？

呂后從容地說：「臣妾相信皇上聖明，一定會採納臣妾的忠告，重新處治彭越，所以才自作主張，還請皇上鑑諒。」

這幾句話說得相當得體，高帝反而不好意思，說：「是啊！你也是爲大漢江山著想的嘛！」

呂后說：「謝皇上誇獎！」

高帝說：「朕明天還要到漳河前線去，彭越的事就交給你辦好了。注意！要辦得有理有據，不要留下後遺症。」

呂后趕忙跪地，說：「臣妾遵旨！」

呂后原以爲高帝會留她在南宮侍寢的，但見高帝沒有這個意思，心甚怏怏，遂起身告辭，回到北宮。當夜，高帝和戚姬在南宮男歡女愛，呂后和食其則在北宮卿卿我我。呂后赤身裸體，頭枕食其的胳膊，說：「白天在南宮，你有什麼發現沒有？」

食其說：「你指的什麼？」

呂后說：「那個騷狐狸唄！」

「哦！我想起來了，戚姬的左臂上刺有一朵梅花圖案。」

「對！就是梅花圖案。那年，我當人質獲釋以後，途經函谷關回櫟陽，遇到歹徒追殺。聽釋之兄弟說，歹徒的左臂上都刺有梅花圖案。那麼，那些歹徒會不會和戚姬有什麼關係？」

「嗯！這事有點蹊蹺。」

「哎！戚姬的爺爺叫什麼來著？」

「戚貴。」

「他現在在哪？」

「在長安，單獨住一個院落，挺闊氣的。」

呂后一骨碌坐起來，說：「你給我派人好好查一查，查查那個戚貴，查查戚貴和戚姬的老家，沒準兒那次追殺，就是戚貴和戚姬策劃的！」

「是！我的皇后！」食其伸手把呂后扳倒，再次趴到她的身上。

第二天，呂后送走高帝和戚姬，轉而集中心思對付彭越。彭越住在驛館，眼巴巴地盼著呂后給他說情。他的生活是優裕的，每頓飯有酒有肉，隨意吃喝。他的行動是自由的，可以到大街上走走逛逛，不受約束。不過，他的身邊總有幾名侍衛跟著，據說是奉皇后旨意，要絕對保證梁王的安全。彭越心中暗喜，因為侍衛仍然稱他為梁王，看來皇后是確實向著自己的。一連數日，不見動靜。直到十日以後，有人傳話，讓彭越立刻去北宮見皇后。彭越心想皇后說情終於有了結果，肯定是個好消息，答應說：「是！我這就去。」由於喜悅和激動，他的聲音都有些變了。

就在彭越興沖沖地跨進北宮正殿的剎那間，呂后利用捕獲韓信的方法，沒費大力，又將彭越捕獲了。二三十名侍衛拉著網繩，將彭越捆了個嚴嚴實實。彭越拼命掙扎，哇哇直叫，說：「幹什麼？我是彭越！我是奉命來見皇后的！」

侍衛大笑，說：「對不起，我等也是奉命來抓彭越的！」

彭越一下子懵了，不明白是怎麼回事。他抬頭看見坐在正殿中央鳳榻上的呂后，說：「皇后救我！皇后救我！」

呂后勃然大怒，說：「住口！彭越匹夫，皇上待你恩重如山，本后待你也算仁至義盡。你犯了死罪，皇上沒有殺你，只處以流放。本后念你是個功臣，所以在途中將你帶回洛陽，並在皇上跟前替你求情。皇上本已應允，赦你無罪，繼續封為梁王。誰知你不識好歹，本性難改，又在住所圖謀造反，這是為何？」

彭越大叫，說：「冤枉！冤枉啊！這些天我一直住在驛館，一直和皇后指派的侍衛作伴，我怎會在住所圖謀造反？」

呂后說：「你冤枉？本后讓你見一個人，你就不冤枉了！」她朝側門方向揚揚手，說：「帶上來！」

兩個侍衛從側門押進一個人，大塊頭，禿腦袋，塌塌鼻子，老鼠眼睛。呂后說：「彭越！你看他是誰？」

彭越轉臉看看那個人，再看看呂后，不解地問：「他怎麼會在這兒？」

呂后狡黠地一笑，說：「你問我，我問誰去？你不是冤枉嗎？那就跟你這個老部下老朋友說去！」彭越瞪著眼睛注視那個人。

那個人叫汪恩，是彭越的同鄉。早在彭越當山大王的時候，汪恩就追隨彭越，鞍前馬後，東跑西顛，吃過不少苦頭。彭越成為梁王，提拔汪恩當了裨將，二人稱兄道弟，關係相當密切。可是半年前，汪恩強搶民女，惹出幾條人命。彭越念在朋友份上，沒有動用殺刑，只是將汪恩重責一頓，命其離開梁軍。汪恩離開後再沒有消息，不想卻在這個場合出現了。

汪恩為什麼會出現在這個場合呢？原來，呂后要殺彭越，必須要有證據。她打聽到汪恩和彭越的關係，斷定汪恩必定怨恨彭越，所以便命食其尋訪汪恩。食其神通廣大，竟將汪恩尋訪到了，帶回洛陽。呂后唆使汪恩，要他這麼這麼說，答應事後讓他當個郡守。汪恩見是皇后吩咐，也就昧著良心，胡編胡捏，亂說一氣了。

汪恩不敢正視彭越，說：「大王！謀反的事就招了吧！」

彭越說：「誰謀反了？招什麼呀？」

汪恩說：「幾天前我拜訪大王時，大王怎麼說來著？」

彭越大叫，說：「幾天前你拜訪我？胡說八道！我起碼有半年時間沒有見過你了。」

汪恩煞有介事地說：「大王眞是好健忘啊！那天我到驛館拜訪大王，大王急急地關上房門，悄悄地跟我說：『皇上昏庸，濫殺功臣，不反就沒有活路了。』還說：『皇后虛僞，愛裝好人，其實一肚子壞水。』大王要我立刻回定陶去，率兵攻打洛陽，先殺皇上，再殺皇后，然後就……」

「呸！」彭越氣得臉紅脖子粗，打斷汪恩的話，說：「幾天前，王八蛋才見你了，王八蛋才跟你說那些話了。你是個卑鄙無恥的小人，半年前，老子為什麼不一刀宰了你呢？」他掙扎著，要和汪恩拼命。侍衛趕忙拉緊繩索，使彭越動彈不得。彭越轉向呂后，說：「皇后明鑒！這個人是無賴，是瘋狗，他的話萬萬聽不得！」

呂后仔細欣賞著自己修剪得十分整齊的手指甲，慢條斯理地說：「本后不聽他的話，那該聽誰的話呀？」

彭越說：「他是無中生有，血口噴人！」

呂后輕輕一笑，說：「是嗎？無中能生出有，血口能噴到人，那也是一種本事。一種本事！懂嗎？」

「你……」彭越此時恍然大悟，知道自己上當受騙了。呂后把他從鄭城帶回洛陽，根本沒安好心，目的就是爲了置自己於死地。而自己卻輕信了她的謊言，還把她當作救星，眞是可氣可恨、可悲可嘆啊！他覺得兩眼漆黑，整個世界處在旋轉翻騰之中。突然，他看到呂后身邊站著的審食其，得意洋洋，滿臉傲氣。他意識到自己反正活不成了，死前應當將一秘密公諸世人。他哈哈大笑，鄙夷地說：「呂氏婆娘！你斬韓信，殺彭越，巧施手段，天衣無縫，算你高明！你剛才不是說無中能生出有，血口能噴到人，也是一種本事嗎？那好，我不無中生有，也不血口噴人。我只講一個事實，一個存在了幾十年的事實：你和審食其長期通姦的醜事，還能隱瞞多久？還能……」

呂后萬沒想到彭越知道她和審食其之間的醜事，更沒想到彭越會在這種場合當眾說出來。她氣急敗壞，說：「快！快！快封住他的嘴，不許……不許他亂說！」

侍衛隨手抓一塊破布塞進彭越嘴裡。彭越掙扎著，瞪著呂后，依然含混不清地說：「通姦……皇上……千刀萬剮。」意思可能是說：「你們一對狗男女長期通姦，皇上總有一天會知道，一定會把你們千刀萬剮！」

呂后臉紅心跳，說：「快！快將彭越推出去斬首！」

侍衛剛要把彭越推出去。呂后又說：「啊！不！就在這兒斬首！」

侍衛用疑惑的目光看著呂后。呂后說：「就在這兒斬首，我要看看，反臣的腦袋是不是肉長的！」

彭越昂然站立，像一尊鐵塔。幾名侍衛繞到他的身後，猛地一腳，將他踢倒。行刑的侍衛向前，手起刀落，彭越身首分離。呂后看到噴出的鮮血，感到一陣噁心，險些嘔吐出來。她越想越氣，彭越竟敢揭露她和審食其的隱私，眞是可惡至極。她威嚴地下令說：「把彭越反賊的屍骨剁成肉醬，裝在陶罐裡，分送諸侯王，讓他們知道：誰敢反叛大漢，下場和彭越一樣！」

「是！」侍衛們回答。

停了停，呂后又說：「彭越剛才所說的瘋話，你們權當沒聽見。若有人敢向外吐露半個字，我滅他九族！」

「是！」侍衛們領教了皇后的厲害，更加乖乖地回答。

呂后誅殺彭越，又爲大漢鏟除了一個隱患。她很得意，高高興興地回長安去了。這時，高帝在漳河決戰陳豨，穩紮穩打，取得節節勝利。陳豨敗退，一度派人北入匈奴，企圖尋求匈奴單于的支援。但是，匈奴單於自認爲是大漢的女婿，斷然拒絕了陳豨的要求。陳豨叛軍終究是一幫烏合之眾，很快被官軍打得七零八落。陳豨眼看人勢已去，顧不得殘部餘孽，獨自逃匿，不知去向。至此，陳豨叛亂基本被平定，唯有罪魁陳豨在逃。高帝命樊噲、周勃乘勝進剿，務要將陳豨斬殺，方可凱旋長安。

高帝在平定陳豨的同時，根據呂后的提示，已將蒯通緝捕歸案。韓信臨死的時候，曾經提到此人，所以不能讓他逃脫。高帝親自審問，說：「蒯通！朕聽說你曾鼓動韓信謀反，可有此事？」

蒯通說：「沒錯！確有此事。可惜，韓信沒聽我的，他若聽了我的，那麼，現在審問我的就不會是你皇上了。」

高帝大怒，說：「蒯通！作爲謀士，你該爲韓信指點正道；作爲人臣，你該讓韓信忠於朝廷。而你，卻鼓動韓信謀反，是何居心？」

蒯通冷笑，說：「狗吠各爲其主，這有什麼奇怪的？想當初，我是韓信謀士，心中只有韓信，根本沒有皇上。秦失其鹿，英雄豪傑舉兵爭逐，誰有本事誰得天下。這是很平常的道理。皇上最終勝利了，但你能夠將過去反對過你的人都殺光嗎？」

高帝原來是想烹殺蒯通的，聽了這一席話，似有所悟，說：「看來，你是個忠臣，朕就赦免你啦！你想做官嗎？朕可以封你官職。」

蒯通可不想做官，說：「朝廷殺戮太重，所以臣不想做官，只想隱歸山林，懇請皇上恩准。」

高帝並不勉強，由蒯通自去。高帝回師長安，新封三個兒子爲王：劉恢封梁王，劉友封淮陽王，劉恆爲代王。高帝認爲，異姓諸侯王異姓異心，靠不住，只有封劉姓人特別是親生兒子爲王，大漢江山才能永固永存。

高帝在長安，多半和心愛的戚姬住在未央宮。呂后習慣了，想爭風吃醋也沒有什麼精氣神了。這天，審食其調查梅花圖案有了頭緒，於是便約了呂釋之，來到長信殿向呂后彙報情況。食其說：「我派人去了一趟虞縣，虞縣有個梅花塢，戚貴和戚姬就是梅花塢人。皇上那年兵敗濉水，途經梅花塢投宿。就在那天夜裡，皇上和戚姬成婚。戚貴是個豪紳，家中廣有錢財。祖上傳下一條規矩，就是所有梅花塢的人，都要在左臂上刺一朵梅花圖案，表示忠實於梅花塢的事業。那年追殺皇后的歹徒，左臂上都刺有梅花圖案，可以斷定他們是梅花塢人。追殺，肯定是經過精心策劃的，目的似乎只有一個……」

釋之說：「是什麼？」

呂后說：「說下去！」

食其說：「那就是要皇后的命！」

釋之說：「為什麼？」

食其說：「因為還有人想當皇后。」

問題逐漸明朗化了，這個想當皇后的人無疑就是戚姬戚雪兒。不過，戚姬當時只有十五六歲，不大可能自個兒策劃刺殺事項。分析來分析去，最後分析到戚貴身上：此人為了能讓孫女當上皇后，不惜在函谷關鋌而走險……

釋之說：「這事太玄乎啦！那天，我們經過函谷關，戚貴怎會知道的？「食其說：「這正是戚貴的能耐。他雖然家住梅花塢，卻能準確地掌握皇后的行蹤。」

釋之說：「這事要不要報告皇上？」

呂后說：「報告皇上頂屁用！沒憑沒據的，皇上能相信嗎？即使有憑有據，皇上偏心，也會袒護那個小賤人和她的爺爺的。」

釋之撓頭，說：「那該怎麼辦呢？」

呂后想了想，說：「這事只能在暗中進行，要這樣辦……」她指示食其和釋之，必須如此如此，不能落下蛛絲馬跡。

30

呂后導演，「閻羅殿」夜審戚貴，掌握了函谷關遇刺的證據。
高帝聖訓，要呂后閉門思過。呂后失蹤，哭祭太上皇陵墓。

豪紳戚貴住在長安，單獨一個院落，雇有男傭女僕，生活得逍遙自在。戚姬和劉如意在長安的時候，他時時進宮看望孫女和外曾孫，偶爾還能和高帝對坐，痛飲幾杯。他感到非常滿足，或者說非常興奮，相信當初將孫女戚雪兒嫁給漢王劉邦這步棋，走得正確，走得完美，走得完全超出常人的想像。這不？漢王成爲皇帝，無限寵愛雪兒和如意，這是多大的造化！而且，形勢的發展不至於此，高帝冷落呂后，高帝討厭劉盈，如此下去，雪兒有可能成爲皇后，如意有可能成爲太子。果眞到了那一天，那麼，戚家的榮華富貴可就達到極點啦！

這天夜裡，戚貴正在睡覺，忽然聞到一股淡淡的幽香，覺得渾身舒坦，聞著聞著，整個身心好像飄起來了，飛向很遠很遠的地方。也不知過了多久，當他醒來的時候，發現自己似乎置身在一個山洞裡，涼風颼颼，燭光昏暗，黑幔綠簾，氣氛陰森。抬頭看去，只見一張漆黑的長桌，上方高懸一塊大匾，匾上有「閻羅殿」三個大字。大匾下面，坐著一位滿臉鬍鬚、形象古怪的威嚴人物。左面站立一人，牛頭，巨口獠牙，手執金鈴；右面站立一人，馬面，眼露凶光，手執銅錘。戚貴倒吸了一口涼氣，心想閻羅殿不是閻羅王判人生死的地方嗎，自己怎會到了這裡？

坐著的威嚴人物「啪」地一聲拍響驚堂木，喝問道：「來人可是戚貴？」

戚貴大驚失色，心想此人怎會知道我的名字呢？他膽怯地說：「小人正是戚貴。不知這裡是……」

威嚴人物哈哈大笑，說：「你問這裡是什麼地方不是？告訴你，這裡是閻羅殿，本人便是判人生死的閻羅王。這兩位，一位是牛頭鬼，一位是馬面鬼，專拘陽壽終止的人到此報到。」這時，牛頭鬼搖動金鈴，馬面鬼舞動銅錘，橫眉怒目，嘴裡發出「嗚——嗚——」的聲響，那景象令人毛骨悚然。

戚貴嚇得身上暴起一層雞皮疙瘩，除了連連磕頭外，說不出一句話來。閻羅王又拍了一下驚堂木，厲聲說：「大膽戚貴！你家住虞縣梅花塢，爲何到京城長安來爲非作歹？」

戚貴說：「這……」

牛頭鬼和馬面鬼一跺腳，吼道：「說！」

戚貴磕頭，說：「我說！我說！小人孫女戚雪兒，嫁給當今皇上爲寵姬，所以舉家西遷，享受隆恩。」

閻羅王說：「一派胡言！據本王所知，你的家仍在梅花塢，到長安來的只有你、戚雪兒和劉如意，怎能說是舉家西遷？」

戚貴沒想到閻羅王對自己的情況瞭如指掌，只好說：「是！是！」

閻羅王又說：「你和戚雪兒，還有你的家丁，左臂上都刺有梅花圖案，可是事實？」

戚貴說：「是！」

閻羅王取出一個帛簿，翻了翻，說：「這生死簿上，有六名家丁，聯名告你貪戀富貴，草菅人命，致使他們抛屍函谷關，成爲恨鬼怨魂，這是怎麼回事？」

戚貴萬沒想到這件舊事也紀錄在案，老老實實地承認說：「六名家丁是執行一項任務而在函谷關喪命的。」

「什麼任務？」

「這……」

牛頭鬼和馬面鬼跨前一步，吼道：「說！」

戚貴膽戰心驚，說：「為了刺殺一個人。」

「刺殺誰？」

「當時是漢王夫人，即現在的皇后。」

「你認識漢王夫人嗎？」

「不認識。」

「那你為何要刺殺她？」

「為的是讓我孫女能當皇后。」

閻羅王冷笑一聲，說：「大膽戚貴！你好狠毒！為了讓你孫女能當皇后，竟然指派家丁刺殺漢王夫人，該當何罪？」

牛頭鬼和馬面鬼說：「凌遲處死，打入十八層地獄！」

閻羅王說：「十八層地獄，你可知道？」

戚貴戰戰兢兢，說：「小人不知。」

閻羅王說：「那好，本王說給你聽聽。十八層地獄即吊筋獄、幽枉獄、火坑獄、酆都獄、拔舌獄、剝皮獄、磨捱獄、碓搗獄、車崩獄、寒冰獄、脫殼獄、抽腸獄、油鍋獄、黑暗獄、刀山獄、血池獄、阿鼻獄、秤杆獄。你說，你該下哪一層地獄？」

戚貴嚇得魂飛魄散，小雞啄食似地磕頭，說：「不！不！小人一定改惡從善，改惡從善，懇請大王饒恕，懇請大王饒恕！」

閻羅王微笑，說：「念你尚能坦白自己的罪孽，這打入十八層地獄嘛，就免了。不過，你得在這裡暫住幾日，待本王忙過這一陣子，再行發落。」牛頭鬼和馬面鬼裝模作樣，押解哆哆嗦嗦的戚貴，去了山洞深處，把他關了起來。幔簾後面，鑽出一人，望著閻羅王，放聲大笑，說：「這幕戲，演得太精采啦！」

原來，這幕戲是呂后一手導演的。呂后爲了弄清函谷關遇刺的眞相，命審食其和呂釋之用迷魂香熏倒戚貴，把他弄進一個山洞裡，再由釋之扮作閻羅王，兩名禁軍分別扮作牛頭鬼和馬面鬼，嚴加審訊，食其則藏在幔簾的後面，逐字逐句紀錄戚貴的供詞。戚貴哪裡知道這是個圈套？只當是到了閻羅殿，面對閻羅王，坦白了自己的所作所爲。

食其和釋之喜形於色，急忙來到長信殿，把戚貴的供詞讓呂后看過。呂后看著看著，牙齒咬著下嘴唇，兩道眉毛向中間收攏，惡恨恨地說：「那次刺殺，果然是戚貴策劃和指使，惡毒至極！」

釋之說：「我們有了證據，下一步該怎麼辦？」

食其說：「戚貴那個老東西，我們得宰了他！」

呂后說：「別忙！我還要問問戚姬，看那個騷狐狸怎麼說？」

按照後宮禮儀，每月初一和十五，所有嬪妃都要到長信殿拜見皇后，一來是向皇后請安，二來是要接受皇后訓誡。因爲皇后正位宮闈，其地位和權勢是其他嬪妃所無法比擬的。戚姬雖然深受高帝寵愛，但初一和十五的例行公事，她還是要遵行的。戚姬近日心情不好，尤其是聽說爺爺戚貴突然失蹤了，她很吃驚，也很煩惱，不知道發生了什麼事情。她在長安舉目無親，除了高帝和如意外，爺爺是她最親最親的親人。是爺爺，讓她嫁給了高帝；是爺爺，帶她和如意到了高帝身邊。爺爺已經六十多歲，怎會平白無故、莫名其妙地失蹤了呢？

這天是初一，嬪妃們照例前來拜見呂后。管姬、趙姬、薄姬、范姬等都住在長樂宮，辰時過後便陸續到了長信殿，向呂后行禮請安。這幾人中，薄姬為人忠厚，也比較本分，穿著一般，說話得體，不會裝腔作勢，去討高帝的歡心。因此，呂后對薄姬頗有好感，認為她不像其他那幾個女人，花裡花俏、妖裡妖氣的。戚姬住在未央宮昭陽殿，最後一個到來，進殿后便跪地說：「戚姬向皇后請安！」

呂后端坐在鳳榻上，看那戚姬，頭髮梳得老高，脂粉抹得很重，尤其是上衣的領口開得極低，露出多半個乳房，兩隻白兔兒似的，清晰可見。她皺了皺眉頭，說：「皇宮后妃，講究是典雅和端莊，瞧你這個樣子，典雅嗎？端莊嗎？」

戚姬正在想著爺爺失蹤的事情，心神有些恍惚，說：「爺爺，啊！不！皇后訓誡戚姬什麼？」

呂后好生氣惱，提高嗓門說：「戚姬！你是來拜見本后還是來奚落本后？在長信殿裡，回本后的話，怎麼回出你的爺爺來了？」

戚姬趕緊磕頭，說：「不瞞皇后，因為戚姬的爺爺近日失蹤了，戚姬一直牽掛在心，所以剛才言不由衷地回出了『爺爺』二字，還請皇后恕罪。」

呂后板起面孔，嚴厲地說：「戚姬！我且問你：你的家是不是住在虞縣梅花塢？」

戚姬回答說：「是！」

「你們梅花塢的人是不是左臂上都刺有梅花圖案？」

「是！」

「你也刺了嗎？」

「刺了。」

「很好。我再問你：你爺爺戚貴策劃和指使歹徒刺殺本后，你可知曉？」

「啊！」管姬、趙姬、薄姬、范姬等大吃一驚，不約而同地發出一聲驚呼。戚姬臉色有些發白，說：「這……」

呂后兩眼死死地盯著戚姬，說：「回話：你可知曉？」

戚姬神色稍定，說：「戚姬不明白皇后的話。」

呂后說：「我讓你看一樣東西，你就會明白我的話！」說著，命侍女蘭兒將審食其紀錄的戚貴供詞遞給戚姬。戚姬看過，臉上紅一陣白一陣，張口結舌，說不出話來。停頓許久，才說：「戚姬不知道歹徒刺殺皇后的事情。」

呂后從鼻孔裡哼了一聲，說：「哼！你爺爺一心想讓你當皇后，才對本后下毒手，你能不知道？你也該尿泡尿照照自己，憑你這模樣，憑你這德性，居然也想當皇后，你配麼？你値麼？」

呂后數落、訓斥戚姬，戚姬羞得無地自容。管姬、趙姬、薄姬、范姬等嫉妒戚姬的年輕和美貌，樂得隔岸觀火，一聲不吭。戚姬忍無可忍，「謔」地站起來，衝著呂后，氣憤地說：「不就是皇后嗎？誰愛當當去，我不稀罕！對不起，我告辭了！」

戚姬揚長而去。呂后恨恨地說：「反了反了！這個騷狐狸反了！」

管姬等趕忙討好地說：「皇后寬宏大度，別跟戚姬一般見識。」

戚姬回到未央宮昭陽殿，見了高帝，放聲大哭。她摘去首飾，取了剪刀，照準左臂上的梅花圖案，剪破皮膚，要把圖案剪掉。立時，鮮血流了下來，滴了一地。高帝大驚，奪過剪刀，說：「愛姬爲何如此？」

戚姬披頭散髮，淚流滿面，抱住高帝，嗚咽著說：「皇上！臣妾活不成啦！」

高帝見戚姬梨花帶雨的模樣，更加憐惜，說：「發生了什麼事？說出來，朕爲你做主！」

戚姬倚在高帝的懷裡，哽哽咽咽，把在長信殿裡的遭遇敘述一遍，說：「爺爺是不是策劃和指使人刺殺皇后，臣妾並不清楚，即使有那回事，跟臣妾又有什麼關係？臣妾什麼時候想當皇后了?皇后憑什麼血口噴人,誣陷臣妾?」

高帝一面替戚姬擦拭淚水,一面命傳太醫給戚姬包紮傷口,說:「愛姬且莫煩惱,朕替你出氣就是了。」他當即命宮監高青傳旨,讓所有后妃和皇子、公主到昭陽殿來,接受聖訓。

不一時,呂后來了,管姬、趙姬、薄姬、范姬來了,太子劉盈來了,趙王劉如意、梁王劉恢、淮陽王劉友、代王劉恆來了,尚未封王的劉建、劉長,以及魯元公主劉嫒也來了。高帝的兒女中,唯有長子劉肥封齊王,早去封國,沒有到場。大家屏聲斂氣,看著氣乎乎的高帝,不敢喧嘩。高帝坐在龍榻上,掃了后妃和皇子、公主一眼,最後目光停留在呂后的臉上,說:「皇后!你知罪嗎?」

呂后跪地,說:「臣妾無罪。」

高帝冷冷地說:「好個『臣妾無罪』!那好,朕來說說你的罪過。第一,你身為皇后,不該干預朝政。而你,誅殺韓信,先斬後奏;誅殺彭越,還將彭越屍骨剁成肉醬,分送諸侯王,壞朕名聲,毀朕江山。這是欺君之罪。第二,你身為國母,應當寬厚待人。而你,容不得朕的嬪妃,尤其是戚姬,無端地指責她和誣陷她,險些弄出人命來。這是嫉妒之罪。一欺君,二嫉妒,你能說你無罪?」

呂后覺得委屈,鼻子一酸,流下淚來,說:「臣妾誅殺韓信,實因情況緊急,不及奏請,事後立即就向皇上報告了。臣妾誅殺彭越,是皇上同意的。事後將肉醬分送諸侯王,方法確有不妥,但臣妾一心是為皇上和大漢江山著想,其中毫無個人私念,說不上是干預朝政。至於寬厚待人,臣妾自信做得還可以。戚姬的爺爺策劃和指使歹徒刺殺臣妾,證據確鑿,臣妾難道不該過問嗎?國有國法,家有家規。堂堂大漢朝,難道允許暗地裡謀殺之類的事情發生嗎?」

高帝興師問罪,沒想到呂后竟然說出這樣一番大道理來,一時語塞。戚姬趁機跪地,說:

「皇上！臣妾只要皇后放了爺爺，其他別無奢求。」

高帝轉向呂后，說：「戚貴是你派人抓去了？」

呂后說：「是！臣妾只是爲了查清那年刺殺事件的眞相，沒有別的意思。」

高帝說：「你給朕立即把人放了！」

呂后說：「是！不過，請問皇上，戚貴刺殺臣妾的事就這麼完了？」

這等於將了高帝一軍。高帝想了想，說：「先放人，其他的事日後再說。還有，你回長信殿去，給朕閉門思過，別再得寸進尺添亂子！」

呂后尙要爭辯。高帝起身進了內殿。聖訓草草結束。呂后回到長信殿，越想越覺得氣惱，越想越覺得窩火。高帝明明偏袒戚姬，卻要自己閉門思過，閉什麼門？思什麼過？她覺得丟了面子，於是……

第二天，人們發現，皇后突然不見了，找遍長樂宮，也不見皇后的影子。宮監、宮女嚇壞了，趕緊將情況報告高帝，還說皇后的貼身侍女蘭兒和麗兒也不見了。高帝納悶，說：「朕也沒拿她怎樣啊，她怎麼就不見了呢？」

皇后失蹤，這是天大的新聞，當天就在京城裡傳開了。

張良、蕭何、叔孫通一幫老臣前來詢問高帝說：「皇后怎麼了？」

劉盈、劉媛、劉長跪地詢問高帝說：「母后會不會想不開自尋短見呀？」

呂后的妹妹呂娥妍風風火火地趕到未央宮，責問高帝說：「皇上是不是嫌棄我姐姐了？我姐姐若有個三長兩短，我跟你沒完！我就叫樊噲造反，殺回長安，搗毀你的金鑾殿！」

呂后的親屬中，高帝最惹不起的就是呂娥妍了。這位皇姨心地直爽，口無遮攔，什麼話都敢說，然而卻是有嘴無心，拿她眞是沒有辦法。皇后失蹤，所有人都很焦急，唯獨戚姬暗暗心喜。

她是巴不得呂后上吊或投井的，那樣她就有可能當上皇后了。

高帝並不願呂后上吊或投井，那樣太有損於自己的體面，也有損於皇家的體面。他召來審食其和呂釋之，說：「你二人最知道皇后的脾氣，分析分析看，她能到哪裡去？」

釋之搖頭，說：「難說。」

食其眨巴著眼睛，說：「臣倒想到一個地方。」

高帝催促說：「快說！」

食其說：「皇后歷來敬重太上皇，在當人質的那幾年，翁媳相處，親如父女。臣想，她沒準兒是在宮中受了委屈，去了太上皇陵墓，向老人家訴說心中的苦處了。」

高帝點頭，說：「可能。食其！你這就動身去萬年縣，把皇后給找回來！」

食其連連擺手，說：「不行不行。皇后正在氣頭上，她能跟臣回來嗎？」

高帝說：「那怎麼辦？」

食其說：「皇上恐怕得親自走一趟，別人是勸不動皇后的。」

高帝嘟囔說：「這個婆娘，盡給朕添麻煩！好啦！速去準備，朕就親自走一趟！」

呂后確實去了太上皇陵墓。高帝讓她閉門思過，她想不通氣不過，次日黎明時分，扮作農婦模樣，帶著蘭兒和麗兒，偷偷溜出長樂宮的偏門，搭乘一輛馬車，當天到了新豐。新豐有仿照她中陽里老家建造的院落，她在那裡住了一夜，第二北渡渭河，上了櫟陽北原，到了太上皇陵墓。她買了香燭、食品等供物，平放在陵墓前面，跪地磕頭，接著便放聲大哭起來，邊哭邊說：「太上皇啊，臣媳祭奠你老人家來了。你老人家九泉有知，應該體諒臣媳的苦衷啊！臣媳所做的一切，事事為了皇上，事事為了大漢，不曾想皇上卻怪罪臣媳，一有欺君之罪，二有嫉妒之罪，這兩項罪名，臣媳擔待不起啊！」哭訴到這裡，呂后動了真情，索性坐在地上，一把鼻涕一把眼淚，繼續說：「太上皇啊太上皇，你老人家可得給臣媳做主啊！皇上迷戀那個戚姬，已經到了親疏不分的地步啦！臣媳難免要遭遇歷史上申后（周幽王王后）和齊姜（晉獻公王后）的下場，你的孫子劉盈也難免要遭遇歷史上姬宜臼（周幽王原太子）和申生（晉獻公原太子）的下場，這樣下去，我們母子可怎麼活呀？祈盼你老人家在天之靈，設法保佑我們，臣媳來世給你老人家當牛做馬，也心甘情願哪！」

呂后哭得非常傷心，蘭兒和麗兒也跟著抹眼淚。四周有好多人圍觀。有人說：「聽她的口氣，好像是皇后。」有人說：「哪能呢？你看她穿的戴的，地地道道的農婦，興許是太上皇的一個親戚。」

這時候，高帝的鑾駕到了陵墓跟前。鄉人迴避，躲在遠處觀看。蘭兒和麗兒發現高帝，慌忙跪地，說：「奴婢叩見皇上！」高帝沒有理睬二人，逕直走到呂后跟前，見她頭髮散亂，滿臉淚水，臉上還有塵土，不禁動了隱惻之心，搭訕地說：「你這是何苦哩？」

呂后沒有想到高帝會來，一時間，驚、喜、怨、恨湧上心頭，淚水就像決堤的河水，奪眶而出，跪地說：「臣妾自知罪孽深重，懇請皇上恩准，讓臣妾爲太上皇守陵，了此殘生。」

高帝說：「得了得了！你在這裡守陵，誰管後宮的事？」

跟隨高帝一起來的劉盈、劉媛、劉長跑向前來，扶起呂后，說：「母后母后！快跟父皇回宮吧！你這一走，把我們都急死了！」

審食其也向前，說：「皇后請回宮吧！」

呂后深情地看了高帝一眼，那意思是說：「你還有點良心。」她又跪地，對著太上皇陵墓磕了三個頭，然後登上鳳輦，跟隨高帝回宮。鄉民重新聚攏來，感嘆地說：「我的娘哎！那個女人果眞是皇后？她扮作農婦，前來哭祭太上皇，這是什麼名堂？」

力保太子

31

高帝流露出廢立太子的情緒。呂后爲保太子，接受張良計謀，請來商山四皓。淮南王英布反漢，高帝決定由太子統兵出征。四皓建議，呂后應向高帝哭泣陳訴。

長樂宮和未央宮豪華壯麗，金碧輝煌。在普通人的心目中，這兩大宮殿群象徵著至高無上的皇權，神聖無比。然而，事實並非如此。雕樑畫棟下面多是醜惡，金鑲玉砌背後多是污穢。那裡，沒有正義，沒有光明，有的只是機謀、奸詐和永無休止的追權逐利的鬥爭。未央宮昭陽殿是長安所有宮殿中最堂皇最氣派的宮殿。建築之精美，設施之奢麗，勝過天堂，無與倫比。高帝寵愛戚姬和劉如意，昭陽殿便成了他們三人的寢殿。高帝退朝之後，總愛在殿裡抱著如意，左右端詳，得意地說：「看看！如意長得多麼像朕！」

戚姬笑著說：「皇上的親骨肉嘛，哪能不像皇上？」

高帝說：「這話未必竟然。」

戚姬說：「臣妾不懂皇上的意思。」

高帝嘆了口氣，說：「朕的親骨肉不一定都像朕。你看太子劉盈，又矮又瘦，弱不禁風的樣子，哪一點像朕？讓他繼承大漢江山，朕眞不放心哪！他要是像如意，那該多好！」

戚姬輕輕按摩高帝的肩頭，說：「如意眞有皇上說的那麼好嗎？」

高帝說：「如意不僅長得像朕，而且性格也像朕，既有靈性，又很倔強，不像劉盈，天生柔弱，缺少陽剛之氣。」

戚姬從背後親了一下高帝的臉頰，說：「皇上記得那年我們結婚的情景嗎？臣妾向皇上要個信物，皇上給了臣妾一支玉如意。臣妾生下孩子，便以『如意』作爲他的名字。如意如意，就是要如皇上之意啊！」

高帝笑著說：「如意如意，確實很如朕意！」

這時，如意倚在高帝的懷裡說：「父皇身體不好，應當好好休息才是。」

高帝非常開心，摟緊如意，說：「看！如意小小年紀，就懂得心疼和關心父皇了，眞乖！」

戚姬趕緊跪地，嬌裡嬌氣地說：「皇上既然看好如意，就該給如意安排個好的前程。」

高帝說：「朕不是已封他爲趙王了嗎？」

戚姬說：「臣妾的意思是……」

高帝說：「哦！愛姬的意思朕明白。不過，這事得從長計議，廢立太子可不比吃糖豆喝開水那樣容易啊！」其實，高帝心裡早就考慮過廢立太子之事了。他知道，太子劉盈生性懦弱，而且常年生病，實非當皇帝的材料。由他繼承皇位，大漢江山很難長治久安。因此，他內心是傾向於廢劉盈而改立如意爲太子的。但是，他也有顧慮，因爲自古以來，廢嫡立庶、廢長立幼往往是禍亂之源，弄得不好，有可能國破家亡，局面不堪收拾。所以，當戚姬流露出要立如意爲太子的意思時，他暫且未作明確的表態。「從長計議」就是看看情況再說，以靜應動，是爲上策。

高帝和戚姬在昭陽殿裡的談話，呂后很快就知道了。這是因爲呂后通過審食其主管長樂宮和未央宮宮務的有利條件，趁機在兩宮安插了很多內線，組成了一個消息靈通的信息網。昭陽殿裡的宮女蘋兒就是呂后安插的內線之一，她的任務是嚴密監視戚姬的言行，隨時向郎中令審食其報告。高帝和戚姬談話，涉及到廢立太子的大事，蘋兒不敢耽擱，當天就報告了審食其，審食其轉而報告了呂后。對此，呂后是有心理準備的。她在和高帝的接觸中，早就覺察到高帝不滿意劉盈，時時流露出廢立太子的情緒。現在，戚姬除了大吹枕邊風以外，又跪地請求廢立太子，高帝雖沒有同意，但也沒有拒絕，看來事情已經非常嚴重了。她深切地知道廢立太子意味著什麼，劉盈如果成為姬宜臼和申生的話，那麼她必然會成為申后和齊姜。母以子貴，子以母貴，這是亙古不變的法則。歷史的經驗殘酷地告訴世人：太子和生母皇后像是一枚錢幣的兩面，失去一面，另外一面也就沒有了價值。

呂后是一個有心計有魄力的女人。面對嚴重的形勢，她沒有緊張，更沒有慌亂，而是冷靜地思索，沉著地應對，想方設法阻止高帝的念頭，使之不能成為事實。呂后召來呂釋之和審食其，悄悄商議大事。她先對釋之說：「釋之！我的哥哥周呂侯呂澤去年已經病故，三個侄兒呂台、呂產、呂祿年紀尚輕，你就是我們呂家的頂樑柱。今後的日子還長，宮內的鬥爭也很激烈，我和盈兒以及呂家的榮辱如何，就全靠你的能耐了。」

釋之大有一種臨危受命的感覺，挺直胸脯說：「姐姐放心，兄弟一切聽姐姐的吩咐！」

她轉而對食其說：「食其！你跟隨我多年，你我就像自家兄妹。在太子廢立問題上，你還得多多幫我，熬過這道關口，明天還是屬於我們的。」

食其當然明白「自家兄妹」、「屬於我們」的內在含義，笑著說：「沒問題，皇后叫我怎麼做，我就怎麼做，絕不含糊！」

呂后點頭，說：「很好。當務之急是要阻止皇上廢立太子的念頭，千萬不能讓它成為事實。你們說說，應該怎麼辦？」

釋之說：「我派人把劉如意那個兔崽子給殺了，讓皇上徹底死心。」

呂后狠狠瞪了弟弟一眼，說：「你就是冒失！殺了劉如意，我們能逃脫得了干係嗎？」

食其說：「皇上健在，劉如意是殺不得的。依我看，最好能由一位有名望的大臣出面，以江山社稷為重，勸阻皇上莫要廢立太子，或許管用。」

呂后說：「嗯！這話我愛聽。那麼，應由哪位大臣出面好呢？」

釋之說：「叔孫通！他是大儒，又是太子太傅，說話有份量。」

呂后搖頭，說：「恐怕不行。皇上歷來討厭儒生，曾罵儒生爲腐儒，還曾在儒生的帽子裡尿尿。讓叔孫通去勸阻皇上，等於自討沒趣。」

釋之又提出第二個人選，說：「那就蕭何，他是丞相，又是皇上的故交，他說話，皇上不能不聽。」

呂后自有見解，說：「論地位，論威望，蕭何沒說的，適宜去勸阻皇上。但皇上知道，蕭何和我的關係密切，蕭何出面，皇上肯定會懷疑我在背後起作用，容易產生逆反心理，那樣反倒不好。」

食其揣摩呂后的心思，猛然想到一個人，說：「留侯張良！張良足智多謀，運籌帷幄，決勝千里，連皇上都曾自嘆弗如。老臣當中，皇上最敬重的就是張良。只要張良出來說話，皇上肯定會給他面子。」

「張良？」釋之不屑地說：「他居家養病，不食五穀，一年多沒出過大門，能……」

「對！就是張良！」呂后打斷釋之的話，以堅定的語氣說：「張良跟隨皇上多年，善設計謀，高深莫測，深受皇上信任。我與他交往不多，皇上不會認爲他是我的人。他出面勸阻皇上廢立太子，是再適合不過了。張良有病是真的，但『精誠所至，金石爲開』，我們要用『精誠』二字打動他和感化他，請他替太子說幾句好話。」

拜訪張良的任務落到了釋之頭上。因爲他是高帝的小舅子，呂后的弟弟，封建成侯，官禁軍衛尉。這四重身分，使他有資格去拜訪張良而不致遭到拒絕。然而，釋之前幾次拜訪還是吃了閉門羹。原來，張良是個見識深遠、品質高尚的人。他在輔佐高帝奪得天下以後，吸取前人的教訓，淡泊名利，激流勇退，不再過問朝廷的事情。他只禮節性地參加一些重要朝會，其他時間都是在家裡練習氣功，修身養性。他絕少和人交往，特別叮囑家丁說：「在我練習氣功的時候，任何人不許打擾，即使達官權貴前來拜訪，也予擋駕。」正因為如此，釋之登門拜訪數次，都被家丁擋在門外，根本無法見到張良。

釋之的「精誠」是有限度的。第五次，他賴在留侯府前不走了。家丁解釋理由，釋之說：「不聽不聽！你們快去告訴留侯，就說我奉皇后旨意，前來商量要事。他不見我，我就吃在這兒住在這兒，和他一起練習氣功，修身養性！」

家丁實在無奈，只好將情況通報主人。張良想了想，說：「建成侯既奉皇后旨意，想必有什麼要事，那就請他到大廳一見吧！」

釋之終於見到張良了，拱手施禮，說：「留侯大駕，好難見呀！」

張良回禮，說：「老朽懶散，不問世事，建成侯休要介意。」

釋之一招手，早有四名禁軍抬上兩個大食盒，放在大廳裡的案几上，並將食盒蓋子揭開，隨後退去。釋之說：「這是皇后對於留侯的一點心意，務請留侯笑納。」

張良看食盒裡全是精美的食品，有熊掌，有燕窩，有蓮羹，有參湯，還有四色點心、時興佳釀等，連忙說：「使不得，使不得！皇后的心意，老朽領了，只是這食品，老朽斷不敢收！」

釋之說：「留侯見外了不是？皇后賜給的食品，還能退回去？」

張良為難地說：「老朽是從不收受別人禮物的。」

釋之說：「這回就破個例！皇后說了，留侯潔身自好，朝野皆知，賜留侯食品，是要留侯保養身體，同時有事向留侯請教。」

釋之故意把最後一句話說得很重。張良自能聽出其中的道理，接著釋之的話把說：「請教實不敢當。老朽賤體欠安，飲食銳減，深居簡出，消息不靈，還有什麼可以教人的呢？」

釋之又壓低聲音，說：「留侯可知朝廷就要出大事了？」

張良搖頭，說：「不知。」

釋之說：「嘿！皇上要廢劉盈，改立劉如意爲太子啊！皇后說留侯是皇上最敬重的老臣，屢爲皇上設謀，皇上言聽計從。現在皇上要更換太子，留侯哪能高枕而臥，總該站出來說幾句話啊！」

張良沉吟片刻，說：「以前，皇上幾次處在危急困厄之中，採用了老朽的計謀，平定了四海。現在，天下安定，皇上因其喜愛不同而要變易太子，那是皇上的家事，像老朽這樣的外臣是不便說三道四的。再者，廢立太子是大事，皇上並未在老朽面前提起過，老朽又怎能說話，那樣不是太貿然太唐突了嗎？」

釋之說：「留侯總得爲皇后和太子想個萬全之策呀！」張良抱拳說：「很抱歉！老朽對於此事無能爲力。」

釋之再次不講「精誠」了，用略帶威脅的口氣說：「留侯執意不幫皇后和太子，我也沒有辦法。我只好進宮覆命去，請皇后和太子親到留侯府……」

張良大驚，說：「皇后和太子親到留侯府？他們要怎麼樣？」

釋之狡猾地一笑，信口胡編說：「皇后說了，留侯若不幫忙設策，她就領著太子，並帶一瓶鴆酒，來留侯府中和留侯共飲，三人同歸地下，省卻許多煩惱。」

久病體虛的張良，聽了這話，幾乎嚇得半死，連連擺手，說：「別！別！那樣，老朽不忠不義，吃罪不起。」

釋之歪著腦袋，似笑非笑地說：「留侯的意思是……」

張良擦著額上的虛汗，說：「容老朽想想，容老朽想想。」他想了許久，才說：「皇上要廢立太子，以口舌相爭是不起作用的。現在有四位賢人，住在商山（今陝西商山），他們若能下山輔佐太子，太子的地位就鞏固多了。」

釋之急切地問：「四位賢人？叫什麼？如何能讓他們下山？」

張良說：「四位賢人分別叫東園公、綺里季、夏黃公和甪里先生，都六七十歲了，白鬚白髮，合稱『四皓』。他們學識淵博，志向高潔，由於看不慣皇上輕視和侮辱讀書人的態度，所以逃匿商山，隱居不仕，恥爲漢臣。皇上是很看重他們的，幾次派人傳話，要他們到長安做官，但統統被拒絕了。建成侯不妨轉告皇后和太子，可由太子親筆寫信，措辭務要謙恭，同時不惜金玉璧帛，備置舒適車輛，誠懇相請，他們有可能會離開商山到長安來。來了以後，要把他們奉爲上賓，陪同太子出入朝廷，有意讓皇上看到。這樣，皇上再要廢立太子，就不那麼容易了。」

釋之聽了張良的話，滿心歡喜，說：「留侯妙計，鬼神皆驚！事若成功，皇后和太子定當重重報答！」

張良搖頭苦笑，說：「老朽平生所設計謀，都是爲了皇上安定天下，不是爲了什麼報答。今日之計謀，同樣是爲了朝廷穩定，百姓安心。但願皇上不要怪罪，老朽死無憾矣！」

釋之回宮覆命。呂后沉思著說：「張良指點懇請四皓出山，是爲了豐滿太子的羽翼，提高太子的威望。是啊！這主意不錯！」她立刻命劉盈親自寫信，又命食其攜帶太子的信，以及大量的金玉璧帛和四輛豪華馬車，前往商山，邀請四皓。四皓見太子的信言恭詞切，又見金玉璧帛和豪華馬車，遂滿口應允，同意到長安輔佐太子。食其大喜，畢恭畢敬地扶著四皓登車，直奔長安。

建成侯呂釋之府宅的一隅，早就闢出一個院落，專供四皓居住。院落裡的各項設施都是一流的，還配備有七八名侍女，保證四皓的生活絕對舒適。這一天，太子劉盈由太子太傅叔孫通陪同，前來看望四皓。劉盈看到，四位老人衣冠豐偉，儀態大方，步履矯健，精神矍鑠，尤其是談吐文雅，言語風趣，不經意間，多有眞知灼見流露。他非常高興，說：「四位賢人！從今以後，你們和叔孫通太傅一樣，都是我的老師。我這個學生若有過錯，懇望各位老師給予教誨和匡正！」

四皓說：「不敢不敢！太子重德重仁，我等仰慕已久。今日見面，也是君臣的緣分。」

叔孫通說：「輔佐太子，使之成爲仁德儲君，是臣屬的天職。老夫願與四位賢人共勉！」

四皓說：「太傅是天下大儒，我等乃草野露珠，二者不可相提並論，不可相提並論呀！」

「哈哈！哈哈！」所有的人都大笑起來，笑得爽朗而開心。四皓住在建成侯府，釋之盛情款待，三日一小宴，五日一大宴，山珍海味，美酒佳釀，聽任四位老人享受口福。四皓有點過意不去，說：「我等都是山林草莽中人，粗茶淡飯吃慣了，大可不必鋪張。」

釋之說：「嗨！什麼鋪張？你們既是太子的客人，又是太子的老師，就是吃龍肝鳳膽，喝瓊漿玉液，也不爲過啊！」四皓無奈，樂得盡情享用。

七月的一天，釋之和四皓喝酒喝到半夜，食其不經通報就闖了進來。他朝四皓拱了拱手算是打過招呼，然後將釋之拉到一邊，急促地說：「淮南王英布反了！」

釋之猛吃一驚，酒意全消，忙問：「皇上知道了嗎？」

食其說：「知道了，而且決定征討！」

「征討？誰人統兵？是不是太尉周勃？」

「不！周勃不在京城。」

「那麼是誰？」

「劉盈，我們的太子殿下！」

「開什麼玩笑？太子生性儒弱，根本沒有帶過兵打過仗，征討英布，能行嗎？」

「可不是？皇后正爲此著急哩！她讓你趕快和四皓商量商量，請他們出個點子，設法不讓太子統兵。」

釋之回到原先的座位，食其也找了個位置坐下。釋之說：「四位賢人！我和辟陽侯的談話，你們大概聽到了。現在，淮南王英布已經反了，皇上決定由太子劉盈統兵征討。太子的能力和處境，各位是知道的，他一離開京城，怕……」

食其補充說：「怕就不是太子了，因爲戚姬時時刻刻都在活動，想讓皇上立劉如意爲太子。」

釋之接著說：「皇后非常著急，她請四位賢人幫忙出謀劃策，怎樣才能名正言順地保全太子？」

四皓都是學究式的人物，講歷史，說經論，夸夸其談，妙語連珠。而今要商量國家大事，要講征討叛逆，要講保全太子，他們卻有點誠惶誠恐，詞不達意。好在他們很快就鎮定下來，相繼發表了中肯的意見。東園公是四皓中年紀最長的，瘦高個兒，鬍鬚垂過胸脯，說：「我等四人受太子恩寵，來到長安，就是爲了保全太子。皇上命太子統兵出征，情勢已經很危險了。」

綺里季身體微胖，禿頂，禿頂處鐵光發亮，說：「太子統兵，征討英布，有功也是徒然有功而已，不會得到任何實惠。因爲太子已是太子，怎麼封賞也還是太子。相反，如果無功的話，那麼就會給人以把柄，一些人就會大肆鼓噪，主張更換太子。皇上頭腦一熱，接受鼓噪，這樣，廢立太子就可能成爲事實。」

夏黃公臉面黧黑，三綹鬍鬚，眉毛平展，眼睛有神，說：「太子統兵，無功而返，幾乎是肯定的。大家想想，朝廷諸將都是什麼人？都是皇上的功臣，都是驕悍的梟將！讓太子統領這些將軍，無異於使羊將狼，誰也不會服從指揮和調度。所以，太子統兵出征，結果是可想而知的。」

用里先生個子低矮，面龐紅潤，顯得特別精神，說：「常言道『母愛者子抱』。戚姬日夜守在皇上身邊，她的兒子劉如意自然也就深得皇上的疼愛。皇上曾經說過：『終究也不能讓不肖子的地位居於愛子之上。』可見皇上是想廢立太子的。這次讓太子統兵出征，興許就是廢立的一個藉口。」

食其拱手作揖，說：「各位賢人！道理是明擺著的，無須多說。現在的問題是，如何才能使皇上收回成命，不讓太子統兵出征？」

東園公乾乾地咳嗽一聲，說：「依我看，只有一個辦法？」

「什麼辦法？」眾人急切地詢問。

東園公不緊不慢地說：「請皇后向皇上哭泣陳訴，主要陳訴三條理由：一，英布是天下猛將，善於用兵，太子不是他的對手；二，朝廷諸將都是太子的前輩，資格老，功勛多，太子難以節制；三，英布得知太子統兵，勢必更加無所畏懼，揮師西向，則長安危矣，大漢危矣。所以，為江山社稷著想，皇上應該親自掛帥，統兵平叛！」

眾人聽了，拍手叫好，說：「好辦法！好辦法！」

食其也覺得這個辦法不錯，可是又想到另外一個問題，說：「皇上近來一直患病，能否……」

東園公說：「皇上患病無妨，關鍵是要親自掛帥。皇上可以在舒適的戰車裡，臥車指揮，諸將敢不盡力？這樣，皇上是辛苦些，但為了大漢，為了後人，值！」

食其說：「皇上帶病出征，萬一有個意外……」

釋之不耐煩地說：「優柔寡斷，必受其亂。眼下形勢，只能老保小，不能小保老。我看就這決定了，我們讓皇后向皇上哭泣陳訴去！」

食其和釋之一起來到長信殿，向呂后彙報四皓的意見。呂后細想，也只能如此了。於是略加收拾，極不情願地進了未央宮，去見高帝。

32

圍繞廢立太子問題，呂后和戚姬明爭暗鬥。御史大夫周昌出以公心，反對廢立。呂后紆尊降貴，跪拜周昌，說：「多謝周大人！若不是周大人，太子險被廢矣！」

長安七月，天氣很熱，烈日當頭，如炙如烤，稍一動彈，就會大汗淋漓。呂后乘坐鳳輦，從長樂宮到未央宮，沒行多遠，額上已滲出汗珠，衣服也像黏到了身上，讓人很不自在。她走進昭陽殿，卻發現這裡清清涼涼，沒有一點炎熱的感覺。這是爲何？一打聽，方知高帝很會享受，命人從太白山（今陝西太白山）採鑿天然冰塊，運抵長安，放於昭陽殿內，冰塊有很好的驅暑降溫作用。採冰運冰，極耗人力。所以在長安宮中，只有高帝和戚姬配有這種高級享受，其他人是可望而不可及的。呂后心想，高帝怎麼享受也不過分，只是那個戚姬騷狐狸，跟著沾光，也太便宜她了！

高帝赤裸著上身，半靠在龍榻上，閉目養神。戚姬穿著露胸絲裙，嘻笑瞇瞇地坐在一邊，不時給高帝餵一口鮮桃吃，還用一方手帕給高帝擦嘴。呂后進殿，戚姬站起身來勉強點了點頭，算是打了招呼，然後退至內室迴避。呂后跪地行禮，說：「臣妾拜見皇上，皇上龍體還好吧？」

高帝把身子朝上挪了挪，說：「還好。只是近來感到胸悶氣短，渾身乏力，腰也有些疼。」呂后心裡說：「該！誰讓你迷戀那個女人，房事不加節制來著？」而嘴上卻說：「年齡不饒人。大熱的天，要多注意休息，皇上龍體康健，可是最要緊的。」

高帝說：「那是。哎！皇后有什麼事嗎？」

呂后說：「臣妾聽說英布反了，還聽說皇上……」

「是啊！朕已決定讓太子統兵，去征討英布。」

「使不得啊！皇上！」呂后忽然大哭起來，說：「太子盈兒平庸懦弱，沒有上過戰場，皇上是知道的。英布英勇善戰，長於用兵，盈兒根本不是他的對手。而且軍中宿將，多係皇上舊臣，他們怎肯服從盈兒的調度？讓太子統兵，恰似使羊驅虎，必敗無疑。這樣，英布就會得寸進尺，放膽西進，那時再要挽救頹勢，可就麻煩了啊！」

高帝沒有說話。呂后繼續說：「臣妾所言，並非出於私情，好像是怕盈兒出事。不！臣妾所言，主要是爲大漢江山著想，征討英布之戰，我們是勝得而敗不得啊！」

高帝起身，倒背著雙手，在殿裡來回踱步，許久才說：「朕早知豎子無能，難當大任。」

呂后說：「這也怪不得盈兒，他還缺少鍛鍊嘛！」

高帝很不滿意地說：「看來老子只好親自走一趟了！」

呂后要的就是這句話，趕緊磕頭，說：「皇上聖明！皇上兵出之日，便是英布覆亡之時！」

呂后走後，戚姬閃了進來，說：「皇后來此爲了何事？」

高帝說：「還不是英布的事？她說太子不能統兵出征，所以朕還得親自出馬。」

戚姬皺起秀眉，說：「皇上龍體一直欠安，再冒風塵矢雨，怎麼能行？」

高帝伸了伸胳膊踢了踢腿，說：「無妨，朕的腿腳還算靈便，騎馬打仗，不成問題。」

戚姬噘著嘴說：「韓信反，彭越反，陳豨反，都是皇上親征。這次英布反，還得皇上親征。太子是幹什麼的？諸將是幹什麼的？他們就不能給皇上分點憂解點難嗎？」

高帝嘆了口氣，說：「唉！他們都不是英布的對手啊！英布是一員驍將，一般人是對付不了他的。」

戚姬說：「皇上出征，臣妾自然要隨駕侍候。只是留下如意在京城，臣妾實在放心不下。」

高帝說：「如意已封趙王，可以讓他到邯鄲去，嘗嘗當諸侯王的滋味，怎樣？」

戚姬一聽，眼淚立刻流了出來，說：「皇上平日那樣寵愛臣妾，今日爲何要置臣妾於死地呢？」

高帝很是驚異，說：「這話從何說起？」

戚姬手抹眼淚，說：「臣妾就如意一個兒子，他去邯鄲，我們母子分離，臣妾還怎麼活呀？」

高帝笑了起來，說：「嗨！就爲了這！朕也是說說而已，愛姬既然不同意，如意又怎會去邯鄲？好！朕答應你，不去了！不去了！」

戚姬破涕爲笑，說：「皇上！今日話已說到這裡，臣妾還想多說幾句。皇后的爲人，皇上是知道的。她嫉妒心很強，手段凶狠，日後恐怕容不下我們母子。」

「她敢！」

戚姬「撲通」跪地，珠淚漣漣，說：「皇上健在之時，她當然不敢。可是，日後皇上……，那時，太子繼位，皇后是皇太后，我和如意恐怕就死無葬身之地了。」

高帝看到愛姬哭泣，心裡也覺得酸酸的。他一生玩弄過無數女人，唯獨戚姬最讓他鍾情。他明裡暗裡共有八個兒子，唯獨如意最使他滿意。他不能容忍有人欺侮戚姬和如意母子，過去如此，現在如此，將來也應如此。想到將來，高帝心裡沒底，說：「爲了你們母子日後能夠平平安安，你說應該怎麼辦？」

戚姬停止哭泣，直視高帝的眼睛，說：「請皇上立如意爲太子！」

高帝先是一愣，接著哈哈大笑，說：「愛姬和朕想到一塊了。」

戚姬很是驚訝，說：「這麼說，皇上是同意立如意爲太子了？」

高帝說：「朕的心意，愛姬還不明白嗎？劉盈雖是太子，但他天性懦弱，身體多病，難成大器。這次征討英布，再次表明他無德無能，一個連戰場都不敢上的人，還能成爲好皇帝？所以，朕決定改立如意爲太子，明日早朝就提出來，徵求大臣們的意見。」

戚姬聽了這幾句話，心頭猶如三月下了一場春雨，伏天吹過一陣涼風，連連磕頭說：「臣妾謝皇上隆恩！」

高帝說：「朕也是爲大漢江山社稷著想，何言謝字？」

隔牆有耳。高帝和戚姬談論廢立太子之事，被昭陽殿的宮女蘋兒聽得清清楚楚。蘋兒趕緊將這重要情報告訴審食其，審食其立刻報告了呂后。呂后聽後，顯得出奇的冷靜，說：「我早就料到會有這一天，只是不希望它到來，但它還是到來了！」

昭陽殿裡，高帝召見曲逆侯陳平和安國侯王陵，徵詢對於廢立太子的意見。出乎高帝意料的是陳平和王陵出語謹愼，既不支持，也不反對，以「這是皇上家事，外臣不便多言」爲藉口，採取了模棱兩可的態度。

長信殿裡，呂后召見丞相蕭何和太子太傅叔孫通，告訴二人高帝將要提出廢立太子的問題。她說：「皇上執意孤行，廢親立疏，還望丞相和太傅能仗義執言，據理力爭！」

蕭何手理花白的鬍鬚，慢條斯理地說：「據臣所知，戚姬在朝臣中一沒有根基，二沒有人緣，所以皇上提出廢立太子問題，肯定不會有多少人回應。」

叔孫通整了整頭上的博士冠，略顯激動地說：「臣是太子的老師，皇上要廢太子，臣第一個反對，並會以死相爭，維護太子的地位。」

呂后說：「丞相和太傅這樣說，本后就放心了。」

第二天早朝在未央宮前殿舉行，文武大臣、宗室諸王，以及皇親國戚等全部到場。他們當中，主要缺少四個人：一是留侯張良，因病在家；一是平陽侯曹參，高帝的長子劉肥封齊王，曹參被任命爲齊國相國，長時間在臨淄；三是舞陽侯樊噲，高帝平定陳豨以後，懷疑燕王盧綰與陳豨有牽連，所以留樊噲駐軍代國，以防盧綰謀反。四是絳侯周勃，他仍在代國，和樊噲一起征剿陳豨的殘黨餘孽。三聲響亮的淨鞭過後，鼓樂齊鳴。高帝坐上龍榻，百官除了蕭何以外，一齊跪拜，山呼萬歲。高帝一伸手，說：「眾愛卿平身！」熟悉高帝的人看得出和聽得出，高帝臉色略帶病容，聲音也有些嘶啞。大家照例磕頭說：「謝皇上！」隨後起立。

高帝清了清喉嚨，說：「今日朝會，朕有三件事要和各位愛卿商量。第一件，朕即位之初，曾封七個異姓王，就是韓王韓信、楚王韓信、梁王彭越、趙王張敖、淮南王英布、燕王盧綰、長沙王吳芮。朕是好心哪，目的在於和他們共用榮華富貴。可是，這些異姓王中的多數人心懷叵測，蓄有野心，陸續反叛，跟大漢作對。過去的事情，大家都清楚。現在，英布又反了，而且還很猖狂。朕原想由太子劉盈統兵征討，可惜太子過於文弱，難擋一面。沒有辦法，朕還得親自出馬，去和英布對陣哪！這次出征，留侯張良不能隨軍運籌，只好有勞曲逆侯陳平和曲周侯酈商兩位辛苦一趟了。」

陳平和酈商向前跪地，說：「臣願隨皇上出征！」

高帝說：「感謝二位，平身吧！」陳平、酈商起立，回歸班列。

高帝又說：「穎陰侯灌嬰和汝陰侯夏侯嬰聽旨！」

灌嬰和夏侯嬰向前跪地，說：「是！」

高帝說：「征討英布，軍事上主要依仗你們二人。你們速去調兵遣將，挑選精銳二十萬人，隨朕出征。」

灌嬰和夏侯嬰抱拳說：「遵旨！」起立退去。

高帝把臉轉向蕭何，說：「朕出征期間，朝廷大事以及軍餉之事，還得有勞丞相從容調度。」

蕭何享有劍履上殿、入朝不趨的特權，不必跪地行禮，站在原地拱手說：「臣自當效力！」

高帝說：「第一件事就這樣了。第二件事比較簡單，就是英布反了，也就不再是淮南王。盧綰亦有反相，也就不再是燕王。所以，朕決定封皇子劉長爲淮南王，劉建爲燕王。」

劉建和劉長是高帝最小的兩個兒子，趕忙向前跪地，說：「謝父皇！」

文武百官對此沒有異議。

接下來是第三件事。高帝說：「這第三件事嘛，朕已想了很久。你們知道，太子劉盈爲人倒是仁孝的，但生性過於懦弱，遇事沒有主見，缺少男人的氣概，而且年紀輕輕，經常生病，很難擔負起大漢嗣君的重任。經過反覆考慮，朕打算更換太子，另立一位德才兼備的皇子爲太子，各位愛卿以爲如何？」

此話一出，滿殿皆驚。先是一陣沉默，接著叔孫通出班跪地，急切地說：「啓稟皇上，此事萬萬不可！遠者，晉獻公寵愛大驪姬，廢太子申生，立奚齊爲太子，以致晉國發生內亂達數十年之久，一直爲天下所恥笑。近者，秦始皇沒有早立長子扶蘇爲太子，秦始皇死後，趙高和李斯合謀，詐立胡亥爲太子，導致秦朝滅亡，這是皇上親眼見到的。如今，大漢太子大仁大孝，天下共知。皇上也承認太子仁孝，這是嗣君最可寶貴的人格。再說，皇后和皇上同甘共苦幾十年，皇上豈可辜負皇后？皇上假若一定要廢親立庶、廢長立幼，那麼臣願先行伏誅，以頸血污染這金殿的土地！」

高帝沒想到叔孫通的態度這麼強硬，趕忙收住話頭，說：「太傅請起，朕剛才所言是一句玩笑而已！」

叔孫通執拗地說：「太子乃天下根本，根本一動，天下搖動。皇上金口玉言，怎能拿天下來開玩笑？」

高帝語塞，一時下不了臺。蕭何爲高帝解圍，說：「皇上只是提出問題來跟大家商量，並未肯定要廢立太子。從歷史上看，廢親立庶、廢長立幼，那是萬不得已而爲之的事情。而我大漢太子已立多年，並無失禮失德之處。相信皇上聖明，不會輕易作出廢立太子的決定的。」

蕭何的話說得非常高明，使得高帝不便贊成，又不便反對。

高帝正想著如何措辭，忽然聽到有人大聲說：「皇……皇上！不……不……不可。」

高帝一看，說話的人是周昌，官御史大夫，以性格倔強、說話結巴而聞名。

周昌跪地。高帝說：「愛卿有何話說？」

周昌口吃嚴重，越急越說不出話來。他眨巴著眼睛，臉脹得得通紅，艱難地說：「臣……口……不……不能暢……暢言，然臣心……期期期知……知其不……不可。皇……皇上欲廢……廢太子，臣期期期不……不敢……敢奉詔。」

高帝被周昌的模樣逗笑了，說：「你期期期的沒完沒了，到底要說什麼呀？」

朝會的氣氛本來是很緊張的，周昌進言，高帝一笑，氣氛立刻變得緩和了，文武百官跟著大笑起來。熟悉情況的人都知道，周昌說話，多把「極」讀作「期」，「期知其不可」、「期不敢」就是「極知其不可」、「極不敢」的意思，他因口吃，連著說了幾個「期」，就成了「期期期」了，弄得人莫名其妙，故而發笑。

大家笑了一陣，廢立太子的問題無法再議，高帝命令退朝。

朝臣們陸續散去。周昌邊走邊擦額上的汗珠，眾人仍用「期期期」和他取笑。周昌步下臺階，忽有一位宮女拉住他的衣角，說：「周大人！皇后請你說話。」

周昌被嚇了一跳，因爲他自爲官以來，還從未和皇后說過話。他正想問明情況，宮女已挽著他的胳膊，走向未央宮前殿東側的廂房。進了廂房，發現呂后已站在那裡，臉上露出讚賞的笑容。周昌整冠束帶，準備行禮。不曾想呂后先他一步，早撩衣跪地，說：「多謝周大人！若不是周大人，太子險被廢矣！」

周昌又被嚇了一跳，趕緊跪地，說：「臣一……一心爲……爲公，不……不敢受皇……皇后如……如此大……大禮。」

呂后怎會在這裡出現的呢？原來，當日朝會非常重要，從一定意義上說將決定太子劉盈的命運，自然也牽涉到呂后的命運。呂后實在放心不下，所以就早早地到了未央宮前殿東側的廂房，從這裡可以偷聽到前殿的議論。當高帝提出更換太子的議題時，她三魂嚇掉兩魂，眞想衝上前殿，直接跟高帝理論。但她是皇后，高帝坐朝，不經允許，她是不能進入前殿的。她耐著性子等著，等著朝臣們的反應。叔孫通和蕭何的諫言，使她的情緒穩定下來，心想生薑還是老的辣，太傅和丞相說話，就是有份量！接著，周昌諫言，大出她的意外，「期期期」地力爭，竟然取得了意想不到的效果。所以，高帝退朝後，她命侍女蘭兒請來周昌，紆尊降貴，特意向他行一次跪拜大禮。周昌受寵若驚，結巴著說：「期期期不……不可。」逗得呂后欣喜而笑，說：「周大人眞是大漢的功臣哪！」

廢立太子的事暫時被擱置起來，戚姬很不高興，但也沒有辦法。高帝準備擇日離京，前往征討英布。這時，呂后又於一天夜裡召見曲周侯酈商，給他安排了一項特殊的任務。呂后考慮問題，總比別人更深一層。她意識到，高帝已經五十多歲，由於長期迷戀酒色，身體每況愈下，一天不如一天，隨時都有駕崩的可能。她希望趁高帝健在的時候，能夠消滅所有的異姓諸侯王，那樣劉盈即位後才會有一個更安定更順暢的外部環境。英布反漢，從一定意義上說是好事，瘡癰早化膿早剜除就是了，省得日後更加麻煩。她擔心高帝臨陣時會心慈手軟，放了英布或跟英布議和，那樣勢必會給大漢留下禍根。因此，她要叮囑酈商，不論發生什麼情況，都要促使高帝砍下英布的頭顱。

酈商從青年時代就追隨高帝，有勇有謀，文武雙全。他的哥哥酈食其是一位著名的說士，曾以三寸不爛之舌說服齊王田廣降漢，後被田廣烹殺，犧牲了年輕的生命。酈商繼承哥哥的遺志，成爲高帝的得力參謀和助手。因此，高帝遠征英布，選定他和陳平隨軍運籌。這是信任和器重的表示，明眼人一看便明白的。酈商是一個肯用心思的人，主動接近呂后，獲得了呂后的好感。酈商的兒子酈寄和呂釋之的兒子呂祿意氣相投，二人一起飲酒，一起打獵，一起鬥雞鬥狗，一起尋花問柳，好得跟一個人似的，形影不離。由於這層關係，酈商和呂釋之又結爲至交。審食其從中穿針引線，說了酈商的許多好話。因此，呂后視酈商爲自己人，酈商隨高帝出征，她有些想法要向他交代。

呂后召見酈商，開門見山地說：「酈愛卿覺得英布這個人怎樣？」

酈商說：「一代梟雄，世間罕有。」

呂后說：「就我朝目前的情況而言，誰可與英布相匹敵？」

酈商想了想，說：「除了皇上以外，恐怕無人能拒此人。」

呂后點頭，說：「很對！所以，皇上這次出征非常關鍵，一定要利用皇上的威望和能力，誅殺英布。不然，皇上晏駕以後，英布可是個大麻煩！」

酈商沒想到呂后會談到高帝晏駕的問題，不知該說些什麼。呂后兩眼露出堅定的光芒，接著說：「皇上處事，往往在關鍵的時候心慈手軟。愛卿這次隨軍，一項重要任務就是要及時進言，不可赦免英布，也不可跟英布講和，而應斬草除根，不留後患！」

酈商算是徹底明白了呂后的意思，說：「臣謹遵皇后教諭，定當進言皇上，不失時機地誅殺英布。」

呂后說：「很好！有愛卿助我，我就放心了。」

深夜，酈商離開長信殿回府。途中，他反覆琢磨呂后的話，「愛卿助我」，這是什麼意思？難道進言高帝，誅殺英布，就是「助」她呂后嗎？他想了又想，忽然恍然大悟：原來呂后已在考慮高帝晏駕以後的政事了，到時候太子即位，她就是皇太后，自己所要做的就是爲日後的朝廷及早鏟除足以構成威脅的敵人。

啊！呂后，眞是個深謀遠慮、未雨綢繆的女人！

33

高帝征討英布，獲得勝利，卻也受了箭傷。高帝衣錦還鄉，宴請紳耆父老，唱出了一曲馳譽史乘的《大風歌》。

赤日炎炎，驕陽似火。高帝鑾駕由八十多乘車輛組成，旌旗招展，戈戟鮮明。其中，尤以高帝乘坐的金根車最爲豪華和壯美，駕四馬，飾金玉，黃色車蓋，赤色帥旗，盡顯帝王氣派。戚姬乘坐的是銀根車，規格僅次於金根車。鑾駕行至灞上，前往送行的官員跪於大道兩旁，齊聲說：「恭祝皇上征討英布，旗開得勝，馬到成功！」

高帝心頭掠過一絲不易覺察的涼意。因爲他很清楚，這次出征，戰勝英布的把握不是很大，如果英布悔過認罪的話，自己倒是願意與之講和，平安歸來。當然，他在臣屬面前不便表露什麼，只是說：「但願如此。朕出征期間，你等應同心協力，辦好政事才是。」

官員磕頭，說：「謹遵皇上聖命！」

這時，高帝發現張良也跪在地上。他立刻下車，扶起張良，說：「先生有病，何必前來送行？」

張良雙手發顫，說：「臣已是風前燭瓦上霜，只想多看皇上一眼。沒準兒皇上回師，臣就……」

這話有些傷感，高帝連忙岔開話頭，說：「朕征英布，先生有何高見？」

張良說：「戰爭無非是戰與和二字。英布若肯認罪悔過，當以和爲上策；倘若非戰不可，皇上最好以智取勝，避免力拼。」

高帝說：「先生放心，有陳平和酈商隨軍運籌，朕自會見機行事。」

張良說：「英布是一員猛將，皇上萬萬不可大意啊！」

高帝說：「朕會小心的。對了！先生若有餘力，還請在教導太子方面盡點責任。叔孫通已任太子太傅，先生委屈點，就任太子少傅吧！還有，先生的兒子張辟強，朕封為侍中，可以出入朝廷，應對顧問。」

張良眼裡閃著淚花，說：「謝皇上！微臣父子效力朝廷，定當竭盡全力。」

高帝告別臣屬，重新登上金根車，鑾駕啓動。呂后和太子劉盈也來為高帝送行，但不知為什麼來晚了一步。他們到達灞上時，高帝鑾駕已經馳出半里。呂后好不尷尬，站在那裡望了望，轉身返回長安。

高帝統領大軍，晝行夜宿。路上，他回想和英布交往的過程，感慨頗多。英布，六縣人，青年時代因偷盜受過黥刑（臉上刺紋塗墨），故又稱黥布。秦末在驪山服苦役，交識很多役犯，結夥逃亡，流落江湖。不久參加農民大起義，歸屬於項羽。他體格強壯，生性剽悍，作戰英勇，屢立軍功。所以，項羽在鴻門宴後封十八個諸侯王時，特封他為九江王，都六縣。在楚漢戰爭中，英布先是站在項羽一邊的。漢王劉邦派出說士隨何，說以利害關係，使其背楚歸漢。劉邦改封他為淮南王，占有淮河以南土地。在垓下最後消滅項羽的戰鬥中，英布立下汗馬功勞，繼又積極擁護劉邦稱帝，其後年年進貢，不時來朝，絲毫沒有反叛的意思。呂后先殺韓信，再殺彭越，使英布思想受到強烈刺激和震動。尤其是他接到彭越屍骨的肉醬時，內心大為恐懼，不由想道：韓信和彭越，輔佐高帝，戰功赫赫，到頭來仍被誅殺；而自己原為楚將，中道來投高帝，算不上是嫡系人。高帝猜忌多疑，加上凶狠的呂后，韓、彭故事，難保不會在自己身上重演。英布心裡有了疑懼，雖然不敢明白表露出來，但暗中也作了一些準備，以防不測。偏巧這時發生了一件瑣事，迫使英布走上了反叛之路。

原來英布有個心愛的侍姬叫珍奇，正値豆蔻年華，豐容俏麗。珍奇患病，常由宮女陪同，到宮外醫家就診。醫家與英布部屬中大夫賁赫的府第鄰近，賁赫曾在英布左右見過珍奇，以爲正是巴結上司的好機會，所以就收購一些珍寶，獻於美艷嬌媚的珍奇。珍奇疾病痊癒，賁赫又備了一席盛筵，借在醫家爲之作賀。珍奇原不過是小家碧玉，不知自己應該防閒避嫌，竟也接受賁赫的招待，開懷暢飲，直至玉山半頹，方才乘車回宮。

英布見愛姬疾病痊癒，心裡喜歡，問其治療經過，胸無城府的珍奇並不知輕重，極口誇獎賁赫如何大方，如何忠義。英布臉色一變，厲聲問道：「賁赫大方、忠義，你如何知道？你和他莫不是避著我做了見不得人的醜事？」

珍奇經此詰問，才發覺自己出言冒昧，惹來麻煩，便也不再隱諱，將賁赫敬獻珍寶和設宴招待的事實，和盤托出。英布一想，賁赫和珍奇素無交往，而今卻這樣親近與熱火，其中必有苟且私情。珍奇哭哭啼啼，爲自己辯白。英布就是不信，立即命召賁赫，詢問情由。賁赫害怕，稱病不至。英布大怒，認定賁赫心虛，奸情更實，於是便派兵包圍賁赫府第，捉拿奸夫。賁赫提前一步，騎一匹快馬，直奔長安。英布一怒之下，把賁赫全家老小，殺得一個不留。隨即宣布造反，說：「皇上年事已高，未必能夠親征。本王所畏懼者，只有韓信和彭越。而今，韓信和彭越已被誅殺，其他的人，對於本王說來，只是小菜一碟，不勞收拾！」

賁赫一口氣跑到長安，直接向高帝報告，說英布已經反了，應速發兵鎮壓。高帝心存疑問，派使者前往調查。使者回報，說英布的確反了，而且反情相當嚴重，已經殺死荊王劉賈，打敗楚王劉交。高帝無奈，這才下決心征討英布，以確保大漢基業長治久安，不致毀於叛賊之手。

高帝大軍經藍關，出武關，抵達蘄縣（今湖北蘄春），英布派人送來一信。高帝看信，說：

「英布約朕明日陣前對話。」

酈商記著呂后所交代的任務，說：「英布詭計多端，陣前對話肯定有詐，皇上不宜冒險。」

陳平說：「我們作好準備，對話倒也無妨。英布若肯悔過認罪，可免大動干戈。」

高帝點頭，對英布所派的人說：「回去告訴英布，朕明日與他陣前對話。」

第二天，兩軍對壘，旌旗林立，刀槍閃亮。高帝比約定的時間晚了一會兒到達陣前，藉以顯示堂堂皇帝的尊嚴。他身穿堅甲，頭戴兜鍪，騎一匹棗紅色戰馬，佩一柄青龍式寶劍。他看了看叛軍的陣勢，說：「英布布陣很像項羽，這是存心氣朕。」

隨行的酈商說：「他這是裝腔作勢！他以爲韓信、彭越已死，自己就無敵於天下。別看他正面陣勢有模有樣，其實兩翼陣勢虛弱得很，不堪一擊。」

英布早已等候在陣前。他在鎧甲外面特意套了一件朝服，以表示自己還是高帝的臣屬，造反乃不得已而爲之。他騎了一匹灰白色戰馬，沒帶重型兵器，也只佩了一柄寶劍。

隨著一陣鼓響，高帝由酈商陪同，驅馬走向一片開闊草地。英布拍馬迎上前來，拱手說：「皇上別來無恙？軍中無大禮，恕微臣不能參拜皇上。」

高帝心平氣和地說：「不必拘禮，將軍可好？」

英布說：「託皇上洪福，微臣還可以。聽說皇上聖駕欠安，何必如此辛苦，揮師千里，來跟微臣兵戎相見呢？」

高帝微笑，說：「你請朕來，朕能不來嗎？」接著板起面孔，說：「英布！朕一向待你不薄，你爲何恩將仇報，反叛朝廷？」

英布不屑地說：「恩將仇報，反叛朝廷？請問：皇上的朝廷是誰替你打下的？是韓信，是彭越，是微臣等諸侯王，是無數戰死在疆場的將士！可是皇上是怎樣對待功臣宿將們的呢？只有兩個字：殺戮！韓信被殺了，彭越被殺了，現在微臣也該被殺了。皇上！微臣每想到這些，就覺得冤枉和寒心哪！」

酈商說：「韓信和彭越圖謀造反，不殺不足以嚴肅綱紀。」

英布冷笑，說：「韓信和彭越圖謀造反，證據何在？韓信先爲齊王，繼爲楚王，其時不造反，爲何被貶爲淮陰侯後才造反？彭越只不過是沒有聽從聖命，征討陳豨不力，這也算是造反？再說了，即使韓信和彭越果眞造反，也該按照程式，依法審訊，光明正大地施刑。他們是開國功臣、朝廷棟樑啊！卻不明不白地被殺了，叫人如何信服？」

高帝自覺理虧，辯解說：「誅殺韓信和彭越，乃皇后所爲，朕不知詳情。」

英布寸步不讓，說：「皇后所爲？那麼誰給皇后的權力？堂堂諸侯王，皇后要殺便殺，要剮便剮，那麼國家何以成國家？朝廷何以成朝廷？」

「這……」高帝一時語窘，不知該如何回答。

英布繼續說：「物不平則鳴，事不公則爭。如果說韓信和彭越造反是事實的話，那也是被逼的，是『狡兔死，良狗烹』的錯誤政策所致。同樣，微臣造反，也是出於無奈。彭越死後，皇后將他的屍骨剁成肉醬，分送諸侯王，這意味著什麼？意味著順者昌，逆者亡。微臣的部屬賁赫已向皇上告發微臣造反，皇上確信無疑，這才統兵前來。在這種情況下，微臣不反也得反，反正反與不反，都會和彭越是同樣的下場。微臣寧可戰死，也不願被人剁成肉醬！」

高帝不想使矛盾激化，平和地說：「這麼著，過去的事就別提了，現在朕願與將軍相約：將軍罷兵謝罪，你我還是君臣關係，你還當你的淮南王，怎樣？」

這種結果是酈商最不願意看到的，高帝若與英布講和，自己無法向呂后交差。好在英布不領高帝的情，說：「皇上如能誅殺皇后，爲韓信和彭越報仇，微臣可以與皇上講和，並永遠忠誠於大漢，忠誠於皇上。如若不能，微臣也只有和皇上一爭高下了。」

高帝沒有想到英布提出這樣一個苛刻的條件，心底不由得騰起一股怒火，輕蔑地說：「你蓄意和朕一爭高下，所爲何來？」

英布哈哈大笑，用戲弄的口吻說：「爲了跟皇上一樣，也當一當皇帝唄！」

酈商怒不可遏，大聲說：「匹夫英布！你也太猖狂了，竟敢跟皇上講什麼條件，還妄想當皇帝，亂臣賊子，死有餘辜！」說罷，躍馬舞刀，要取英布首級。英布急忙抽出佩劍，迎戰酈商，說：「皇上不講信義，陣前對話，竟動刀兵，徒令天下人恥笑！」

高帝見酈商和英布動起手來，驅馬退回本陣。英布懂得擒賊先擒王的道理，撇下酈商，直追高帝。形勢頓時緊張起來，雙方對壘的士兵發一聲喊，舉戈挺戟，相對衝殺，展開了一場混戰。英布無暇他顧，單追高帝，棗紅馬在前，灰白馬在後，八蹄騰空，風馳電掣。忽然，斜刺裡衝出一匹黃驃馬，馬背上坐著一個輕裝束袖、颯爽英姿的女人，手持鋒銳的雪花劍，讓過高帝，直取英布。說時遲，那時快，女人的劍飛快地刺向英布的左肋。英布防不勝防，本能地一閃身，躲過劍鋒。女人的劍順勢向前，手腕一轉，早將灰白馬的耳朵削去一隻。灰白馬疼痛難忍，奮起前蹄，大聲嘶鳴，險些將英布摔下馬來。輕裝束袖的女人全不理會英布，自去追趕棗紅馬，保護高帝回到本軍陣前。

不用問，這個女人便是戚姬戚雪兒。她自小練習武藝，尤精劍技，不曾想這番功夫，今天派上了用場。

高帝由衷地稱贊說：「愛姬臨陣，頗有一種英雄氣概。」

戚姬嫣然一笑，說：「爲了皇上，臣妾敢於赴湯蹈火，血染沙場。」

英布沒有追上高帝，自己的坐騎反而受傷，氣得兩眼通紅，七竅冒煙。他脫去鎧甲外面的朝服，使勁扔在地上，掉轉馬頭，擊殺官兵。猛然間，他發現後營兩翼陣腳大亂，正在疑惑，卻見左有灌嬰，右有夏侯嬰，率領官兵，呼嘯而來。這是酈商的安排：灌嬰和夏侯嬰偷襲英布的兩翼，隨後和正面官兵會合，全殲叛軍。高帝趁勢把劍一揮，正面官兵高喊：「衝啊！殺啊！」猶如潮水一般，向前湧動。叛軍死的死，傷的傷，就像沒頭的蒼蠅，四向逃竄。英布見勢不妙，自率百餘名親信，策馬逃跑。高帝想逞龍威，跟誰也不打招呼，驅馬提腳，向前追趕，意欲生擒英布。英布看得眞切，就馬上從親信手中接過弓箭，轉身照準高帝胸部，「嗖」的一聲，射出一箭。高帝全無防備，躲閃不及，那箭正中左胸，身體一歪，摔下馬來。緊跟在後面的戚姬、酈商、灌嬰、夏侯嬰等大驚失色，急忙向前，下馬抱住高帝，大呼小叫：「皇上！皇上！」高帝手捂流血的左胸，尷尬一笑，說：「沒事！快追英布！」酈商等再看英布，早已跑得不見蹤影了。

高帝被抬回軍帳，御醫緊急診治。所幸高帝穿有堅甲，箭傷不深，沒有大礙，拔出箭頭，敷上金瘡藥，幾天後便不怎麼疼痛了。戚姬精心侍候和料理，不敢有半點差池。

灌嬰、夏侯嬰清理戰場，回報說共殺死叛軍三萬餘人，俘擄叛軍八萬餘人，繳獲軍械器仗無數。高帝說：「罪魁英布逃跑，此仗不算全勝。」

陳平笑了笑，說：「皇上放心，臣已作了安排，英布他逃不了，不日必有佳音。」

原來，陳平料定，英布逃跑，必去投奔長沙王。其時長沙王吳芮已死，其子吳臣繼承王位。英布的王后正是吳臣的從姐，二人屬於郎舅關係。所以，他已致信吳臣，要其務取英布首級。英布果如所料，一路南逃，準備投奔吳臣。吳臣接到陳平信函，不敢得罪朝廷，遂布下天羅地網，單等英布到來。英布行至番陽（今江西波陽），夜宿驛館。半夜時分，吳臣的兵馬將驛館包圍，捉住英布，就地斬首，隨即派人將英布首級獻於高帝。

高帝十分高興，說：「英布死，朕無憂矣！」比高帝更高興的是酈商，因爲呂后交給他的特殊任務，長沙王吳臣幫他完成了。高帝箭傷略癒，決定班師。這時已是西元前一九五年年初了，寒風凜冽，景象蕭瑟。高帝忽然想起他的故鄉沛縣和豐邑，決定順道回故鄉去看一看。他自沛縣起義以後，離開故鄉已經十四年了。期間，只在濉水兵敗的那一年，匆匆路過沛縣和豐邑，由於是逃命，並未在故鄉停留。如今，平定英布，衣錦還鄉，看望鄉親父老，正是時候。沛縣和豐邑的官民，聽說這個消息，自然是張燈結綵，大事鋪張，以迎皇帝。

高帝鑾駕進入沛縣，全城百姓香花頂禮，羅拜道旁，高呼萬歲。高帝非常高興，命在原沛公府基礎上改建的沛宮裡治設盛筵，大宴地方紳耆父老。爲使大家都能開懷暢飲，更命省卻君臣禮儀，只談鄉曲典故。同時召來善唱俚曲的男女兒童一百餘人，唱歌侑酒。這幫兒童天眞爛漫，咿咿呀呀，滿口鄉音，盡現鄉情。高帝聽後，壯懷激烈，逸興遄飛，情不自禁地取來樂器筑（一種打擊的弦樂器），一邊擊節，一邊歌唱。唱詞是即興自編的，曰：

大風起兮雲飛揚，

威加海內兮歸故鄉，

安得猛士兮守四方！

這就是歷史上出名的《大風歌》，從中可見高帝在風雲激蕩的年月，躊躇滿志，艱苦創業的雄心和豪情，以及功成名就，君臨天下的氣魄和喜悅。最後一句未免有些傷感。一則，自傷年華老大，來日無多；再則，慨嘆昔日有功將帥，許多不能使人釋懷，進而憂慮自己一旦崩逝，何人能爲大漢支撐大局？

高帝擊筑唱歌以後，觸景傷情，想到當年游蕩故鄉的苦況，想到日後風雨不定的江山，內心悲愴，竟然落下兩行英雄淚。在座紳耆父老見高帝淚容沾面，無不驚愕。高帝自覺失態，轉而笑著說：「遊子悲鄉，此乃人之常情。朕雖奠都長安，那是因世勢所趨，不得不然，然朕心裡，無時不縈念故鄉桑梓。朕自沛公發跡，得除暴秦，削平天下，享有四海，今當立卷，永免沛縣賦稅徭役，永世無與。」

在座人等聽了高帝的話，激動萬分，立即跪地膜拜，感謝皇上隆恩厚澤。其中有一老者，趨前俯伏說：「沛縣幸獲蠲免賦役，足感深恩。唯豐邑乃皇上龍翔之地，獨不蒙澤，還乞皇上哀矜。」

高帝說：「豐邑是朕出生之地，朕是不會忘記的。今亦立卷，永免豐邑賦稅徭役，比同沛縣。」又是一番頂禮膜拜，又是一陣萬歲之聲。高帝在沛縣盤桓數日，這天忽然接到周勃送來的捷報，說陳豨已被擒殺。高帝大喜，說：「英布和陳豨兩個叛賊，相繼斃命，眞乃天意！」他命樊噲繼續留駐代國，密切注意盧綰動向；周勃班師，即回長安。

高帝從本質上說是一個布衣皇帝，原先非常鄙視儒學和儒生。太中大夫陸賈一次給他講《詩》《書》，他聽得不耐煩，罵道：「你老子在馬上得了天下，哪裡用得著《詩》《書》？」陸賈反駁說：「皇上能在馬上得到天下，還能在馬上治理天下嗎？文武並用，方是長久之術也。」高帝由此逐漸改變了看法，認識到儒學和儒生在政治上的地位和作用。創業難，守業更難。爲了大漢長治久安，必須尊重儒學，重用儒生。因此，他在離開沛縣以後，專門去了一趟魯（今山東曲阜），用太牢（牛、羊、豬三牲）之禮，祭祀了儒家學派的創始人孔子。然後沿著黃河南岸，折向西行，返回長安。途中，他的箭創復發，而且來勢洶洶，預示著這位大漢的開國皇帝，距離升遐之日越來越近了。

34

高帝返回長安，途中想了很多事情。相國蕭何入獄，驚動了所有朝臣。太子劉盈羽翼豐滿，高帝想要廢立太子，卻是無能爲力了。

漢高帝劉邦一生受過兩次箭傷。一次是在楚漢戰爭的相持階段，他和項羽隔廣武澗對話，被楚軍暗箭射中右胸。再一次就是征討英布，由於逞能，被英布射中左胸。一左一右，兩處箭創的位置恰好對稱。第二次受傷以後，沒有得到很好的休息，加上在沛縣又飲多了酒，所以箭創復發，疼痛難忍。不過神智還是清醒的，在返回長安的途中，臥在金根車裡，想了很多很多的事情。首先，他想到自己戎馬一生，創業的艱辛。他原不過是個小小的亭長，起兵反秦的時候兵力有限。興許是老天爺的特別關照，他的勢力不斷發展壯大，並得以最早進入關中，滅亡了秦朝。隨後和項羽爭奪天下，他打了無數次的敗仗，好幾次陷入絕境，但每次總能逢凶化吉，死裡逃生，奇蹟般地重新振作起來，奮起再戰。終於在垓下，他給了項羽以最後的一擊，從而以勝利者的姿態創建了大漢皇朝。他當皇帝的時候已經五十四歲，大器晚成，世所罕見。他雖然擁有了天下，但這個天下從沒有過一天安寧。今天這個叛亂，明天那個叛亂，以致他在花甲之年，還得掛帥出征，臨陣對敵。唉！這種生活何時是個盡頭啊？

其次，他想到他的功臣宿將們。想當年，在和項羽爭奪天下的戰爭中，他和韓信，和彭越，和陳豨，和英布，彼此間雖然存在矛盾，但在消滅項羽這一點上，目標是共同的，利益是共同的。正因爲如此，大家能夠同仇敵愾，形成合力，協同作戰。記得垓下之戰，百萬大軍圍攻項羽，八面埋伏，四面楚歌，那是一種多麼團結多麼齊心的景象！可是，隨著大漢皇朝的建立，這種景象就不復存在了。韓信、彭越、陳豨、英布等人，曾是大漢的功臣，但總不該圖謀造反呀！皇帝只能有一個，你們要當皇帝，置朕於何地？所以，朕不得不用鐵的手腕，進行鎮壓和誅殺。你們當中，或許有人死得冤枉，但政治鬥爭歷來如此，你死我活，容不得半點溫良恭儉讓啊！

再次，他想到後宮的鬥爭。呂后是他的結髮妻子，正位宮闈，干政的勢頭有增無減。戚姬是他最寵愛的姬妾，一心要立劉如意爲太子，以取代劉盈。這使他左右爲難，不知該如何決斷。就其內心而言，他是偏向於戚姬和如意的，但廢立太子談何容易？上次提出這個問題，蕭何、叔孫通、周昌等竭力反對，就是明證。更使他擔心的是呂后正在發展她的勢力，殺韓信，誅彭越，正是她急於登上政治舞臺的演示。許多元老重臣是向著她的，樊噲、呂釋之、審食其等更是她的黨羽。這個精明、凶悍、嫉妒的女人一旦掌權，那麼戚姬和如意還能有好果子吃嗎？高帝一路胡思亂想，心情非常憂鬱。

鑾駕到達長安，文武百官跪於路邊迎接。高帝懶得下車，逕直進了未央宮，入住昭陽殿。戚姬朝夕陪侍，照拂養傷，精心周到，無微不至。其時，蕭何的職務由丞相改稱相國。這只是官職名稱的改變而已，二者的職責和權力還是一樣的。這一天，蕭何上了一道奏章，說：「長安居民日多，耕地愈蹙，而上林苑中卻有許多空地。臣請開放上林苑，分撥給百姓開墾，既可栽植菽粟，贍養窮民，更可收取蒿草，以裕獸食。」

這本來是一件厚生利民的好事，可是竟觸怒了高帝。他將奏章擲於地上，斥責說：「相國蕭何，想是受了商民重賄，竟敢代請分割禁苑，以事開墾，簡直目無皇帝！」說罷，立命宿衛，率兵前往相府，拘禁蕭何，投入大牢，交由廷尉審訊。

堂堂相國突然入獄，震驚了所有朝臣。人們不解地互相詢問：「這是怎麼了？這是怎麼了？」其實，事出有因。高帝晚年，性格多疑。尤其是韓信、彭越等功臣宿將圖謀造反以後，他的疑心越來越重，對誰都不相信。特別對位高權重的大臣，更是疑慮重重，唯恐他們心存不軌，危害皇權。即使對於蕭何這樣的老朋友和大功臣，他也沒有疏於防範。而蕭何，素來襟懷坦蕩，並未介意高帝的疑忌。蕭何改稱相國的時候，高帝給他增加封邑五千戶，並以一名都尉和五百名士兵作爲相國的侍衛。蕭何得到這樣特殊的待遇，朝中臣僚，群趨相府賀喜。唯獨一個叫做召平的人，晉見蕭何，說：「大人的禍殃從此開始了。」

蕭何大爲驚愕，忙問其故。召平說：「皇上連年征戰，親冒矢石，而大人安處關中，不被兵革。如今，皇上提高大人的待遇，貌似尊崇大人，實係疑忌大人。試想淮陰侯韓信，百戰功高，猶不免於誅夷，大人自問能勝過淮陰侯否？」

蕭何陡有所悟，忙問：「先生所言，極有見地。然則應何以自處？還請先生指點。」

召平說：「爲今之計，大人最好辭賞不受，並將相府私財，取其多半，供輸軍需，或可免禍。」

蕭何是個聰明人，採納召平的意見，只接受相國職銜，辭讓封邑，不置侍衛，並將大量家產捐出，佐助軍需。高帝見此，心中歡喜，多次誇獎蕭何高風亮節，堪爲群臣楷模。

戚姬因爲蕭何心向呂后，所以經常在高帝面前散布詆毀言語。她說：「蕭何這是故作姿態，誰知他心裡是怎麼想的？」

高帝細想，戚姬的話很有道理，所以仍然疑忌蕭何。在征討英布期間，蕭何派遣官使，源源向前線供輸軍餉。高帝每次見了官使，都要詢問：「相國在京師近作何事？」官使奏告，無非說他撫慰百姓，籌措糧械等。高帝聽後，默不作聲，顯然隱有深意。官使返回長安，將情形報告蕭何。蕭何一時之間，摸不透高帝的心思，遂和賓客商量，究竟是福是禍？一位賓客直言不諱地說：「大人滅族不遠矣！」

蕭何嚇出一身冷汗，說：「這是為何？」

那位賓客說：「大人位至相國，名位已高至不可再高。皇上一再詢問大人的行止動向，完全是出自猜疑心理，尤恐大人久居關中，勤政愛民，深得民心，若趁皇上遠征在外，乘虛號召，據地自立，則皇上歸路一斷，勢將無地自處了。對此，大人全然不察，依舊孜孜惜民，這樣皇上益增疑忌。疑忌益深，大人的禍殃為時不遠了。」

蕭何氣憤地說：「我怎會有那種野心呢？」

賓客說：「大人說沒有，皇上可認為有啊！」

蕭何著急地說：「那該怎麼辦？」

賓客說：「目前之計，大人不妨強迫農民低價出售土地，廣置田園，使百姓產生怨恨，告發大人是個貪官。皇上知道這種情況，或許能夠釋疑，大人方可免禍。」

蕭何氣得跺腳，說：「嗨！這是什麼事啊？」氣歸氣，事情還得做。他按照賓客的建議，派人大量收購民間土地，故意貶抑地價，由此惹出許多謗怨。高帝接到一份又一份告發相國貪婪的訴狀，非但不惱，反而大感快慰。高帝回師長安，數百名農民遮道上書，爭劾相國恃勢虐民，強購民田。高帝全不在意，笑著把百姓的訴狀丟給蕭何，說：「這是相國的官聲，你自己去謝民消謗吧！」

蕭何平安地度過難關，又命把收購的土地，如數退還給農民。為日無多，謗消怨止。偏偏蕭何不識時務，又上了一道開發上林苑的奏章，為民請利，從而觸動高帝心病，這才被打入大牢。可嘆蕭何深怕功高震主，時時小心謹慎，到頭來還是不能免禍，鋃鐺入獄，青衣小帽，成為囚犯。中國古代為政，刑不上大夫。而蕭何位至相國，領袖群倫，竟也受此折辱，原因無他，只是高帝的疑忌心態作祟而已。

蕭何入獄，百官茫然。最不解的是呂后，蕭何一生勞苦功高，爲何落到這種地步？她和劉盈曾到未央宮，想爲蕭何說情，不料高帝推說養傷，讓他們吃了閉門羹。呂后又氣又惱，深恨高帝不講情義。接著，呂后打聽到高帝的貼身侍衛王都尉，曾受蕭何活命之恩，便通過呂釋之，接近王都尉，請其設法，在高帝跟前爲蕭何開脫。王都尉正想報恩，慨然答應，乘間問高帝說：「蕭相國有何重罪，竟至囚獄？」

高帝憤聲說：「朕聽說李斯相秦，有善歸之於皇帝，有惡自己承擔。而蕭何相漢，受人貨賄，妄奏開放禁苑，取媚百姓，所以繫獄問罪，以戒爲臣。」

王都尉恰也機靈，說「古代聖哲說過：『百姓足，孰予不足。』蕭相國爲民興利，請闢禁苑，百姓受益，只知感激皇上愛惜黎民，恩逾父母，哪裡會想到是蕭相國奏請的呢？蕭相國這樣做，正是效忠皇上，盡其本份，不當獲罪。至於懷疑相國有不臣之心，恐怕更無道理。皇上常年征戰，相國安居關中，舉手投足之間，即可據地自雄。在皇上兵敗勢窮之際，相國始終一秉精忠，何至今日，天下早定，反而圖謀大逆？以相國之智慧，斷不至此。而且，相國追隨皇上，已經多年，常捐家產以佐軍需，其淡視財貨，昭然若揭，更何至貪財受賄？依臣所見，皇上拘相國下獄，必將造成天大的冤案，有違人心哪！」

高帝聽了這一席話，未免慚愧。是啊！蕭何歷來忠心耿耿，盡職盡責，自己怎能懷疑他有不臣之心呢？蕭何若會反叛，那麼普天下就沒有一個好人了。如此，大漢還成其爲大漢嗎？皇帝還成其爲皇帝嗎？他立命王都尉前去傳旨，赦蕭何出獄。蕭何年事已高，因爲長期心瘁國事，精神體力，兩皆疲敝。繫獄經旬，鬚髮更白，手腳腫脹，無法冠履。只好赤著雙腳，前往未央宮，叩謝聖恩。高帝見狀，不覺傷情，後悔孟浪，自我解嘲地說：「相國不必謝罪。你爲民請利，朕不允許，表明朕是昏君，你是賢相。朕將你下獄十餘日，正是爲了讓百姓知你賢明，以提高你的聲嚳哩！」

蕭何哭笑不得，眼角滲出一滴苦澀的老淚。蕭何出獄，呂后高興，戚姬犯愁。戚姬平時和朝臣們沒有任何交往，所能依靠的只有高帝一人。她看到高帝箭創久久不癒，想到自己和如意日後的命運，暗暗叫苦，憂心如焚。她再次哭哭啼啼，懇請高帝立如意爲太子，說：「皇上現在不安排好這件事，臣妾母子可就死無葬身之地了！」

高帝最見不得戚姬哭泣，她一哭泣，杏蕊帶露，梨花經雨，特讓人憐惜和心疼。他答應戚姬，再作一次嘗試，重提廢立太子問題，看看大臣們是何態度。這天，他的身體情況不錯，便命在未央宮前殿置設酒宴，招待各位大臣，太子劉盈出席作陪。酒宴擺出，高帝上坐，劉盈侍立。高帝忽見劉盈身後站立四位老者，年皆八十有餘，鬚眉皓白，儒服峨冠，道貌岸然。高帝大爲詫異，忙問：「幾位老者何許人也？」

劉盈未及回答，四位老者趨前施禮，自報姓名，依次說：

「臣，東園公。」

「臣，綺里季。」

「臣，夏黃公。」

「臣，人稱用里先生。」

高帝驚愕地說：「呀！你們不是商山四皓嗎？」

老者齊聲回答說：「是！」

高帝問：「朕曾多次派人尋訪，想聘你們入朝爲官，而你們總是避而不見，這是爲何？」

東園公說：「恕臣直言：皇上過去鄙視儒學和儒生，臣等不願受辱，故而隱居山林。」

綺里季說：「其實，儒學的主旨在於教忠教孝，正可作爲鞏固皇權的思想。皇上鄙視儒學和儒生，那是一種偏見。」

高帝又問：「那你們現在……」

夏黃公說：「太子忠厚仁孝，四海皆知，恭敬重士，天下仰慕，人人願爲其效死。臣等體察輿情，所以遠道來從，竭力輔佐太子。」

高帝臉色一下子變了，心想在四皓的心目中，自己的品行還不如太子，眞是豈有此理！他正想發作幾句，忽見四皓忙著繫緊帽帶，有的還手抓帽沿。高帝覺得奇怪，說：「你們這是幹什麼？怕帽子飛走不成？」

四皓彼此相視，不知該如何回答。用里先生稍有膽量，說：「臣聽說皇上討厭儒生，曾向儒生的帽子裡尿尿，所以……」

「哈哈哈！」高帝想起以往的舉動，不禁大笑起來。高帝一笑，各位大臣也都跟著大笑起來。氣氛緩和，四皓如釋重負。高帝本來是想重提廢立太子問題的，但看到現在的景象，知道重提也是白提。因爲劉盈已不是昔日的劉盈了，他有元老重臣的支持，有商山四皓的輔佐，要廢他的太子名號，已是不可能的了。

高帝笑過以後，鄭重地說：「好啊！你們願意輔佐太子，朕深感欣慰。希望你們始終如一，教育太子上進，不致失德，朕就感激不盡了。」

四皓唯唯應命，說：「謹記皇上聖諭！」

酒宴開張，四皓頻頻向高帝敬酒。高帝興致勃勃，開懷暢飲，一個多時辰後，方才宴罷興盡。大臣們和四皓辭去。高帝召來戚姬，無可奈何地說：「太子得商山四皓爲輔，羽翼已成，勢難再動了。」

戚姬頓時淚如雨下，伏在高帝懷中，低聲抽泣。高帝撫摸著戚姬的臉頰，哀傷地說：「凡事不能強求。來！你爲我跳一個舞，我爲你唱一支歌，忘掉那些不愉快的事情吧！」戚姬勉強答應，起身，擦了擦淚水，伸展手臂，扭動腰枝，輕輕起舞。高帝手擊桌沿，充作節拍，放聲唱道：

鴻鵠高飛，
一舉千里。
羽翼以就，
橫絕四海，
又可奈何？
雖有矰繳，
尚安可施！

歌詞是高帝即興自編的。太子劉盈就像高飛的「鴻鵠」，「羽翼」豐滿，自己已經無法制約他了。縱然有「矰繳」（獵取飛鳥的射具），也使用不上了。高帝連唱數遍，歌聲蒼老而低沉。戚姬邊舞蹈邊落淚，及至傷心處，踉蹌著退到一邊，以手捂臉，嚎啕大哭起來。

高帝哄著戚姬，回到昭陽殿，心情鬱悶，相對無語。許久，高帝才說：「朕不是不想廢立太子，只是現在很難很難了。如果強行廢立，勢必招致動亂，上下離心，後果不堪設想。朕的苦衷，愛姬應該體諒。」

戚姬重新哭泣起來，說：「臣妾不敢強求皇上廢立太子，只是從今以後，臣妾母子的性命，就全攥在別人的手心了。」

這個「別人」當然是指呂后。高帝嘆氣，說：「唉！想到皇后將成爲愛姬和如意的主子，朕也揪心哪！」

戚姬說：「懇請皇上設法，保全我們母子。」

高帝說：「這是當然的。對了，如意已封趙王，應該趕快到趙國去，愛姬以後也到趙國去。你們離開長安，方可自保。」

戚姬說：「如意才十歲，去了趙國，怎麼自保呀？」

高帝說：「朕任命一位德高望重的大臣為趙國的相國，全力輔佐如意，萬無一失。」

「皇上打算任命誰呢？」

「這……」高帝心中尚無合適的人選。

這時，宮監高青通報說：「符璽御史趙堯求見皇上。」

戚姬皺著眉頭說：「皇上需要休息，不見朝臣。」

高青說：「趙堯說有要事，一定要見皇上。」

高帝說：「那就讓他進來吧！」

趙堯是個略有智謀，善於察言觀色的人。他入見高帝和戚姬，跪地施禮，說：「臣見皇上近來面有憂色，悶悶不樂，肯定有什麼心事。如果臣猜測不錯的話，得是因為趙王年幼，戚夫人和皇后有隙，沒有母子保全之策？」

高帝說：「正是。朕正為此煩惱，不知該怎麼辦。」

趙堯說：「可讓趙王到趙國去。一來，他離開京城，皇后也就放心了；二來，皇后意欲加害趙王，也是鞭長莫及。」

高帝說：「趙王還是個孩子，到趙國去就能自保嗎？」

趙堯說：「可由一位剛正大臣出任趙國的相國，輔佐趙王。」

高帝非常高興，說：「愛卿所言，和朕不謀而合。那麼誰是這位剛正大臣呢？」

趙堯說：「御史大夫周昌。」

高帝驚異地說：「周昌？」

戚姬惶惑地說：「周昌？不行不行！皇上上次要廢立太子，他出面阻攔，最爲積極。聽說事後，皇后還向他行跪拜大禮來著，足見他是皇后的人。」

趙堯堅持己見，說：「周昌爲人，堅韌伉直，只知爲公，不知有私。他阻攔廢立太子是爲公，命他輔佐趙王也是爲公。只要爲公，他是錚錚鐵骨，寧折不彎的。」

高帝點頭，說：「好！朕就任命周昌爲趙國的相國！」

趙堯辭去。高帝立即召見周昌，說明自己的意圖。周昌捨不得離開高帝，流著淚結巴著說：「自皇上起……起兵以來，臣一……一直相隨相從，不……不敢懈怠。現在，皇上爲……爲何中途捨……捨棄臣，讓臣去……去輔佐諸侯王呢」

高帝說：「這不是捨棄，是重用！懂嗎？是重用！諸位皇子中，朕最愛趙王，卿是知道的。趙王年幼，處境險惡，卿也是知道的。所以，他去趙國，非卿輔佐和保護，就沒有安全可言！」

高帝的信任使周昌深受感動。他說：「那……那好，臣……臣去趙國。臣……臣向皇上保……保證：臣……臣在世一日，保……保護趙王一日，即便死……死，也不……不讓趙……王受到傷……傷害！」

高帝特意握了握周昌的手，說：「朕就將趙王託付給卿了！」兩天以後，周昌陪同趙王劉如意去了趙國。周昌的御史大夫之職，則由趙堯接替。接著，燕王盧綰公開反漢，高帝心力衰竭，病情突然惡化了。

35

燕王盧綰反叛，使高帝身心倍受打擊。

高帝又接到告密信，親書密詔，派出陳平和周勃，去誅殺樊噲。

病入膏肓的高帝被轉移到長樂宮，交代完後事，駕崩了。

西元前一九五年三月，高帝安頓了劉如意，情緒本來蠻好的。突然接到邊報，說燕王盧綰公開反漢了。他看了邊報，不由大叫一聲：「氣死朕也！」漸次痊癒的箭創重新迸裂，血流不止。戚姬嚇壞了，慌忙傳御醫前來診治。御醫用細布擦去血污，準備敷藥，說：「皇上的箭傷是可以治好的，只是不能動怒。」

高帝氣沖沖地說：「盧綰反叛，朕能不動怒嗎？想朕以布衣之身，提三尺劍而取天下，創立皇業，此非天命？語云：『生死由命，富貴在天。』朕一病至此，此乃天意，縱有神醫扁鵲，又何能治得將死之人？」因此，他拒絕敷藥，還叮囑說：「從現在起，不准御醫給朕治病！」

高帝的心情壞透了。這也難怪，盧綰的叛亂使他的身心受到了最沉重的打擊。盧綰和高帝同爲豐邑中陽里人，而且是同年同月同日生。他倆從小一起玩耍，一起識字，是好得不能再好的朋友。長大以後，二人志趣相投，稱兄道弟，形影不離。高帝沛縣起義，盧綰緊緊跟隨，升任將軍。在其後的戰爭歲月裡，盧綰和高帝之間建立了異乎尋常的親密關係，就連高帝的臥室，盧綰也可以隨意出入，不打任何招呼。原燕王臧荼死後，高帝決定重立一人爲燕王。蕭何等揣摩高帝的心思，一致舉薦盧綰。高帝大喜。這樣，盧綰就當了燕王，成爲一方諸侯。當初，共有七個異姓諸侯王，就其私人關係而言，高帝最相信盧綰，相信他絕對忠誠，任何時候也不會反叛。高帝在征討陳豨的時候，隱約聽說盧綰和陳豨有所勾結。他不相信這是眞的，但爲防萬一，還是命樊噲駐守代國，注視盧綰的動向。不想此舉刺激了盧綰，促使他萌發了不臣之心。

盧綰熟知高帝的性格：可以與人同患難，不可以與人共安樂，疑神疑鬼，寡信少義。他對高帝把樊噲安置在自己的家門口極其反感，這等於告訴世人：盧綰！你必須老老實實，否則，我就對你不客氣！呂后誅殺彭越，將其屍骨的肉醬分送諸侯王，盧綰也收到一份。他因此產生了更大的恐懼，以致高帝召他回長安敘舊，他推說有病，不敢前往。高帝平定英布，盧綰大有一種兔死狐悲的感覺，說：「異姓諸侯王只剩下我和長沙王了。殺韓信，誅彭越，皆出自呂后之手。她一個女人家，要把所有的異姓王和大功臣斬盡殺絕。皇上眞是昏庸，怎能聽任她這樣幹呢？」因此，他也顧不得曾和高帝結下的深厚情誼，公開叛亂了。盧綰反叛，使得高帝痛心疾首，難以自制。他怎麼也想不通，一個最要好的朋友，一個最親密的兄弟，怎麼說反就反了呢？

高帝傷心至極，悲憤至極，立命樊噲出兵，剿滅盧綰叛亂。誰知聖命尚未發出，又有人告了樊噲的惡狀，更使得高帝怒上加怒，連聲咆哮，精神近乎崩潰了。

告樊噲惡狀的人是夏浩，樊噲妻子呂娥姁的情夫。夏浩是舞陽侯府的管家，長相標致，生性風流。樊噲常年征戰在外，平時很少回家。娥姁難耐床笫寂寞，稍加撩撥，便和夏浩勾搭成姦，如膠似漆。開始，夏浩對娥姁還算熱情，竭盡男人的本事，以討娥姁的歡心。後來，夏浩對娥姁漸生膩意。因爲其時，娥姁已經四十四五歲，姿退色衰，人老珠黃，就像秋後的老玉米，怎麼也提不起夏浩的興趣了。夏浩身爲管家，口袋裡有的是錢。他利用這些金錢，成天在街市上尋花問柳，另覓新歡。當時，長安有一名妓，豆蔻年華，色藝雙全，人稱醉櫻桃。夏浩慕名前往攀纏，飲酒彈唱，一擲千金。男的貪女的姿色，女的圖男的金錢，二人眉來眼去，立刻便情投意合，脫衣上床，顛倒翻騰，尋歡作樂了。夏浩搭上醉櫻桃，樂不可支，忘乎所以，早將昔日的情婦扔在一邊。娥姁覺察到夏浩的變化，派人暗中盯梢，發現情夫已經另有新歡，而且偷花了自家的大量金錢。她的心頭頓時騰起十八丈嫉妒之火和仇恨之火，狠狠地罵道：「好啊！你個夏浩，沒良心的東西！竟敢欺騙和耍弄老娘，老娘豈能饒你？」她命家丁抓住夏浩，一陣毒打，直打得他皮開肉綻，魂魄出竅，並將他轟出了舞陽侯府。夏浩遍體鱗傷，找到醉櫻桃。醉櫻桃問明事情原委，深表同情，說：「夏郎有何打算？」

夏浩恨恨地說：「那個婆娘如此待我，我怎能嚥下這口氣？我要告發樊噲大不敬之罪，滿門抄斬，叫那個婆娘知道我的厲害！」

醉櫻桃撇著嘴說：「你憑什麼告發樊噲？」

夏浩說：「這，好辦！你知道不？我有一個弟弟，叫夏武，現在樊噲軍中任副將，告訴過我許多關於樊噲的事情。樊噲對於常年出征在外很有意見，曾發牢騷說：『我給老頭子打江山，他坐在長安享艷福，眞不夠意思。』他稱皇上爲『老頭子』，這是犯上之罪！還有，樊噲不滿皇上寵愛戚姬和劉如意，曾發狠說：『若把老子惹惱了，老子就殺回長安，先殺老頭子，再殺那個騷狐狸和狐崽子！』你說，這是不是大不敬之罪？」

醉櫻桃吐了吐舌頭，說：「我的娘哎！這多可怕！不過，樊噲是皇上的連襟，你那個相好是皇后的妹妹，你告發了，人家能相信嗎？」

夏浩「嘿嘿」一笑，說：「你有所不知，皇上向來疑心很重，最怕大臣謀反，況且又患重病，神志不清，我告發樊噲，他不相信才怪哩！」

就這樣，夏浩把從夏武那裡聽說的情況，添枝加葉，寫了告發信，通過一個宮監，遞到了高帝手中。高帝那天正在發燒，看了告發信，不假思索，勃然大怒，說：「好啊！連樊噲也要叛亂，朕眞是眾叛親離了！」

戚姬趁機說：「樊噲心向皇后，他們早就結成死黨啦！」

高帝說：「朕先殺了樊噲，看他們能成什麼氣候？速召陳平、周勃進宮！」

陳平、周勃應召而來。高帝說：「你們先看看告發信。」

陳平、周勃看過告發信，彼此交換了一下眼色，感到事關重大，不敢貿然表態。

高帝平躺在御榻上，喘著粗氣，說：「朕這是後院起火啊！既然起火，就得撲滅它！」

陳平、周勃說：「皇上的意思是……」

高帝說：「殺！」他掙扎著坐起來，用顫抖的手親書一道密詔，交給陳平和周勃，說：「你二人持此密詔，速去代國，誅殺樊噲。」

陳平、周勃接過密詔，面面相覷，作聲不得。高帝又說：「誅殺樊噲以後，陳愛卿即持樊噲首級前來見朕，周愛卿可統樊噲之軍征討盧綰。去吧！」

「遵旨！」

這時，高帝忽然一陣咳嗽，氣喘急促。戚姬慌忙向前，手拍高帝的後心，說：「皇上還是躺下吧！」轉而對陳平、周勃說：「二位應當領會皇上聖意，照旨辦理，且須機密。」

陳平、周勃唯唯退出，收拾起程。

高帝的病情越來越重。病重之時，他仍想著辛辛苦苦創建的劉漢江山。異姓諸侯王已經消滅得差不多了，剩下的問題在於後宮，而後宮的問題又在於呂后。長期以來，呂后不斷地在發展她的勢力，一個以她為核心的「呂黨」逐漸形成。那麼自己死後，呂黨會不會篡權呢？會不會將劉氏天下改為呂氏天下呢？這種可能性是存在的，因此必須在自己還有一口氣的時候，防患於未然。這一天，他撐著軟弱不堪的身軀，召集在京的王公列侯和文武大臣，共入太廟，恭具太牢，宰殺白馬，指天發誓說：「自今日後，非劉氏而王、無功而封侯者，天下共誅之！」誓畢，再拜祭天地，並叩祖宗。一番折騰，高帝早已氣喘吁吁，幾乎暈厥。

他自知生命之燈即將熄滅，但仍放心不下國事，乃命一使者去告知陳平，讓他殺了樊噲，不必回京，直接去滎陽協助灌嬰，鎮守其地，以固長安，免致有人乘喪爲亂，危害京師根本。

高帝在太廟殺白馬而誓，明眼人看得明白，那是針對和警告呂后的。呂釋之和審食其參加了儀式，發現文武大臣中有兩個重要人物沒有到場，就是陳平和周勃。他們忙把情況報告呂后，呂后納悶，說：「是啊！這樣重要的儀式，陳平、周勃爲什麼沒有出席呢？」她皺著眉頭，思索許久，肯定地說：「解釋只有一個，那就是陳、周二人不在長安！」

釋之說：「怎麼可能呢？前天我還見他倆來著。」

呂后沒有理會釋之，轉而對食其說：「昭陽殿的蘋兒沒向你彙報什麼？」

食其一拍腦門，說：「嗨！這幾天太忙，我忘了跟她聯繫。」

呂后顯得不快，說：「現在是非常時期，一點疏忽，全盤皆輸！快去問她，看皇上這兩天召見陳平和周勃沒有？」

食其退去，不一會兒急匆匆地返回來報告說：「壞了壞了！」

呂后和釋之大驚，說：「什麼壞了？」

食其說：「蘋兒說，皇上前天召見了陳平和周勃，還給了他倆一道密詔，讓速去代國。至於去代國幹什麼，她就不知道了。」

呂后右手背連擊左手掌心，說：「果眞壞了！樊噲性命不保！」

釋之和食其不解，說：「這是怎麼說的？」

呂后說：「你們是豬腦袋不是？試想，皇上病成那個樣子，還讓陳、周二人持密詔去代國，能有什麼好事？肯定是有人告了樊噲的黑狀，惹怒皇上，要拿樊噲開刀！」

釋之和食其說：「既然如此，皇后得營救樊噲才是。」

呂后說：「怎麼營救？陳、周二人都出發兩天了，能追上嗎？」稍停，又說：「陳平、周勃也太過分了，這麼大的事，居然不跟我打個招呼！」

釋之說：「這事要不要告訴娥姸姐姐？」

呂后說：「別！告訴她無濟於事，還會節外生枝。」接著又問食其說：「蘱兒還說什麼？」

食其說：「她說，皇上已經不進飲食，駕崩怕是早晚間事。」

呂后心頭掠過一種特殊的感覺，不知是喜是悲。多少年來，她和高帝之間，只有夫妻之名，而無夫妻之實。尤其是戚姬入宮以後，她是被徹底地冷落了。從這方面說，她恨高帝，恨他無情，恨他寡義，恨他喜新厭舊，恨他荒淫無恥。她巴不得他命歸西天，這也算是一種報應。然而，他們畢竟夫妻一場，她的地位和權勢，她的榮華和富貴，統統是他給予她的，沒有他，便沒有她的一切。因此，她又不希望他早死，他是皇帝，他是一國之君，大漢江山有他支撐，才不至於風雨飄搖、天塌地陷啊！

食其注視呂后，說：「現在有一件頂要緊的事情要辦。」

呂后威嚴地說：「說！」

食其說：「我們得把皇上轉移到長樂宮來，不然，未央宮那邊突然弄出個皇上遺詔什麼的，我們就被動了。」

釋之說：「對！皇上死也要死在我們的眼皮底下，不能讓戚姬耍花樣。」

呂后點頭，說：「這確實是一件頂要緊的事情，要辦就得趕快辦！」

當天下午，呂后叫了太子劉盈，由釋之和食其陪同，釋之還帶了百餘名禁軍，前往未央宮，轉移高帝。他們風風火火到了昭陽殿，戚姬不知所措，本能地說：「你們要幹什麼？」

呂后瞪了戚姬一眼，說：「皇上在你這裡，我不放心，我得將他移到長樂宮去。」

戚姬說：「皇上已經病入膏肓，還是別移動的好。」

呂后說：「正因爲皇上病入膏肓，所以才要移動。我是皇后，我得親自服侍皇上。」

戚姬還要爭辯，呂后一揮手，說：「動手！」

釋之指揮禁軍，抬起昏迷不醒的高帝，放在一輛平板車上，蓋上薄被，拉了就走。戚姬直掉眼淚，跪在地上，舉起雙臂，發出淒厲的呼喊：「皇上——！皇上——！」

跟隨高帝多年的貼身宮監高青熱淚縱橫，也跪地呼喊：「皇上！皇上！」

食其見高帝御榻旁邊的案几上有個錦盒，料想錦盒裡裝有機密文件，隨手帶走。高帝被轉移到長信殿。呂后將他安置在內室的一張御榻上，鋪得厚厚的，蓋得嚴嚴的，儘量讓他舒服一點。她轉而發話說：「從現在起，除了我、太子和宮女蘭兒、麗兒外，其他人非經允許，不得跨進內室半步！」

呂后安置好高帝，回到殿中落座。食其呈上錦盒，說：「這裡必有機密，皇后要不要看看？」

呂后打開錦盒，發現錦盒裡全是奏章，所奏均爲鮮爲人知的機密大事。其中一份是夏浩所寫，告發樊噲謀反，意欲誅殺皇上、戚姬和趙王。她略有所思，自言自語地說：「原來病在這裡！」接著問食其說：「這個夏浩是誰？」

食其說：「夏浩是舞陽侯府的管家，他的弟弟夏武在樊噲軍中任副將。」

呂后點頭，說：「我明白了，這是禍起蕭牆啊！去！派人把娥妍給我叫來！」

娥妍很快來到長信殿，說：「姐姐叫我何事？」

呂后生氣地說：「你幹的好事！你把你丈夫害啦！」

娥妍摸不著頭腦，說：「姐姐說什麼呀？」

呂后把夏浩的告發信遞給娥妍，說：「你自己看吧！」

娥姁不看則已，看了嚇得目瞪口呆，結結巴巴地說：「這……這……」

呂后狠狠地看著娥姁，說：「因爲有了這告發信，皇上已派陳平、周勃去了代國，我想肯定是去殺樊噲的。你呀！成事不足，敗事有餘！」

娥姁聽到「殺」字，嚇得魂飛魄散，放聲大哭，說：「我的好姐姐，你可得救救樊噲啊！」

呂后沒好氣地說：「怎麼個救法？陳平、周勃上路幾天了，追得回來嗎？」

娥姁六神無主，只是大哭。

呂后說：「這個夏浩是怎麼回事？他爲何要告發樊噲？」

到了這個時候，娥姁也就顧不得臉面，把跟夏浩怎麼私通、翻臉的經過，敘說了一遍。呂后越聽越氣，說：「你呀！既然跟夏浩翻臉，就該把他徹底收拾了才是，怎能轟出去就萬事大吉了呢？」

娥姁也來了氣，說：「這個夏浩，我饒不了他！那麼，樊噲他……」

呂后說：「聽天由命，就看樊噲的造化了。」

娥姁心神恍惚，踉踉蹌蹌地離去。呂后起身走進內室，陪侍高帝。高帝平躺著，緊閉雙眼，一動不動。呂后不時用手試探高帝的鼻息，感覺得到還有一口氣在。長信殿外，高帝的姬妾管姬、趙姬、薄姬、范姬、戚姬，高帝在京的兒子劉恢、劉友、劉恆、劉建、劉長，高帝的女兒劉媛，還有一些文武大臣，都想進殿，看望高帝。他們知道，高帝病情已經不可能好轉，看望一眼，就算是訣別了。然而，呂后傳出話說：「皇上一直昏迷著，不能見任何人，探視全免！」殿外的人聽了，只能掩面而哭，毫無辦法。

呂后爲了防止萬一，命釋之統領禁軍，加強京城和兩宮的防衛。一時間，長樂宮和未央宮內外，如臨大敵，布滿禁軍，本來就很緊張的氣氛更加緊張了。第三天，也就是四月甲辰日，烏雲瀰空，天色陰晦。下午，高帝忽然睜開眼睛，目光渾濁而又呆滯。呂后慌忙向前抓住高帝的手，輕輕叫了一聲：「皇上！」

劉盈則跪在榻邊，叫了一聲：「父皇！」

高帝蠕動嘴唇，含混不清地說：「這……是……哪？」

呂后說：「這是長信殿，臣妾和盈兒就在御榻旁邊，日夜侍候皇上。」

高帝沒有反應。呂后意識到，高帝此時睜眼說話，正是將死之人斷氣前的迴光返照，不由得一陣傷心，流下淚來，嗚咽著說：「皇上！你可不能撇下臣妾和盈兒啊！」

高帝已失元氣，艱難地說：「劉……劉漢天下不……不能……丟失。」

呂后說：「皇上放心，劉漢天下有蕭何相國等輔佐，自會發達昌盛。臣妾請問皇上，蕭何死後，誰可繼任相國？」

「曹……參。」

「那麼曹參以後呢？」

「王……陵。然此……此人過於憨……憨厚，陳平可……可以助之。陳……陳平多智，卻難獨……獨擔大任。周……周勃正……正直忠……忠信，安定劉……劉氏天下，非此……人不可，可……可任太尉。」

「那麼再以後呢？」

「那就誰……誰也不……不知了。」

高帝用盡氣力說完這些話，重新閉上眼睛。呂后淚流滿面，說：「臣妾謹記皇上聖諭！」

許久，高帝又半睜開眼睛，說：「戚……姬，如……意，善……待……」

呂后未及回答，但見高帝臉色赤紅，眼皮收斂，接著頭向左側一歪，不動彈了。呂后再探高帝的鼻息，鼻息全無。呂后和劉盈同時哭出聲來：「皇上——！」「父皇——！」

大漢的開國皇帝駕崩了，終年六十一歲。

長信殿外，驟然颳起一股狂風，緊接著劈裡叭啦地下起了大雨。狂風大雨，似乎是在爲高帝的魂靈壯行……

強悍太后

36

高帝駕崩，呂后秘不發喪。張良、蕭何、酈商說以利害，呂后方才通告天下。

呂后注視哭泣的戚姬，說：「騷狐狸！哭吧，你的好日子在後頭呢！」

樊噲安然無恙地回到長安。

四月正是風和日麗、花香鳥語的月份。可是在長安，由於高帝駕崩，皇宮內外的形勢十分緊張，誰也沒有心思去欣賞明媚、旖旎的春光。知道高帝駕崩的只有六個人：呂后、劉盈、呂釋之、審食其、蘭兒和麗兒。劉盈說：「父皇駕崩，是爲國喪，應當趕快發喪，通告天下才是。」

呂后狠狠地瞪了劉盈一眼，說：「朝廷的許多元老重臣，原先和皇上都是平起平坐的關係，後來北面稱臣，心常怏怏。現在他們若知道皇上駕崩，群起鬧事，我們控制得了局面嗎？」

釋之迎合呂后說：「那些元老重臣奉太子爲帝，心中肯定不服。所以要殺幾個老傢伙，方能壓住陣腳。」

食其搖頭說：「不行不行！韓信、彭越、陳豨、英布圖謀造反，已經被殺，現在再要殺人，倒是殺誰呀？」

呂后心情非常矛盾。她知道，太子劉盈即位，必須要有元老重臣的支持，沒有他們的支持，皇帝就不成其爲皇帝。然而，他們會支持一個年輕的懦弱的新皇帝嗎？支持了萬事好辦，如果不支持可就麻煩了。釋之所說的殺幾個老傢伙，確是一種辦法，但那樣不能解決問題。人家沒有謀反，你憑什麼隨便殺人？而且，那麼多的元老重臣，你該殺誰呢？

呂后深感爲難，說：「我們先秘不發喪，看看動靜再說。釋之！你的任務很重，要牢牢地抓住禁軍，不能有半點鬆懈。還要教導我的三個侄兒呂台、呂產、呂祿，他們該出來幫我做事了。」

「是！」釋之回答。

呂后轉向食其，說：「食其！這幾天，你就住在宮裡，長信殿裡沒個男人，我和蘭兒、麗兒有點害怕。」

「是！我在宮裡陪侍皇后就是了。」食其有意把「陪侍」二字說得很重，其中含義是不言而喻的。其時，呂后的三個侄兒，即呂澤的兒子呂台、呂產，呂釋之的兒子呂祿，都是三十歲左右年紀，都已娶妻生子。呂台承襲父親的侯爵，封周呂侯。呂產和呂祿還無官無爵，坐享父兄的福蔭。呂祿和酈商的兒子酈寄關係極好，二人常在一起飲酒作樂。這天，他飲酒很多，頭腦發脹，口角流涎，舌頭僵硬，含含混混地說：「哎！告訴你個絕密消息，皇……皇上已經不……不在了。」

酈寄大驚，說：「你是說皇上已經駕崩了？」

「可……可不是嗎？我爹親……親口說的，假……假不了。」

「那怎麼不發喪呢？」

「不……不能發喪。皇……皇后就……就是我姑姑說了，怕……怕大臣們鬧……事，要殺……幾個老……老傢伙，血……血染長……長安。」

酈寄嚇出一身大汗，說：「我爹酈商也在被殺之列？」

呂祿響亮地打了個酒嗝，搖著手說：「哪……哪能呢？酈伯伯是……是我爹的朋友，也是……是辟……辟陽侯的朋友，皇后怎會殺……殺他呢？」

酈寄再也坐不住了，告辭呂祿，拔腳回家，把呂祿所說的話如實地告訴了父親酈商。酈商瞅著兒子，不大相信地說：「有這等事？」

酈寄說：「呂祿親口跟孩兒說的，沒錯！」

酈商皺著眉頭沉思，說：「難怪這兩天到處是禁軍，如臨大敵的樣子，原來皇后秘不發喪，是要有所行動啊！」他在房裡轉了幾圈，又說：「不！不能讓他們胡來！皇上屍骨未寒，他們就要殺害老傢伙，那是引火燒身，自掘墳墓！」

酈寄說：「爹打算怎麼辦？」

酈商說：「我這就進宮去，勸說皇后，阻止她幹傻事。你呢？快去通知張良和蕭何，告訴他們皇上已經駕崩，並告訴他們我已進宮了。」

酈寄說：「是！」飛跑而去。

酈商穿上朝服，特意在頭上纏了一縷白布，前往長樂宮。宮門前面有大批禁軍守衛，嚴格盤查搜身，酈商好不容易才得以入宮。他急步跨進長信殿，「撲通」跪在地上，放聲大哭，說：「皇上！你怎麼說走就走了啊！」

呂后暗暗吃驚，心想酈商怎麼知道皇上駕崩的？她看了酈商一眼，故作驚訝地說：「酈愛卿這是怎麼說話？誰說皇上走了？你頭戴喪布，跪地大哭，成何體統？」

酈商邊哭邊說：「皇后！你就別再隱瞞啦！皇上駕崩，這是頭號國喪，你隱瞞得了嗎？而且，皇后還要誅殺元老重臣，這樣一來，天下可就危險啦！樊噲二十萬大軍駐紮代國，灌嬰十萬大軍鎮守滎陽，他們聽說皇上駕崩，元老重臣被殺，必然聯兵西向，進攻關中。到時候，大臣內叛，諸將外反，那個局面可是不堪收拾啊！」

「這……」呂后最擔心的就是出現這種局面。

這時候，張良、蕭何相繼來到長信殿。張良久病纏身，不能行走，是由兒子張辟強和幾個家人抬著來的。蕭何自上次入獄以後，身心受到巨大打擊，變得更加蒼老和衰弱了。張、蕭二人淚流滿面，說：「皇后！當務之急是要趕快發喪，人心不可違，人心更不可欺啊！」

呂后爲難了。她猶豫許久，這才說：「那好，我就實話實說吧！皇上已經駕崩四天了。我之所以沒有發喪，是怕有些朝臣對於太子繼位心中不服，致生事端。你們說，這種情況會不會……」

張良、蕭何、酈商同聲說：「太子是皇上親定的嗣君，繼位理所當然，怎會有人不服呢？」

呂后說：「這樣說來，你們是擁護太子繼位的了？」

張良、蕭何、酈商說：「這是我們做臣子的本分，皇后不必疑心。」

呂后說：「好！你們這樣說，我就放心了，我這就爲皇上發喪！」

張良、蕭何、酈商辭去。呂后命食其安排發喪事項。長樂宮鐘室有一口大鐘，大漢開國以後第一次發出訇然巨響。那鐘聲洪亮、沉重、抑鬱，尾音拖得很長很長，十里以外的地方都可以聽見。人們通過鐘聲知道，大漢的開國皇帝劉邦與世長辭了！然而很少有人知道，這鐘聲比該響的時候遲響了四天。這四天對於呂后來說，簡直比四年還要漫長。

呂后命釋之帶領禁軍，將高帝的屍體移至長樂宮前殿，戴上金冠，穿起袞服和烏靴，手握玉佩，口含玉片，停於屍床上，頭前腳下點亮長明燈，供人弔唁。長樂宮、未央宮和長樂宮前殿的門楣上，扯起黑色輓帳，輓帳上綴著白色團花，遮蓋了原先大紅大紫的色彩。呂后、管姬、趙姬、薄姬、范姬和戚姬，太子劉盈及其他在京的皇子劉恢、劉友、劉恆、劉建、劉長，高帝和呂后的女兒劉媛等，身穿喪服，跪在地上，嗚嗚而哭。他們的哭相不盡相同，除了戚姬極度悲傷沉痛、哭得死去活來以外，其他人多是裝腔作勢做樣子，各有心事，哭中無淚。尤其是呂后，不時冷眼注視戚姬，心裡說：「騷狐狸！哭吧，你的好日子在後頭呢！」

文武百官齊來弔唁，一個個神情嚴肅，哀哀切切。他們明白，高帝出身布衣，從小小亭長起家，一步一步前進，由沛公而漢王而皇帝，創建了大漢王朝，實屬不易。從這個意義上說，他是英雄，他是好漢，叱咤風雲，名垂青史。然而，高帝晚年，疑忌心極重，熱衷於殺戮，且不說韓信、彭越、陳豨、英布之流，即使如蕭何之功之賢，樊噲之親之重，他也相信不過，不惜繫獄和誅殺。從這個意義上說，他是庸主，他是暴君，喪失人性，大玷帝德。高帝死後，太子繼位是順理成章的事。可是，劉盈天生懦弱，不可能成爲一個好皇帝。而呂后野心勃勃，急於專權，今後的朝政怕是難免要落入這個女人之手哩！

弔唁開始後的第三天，多日不見的陳平風塵僕僕，搶進前殿，跪在高帝屍床前，磕了三個頭，聲淚俱下地說：「皇上！臣陳平奉旨辦差，不想一別龍顏竟是死別，眞是……」說到這裡，他已泣不成聲了。呂后看到陳平，滿臉怒氣，先行回到長信殿，傳令召見陳平。陳平心中暗喜，慶幸自己和周勃預料沒錯，否則可要大禍臨頭了。原來，陳平和周勃奉高帝密詔，誅殺樊噲。二人不敢怠慢，日夜兼程，前往代國。陳平足智多謀，凡事都有主見。路上，他跟周勃說：「皇上自起兵以來，樊噲即左右相從，未曾違離。皇上每當生死存亡之際，樊噲總是冒險犯難，挺身護衛，所立軍功無數。現在，皇上憑一時情緒，命殺樊噲，有朝一日反悔起來，最說不清的恐怕就是你我了。」

周勃說：「先生所言極是。樊噲是皇后的妹夫，既是皇親，又是權貴，我們如果殺了他，皇后追究起來，你我也難脫干係。」

陳平說：「將軍認爲皇上病情怎樣？」

周勃說：「我看危險，燈乾油盡，沒有幾天熬頭了。」

陳平說：「我也是這麼想。所以在樊噲問題上，你我得有個萬全之策，既要遵從皇上密詔，又不能得罪皇后。」

周勃說：「我相信先生胸有成竹，先生明言，周某照辦就是了。」

陳平思索許久，說：「我們不妨這麼辦：暫時不殺樊噲，而用囚車押往長安，交給皇上親自發落。殺與不殺，那是皇上的事，跟你我無關。這期間，皇上若是駕崩了，樊噲仍然活著，那麼皇后肯定會高興的。」

周勃撫掌大笑，說：「先生想得周到長遠，周某佩服！就這麼辦，萬無一失。」

不日，陳平、周勃抵達樊噲軍營。樊噲不知二人公幹，設宴招待。酒宴間，陳平屏退其他人員，從懷中取出高帝密詔，說：「樊噲接旨！」

樊噲慌忙跪地，說：「樊噲聽旨！」

陳平不忍宣讀密詔，說：「樊將軍還是自己看吧！」

樊噲接過密詔，不看則已，看了三魂嚇掉兩魂，大聲說：「他！他爲何要殺我？他自沛縣起兵以來，我就鞍前馬後，爲他效力，爲他賣命，死裡逃生千百回，身上的創傷無數。現在倒好，他當皇帝了，他有天下了，竟然要殺我，眞他娘的豈有此理！」

周勃扶起樊噲，說：「樊將軍請小聲點，事情還有通融的餘地。」

陳平說：「是啊！樊將軍是開國功臣，是皇親國戚，無人不知，無人不曉。皇上下詔殺你，我和周將軍就想不通。所以，我倆在路上商量了個辦法，暫且將你囚回長安，到時候再說。我倆自會向皇上說情，爲你開脫。更有皇后爲你撑腰，想來皇上會回心轉意，赦免你的。」

樊噲氣猶不平，憤憤地說：「他是越老越糊塗了，光知道殺殺殺，殺人能安定天下嗎？」

周勃低聲告訴樊噲說：「皇上確實老了，怕是沒有幾天活頭了。」

樊噲恨恨地說：「老東西無情無義，早該去見閻王了。」

第二天，陳平宣布：樊噲的軍隊由周勃統領，繼續平定盧綰叛亂；樊噲因爲涉及一場官司，需要囚往長安審訊。樊噲部下共有二十萬人，聽說更換主將，頗有憤憤不平之意。幸虧周勃官任太尉，威望很高，足以鎮住場面，方使一些人的憤憤不平之意沒有轉化成過激的行動。

陳平用囚車囚了樊噲，押回長安。路上，陳平對樊噲備加關照，不讓戴枷鎖，一日三餐，有酒有肉。快到洛陽，陳平接到高帝的最後一道詔書，命他留在滎陽，協助灌嬰，就地駐守，以固京師根本。陳平接詔，敏銳地意識到高帝是在安排後事，駕崩之日日益臨近了。

陳平到達滎陽，受到灌嬰的熱情歡迎和接待。灌嬰見囚車裡囚著樊噲，驚問其故。陳平把事情的始末一一相告。灌嬰聽後，讚嘆地說：「陳先生和周將軍高明！若把樊將軍殺了，你們可有苦果子吃啦！」

陳平說：「灌將軍的意思是……」

灌嬰說：「陳先生大概還不知道吧？灌某剛接到以皇后名義發來的喪報：皇上已經駕崩啦！」

陳平大驚，說：「當眞？」

灌嬰說：「這樣的大事，豈能有假？」他把喪報遞給陳平，說：「先生請看！」

陳平看那喪報，除通告高帝駕崩外，還命自己和灌嬰共守滎陽。陳平微微點頭，說：「皇上和皇后都命我留在滎陽，用心是不一樣的。」

灌嬰說：「有什麼不一樣？」

陳平說：「皇上擔心駕崩以後，關東會生事端，所以命我協助將軍共守滎陽；皇后則不然，目的在於隔絕我們與京城的聯繫，以便從容地進行她的大事。」

灌嬰說：「那該怎麼辦？」

陳平說：「我得趕回長安，一則可以觀察皇后怎樣動作，二則萬一有變，可以給將軍一個風聲。」

「先生回去等於違旨，那是很危險的。」灌嬰憂慮地說。

「危險是有的，但不至於送命。」陳平滿有把握地說。

「何以見得？」

「因爲我和周勃保住了樊噲的性命，皇后看在這一點上，不見得會殺我。」

灌嬰知道陳平的能耐，也就不再阻攔。他轉而告訴樊噲，說皇上已經駕崩了，此去長安必然安然無恙。樊噲大喜，說：「老東西要殺我，沒想到他倒先死了，該！」

陳平在滎陽停留一天，依舊用囚車囚了樊噲，告別灌嬰，西返長安。進了函谷關，陳平對樊噲說：「我得先行一步，向皇后說明事情原委，不知將軍意下如何？」

樊噲說：「先生儘管先行，樊某坐在囚車裡欣賞風景就是了。」

陳平抱拳說：「謝謝！」說完，策馬直奔長安。他到長安，沒有回家，而是直入長樂宮，向高帝屍床行了跪拜大禮，接著就被呂后召到了長信殿。呂后一見陳平，冷冷地說：「先生奉旨辦差，不知奉的什麼旨，辦的什麼差呀？」

陳平不慌不忙，從懷裡取出高帝的密詔，說：「請皇后先看看皇上的密詔！」

呂后看那密詔，只有八個大字，寫的是：「立殺樊噲，提頭來見」。她大驚失色，說：「樊噲死啦？」

陳平說：「臣和周勃將軍商議再三，認爲樊噲貴爲皇親和列侯，勞苦功高，罪不至死。所以斗膽違抗聖命，沒有殺他，而是用囚車把他帶回長安來了。」

呂后心中一喜，立即改換口氣說：「這麼說，樊噲還活著？他在哪裡？」

陳平說：「囚車下午可到京城。」

呂后長長地舒了一口氣，說：「愛卿和周勃顧大局識大體，冒險保護功臣，眞是大漢江山之幸哪！」接著，她記起喪報上寫有陳平留守滎陽之諭，馬上又用責備的口吻說：「你在滎陽見到本后發出的喪報沒有？怎麼違旨回來了呢？」

陳平對此早有心理準備，沉著地回答說：「臣違旨回來，只是爲了保全樊將軍的性命。」

呂后說：「哦！這是什麼意思？」

陳平說：「誅殺樊將軍，乃皇上的密詔。皇上的密詔，不是所有人都敢違抗的。臣回來，就是要懇請皇后，務要赦免樊將軍，哪怕以臣性命換得樊將軍性命，臣也心甘情願。」

這幾句話深深打動了呂后，她的口氣變得溫和和親切了，說：「愛卿想事辦事，周全細致，朝廷感謝你，本后感謝你。」

陳平進而說：「皇上新崩，朝野不安，太子年輕，百廢待興。爲報皇上和皇后知遇之恩，臣請宿衛宮中，襄助皇后和太子。」

呂后素知陳平的精明，想到高帝曾預定他爲相國的接班人，滿心歡喜，說：「愛卿一片忠心，古今罕有。太子即將登基，愛卿即爲郎中令，竭力輔佐新皇帝吧！」

陳平跪地磕頭，說：「臣謝皇后厚恩！」

陳平辭去不久，樊噲妻子呂娥姁披頭散髮，風風火火地進了長信殿，大聲說：「姐姐！陳平得是回來了？人呢？他把樊噲殺啦？我要跟他算賬！我要跟他拼命！」

呂后見妹妹那副模樣，生氣地說：「我一直說你魯莽任性，一點也沒有說錯。你看你，好歹算是舞陽侯夫人，容貌不整，大喊大叫，成什麼樣子？你跟誰算賬？你跟誰拼命？實話告訴你，若不是陳平和周勃，樊噲即使有十個腦袋，也早搬家了。」

娥姁疑惑地說：「怎麼？樊噲沒有死？」

呂后說：「皇上倒是下了密詔的，要陳平和周勃『立殺樊噲，提頭來見』。陳、周二人考慮到樊噲的特殊身分，硬是違抗聖意，保全了樊噲的性命。你知道嗎？這要擔當多大的風險？而你倒好，不動腦子，不明情況，反將恩人當仇人，又是算賬又是拼命的，眞沒良心！」

娥姸受了呂后一頓搶白，顯得不好意思，紅著臉說：「那麼樊噲呢？」

呂后說：「他被囚車押著，很快便到京城。對了！你那個情夫叫什麼來著？樊噲回來若知道你們之間的醜事，不殺了你才怪哩！」

娥姸坦然一笑，說：「那個夏浩？我早讓人將他送往西天了！」

呂后說：「哼！你倒會殺人滅口！」

這時，樊噲已到長安。陳平前去接著，將他請出囚車，隨後一起進宮來見呂后。娥姸一眼看到樊噲，驚呼著迎上前去，說：「你可回來啦！」

樊噲衝妻子一笑，顧不上和她親熱，逕直走至呂后跟前，跪地行禮，說：「罪臣樊噲拜見皇后姐姐！」

呂后說：「免禮！我的好妹夫，你可知道是誰救了你的性命？」

樊噲說：「自然是皇后姐姐的恩典。」

呂后說：「不對！是陳平和周勃違抗聖意，從鬼門關把你搶了回來。」

樊噲轉向陳平行禮，說：「多謝陳先生冒死相救，樊某感激不盡！」

呂后笑著說：「這還差不多，不像你夫人那麼糊塗。她竟要我降罪陳平，你說可笑不可笑？」

娥姸面紅耳赤，扭捏地說：「姐姐！」

陳平向樊噲還禮，說：「我和周勃是尊重樊將軍的人品和功勛，不忍殺害，這才違抗了聖意。違抗聖意就是欺君大罪，若是皇上健在，你、我和周勃將軍還不知是個什麼結果呢？」

「哈哈！哈哈！」呂后、樊噲、娥姸開心地大笑起來。

37

高帝葬於長陵。太子劉盈登基，是爲惠帝。呂后尊爲太后，代秉朝政。登基儀式上，審食其放飛喜鵲，不想也放飛了幾隻烏鴉，大煞風景。

高帝的屍體停在長樂宮前殿，弔唁七日後入殮。棺材是用楠木製作的，結實厚重。棺材外面另加一層柏木製作的棺廓，稱「黃腸題奏」（以柏木黃心致壘棺外，故日黃腸；木頭皆內向，故日題奏）。這在漢朝葬儀中，屬於最高級別的禮儀。接著是哭喪停殯。哭喪停殯也是七日，然後就該埋葬。但因爲高帝的陵墓尙未建好，所以埋葬的時間又拖延了七日。

高帝的陵墓定名爲長陵，隔著渭河，建在長安的北面，秦都咸陽的東北方向（今陝西咸陽窯店鄉三義村）。那裡聚集了上萬名民工，日夜勞作，全力修建地宮和墓冢。停殯哭喪期間，太子劉盈登基的準備工作也在緊鑼密鼓地進行。太子太傅叔孫通是位禮儀專家，太子登基的禮儀自然由他安排。叔孫通爲了穩妥起見，特意挑選了四五十名宮監和宮女，集中進行訓練和演示。他說：「從現在起，你們要扮作朝廷的文武大臣。分做兩班，一班是文官，一班是武將。上朝之時，都要昂首挺胸，拿出精氣神來。走有走相，站有站相，跪拜也要有跪拜相。文官武將，按照品秩，各就各位，不能交頭接耳，不能大聲喧嘩。尤其是在向皇帝拜賀的時候，磕頭的姿勢要端正，三呼萬歲的聲音要洪亮。皇帝說『平身』，你們才能起立，站回原來的位置上……」

宮監和宮女都是低賤的下苦人，哪裡懂得這麼冗繁的禮儀？一個個嘻嘻哈哈，不是忘記了身分，就是站錯了位置。叔孫通倒也耐心，不厭其煩地講解，不厭其煩地示範，早已累得嘴乾舌燥，氣喘吁吁。這樣演練了數日，總算有點模樣了。

最後一次演練，呂后、劉盈由審食其陪同，親臨現場，充當主角。在叔孫通的指揮下，宮監和宮女們衣冠楚楚，手執朝笏，魚貫而進，站立兩旁。呂后、劉盈緩步登上高臺，宮女手擎龍鳳傘和日月扇，緊緊跟在後面。呂后、劉盈落座，「文官」和「武將」們跪拜，山呼萬歲。呂后面帶微笑，怡然自得。劉盈卻是手足拘謹，神情木然，渾身不自在。

站在一旁觀看演練的審食其，自恃與呂后的特殊關係，走近劉盈，說：「不行不行！太子走路的姿勢和面部表情太不自然，顯得過於僵硬。天子嘛，應當有天日之表，龍鳳之姿。龍行虎步，是講走路；威嚴莊重，是講表情。先皇帝臨朝之時，總是昂首闊步，目光遠視，雙臂擺動，從容堅定，給人一種威武雄壯和氣宇軒昂的感覺。而太子，卻像……，這哪能顯示出天子的崇高和尊嚴？太子請看，先皇帝走路是這個樣子的。」說著，他竟在高臺上大搖大擺，學起高帝走路的樣子來。

劉盈早就聽說食其和母后有著不可告人的苟且私情，曾說：「我見了這個人就感到噁心。」現在，食其又在大庭廣眾之下，指手劃腳，教訓自己，還學先皇帝走路的樣子，他更感到受了侮辱。他忍無可忍，厭惡地一把推開食其，說：「我知道怎樣走路！滾開！」食其沒有心理準備，身體搖晃幾下，「撲通」一聲，從臺上跌倒在地上。場面一下子僵住了。食其從地上爬起來，哭也不是，笑也不是，尷尬地望著呂后。呂后正想給他解圍，不想這時恰有幾隻喜鵲從空中飛過，發出「喳喳」的叫聲。叔孫通靈機一動，滿臉堆笑，轉變話題說：「大喜大喜！今日演練太子登基儀式，就有喜鵲飛臨報喜。這預兆著太子登基以後，必定國泰民安，風調雨順。」叔孫通幾句獻媚的話，使劉盈的臉上露出了幾分喜色。呂后也放鬆了緊張的神經，笑著說：「太傅吉言，但願如此。」幾隻喜鵲，岔開了難堪的場面，人人都喘了一口氣。食其也擺脫了困境，並從喜鵲身上得到啓示。演練儀式結束以後，他立命許多人去捉喜鵲，以待太子登基之日放飛。那樣，肯定是能討得皇后和新皇帝的歡心的。

規模浩大的長陵竣工了。呂后決定，高帝的葬禮和太子的登基儀式同在五月丙寅日舉行。高帝的葬禮是相當隆重的，以呂后、劉盈爲首，皇室成員、外戚成員、王公列侯和文武大臣，幾乎全部到達長陵，爲大漢的開國皇帝作最後的送行。只有兩人沒有參加葬禮：一是張良，因臥病在床，不能動彈；二是樊噲，心中有氣，耿耿於懷，恨猶不及，豈肯到場？

當高帝靈柩被放進墓穴的時候，送葬的人群裡響起一片哭聲。這次哭泣不同以往，包括呂后在內，許多人是動了眞情的。呂后想到，自己和高帝夫妻一場，自己的地位、權勢都是高帝給的，而今高帝撒手人寰，長眠地下，自己想跟他生氣和吵架都不可能了，所以哭聲嗚咽。管姬、趙姬、薄姬、范姬、戚姬想到，高帝一去，陰陽兩隔，自己從此守寡，寂寞難捱，所以哭聲悲傷。尤其是戚姬，想到自己和兒子劉如意不可預測的未來，格外傷心，哭聲淒厲。高帝的兒女們也在哭泣，那是受了當時那種氣氛的感染，多是眼蓄淚水，低聲抽泣。文武大臣中也有哭泣的，他們主要是想到高帝去世以後的大漢江山，風雨飄搖，前景難料，揪心哪！

哭泣一陣，所有送葬人員，或用手捧，或用衣兜，象徵性地給墓穴裡塡土。如此往返三次，剩下的事情就由民工們去完成了。眾人退到一邊，再看長陵，它是非常高大和巍峨的。單看地面上的墓塚，底部和頂部平面均呈長方形。底部東西長一百五十多公尺，南北寬一百三十多公尺；頂部東西長五十多公尺，南北寬三十多公尺；高亦爲三十多公尺。它就像一枚巨大的印章，威風凜凜地鎭壓在遼闊的曠野，似乎是要印證：滔滔渭河奔騰不息，錦繡長安天久地長。

高帝的葬禮結束，浩浩蕩蕩的車馬隊伍返回長安。未央宮前殿已經裝飾一新，太子劉盈的登基儀式就在這裡舉行。禮儀是經過演練的，一切按照程式進行。文武百官和王公列侯先進入前殿。人們發現，他們當中增添了幾張新面孔。樊噲是不用說的，他是將軍，封舞陽侯，應在班列之中。商山四皓雖然無官無爵，但他們受命輔佐太子，就是太子的老師，進入班列也未嘗不可。可是樊噲的兒子樊伉，呂台的弟弟呂產，呂釋之的兒子呂祿，一沒見封官，二沒見賜爵，怎麼也進了文武百官和王公列侯的班列呢？眾人嘴上不說，心裡明白：一朝天子一朝臣。新皇帝，不！應當說是即將成爲太后的呂后，急於重用外戚，來發展壯大她的勢力啊！

隨著莊嚴肅穆的鼓樂聲響起，呂后和劉盈身著袞服，分別頭戴鳳冠和冕旒，同時出現在金殿上。金殿正中擺放龍榻，那是皇帝的寶座。龍榻右側擺放鳳榻，那是特意爲呂后而設。呂后首先落座，劉盈跟著落座。叔孫通扯著長腔高喊：「百官朝賀皇上和皇后！」

滿殿大臣立時齊唰唰地跪地磕頭，有節奏地呼喊：「吾皇萬歲萬歲萬萬歲！皇后萬壽無疆！」就連享有不必跪拜特權的蕭何，也跟蹌著跪地，磕頭三呼。劉盈是第一次面對這樣的場景，內心非常激動，也非常緊張。他抬起手來，用近乎發顫的聲音說：「眾愛卿平身！」

大臣們說：「謝皇上！」紛紛站起，肅然恭立。

從群臣跪拜的那一刻起，劉盈就不再是太子，而是堂堂正正的大漢皇帝了，史稱惠帝。他有幾分得意，也有幾分不安。得意的是他當太子當了十一年，期間飽受磨難，險象環生，多次要被父皇廢掉，幸賴母后和元老重臣多方設計，力挽狂瀾，方才保住太子名號，今天終於榮登大位，成爲至高無上的一國之君，眞是痛快啊！不安的是他想到自己的性格，膽小，懦弱，遇事沒有主見，缺少陽剛之氣，殿下的這些大臣們無不有稜有角，他們會服從自己的號令嗎？外地入侵怎麼辦？大災大荒怎麼辦？再出了韓信、彭越、英布一類叛臣怎麼辦？唉！這個皇帝難當啊！

惠帝自顧出神，居然忘記應該說些教諭群臣的話。呂后當仁不讓，說：「先皇帝駕崩，新帝登基。鑒於新帝年幼，暫由本后以太后名義代秉朝政，各位愛卿意下如何？」

這完全是意料中的事。文武百官再次跪拜，說：「太后代秉朝政，社稷幸甚！黎民幸甚！」

呂后滿面笑容，說：「好！那本后就代皇帝提出第一個議題，各位愛卿不妨議一議：先皇帝的廟號該叫什麼？」

朝臣們都把目光投向蕭何。因爲他是相國，百官之首，而且年齡最長，資格最老，因而最有發言權。蕭何清了清喉嚨，說：「先皇帝出身布衣，提三尺劍而定天下，創建大漢江山，功如天地，德比日月。所以，臣以爲廟號定爲高祖、高皇帝，最爲適宜。」

群臣附和，說：「蕭相國所言極是。」

呂后滿意地點點頭，轉而詢問惠帝，說：「皇上！你看呢？」

惠帝說：「兒臣聽母后的。」他雖是皇帝了，但在太后面前，還是要自稱「兒臣」的。

呂后說：「那就這決定了，先皇帝的廟號叫高祖或高皇帝，兩個叫法均可。」她停了停，又說：「第二件事是，周勃發回奏報，說盧綰已經投奔匈奴，並死在異域，這是咎由自取、罪有應得啊！盧綰叛亂已平，周勃即日班師。至此，先皇帝所封的七個異姓王除長沙王吳臣外，都被鏟除。大漢地域廣大，地方上總得有人鎮守。所以，本后決定：梁王劉恢、淮陽王劉友、代王劉恆、燕王劉建，擇日起程，前去封國。你們都是皇上的兄弟，前去封國後應當忠於朝廷，勤政愛民，努力把當地管轄好和治理好，別負皇恩。淮南王劉長，年齡尚小，暫時留住長安。」

劉恢、劉友、劉恆、劉建、劉長出班跪地，說：「兒臣遵旨！」顯然，在他們的心目中，呂后才是眞正的皇帝，而惠帝只不過是個擺設。他們只需以「兒臣」的身分遵從太后的旨意，而不必對惠帝作什麼表示。「第三件事嘛，」呂后目光炯炯地注視群臣，說，「俗話說：『創業易，守成難。』皇上登基，肩負『守成』的重任。各位愛卿務要忠於職守，竭力輔佐皇上，振興大漢基業。同時要嚴守法度，勿生異心。本后希望，今後不要再出現韓信、彭越、英布一類人物，那樣對於朝廷和他本人都是沒有好處的。」這是敲山震虎，許多人聽來覺得刺耳。但沒有人吭聲，因爲人人懂得，眼前這位太后，剛毅果決，凶狠殘忍，某些方面遠遠勝過死去的高皇帝哩！

在惠帝登基的儀式上，審食其一直心不在焉，眼睛滴溜溜地望著窗外的天空。喜鵲放飛是他爲登基儀式精心準備的傑作，他盼著這個時刻快點來臨。猛然，他聽到喜鵲撲打翅膀的聲音，又見千隻喜鵲從天空掠過，「喳喳」的叫聲響徹大殿內外。呂后、惠帝、文武大臣和王公列侯無不驚異。食其得意洋洋，正想說些喜慶祥瑞的諛詞。不想這時卻見長尾白頸的喜鵲中，竟然夾有幾隻黑色的烏鴉，烏鴉要和喜鵲比試似的，響亮地發出「呱呱」的叫聲。呂后和惠帝的臉色立刻陰沉下來。文武大臣和王公列侯你看看我，我看看你，哭笑不得。食其剛才還是興致勃勃，立時就像洩了氣的皮球，耷拉著腦袋，叫苦不迭。

原來，事情是這樣的。食其上次挨了太子的訓斥，有心將功補過，命人捕捉喜鵲，以便在太子登基的時刻放飛，給所有人一個驚喜。由於他貪功心切，命人在三天內必須捕捉千隻喜鵲，所以下人黑燈黑火，爬到樹上，是烏齊抓，因此，在捕捉大量喜鵲的同時，也捕捉了幾隻烏鴉。不想此時放飛，烏鴉和喜鵲一起飛上天空，鴉鵲同叫，大煞風景。

呂后宣布退朝，並把食其叫到長信殿，不無責備地說：「看你做的好事！烏鴉配喜鵲，這是哪兒跟哪兒呀？」食其哭喪著臉，如實報告了事情的原委，委屈地說：「我原想給太后和皇上一個驚喜，誰知……」

呂后說：「我知道，你是好心做了壞事，今後注意點就是了。不過我要告訴你，我這個人一不信天公，二不信地母，三不信神靈鬼怪。至於喜鵲報喜之類的謊言，更是不信。我啊，只相信我自己！」

食其說：「那是！那是！」

呂后因當了太后和代秉朝政，異常興奮，情緒極高。她瞇著色迷迷的眼睛，說：「今天，允許你在這兒留宿。」

「遵旨！」食其油腔滑調地說。

高帝劉邦在世的時候，呂后和食其私通，還有所顧忌，只能偷偷摸摸，暗中進行。高帝死後，他們膽量大多了，不受任何約束，幾乎夜夜做夫妻，盡情領略枕席風光，樂不可支。惠帝登基接班，太后代秉朝政，這是呂后期盼多年的夢想。而今，她的夢想實現了，心中有一種難以抑制的衝動和喜悅。她回想起當皇后的那些歲月，有榮耀也有恥辱，有甜蜜也有痛苦。最大的恥辱和痛苦莫過於失寵，莫過於冷落，尤其是那個戚姬戚雪兒出現以後，她的失寵和冷落達到了無以復加的程度。戚姬的爺爺戚貴爲了能讓戚姬當上皇后，不惜指派家丁謀殺她於函谷關。戚姬狐媚高帝，使她徹底失去了丈夫。更可恨的是戚姬依仗高帝的寵愛，反覆唆使高帝廢立太子，迫使她不得不使出渾身解數，爲確保劉盈的太子地位而拼搏而爭鬥。因此，她認定戚姬不僅是情敵，而且是政敵，自己大權在握，第一要報復的就是那個騷狐狸。

呂后召來呂釋之和審食其，說：「盈兒已是皇上，皇上應該住在哪個宮殿呀？」

釋之說：「皇上當然應該住未央宮昭陽殿，可是高皇帝駕崩以後，戚姬還住那裡……」

呂后打斷釋之的話，說：「你們是死人不是？高皇帝駕崩了，那個騷狐狸還有什麼資格住昭陽殿？你們早該把她攆出去，騰出地方，讓盈兒居住。」

釋之說：「是！弟弟這就去辦。」

食其揣摩呂后的心思，說：「太后是說把戚姬攆出昭陽殿就行了？」

呂后眼裡露出一道凶光，說：「那太便宜了她！去！把她打進永巷，罰做苦役，待我慢慢折磨她！戚姬身邊的侍女，分配到其他宮去。不過，那個蘋兒，給我們通報了不少有用的消息，應當賞些錢帛，遣送回家。」

「是！」釋之和食其剛要退出。呂后又說：「慢著！還有戚姬的爺爺戚貴，他怎麼樣啊？」

釋之說：「上次我們抓了他，他供出函谷關謀殺的眞相，高皇帝命放了他。從那以後，他還規矩，一直待在家裡，從不出門。」

呂后說：「他那號人，規矩得了嗎？上次，若不是高皇帝命放他，我早把他殺了。現在，高皇帝駕崩二十多天了，你們難道不知道該怎麼做嗎？」

釋之和食其心領神會，說：「是！我們一併辦理！」

昭陽殿裡，戚姬自高帝駕崩以後，就一直神情恍惚，終日以淚洗面。她強打精神，爲高帝守喪和送葬，嗓子哭啞了，眼淚哭乾了，悲傷到了極點。送喪歸來，她和衣躺在床上，回想嫁給高帝的情景，回想和高帝恩愛的時光，心如刀絞，痛不欲生。她環視昭陽殿裡的豪華設施和器具，睹物思人，更感悲切和淒涼。多少天了，她沒有好好吃過飯；多少天了，她沒有好好睡過覺。她知道，凶狠的呂后出於嫉妒，無論如何也不會饒恕自己的，自己的死日只在早晚間。自己一死倒不打緊，可那親生的兒子劉如意怎麼好呀？他才十歲，雖封趙王，但畢竟還是個孩子。他已失去親爹，再失去親娘，一個孤兒怎麼在這個世界上存活呀？她很後悔，悔不該當初嫁給高帝，悔不該一腳踏進皇宮。皇宮，這是一個是非之地，這是一個邪惡世界，這是一個人欺人人詐人人吃人的地獄和火坑，誰踏進來誰遭殃啊！

戚姬恍恍惚惚，迷迷糊糊，整個身心都要崩潰了。這時，呂釋之和審食其帶領禁軍，氣勢洶洶地闖進了昭陽殿。戚姬聽到吆喝聲，本能地從床上坐起來，隨手理了理頭髮，拉了拉衣服，緩步走到殿中，閉上眼睛，說：「你們動手吧！」

食其大聲說：「現在還不是殺你的時候。奉太后諭旨：把戚姬戚雪兒打進永巷，罰做苦役！」

戚姬大聲說：「不！我寧可死，不受辱！你們還是殺了我吧！」

釋之說：「這可由不得你！」轉而命令禁軍說：「把她帶走！」

禁軍向前，又拉又推。戚姬掙扎著，發瘋似地大喊，說：「不！我不去永巷，我要死在昭陽殿！」

戚姬掙扎，戚姬大喊，一切都無濟於事，還是被禁軍帶走了。未央宮裡的宮監、宮女都出來觀看，悄聲說：「今非昔比。戚姬落到太后手裡，難免要玉殞香銷了。」

戚姬被打進永巷。釋之和食其又去戚貴家中，凶神惡煞，殺了戚貴。食其回報呂后。呂后說：「嗯！幹得不錯！」

幾天以後，周勃統領二十萬大軍凱旋長安。呂后和惠帝在未央宮前殿接見周勃，大加慰勉，並賜黃金萬兩。周勃感謝聖恩，說：「臣誓死效力朝廷。」

呂后突然話鋒一轉，說：「周愛卿！你常年征戰，軍旅勞苦，現在趁天下太平之時，也該休息休息了。」

周勃不解其意，猶疑地說：「太后的意思是……」

呂后輕輕一笑，說：「本后的意思是，你的太尉職務就別當了，部下將士解甲歸田。從今往後嘛，就以絳侯的身分，忠心輔佐皇上，怎樣？」

這等於徹底罷免了周勃的軍權。周勃心中不樂，意欲爭辯，轉而一想，呂后掌政，心存疑忌，既已決定，爭辯無益，乾脆痛痛快快地說：「謝謝太后恩典，臣呀，正想安安穩穩地享幾天清福哩！」

呂后大喜，說：「周愛卿就是爽快！」

事後，周勃得知，罷免軍權、解散將士的主意是陳平出的，因而心中暗暗含恨，說：「陳平啊陳平！你爲何要背後進讒，跟我周勃過不去呢？」

38

戚姬被打進永巷，罰做苦役，時時唱著淒楚的歌：

「子爲王，母爲虜。終日淚洗面，常與死爲伍。相距三千里，有誰能告汝？」

呂后宣召趙王回京，周昌三次抗旨。趙王年幼，還是被誆進長安。

六月，長安的景色很美。燦爛的陽光給長樂宮和未央宮的紅牆碧瓦塗上一層金色，使得所有的宮殿更加富麗堂皇。石榴樹開花，火紅火紅，有的花朵已經結出了青綠色的果實。美人蕉綠葉肥碩，花色紅艷，大片的花瓣就像西天的晚霞，鮮活絢麗。太液池裡，波光粼粼，金魚戲水，碧綠的荷葉間挺出一支支荷花，有的含苞，有的怒放，白色紅色粉紅色，清新，明快，爽朗。

這種美景，在永巷是絕然看不到的。永巷位於長樂宮和未央宮的北面，由低矮簡陋的草房組成狹窄的街巷，實是宮廷的一處管教所。凡是皇室成員或者宮監宮女犯了過失，在正式處罰沒有作出以前，都要被押送到這裡來罰做苦役。苦役視人的身分貴賤和過失大小，分爲三種：輕的，幹些編織、縫紉等輕活；重的，幹些洗衣、劈柴等重活；最重的，幹些舂米、刷馬桶等累活髒活。永巷周圍派有禁軍把守，並有專門的年長宮監和宮女，負責管教和監督受處罰的人。這裡常年冷冷落落，死氣沉沉，和外面的世界幾乎隔絕，沒有自由，沒有歡笑，有的只是哀嘆、絕望、淚水和哭聲。

戚姬戚雪兒是呂后的情敵和政敵，她到永巷，當然只能幹累活和髒活。上午，她要刷一百多隻馬桶；下午，她要舂二百多斤稻穀。可憐戚姬，自小嬌生慣養，細皮嫩肉，進宮以後成爲皇帝的愛姬，嬌姿媚態，養尊處優，如今卻要刷馬桶和舂米，眞是天堂地獄！沒幾天，她已累得腰酸腿痛，手腳打泡，一點力氣也沒有了。她的雪膚花顏已不復存在。她和眾多受處罰的人一樣，穿著髒不兮兮的衣褲，蓬頭垢面，失魂落魄。她不只一次地想到死，死是容易的，一頭撞到牆上或樹上，立時就會頭顱開裂，腦漿四濺。然而，自己死了，親生的兒子劉如意可怎麼好啊？她心情矛盾，她思緒茫然，她默默向著天空呼喊：「蒼天！我戚雪兒前世作了何孽？今生卻要遭此報應啊！」

這天晚飯過後，呂后忽然來了興致，說：「走！我們看看那個騷狐狸去！」

食其說：「嗨！那種地方，哪是太后去得的？我看還是免了吧！」

呂后說：「不！要去！我要看看，她還像過去那樣得意和神氣不？」

呂后由食其陪同，一群宮女左右侍候，不緊不慢地到了永巷。一個負責管教和監督的老宮女跪地迎接，說「奴婢恭迎太后。」呂后沒有理她，只是問：「戚雪兒在這裡怎麼樣啊？」

老宮女回答說：「她上午刷馬桶，下午舂稻穀，嘴裡老是嘟嘟噥噥的，不知說些什麼。」

「就這些？」

「對了！她有時還哼哼呀呀的，好像是唱歌，唱得挺淒慘的。」

呂后發出一聲冷笑，說：「她還唱歌？心情不錯嘛！走！去聽聽她唱的什麼歌？」

老宮女領了呂后一行，來到戚姬舂米的地方。呂后看到，戚姬披頭散髮，目光呆滯，全沒了昔日的風采。戚姬也看到了呂后，臉上沒有任何表情，手扶木杜，腳踩碓把，自顧舂米。她一邊舂米，一邊悲切地唱道：

子為王，
母為虜。
終日淚洗面，

常與死為伍。

相距三千里，

有誰能告汝？

戚姬唱得聲音很低，如訴如泣。呂后聽不眞切，說：「她唱的什麼呀？」食其去呂后耳邊悄聲說：「她唱的意思是，我的兒子雖然貴爲趙王，而他的母親卻身陷囹圄，形如囚徒，終日以淚洗面，隨時都有死的危險。兒子啊！你我相距三千里路，誰能告訴你你娘的痛苦處境呢？」

呂后一聽，臉色陡變，說：「哼！她想把她的情況告訴兒子，告訴了又能怎樣？這倒提醒了我，那個劉如意還是一個禍害呢！」她一揮手，說：「回！」說著，轉身一溜小跑似的，氣沖沖地回到了長信殿。

當夜，呂后又失眠了。每次遇到不順心的時候，她總是要失眠的。她想來想去的一直是遠在趙國的劉如意，他是戚姬的兒子，高皇帝多次想立他爲太子。這個小兔崽子已封趙王，必須在他羽翼尙未豐滿的時候把他除去。這樣，才能確保劉盈的皇位萬無一失，確保自己代秉朝政的地位更加牢靠。她打定主意，直到四更時分，才朦朦朧朧地睡了一會兒。

天亮以後，呂后命人草擬一道詔書，派遣使臣前往邯鄲，宣召趙王劉如意回京述職。食其說：「周昌現爲趙國的相國，會不會從中作梗，阻攔趙王進京？」

呂后說：「未必。周昌過去是力保盈兒的，爲此，我還向他行跪拜大禮來著，他會抗旨？」

使臣快馬加鞭，直馳邯鄲，逕入王宮。周昌正給趙王講授《論語》，聽得使臣高喊：「聖旨下，趙王接旨！」二人慌忙跪地。使臣手捧聖旨，宣讀道：「朕徵得太后同意，即召趙王劉如意回京述職，不得有誤。欽此。」

趙王正要伸手接旨，周昌說：「慢！」進而對使臣說：「有……有勞尊駕，回去稟……稟告皇上和太后，就說趙……趙王來到趙國，時間太短，情況生疏，回京述……述職，無職可述，恐負聖恩。所以這次就免……了，日後再說。」

使臣奉命，宣讀過多次聖旨，還從未見過有人膽敢抗旨的。他暗暗稱讚結巴周昌的膽量，說：「我回去照實稟告就是了。」

使臣走後，趙王說：「相國！抗旨是要殺頭的啊！」

周昌說：「這個，我當……當然知道。可是，大王小……小小年紀，前來封國還不滿三個月，有……什麼職可述的？這明明是太……太后故意誑大王進京，意……意欲加害。」

趙王聽了渾身發抖，說：「那可怎麼好？」

周昌摟緊趙王，說：「別怕！有……有我周昌在，包大……大王無事。」

使臣回京稟告呂后，呂后氣壞了。她說：「大膽周昌，竟敢抗旨，反了不成？去！你再去邯鄲，告訴趙王和周昌，若不遵旨，一併治罪！」

使臣沒奈何，只得再往邯鄲，轉達呂后的原話。周昌搖頭說：「實不相瞞，趙……趙王病了，不能遠行。有……勞尊駕，還得煩你稟……稟告太后，就說趙王無……法遵旨，務……務請原諒。」

使臣說：「太后的脾氣，相國想必知道。違抗了她的旨意，可有殺身之禍啊！」

周昌坦然說：「先皇帝託……託付之責，周……周某不敢鬆懈。爲保……護趙王，周某死……死不足惜。」

使臣徒然返回長安。呂后氣得臉色發紫，說：「反了反了！兩道聖旨居然召不回一個趙王，朝廷的威信何在？皇上的尊嚴何在？」她決定改派侄兒呂祿爲使臣，提高使臣的層級，並以太后名義，親寫一份諭旨，第三次召趙王回京。呂祿趾高氣揚地到了邯鄲，出示呂后的諭旨，咄咄逼人地說：「太后代秉朝政，她的諭旨比皇上的聖旨還要厲害。這回，周相國還敢抗旨嗎？」

周昌鄙視呂祿這類鬥雞鬥狗、酒囊飯袋之徒，討厭呂祿那種狂妄自傲的樣子，強壓怒火，故意說：「你……你是何人？」

呂祿洋洋自得地說：「我是太后的親侄，建成侯呂釋之之子，太后欽定的使臣，呂祿！」

周昌以嘲笑的口氣說：「請問閣下任何官職？封何爵位？」

「這……」呂祿一無官職，二無爵位，無法回答，臉有窘色。周昌轉而以教訓的口氣說：「年輕人！我……我不知道你娘和你爹是怎……怎麼教育你的，古往今來，哪有太后的諭旨比……比皇上的聖旨更……厲害的？你連起碼的規……規矩都不懂，還當……當什麼使臣？」

呂祿面紅耳赤，想到召不回趙王，顯得自己沒有能耐，所以硬是忍著性子，平和地說：「吶！情況是這樣：首先，趙王離京數月，按照常規，應該回朝述職。再者，高皇帝駕崩，他該回去祭奠一番，以盡孝道。三者，他的母親戚夫人思子心切，日夜啼哭，也該讓他們母子見見面，以敘親情。太后和皇上寬厚仁慈，所以才宣召趙王進京。」

周昌說：「好話好說，可以商量。第一點，我過去說……過，趙王來趙國的時……時間太短，無職可述。第二點，高……高皇帝駕崩以後，趙王在宮……宮裡專門設……了高皇帝靈位，早晚祭奠，已經盡……盡了孝道。第三點，太后和皇上果眞仁……仁慈寬厚，不妨讓戚夫人到……趙國來，讓他們母子天天團……團聚，豈不更好？」

呂祿沒料到周昌會這樣固執，抬高嗓門，氣乎乎地說：「周昌！你一而再再而三地抗旨，就不怕誅滅三族嗎？」

周昌也抬高嗓門，冷笑著說：「我周昌從接受高……高皇帝託付之日起，就做好了誅……誅家滅族的準備。你回去轉……告太后，只要我周昌在，趙王就不……不離開邯鄲半步！」

呂祿還要發作，怎奈周昌一揚手，說：「送客！」說著，逕自離去，丟下呂祿獨自在那裡發愣。呂祿極其尷尬，站立半晌，只好灰溜溜地返回長安。呂祿添油加醋，向呂后彙報了出使所碰的釘子。呂后一時犯難，卻又沒有辦法。她知道，周昌為人正直，性格剛烈，而且特有膽量，別人不敢說的話他敢說，別人不敢做的事他敢做。他在朝臣中很有人望，如果跟他來硬的，難免會激怒一些元老重臣，那樣局面就不好收拾了。因此，她決定暫時不召趙王回京。從七月到年底，長安和邯鄲的形勢平平靜靜。平靜意味著將有波瀾，平靜意味著將有風暴。

西元前一九四年十二月，周昌接到一道詔書，內容只有一句話：「趙國相國周昌速赴京代趙王述職，欽此。」

周昌手持詔書發呆。他心明如鏡，知道這是呂后使的調虎離山之計。這次，呂后非常高明，只召周昌，不召趙王，而且指明周昌代趙王述職，這樣，周昌作為臣子，縱有千萬條理由，也無法拒絕了。他在大廳裡來回踱步，尋思應對之策，自言自語地說：「也好，我就回……回京一趟。」

「相國！你回京去，我可怎麼辦呀？」趙王跑進大廳，雙手抱住周昌，淚流滿面地說。

周昌將詔書晃了晃，說：「太后和皇上召臣進京，代大王述職，臣不能不回啊！」

趙王說：「我也要回京，我想我娘！」

周昌花白的鬍鬚微微抖動，伸手擦拭趙王的眼淚，說：「使不得！使不得！大王可萬萬不能回京，回京凶多吉少，前景莫測啊！」

趙王說：「那相國回京就安全嗎？」

周昌說：「臣與大王不同。臣死微不足道，大王若有閃失，既辜負高皇帝的在天之靈，還會累及戚夫人。記住！臣走了以後，大王務要自我珍重，切莫離開王宮。如果朝廷有旨，召大王進京，大王可以推說有病，故加拖延，一切等臣回來再說。」他說到這裡，再也控制不住感情，老淚縱橫，舉手向天，說：「高皇帝啊！你在冥冥之中，可要保佑趙王啊！」

周昌精心安排了各項事務，特別加強了王宮內外的安全警衛，擇日動身，回京述職。趙王要到城外為他送行。他慌忙攔住，說：「大王寸步不可離開王宮，切記切記！」趙王含淚點頭。周昌不忍再看趙王一雙可憐的淚眼，登上馬車，急急而去。

隆冬臘月，天寒地凍。周昌晝行夜宿，不日抵達長安。他未及喘息，逕直去長樂宮求見呂后。呂后聽得周昌求見，心中一喜，說：「老倔頭，到底還是回來了！」

呂后命在長樂宮前殿接見周昌，郎中令審食其作陪。周昌入見，先向長陵方向磕頭，說：「高皇帝！臣周昌回來了！」繼向呂后磕頭，說：「臣周昌奉……奉詔回京，先向太后請安，再代趙王述……述職！」

呂后說：「周相國一路辛苦，坐下說話。」

周昌謝過，端坐於一張圓杌上。呂后約略詢問了趙國的地理人情，周昌逐一回答，「述職」之事便告結束。接著，呂后注視周昌，說：「周相國！你三次抗旨，阻擋趙王回京，可知罪嗎？」

周昌情緒激動，但仍仔細斟酌字句，很有分寸地說：「高皇帝駕崩之前，鄭重地將趙王託付給臣。臣表示過，只要周昌在，就不會使趙王受到傷害。太后和皇上召趙王回京，趙王若有閃失，臣怕有負於高皇帝託付之重，愧對高皇帝亡靈。所以斗膽抗旨，尚請太后體諒臣的忠心和苦衷。」說來也怪，周昌說這番話的時候，不緊不慢，從容不迫，居然沒打一個結巴。

呂后說：「周相國多慮了。本后和皇上召趙王回京，固然是為了述職，同時也是為了讓他到高皇帝陵前磕幾個頭，讓他和戚夫人聚一聚，他怎麼會有閃失呢？」

周昌說：「太后和皇上寬厚仁慈，此乃天下之幸。那麼，臣請太后恩准，讓臣見一見戚夫人，以轉達趙王問候母親的情意。」

呂后看了一眼食其，說：「這個……就免了吧！本后想，周相國年事已高，遠去邯鄲輔佐趙王，讓人於心不忍。往後啊，你就在家中頤養天年吧！」

周昌猛然一驚，說：「太后要免……免去臣的職……職務不成？」由於心急，他又結巴了。

呂后微笑，說：「周相國說對啦！你勞苦一生，於情於理，也該好好休息啦！」

周昌額頭急出汗珠，說：「不……不行！臣的職務是高……高皇帝欽定的，哪能說免就……就免了呢？除臣以外，誰……誰還能當趙……趙國的相國呢？」

食其插話說：「周相國可能忘了，朝律規定得明明白白：諸侯國的相國和太傅，均由朝廷任免。你的相國職務，高皇帝可以欽定，太后同樣可以欽免呀！」

呂后說：「可不是嗎？周勃曾是高皇帝任命的太尉，掌管軍權，本后一句話，還不是將他免了？你呀，就放心地回家休息吧！至於趙國的相國，本后自會挑選合適的人選，就用不著你操心了。」

周昌說：「不！這不……不是皇上的聖意！」

呂后勃然大怒，厲聲說：「大膽！皇上是本后的兒子，本后代秉朝政，本后的意思就是皇上的聖意！」她停了停，接著說：「周昌！你在邯鄲，三次抗旨，本當斬首，誅滅三族。但念你曾經冒死進言，勸阻高皇帝廢立太子，所以就不和你計較了。好啦！你退下去吧！」

周昌跪倒在地，抱頭痛哭，說：「高皇帝啊！你將趙王託付給臣，臣雖有忠心，卻才疏力薄，無法輔佐，實在有負聖恩，對你不住啊！」

周昌踉踉蹌蹌地回到自己府中，聽兒子說太后已將戚夫人打進永巷。他聽了後更加悲愴，內心如焚，卻又無計可施，關上房門，蒙頭睡了兩天兩夜。第三天，他的兒子敲門說：「爹！聽說趙王應召回京，皇上親去灞上迎接了。」

周昌一骨碌起床，開門說：「什麼？趙王回京了？嘿！」他慌忙整了整衣，緊了緊鞋，跌跌撞撞地朝灞上方向跑去。趙王劉如意的確應召回京了。那是周昌離開邯鄲的次日，一位使臣按照呂后事先的安排，大模大樣地進了趙王宮，宣讀聖旨，意謂戚夫人患病，著趙王火速回京，探視母親。趙王接旨，早已哭成淚人，忘了周昌的忠告，斥去臣屬的阻攔，強行登車，直向長安。

惠帝劉盈得知趙王回京的消息，大驚失色。他明白這是太后背著自己要弄的手法，目的在於誆騙趙王進京，予以殺害。惠帝的心地是善良的，看重兄弟情分，不忍心讓趙王白白喪命。所以，他也顧不了許多，親自前往灞上，迎接趙王，並決心爲他提供保護。惠帝和趙王在灞上見面，禮儀過後，二人抱作一團，淚如雨下。

趙王急切地問：「皇上！臣弟的娘怎樣了？病得嚴重嗎？」

惠帝想到打在永巷的戚夫人，無言以對，扭轉話頭說：「弟弟！你不該回來啊！」

趙王說：「聖旨相召，臣弟不敢抗旨。再說，臣弟實在想娘啊！」

惠帝本想說「那聖旨不是我下的」，可是話到嘴邊又嚥下了。自己和太后之間的微妙關係，如何跟人說呢？

趙王依然關心著娘，說：「臣弟的娘怎樣了？病得嚴重嗎？」

惠帝無法回答這個問題，只是說：「我們回宮吧！」

趙王年齡雖小，卻很聰慧。他從惠帝的神情中，意識到自己的娘情況不妙，惠帝也有難言之隱。

惠帝和趙王的車駕剛過滻河，迎面看到一位老人跪在路邊。趙王眼尖，立命停車，接著跳下車來，邊跑邊叫：「周相國！周相國！」

跪地的老人正是周昌。他一把抱住趙王，流著淚說：「大王！你……你不該回京啊！」

趙王抹著眼淚，說：「我想娘，想娘，太想娘啦！」

惠帝見是周昌，也跳下車來。周昌向惠帝磕頭，說：「皇上！趙王是高皇帝的骨血，也是皇上的手足，皇上可要千萬千萬保全他啊！臣已被太后免職，無能爲力。趙王的安危，只有皇上能夠關照，拜託拜託啦！」

惠帝扶起周昌，說：「朕心中清楚，愛卿勿慮。」他雖然這樣寬慰周昌，其實心裡一點把握也沒有。

惠帝和趙王重新上車，緩緩前行。周昌看著車駕遠去，心如刀絞，無限悵惘地說：「趙王！你是羊入虎口，在劫難逃啊！」

39

趙王劉如意儘管得到惠帝的保護，仍被毒殺。
呂后進而用慘絕人寰的手段殺了戚姬，丟進茅廁，號曰「人彘」。
惠帝看了人彘，毛骨悚然，悲痛欲絕，徹底交出皇權。

惠帝劉盈親自迎接趙王劉如意，回到未央宮昭陽殿。這裡原是高皇帝和戚姬居住的寢殿，現在改由惠帝居住。趙王去封國以前也是住在這裡的，那時他是父皇和母親的寵兒，享盡了人間榮華和富貴。他離開不滿一年，父皇駕崩了，母親不見了，人去物在，恍如隔世。他急切地要見到母親，說：「皇上！聖旨上說，我娘病了，請皇上立即帶我去見我娘！」

惠帝感到心痛，支吾著說：「這……，弟弟還是先祭奠父皇吧！」

趙王預感到了什麼，拉住惠帝的手，說：「皇上！看在兄弟的情分上，請你告訴我，我娘怎麼啦？」

惠帝生性厚道，從來不會撒謊，但面對還是孩子的弟弟，實在不忍心說出戚姬身陷永巷的實情。怎奈趙王淚流滿面，一再追問，他覺得隱瞞終不是個辦法，遂橫下一條心，說：「弟弟！我告訴你，你可要沉住氣！戚夫人她不是生病，而是……而是……」下面的話，他實在沒有勇氣說出來。

趙王搖著惠帝的手，說：「而是什麼？皇上！你快說呀！」

「而是被打進永巷了。」

「什麼？打進永巷？」趙王不相信這是事實，大聲說：「不！為什麼把她打進永巷？是誰把她打進永巷？我娘，我娘沒有罪啊！」

惠帝緊緊抱住趙王，眼含淚水，說：「事情你應該明白，我這個皇帝哥哥也無能爲力呀！」

趙王掙脫惠帝，跑向殿外，說：「我要見娘！我要見娘！」

惠帝追上去，重新抱住趙王，說：「不行，不行哪！出了昭陽殿，你的小命就完啦！弟弟！你給我聽好了：從現在起，你必須和我形影不離，睡同床，食同席，行同輦，這樣你才會安全。過幾天，我陪你去長陵祭奠父皇，然後你就回趙國去，永遠不要回京！」

趙王素來聰慧，從惠帝的神情和告誡中，意識到了自己危險的處境。周昌進京和自己進京，完全是太后設下的圈套，自己若衝動行事，小命可眞就不保啦！他漸漸冷靜下來，說：「那好！弟弟聽由皇上安排就是了。」轉而又想到身陷永巷的母親，淚水滂沱，悲情難禁。

惠帝竭盡所能，盡力保護趙王，二人果眞是睡同床，食同席，行同輦，形影不離。這把呂后氣壞了。她費盡心思召趙王回京，就是要置他於死地，沒料想惠帝卻庇護著他，一時難以下手。

惠帝每天都要按時到長樂宮向呂后請安。這天，他遲到了半個時辰，引起呂后極度不快。呂后端坐於鳳榻，冷冷地說：「這都什麼時候啦？你還請的什麼安？」

惠帝誠惶誠恐，說：「昨晚陪趙王欣賞歌舞，今早起得遲了，所以……」

呂后沒好氣地說：「這是什麼話？你是皇上！皇上陪趙王欣賞歌舞，到底該誰陪誰呀？」

惠帝說：「是！兒臣嘴拙，說得不妥。」

呂后說：「你不是嘴拙，而是心拙！我且問你：趙王怎麼樣啊？」

「還好，就是成天念叨戚夫人。兒臣代他懇請太后，就讓他們母子見上一面吧！」

「見上一面？你不是讓我爲難嘛！」

「可是……可是趙王他眞的非常傷心。」

「你怕他傷心？你就不怕我傷心嗎？想當初，他們母子得寵，多麼得意和神氣！高皇帝幾次要廢掉你，改立劉如意為太子。這些，你統統忘啦？你呀！也該改換改換那副仁慈心腸了！」

「改換心腸？……」

「對！改換心腸！」呂后斬釘截鐵地說。她停了停，又說：「百鳥之中有一種梟鳥，長相雄健，性格凶猛，長大以後，敢吃生牠育牠的母鳥。你呀！要學梟鳥，把心腸……」

惠帝以為呂后影射自己，嚇得慌忙跪地，說：「兒臣不敢。」

呂后先是一愣，接著明白了惠帝驚慌的原因，大笑說：「我只是打個比方嘛，並沒說你就是梟鳥啊！再說了，你即便是梟鳥，你也吃不了我！」

經過這次談話，惠帝更加害怕。他清楚地看到，太后凶狠暴虐，心如鐵石，是絕不會放過趙王的。他匆匆回昭陽殿，說：「弟弟！你趕快收拾收拾，立刻就回趙國去。那裡是你的封國，要比這裡安全得多。」

趙王忽閃著一雙淚眼，說：「太后不讓我們母子見面不是？可是兄長是皇帝，皇帝就……」

惠帝打斷趙王的話，說：「皇帝又能怎麼樣？實話告訴你：我這個皇帝，一切都身不由己啊！」

「唉！」趙王深深地嘆了口氣，神情恍惚地說：「見不上娘了，見不上娘了。」

惠帝本想打發趙王立即回趙國的，可是看到趙王反態失常的樣子，又一時下不了決心，心想就讓他多住幾日，等情緒好些再說。不想這一心軟，竟使趙王丟掉了性命。呂后發下口諭，說皇帝身體孱弱，不可貪圖安逸，今後，每日必須早起，前往校場習武，強健御體。惠帝當是太后一番好意，滿口應承。當晚，他跟趙王說：「弟弟！太后有諭，讓我每日早起，去校場習武。我想，你也一起去吧。一來練身體，二來分分心，對你有好處。」

趙王「唔」了一聲，什麼話也沒有說。惠帝吩咐貼身侍女齊香，命她到時候叫醒自己和趙王。次日拂曉，齊香輕聲叫醒惠帝。惠帝起床，看到趙王還在沉睡，俯身低聲呼喚，說：「弟弟！快醒醒，我們到校場習武去！」

趙王翻轉一下身體，又睡去了。

惠帝輕推趙王，說：「弟弟！快……」

「啊！娘！娘！孩兒好想你呀！」趙王正在做夢，夢中和娘見面，眼角滲出一滴淚珠。

惠帝見此情景，心裡酸痛，淒然落淚。他不忍打擾弟弟的好夢，轉身吩咐齊香說：「讓他睡吧，你就守在這裡。記住！把門關好，任何人都不准進入寢殿！」

「是！」齊香答應。

惠帝身著戎裝，由一群侍衛簇擁著，急急地去了校場。校場裡，禁軍衛尉呂釋之威嚴地坐在高臺上，指揮禁軍習武，有的練並列，有的練拳腳，有的練跑馬，有的練射箭，吶喊聲聲，熱火朝天。惠帝身體瘦弱，且常生病，不敢激烈運動，只在場邊伸伸胳膊踢踢腿，跟著拳師比劃比劃，就算練習了武藝。其實，他的心卻不在校場上，而是牽掛著趙王，有點神不守舍。趙王獨自在寢殿裡熟睡，會不會出事？

習武結束，惠帝擦了擦額頭的虛汗，急急乎乎地返回昭陽殿。昭陽殿裡一片寂靜，寂靜得讓人感到心悸。他直奔寢殿，呼喚齊香，無人答應。他心裡發慌，推開殿門，但見趙王手腳朝天，直挺挺地躺在床上，頭歪向一邊，臉色慘白，嘴角流出紫紅色的血。惠帝嚇得魂飛魄散，放聲大喊：「齊香！齊香！」

殿外進來幾個宮女，跪地說：「皇上！齊香被太后叫去，怕是再也回不來了！」

惠帝立刻明白了是怎麼回事，向前撲在趙王的屍身上，痛哭流涕，說：「弟弟！兄長沒有保護好你，兄長對不起你啊！」

趙王劉如意死了，年僅十一歲。這完全是呂后的安排，她以習武為名，支開惠帝，又叫走齊香，然後命人進入惠帝的寢殿，按住趙王，向他的嘴裡灌進了毒酒。惠帝悲痛欲絕，一面吩咐安葬了趙王，一面著手調查毒殺趙王的凶手。然而，他的周圍都是呂后安插的人，呂后又是毒殺趙王的主謀，他的調查又能有什麼結果呢？惠帝深深感到當皇帝的悲哀，垂頭喪氣，心灰意懶。他除了飲酒、睡覺以外，就是和幾個貼身侍女鬼混，整個身心近乎麻木了。

呂后毒死劉如意，只是除去了一小塊心病。她有更大的心病，那就是情敵加政敵的戚姬還活著，此人不死，她是寢食難安。她召來呂釋之和審食其，說：「你們知道我在想什麼嗎？」

釋之說：「姐姐自然是在想國家大事。」

食其說：「太后前些日子說要修建長安城垣，莫非在想此事？」

呂后說：「胡扯！宮內的麻煩尚未了斷，哪能顧及宮外之事？你們說，我生平第一仇人是誰呀？」

釋之和食其恍然大悟，說：「當然是戚姬。」

呂后說：「不錯！那個騷狐狸活著，遲早是個禍害。」

釋之說：「嗨！這有什麼大不了的，我去永巷，一刀把她殺了，不就萬事大吉！」

呂后說：「一刀把她殺了，那是太便宜了她。不能讓她順順當當的死，得想個法子，用一種前人從未用過的刑罰，讓她死得淒慘，死得難堪。」

「這……」釋之和食其不知道該用什麼刑罰。

呂后發出一聲冷笑，說：「你們見過殺雞嗎？通常的殺法是先捅死雞，再用開水浸燙，然後刮毛。如果把程式倒過來，先刮毛，再用開水浸燙，最後捅死雞，那是個什麼情景呢？」

釋之和食其聽得毛髮直豎，說：「那……」

呂后眼裡露出凶光，說：「去！把戚姬押到這裡來，我讓你們見識見識！」釋之命幾名禁軍把戚姬押到長信殿。戚姬衣衫不整，頭髮散亂，跪在地上，瑟瑟發抖。呂后陰陽怪氣地說：「喲！這不是高皇帝的愛姬嗎？怎麼落到這步田地呀？」

戚姬跪著，不敢抬頭。

呂后手指戚姬，憤恨地說：「你這賤貨！想高皇帝在世之日，你是多麼得寵，多麼尊貴！就連本后，也要讓你三分。你的爺爺是個壞種，企圖謀殺本后。你進宮以後，弄姿賣俏，狐媚皇上，還妄想立你那個龜兒子爲太子，眞是惡毒至極。過去你有靠山，本后奈何你不得；現在你落到本后手裡，豈有你的活路？」

戚姬面如死灰，磕頭說：「奴婢自知罪孽深重，但求一死。懇請太后看在高皇帝的面子上，允許奴婢見一眼如意，奴婢死亦瞑目。」

呂后臉色陰沉，說：「哼！死到臨頭，還想見你那個龜兒子，想得倒美！實話告訴你：你那個龜兒子早上西天啦！你就去那裡和他見面吧！」

戚姬抬起頭，發瘋似地大喊：「你殺了如意！你殺了如意！天哪！他有何罪？他還是個孩子啊！」她邊喊邊站了起來，咬牙切齒，快步向前，要和呂后拼命。如狼似虎的禁軍立刻拉住戚姬，將她按跪在地。呂后怒不可遏，命令說：「扒了她的衣服！」幾個宮女向前，扯去戚姬的衣服。戚姬立時成了裸體，縮作一團，破口大罵：「呂雉！你一隻野雞，不是人，不是人！」

呂后聽到戚姬居然當眾喊出自己小時候的名字，還罵自己是「野雞」，更加憤怒，說：「給她灌藥！讓她喊！讓她罵！」

兩個宮女端出事先準備好的藥碗。其他宮女按住戚姬，先朝她的嘴裡灌了啞口藥，再朝她的耳朵裡灌了耳聾藥。戚姬慘叫一聲，滿地亂滾。不一時，她就聽不見聲音，也叫不出聲了，只有兩隻眼睛瞪著呂后，射出陰森恐怖的光芒。呂后打了個寒顫，說：「快！快把她的眼珠子挖出來！」

宮女不敢做這樣的事情。釋之命兩名禁軍上前，禁軍用刀尖一剜，挖出戚姬的眼珠，鮮血淋漓。戚姬想叫叫不出聲，雙手捂眼，暈死過去。所有在場的人，目睹這慘絕人寰的一幕，無不心驚肉跳，毛骨悚然。

呂后命人朝戚姬身上潑了一盆涼水。許久，戚姬的身子又慢慢地蠕動起來。她看不見東西，聽不見聲音，不過手腳還能動彈。她的手伸向空中，胡亂地抓著，嘴裡發出「嗚嗚」的哀聲。無人明白她所要表達的意思，呂后卻能理解，她是說她死了以後要化作厲鬼，來向呂后索命。呂后鼻孔裡哼了一聲，說：「把她的雙手和雙腳給我砍掉！」

禁軍和宮女不忍再殘殺戚姬，沒有應聲。釋之害怕呂后責怪，親自向前，揮刀砍去戚姬的雙手和雙腳。再看戚姬，癱作一堆，血肉模糊，一動也不動了。呂后指著戚姬，猙獰地說：「你們看，這像什麼？似人非人，似豬非豬。本后給它取個名字，叫做『人彘』！好啦！把人彘扔進茅廁去，讓它嘗嘗尿糞的滋味！」

幾個禁軍拉了人彘，丟進長信殿后院的茅廁裡，這場刑罰方告結束。呂后重賞了禁軍和宮女，眾人散去。食其沒有走，隨著呂后進了寢殿。呂后伸了個懶腰，說：「哎呀！累死我了！」食其趕忙讓呂后坐下，輕輕按摩她的雙肩。呂后說：「劉如意死了，戚雪兒死了，總算消了我的心頭之恨。可是盈兒，他實在讓我擔心啊！」

食其以為呂后還要殺害劉盈，嚇得手足無措，「撲通」跪地，說：「不行不行，盈兒可是你的兒子呀！」

呂后手指點了一下食其的額頭，說：「看把你嚇的！我怎會殺我的親生兒子呢？我殺劉如意，殺戚雪兒，還不都是爲了他嗎？我是說，盈兒心地柔弱，知道我殺了戚姬母子，肯定會記恨於我。假若再有人進個讒言什麼的，他和我會水火不容啊！再說，他對你也沒有好感，你我之間的那種事，他好像有所覺察。」

食其嚇出一身冷汗，說：「那……那該怎麼辦？」

呂后沉著冷靜，說：「不用害怕，我自有辦法！」

第二天早晨，蘭兒和麗兒正替呂后梳頭，一個宮女慌慌張張地稟報說：「太……太后！茅廁裡的戚姬，啊！不！是人……人彘，它還沒……沒有死！」

「什麼？」呂后「謔」地站起，直奔後院。這時，惠帝來給呂后請安。呂后說：「你來得正好，我領你參觀一件稀罕之物。」

「稀罕之物？」惠帝莫名其妙，跟隨呂后進了後院。茅廁裡尿糞不多。戚姬生命頑強，在挖眼、砍手、剁腳以後，丟在茅廁裡，竟然還沒有斷氣。呂后指著戚姬，說：「盈兒！你看這是什麼東西？」

惠帝探頭看去，但見茅廁裡一個怪物，像人不像人，像豬不像豬，身上沾滿血、屎和尿，還輕輕蠕動，臭氣烘烘。他捂著鼻子，說：「這……」

呂后得意地說：「這是人彘！」

「人彘？」

「對！人彘！既是人又是豬，既是豬又是人！」

惠帝再看，隱隱約約辨認出那是個女人，好像是……呂后說：「她是我的仇人，也是你的仇人。我跟你說過梟鳥的故事，對於仇人就要……」

「不！不！」惠帝放聲大喊，掉頭就跑，打一個踉蹌，摔倒在地上，嘴裡吐出鮮血。

宮女們嚇壞了，圍上前來驚呼：「皇上！皇上！」

呂后也嚇了一跳，趕緊命人將惠帝抬回長信殿，召來御醫診治。御醫緊張地號脈，看舌苔，翻眼皮，鬆了一口氣，說：「不礙。皇上只是受了過度驚嚇和刺激，導致吐血。可以先服一些安神之藥，再以補藥調理，自會康復的。」

惠帝服藥，將息半日，下午清爽多了。他望著眼前的呂后，弄不明白，她也是一個女人，一個母親，爲什麼殺人的手段那樣殘酷，那樣凶狠？他朝後院方向看了一眼，猛然想到人彘，不由得渾身哆嗦，說：「快！快抬我回未央宮！」

呂后說：「你就在這兒多住些時間，我可以照料你呀！」

惠帝惶恐地說：「不敢煩勞太后，兒臣回未央宮，心裡才能安穩。」

呂后聽得出惠帝話裡的意思，他是害怕自己殺他，所以覺得在長信殿裡不怎麼「安穩」。呂后嘆了口氣，說：「傻盈兒！娘所做的一切，可都是爲了你啊！娘怎會……」

惠帝眼中含淚，說：「兒臣沒有別的意思，只是在未央宮裡住慣了，所以還是住回去的好。」

呂后見兒子堅持己見，也就不再勉強，命宮監宮女將惠帝送回未央宮。惠帝連服幾劑湯藥，身體有所恢復。不過，每當他想起趙王那張慘白的臉，想起茅廁裡那個蠕動的人彘，總覺得天昏地暗，日月無光。他的心頭好像堵了一團棉絮，異常憋悶，又好像壓了一塊石頭，十分沉重。他考慮再三，決定徹底交出皇權，親書一道奏表，連同傳國玉璽，派人送到呂后手裡。

呂后看那奏表，但見寫道：「兒臣叩拜太后：人彘之舉，非人所爲。作爲太后之子，兒臣終不能覆治天下。今後，朝廷政事，悉由太后斷決便是。附，傳國玉璽呈上。」呂后看罷奏表，心裡說不清是什麼滋味。她有些後悔，悔不該用那種手段慘殺了戚姬母子，尤其不該讓兒子看到人僉。接著又有些憎恨，憎恨惠帝沒有骨氣，沒有膽量，堂堂皇帝，不當梟鳥，甘做麻雀，怎能支撐大漢江山？呂后依然按照自己的意志辦事。她殺了戚姬以後，又把目光轉向管姬、趙姬、薄姬和范姬。她們得到過高皇帝的寵愛，自然就是自己的情敵。其中，薄姬姿色一般，老實厚道，生了兒子劉恆以後，高皇帝就將其冷落了。兩個月前，薄姬請求到代國去，看望代王劉恆。呂后格外開恩，允許成行。管姬、趙姬、范姬貪戀皇宮生活，不想離開長安。呂后一聲令下，將這三人同時打進永巷。當然，這三人的罪過不像戚姬那麼嚴重，在永巷只幹些輕活，也算是一種特別的照顧了。

40

齊王劉肥朝賀惠帝，宮廷鬥爭再起波瀾。齊王尊妹為母，避免殺身之禍。
曹參出任相國，成天飲酒，不問政事。
匈奴冒頓單于向呂后求婚，信中滿是調戲侮辱詞語，呂后如何應對？

惠帝劉盈從登基到交出皇權，只經歷了七個月的時間。呂后可不想擔當篡權的罪名，暗中接受了皇權，公開場合仍以惠帝為皇帝，讓他照樣坐朝，照樣頒旨，似乎無異於往常。惠帝呢？聽任呂后擺布，一切無動於衷。他沉默不語，他抑鬱寡歡，只顧在昭陽殿裡和身邊的侍女調情，從中尋求一些安慰和樂趣。朝廷大臣們深切地感受到了呂后的淫威，採取敬而遠之、明哲保身的態度，能不說話儘量不說話，能不辦事儘量不辦事。他們知道，呂后的地位、權勢如日中天，跟她作對，是絕沒有好下場的。當年，呂后決定修建長安城垣，鑒於蕭何有病，改命陳平和周勃負責。陳平和周勃恰也精心，親自測量，親自繪圖，親自徵召民工，使工程得以順利進行。周勃仍然記恨於陳平，一次酒後，吐露眞言，說：「曲逆侯！人人都說，太后免我太尉之職，解散二十萬大軍，乃是先生的建議，可有此事？」

陳平平靜地說：「沒錯！是我的建議。」

周勃很是生氣，說：「你我的關係雖然不算十分親密，但我歷來敬重先生，先生為何跟我過不去呢？」

陳平狡黠地一笑，說：「將軍！你聽過這兩句話嗎？樹高易折，帛白易污。」

周勃說：「我不明白先生的意思。」

陳平說：「將軍沒見趙王和戚姬的結局嗎？」

周勃猛有所悟，說：「先生的意思是……」

陳平深情地說：「我是在保護將軍啊！請想，高皇帝駕崩，太后秉政，你手握兵權，統領二十萬大軍，太后能放心嗎？她殺韓信，殺彭越，殺英布，所爲何來？還不是爲臨朝專政掃清障礙嗎？高皇帝生前寄厚望於將軍，我可不希望將軍成爲又一個韓信、彭越和英布啊！」

周勃恍然大悟，拱手施禮說：「先生一席話，周某如夢初醒。此前，周某愚鈍，誤解了先生的好意，深感有愧……」

陳平笑著說：「罷了罷了，你我同朝爲臣，既是同僚，又是朋友，什麼愧不愧的？」

周勃接著說：「現在的朝政，總讓人覺得怪怪的，前景眞是難料。」

陳平說：「現在怕是才是開始哩！你我應當注意避開風頭，保存自己，日後自有用武之地！」

周勃還想詢問什麼。陳平說：「好啦！我們只管修建城垣，他事少管。來！喝酒喝酒！」

這一年平平淡淡地過去了。轉年開年，齊王劉肥回京朝賀惠帝，宮廷鬥爭又起波瀾。劉肥是高皇帝早年和曹寡婦私通所生的兒子，實際上是高皇帝的長子。高皇帝稱帝的第二年，即封劉肥爲齊王，並任命重臣曹參爲齊國的相國，竭力輔佐劉肥。齊國地域廣大，物產豐饒，由於劉肥和曹參的精心治理，所以局勢穩定，百姓安寧。高皇帝駕崩，齊王沒到長安弔喪；惠帝登基，齊王也沒到長安朝賀。這於情於理都說不過去。因此，西元前一九三年十月，齊王到達長安，任務是朝賀惠帝。

齊王和惠帝已經七八年沒有見面了。這次重逢，二人百感交集，親情依依。惠帝看齊王，身強力壯，紅光滿面，一派富態相。齊王看惠帝，面黃肌瘦，無精打采，一副弱不禁風的樣子。齊王說：「皇上御體是否有恙？」

「唉！」惠帝憂傷地嘆了口氣，說：「死不死，活不活，就這個樣子了。」

齊王對於朝廷之事略有耳聞，但知道的不甚清楚。惠帝想把自己交出皇權的苦衷告訴同父異母兄長，卻又不知從何說起。

齊王說：「皇上御體康健與否，關係天下安危，應認眞調養才是。」

惠帝說：「唉！順其自然吧！」

惠帝在昭陽殿設宴，爲齊王接風。惠帝說：「今天是你我兄弟在內宮飲宴，不講大禮，兄長請上坐。」

齊王慌忙推辭說：「使不得使不得！皇上請上坐，臣不敢逾禮！」

惠帝說：「兄長！你也別皇上皇上的了，就叫我弟弟吧！對我而言，手足親情，比什麼都珍貴啊！」

齊王實在推辭不過，只好坐了上座，並稱惠帝爲弟弟。二人互相敬酒，開懷暢飲，夜闌更深，方才散席。這種情況，早有宮人報告了呂后。呂后大怒，說：「竟有這等事？」腦筋迅速轉動起來。她想，高皇帝共有八個兒子，除了惠帝和已死的劉如意外，其他六個兒子全都封王。在目前情勢下，論年齡，論資格，論實力，只有齊王劉肥才會對皇權構成威脅。而惠帝不識好歹，全不以此爲患，並看重什麼兄弟之情，眞是荒唐！她眉頭一皺，計上心來，狠狠地說：「你既然來了，焉能讓你活著回去？」

第二天，齊王由惠帝陪同，到長信殿拜見呂后。呂后見齊王身高體胖，相貌堂堂，更加忌恨。她裝模做樣地詢問了齊國的地理人情以後，命設家宴，招待齊王。呂后自然坐了上座。古時以右爲尊，惠帝還是名義上的皇帝，應坐右座。可是惠帝尊重兄長，硬要齊王坐右座。齊王不敢失禮，一再退讓。呂后心恨惠帝不爭氣，嘴上卻說：「今日是家宴，皇上既然讓齊王坐右座，齊王就不必過謙了。」

呂后發話，齊王只好說：「那臣就恭敬不如從命了。」

呂后故意拉著長腔說：「這有什麼？你們昨夜不就這樣坐了嗎？」

齊王聽了這話，趕緊惶恐地站了起來，說：「這……」

呂后一揚手，說：「一句笑話，齊王不必介意。坐！坐！」

齊王重新坐下，局促不安，如坐針氈。

齊王先向呂后敬酒，再向惠帝敬酒。惠帝說：「兄長遠道來京，弟弟應向兄長敬酒，哪有兄長向弟弟敬酒的道理？來！我們一起乾杯，再來個一醉方休！」

齊王猶疑地說：「弟弟御體……」

惠帝說：「無礙！今朝有酒今朝醉，醉了好！醉了好！」

呂后眞想厲聲呵斥惠帝，但咬了咬嘴唇，還是忍住了。她努嘴示意，命宮女取來一瓶新酒，說：「這是藩國進貢朝廷的醉倒仙酒，味美性醇。齊王不妨嘗嘗，它能醉倒仙哩！」

齊王說：「謝太后恩典！」

宮女給齊王斟酒。齊王端起酒杯，說：「臣何德何能，敢勞太后賞賜美酒？這杯酒請太后先飲。」

呂后不動聲色，說：「本后從不飲酒，齊王還是自己飲用吧！」

齊王轉向惠帝，說：「那就請弟弟代太后先飲。」

惠帝說：「酒是太后賜給兄長的，兄長儘管飲用。」

齊王說：「這等美酒，兄長哪有先飲的道理？來！你我平分，各飲一半，以謝太后。」說著，將酒倒了一半在惠帝的酒杯中。

齊王和惠帝同時舉起酒杯，說：「乾！」二人正要飲酒，呂后大驚失色，大喊一聲，說：

「盈兒！」

齊王和惠帝被嚇了一跳，停止飲酒，迷惑不解地看著呂后。

呂后自覺失態，語無倫次地說：「這個，這個，我是說，盈兒身體不好，這酒就別飲了，還是，還是齊王自飲吧！」

齊王說：「太后莫慮，弟弟海量，昨夜……」

惠帝搶著說：「是啊！昨夜飲了那麼多，也沒咋的，無妨！」

齊王和惠帝再次舉杯，說：「乾！」二人的酒杯剛到嘴邊，呂后一拍桌子，氣急敗壞地說：「別飲了！」

齊王和惠帝又嚇了一跳，停止飲酒。惠帝心裡發慌，放下酒杯，沒有放穩，酒杯倒了，酒杯裡的酒沿著桌面，流到了地上。恰有宮中豢養的一隻純白色玩犬，騰騰地跑過來，舔那酒汁。這一舔不要緊，再看玩犬，倒地哼哼，渾身抽搐，口吐污血，一命嗚呼。

所有的人都傻了眼。氣氛死一樣的沉靜。「散席！」呂后怒喝一聲，逕自離去。齊王和惠帝兀自愣著，許久才回過神來，急急匆匆離開長信殿。路上，惠帝神情黯然地說：「兄長！你趕快回齊國去！不然，你將是又一個劉如意！」

齊王回至下榻的驛館，心跳仍然不止。他想，自己並未得罪呂后，呂后爲何要毒殺自己呢？若不是那隻可憐的玩犬，自己怕已在黃泉路上了。他打了個冷顫，把酒宴上的情況告訴了隨行的內侍，說：「快快收拾，我們立刻離開長安！」

內侍去窗邊看了看，驛館外面已有禁軍把守，說：「大王想走走不了啦！」齊王一屁股跌坐到杌上，半晌說不出話來。內侍卻有見識，想了想，說：「大王若要安全回歸齊國，眼下只有一個辦法，就是討得魯元公主劉媛的歡心。魯元公主高興了，太后也就高興了，或許能放大王一條生路。」

「魯元公主？我與她素無來往，怎樣才能討得她的歡心？」齊王茫然地說。

「有辦法，」內侍滿有把握地說，「太后只生有當今皇上和魯元公主兩個兒女。魯元公主嫁給原趙王張敖爲王后，後來張敖涉嫌謀殺高皇帝，被降爲宣平侯，現和公主閒居長安，封地狹小，生活一般。而大王封地卻有七十餘城，不妨自請割讓數城，獻給公主爲湯沐邑（收取賦稅的私邑）。這樣一來，公主必定喜歡。公主喜歡，太后自然喜歡，大王可保安全。」

齊王別無他法，遂上奏表，請求將陽城郡（今河南方城東）二十餘城獻給魯元公主。奏表呈上數日，全無動靜，齊王未免著急。內侍苦苦思索，說：「看來，太后還嫌大王不夠誠心。」

齊王說：「那該怎麼辦？」

內侍說：「臣有一策，只怕大王不樂意做。」

齊王說：「只要能逃離長安，無論做什麼事情，我都依你。」

內侍說：「大王可以再上奏表，就說願意尊奉魯元公主爲王太后，並請王太后去齊國臨朝斷決政事。」

齊王連連搖頭，說：「不行不行！魯元公主是我的妹妹，我怎能尊奉她爲王太后呢？」

內侍說：「這是沒有辦法的辦法，大王若要脫身，必須忍辱求全。趙王劉如意的結局，可是前車之鑑啊！」

齊王悶頭想了半天，一跺腳，說：「嗨！就這麼著吧！」

第二份奏表非常靈驗。幾個時辰過後，一群宮娥彩女喜笑瞇瞇地來到驛館，手提大大小小的食盒，食盒裡裝著各種美味佳肴，說：「這是皇太后和王太后所賜，命齊王即去長信殿，行尊母大禮。」齊王哭笑不得，整衣整冠，迅速到了長信殿。殿裡，呂后端坐在鳳榻上，惠帝和魯元公主劉媛分坐於兩側。齊王先拜見呂后，次拜見惠帝，再跪地向魯元公主磕頭，說：「兒臣劉肥拜見王太后，恭祝王太后福如東海，壽比南山！」

呂后哈哈大笑，說：「難得難得！我女兒有了這麼個寶貝兒子，我就又有了個寶貝外孫，大喜，大喜啊！」

魯元公主紅著臉，有點不好意思，說：「我兒快起來吧！」

惠帝眼看這醜陋的一幕，直感到噁心，一句話也沒有說。是年，呂后四十八歲，齊王三十八歲，魯元公主二十二歲。呂后和齊王原是母子關係，現在成了祖孫關係；齊王和魯元公主，原爲兄妹關係，現在成了母子關係。傷風敗德，荒謬絕倫，見所未見，聞所未聞。長信殿裡再次設宴，慶祝齊國王太后的誕生。宴間，齊王請求先回齊國，秋後來接王太后前去齊國，臨朝斷決政事。呂后慷慨應允，皆大歡喜。事後，審食其問呂后說：「年長的哥哥，尊年幼的妹妹爲王太后，也太滑稽了吧？」

呂后說：「你眞笨！劉肥現在成了媛兒的兒子，也就是盈兒的外甥。這樣，萬一盈兒有個不測，皇位承襲，怎麼也輪不到他劉肥呀！」

食其大悟，說：「你呀！就是高明！」

齊王獲准離開長安，欣喜萬分，馬不停蹄，回到齊國。相國曹參詢問情況，齊王如實相告。曹參搖頭嘆息，說：「這是哪兒跟哪兒呀！」

七月，年邁的相國蕭何病故。喪訊傳到齊都臨淄，曹參吩咐家人，說：「趕快收拾行裝，我將入朝爲相。」

家人尚在疑惑，朝廷使臣果然到達臨淄，宣布聖旨說：「齊相曹參，立即入朝，出任相國之職。欽此。」

這是呂后遵照高皇帝遺囑作出的決定。曹參很快回到長安，擔當起相國的重任。人們期待著新官上任三把火，可是曹參上任，一把「火」也沒有放，凡事遵從蕭何所定的舊制，不作任何變更，只是起用了一批講求實際而不圖虛名的忠厚長者，排斥了幾個舞文弄墨、好生事端的官員。他不大過問政事，多數時間在家飲酒，百官請示問題，他就叫來人一起飲酒吃肉，直至大醉離去。曹參的做法，正合呂后的胃口。因爲她最怕朝臣攬權弄勢，損害自己的地位和威信。惠帝雖然交出了皇權，但還不時關心著朝政，希望新任相國能有所作爲。然而，曹參的舉動使他失望。一次，他命曹參的兒子曹窋，責問曹參說：「你成天飲酒，不理政務，何以安撫天下？」曹參一聽大怒，按倒兒子，打了二百大板，罵道：「你懂得什麼？國家大事，是你該摻和的嗎？」

曹參一次謁見惠帝，說：「請問陛下，陛下和高皇帝比較，誰更英明？」

惠帝說：「我哪能跟高皇帝相比呢？」

曹參又說：「陛下以爲，臣和蕭相國比較，誰更賢明？」

惠帝想了想，說：「你似乎也不及蕭相國。」

曹參說：「陛下所言極是。陛下不如高皇帝，臣也不及蕭相國。高皇帝和蕭相國平定了天下，又制訂了各項法令制度，那麼，現在只要遵守定制，繼續推行，不就很好了嗎？」

惠帝似有所悟，喃喃地說：「倒也是。」

呂后聽說了這件事，高興地說：「這叫『蕭（何）規曹（參）隨』，實乃治國之道。老子說：『我無爲，民自化；我好靜，民自正。』就是這個道理。清靜無爲，無爲而治，天下自會安定！」

越年春天，這種安定經受了一次考驗。高皇帝在位的時候，堅持和北方匈奴實行「和親」政策，漢匈邊境一度相安無事。高皇帝駕崩以後，冒頓單于打探到繼位的惠帝仁弱多病，秉政的呂后恣逞淫威，於是便對大漢產生了輕蔑之心，有意製造摩擦，藉以獲取實際利益。他經過策劃，異想天開地寫了一封書信，派人送到長安皇宮。信中內容是這樣的：「匈奴冒頓單于致書大漢太后陛下：寡人生長在沼澤曠野之地，牛馬成群之邦，多次遊獵到貴國的邊境，很想牧馬中原。近聞陛下死了丈夫，獨居寡歡。寡人亦剛死了閼氏，鬱悒不樂。你我同病相憐，都沒有什麼可以快活一下的。陛下若不嫌棄，寡人原將身上所有的來換取陛下身上所沒有的，融爲一體，彼此都會心滿意足。盼覆。」

呂后看信，臉上紅一陣白一陣，心火突突，勃然大怒。她將信往桌上一摔，說：「豈有此理！」

審食其試著看信，氣得大罵，說：「番奴戲辱大漢太后，無禮至極！」

呂后強壓怒火，說：「速召大臣，前殿議事！」

大臣們很快到了長樂宮前殿。呂后簡略敘說了冒頓單于書信的內容。眾人義憤塡膺。有的說：「這是侮辱！」有的說：「這是挑釁！」樊噲心直口快，大聲說：「臣請統率十萬大軍，掃滅胡寇，踏平匈奴！」

幾名武將附和說：「對！掃滅胡寇，踏平匈奴！」

呂后未及表態，忽有一人朗聲說：「樊噲大言不慚，應當斬首示眾！」呂后循聲看去，原來是中郎將季布。季布不等呂后發問，繼續說：「想我高皇帝何等英武，當年率兵三十餘萬攻伐匈奴，尚且不能取勝，反而被困平城，斷糧斷水七日，險些喪命。樊噲那時也在軍中，怎麼就不敵匈奴呢？現在高皇帝駕崩，太后秉政，急須休養生息，振興國力。樊噲妄言以十萬大軍平定匈奴，這是面欺太后，視戰爭爲兒戲！況且，匈奴夷狄好比禽獸，禽鳴獸叫，不必當眞，聽其好話不足爲喜，聽其壞話不足爲怒，方顯我大國風範！」

呂后體味季布一番話，微微點頭。她將目光轉向曹參和陳平。曹參說：「季布將軍所言有理。」陳平說：「樊噲將軍忠勇可嘉，季布將軍見識過人。依臣所見，不妨先禮後兵，權且回書一封，儘量平息事端；匈奴單于若執迷不悟，再兵戎相見不遲。」

呂后思忖，憑眼下的國力，很難和匈奴打一場勝負難料的戰爭，遂同意陳平的意見，說：「小不忍則亂大謀。本后受辱是小事，刀兵再起，百姓受苦，那是大事。好啦，就按陳愛卿說的辦吧！」

於是，呂后命人草擬回信，陳平在文字上進行了潤飾。信中寫道：「大漢太后致書匈奴冒頓單于陛下：單于惦念本后，蒙賜書信，深感惶恐。本后已年老氣衰，髮齒脫落，步履艱難。單于誤聽人言，不必自己污損自己。本后沒有什麼過錯，理當得到單于的寬恕。今備御車二乘，駿馬八匹，敬獻單于，以示邦好。」

冒頓單于看了回信，收到禮物，很是慚愧，立刻派出專使向呂后致謝，說：「在下僻居塞外，不懂中國禮儀，冒犯太后，乞請恕罪。」

一場將起的干戈化為玉帛，表現了呂后的聰明和智慧。此後，呂后對內對外繼續實行「與民休息」和積極防禦的政策，一時天下晏然，黎民百姓得到了實惠。

曹參當了兩年相國，於西元前一九〇年秋天亡故。呂后遵照高皇帝的遺囑，任用王陵和陳平。不過，她擔心相國居百官之首，權力過大，所以重新把相國改稱丞相，以王陵為右丞相，陳平為左丞相，既分了丞相之權，又使兩個丞相之間互相牽制。這樣，自己駕馭起來，自會得心應手。這時，長安城垣全面竣工。長安以更加宏偉壯美的雄姿，屹立在錦繡如畫的關中平原上。

臨朝稱制

41

呂后爲了親上加親，鞏固權力，竟命惠帝娶外甥女張嫣爲妻，立爲皇后。
惠帝和張嫣達成默契：同房不同床。
惠帝懲治「淫賊」不成，秘密暴露，被迫和張嫣圓房。

天有不測風雲，人有旦夕禍福，此話一點不假。在呂后代秉朝政期間，喪事一個接著一個，簡直不可思議。先是高皇帝的哥哥劉仲（一名劉喜，原封代王，後降爲合陽侯）、相國蕭何同年（西元前一九三年）病死，接著是相國曹參、建成侯呂釋之同年（西元前一九〇年）病死，再接著是留侯張良、舞陽侯樊噲、齊王劉肥同年（西元前一八九年）病死。期間，呂后的嫂子審惠、弟媳黃薇亦相繼亡故。

他們當中，呂釋之的死對於呂后的打擊最大。因爲他是她的弟弟，一直統領著皇家禁軍，貿然死去，她感到失去了一隻胳膊，非常傷心。如果僅限於此倒還罷了。更晦氣的是西元前一八八年八月，惠帝劉盈竟也嗚呼哀哉，實在讓人難以接受。呂后懊惱地說：「怪了！國運不興，死人不斷，老天爺故意跟我作對不是？」

說起惠帝之死，那是一個悲劇。而這個悲劇的製造者，恰恰是呂后。惠帝原本懦弱，從本質上說不是個當皇帝的材料。他登基以後，呂后代秉朝政，他不過是個擺設而已，沒有任何權力。趙王劉如意和戚姬之死，使他心靈上和精神上受到強烈的刺激。他深刻地感受到了政治鬥爭的殘酷和血腥，感受到了生母太后的毒辣和陰狠。他忍無可忍，乾脆交出皇權，恣意和宮女們淫樂，逃避現實，麻醉自己。齊王尊妹爲母的鬧劇，使他進一步看到了皇宮的醜惡和虛僞。他不敢相信，朗朗大千世界，竟會出現這樣離奇古怪、荒誕不經的醜事！他困惑，他迷茫，他抑鬱，他憂傷，只能耽於淫樂，從美酒美色中尋求生趣，尋求亢奮。他的身體本來就很孱弱，由於淫樂過度，所以就更加孱弱了。

西元前一九一年，惠帝十九歲，應該堂堂正正地大婚並立皇后了。惠帝本人倒不介意，反正夜夜有宮女侍寢，大婚不大婚是無所謂的。呂后卻很看重這件事。因爲宮女算什麼？宮女只是下人，是奴婢，跟皇后是不可同日而語的。宮女們生了兒子，屬於庶出，日後不能繼承皇位。只有皇后所生的兒子，才是眞正的龍種，才有資格成爲太子，進而成爲皇帝。她考慮再三，這天專門把妹妹呂娥姁叫進宮來，密商惠帝的婚姻大事。

呂后說：「妹妹！姐姐有一件心事，只能跟你商量，你可不能對外人說。」

娥姁笑呵呵地說：「姐姐能有什麼心事？不妨說來聽聽。」

呂后說：「就是你侄兒盈兒的婚事呀！」

娥姁說：「盈兒的婚事？他還不到大婚的年齡嘛！」

「誰說？盈兒過年就滿二十歲啦！『男子二十而冠』，這是禮制。史書上還有『天子十二而冠』的記載。盈兒今年十九歲，該是籌辦大婚的時候了。」

「呀！盈兒都十九啦？時間過得眞快！那麼，姐姐的意思是……」

「我的意思是趕緊給他物色個皇后。你看他現在那個樣子，棄文丟武，萎靡不振，只知道和宮女們鬼混，不是飲酒，就是戲樂，身子骨受得了嗎？他還沒有子嗣，萬一……」

娥姁點頭，說：「姐姐所慮極是。只是正宮皇后講究的是出身門第和人品相貌，姐姐可有合適的對象？」

呂后說：「我心裡倒有一個中意的，只怕盈兒不樂意。」

娥姁說：「嗨！兒女婚姻，自古以來就是父母之命，媒妁之言，哪能由得了他？姐姐說，你相中誰家閨女了？」

呂后遲遲疑疑地說：「這個閨女，你也認識。」

「我也認識？那麼是誰呢？」

「就是宣平侯張敖和魯元公主劉媛的女兒張嫣。」

「啊？」娥姸大驚失色，說：「姐姐！你昏了頭不是？張嫣是你的外孫女，把盈兒叫舅舅，二人差著輩分哪！」

呂后說：「什麼輩分不輩分的？我只想親上加親，好肥不流外人田。你想，皇后正位宮闈，日後就是國母，若叫外人當了去，豈不吃虧？盈兒和張嫣，舅甥聯姻，確實不合情理。但這種結合，可以鞏固我們的權力。張嫣生個兒子，繼承皇位，這天下始終是劉家和呂家的，有什麼不好？」

娥姸說：「話可以這麼說，但我總覺得有點彆扭。再說，這年齡也不大相稱。」

呂后說：「有什麼不相稱的？張嫣今年十歲，和盈兒只相差九歲，而高皇帝和我相差十五歲哩！」

娥姸熟知呂后的脾氣，凡她決定的事情，一般不會改變的，所以也就無話可說。呂后看著娥姸，說：「女方那邊，估計不成問題，畢竟是正宮皇后，誰不眼饞？盈兒這邊，可能有些麻煩，這需要你皇姨出馬，好好開導開導。」

娥姸說：「我去試試。」

呂后說：「不是試試，是要正兒八經地告訴盈兒：這事就這決定了，沒有通融的餘地。」

「要是盈兒不樂意呢？」

「那你就跟他說，我將把他廢爲庶民，逐出皇宮！」呂后聲色俱厲地說。

呂娥妍奉命來到未央宮昭陽殿，拐彎抹角地說了呂后的決定。惠帝一聽，簡直不敢相信自己的耳朵，連聲說：「不行不行！張嫣是我姐姐的女兒，我是張嫣的舅舅，舅甥婚配，成何體統？」

娥妍把呂后對自己說的道理，轉達給惠帝，無非是親上加親呀，鞏固權力呀，等等。進而說：「太后定了的事情，你能違抗嗎？」

惠帝氣得跺腳，說：「太后太后，太后怎麼盡做傷風敗德的事？上次，讓齊王劉肥尊劉媛姐姐爲王太后；現在，又讓我娶外甥女爲皇后。她這樣做，就不怕天下人恥笑嗎？」

娥妍說：「我們是皇家，皇家沒有那麼多的規矩。」

惠帝說：「皇家？皇家又怎麼樣？起碼的風化不要了？起碼的人倫不要了？起碼的道德不要了？皇姨！請你去告訴太后：此事萬萬不行！」

娥妍見惠帝態度堅決的樣子，故意嘆了口氣，說：「唉！眞是可惜呀！」

惠帝說：「這有什麼可惜的？天下好女子多的是，難道就挑不出一個皇后嗎？」娥妍說：「我可惜的不是什麼皇后，而是你的皇位啊！」

「這是什麼意思？我已交出皇權，太后還要罷去我的皇位不成？」

「你說對了！」娥妍直截了當地說：「太后說了，你若違旨抗婚，她就把你廢爲庶民，逐出皇宮！」

立時，惠帝像是秋後霜打的花葉，徹底蔫了。惠帝從小生長在沛縣，見過成千上萬的庶民，他們終年勞作，卻吃不飽，穿不暖，許多人流落街頭，淪爲乞丐。他想，自己現在雖然沒有權力，但名義上還是皇帝，天之驕子，人之至尊，高屋華室，錦衣玉食，想怎麼享樂就怎麼享樂。而一旦被廢爲庶民，所有的榮華富貴就全都完啦！那……

惠帝不敢想像被廢爲庶民的結果。他垂頭喪氣地站在一邊，發傻發愣。娥妍換了和顏悅色的模樣，說：「太后所做的一切，都是爲了你好，你就答應了吧！」

惠帝別無選擇，只好點頭，算是答應了婚事。

娥姸喜得合不攏嘴，說：「皇上眞明事理！我這就給太后回話去！」娥姸笑眯眯地走了。惠帝跑進寢殿，趴在床上，放聲大哭。

女方那邊還算順當。張敖和劉媛開始認爲舅甥聯姻有悖倫常，頗有疑慮，怎奈被娥姸鼓動不爛之舌，說以利害關係，也就勉強同意。張嫣尙未成年，只覺得當皇后新鮮風光，自然不會反對。越年年初，惠帝和張嫣完婚。參加婚禮的只限於皇室和外戚成員，文武大臣均被拒之門外。這是呂后心虛的考慮，她擔心正直的朝臣在婚禮上來個死諫什麼的，那樣勢必出現難堪的局面。

婚禮結束，眾人散去，太傅叔孫通卻顫顫巍巍地到了昭陽殿。他見了惠帝，佝僂著身子跪地說：「皇上！舅甥婚配，逆倫悖常，萬萬使不得啊！」

惠帝哭喪著臉，說：「這個道理，我豈不知？只是太后強令威逼，我是走投無路。懇請太傅，快給我想個兩全之策。」

叔孫通說：「臣倒有一策。」

「何策？快說！」

「一句話：同房不同床。」

「這……這等於矇騙太后，太后發現了怎麼辦？」

「這要皇上和皇后聯手，房闈秘密，太后難以發現。」

惠帝點頭，說：「我懂了。」

叔孫通退去。惠帝進入寢殿，把事情原委告訴張嫣。張嫣又羞又惱，說：「是啊！世界上哪有舅舅和外甥女結婚的？事到如今，我聽舅舅的安排。」

惠帝說：「這事還得委屈你。在寢殿內，你我各睡一床；在寢殿外，你我還要裝做夫妻。無論如何，不能讓太后看出破綻。」

張嫣年幼，還不大懂得男女間的情事，爽快地說：「行！」

寢殿裡原來只有一張大床。惠帝和張嫣一起動手，拉出幾條棉被，在一側地上另鋪了一張小床。從此，惠帝睡大床，張嫣睡小床，客客氣氣，各不相擾。惠帝和張嫣大婚以後，呂后宣布張嫣為皇后。文武大臣嘴上向呂后和惠帝表示恭賀，心裡卻說：「毀綱常，亂人倫，有什麼光彩的？」事後，娥姁不止一次地跟呂后說：「盈兒大婚，姐姐就等著抱皇孫吧！」

呂后眉開眼笑，說：「我抱皇孫，也有你這個媒婆的功勞呀！」

在其後的兩年裡，呂后確實有了皇孫，可惜他們不是皇后張嫣生的，而是宮女生的。惠帝一直和宮女們鬼混，種子開花結果，竟有了五個兒子：劉強、劉不疑、劉義、劉朝、劉武。呂后不解：皇后張嫣為何偏偏不懷孕生育呢？她命御醫給張嫣開了很多促使懷孕的藥方，按藥方配藥熬藥，供張嫣服用。張嫣表面上唯命是從，背地裡卻命宮女把湯藥全倒了。她暗暗叫苦，心裡說：「太后啊太后！你也太作踐人啦！」

呂后的淫虐，婚姻的不幸，使惠帝一直陷入無以名狀的痛苦之中。他經常坐著發呆，直想找一個僻靜地方躲藏起來。這個地方，或是一片荒山，或是一座孤島，或是……，反正離開喧鬧的人世就行。他的身體越來越虛弱了，經常頭暈目眩，無端出汗。一次，他的最小的弟弟淮南王劉長前來探視他的病情。他屏退他人，悄聲問劉長說：「弟弟！你自小跟太后住在一起，聽說那個審食其常在長信殿過夜，此話當真？」

劉長看了看左右，說：「這是公開的秘密，誰不知曉？父皇在世之日，他們來往還遮遮掩掩；這幾年，明來明去，什麼顧忌也沒有了。」

惠帝一拳頭砸在床上，恨恨地說：「眞不知羞恥！」

劉長陪著小心說：「兄長！這事我們小輩管不上啊！」

「嘿——！」惠帝兩手抱頭，什麼話也說不出來。

轉眼到了西元前一八八年八月。一天，審食其到昭陽殿，詢問皇帝和皇后急需添置的物件。他官任郎中令，掌管長樂宮和未央宮的宮務，是經常到各宮走動的。他一進殿門，恰見宮女芊芊往污水池裡傾倒熬好的湯藥。他忙板起面孔，說：「殿裡誰病了？熬好的湯藥爲何要倒掉？」

芊芊毫無防備，聽得詢問，支支吾吾，一時答不出所以然來。食其更加生疑，將芊芊叫到一邊，嚴厲詢問。芊芊「撲通」跪地，說：「求求大人別問了，問了奴婢也不能說。」

食其越發感到事有蹊蹺，怒聲喝道：「大膽奴才！不說，不說就送你見閻王去！」

芊芊年方十二三歲，哪裡經得起這般恐嚇？沒奈何，只好把皇上和皇后至今沒有同床，皇后根本沒有服藥的事，一一說出。食其一聽，吃驚不小，心想這事若叫呂后得知，那還得了嗎？他出於一番好心，拉了芊芊，去見惠帝，說：「皇上！你和皇后之間的秘密，臣已知道。這樣下去不行哪！太后追究起來，後果可是……」

惠帝素來討厭食其，此人不僅和母后長期私通，而且還模仿父皇走路的樣子教訓自己，現在又拿自己和張嫣間的秘事來做文章，眞是可惡至極！他打斷食其的話，冷冷地說：「你這個郎中令也管得太寬了，我和皇后的房闈之事，也用你管嗎？」

食其說：「臣是爲皇上著想，怕事情鬧大，不可收拾。」

惠帝旁敲側擊地說：「你還怕把事情鬧大？你和太……」他本想說「你和太后之間的醜事已經夠大的了」，可是又覺得難以出口，所以話只說了一半，硬是嚥了回去。

食其自討沒趣，說：「皇上不聽勸告，臣且告退。」

惠帝猛地回過神來，心想食其回去，必將今天的事情告訴太后。他不由得打了個冷顫，舊仇新恨一起湧上心頭，喝令侍衛說：「把這個淫賊給我拿下！」

侍衛齊聲答應，說：「是！」衝向前去，七手八腳，把食其按倒在地，捆縛起來。

食其掙扎著，說：「皇上！臣無罪，無罪啊！」

惠帝不聽他的，命令侍衛說：「把他送去刑部，打進死牢，嚴加審訊！」

審食其進了死牢，這一特大新聞，立刻傳遍了整個皇宮。呂后最爲著急，說：「事情怎會弄成這樣呢？」她召來安插在昭陽殿的內線，問明情況，方知惠帝是以「淫賊」爲理由，要將食其治罪。她想去爲食其開釋，可是事關一個「淫」字，怎好意思向兒子啓齒呢？這時，她又想到妹妹呂娥姁，只有娥姁出面，才能救得食其的性命。

娥姁奉命，急急火火地到了昭陽殿，說：「盈兒！你爲何要把審食其打進死牢？」

惠帝說：「他，他，哎！你叫我怎麼說嘛？」

娥姁說：「你什麼也不用說，趕快把人給我放了！你也不掂量掂量，你這樣做，還叫你母后怎樣做人？怎樣秉政？食其和你母后的那種事，只能心知肚明，萬萬不可聲張。人言可畏，你懂嗎？如果鬧得滿城風雨，你母后羞愧難當，跑到未央宮來，一頭撞死在昭陽殿裡，那殺母的罪名，你擔當得起嗎？」

惠帝洩氣了，無奈地說：「那，那怎麼辦？」

「放人！放人！就當什麼事情也沒有發生。」

「不放不行嗎？」

「不行！必須立即放人！」

就這樣，食其只在死牢裡關了一天，第二天便又大模大樣地出現在長樂宮裡了。呂后和娥姁在長信殿見了食其，埋怨說：「你也眞是的，去惹盈兒做什麼？丟人現眼！」

食其說：「我哪裡惹他了？我是……」於是，他把惠帝和皇后一直沒有同床，以及皇后根本沒有服藥的事實，敘說了一遍。呂后聽著聽著，眉毛豎了起來，惡惡地說：「這兩個東西，想是吃了豹子膽老虎心，竟敢欺哄老娘！」

娥姸點頭說：「這就對了！難怪張嫣至今沒有懷孕！」

「你，」呂后手指娥姸說，「再去昭陽殿一趟，明白無誤地告訴盈兒：或者今夜圓房，或者廢爲庶人，二者選一，由他決定！」

娥姸說：「這事不敢來硬的。」

呂后瞪圓眼睛，說：「他們欺哄老娘兩三年，再不來硬的，能行嗎？」

娥姸當然得聽呂后的。當晚，她又一次來到昭陽殿，叫來惠帝和張嫣，數落說：「你們兩個膽也太大了，結婚幾年，竟然沒有同床，瞞天過海，惹得太后大怒，簡直……」

惠帝和張嫣趕緊跪地。惠帝說：「皇姨！張嫣是我的外甥女，我不能破壞綱常人倫，務請體諒。」張嫣說：「皇姨奶！舅甥婚配，世人不齒，天理不容啊！」

娥姸說：「道理歸道理，實情歸實情。舅舅和外甥女結婚，歷史上有過先例。春秋時期，楚成王就曾把兩個外甥女納入後宮。結果怎樣？楚成王當了四十六年國王，誰敢說三道四？你們哪！就給我老老實實地遵從太后的旨意，別再折騰了！」

惠帝嘟囔著說：「我不能……」

娥姸見軟的不行，來了硬的，嚴厲地說：「太后有旨：或者今夜圓房，或者廢爲庶人，二者選一，由你決定。你說，你選擇哪一條吧？」

惠帝覺得天旋地轉，渾身燥熱，腦子裡一片空白。張嫣淚流滿面，向前抱住娥姸的腿，嗚咽著說：「皇姨奶！不能，不能罷去舅舅的皇位呀！」

娥妍決定從張嫣身上打開缺口，說：「那你就得和皇上圓房！」

張嫣萬分無奈，被迫點了點頭。

娥妍高興地說：「這不結了？早若如此，哪來這許多麻煩？」她命宮女將皇帝和皇后扶進寢殿，說：「我就守在這裡，等你們圓房了，我去向太后稟報。切記：可別再耍花樣！」

寢殿裡，錦幔繡帳，紅燭高照。惠帝和張嫣並坐在床邊，面如死灰，心如刀絞。惠帝看了一眼張嫣，她是那樣的嬌弱，又是那樣的可憐。張嫣看了一眼惠帝，他是那樣的憂傷，又是那樣的痛苦。共同的遭遇，共同的命運，促使舅甥二人緊緊地擁抱在一起，淚水嘩嘩，泣不成聲。

惠帝撫摸著張嫣的臉龐，說：「天哪！我爲何要出生在帝王家啊？」張嫣依偎在惠帝的懷裡，說：「外婆！你把你兒子和你外孫女害苦啦！」

許久許久，殿裡的燭光熄滅了……

42

惠帝和張嫣圓房，當夜駕崩。
呂后立來歷不明的幼童劉恭爲帝，臨朝稱制。
呂后的侄兒呂台、呂產分掌南軍和北軍，呂台進而封王，呂氏外戚勢力由此開始膨脹。

惠帝和張嫣懷著滿腔的羞辱和怨恨，被迫圓房。一陣狂風急雨後，二人睡去。睡到後半夜，張嫣醒來。她摸了摸惠帝，感到不大對勁。起床穿衣，點亮蠟燭，再看惠帝，但見他平躺著，一動不動，臉色白得嚇人。她輕聲喊道：「舅舅！啊，不！皇上！皇上！」沒有反應。她伸手推他，猛然覺得心咚咚地跳，血嘩嘩地湧，不由得「哇」地一聲慘叫，暈厥在床前的踏板上。

殿門外面有四名宮女守候著。她們聽到淒厲的慘叫聲，嚇得頭髮根都豎了起來，慌忙推開殿門，圍住張嫣，說：「皇后！怎麼啦？怎麼啦？」

張嫣漸漸清醒，渾身哆嗦，手指床上，說：「他……他……」

宮女看那床上，惠帝不是睡得好好的嗎？一名膽大宮女推了推惠帝，接著發出一聲驚叫，因爲惠帝早已斷氣，睡在床上的是一具僵硬的屍體。昭陽殿裡立刻亂作一團。所有的宮監和宮女都趕了來，七嘴八舌，吵吵嚷嚷。兩名宮監飛也似地前去長樂宮向呂后報信。呂后歷來沉著，聽了凶信，不禁也心慌意亂，說：「怎麼會這樣？怎麼會這樣？」她和審食其立即乘輦前往未央宮，同時吩咐說：「快去請御醫來！對了！把舞陽侯夫人，還有宣平侯和魯元公主，也給請來！」

呂后進了昭陽殿，宮監宮女們跪地迎接。呂后進了寢殿，張嫣撲到她的懷裡，發出撕心裂肺的呼喊：「外婆！這是怎麼回事啊！」

呂后拍了拍張嫣的肩膀，什麼話也沒有說。御醫、呂娥姁、張敖和劉媛相繼到來。張嫣見了父親和母親，屈辱和悲苦盡情釋放，嚎啕大哭。

呂后對御醫說：「你去看看，看到底是怎麼回事？」

御醫向前察看，見惠帝赤裸著身子，一絲不掛。他檢查了惠帝身上的各個部位，轉身對呂后說：「皇上駕崩，乃淫樂過度所致。他的身體原本虛弱，房事頻繁，精、氣、神早被淘掬一空。加之心情長期鬱悶，突遇新的刺激，陰陽衝撞，身心崩潰，所以……」

呂后知道，所謂「新的刺激」是指惠帝和張嫣被迫圓房之事。她有點後悔，悔不該以廢為庶人相威脅，逼迫兒子。可是，事已至此，後悔又有何用？兒子死了，還有許多重要事情需要商量和安排哪！

呂后命人給惠帝淨身穿衣，自然是頭戴皇冠，身穿袞服，停屍於未央宮前殿。第二天發喪，通告天下：大漢皇帝劉盈於八月戊寅日駕崩，享年二十四歲。惠帝之死，非常奇怪，非常突然。朝臣們私下議論說：「皇上年紀輕輕，怎麼說死就死了呢？」

未央宮前殿設了靈堂，供人弔唁。張嫣一身黑衣，頭裹白紗，跪於屍床前哭泣。從理論上說，她是皇后，是唯一有資格跪於惠帝屍床前的女人。她想到自己這個皇后，當得屈辱，當得窩囊，只和舅舅一次同床，而這一次同床竟要了舅舅的命，眞是報應。自己才十三歲，十三歲就成了寡婦，好比一株花，剛剛結出花苞，沒有開放，就凋謝了，枯萎了，情何以堪？惠帝生前臨幸過不少宮女，宮女們還為他生了幾個兒子。但是，那些宮女地位低下，沒有名分，國喪場合，無權露面。

呂后坐在惠帝屍床的一側。她似乎也在哭泣，然而卻不悲傷，並且瞇著眼睛，偷偷地觀察著前來弔唁的每一個人。她的心裡正在盤算著：惠帝死了，誰繼皇位？高皇帝時期的元老重臣，會不會趁機發難？呂氏外戚子弟，如何才能嶄露頭角，掌握實權？俗話說：「一心不能二用。」呂后因爲盤算著這些問題，所以哭泣只是做做樣子而已，想悲傷也悲傷不起來。

一個年輕人一眼看穿了呂后的心事。他就是張良的兒子張辟強，十五歲，官任侍中。弔唁結束，辟強去曲逆侯府，拜訪左丞相陳平。辟強說：「陳叔！太后只有皇上一個兒子，皇上英年早逝，按理說，太后應該不應該悲傷？」

陳平說：「當然應該悲傷呀！」

辟強說：「那麼，陳叔你注意沒有？太后在靈堂哭泣，純是假哭，一滴眼淚也沒有。相反，她在不停地觀察你和周勃叔叔等人的神情哩！」

「是嗎？這，我倒沒有介意。賢侄既然設問，想是看出了什麼門道？」

辟強說：「顯然，皇上駕崩，子嗣年幼，太后對你們這些元老重臣心存畏忌啊！」

陳平點頭，說：「賢侄說的有理。那麼，用什麼辦法才能消除太后的畏忌呢？」

辟強說：「辦法是有的。陳叔和周勃叔叔不妨奏請太后，拜呂台、呂產爲將軍，統領南軍和北軍，再將其他呂氏子弟封官，分掌要事。這樣，太后心中必定安穩，你們元老重臣就可以免除禍殃了。」

陳平猶疑地說：「呂氏外戚上臺，豈不危及劉漢江山了嗎？」

辟強說：「這只是權宜之計。陳叔請想，現在太后一手遮天，順者存，逆者亡，你要力挽狂瀾，可能嗎？弄得不好，引火燒身，太后先殺了你們這些元老重臣，那才是眞正危及劉漢江山呢！」

陳平一拍手，說：「物極必反，欲擒故縱！賢侄！你不愧是留侯的兒子，見識高遠！」

辟強受到陳平的誇獎，有點不好意思，說：「晚輩只是有感而發罷了。」

辟強離開曲逆侯府，前往絳侯府，把有感而發的一席話告訴了周勃。這時，周勃已經恢復了太尉的官職，但由於呂后的畏忌，並未給他實際的兵權。他聽了辟強的話，大有所悟，說：「物極必反，欲擒故縱，好！我們就等著那一天吧！」

陳平約了周勃，同時去見呂后。呂后頗為驚訝，心想這兩個人怎麼一起來了？陳平說：「皇上新崩，國事未定，民心不安。先朝老臣，病故的病故，告退的告退，以致朝中呈現青黃不接之勢。臣等心中憂慮，還請太后及早作出決斷才是。」

呂后故作唏噓，說：「可不是嘛，本后也為此著急呀！二位愛卿乃國家棟樑，不知有何高見？」

周勃說：「這權那權，兵權為先。皇上新崩，京師和皇宮的警衛是第一要務。」

呂后警惕地看了周勃一眼，說：「周愛卿官任太尉，京師和皇宮的警衛事宜，自然由你安排了。」

周勃說：「臣年紀漸高，雜事纏身，常有心有餘而力不足之感。這京師和皇宮警衛之事，最好能由年輕人擔當，確保萬無一失。」

這話正中呂后下懷。她轉問陳平說：「陳愛卿！你說呢？」

陳平說：「周勃將軍所言極是。江河後浪推前浪，老臣應該給年輕人多提供機會。」

呂后大感興趣，說：「哦！難得你們虛懷若谷，一片忠心。那麼，年輕人中，誰可出來擔當大任呢？」

陳平說：「呂台、呂產兄弟文武兼備，智勇雙全，封為將軍，分掌南軍和北軍，最為合適。」

呂后萬沒想到陳平直接提出由她的侄兒分掌南軍和北軍，心裡一陣欣喜。不過，並不喜形於色，詢問周勃說：「周愛卿以為如何？」

周勃說：「呂台、呂產既是皇親國戚，又是年輕人中的佼佼者，警衛京師和皇宮的重任，非此二人莫屬。」

呂后的欣喜變爲狂喜，笑容滿面地說：「二位愛卿出以公心，鼎力維護江山社稷，實爲我大漢之幸！」當天，她頒布旨意：根據左丞相陳平和太尉周勃所請，呂台、呂產冊封爲將軍，呂台掌管南軍，呂產掌管北軍。南軍和北軍俱爲皇家禁軍，但分工略有不同。南軍主要負責警衛長樂宮和未央宮，保證皇帝和太后的安全；北軍主要負責警衛京師，保證長安及京畿的安全。

呂台、呂產掌握了禁軍的兵權，呂后放下心懷，這才感到死去的兒子，傷折過早，不免哀戚，痛哭失聲。九月辛丑日，惠帝葬於安陵（今陝西咸陽韓家灣鄉白廟村），廟號爲孝惠皇帝。安陵的形制與長陵相似，但墓冢稍矮，高約二十五公尺。國不可一日無君。呂后安葬完惠帝，立即立了一個三歲的幼童劉恭爲皇帝，史稱少帝。這個少帝的來歷，很少有人知情。還在惠帝病重的時候，呂后便和審食其、呂娥妍密商，慌稱皇后張嫣已經懷孕，然後將一姜姓宮女所生的男嬰，收入皇后宮中，冒充是皇后所生，定爲太子。因恐太子生母洩露機密，便殘酷地將那個宮女殺害了。熟悉宮中情況的人都知道，張嫣和惠帝大婚後，一直沒有同床，怎能懷孕生子？但懾於呂后淫威，敢疑而不敢言，乾脆裝聾作啞，任由呂后移花接木，少管閒事爲妙。

這一天，太子劉恭在未央宮前殿即位。大殿上，爲呂后專設的鳳座已經撤去，只設御座。呂后手拉劉恭，並排坐於御座上，接受百官朝賀。百官跪拜，山呼萬歲。劉恭何曾見過這種陣勢？嚇得「哇哇」大哭起來。呂后在他屁股上擰了一把，狠狠地說：「不許哭！」劉恭緊緊地靠著呂后，想哭又不敢哭，一個勁地啜泣。

呂后面向朝臣，說：「大漢國運多艱，高皇帝和孝惠皇帝先後駕崩。以前，本后以太后身分代秉朝政。現在，太子繼位，年僅三歲，本后迫不得已，只好以太皇太后身分臨朝稱制。對此，各位愛卿可有意見？」

代秉朝政和臨朝稱制是大不一樣的。代秉朝政是代替皇帝決斷朝政，儘管皇帝是名義上的皇帝，但仍需要通過皇帝來發號施令。而臨朝稱制則是撇開皇帝了，「制」即帝王的命令，和「詔」在本質是一致的，稱制者就是事實上的皇帝，可以直接發號施令。正因爲如此，呂后從劉恭即位之時起，就沒有必要再坐鳳座而改坐御座，其地位、身分等同皇帝。

呂后臨朝稱制，完全是意料中的事。文武百官沒有意見，也不敢有意見，一齊跪地，說：「太皇太后臨朝稱制，此乃萬民之福。臣等恭祝太皇太后萬壽無疆！」

呂后心花怒放，說：「本后臨朝稱制，還望各位愛卿忠於職守，竭力輔佐才是。遵從高皇帝既定的政策，是本后的原則；造福於黎民百姓，是本后的宗旨。以後，我們要同心協力，修政恤民，嚴守法度，勵精圖治，振興大漢！」

朝臣們齊聲說：「謹遵太皇太后諭旨！」

新任帝王上臺，都要給死去的家人追贈名號。呂后也不例外，當即頒旨，追贈生父呂洪爲呂宣王，兄長呂澤爲悼武王，弟弟呂釋之爲悼昭王。這一做法違背了高皇帝劉邦關於「非劉氏不得封王」的遺訓。但因爲是追贈死人，所以文武大臣們睜一隻眼閉一隻眼，並未作太多的計較。

呂后得寸進尺，進而要封活著的呂氏子弟爲王了。當時，劉氏子弟封王的共有七人，他們是高皇帝的兒子劉恢封梁王、劉友封淮陽王、劉恆封代王、劉建封燕王、劉長封淮南王，孫子劉襄（劉肥之子）封齊王，侄兒劉濞（劉仲之子）封吳王，而呂氏子弟並無一人封王。對此，呂后心理極不平衡。更重要的原因是，呂后把封王看作是一種象徵，一種榮耀，她要通過封王來提高呂氏子弟的地位，鞏固外戚的權勢，光耀呂家的門庭。

高皇帝生前有言：「非劉氏而王、無功而封侯者，天下共誅之。」因此，呂后開始封呂氏子弟爲王還是小心翼翼的。她稱制未及半年，適魯元公主劉媛病歿。作爲試探，她決定先封張敖和劉媛的兒子張偃爲魯王，追贈劉媛爲魯元太后，同時封侄兒呂台爲呂王。她在朝會上提出這個議題，不想一位剛直的大臣，率先表示反對，說：「高皇帝駕崩之前，曾宰白馬以祭告天下，非劉氏不得封王。奈何口血未乾，立毀高皇帝誓約？」

呂后一聽，赫然震怒，嗔目一看，這位大臣，竟是右丞相王陵。呂后設置左、右兩個丞相，右丞相地位在左丞相之上。因此，王陵實是百官之首，加之他是高皇帝時的老臣，所說又抓住了正義正理，卻也無法辯駁。呂后儘管驕恣跋扈，這時理虧，臉色忽青忽白，竟然無語，目光轉向左丞相陳平和太尉周勃，顯然含有求助的意思。

陳平和周勃見呂后窘態，出班聯聲奏道：「昔日高皇帝在位之時，悉封劉氏子弟爲王；如今太后稱制，分封呂氏族人，亦未嘗不可。」

呂后聽得二人如此一說，臉色稍解，轉怒爲喜。王陵氣得吹鬍子瞪眼睛，指著陳平和周勃，說：「你們……你們……」

陳平和周勃坦然一笑，說：「王丞相稍安勿躁嘛！」

就這樣，張偃當了魯王，呂台當了呂王。散朝以後，王陵追上陳平和周勃，憤聲說：「二公均爲高皇帝舊臣，一言一行，影響世道人心。高皇帝當初白馬誓約，你們難道忘了嗎？今日廷諍，只知趨附，毫無氣節，他日有何面目見高皇帝於九泉之下？」

陳平、周勃見左右無人，悄聲說：「今日廷諍，論剛直豪勇，我二人不如丞相；他日安定社稷，翼護劉氏子弟，恐怕丞相不如我二人哩！」

王陵能夠聽懂，陳平、周勃的話裡有全力維護劉氏子弟，不得不容忍於一時的意思，但終究不肯相信，悻悻而去，分別的時候，甚至沒打一個招呼。王陵爲丞相，原是高皇帝的安排。現在，他竟敢違抗呂后的意志，呂后豈能容他？幾天以後，呂后頒旨，王陵免去右丞相職務，改任少帝太傅。王陵知道這是呂后的報復，索性稱病不朝，先機引退，以圖個潔身自好。呂后巴不得如此，批准了王陵的病假。王陵從此杜門不出，直至抑鬱以終。和王陵一起被罷官的還有御史大夫趙堯。高皇帝病重期間，是趙堯建議周昌出任趙國的相國，盡力保護趙王劉如意。因此，呂后殺害劉如意，反反覆覆，費了很大的周折。現在，呂后大權在握，不能讓跟自己異心的人繼續占據要職，所以便免了趙堯的御史大夫職務，這一職務改由老臣任敖擔任。

大中大夫陸賈與王陵、趙堯關係親密。他見兩位摯友被罷官，心灰意冷，亦請告老還鄉。呂后照准，還發話說：「高皇帝時的老臣，凡是不想繼續為官的，只要提出來，本后一定成全，照准不誤！」呂后稱制，最擔心的就是一幫元老重臣不好對付。他們罷官或辭官，對她而言，那是求之不得的好事。

商山四皓原來是輔佐惠帝的。惠帝一死，他們無所依靠，依舊回商山隱居去了。

王陵免職以後，陳平升任右丞相，審食其出任左丞相。食其飛黃騰達，不足為怪。從青年時代起，食其就是呂后的情人，幾十年來追隨呂后，成為呂后須臾不能離開的情侶和幫手。尤其是在呂釋之死了以後，食其是呂后最信任最倚重的貼心人，呂后所做的好事和壞事，都離不開食其的參謀和參與。呂后欣賞食其的忠誠，故而提拔他當了左丞相。這既是對他忠誠的回報，同時也是對陳平的一種牽制。有左丞相在，右丞相必有顧忌，不能為所欲為。

呂后安排了朝廷重要人事，心情歡愉。這一天，她突然來了興致，要到長安城垣上走一走，看一看。頓時，南軍北軍警衛，閒雜人等迴避。呂后攜帶少帝劉恭，乘坐鳳輦，百官隨行，浩浩蕩蕩地登上了城垣。陳平和周勃是主持修建城垣的功臣，侍候在鳳輦的兩側，如數家珍般地彙報城垣的情況。

長安城垣周長二萬五千七百公尺，其中東城垣六千公尺，南城垣七千六百公尺，西城垣四千九百公尺，北城垣七千二百公尺。城垣上窄下寬，基部寬十六公尺，頂部寬十公尺，高十二公尺。城垣內面積三十五平方公里，城垣外面有寬八公尺、深三公尺的護城河環繞。四面城垣各開三門，東面自南而北為霸城門、清明門、宣平門，南面自西而東為西安門、安門、覆盎門，西面自南而北為章城門、直城門、雍門，北面自西而東為橫門、廚城門、洛城門。每個城門上面建有巍峨的城樓，下面開有三個門洞，可容十二輛馬車並行。全城平面呈不規則的方形，東城垣平直，南、西、北城垣有曲折，尤其是南、北城垣曲折突出，有如天上南斗星和北斗星的形狀，故長安城又美稱為「斗城」。

呂后的鳳輦由霸城門登上城垣，折向右行，圍繞城垣轉了一個大圈。她隱約可見遠方的秦嶺，橫空出世，綿延起伏；清晰可見近處的渭河，湧玉堆雪，波濤滾滾。城外，田疇如畫，綠樹婆娑；城內，街道筆直，民居稠密，長樂宮宮殿群和未央宮宮殿群金碧輝煌，美輪美奐。呂后眉開眼笑，由衷地讚嘆說：「我們的長安眞美啊！」

朝臣們趨附著說：「太皇太后聖明！長安修建了城垣，整座城市融為一體，綜合功能大大增強，必將造福百代，名垂千古！」

呂后笑著說：「是啊！修建這個城垣，上百萬民工勞作數年，很不容易。有人說本后好大喜功，有人說本后勞民傷財，後人如能體諒本后苦心，生活安定，那就謝天謝地了。」

這時，呂后的鳳輦到了城垣的東北角。護城河對面，有一群小孩在玩耍。他們一邊拍手，一邊跳著，嘴裡唱著兒歌。呂后側耳傾聽，兒歌的歌詞是：

天蒼蒼，地茫茫，長安有個雙嘴狼。
不吃豬，不吃羊，專吃乾坤和陰陽。

齜牙吃了小趙王，咧嘴吃了美嬌娘。
舅甥婚配太荒唐，吃了親生小兒郎。
雙嘴狼，吃紅眼，雙嘴狼，毒心腸。
偷天換日呂代劉，要把大漢全吃光！

呂后聽著聽著，臉色立刻由晴轉陰。她思忖，「雙嘴」是個「呂」字，「雙嘴狼」不正是影射自己是條吃人的狼嗎？「小趙王」指劉如意，「美嬌娘」指戚姬，「親生小兒郎」指惠帝。兒歌把他們的死，都歸罪到自己頭上，還說自己「專吃乾坤和陰陽」，實施「呂代劉」的策略，「要把大漢全吃光」，這，這……

偏偏劉恭不識好歹，扭頭問呂后說：「什麼是雙嘴狼呀？」

「叭」的一聲，呂后給了劉恭一記耳光。劉恭嚇得大哭，說：「我……我……」

呂台、呂產聽了兒歌，勃然大怒，說：「那些小孩誣衊和辱罵太后，其罪當誅！應命禁軍把他們抓了來，從嚴懲處！」

呂后心中氣惱，說：「懲處了又能怎麼樣？且聽那些歌詞，顯然出自高人之手，有人編，有人唱，難道都殺了不成？好啦！回宮！」

一首兒歌，徹底破壞了呂后的心緒。她回到長信殿，耳邊一直回響著三個字：「雙嘴狼」，「雙嘴狼」……

43

少帝劉恭口出狂言，要爲生母報仇。
呂后精心實施「偷天換日呂代劉」的陰謀，廢殺劉恭，
以呂産兒子呂弘冒充劉義，改名劉弘，立爲皇帝，使劉漢江山實際上變成呂漢江山。

呂后臨朝稱制，形如皇帝，所缺的只是一個正式的名號而已。呂后是完全可以自稱皇帝的，但當時皇帝還是個新鮮名詞，女人稱帝，史無先例，所以她並未朝那方面去考慮，更未付諸實踐。她想得更多的是要不斷發展壯大呂氏外戚的勢力，劉氏江山本來就有呂氏的一半，到時候，呂氏取代劉氏，建立呂家王朝，恰也是一件美事。

那首兒歌裡有句歌詞叫「偷天換日呂代劉」，眞切地道破了呂后的全部心事。她是這麼想的，也是這麼做的。她以爲，高皇帝的兒子中，除了劉盈以外，其他的人都不能當皇帝。這是因爲他們都是自己的情敵所生，讓他們當皇帝，那是自己的一種遺憾，一種失敗。孝惠皇帝的兒子中，更沒有一人能當皇帝。這是因爲他們都是庶出，根本沒有當皇帝的資格。目前讓劉恭爲帝，純是權宜之計，不得已而爲之。她的想法是，呂台、呂産、呂祿或者他們的兒子能有一人出類拔萃，取代劉氏子弟，榮登大位，那樣呂氏就會光宗耀祖，永垂不朽。當然，這種「偷天換日」的把戲只能慢慢地進行，不能操之過急。欲速則不達，這可是古人留給世人的至訓！

呂后稱制的第二年，呂后裝模做樣地封了幾個劉姓王侯。他們都是孝惠皇帝的兒子：劉強封淮陽王，劉不疑封恆山王，劉義封襄城侯，劉朝封軹侯，劉武封壺關侯。劉不疑封王後即病死，劉義改封爲恆山王。呂后的用心是顯易見的：一，這幾個王侯年齡不過二三歲，不會對自己和呂氏外戚構成任何威脅；二，意在表明，自己並無「吃」掉劉漢江山的企圖，同時也是爲進一步大

封呂姓王侯作鋪墊。呂后對侄兒呂台是寄與厚望的。她不僅封他爲呂王，而且讓他掌管南軍，負責整個皇宮的警衛。不想呂台短命，不惑之年便因沉湎於酒色而嗚呼哀哉。呂台的長子呂嘉承襲父爵，成爲新的呂王。這個呂嘉是個花花公子，長得肥頭大耳，正經本事沒有，鬥雞走狗、吃喝嫖賭卻是高手。他在長樂宮北側新建了一座呂王府，強行拆毀民居數百戶，致使上千名居民流落街頭，無家可歸。他經常喝得醉醺醺的，帶領一幫家丁橫衝直撞，看到姿色出眾的女子，便向前調戲，甚至搶回府中，任意蹂躪。女子的父母呼天搶地，拼死保護女兒。呂嘉喝令家丁大打出手，不知傷害了多少條人命。長安百姓恨死這個地痞無賴，訴狀像雪片一樣遞到官府，內容都是控告呂嘉，要求討還血債的。呂嘉聽說有人控告自己，哈哈大笑，說：「他們告我？頂個屁用！他們也不想想，我是誰？我姓呂，我是呂王，呂台的兒子，呂產的侄兒，太皇太后的侄孫！整個天下快成爲我們呂家的了，老子建一座王府，玩幾個女人，有什麼大驚小怪的！」

右丞相陳平接到了很多訴狀。他不動聲色，將訴狀統統推給左丞相審食其處理。審食其恰也滑頭，轉而將訴狀交給了呂后。呂后看罷訴狀，簡直不敢相信，說：「呂嘉真是這樣壞嗎？」

食其陪著小心說：「呂嘉確實不像話，建王府，搶民女，爲非作歹，草菅人命，民怨大得很呢！」

呂后大怒，說：「不爭氣的東西，盡給呂家丟人！」食其說：「這事……」

呂后說：「我得做個姿態，否則沒法向長安百姓交代。這樣吧，廢了呂嘉的王號，讓他去當庶民好了。改封呂產爲呂王，掌管南軍；封呂祿爲胡陵侯，掌管北軍。」

呂嘉得知自己被廢爲庶人，又是暴跳，又是咆哮，說：「這不是我姑奶的意思！我姑奶一心以呂代劉，怎會跟自家人過不去呢？」他想闖進長樂宮問個究竟，呂產徵得呂后的同意，命令禁軍把他打進永巷，罰做苦役。呂嘉從天堂跌進地獄，憤恨不平，自殺身亡。

儘管呂氏家族中出了個呂嘉，但呂后並未停止封賞呂氏子弟的步伐。呂台另有兩個兒子呂通、呂種，分別被封為虞侯、沛侯；呂產兩個兒子呂更始、呂平，分別被封為贅其侯、扶柳侯；呂祿一個兒子呂忿，被封為呂城侯；呂產還有一個乾兒子呂他，被封為俞侯。另外，呂產還有個小兒子呂弘，剛滿五歲，暫未封侯。他們當中，呂后最為器重的是呂更始。她為他專門設置了長樂宮衛尉一職，隸屬於南軍，負責警衛長樂宮，或者說專門負責保衛太皇太后的安全。

男人封侯，倒也不足為怪。奇怪的是女人竟也封侯。這個女人不是別人，就是呂后的妹妹呂娥姁，被封為臨光侯。女人封侯，實是呂后的一大創舉，表明她為了培植呂氏外戚的勢力，什麼規章，什麼制度，一概置於腦後，一文不值了。呂后一口氣封了這麼多的呂氏侯爵，未免顯眼。作什麼點綴和陪襯，她也封了兩個劉氏子弟為侯。這兩人是已故齊王劉肥第二、三個兒子劉章和劉興居，前者封朱虛侯，後者封東牟侯。劉肥生前尊呂后女兒為太后，降為呂后的孫子輩，那麼劉章和劉興居就是呂后的曾孫輩了。她封這兩人為侯，並調進長安任宿衛，意在籠絡和利用，這是不言而喻的。

呂后得心應手地玩弄著「偷天換日呂代劉」的把戲。西元前一八四年發生一件事，更加堅定了她玩弄這種把戲的信念和決心。

這一年，少帝劉恭已經六歲，正是最頑皮最淘氣的年齡。他即位以後，即尊皇后張嫣為太后，心目中一直以為太后就是生母，至於真正的生母姜姓宮女，早已不記得了。是年夏天的一天，劉恭做完功課，突然提出要到滄池游玩。滄池是未央宮內的一個人工湖泊，水域廣大，水量充沛，岸邊奇花異草，池中築有漸台，波光台影，風景迷人。劉恭在一幫宮監宮女的簇擁下，興致勃勃地來到滄池，爬樹，折花，擊鳥，玩得十分開心。他滿頭大汗，忽然說：「我們下到池裡打水仗，可好？」宮監宮女正要阻攔，他已脫去衣服，一絲不掛，躍身跳進水中，朝岸上喊道：

「來，來！下來呀，下來呀！」

宮監們見皇帝跳進水中，生怕出現意外，也紛紛跳進水中，說：「皇上！小心！小心！」宮女們則在岸上喊：「皇上！小心！小心！」劉恭異常興奮，雙手撩水，澆在宮監們的頭上，一邊澆一邊說：「澆你澆你！」宮監們開始比較拘謹，不敢還手，漸漸地膽子大了起來，撩水反澆皇帝。劉恭樂得哈哈大笑，說：「好玩！好玩！」由於皇帝的鼓勵，宮監們一時忘記了尊卑，無拘無束地和皇帝打起水仗，大喊大叫，不亦樂乎。岸上的宮女們拍著手吶喊助威，笑得前仰後合。水花飛濺，一起向劉恭頭上澆去。劉恭終於招架不住，惱了，生氣地說：「你們那麼多人澆我一人，這不是欺負我嗎？我是皇帝，你們……」

宮監們玩到了高興處，有點得意忘形。這個說：「你是皇帝？你爹是誰？你娘是誰？」那個說：「可不是嘛，你是個來歷不明的皇帝！」岸上的宮女們發出哄笑，說：「看！他連自己的身世都不知道，還那麼神氣！」

一個年齡稍大的宮監呵斥口無遮攔的宮監宮女們說：「你們活膩了不是？這種話是能隨便說的嗎？」

一句話嚇住了眾人。宮監宮女們再不敢嘻鬧了，鴉雀無聲。

劉恭興致全無，上岸穿衣，垂頭喪氣地回了昭陽殿。他見了太后張嫣，說：「太后！請你告訴我：我爹是誰？我娘是誰？」

張嫣說：「你爹是孝惠皇帝，你娘是我呀！」

劉恭看著張嫣，愣了許久，什麼話也沒有說，扭頭離去。劉恭年齡雖小，卻有心計。他利用皇帝的身分，嚴厲詢問年長的宮監和宮女，終於知道自己是一個姜姓宮女所生，生母早被太皇太后殺害了。他弄清了事情的眞相，又是悲傷，又是憤恨，說：「太皇太后怎能殺我親娘而立我爲帝？這是一筆血債！我長大後，一定要報仇，幹我想幹的一切事情！」

有人將劉恭的話報告了張嫣。張嫣萬分驚駭，轉而報告了呂后。呂后聽了，亦感到驚駭，說：「這混帳東西志向不小啊！」她打發走張嫣，立刻將審食其和呂娥姁召了來，再次商量機密大事。

呂后說：「劉恭口出狂言，要爲他的生母報仇，看來是不能繼續當皇帝了。你們說，接下來應該立誰爲皇帝呀？」

這是一個重大嚴肅的問題，食其和娥姁不敢貿然表態。呂后說：「你倆倒是說話呀！」

食其乾乾地咳嗽一聲，扳著手指說：「高皇帝現有五個兒子，就是梁王劉恢、淮陽王劉友、代王劉恆、燕王劉建、淮南王劉長。能否在他們當中選立一人？」

呂后瞪了食其一眼，說：「你是豬腦子不是？因爲他們和他們的生母，我受的冷落和屈辱還少嗎？這時怎能立他們中的一人爲皇帝？再說了，他們均已成人，一旦爲帝，我這個老太婆還能臨朝稱制嗎？」

食其連忙點頭，說：「太后說的是！太后說的是！」

娥姁說：「孝惠皇帝也有幾個兒子呀！封王的封王，封侯的封侯，隨便選立一人，總可以吧？」

呂后說：「哼！那幾個寶貝，全是朽木，沒一個像樣的。劉恭就是個例子，立爲皇帝，只能成爲禍害！」

高皇帝的兒子不成，孝惠皇帝的兒子也不成，食其和娥姁傻眼了，不明白呂后的眞實想法。呂后顯得相當從容，說：「你倆的思路就不能放開點？爲什麼光在劉氏子弟的圈子裡打轉呢？」

挑選大漢的皇帝，能不在劉氏子弟的圈子裡打轉嗎？食其和娥姁一頭霧水，茫然地看著呂后。呂后輕輕一笑，說：「你們兩個眞是榆木疙瘩，越說越不開竅。有道是『世道時時變，江山輪流坐』，這怎麼講？這是說，天下的形勢在變，坐天下的主人也在變。周朝的主人姓姬，秦朝的主人姓嬴，漢朝的主人姓劉，這就是『江山輪流坐』！劉氏江山還變不變？我說還得變，不過不能向壞處變，要向好處變，要向我們呂氏方向變。我注意觀察了，劉氏一家人，除了高皇帝以外，沒有一個讓人稱心的，包括盈兒在內，壓根兒就不是當皇帝的材料！而我們呂氏一家人，論出身，論門第，並不比劉氏差嘛！因此，劉氏子弟能當皇帝，呂氏子弟爲什麼就不能當皇帝呢？我一個女人家都能臨朝稱制，更何況呂家的七尺男兒？所以我說，考慮皇帝人選，思路要放開一點，不必在劉氏一棵樹上吊死嘛！」

食其和娥妍終於明白了呂后的意思。他倆相當吃驚，因爲呂后的這番高論太大膽太鮮奇了，簡直有點離經叛道的味道，假若高皇帝在世時聽到這些話，不治呂后一個反叛之罪才怪哩！

食其試探著說：「如此看來，你是想立呂產或呂祿爲皇帝？」

呂后大笑，說：「看你想到哪裡去了？若立呂產或呂祿爲皇帝，那不是明目張膽地篡權嗎？朝廷的元老重臣能答應嗎？」

娥妍說：「我懂了，姐姐的意思是要立個小皇帝，這個小皇帝應該姓呂，來個暗篡明不篡。」

呂后微笑點頭，說：「嗯！有點門道了！這，我是從那首兒歌裡得到的啓示。那首兒歌罵我是『專吃乾坤和陰陽』的『雙嘴狼』，還罵我『偷天換日呂代劉，要把大漢全吃光』，罵得好啊！我本來不想以呂代劉，但盈兒爲帝，劉恭爲帝，給了我深刻的教訓，劉氏子弟一代不如一代，總有一天會失去江山。這個江山與其讓外姓人奪走，不如趁我還有一口氣的時候，把它過渡到我們呂氏的名下。但是，這個過渡得有個過程，不能採取激烈的行動和措施，只能慢慢來，悄悄進行。大漢的旗號不能丟，丟了別人就會說是篡權，那個罪名誰也承受不起。但大漢的內瓤可以改變，可以改變爲由呂氏子弟當皇帝，從而使劉漢天下成爲外殼，實際權力歸於呂氏。這就叫『偷天換日呂代劉』，神不知鬼不覺，漸漸演進，水到渠成。」

食其和娥姸拍手叫好，說：「偷天換日，以呂代劉，高明！那麼，說來說去，你到底準備立誰爲皇帝呢？」

「呂產的小兒子呂弘！」呂后對此早有考慮，所以說來非常肯定，斬釘截鐵。

「呂弘？」娥姸驚訝地說，「他才五歲，能當皇帝嗎？」

呂后說：「怎麼不能？他當皇帝，我繼續臨朝稱制，呂產、呂祿分掌南軍和北軍，幾年過後，他不就羽翼豐滿了？」

食其說：「問題在於呂弘姓呂，怎樣才能讓他坐上皇位而不被人覺察呢？」

呂后胸有成竹地說：「好辦！孝惠皇帝不是有個兒子叫劉義嗎？先封襄城侯，繼封恆山王，今年也是五歲。食其！你去把他給我打發了！娥姸！你去呂王府，跟你侄兒呂產商量一下，把呂弘給我帶進宮來。他們兩個，一個生活在後宮，一個生活在王府，朝臣們都不認識。我讓呂弘代替劉義，擇日登基，來個瞞天過海，滴水不漏。」

呂后的話就是聖旨，食其和娥姸分頭去辦。食其掌管長樂宮和未央宮宮務，不費吹灰之力就將劉義打發了。所謂「打發」，無非是秘密殺害的代名詞。娥姸找著呂產，告以呂后的計劃。呂產欣喜萬分，當天就將呂弘送進宮中。這兩件事做得絕對機密，外界幾乎沒有任何反應。

五月丙寅日朝會，呂后獨自臨朝，少帝劉恭沒有露面。朝臣們正在疑惑，只聽得呂后頒詔說：「凡是據有天下統治萬民的皇帝，應當蓋之如天，容之如地。皇帝有歡愛之心安撫百姓，百姓欣然服從皇帝，天下才會太平昌盛。然而，當今皇帝劉恭體弱多病，神志昏亂，喪失了常人的理智，難以繼嗣奉宗廟，守祭祀。他已不能再當皇帝了，今天需要更立一位新皇帝。」

朝臣們已經習慣了呂后的專制和武斷，誰也沒有提出異議，磕頭說：「太皇太后為天下著想，安定宗廟，穩固社稷，用心至深至遠。臣等頓首奉詔。」他們豎起耳朵聆聽，急於想知道新皇帝是誰。

呂后喚出呂弘，命他坐在自己的身邊，轉而宣布說：「這位是孝惠皇帝的兒子恆山王劉義，現改名劉弘，寓意弘揚大漢基業。本后決定，擁立劉弘為皇帝，仍稱少帝，你們就跪拜朝賀吧！」

原來的皇帝說廢就廢了，新任的皇帝說立就立了，一廢一立，全憑呂后一句話，簡直不可思議。朝臣們心中儘管有諸多疑問，但懾於呂后的淫威，不敢說三道四，只得跪拜朝賀，高呼說：「吾皇萬歲萬歲萬萬歲！太皇太后萬壽無疆！」

新皇帝呂弘，不！現在叫做劉弘了，睜著一雙好奇的眼睛，東看看，西看看，見那麼多人跪地磕頭，還高呼萬歲，覺得有趣，又是拍手，又是踢腿，說：「哈哈！好玩，好玩，我和他們一起玩去！」說著就要溜下御榻。呂后一把按住劉弘，板著面孔，壓低聲音，威嚴地說：「你是皇帝，講究莊重，不許亂動！」

劉弘不樂意了，說：「你們不是說了，我當皇帝想怎麼樣就怎麼樣嗎？你們是大人，怎麼說話不算數啊？要是這樣，我還不如不當皇帝呢！我還回……」

呂后生怕劉弘說出「我還回我家去」或「我還回呂王府去」之類的話，那樣整個機密就漏餡了。她緊緊按住劉弘，說：「皇帝乖！再過一會兒，朝會結束，我們就回宮去。」

呂王呂產站在朝臣的班列中，急得渾身冒汗。自己的兒子當了皇帝，他是高興的；可他看到兒子那種任性勁兒，心又蹦蹦亂跳。他暗暗地說：「小祖宗！你就放老實點，千萬別鬧出亂子！」

朱虛侯劉章曾經見過恆山王劉義一面，今天，劉義改名劉弘，成為皇帝。他左看右看，總覺得怪怪的，這個劉弘不像劉義嘛！尤其是那雙眼睛，劉義的眼睛大大的圓圓的，黑白分明，而這個劉弘的眼睛比較小，缺少動人的光澤。至於其他朝臣，包括右丞相陳平、太尉周勃在內，只當新皇帝劉弘就是恆山王劉義。他們做夢也沒有想到，這中間呂后做了手腳，偷天換日，瞞天過海，欺騙了天下，欺騙了國人。

朝會總算結束了。呂后回到長信殿，長長地舒了口氣，說：「我的娘哎！玩這騙人的把戲，眞把人能累死！」

食其討好地說：「可不是嗎？我一直替你捏一把汗哩！」

呂后說：「你去昭陽殿安排一下，叫張嫣把劉弘給我管住，要管緊管牢，管得死死的。讓他單獨住一個院落，派得力的宮監宮女侍候，不准出院落大門。文武大臣，一概不許和劉弘見面，違者就地斬首！還有，劉恭先打進永巷，過幾天必須把他解決了。」「解決」和「安排」一樣，也是秘密殺害的意思。

食其答應說：「是！」

呂后一手遮天，立了呂產的兒子爲皇帝，劉漢江山實際上變成呂漢江山了。這期間，呂后把全部心思用在以呂代劉的陰謀上，放鬆了邊境的防衛事宜。結果，南北同時報警：南方，趙佗自稱南越武帝，舉兵進攻長沙（今湖南長沙）；北方，匈奴又蠢蠢欲動，時時騷擾漢境。

秦、漢時期，長江以南的廣大地區尚未得到開發，一向被黃河流域的中原人視爲蠻貊之地。秦始皇統一中國後，曾置桂林、南海、象郡，地域範圍大體上涵蓋今廣東、廣西、福建、江西、湖南南部等地區。秦末爆發農民大起義，南海郡縣令趙佗趁亂而起，擊併桂林、象郡，擁兵自重，占地稱王。高皇帝劉邦建立漢朝，特派陸賈爲使臣，並封趙佗爲南越王。呂后稱制，趙佗欺她女流掌國，遂生藐視之心，自稱南越武帝，與之分廷抗禮。呂后接到警報，勃然大怒，說：

「天無二日，國無二主，趙佗稱帝，就是反叛！」她立命隆慮侯周灶率兵進擊南越，務要擒殺趙佗。適逢炎熱夏天，中原士兵不習慣南方水土，多生疾病，所以戰事受阻，很不順利。

北方匈奴的騷擾也使呂后頭疼。她不能在南、北兩個戰場上同時作戰，因此在北方依然實行積極防禦的政策，調集重兵駐守邊地，儘量減少匈奴騷擾所造成的危害。這時，她常常感到力不從心，嘆息說：「軍事方略，非我所長。我一個女人家，既要保國，又要安民，這擔子未免太沉啦！」

44

審食其奉呂后之命，登門拜訪陳平和周勃，實施「掰桃子」的計劃。陳平和周勃巧與應對和周旋，虛虛實實，實實虛虛，周勃還將食其奚落了一番。

呂后立了呂產的兒子爲皇帝，心裡說不上是歡喜還是憂愁。她常想，自己這樣做到底是爲了什麼呢？呂氏族人會理解自己的苦心嗎？劉氏族人會原諒自己的罪過嗎？還有那些文武大臣，他們假若知道了事情的眞相，會怎麼說怎麼做？俗話說：「做賊心虛。」這時候的呂后實際上是做了竊國之賊，所以內心虛得厲害，常常陷入寢食難安的境地。

呂后最放心不下的還是高皇帝時期的幾個元老重臣，尤其是右丞相陳平和太尉周勃，一文一武，德高望重，在朝野具有極大的影響力和號召力。呂后平心靜氣地想過，自己臨朝稱制，重用諸呂，包括大封呂氏子弟爲王侯，陳平和周勃都是贊成和支持的；每次議決大事，只要自己拍板，陳平和周勃從未表示過反對的意見。而且近幾年來，陳平和周勃不大看重權力，更加注重修身養性，處處表現出與世無爭的姿態。看來，他倆是忠誠的，沒有非分之想，應該給予信任。大凡擁有最高權力的人都有疑忌心理，呂后也不例外。她雖然信任陳平和周勃，但是對二人的疑忌心理一刻也沒有放鬆。她最怕陳平和周勃文武聯手，發難朝廷，那樣他們將是自己和呂氏外戚最難對付的敵人。因此，她要設法讓二人互相猜忌，保持距離，防止二人走得過近，形成合力。

這天，呂后睡罷午覺醒來，發現審食其已經守候在床邊。她說：「你什麼時候來的？」

食其回答說：「好一陣了。」

「有事嗎？」

「沒事，光想看看你睡覺的姿勢。」

呂后起床穿衣，說：「少耍貧嘴！對了，我且問你：大耳朵和粗脖子近來怎樣？」

「大耳朵」和「粗脖子」是呂后和食其之間常用的暗語，分別指陳平和周勃。陳平的耳朵碩大，「陳」字又是耳朵偏旁，所以稱「大耳朵」；周勃脖子粗壯，名字中的「脖」又與「勃」同音，所以稱「粗脖子」。

食其說：「他們兩個，非常安分。大耳朵除了上朝以外，深居簡出，欣賞什麼古董，從不和人拉扯。粗脖子也是，聽說在府中開闢個菜園子，種瓜務菜，自個兒整地、澆水、施肥，忙得不亦樂乎。」

呂后陷入沉思，說：「一個欣賞古董，一個種瓜務菜，有意思！這，是不是韜晦之計？」

食其把「韜晦」聽作「掏灰」，說：「什麼叫掏灰之計？」

呂后「撲哧」一笑，說：「是韜晦，不是掏灰！韜晦就是收斂鋒芒，隱藏行蹤，以求他圖。」

食其不好意思，說：「嗨！我當是掏灰呢！你懷疑大耳朵和粗脖子故意韜晦，我看不像。他倆俱封侯爵，官已到頂，還想怎麼著？又能怎麼著？」

呂后說：「防人之心不可無啊！他們二人，一文一武，文的足智多謀，武的英勇蓋世，一旦相好聯手，那可是個大麻煩！」

食其說：「二人聯手？不會不會！他倆之間，一直是面和心不和。據我所知，粗脖子在背後說過大耳朵不少壞話，大耳朵對粗脖子也沒有好感。你忘了？那年罷免粗脖子太尉之職，解散他部下的軍隊，還是大耳朵的建議呢！」

呂后說：「時過境遷，事事在變，還是提防點好。最重要的是不能讓他倆言歸於好，保持面和心不和的狀態，對我們最爲有利。而且，要想方設法，把二人的距離再拉大一點。」

食其說：「拉大二人的距離，該用什麼方法呢？」

呂后說：「你呀！在外面還算精明，可到了我這兒就犯糊塗。」她隨手指著案几上的一盤鮮桃，說：「你取個桃子，看能不能把它掰成兩半？」

食其取了桃子，使勁去掰，桃汁流了一地，也沒能掰開。

呂后說：「你得動腦子呀！那兒不是有把小刀嗎？你用小刀圍繞桃子切個縫隙，再瓣，看能不能掰開。」

食其照辦，果然將桃子掰成兩半。

呂后微笑著說：「這回懂了吧？」

食其辯解說：「我哪想到可以用小刀呢？」

呂后收住笑容，嚴肅地說：「拉大大耳朵和粗脖子的距離，就像掰桃子，需要一把小刀。你不是說他倆心存隔閡嗎？不妨勤去走動走動，促使隔閡加深，讓它永遠不要癒合。」

食其心領神會，說：「這回我徹底懂了。」

審食其封辟陽侯，官左丞相，正是一生中最得意的時候。他從青年時代和呂后私通，其後一直追隨呂后，從情場混入官場，成爲呂后最得力的幫手。他是呂后的面首，也是呂后的知音，呂后稱制期間的許多決策，都是二人在調情取樂以後作出的。爲了表示對呂后的忠誠，他一生不曾娶妻，心目中視呂后爲妻子，竭盡巴結、討好、諛媚之能事。他從切身經歷中感受到，呂后是世間少有的女中強人，她精明強悍，敢作敢爲，而且心狠手辣，酷虐凶殘。他和她相處，固然有歡樂甜蜜的一面，同時又有膽怯心悸的一面。她，既是天使，又是魔鬼，自己侍奉這樣一個女人，需要十分十分的謹愼啊！

這天，食其爲了實施呂后交代的「掰桃子」的計劃，登門拜訪陳平。陳平禮讓食其在客廳落座，吩咐侍女進茶，笑著說：「審相是個大忙人，難得光臨寒舍，想是有什麼要事吧？」

食其欠欠身子，說：「哪裡哪裡？我是奉太后口諭，前來商量一下發行五分錢的事。」

「五分錢」是呂后稱制期間發行的一種錢幣，很輕很薄，形似榆莢，一稱「莢錢」。陳平心想，這事早在朝會上決定了，還有什麼需要商量的？立刻意識到，食其此來是醉翁之意不在酒，必有另外意圖。他和顏悅色地說：「太后時時關心國計民生，用心良苦。關於五分錢的事，就按朝會的決定，首批發行五百萬枚，審相以爲如何？」

食其點頭，說：「行！陳相這樣一說，我這心中就有譜了。」他停了停，又說：「陳相下朝回家，大門不出，二門不邁，都忙些什麼呀？」

陳平心裡說：「這個人對我的情況倒是瞭如指掌。」他輕輕一笑，說：「窮忙唄！自從你老弟擔任左丞相以來，精明幹練，獨擋一面，使我跳出了具體的事務圈子，我眞得好好謝謝你啊！」

食其聽了這幾句恭維話，心裡很是受用，面露喜色。陳平接著說：「你是知道的，我平生別無所好，唯獨喜愛古董，下朝回家，一頭鑽在古董堆裡，恰也其樂悠悠。走！我領你看看我的古董去！」

陳平領了食其，來到另外三間大房，放眼看去，大櫃高架，擺滿了盆盆罐罐、青銅器和玉器之類。陳平介紹說：「這個陶盆，是原始社會的文物，你看這做工多麼精致，彩繪多麼絢麗，尤其是人面魚紋圖案，構思巧妙，想像豐富，生動地表達了古代人們以魚爲圖騰崇拜的主題。這只銅鼎，是商朝的文物，你看這造型多麼雄奇，紋飾多麼細膩，更難得的是鼎內四壁鑄有銘文，記述了商王賞賜臣屬的細節，珍貴得很哪！還有這件玉器，也是商朝的文物……」

食其對於古董是擀麵杖吹火──一竅不通。他懶得再聽陳平的介紹，說：「陳相眞是好興致！這樣吧，下次有空，我當把你的所有古董都瀏覽一遍。今天不行，我還有話說。」

陳平和食其重新回到客廳坐下。食其喝了一口茶，裝出漫不經心的樣子，說：「陳相！近來上下對太尉周勃有些議論，你可知曉？」

陳平心想，這回算是切入正題了。他裝出吃驚的樣子，說：「是嗎？我正如你老弟所說，大門不出，二門不邁，誰對誰的議論，不會傳到我的耳朵裡。」

食其說：「我想也是。有人說，周勃品行惡劣，不學無術，還愛在背後道人長短。上次，他被罷了太尉之職，滿腹牢騷，還埋怨太后來著。」

陳平說：「不至於吧？周勃乃是武將，性情耿直，怎會在背後道人長短呢？再說，他被罷了太尉一職不假，可是太后又恢復了他的職務呀！」

食其說：「就是嘛！他也不知從哪裡打聽到的，得知被罷太尉之職，是陳相提出的建議，因此大罵陳相，那話要多難聽有多難聽。」

陳平心明如鏡，故意說：「他都罵我什麼呀？」

食其有意擺譜說：「嗨！那些話，陳相不聽還好，聽了能把人氣死。」

陳平說：「審相但說無妨，我陳某氣量還算可以，不至於被氣死。」

食其看著陳平，說：「我本來不該說長道短，但又深恨周勃的爲人。他罵……他罵陳相你是鍍金馬桶，外面光亮，裡面骯髒；他說你心地詭詐，走到哪裡都不被重用，投奔大漢反倒成了個人物；他還說你青年時代，和自家嫂子不明不白，怎麼怎麼的，眞是……」

陳平裝出非常生氣的樣子，說：「周勃這個人，眞不像話！我念他是高皇帝信任的功臣，平時沒少敬重，沒想到他卻血口噴人，如此放肆和張狂，豬狗不如！」

食其見自己的話發揮了作用，暗暗得意，說：「就是！跟周勃那種人交往，犯不著！如今是太后稱制，大樹底下好乘涼，你我都應該依靠太后這棵大樹才是！」

陳平說：「這沒說的！煩你老弟轉告太后，就說我陳平有生之年，效忠太后，誓無二心！」食其樂滋滋地告辭。他這次拜訪陳平，三言兩語，就讓陳平對周勃產生了怨恨，收穫實在太大了。陳平送走食其，冷笑著說：「哼！你那兩下子，在我跟前買弄，還差得遠呢！呂后讓你挑撥我和周勃的關係，就那麼容易得逞嗎？」

幾天以後，食其繼續實施「掰桃子」的計劃，登門拜訪周勃。其實，陳平已經預料到食其的行動，通過張良之子張辟強，提前跟周勃打了招呼，而且如實轉告了食其拜訪自己的詳情。周勃素來討厭食其，但因為人家是登門而來，所以還是客客氣氣，將他迎進客廳。

「閣下貴為左丞相，今天屈尊來到敝宅，想是太后有什麼差遣？」周勃注視食其，不冷不熱地說。

「不！不！」食其在周勃面前，不知為什麼，總有一種畏懼之感，所以說話特別小心，「閒暇無事，特來和將軍聊聊，聊聊。」

周勃朗聲大笑，說：「聊聊？聊什麼？閣下不妨提個頭。」

食其顯得極為尷尬，說：「我……我……，對了，聽說將軍在家種瓜務菜，可有此事？」

周勃說：「就聊這個呀？那好！你去看看我的菜園，那瓜那菜長得結實著哪！」他也不管客人同意與否，拉了食其就走向偏院。偏院約有二畝大小，除了樹木花草外，最顯眼的是一個菜園。菜園劃成整齊的長方形小畦，畦裡種有各種瓜菜，如冬瓜、南瓜、絲瓜，青菜、韭菜、辣椒、豇豆、蘿蔔等等，蔥蔥綠綠，生機勃勃。食其很是驚奇，說：「將軍種這麼多瓜菜呀！」

周勃說：「是啊！周某下朝以後，全部時間都鼓弄這菜園了，整地鋤草，澆水施肥，每天出幾身臭汗，心裡倒也舒坦。」

食其說：「難得難得。」

菜園旁邊有兩塊石頭，食其和周勃坐下說話。食其說：「將軍可不能光鼓弄這菜園，也該關心關心朝廷大事呀！」

周勃料到食其將有說詞了，不動聲色地說：「如今太后稱制，四海昇平，朝廷能有什麼大事？即使有大事，上有太后主政，下有陳平右丞相、閣下左丞相以及呂產、呂祿兄弟輔佐，三椎兩棒子就決斷了，還要我周某關心嗎？」

食其說：「將軍既然提到右丞相陳平，我正好有幾句貼心話相告。那個人，難處啊！將軍知道，他和我同爲丞相，但是他右我左，他是一把手，我是二把手。人家會當官，也會享福，光動嘴不動手，遇事一推六二五，自己當甩手掌櫃，大小事情都讓我去操辦。你說，這公平嗎？」

周勃笑著說：「這有什麼不公平的？閣下精明幹練，又是太后的紅人，手眼通天，這叫能者多勞嘛！」

食其聽了這幾句話，很是得意。他眨了眨眼睛，又說：「我苦點累點倒沒有什麼，可氣的是陳平心胸狹窄，總愛在背後說人的壞話。」他觀察周勃的反應，見周勃正聽得入神，接著說：「比方將軍你吧，跟隨高皇帝南征北戰，平定天下，又鎭壓陳豨和盧綰的叛亂，建立了赫赫功勛，朝野敬仰。可他陳平嫉妒將軍，一再向太后進讒，太后這才罷免了將軍的太尉職務。」

周勃裝出很感興趣的樣子，說：「是嗎？太后罷我太尉之職，原來是陳平進的讒言？這個人眞是可惡！」

「還遠不止這些呢！」食其進一步煽動說，「太后重新任命將軍爲太尉，可陳平卻建議太后，封呂氏兄弟爲將，分掌南軍和北軍，有意將將軍架空，使你有職無權。你說，他的用心何等險惡！」

周勃心裡罵道：「你這個狗娘養的，造謠都造不到向上！」嘴上卻說：「多謝閣下一片好心，告訴周某如此重要的情況。看來，陳平是個奸詐小人，有朝一日落到我手，定將他碎屍萬段！」

食其見自己的話產生了效果，心中大喜，準備告辭。周勃決心奚落這個「狗娘養的」一番，故作神秘地說：「閣下高居尊位，也要當心流言蜚語呢！」

食其一愣，說：「怎麼？外界對我也有議論嗎？」

周勃說：「可不是嘛，樹大招風啊！」

「請問有何議論？」

「這，還是不說的好，免得聽後生閒氣。」

「但說無妨，閒聊嘛，什麼話都可以聊的。」

周勃心裡覺得好笑，說：「那我可說了，說了你別生氣。」

食其說：「請說。」

周勃說：「有人議論說，閣下要文沒文，要武沒武，天生一副奴才相，是條哈巴狗的角色。還有人議論說，閣下封侯拜相，不是因為有什麼本事，而是因為……」

食其急切地問：「因為什麼？」

周勃似笑非笑地說：「因為靠床上功夫，所以，閣下是太后花花裙子下面的辟陽侯和左丞相。」

食其臉上一陣紅一陣白，氣得兩手發抖，結結巴巴地說：「這，這，豈有此理？豈有此理？」

周勃拍拍食其的肩頭，笑著說：「閣下生的那門子氣嗎？姑妄聽之，姑妄聽之！」

食其走後，周勃朝地上唾了一口，鄙夷地說：「呸！你一撅尾巴，老子就知道你拉什麼屎！

就憑你那熊樣，還配當說客？妄想挑撥我和陳平的關係，沒門兒！」他說罷，隨手從兵器架上取了一支長茅，大步走進庭院，上挑下刺，左轉右旋，如龍似虎地舞了起來。他前進後退，翻轉跳躍，長茅飛動，呼呼生風。舞了一陣，興猶未盡，高聲說：「備馬！」侍衛牽過一匹栗色駿馬。周勃躍上馬背，抖動韁索，大喝一聲：「駕！」駿馬聽到命令，昂首揚鬃，小跑著，出了府門，出了長安城。到了城外，周勃猛一加鞭，駿馬四蹄奮起，風馳電掣般地狂奔起來。田野廣袤，空氣新鮮，樹木蔥蘢，綠草如茵。周勃聽任駿馬疾馳，覺得渾身痛快，直到日落西山時才緩緩地返回城內。

食其回到長信殿，見了呂后，比比劃劃，吹噓地說：「我去拜訪了大耳朵和粗脖子，『掰』了一回『桃子』，大有收穫。他倆之間的裂痕，不僅不能彌合，而且將進一步加深。大耳朵大罵粗脖子，罵他『豬狗不如』；粗脖子大罵大耳朵，說要將他『碎屍萬段』。二人勢如水火，根本尿不到一個壺裡，怎麼也不會聯手的。」

呂后點頭，說：「好，很好！只要他倆互相戒備和仇視，我們便會高枕無憂！」

當夜，呂后要和食其親熱。呂后興致很高，欲望強烈，可食其想到周勃所說的「奴才相」、「哈巴狗」、「太后花花裙子下面的辟陽侯和左丞相」，心情懊惱，怎麼也興奮不起來。

呂后很不滿意，說：「看你這軟相！」

食其沮喪地說：「我……我……」

呂后沒有睡意，靜靜地躺著，仰望漆黑的夜空，腦海裡飛快地掠過一件又一件事情。最後，她想到一件事情：劉氏諸王的問題應該徹底解決啦！

45

呂后認爲，呂氏族人屬於「優良品種」。
她通過劉、呂聯姻的方式，鏟除劉氏諸王，劉友、劉恢、劉建斃命。
劉、呂兩家家宴上，劉章大唱耕田歌，斬殺呂他，引起呂后的警覺。

呂后稱制，爲所欲爲。她用偷樑換柱的方法，神不知鬼不覺地將劉漢天下變爲呂漢天下，進而奢望呂漢天下能夠天長地久。她相信，她以及她的侄兒、侄孫們有這個福氣，也有這個能力，使呂氏成爲超過秦朝嬴氏、漢朝劉氏的第一豪姓望族，從而彪炳青史，流芳千古。

呂后認眞地盤算過，鞏固呂漢天下，主要應當掃除兩個方面的障礙：一是以陳平和周勃爲代表的元老重臣的反對，二是以劉氏諸王爲代表的皇家勢力。通過實施「掰桃子」的計劃，陳平和周勃暫時和好無望，那麼及早鏟除劉氏諸王，尤其是高皇帝劉邦的兒子，就成了當務之急。

高皇帝兒子中，健在封王的共有五人：梁王劉恢、淮陽王劉友、代王劉恆、燕王劉建、淮南王劉長。其中，劉恢、劉友、劉建的生母曾是呂后的情敵，所以呂后決定首先鏟除這三個「雜種」。

其實，呂后早爲自已的行動埋下了伏筆。她爲了及時掌握劉恢、劉友、劉建的動向，採取劉、呂聯姻的方法，讓呂氏女子嫁給劉氏諸王爲后，既讓她們享受榮華富貴，又讓她們充當奸細角色，密切監視著劉氏諸王的言行。如劉恢的王后是呂產的女兒呂萍，劉友的王后是呂產的女兒呂蘊，劉建的王后是呂祿的女兒呂芹。這種聯姻也是荒唐的，因爲劉恢等是呂后的兒輩，呂萍等是呂后的孫輩，隔輩婚配，和齊王劉肥尊妹爲母、惠帝劉盈舅甥同床的醜惡鬧劇如出一轍。劉友始封淮陽王，徙封趙王。他的王后呂蘊身材低矮，姿色平平，滿臉雀斑，左額上還有一塊銅錢大的疤痕。呂蘊因是呂后的侄孫女，恃寵而驕，根本不把丈夫放在眼裡。劉友原本不喜歡呂蘊，再見她的驕橫，更加惱怒，徹底將她冷落一邊，轉愛另外的姬妾。呂蘊因妒而恨，一氣之下，收拾行裝回到長安，向呂后告密，誣陷說：「劉友心存異志，圖謀不軌。他不止一次地說過：高皇帝早有誓約，呂氏子弟怎能封王？太后過世之後，我一定發兵擊之，匡扶劉漢江山！」呂后大怒，立即召回劉友，交刑部審訊。刑部詳查多日，劉友實無謀反之意。呂后轉而以侮慢呂蘊爲由，將劉友幽禁，並派禁軍看守，不許供給飲食。可憐劉友，又饑又渴，氣息奄奄，含淚作歌自悼，歌云：

> 諸呂用事兮，劉氏微；迫脅王侯兮，強授我妃。我妃既妒兮，誣我以惡；讒女亂國兮，上曾不悟。我無忠臣兮，何故棄國？自快中野兮，蒼天與直！于嗟不可悔兮，寧早自賊！為王餓死兮，誰者憐之？呂氏絕理兮，托天報仇！

就這樣，劉友被活活餓死了。劉友死後，呂后將梁王劉恢徙爲趙王。劉恢的王后呂萍，比起呂蘊來，更加凶橫跋扈。她得到呂后和父親呂產的許可，從長安帶去很多男傭女僕，這些男傭女僕把持了王府的各個要害崗位，只聽命於王后一人，嚴厲限制劉恢的行動。劉恢有一愛姬，年輕貌美，能歌善舞，且懷有身孕。呂萍出於嫉妒，避開劉恢，強行將其毒殺。劉恢明知呂萍是毒殺愛姬的凶手，但懾於她的背景，全然無可奈何。他鬱悶，他憂傷，想到呂氏獨霸天下，想到同父異母兄弟劉如意和劉友無辜慘死，覺得天昏地暗，了無生趣。終於，在一個風雨交加的夜晚，他仰藥自殺了。劉友和劉恢相繼斃命，呂后心中暗喜，接著將目光轉向燕王劉建。劉建看到劉氏子弟一個個地死去，大有一種兔死狐悲之感，同時又憤憤不平，說：「我等都是高皇帝的兒子，怎能這樣任人宰割呢？」他利用燕國距離長安較遠的地理優勢，暗中籌劃，積蓄力量，準備為枉死的兄弟報仇。劉建的王后呂芹，奉呂后之命，監視劉建，自然要將劉建的舉動報告呂后。呂后接到密報，冷笑著說：「哼！你要報仇，只怕嫩了點！」她立刻派人持密詔，前去燕國殺了劉建。劉建與美人生有一子，年僅兩歲，亦被殺害。

這樣一來，高皇帝劉邦的八個兒子，僅存代王劉恆和淮南王劉長二人了。劉恆的生母薄姬，姿色一般，生性憨厚，沒有得到高皇帝的特殊寵愛。劉長的生母貫靈靈早就自殺，劉長是由呂后撫養大的。因為這個原因，所以呂后在鏟除劉氏諸王中，手下留情，並未為難劉恆和劉長，使他二人逃過了生死之劫。鏟除劉氏諸王是為了消除隱患，發展壯大呂氏的勢力。西元前一八一年二月，呂后改封侄兒呂產為梁王，同時封侄兒呂祿為呂王，侄孫呂通（呂台之子）為燕王。這樣，呂氏王的數目反而超過劉氏王了。按照常規，呂氏叔侄封王以後，應該到各自的封國去。然而，呂后自有呂后的打算，她讓呂產、呂祿、呂通全都留在京城，掌握各項軍政大權，竭力維護名不正言不順的呂漢江山。

在呂后的心目中，呂氏族人屬於「優良品種」。呂家的男人應該當皇帝，封王封侯；呂家的女人應該當皇后、王后，至少也應該當列侯夫人。天下已經是呂家的天下，那麼朝廷也應該是呂家的朝廷，所有大權只有掌握在呂氏族人手裡，這才稱得上是圓滿和完美。

呂后是呼風喚雨、耍弄花樣的高手。她在鏟除了劉友、劉恢、劉建三王之後，特地舉行一次家宴，邀請劉、呂兩姓在京人員參加，意在表示劉、呂和好，共用榮華富貴。家宴的地點定在寬敞、豪華的未央宮前殿，那裡窗明几淨，花團錦簇，整齊的長條桌上大盤小盞，美酒佳肴，香氣飄溢。

參加家宴的呂氏族人濟濟一堂。他們當中，有臨光侯呂媭妍，有梁王呂產、呂王呂祿、燕王呂通及其王后，有沛侯呂種、扶柳侯呂平、贅其侯呂更始、呂城侯呂忿、俞侯呂他及其夫人，有呂萍、呂蘊、呂芹、呂花姐妹。樊噲死後，其子樊伉襲封舞陽侯。他也是呂娥姁的兒子，呂后視其爲自家人，也被邀來參加家宴。劉氏族人少得可憐，只有三人，分別是淮南王劉長、朱虛侯劉章、東牟侯劉興居。呂、劉兩家人員相差懸殊。呂氏族人興高采烈，有說有笑；而劉氏族人低首斂眉，悶悶不樂。一多一少，一喜一憂，二者形成了鮮明強烈的對比。

歡快的鼓樂聲響，呂后由審食其陪同，莊重威嚴地步入大殿，後面有宮女撐著龍鳳傘和日月扇。大殿裡一陣響動，眾人起立鼓掌，說：「恭祝太皇太后萬壽無疆！」

呂后滿面春風，逕自走向首座，轉身，坐下。很多人心裡嘀咕：皇帝劉弘怎麼沒有來呢？今天家宴，他應該到場啊！尤其是呂產，因爲皇帝劉弘實是他的小兒子呂弘，自呂弘當了皇帝以後，他就難得再見他一面了。

呂后掃視全場，眼裡露出喜悅的光芒，說：「今天這個家宴，意義不比尋常。除了皇帝年幼不宜飲酒缺席外，劉、呂兩家在京的人差不多都到了。平時，你們都忙於事情，彼此走動不多，不利於互相溝通，也容易造成一些不必要的誤會。今天，我來當個牽線的，讓劉、呂兩家子弟坐到一起，歡聚歡聚，敘談敘談。這樣做，爲了什麼？爲了你們能同心協力，榮辱與共，保證我大漢國運興隆，基業永固！這樣，我們才不負高皇帝在天之靈，不負普天下的黎民百姓！」

這番話博得一片喝采聲，幾乎所有的人都說：「太皇太后聖明！」

呂后說：「好！那我們就開懷暢飲，來個不醉不休！」

「是！」眾人正要飲酒，猛聽得有人大喊一聲：「慢！」這一個「慢」字聲音洪亮，力重千鈞。眾人循聲看去，喊慢者不是別人，恰是朱虛侯劉章。劉章是已死齊王劉肥的第二個兒子，其年二十歲，身材偉岸，相貌堂堂，兼有一身好武藝，血氣方剛，很有一種初生牛犢不怕虎的衝勁。他被呂后調至長安，封爲朱虛侯，出任宿衛，忠誠敬業，果決幹練，大得呂后的歡心。呂后特意將呂祿的另一個女兒呂花嫁他爲妻，意在籠絡，同時也是爲了監視其言行舉止。劉章畢竟是劉氏子弟，對於呂后及呂氏外戚的飛揚跋扈深惡痛絕。他看到祖父高皇帝的兒子一個接一個地死去，死得淒慘，死得悲哀，而呂氏子弟卻盡封王侯，權勢熏天，炙手可熱。他見過那個被稱作劉弘的小皇帝，那人明明不是劉弘，顯然是個假貨色。因此，他惶恐，他憤怒，極想一顯身手，有所作爲，但苦於孤掌難鳴，沒有回天之力。今天，呂后設此家宴，表面看是爲了劉氏和呂氏兩家和好，實際上是呂氏向劉氏炫耀示威！劉章忍無可忍，這才大喊一聲：「慢！」他要通過這聲大喊，讓呂氏族人意識到劉氏子弟的存在。

全場的目光都集中到劉章身上，尤其是呂后的目光分外的嚴厲。劉章立刻感到自己有些唐突和冒失。他站了起來，強壓怒火，做出笑的模樣，說：「大漢江山能有今日，全仗太皇太后殫心竭慮，日夜操勞。所以，我們應當首先向太皇太后敬酒才是。」

整個氣氛頓時舒緩下來。大家共同舉杯，齊聲說：「我等向太皇太后敬酒，恭祝太皇太后鳳體康健，福祿綿亙！」

呂后原先以爲劉章會發幾句牢騷，說些不大得體的話，沒想到他竟如此孝敬，帶頭向自己敬酒。她很高興，說：「難得你們一片誠心，這酒我是不能不飲的。」說著，端杯飲酒，杯乾見底。

眾人發出歡呼，飲酒的飲酒，吃菜的吃菜，說著笑著，熱鬧非凡。

酒過三巡，菜過三道。呂后笑呵呵地說：「今日家宴，務須盡興。我提議設立一個酒令官監督飲酒，可好？」

大家齊聲叫好。呂后說：「那我就提議朱虛侯劉章爲酒令官，凡有違者，任其處罰！」

眾人沒有異議。劉章離座，精神抖擻，向前給呂后施禮，說：「臣孫感謝祖母太后信任！俗話說：『國有國法，家有家規。』臣孫乃一武將，以軍旅為重，現為酒令官，特請求恩准以軍法監酒。」

呂后比較偏愛劉章，一心想拉攏他為自己效力，所以對軍法監酒並不在意，權當一句玩笑話，說：「武將嘛，自然言必中武，行必歸武。你要以軍法監酒，准了！」

劉章抱拳說：「臣孫遵旨！」

呂氏族人暗自發笑，心裡說：「瞧他那神氣，拿著燈草當拐杖，你當你是誰呀！」

歡聲再起。敬酒勸酒，劃拳猜令，推推讓讓，大呼小叫，不一會兒，便有人面紅耳赤、東倒西歪了。

劉章面對這歡樂的場景，黯然神傷。他想到祖輩父輩創業的艱難，想到劉氏子弟命運的不幸，想到呂氏外戚甚囂塵上的氣焰，陡然升起一腔豪情一股憤恨，遂離座向前，說：「啓稟祖母太后！今日家宴，缺少歌舞。臣孫願唱一曲耕田歌，以助酒興，如何？」

呂后笑著說：「呵！我只知道你爹劉肥從小種過莊稼，而你生來就是王子，怎會懂得農事呢？」

劉章說：「臣孫略懂一二。」

呂后說：「既然如此，你就唱來聽聽。」她一發話，全場肅靜。

劉章站到大殿的中央，拔出佩劍，清清喉嚨，邊舞邊唱起來。歌詞只有四句：

深耕既種，立苗欲疏。

非其種者，鋤而去之。

這是中國北方地區的農諺，說的是間苗的道理：農作物的種植不宜過密，禾苗之間應當保持適當的距離；如果發現雜苗雜草之類，應當堅決地將其鋤去。劉章在這種場合唱這曲耕田歌，顯然有所譏諷，暗喻當今小皇帝劉弘是「非其種者」，應當「鋤而去之」。劉章聲音洪亮，反覆吟唱數遍，時而低婉，時而昂揚，充滿感情。

呂后輕輕鼓掌，笑著說：「這是沛縣一帶的農諺，我小時候也唱過的。它很通俗，道出了種田的一個基本常識：要會間苗，尤其不能讓雜苗雜草壓過正苗。」

這時，審食其在呂后耳邊低語數句。呂后臉色立時變得陰沉起來。是啊！劉章所唱的後兩句是不是有所指呢？他是指皇帝劉弘是「異種」？他是立志要把劉弘「鋤而去之」？她轉而一想，馬上又恢復了常態。因爲劉章唱的不過是一曲家喻戶曉的耕田歌而已，不見得有什麼特定的含義。再說了，皇帝劉弘由呂弘冒充，這件事高度機密，他劉章絕對摸不清底細，怎麼可能借歌譏諷呢？

呂后依然笑著說：「唱得很好！你呀，也歇一會兒，吃點菜，飲點酒，切莫忘了自己的身分！」

「切莫忘了自己的身分」，這句話可以有多種解釋。但呂后所要表達的是一種提醒，一種警告，意思是說：你是劉家子弟，一切攥在我的手裡，不要逞能，那樣對你沒有好處！

劉章回到自己的座位，家宴繼續進行。呂他，年齡十六七歲，長相俊美，面如冠玉，而且聰明乖巧，嘴巴很甜。呂產喜愛這個青年，認他做乾兒子。呂后亦把他看作呂氏子弟，封爲俞侯。呂他不勝酒力，飲了幾杯酒，滿臉通紅，渾身燥熱。他想出去透透風，沒跟任何人招呼，悄悄溜到了殿外。劉章看到呂他逃席，不聲不響，緊隨其後。呂他正要走下臺階，劉章跨前一步，抓住呂他，厲聲喝道：「呔！你想逃席不成？」

呂他嚇了一跳，臉色由紅變白，結結巴巴地說：「我……我……」

劉章一肚子憤恨，說：「擅自逃席，藐視軍法，犯到本酒令官手裡，豈能饒你？」

呂他哆嗦著說：「你……你想怎樣？」

劉章說：「軍法從事！」

呂他嚇得魂飛魄散，向著殿內大喊：「乾爹——！梁王——！」

劉章咬牙切齒地說：「哼！你敢叫你乾爹來壓我！」說著，掄動佩劍，砍了呂他的腦袋。

劉章提了呂他首級，回到殿內，報告呂后說：「啓稟告祖母太后！剛才一人逃席，臣孫謹遵諭旨，將他就地正法了！」

呂后大驚，說：「你把誰殺了？」

劉章故意說：「情急之中，臣孫未及詳察。」他提起呂他首級看了看，說：「啓稟祖母太后！好像是俞侯呂他。」

「啊！」

「這！」

全場驚愕，一陣騷亂。呂后指著劉章，氣急敗壞地說：「你！你……」

呂產大怒，說：「大膽劉章！你竟敢擅殺朝廷列侯和本王的乾兒子，該當何罪？」

劉章並不害怕，泰然自若地說：「逃席事小，違令事大。以軍法監酒，懲治違令者，這是維護太皇太后諭旨的尊嚴。軍法面前，人人平等。別說是呂他，就說是我叔王劉長、弟弟劉興居，如果違令，我也照樣不會放過！」

呂氏族人七嘴八舌，鬧鬧嚷嚷。呂后一拍桌子，大聲說：「亂糟糟的，像什麼樣子？」她一發威，全場立刻安靜下來。她注視劉章，半晌才說：「你，你也太過分了！」她頓了頓，又說：

「散席！」說著，起身離座，由審食其陪同，滿臉嚴峻地走出未央宮前殿。

呂后回到長信殿，派人召來陳平，把家宴上發生的情況如實相告。陳平暗暗吃驚，心想劉章眞是好樣的。呂后說：「愛卿以爲，劉章的做法是好事呢還是壞事呢？」

「這……」陳平欲言又止。

「愛卿儘管直言，不必顧慮。」

陳平認眞斟酌措辭，不緊不慢地說：「劉章在家宴上大唱耕田歌，太后擔心別有所指，臣以爲大可不必。因爲那不過是幾句農諺，幾乎家喻戶曉，婦孺皆知，沒有什麼大不了的。」其實，陳平對於小皇帝劉弘的來歷也是心存疑問的，只是沒有確切證據，不便胡亂猜測罷了。今天借著機會，他想探探呂后的底細，接著說：「如果說劉章唱歌有所寓意，那無非是懷疑當今皇上劉弘不是劉氏宗嗣。可是，誰都知道，劉弘是高皇帝之孫，孝惠皇帝之子，正宗嫡嗣，並不是什麼異種異苗。既然如此，劉章所謂的『非其種者，鋤而去之』，就跟當今皇上毫無關係。請問太后，是不是這個道理？」

呂后不想繼續談劉弘之事，轉變話題說：「劉章斬殺呂他，這實在過分。」

陳平說：「劉章斬殺呂他，方法不當，場合也不適宜。但從另一個角度看，這正是劉章的可愛之處呢！」

「哦？這是怎麼說？」

陳平平時是看重劉章的。通過唱耕田歌和斬殺呂他，他更看到了劉章的膽量和氣魄，劉章正是劉氏的希望之所在，必須加以保護。他想了想，說：「劉章擔任家宴的酒令官，得是太后欽定的？」

「是！」

「酒令官以軍法監酒，得是太后同意的？」

「是！」

「這就對了，」陳平兩手一合說，「太后稱制治國，講究的是『法令』二字。法令暢通則國事興，法令受阻則國事衰，這是亙古不變的眞理。劉章奉太后諭旨以軍法監酒，心目中只有太后只有法令，剛烈正直，不殉私情，這才是大忠大孝的表現。劉章說了，即便淮南王劉長或東牟侯劉興居逃席，他也會以軍法懲處。請問太后，這樣無私無畏的人難道不可愛嗎？」

陳平眞是巧舌如簧。經他這麼一分析，呂后心服口服，說：「就是，劉章這個人，我是沒有看走眼的。」

陳平長長地鬆了口氣。在當時那種情況下，他爲保全劉章做了力所能及的事情，內心感到滿足和欣慰。他相信，在指日可待的將來，劉章會鋒芒畢露，大有用處。

壽終正寢

46

呂后移居未央宮，遭遇情變，身心受到最沉重的打擊。她喝令審食其滾出昭陽殿，並罷其左丞相職務。為了除惡驅邪，呂后到灞上舉行祓祭大禮，歸途中似有獒犬猛咬胸腋，慘叫一聲：「啊——！」

自劉、呂兩家家宴以後，呂后的心情一直不好。心情影響身體，她的健康狀況也很糟糕。主要的問題是睡不安穩，常常半夜醒來，睜著眼睛想這想那，直到天明。長信殿後院茅廁是「人彘」戚姬屈死的地方，她似乎經常看到人彘在蠕動，聽到人彘在慘叫，從而感到毛骨悚然。隆慮侯周灶征伐南越武帝趙佗的戰爭，沒有任何進展，相反倒是連打許多敗仗。匈奴單于騷擾漢境更加頻繁，每次騷擾都造成了巨大的損失。長江、漢江相繼決堤，洪水泛濫，致使十餘萬百姓流離失所，淪為難民……

呂后心力憔悴，內心有著不祥的預感：難道呂漢天下氣數已盡了嗎？臨光侯呂娥姁前來看望呂后，說：「最近發生了一連串不順心的事情。我說，這跟姐姐常住長樂宮有關。為了祥瑞，姐姐應當移居未央宮，或許可以消災免禍。」

呂后說：「我是不大相信鬼呀神呀那一套的，移居又有何用？」

娥姁說：「未央宮昭陽殿本來就是為皇帝建造的，姐姐稱制，勝過皇帝，本當住在那裡。」

呂后想了想，說：「移居也好，免得睜眼閉眼看到戚姬那個死鬼。」

接著忙碌數日，呂后移居到未央宮昭陽殿，太后張嫣移居到長樂宮長信殿。小皇帝劉弘依然住在未央宮的那個偏院，改由呂后直接監管，基本上處於與世隔絕的狀態。

呂后住到未央宮，未央宮的警衛隨之加強。呂更始原為長樂宮衛尉，這時改為長樂宮和未央宮衛尉，主要保衛呂后的安全。呂后移居未央宮，接連三天沒見審食其露面。她感到有些奇怪，這種情況在以往是從未出現過的。自從高皇帝劉邦駕崩以後，呂后和食其無異於一對夫妻，白天共商大事，夜晚同床而眠，根本不是秘密。在呂后看來，食其是自己的眼睛和耳朵，他爲她提供了宮內宮外的各種訊息；食其是自己的心腹和幫手，他爲她辦理了許多不能讓別人知道的事情；食其更是自己的情夫和面首，他給她帶來了性欲上的滿足和樂趣。因此，食其三天沒有露面，她的心裡空落落的，有點煩躁，有點失意。

呂后詢問侄孫呂更始說：「左丞相呢？怎麼幾天沒見他的人影呀？」

「他……他……」更始吞吞吐吐，欲言又止。

「他怎麼啦？生病啦？摔著啦？」呂后急切地說。

「他既沒生病，也沒摔著，而是……」

「而是什麼？你倒是說呀！」

「而是在籌備婚禮，他快要結婚了。」

「什麼？」呂后像是挨了一記悶棍，腦海裡立刻變成一鍋漿糊。她定了定神，說：「你是說審食其在籌備婚禮，打算結婚？」

「是！」

「新鮮！那麼，女方是誰？」

「女方，姑奶是認識的，而且是姑奶調教出來的。」

呂后飛快地回想自己認識並調教過的女人，怎麼也想不起是誰來，說：「別打啞語了，你說是誰吧！」

更始看著呂后，說：「就是你的侍女蘭兒和麗兒！」

呂后很是驚訝，說：「蘭兒和麗兒？幾年前，我見她倆年齡已大，讓審食其遣散出宮，另擇婆家了呀！她倆怎會……」

呂后和食其是更始的祖輩，他本來不便過問祖輩之間的男女情事，怎奈呂后一再追問，只好實話實說了。他說：「審食其那號人，歷來是吃在碗裡看著鍋裡。」

他一想此話說得不妥，有揭露呂后和食其的隱私之嫌，馬上改口說：「臣孫是說，審食其那號人，根底不正，貪淫好色。幾年前，姑奶讓他遣散蘭兒和麗兒，誰知他見二人是黃花閨女，又有幾分姿色，所以壓根兒就沒有遣散，而是藏到府中，供了起來。他這樣做，其實是有目的的，就是要娶蘭兒和麗兒爲妻子。這不？現在公開了，一娶就是兩個妻子！他是辟陽侯，又是左丞相，聽說婚禮還要大操大辦哩！」

呂后覺得天旋地轉。她一生中遭受過無數次打擊，唯獨這次食其娶妻，給她的打擊最大。她和食其從青年時代偷情開始，風風雨雨四十多年，一直保持著暗裡明裡的特殊關係。她不僅把自己的身體獻給了食其，而且給他侯爵，給他高官，給他所能給予的一切。她以爲，他對她是忠誠的，這個忠誠包括事業和情愛兩個方面。不料，老了老了，情況卻突然發生變化。還是那個審食其，竟然拋棄舊情，另覓新歡，要娶自己昔日的兩個侍女做妻子！她怎麼也接受不了這個事實，大有一種被欺騙被凌辱被拋棄的感受。須知，自己是堂堂國母，堂堂太皇太后，堂堂大漢女主啊！到頭來，居然被審食其那混帳東西給騙了，給耍了，給甩了，臉面何在？尊嚴何在？男人，這就是男人！男人在女色面前，沒有一個能過關的！呂后陷入極度的痛苦和屈辱之中。

第四天，審食其嘴裡哼著小曲兒，洋洋自得地來到了昭陽殿。呂后半躺在寢殿的床上，身後墊了厚厚的棉被。食其像往常一樣，進殿後即想和呂后親熱一下。呂后像被蠍子螫了一般，厲聲說：「不許碰我！」

食其看到呂后生氣，並未介意，嘻皮笑臉地說：「我才三天沒來，你就生氣啦？得是挨不住了？那好，我願將功補過，住在這裡，把三天裡欠你的全給補上，總行了吧？」說著，俯身要親呂后的面頰。

呂后怒不可遏，掄開手掌，煽了食其一個響亮的耳光。食其以手捂臉，惶恐地說：「我……，你……」

呂后憤憤地說：「什麼『我』啊『你』的？誰給你這樣說話的資格？」

食其這才感到了問題的嚴重性，慌忙跪地，欺欺艾艾地說：「太后息……息怒，臣……」

呂后一擺手，大聲說：「你什麼也不用說，快回去籌備婚事，迎娶新娘吧！從今以後，非經宣召，不准入宮！」

食其拜伏在地，含含混混地解釋說：「臣，臣長期侍候太后，如今已是六十多歲的人了。別人像臣這個年齡，早已兒孫滿堂，曾孫都有了。而臣孑然一身，連個兒子都沒有。臣只是想要個兒子，以繼續審氏的香火，所以才……。其實臣的心中，只有太后，過去、現在和將來都……」

呂后不想聽食其解釋，揮手說：「你走吧！你有權利選擇你的生活。」

食其仍不知趣，說：「其實，臣的心中只有太后……」

呂后氣得嘴唇哆嗦，渾身發抖，手指殿門，怒聲喝道：「滾！快滾！本后再不想看到你！」

食其知道事情無法挽回，伏地磕了個頭，垂頭喪氣，灰不溜溜地離開了昭陽殿。

食其走了，呂后和食其之間四十多年的曖昧關係就此結束了。呂后仰望高高的屋頂，側看空空的大床，感到一種從來沒有過的孤獨和清冷。她有過丈夫，丈夫給了她地位和權勢，但從來沒有給過她愛情。她有過兒子和女兒，兒子和女兒曾是她的希望，但他們不理解她，而且過早地去世了。她有過情夫，情夫曾經給過她生活的快樂和情趣，然而這個情夫最終還是背叛了她和拋棄了她。如今，她才是真正的孑然一身，一個老寡婦，一個老太婆，一個徒有軀殼而沒有靈魂的老女人。她想到這裡，酸楚地長嘆了口氣，眼角滲出豆大的淚珠。

第二天，呂后頒下諭旨：免去審食其的左丞相職務，改任太傅。呂后本意是要罷去審食其的所有官爵的，但轉而一想，那樣必然會引起朝臣們的猜疑，所以暫且給審食其留個面子，只變動了他的官職。太傅是個有職無權的閒官，就讓審食其閒著去吧！

儘管這樣，審食其官職的變動還是引起了許多議論。因爲人人知道，審食其是呂后的老情夫和大紅人，呼風得風，喚雨得雨，怎麼會突然被免了左丞相呢？朝臣們私下打探，方知原因，原來是審食其人老心花，急於娶妻，呂后嫉妒吃醋，這才採取了行動。人們不由得搖頭嘆息，說：「男人女人，爲情所累，爲情所累啊！」

呂后遭受情變的打擊，身體狀況越來越差了。她幾乎天天昏睡，夜夜失眠，茶飯不思，飲食大減。她的頭髮花白了，額上布滿皺紋，眼窩深陷，目光沉滯，臉上毫無光澤，身上沒有一點力氣。這天，呂娥妍進宮看望呂后，見面嚇了一跳，說：「姐姐怎麼成了這樣？」

呂后淒然一笑，說：「唉！煩心哪！」

娥妍聽說了呂后趕走食其的事，說：「嗨！跟那個姓審的嘔氣，犯不著！」

呂后說：「我也是那樣想，可是這彎子就是轉不過來。你說那個姓審的，我對他何等關照何等偏愛，讓他從窮小子爬上了辟陽侯和左丞相的高位。他應該滿足呀！應該報恩呀！沒料想他卻薄情寡義，戲弄了老娘一番。唉！真是人心隔肚皮，知人知面難知心哪！」

娥妍說：「我說，姐姐你還是心腸太軟。你還記得那個夏浩吧？他負了我，我就叫他活不成！而你對姓審的呢？他負了你，你沒動他一根汗毛，還讓他繼續爲侯爲官，這至於嗎？還有，上次家宴上，劉章殺了我們呂氏的人，你也寬宏大量，不追不究。這實在不像姐姐你的脾氣和作風。」

「我……」呂后也不知道自己爲什麼會這樣做，三言兩語說不清楚。她猛地一陣咳嗽，非常感傷地說：「我老了，不中用了，說不準那一天閉了眼，這天下還不知是個什麼樣子呢？」

娥姁輕輕捋著呂后的胸口，說：「姐姐可不能說這種不吉利的話。姐姐是我們呂氏的一棵大樹，你一旦倒下，呂產、呂祿他們怎麼辦？」

呂后喘著氣說：「是啊！我也不想倒下，可是花無千日紅，人無百年壽，閻羅王在催我呀！高皇帝駕崩時是六十一歲，我今年也是六十一歲，興許高皇帝也在催我吧！不知怎麼著，近日裡我老想著一件事，就是將劉漢天下暗中變爲呂漢天下，這事到底是對呢還是錯呢？我死以後，呂弘的江山能坐穩嗎？呂氏王侯能長久嗎？」

娥姁沒有能力回答這個問題，說：「謀事在人，成事在天。姐姐爲呂氏打下基礎，已屬不易，對得起列祖列宗。至於呂氏兒孫能不能守住這個攤子，那就要看老天爺的意志和他們的本事了。守住，固然是好；丟掉，也無所謂，說明呂氏人根本就不是當皇帝的材料。好啦好啦，別說這些了，眼下還是你的病要緊。我說，對於蒼天神靈，我們寧可信其有，不可信其無。三月三日上巳節快到了，姐姐不妨到郊外舉行一次祓祭大禮，禱告天地，除惡去邪，祈安求祥，怎樣？」

呂后想了想，說：「成天躺在床上總不是個辦法，到郊外去走一走，透透氣，散散心，也好。」她當即頒旨，三月初三到灞上祓祭，王侯和百官隨行。祓祭是古代一項重要習俗，一般多在郊外水邊舉行。內容包括祭祀、舉火、沐浴、牲血塗身等，旨在驅疫消災，祈盼身心安寧。呂后選擇在灞上祓祭，也是很有用心的。灞上位於長安的東南方向，東有灞河，西有滻河，地勢高敞而又開闊。更重要的是高皇帝劉邦當年進入關中，首先駐軍灞上，消滅秦朝，進而在灞上和關中父老約法三章，受到關中人民的擁護和愛戴，從而爲日後大漢王朝的建立奠定了基礎。因此，從一定意義上說，灞上是大漢王朝的發祥地，呂后確定在這裡舉行祓祭大禮，一是爲了緬懷高皇帝的功業，二是爲了懇求高皇帝的寬恕：自己不聲不響地把劉漢天下變成呂漢天下，罪孽深重，還請原諒。

三月初三，天氣晴朗。呂后早早起床，用過早點，由侍女們幫著梳妝。她坐在碩大的銅鏡前，反覆端詳著自己的容貌，那是一張粗糙蒼白的老臉，眼皮浮腫，眼眸暗淡，面頰鬆弛，嘴唇發黑發紫。她的心頭掠過一道陰影，自忖說：「難怪審食其要捨我而去，原來我已老成這樣啦！」

因爲是祓祭大禮，所以呂后的穿著特別莊重，頭戴鳳冠，身著袞服，足踏繡花烏靴。辰時初，呂后在六十名宮女簇擁下，緩緩登上四匹駿馬駕著的鳳輦。當值宮監揮動拂塵，高喊道：「起駕！」鳳輦啓動，緩緩馳出未央宮北闕。

未央宮外，各位王侯和文武百官鮮冠麗服，恭敬肅立。鳳輦馳過，他們有的騎馬，有的乘車，尾隨而行。鳳輦沿著寬闊的大街，經過長樂宮北側，馳出長安城東城垣中門清明門。清明門外，五六千名禁軍頭戴兜鍪，身穿甲冑，手執兵器，由呂更始統領，早已等候在那裡。更始走近鳳輦，向端坐在鳳輦裡的呂后行軍禮，說：「臣孫呂更始啓請祖母太后：鑾駕是否前進？」

呂后點頭，說：「前進。」

更始說：「遵旨！」轉身高舉佩劍，命令說：「前進！」

再看禁軍，最前面是六百人，手舉五色旌旗，充當旗隊；接著是一千人，騎著清一色的高頭大馬，那是騎兵；再接著又是一千人，排成五路縱隊，手持刀、劍、戈、矛，那是步兵。步兵後面，是呂后的鳳輦，以及王侯、百官的馬隊和車隊。其餘的禁軍殿後，雄赳赳氣昂昂地護衛而行。

這是一支蔚爲壯觀的隊伍。呂后坐在鳳輦裡，看著這威武浩蕩的陣勢，心中暗喜。她，一個女人家，能夠臨朝稱制，號令天下，出行如此風光和氣派，這輩子活得不虧，值！她撩起輦簾，眺望田野，但見麥苗青青，菜花金黃，小橋流水，農舍羊群，一片祥和景象。裊裊春風吹過，春風中夾帶著泥土的氣息和野花的芳香，讓人心曠神怡，歡暢無比。她不由得伸展雙臂，自言自語地說：「春光明媚，春色宜人，還是郊外好啊！」

約莫一個時辰，祓祭的隊伍到達灞上。灞上已經築起一座黃土祭台，祭台周圍遍插彩旗，中央置放供桌。供桌上擺有四牲四蔬供品，還有一隻很大的青銅香爐。祭台遠處，陳列若干禁軍方陣，那裡旌旗招展，刀槍鮮明。呂后由侍女侍候著，慢慢下了鳳輦。她步上祭台的臺階，看得出，每上一級，都很艱難。祭台的北面，王侯和百官按等級侍立。第一排是五位藩王，即梁王呂產、趙王呂祿、呂王呂通、淮南王劉長、魯王張偃；第二排是朝廷三公，即右丞相陳平、太尉周勃、御史大夫曹窋，曹窋是曹參之子，三年前取代任敖出任御史大夫；第三排是劉氏和呂氏列侯，其中劉氏列侯只有劉章和劉興居兄弟二人。第四排及其以後是朝廷的其他官員，其中包括審食其。審食其自從「滾」出昭陽殿以後，又被罷去左丞相職務，又悔又惱。悔的是自己忙於娶妻，得罪了呂后；惱的是呂后手段凶狠，全不顧及他和她四十多年的情分。他感覺得到周圍人的眼睛都在瞅著他，那意思顯然是：「喲！這不是顯赫一時的左丞相大人嗎？今日怎麼也站到我們的行列來啦？」

呂后由兩名侍女攙扶，到了祭台中央，點燃炷香，面南拱手，插進香爐。隨後跪在一個四方的黃錦繡墊上，祭拜磕頭，磕頭後雙手合十，閉目禱告。禱告了什麼？別人是無法知道的，仔細猜來，無非是祈求上蒼保佑，賜我陽壽，庇護呂漢天下，天長地久之類。至於她用陰謀伎倆，以呂漢天下取代劉漢天下，懇望高皇帝在天之靈，能夠鑑諒，大概也是禱告的一個內容。

呂后禱告結束，幾次努力，都沒能站起身來。侍女向前，一左一右，硬是將她扶起。陳平、周勃、劉章等在台下看得眞切，心裡說：「看來，這個女人沒有幾天活頭了！」

呂后由侍女攙扶，踉踉蹌蹌地走下祭台，立即登上鳳輦休息。各位王侯和文武百官，三個一群，五個一夥，席地而坐，談笑風生。禁軍們有了自己歡樂的時刻，有的撿來乾枯的樹枝，點燃起熊熊的篝火；有的平躺在綠茵茵的草地上，仰看天空飄飛的白雲；有的脫去軍衣，赤裸著上身，跳進清涼的滻河裡游泳。不知是誰捉了一隻兔子，剝去兔皮，雙手沾血，見人就抹。這下子可熱鬧了，許多人去搶那隻兔子，跑著喊著叫著，將兔血抹到自己臉上，同時也抹到別人臉上。凡是被抹上兔血的人都興高采烈，因爲這預示著當年沒病沒災，萬事吉祥如意。

午末未初，灞上突然颳起大風，天邊湧現片片烏雲。呂產、呂祿叫來呂更始，說：「這天氣不大對頭，鑾駕得趕快回宮。」呂更始立刻請示呂后。呂后說：「那就回吧！」於是，呂更始發出命令說：「鑾駕回宮！」

祓祭隊伍按照原先的次序，離開灞上，返回長安。呂后因爲一直有病，又經祓祭折騰，所以感到非常困倦。加之鳳輦一顛一簸，使她很快進入昏昏欲睡的狀態。恍惚之中，她突見一物，狀如獒犬，撲入輦內，朝著她的胸腋，猛咬一口，痛徹心肺。她不由得慘叫一聲：「啊——！」

呂后的叫聲，痛苦而淒厲，驚動了鳳輦前後所有的人。呂產、呂祿、呂更始等嚇壞了，他們靠近鳳輦，透過輦簾一看，呀！……

47

呂后病重期間，爲呂漢天下掃清所有可能出現的障礙，免去陳平和周勃的職務，任命呂產爲相國，呂祿爲大將軍。

西元前一八〇年七月辛巳日，她在飽受了惡夢的折磨和煎熬以後，留下遺言，斷氣了。

鳳輦裡的呂后發出一聲慘叫，嚇壞了呂產、呂祿、呂更始等人。他們透過輦簾看去，只見呂后仰躺在座位上，臉色煞白，無聲無息。呂產急命鳳輦停住，朝著鳳輦裡大喊：「姑母太后！姑母太后！」呂祿和更始以及幾命侍女也跟著呼喚，怎奈呂后沒有反應，一動不動。

鳳輦是皇后、皇太后、太皇太后的專用車輛，不經乘坐者的許可，任何人是不能進入的。這時，呂產想到皇姨呂娥姁，她是呂后的妹妹，在特殊情況下，只有她適宜進入鳳輦。呂產轉身喊道：「皇姨！皇姨！皇姨！」

娥姁坐在自己的馬車裡，聽到呼喊，急急下車，快步走到鳳輦跟前。呂祿和更始扶著娥姁登上鳳輦，娥姁俯身抱住呂后，帶著哭腔呼喚說：「姐姐！姐姐！姐姐！你醒醒，醒醒哪！」

許久，呂后方才醒來，慌亂地說：「快！打狗！打狗！打狗！」

娥姁莫名其妙，說：「鳳輦裡面，哪有狗呀？」

呂后左看看，右看看，喃喃地說：「明明有一條狗，又肥又大，對著我的胸腋咬了一口，痛入骨髓。」

娥姁扶著呂后坐起來，說：「這一路上，禁軍警衛，裡裡外外鐵桶似的，別說一條狗，就連一隻蒼蠅，也飛不到姐姐跟前。姐姐一定是勞累過度，產生幻覺，這才……」

呂后仍然不相信地說：「是嗎？那麼我這右邊胸腋，怎麼疼得鑽心呢？」

娥姸解開呂后的袞服，看她右邊胸腋，果然一片紅腫，但沒有傷口，說：「姐姐大概是出了什麼斑疹，回宮讓御醫瞧瞧，不礙事的。」

這時，鳳輦外面的風越颳越大，烏雲越來越重。娥姸伸出頭來，大聲說：「太皇太后身體不適，鑾駕迅即回宮！」

鳳輦的馭手掄響馬鞭，口中發出「駕！駕！」的指令。鳳輦啓動，快速疾馳。呂產、呂祿、更始躍上馬背，宣布說：「步兵、騎兵、旗隊讓出大道，鳳輦全速前進！」

呂通、呂更始等策馬跟在鳳輦的後面，大道上揚起一溜塵土。

陳平、周勃看著遠去的鳳輦，互相對視一眼，似乎是說：「好戲快要開場了！」

突然，空中劃過一道閃電，接著響起一陣沉悶的雷聲。三月響雷，實屬罕見。雷聲過後，大風變成狂風，豆大的雨點自天而降，祓祭的大隊人馬陷入驟然的風雨之中……

呂后回到未央宮昭陽殿，被安頓在寢殿的大床上。娥姸命召來御醫，診視呂后胸腋的斑疹。御醫開出藥方，無非是膏丸之類，供外敷內服。接連數日，那紅腫不見消散，反而更加擴展了。呂后胸腋又疼又癢，攪得她日夜不能安眠。娥姸大發脾氣，呵斥御醫說：「你們會不會看病？小病看成大病，輕病看成重病，得是不想活了？」

「這……」御醫們支支吾吾，說不出個所以然來。

呂后沒精打采地說：「生死有命，富貴在天。或許我的陽壽將盡，責怪御醫又有何用？」

娥姸眼蓄淚水，說：「姐姐！千萬莫提『死』字，我聽了那個字就哆嗦！」

呂后說：「有生就有死，這是自然法則，何必忌諱呢？」

娥姸說：「姐姐是呂氏的頂樑柱，死不得，死不得！」

呂后嘆了口氣，不再說什麼了。呂后患病期間，娥姸臨時搬到昭陽殿居住，看護照料，很是精心。她除了給呂后洗滌斑疹、搽抹藥膏外，還命御膳房天天燉熬人參湯和桂圓湯一類補品，供呂后飲用。正是補品的作用，呂后的生命才得以維持和延續。

從三月到六月，呂后一直臥病在床，沒有舉行過朝會。所幸這幾個月裡沒有發生特別重大的事情，政局還算平靜。呂產、呂祿、呂通、呂更始等天天前來請安，問病問藥，呂后心裡略感欣慰。她想，還是自家的侄兒侄孫好啊！換了外人，誰會關心自己這個將死的老太婆呢？

呂后的神志是相當清醒的。她時時在考慮，自己已將劉漢天下悄悄地變成呂漢天下，下一步該怎麼辦？自己健在，諸事好說，沒有人能夠翻天。那麼自己死了以後呢？天下還會屬於呂氏嗎？她將呂氏子弟齊齊地梳理了一遍，不禁憂心忡忡。她曾認爲呂氏子弟屬於「優良品種」，但細細想來，根本不是那麼回事。呂氏子弟從本質上說屬於紈絝子弟類型，花花公子，沒有經過戰火的考驗，也沒有經過艱苦的磨練。他們封王封侯，步入政壇，不是因爲有什麼才幹，更不是因爲有什麼功勛，而是因爲他們姓呂，因爲他們是自己的侄兒或侄孫。這先天的不足，決定了他們難以成就大事。目前的皇帝呂弘只是個過渡性的角色，那麼呂弘之後，誰來當皇帝呢？呂產，只能是呂產。呂產在呂氏子弟中輩份最高，年齡最長，掌管南軍已有數年，具有一定的經驗，按說應該能夠控制住局面。但呂產也有弱點，缺少相容天下的胸襟和氣度，智慧和謀略也顯得不多。呂祿不行，不學無術，優柔寡斷，沒有主見。侄孫輩中，更始是個人才，再經過幾年歷練，他會成熟起來的。到時候由他接呂產的班，應該不成問題。

呂后信馬由繮，隨心所欲地考慮和規劃自己死後的呂氏天下。她認定，劉氏子弟凋謝零落，元氣盡喪，單憑劉長、劉章、劉興居等人的能力，斷難和呂氏子弟較量與抗衡。相比之下，高皇帝時期的幾個元重臣倒是不可小瞧，他們若和劉氏子弟聯手，那將是一個很大的威脅。她逐一分析了健在的元老重臣的情況：酈商，過去是呂后黨人，現在年近七旬，居家養病，估計不會站在劉氏子弟一邊；陸賈，曾經受到高皇帝的信用，但此人淡泊名利，早已辭官，估計也不會有什麼能耐；灌嬰，這是一員猛將，建有不少軍功，但頭腦比較簡單，高皇帝駕崩以後，自己待他不薄，命其駐軍滎陽，沒發現有親近劉氏子弟的跡象。她分析來分析去，最後還是落到了陳平和周勃兩個人身上。這兩個人一文一武，均爲高皇帝的鐵杆忠臣。自己稱制以來，對他倆實行重用加防範的策略，二人還算順從。自己廢立皇帝，大封諸呂，他倆不僅沒有反對，而且極表支持。通過實施「掰桃子」的計劃，二人表面上沒有什麼，但內心裡存在著隔閡和芥蒂，一個沉湎於欣賞古董，一個熱衷於種瓜務菜，彼此互不往來，就是明證。然而，呂后畢竟是呂后，她看人看事，總是多一個心眼，多一層顧忌。她很自然地想到，陳平和周勃那樣機智，那樣精明，會不會是故作韜晦，以待機會呢？古人有言：將欲取之，必先與之。陳平和周勃那樣順從自己的意志，會不會是欲擒故縱，別有他圖呢？自己死後，陳平和周勃如果全力支援劉氏子弟向呂氏子弟發難，那可是凶多吉少啊！呂后禁不住打了個寒顫。

她決心趁自己還有一口氣的時候，採取措施，爲呂漢天下掃清所有可能出現的障礙。她召來呂產和呂祿，口授諭旨：免去曲逆侯陳平右丞相職務，絳侯周勃太尉職務。任命梁王呂產爲相國，統領南軍；趙王呂祿爲大將軍，統領北軍。她以爲，免去陳平和周勃的官職，他倆就沒了權力，等同平民，即使想發難也沒有那個手段和力量了。

陳平和周勃接到諭旨，心裡相當平靜。他們知道，呂后是在安排後事，她命歸西天的日子臨近了。呂產和呂祿更加神氣。皇帝已經姓呂，軍政大勸統歸呂氏。這種盛景，前所未有，即便後世恐怕也難以再現。六月底七月初，呂后的病情越來越重了。胸腋的斑疹變成瘡癤，瘡癤化膿，發出難聞的氣味。由於長久失眠，不進飲食，她的身體乾瘦，只剩下一副骨頭架子。兩個眼窩深陷，就像兩個黑洞，猙獰嚇人。不管是白天還是黑夜，她總是無休無止地做各種惡夢，所有惡夢都是血淋淋的，充滿陰森和恐怖的氣氛。

她夢見過少女時代豢養的那條狗，名叫黃黃。黃黃跑得飛快，一會兒跑在高山上，一會兒跑進樹林裡。她拼命地追趕黃黃，黃黃腳下濺起一片片泥土。泥土飛揚到天空，再落到地上。呀！那些泥土眨眼間變成亮閃閃的金幣和白花花的銀錠。她樂得心花怒放，把金幣和銀錠揣在懷裡，轉身就往家裡跑。跑著跑著摔了一跤，再看，金幣和銀錠怎麼沒啦？她四處尋找，從牆角裡找出一堆破鞋，臭烘烘的，又從草叢中找到一根繩子，粗粗的長長的。她剛把繩子抓在手裡，猛地，繩子變作青蛇，捲曲纏繞，冰涼冰涼。她嚇得大叫，扔掉青蛇。咦！青蛇怎麼死啦？「汪！汪！汪！」黃黃又在什麼地方叫起來。她循著叫聲看去，原來那不是黃黃，而是一隻毛色潔白的觀賞犬。她認識牠，在長樂宮裡，她常逗著牠玩耍。齊王劉肥和惠帝劉盈飲酒，酒杯傾倒，酒汁滴落地上。觀賞犬一顛一顛地跑過去，舔那酒汁。她大聲說：「那是毒酒！不能舔！」觀賞犬向她翻翻眼睛，四腳朝天，呻吟幾聲，死了。突然，觀賞犬就地一滾，變成一條黑色狼狗，舌頭伸得老長，眼裡露出凶光，騰身朝她撲來，猛咬她胸腋的肌肉。她痛得大叫：「打狗！打狗！」可是，喉嚨裡像堵著一個棉團，怎麼也叫不出聲來。

她夢見過韓信和彭越。韓信威風凜凜，氣宇軒昂，騎著一匹火紅的駿馬，馳騁在遼闊的田野間。他的身後，數十萬大軍奔跑著吶喊著，猶如山呼海嘯，驚天動地。大軍過處，有頭的和沒頭的屍體堆積如山，血流成河。韓信哈哈大笑，說：「軍功就是資本，有了資本的人就能當皇帝！」她氣壞了，大聲說：「你這是反叛！」韓信反駁說：「反叛就反叛，你能拿我怎樣？」蕭何不知從什麼地方冒出來。她命令蕭何說：「去！把韓信給我誆進宮來！」長樂宮鐘室，擺放著各種刑具。韓信橫眉怒目，大罵道：「呂雉！你是一隻野雞！」她說：「野雞怎麼著？野雞也會殺人！」韓信的頭臉被罩上黑布，好像是從房樑上摔下來。下面是一塊釘板，鋒銳的釘尖刺進韓信的軀體。哈哈！流血啦流血啦！她注視流著的鮮血，鮮血滲進磚縫，磚縫裡冒出一個血泡。血泡慢慢脹大，啊？那不是彭越的腦袋嗎？腦袋搖搖晃晃，三搖兩晃，竟然變出個活生生的彭越來。彭越嘻嘻而笑，說：「我是大漢的功臣，怎會反叛呢？」她說：「越是功臣越是靠不住，殺！」彭越倒地，發出狂笑，說：「反與不反，反正都是死，乾脆，反！」她說：「我把你剁成肉醬，看你還反不？」一塊木板，上面放著彭越的屍骨，幾十把快刀，剁，剁，剁。剁成的肉醬被裝進陶罐裡，彭越的腦袋卻從陶罐裡伸出來，狠狠地朝她唾了一口，說：「古往今來，你是最陰險最狠毒最凶殘的女人！」她說：「是又怎麼著？」彭越憤憤地說：「你等著，我們在陰曹地府裡見，看我怎樣收拾你！」

她夢見過戚姬和劉如意。戚姬娉娉婷婷，雪膚花顏，恰似天上的仙女。她感嘆說：「世上怎會有這樣的美人？」劉邦和戚姬尋歡取樂，她嫉妒，她憤恨，使勁摔砸器物，地上一片狼藉。戚姬摟著劉邦的脖子，撒嬌說：「皇上愛我不？」劉邦將戚姬攬在懷裡，說：「愛死啦！」戚姬說：「那你趕快立我們的兒子如意爲太子呀！」劉邦說：「當然啦！如意的長相和性格像我，理應成爲太子。」她氣沖沖地說：「不行！劉盈已是太子，還立什麼太子？」戚姬撇著嘴說：「喲！太子可以立也可以廢嘛，劉盈哪裡比得上如意呀？」劉邦說：「就是，我要廢黜劉盈，改立如意爲太子。」她又是哭又是鬧，戚姬卻是笑彎了腰。她罵道：「你個騷狐狸，總有一天犯到老娘手裡！」一陣陰風吹過，出現劉邦靈柩。戚姬跪地，哭成淚人。她幸災樂禍地說：「你笑呀！怎麼不笑啦？」倏忽，戚姬在永巷舂米，唱歌想念兒子。她說：「我先殺了你的兒子！」平地裡冒出個周昌，結巴著說：「先……先皇將趙……王託付給我，不……不……」她說：「去你的！」一把推開周昌。有人按住如意，強灌毒酒。她說：「死嘍！死嘍！」如意四仰八叉躺在床上，七竅流血。戚姬隱隱而來，伸手抓住她的頭髮，聲嘶力竭地喊道：「你還我的兒子！你還我的兒子！」她大發雷霆，說：「扒去騷狐狸的衣服，讓她變聾變啞，再剜去眼珠，砍去手腳！」戚姬全身赤裸，變成怪物，在地上滾來滾去。她說：「你再賣弄風騷呀！你再狐媚皇上呀！」她猶不解恨，又說：「把這個怪物扔進茅廁，取名人彘，非人非豬，非豬非人。哈哈！哈哈！」

她夢見過劉邦和審食其。劉邦荒淫好色，今天跟這個女人上床，明天跟那個女人睡覺。她和他吵，她和他鬧，根本不起作用。劉邦還振振有詞，說：「男人嘛，玩幾個女人，有什麼大不了的？」她非常生氣，說：「你會玩女人，我也會玩男人！」她拉了審食其，去密密的高粱地裡，偷情取樂。別說，偷情取樂的滋味才眞叫美呢！劉邦當了皇帝，前後左右，紅紅綠綠，盡是妖艷嫵媚的女人。她忌恨得要死，卻又毫無辦法，只能避著劉邦，和審食其偷偷地風流。呼喇喇一陣狂風，樹倒房塌。怎麼？劉邦死啦？黑色輓帳，白色團花，幽暗的燈光搖曳。她哭了幾聲，接著笑了起來，說：「你在感情上冷落我，我要在政治上報復你！」

於是，她代秉朝政，她臨朝稱制，她殺害劉氏子弟，她大封呂氏王侯，她暗暗地悄悄地將劉漢天下變成呂漢天下。她和審食其私通再用不著偷偷摸摸遮遮掩掩了。她春風得意，她樂不可支。這天，她正和審食其苟且，眨眼間，審食其卻不見了。她聽到吹吹打打的鑼鼓聲和嗩吶聲，放眼看去，只見審食其身穿禮服，當了新郎，笑瞇瞇地和兩個新娘拜堂。她氣急敗壞，說：「審食其！你新婚燕爾，置我於何地？」審食其說：「你看你，老成那個樣子，還提得起男人的興趣嗎？再說，我想要個兒子，你能替我生個兒子嗎？」她張口結舌，無言以對，肺都要氣炸了。冷不防，劉邦站到她的面前。她大驚失色，心想這個死鬼怎麼又活啦？劉邦怒髮衝冠，指著她罵道：「你這個臭婊子、爛婆娘，幹的好事！我饒不了你！」她理直氣壯地說：「你玩了那麼多女人，我才玩了一個男人，你饒不了我，我還饒不了你呢！」劉邦說：「你不僅會偷漢子，而且會偷江山。我，把腦袋拴在褲帶上，刀林劍叢，出生入死，好不容易平定天下，建立了大漢王朝。

我讓你當了皇后，你倒好，偷天換日，改樑換柱，不費吹灰之力，便把劉漢天下變成呂漢天下。你殘殺我心愛的戚姬，還殺害了我好幾個兒子。你這個女人心腸太毒，手段太狠，既是淫婦，又是悍婦。不！更是夜叉和魔鬼！讓你活著，還不知要殘害多少人。現在，我奉閻羅王之命，送你下地獄去。看劍！」劉邦滿臉通紅，兩眼冒火，舉劍直刺她的心窩……

「救命──！」呂后心跳氣喘，渾身發抖，費力地衝破窒息，惶恐地發出慘叫。

呂娥姁、呂產、呂祿、呂通、呂更始等守候在呂后的床邊，同時呼喚說：「姐姐！」

「姑母太后！」

「姑奶太后！」

呂后艱難地睜開眼睛，有氣無力地說：「我這是在哪呀？」

娥姁說：「姐姐在昭陽殿寢殿的床上，一直昏睡著。」

呂后說：「今天是什麼日子？」

娥姁說：「七月辛巳日。」

呂后又閉上眼睛。眼前晃動著一個幽黑的世界，很多厲鬼吵吵嚷嚷，一齊向她索命。他們當中，有血肉模糊的韓信和彭越，有七竅流血的劉如意，有非人非豬的戚姬，有義憤填膺的劉恢、劉友、劉建，還有三個幼童：少帝劉恭，呂弘取代的劉義，以及劉建之子。他們高舉雙手，憤怒地吼叫著：「呂雉！還我命來！還我命來！」

呂后嘴角搐動一下，再次睜開眼睛，一動不動地說：「人之將死，其言也善。我的話，你們記……記好了：我給你們留了個呂漢天下，生命已經走到盡頭。呂弘年齡太小，難以獨當一面。呂產可……可以稱帝，但不要輕易更改大漢……國號。大漢國號是面旗幟，更改了必有大禍。」

她喘了喘氣，又說：「呂氏封王封侯，大小臣僚，多有不……不平。我在之日，他們不敢怎樣；

我死以後，多半會……發生變故。所以，你們要抓牢禁軍，嚴密護……護衛皇宮，切勿輕……輕出。即使我出殯之時，也不必送……喪，以免……爲人所制。切……切！」呂后說到這裡，眼皮向上翻動，乾枯的老臉歪向一側，口邊流出一滴涎水，斷氣了。

「姐姐！」

「姑母太后！」

「姑奶太后！」

呂娥姁、呂產、呂祿、呂通、呂更始跪倒在地，同時發出淒厲的呼喊。呂后床前的博山香爐裡，依然冒出一絲絲裊裊的輕煙。輕煙升騰至空中，慢慢散開，飄向窗外。窗外，呼呼地颳起一股旋風，幾片樹葉輕盈地飄落到地上。很遠很遠的地方，隱隱約約地傳來兒童唱歌的聲音。他們唱的還是那首許多人耳熟能詳的兒歌：「天蒼蒼，地茫茫，長安有個雙嘴狼……」

48

呂后命歸西天，單葬於長陵東側。
審食其良心發現，決意揭露呂氏篡權的秘密。
陸賈拜訪陳平和周勃，三人決心爲滅呂安劉大顯身手，至死不渝。

呂后死了。這個女人，平民出身，依靠劉邦給予的機遇和自己的努力，傳奇般地成爲皇后、皇太后、太皇太后；這個女人，極度貪婪權勢，瘋狂地營造呂氏天下，精明，果斷，歹毒，凶狠；這個女人，代秉朝政七年，臨朝稱制八年，主宰中國命運，稱得上是有實無名的女皇帝。

呂后命歸西天，呂娥姁、呂產、呂祿、呂通、呂更始慌了手腳。他們沒有悲傷，沒有哭泣，當場商定了幾件大事。第一，先別急於發喪；第二，呂產從此成爲呂氏的核心；第三，關鍵是抓牢禁軍，呂產的南軍負責護衛皇宮，呂祿的北軍負責護衛京城，不能有絲毫鬆懈；第四，呂娥姁和呂更始在未央宮料理喪事，喪事盡量從簡。

霎時間，長安的各個城門，均由禁軍守衛，過往行人，嚴加盤查。城內的大街小巷，禁軍日夜巡邏，市場全部關閉。最嚴密的還是長樂宮和未央宮，禁軍三步一崗，五步一哨，除了呂氏子弟及其親屬外，其他人一律不許隨便出入。朱虛侯劉章和東牟侯劉興居原爲宿衛，也負責護衛皇宮。呂產對這二人很不放心，所以臨時免去了他倆的宿衛之職。

劉章的妻子呂花是呂祿的女兒。呂花可以進出未央宮，得知呂后已經病死，回家後把這一消息告訴了丈夫。劉章一陣欣喜，說：「感謝老天，我們劉氏終於盼到這一天了！」他抑制不住內心的興奮，急急地去拜訪曲逆侯陳平。他到長安已有數年，心中最佩服最敬重的只有兩位元老，一是陳平，二是周勃。陳平雖然被免去右丞相職務，但人們習慣上依然稱他爲「陳相」。劉章見了陳平，第一句話就說：「陳相！告訴你一個好消息：雙嘴狼死了！」他對呂后恨之入骨，所以也稱之為「雙嘴狼」。

陳平點頭，說：「我也猜到了，要不，京城和皇宮為什麼增加了那麼多的禁軍呢？」

劉章說：「想我祖父高皇帝南征北戰，戎馬一生，辛辛苦苦締造了大漢江山，到頭來卻讓雙嘴狼得勢，殺我劉氏子弟，樹她呂氏奸黨，實在欺人太盛！」

陳平是一直看好劉章的，認為劉章是劉氏希望之所在。他看到劉章異常激憤的樣子，說：「將軍有何打算？」

劉章跪地說：「晚輩懇請陳相和周勃老將軍出以公心，匡扶大漢，消滅諸呂，我劉章願為前驅，萬死不辭！」

陳平扶起劉章，說：「高皇帝待我有知遇之恩，匡扶大漢是我義不容辭的責任。不過，這需要認真計議，不可魯莽行事。尤其是你，要學會保全自己，以靜制動，等待時機。」

劉章拱手說：「承蒙陳相教誨，晚輩知道了。還有一事，晚輩一直懷疑。」

「哦？何事？」

「就是當今皇上少帝，雙嘴狼稱他是劉弘，可我看不像，我懷疑雙嘴狼是使了調包計，拿外姓人冒名頂替了劉弘。」

陳平默想許久，說：「那個少帝，著實讓人懷疑。呂后立他為帝的時候，我們見過他一面，其後他被藏在深宮裡，誰也見不著。如果少帝是外姓人，那麼極有可能姓呂，是呂產或呂祿的兒子。這麼說來，早在三年前，劉漢天下實際上就已經變成呂漢天下了。」

劉章說：「沒錯，肯定是這樣的。」

陳平說：「這事先別忙定論，我們心中有數，相信總會水落石出的。」

劉章說：「雙嘴狼及呂產、呂祿一夥是竊國大盜，我與他們不共戴天！」

陳平說：「將軍氣概豪勇，可敬可佩。但在目前情況下，需要冷靜，需要周密。將軍不妨找一找周勃太尉，聽聽他的意見。」

劉章說：「是！晚輩這就去找周老將軍。」

劉章辭去，陳平陷入深沉的思索之中。

呂后死後的第三天，朝廷終於發喪，宣布太皇太后已經駕崩。呂后的屍體被移到未央宮前殿，那裡搭起靈堂，供人弔唁。靈堂裡稀稀落落，弔唁的絕大多數是呂氏族人。

劉長、劉章和劉興居參加弔唁了。劉章看到，少帝劉弘身穿重孝，跪在呂后的屍床前守靈。這是劉弘難得的露面。劉章想向前看個清楚：究竟是眞皇帝還是假皇帝？怎奈劉弘身後，站著四名健壯的禁軍，虎視眈眈，劉章根本到不了劉弘跟前。這更增加了劉章的懷疑，他堅信這個劉弘，肯定是個假貨色，要不，爲何派了禁軍監視不讓別人接近呢？

哭喪停殯七日，大殮，出殯安葬。如何安葬呂后？呂氏族人有過一番爭論。呂娥姁主張呂后和高皇帝劉邦合葬長陵，因爲夫妻合葬，這是自古以來的規矩。而呂產、呂祿等卻認爲，呂后臨朝稱制，等同皇帝，應當單葬；呂后創建了事實上的呂氏天下，日後還要爲之單獨建立廟宇，作爲呂氏的祖廟。爭論的結果，呂產、呂祿的意見占了上風，所以決定呂后單葬，陵墓選在長陵的東側。高皇帝的陵墓和呂后的陵墓並立，其形狀、規制幾乎一模一樣。出殯之日，呂產、呂祿遵照呂后的臨終囑咐，沒有親自送喪，而是率領南軍和北軍，死死地守衛著皇宮和京城。呂娥姁和呂更始帶領部分呂氏子弟及其親屬，護送呂后靈柩，前往長陵。場面是單調的，氣氛是清冷的，沒有人悲傷，沒有人哭泣，這和當年劉邦的葬禮形成了鮮明的對照。

朝廷官員中，曹參之子御史大夫曹窋、張良之子侍中張辟強、酈商之子侍中酈寄等參加了葬禮。此外還有審食其，一個眾人所不齒的人。審食其被罷去左丞相職務，改任太傅。呂后的葬禮，他是必須參加的，因爲他還是朝廷的官員。他到長陵，放眼看去，除了呂娥姁外，盡是小字輩，高皇帝時期的元老重臣一個也沒有到場。呂氏子弟沒有人理他，劉氏子弟也沒有人理他，所有的人對他都表示出鄙視、厭惡和憎恨的神情。他感到孤單，更感到尷尬，心緒煩亂，手足無措。他明白，不管在呂氏子弟或在劉氏子弟的眼裡，自己都是個寡廉鮮恥的角色，要文沒文，要武沒武，依靠鑽呂后的褲襠而飛黃騰達，爲虎作倀，大幹壞事，到頭來又背叛主子，另覓新歡。對劉漢而言，自己是個罪人；對呂漢而言，自己是個叛徒。這樣一種人，怎能不讓人鄙視、厭惡和憎恨呢？他看到呂后靈柩被放進墓穴中，看到呂后靈柩漸漸被黃土掩埋，心裡百感交集，眼角滲出淚滴。他所熱愛過的女人和背叛過的女人，就這樣長眠地下，永遠永遠地無聲無息了。

審食其最後一個離開長陵。他掬了一捧黃土丟在呂后的陵墓上，自言自語地說：「娥姁，我的妹妹！年輕時代，你我相戀，沒有功利成分，沒有世俗偏見，純粹情使之然，那是一段多麼美好和幸福的時光！可是，你後來當了皇后，進而當了皇太后和太皇太后，你我依然相好，但這種相好已經變了味道，中間混雜著權勢的因素，一切皆身不由己。你仇恨劉氏，親近呂氏，我得遷就於你和服從於你，不管願意與否，必須和你站在一起，共同密謀，肆意殺戮。我不明白，你爲什麼一定要以呂漢天下取代劉漢天下呢？難道呂產、呂祿之流就比劉氏子弟尊崇和高貴嗎？娥姁，我的妹妹！年輕時代的你，單純，熱情，非常可愛；而中年以後的你，凶狠，暴虐，變得可怕。你想過嗎？我一生追隨於你，鞍前馬後，盡心盡力，以致進入風燭殘年，連個兒子都沒有。我決定娶妻，是希望能有個兒子以繼承審氏香火，不然，審氏就要斷後了啊！這一點，你爲何就不能理解和原諒呢？你……你……」他說到這裡，感到委屈，聲音哽咽，再也說不下去了。

審食其在呂后陵墓前徬徨很長時間，直到太陽西沉時，才孤零零地返回長安。他坐在自家的馬車裡，認眞思考一個問題：呂后暗地裡將劉漢天下變成呂漢天下，是對是錯？在這個過程中，自己千方百計地幫助呂后，是對是錯？實際上，這是一種篡權行爲啊！現在，天下歸爲呂氏了，那麼自己得到了什麼？眾多的同僚得到了什麼？廣大的百姓得到了什麼？且看呂氏子弟小人得志，炙手可熱，飛揚跋扈的樣子，難道這就是自己所希望所追求的結果嗎？

審食其似乎良心有所發現，十分後悔黨附呂氏，做了很多很多的蠢事。爲了懺悔，爲了贖罪，他決意把呂氏篡權的秘密揭露出來，說出事情眞相，或許對恢復劉氏天下能有所幫助。呂后的葬禮，陳平和周勃都沒有參加。他倆已被免去官職，沒有必要去湊那個熱鬧。還有一位閒人陸賈，因不滿呂后專權，辭官多年，樂得逍遙自在。陸賈和陳平、周勃都是高皇帝時期的老臣，彼此間心有靈犀，很有交情。

這天，陸賈出外閒遊，三拐兩拐，拐進了周勃府中。周勃朗聲大笑，說：「難得大駕光臨，歡迎歡迎！」

陸賈拱手說：「大駕不敢，閒人一個，貿然打攪，望多包涵。」

周勃禮讓陸賈進入大廳，侍女進茶。陸賈說：「今日太后葬禮，將軍爲何還在家裡窩著？」

周勃說：「陸兄明知故問，你我一樣，都是閒人，哪有資格參加什麼葬禮？」

陸賈說：「哦！對不起對不起，我把將軍免職一事給忘了。」

周勃笑著說：「得了唄！陸兄豈是忘事之人？今日前來，想必有話要說。」

陸賈大笑，說：「知我者，將軍也。是的，陸某今日前來，的確有話想說。」

周勃說：「我洗耳恭聽。」

陸賈說：「將軍可知歷史上有個將相和的故事？」

周勃說：「略知一二，只是不太確切。」

陸賈飲茶，說：「那是戰國時期，趙國弱小，屢受秦國的欺侮。趙國出了兩個能人，一叫藺相如，相當於丞相，一叫廉頗，相當於太尉。一段時間，藺、廉二人不和，大大影響了趙國的國力。後來，藺、廉二人捐棄前嫌，歸於和好，同心協力，輔佐趙王，使趙國的國力大增，雄立於當時的七國之中，誰也奈何它不得。」

周勃說：「陸兄的意思是……」

陸賈向周勃跟前靠了靠，說：「當今之計，劉漢衰微，諸呂用事，朝野惶恐。文武百官和黎民百姓寄希望於陳丞相和周將軍，視你二人爲當代的藺相如和廉頗。將相和則社稷安，將相不和則社稷危。陸某的意思是，只有你二人將相聯手，方能滅呂安劉！」

周勃臉露微笑，說：「眞人面前不說假話，周某亦早有此心。這些年來，陳丞相一直在庇護著我，若不是他，我恐怕早已落得韓信、彭越和英布一樣的下場。他和我之間，心靈是相通的，只是懾於呂氏的淫威，平時缺少溝通，互不往來。陸兄所言將相和之事，我這方面不成問題，但不知陳丞相那邊，是否……」

陸賈大笑，說：「陳丞相那邊，將軍可放一百二十個心。他是高皇帝最信用的重臣之一，焉能眼看劉漢江山落入呂氏之手？」

周勃說：「那就有勞陸兄，爲我二人疏通了。」

陸賈說：「義不容辭，義不容辭啊！」

陸賈辭別周勃，三拐兩拐，又拐進陳平府中。陸賈是陳平府中的常客，造訪無須通報，逕自走進陳平的書房。陳平倒背雙手，正在書房裡踱步，全神貫注地考慮什麼問題，對於陸賈到來全然不覺。陸賈沒有作聲，只見陳平時而點頭，時而搖頭，完全處在忘我的境界。陸賈感到好笑，敲了敲開著的房門，故意說：「有人嗎？」

陳平嚇了一跳，見是陸賈，忙說：「喔！原來是陸賈老弟，什麼時候來的？我怎麼沒有覺察？」

「先生太專注太入神啦！敢問在想什麼心事呀？」

「老弟既然看出我在想心事，那麼不妨猜猜。」

陸賈笑著說：「我猜，無非是憂慮兩口字篡權亂政之事。」

陳平先是一愣，接著大笑，因爲陸賈所說的「兩口字」正是一個「呂」字。

他說：「老弟既然猜中我的心事，那麼你說，應該怎麼辦？」

陸賈故意說：「這是國家大事，在下一個閒人，哪裡管得了那麼許多？」

陳平說：「你呀，是人閒心不閒。你若眞是一個閒人，那就不是陸賈了。」

陸賈收住笑容，正正經經地說：「陸某的一切，瞞得了別人，瞞不過先生。先生想必熟知這幾句話：『天下安，注意相；天下危，注意將。』歷朝歷代，將相和睦，百官依附；百官依附，社稷穩固。劉漢江山到了今日之地步，實非你我所願。現在，只有先生和周勃將軍將相聯手，才能力挽狂瀾，拯救劉氏。」

陳平說：「感謝老弟如此信任陳某。自從呂后專權以來，我和周勃將軍爲了自保，一直在忍辱負重，爲避嫌疑和猜忌，基本上沒有公開往來。將相聯手，我這方面不成問題，但不知周勃將軍那邊……」

陸賈哈哈大笑，說：「你們兩個，眞是……」

陳平說：「老弟爲何發笑？」

陸賈說：「你們兩個之間的隔膜，我已將它捅破啦！」他接著把拜訪周勃的情景敘述一遍，說：「他說不知你的意思，你說不知他的意思，我給你們一串連，死結不就解開了？」

陳平大喜，激動地說：「老弟眞是個有心之人。陳某和周勃將軍聯手，對付呂產、呂祿幾個跳梁小丑，易如反掌。」

經過陸賈的串連，陳平和周勃消除了隔膜，更加親近地走到了一起。先是陳平宴請周勃，接著是周勃宴請陳平，陸賈作陪，開懷暢飮，談笑風生。宴間，他們認眞分析了朝廷的形勢，商定了應對的方法和步驟，決心爲滅呂安劉大顯身手，至死不渝。

陳平考慮問題向來周密，說：「目前，我們尙無一個確切的行動方案，凡事必須機密。呂氏集團如果發現我們密謀計事，來個先發制人，那麼我們都將死無葬身之地。滅呂安劉，周勃將軍是我們的統帥，我主要負責策劃計謀事宜。爲了麻痺敵人，我決定就此裝病，杜門不出。你們不妨對外宣布，就說陳平病重，命在旦夕。呂產、呂祿之流聽了，自會得意忘形。還有，要知己知彼，要密切掌握敵人的動向。這，可以轉告曹窋、張辟強和劉章，他們有這個條件。這段時間，陸賈老弟要多辛苦些，左串右連，全靠你了。你是一個閒人，行動不會引起別人的注意。」

周勃和陸賈欽佩陳平的深思熟慮，說：「先生足智多謀，我等悉聽安排。」

其後數日，陳平病重的消息傳遍京城。呂產得知這個消息，欣喜萬分。自呂后駕崩以後，呂產天天做著皇帝的美夢。他已悄悄吩咐家人，製作皇帝的金冠和袞服，隨時準備登基。少帝劉弘，實是他的兒子呂弘。父親繼兒子之後成爲皇帝，倒是一件前所未有的盛事。他當皇帝，最擔心陳平和周勃等一幫老臣從中作梗，現在陳平病重，對他而言，眞是求之不得的大好事。他轉而一想，不對，陳平病重莫非有詐？他不大放心，特命趙王呂祿前去探視，看個究竟。陳平聽說呂祿來訪，立即交代夫人姜氏，需要如此如此。呂祿來到陳平的寢室，但見陳平半臥在墊被上，頭髮散亂，面色蠟黃，一副病入膏肓的樣子。呂祿向前，躬身說：「梁王呂產聽說陳相患病，特遣晚輩前來問疾請安。」

陳平翻了翻眼睛，不知所云，轉向姜氏，哼哼說：「唔？唔？」

姜氏對呂祿說：「他聽不清趙王的話。」接著去陳平的耳邊大聲說：「趙王說，梁王關心你的病情，他來問疾請安！」

陳平依然哼哼說：「唔？唔？」

呂祿說：「陳相怎麼病成這個樣子？」

姜氏眼含淚水說：「人老了，說不行就不行了。」

陳平猛烈地一陣咳嗽。姜氏趕忙端來半碗開水，送至陳平嘴邊。陳平哆哆嗦嗦，顫顫巍巍，張嘴喝水，水卻從嘴角流了出來，順著脖子，流濕了胸前的衣服。接著又是一陣咳嗽，氣喘吁吁，筋疲力盡。

呂祿見狀，心中暗喜，說：「陳相是大漢的功臣，務要保重才是。晚輩告辭了！」

陳平緊閉雙眼，似乎什麼也沒有聽見。

呂祿回到未央宮，把所見所聞一五一十地告訴呂產，說：「大耳朵沒有幾天活頭了！」

呂產大喜，興奮地說：「我所患者，唯大耳朵和粗脖子二人。大耳朵一死，粗脖子難成氣候，呂氏江山可就穩當啦！」

49

審食其告訴陳平一個天大的秘密：呂后早已將劉漢天下變成呂漢天下。齊王劉襄發兵討呂。灌嬰根據陳平和周勃的部署，暗中與劉襄會合，屯兵於函谷關，靜觀長安變故。

長安城裡，除了周勃和陸賈外，幾乎人人相信陳平已經患了重病，恐怕很難起死回生。人們尊敬這位高皇帝時期的重臣，紛紛前往探視。就連審食其也不例外，他要在陳平臨死之前，向陳平表達自己的愧疚和歉意。陳平依然半躺在床上，接待食其來訪。陳平看到，這時的食其面目蒼老，神情沮喪，腿卻也不怎麼靈便，和先前的食其相比，判若兩人。食其問疾請安以後，說：「我想和陳相單獨說幾句話，可以嗎？」

陳平示意夫人姜氏等退出寢室，說：「審兄有話，但說無妨。」

食其「撲通」跪在陳平床前，嗚咽著說：「陳相！食其罪孽深重，實在對不起你！」

食其的舉動讓陳平嚇了一跳，他掙扎著扶起食其，說：「審兄這是幹什麼？快起來，快起來！坐下說話。」

食其站起，坐於一張圓杌上，輕聲慢語地說：「食其原是沛縣的一個平民，一不能文，二不能武。只是因為呂后的關係，所以得以混跡於政界，封侯做官。幾十年來，我充當呂后的爪牙和幫凶，做了很多很多的壞事。可以這樣說，凡是呂后做的壞事，我都有份。呂后殺韓信，殺彭越，殺趙王，殺戚姬，殺劉氏子弟，策劃人有我，實施人也有我。呂后專權，最怕陳相和周勃將軍等人不服，所以命我登門拜訪，實施『掰桃子』計劃，離間你們二人的關係。現在想來，我真是鬼迷心竅，愧見陳相和周勃將軍。」

陳平說：「這事已經過去，不必重提。」

食其說：「陳相寬宏大度，食其更加慚愧。現在，我想告訴陳相一件天大的秘密：呂后代秉朝政和臨朝稱制期間，一直在玩偷天換日的把戲，早將劉漢天下變成呂漢天下。這，陳相是否明白？」

陳平要讓食其說出實情，假裝糊塗地說：「哦？有這種事？」

食其說：「孝惠皇帝駕崩以後，呂后先立了個少帝劉恭。劉恭在位三年，知其生母被呂后殺害，揚言長大後要為生母報仇。於是，呂后聲稱劉恭神志迷亂，將他廢掉並予以殺害，又立了少帝劉弘。陳相可知這個劉弘是什麼人？」

陳平說：「呂后不是說他是孝惠皇帝之子劉義嗎？」

食其說：「不！他是呂產的小兒子，名叫呂弘。劉義已被殺害，現在的劉弘是假的，是呂弘冒充的劉弘。也就是說，早在三年前，劉漢天下實際上就已變成呂漢天下了。」

陳平原先的猜想得到了證實，感嘆地說：「眞沒想到天下有這種事！」

食其接著說：「呂后對呂漢天下早已作了安排，現在是呂弘當皇帝，不久將由呂產當皇帝，再以後會是呂更始當皇帝。」

陳平故作驚訝地說：「哦！原來如此。對了，這樣的機密大事，審兄為何想到要告訴陳某呢？」

食其長長地嘆了口氣，說：「唉！我這心裡憋得慌，不吐不快。天下原是劉氏天下，呂產之輩不動一刀一槍，篡權竊國，天人共憤。陳相是大漢的功臣，食其是大漢的罪人，我的心裡話，不跟你說，還能跟誰說去？」

陳平不敢輕易相信食其，婉轉地說：「是啊！心裡不痛快，說出來也好。陳某病入膏肓，對於呂氏篡權竊國的行徑，也是無能爲力了。世事難料，所有的是是非非，相信總有公斷的一天。」

陳平和食其互道珍重，食其辭去。陳平躍身下床，經過一番化妝，頭戴竹笠，身穿破衣，腰間繫了一條草繩，悄悄進了周勃府中。周勃正和陸賈說話。陳平躬身施禮，說：「山野草民，拜見將軍和陸賈老弟。」

周勃說：「你是……」

陳平摘去竹笠。周勃和陸賈大驚，喊道：「陳相！」陳平笑而不答，手拉周勃和陸賈，三人一起進入密室。

陳平將審食其所言，如實告訴周勃和陸賈。周勃恨得咬牙切齒，說：「雙嘴狼眞夠狠的，原來早把劉氏天下變成了呂氏天下！」陸賈也說：「奇聞奇聞！劉弘竟是個假皇帝，眞讓人不敢相信！」

陳平說：「這不足爲怪，我和劉章對此早有懷疑，這個懷疑今日由審食其證實了。這些天，我一直在想，滅呂安劉，只憑你我的力量，遠遠不夠，還需借用外力。這個外力就是齊王劉襄。劉襄是高皇帝的長孫，劉章的哥哥。我們要聯絡劉襄，使其在臨淄起兵，西向討呂，分散呂產的注意力。然後，周將軍在長安奪取北軍，大事可成。還有，滎陽的灌嬰將軍，部下有十餘萬兵馬，周將軍亦要與之聯絡，這支兵馬不能被呂產利用。」

陸賈撫掌大笑，說：「陳相神機妙算，呂氏焉能不亡？」

周勃說：「聯絡劉襄，需要劉章和劉興居出面。他們是自家兄弟，密謀保險。灌嬰將軍和周某是至交，我去一信，他自會站在我們一邊。」

陳平說：「如此甚好。我們抓緊準備，不久必有結果。」

八月，這是一個不平靜的月份。呂產沉醉在當皇帝的美夢裡，陳平和周勃精心策劃著，要給呂產及呂氏集團以致命的一擊。劉章根據周勃和陸賈的安排，派遣弟弟劉興居，日夜兼程，到了臨淄，鼓動齊王劉襄發兵討呂，許諾事成之後即擁立劉襄爲大漢皇帝。劉襄是高皇帝的嫡長孫，早就憎恨諸呂，滿口答應。怎奈齊國的相國召平是呂氏黨人，呂后在世之日，就將他安插在劉襄身邊，掌握軍權，並負責監視劉襄的言行。劉襄悄悄和親信中尉魏勃商量對策。魏勃饒有計謀，說：「這事必須如此如此。」劉襄大喜，說：「就按將軍的計策行事！」

魏勃拜訪召平，憤然地說：「齊王未奉朝廷詔命，擅自用兵，形同叛亂。爲今之計，相國不如派兵，包圍王宮，擒住齊王，押解長安，也算爲朝廷建功。如蒙見信，末將願率兵馬，爲相國效命。」

召平見魏勃忠勇，不虞有詐，即將兵符交與魏勃，自己安居相府，靜等佳音。不想魏勃握有兵符以後，沒有發兵包圍王宮，反而驅軍圍住相府。召平發現誤信他人，連呼上當，料想難逃一死，自殺身亡。劉襄任命母舅駟鈞爲相國，魏勃爲將軍，祝午爲內史，統領二十萬兵馬，發布《討呂檄文》，殺向長安。《討呂檄文》是這樣寫的：

大漢高皇帝嫡長孫、齊王襄通告天下：祖父高皇帝提三尺劍起兵反秦，歷盡艱險，創建大漢江山。孝惠皇帝駕崩以後，呂后以一女流，臨朝稱制，竊國亂政，罪莫大焉。劉氏宗室，慘遭殺害，所存無幾；呂氏黨徒，封王封侯，權勢顯赫。尤可恨者，呂后偷天換日，兩立少帝，當今少帝劉弘實是呂產之子呂弘，呂漢天下已經取代了劉漢天下，是可忍，孰不可忍？呂產逆賊秉承呂后衣缽，專權弄勢，意欲自立為帝，改朝換代。本王遵奉高皇帝白馬誓約，上應天意，下順民心，發兵討逆，誓滅諸呂。檄文到日，各地官民應同仇敵愾，萬眾一心，擊殺呂氏奸黨，捍衛劉漢社稷。至切!

檄文傳到長安,貼滿大街小巷。一時間人心浮動,惴惴不安。呂娥姁、呂產、呂祿、呂通、呂更始等聚集於未央宮昭陽殿,密商對策。

娥姁說:「呂弘冒充劉弘,這是絕密,劉襄怎麼會知道的呢?」

呂祿說:「我擔心的是劉襄的二十萬兵馬,這支隊伍若殺到長安,可不是鬧著玩的。」

呂更始年輕氣盛,說:「兵來將擋,水來土屯。我們有南軍和北軍,以逸待勞,他劉襄殺來又能咋的?」

呂產老成持重,說:「劉襄殺不到長安來。你們忘了?姑母太后早在滎陽安頓了十萬大軍,由灌嬰統率著。我這就給灌嬰頒旨,命他阻擊劉襄。」

娥姁說:「灌嬰靠得住嗎?」

呂產說:「我們手中有皇帝有聖旨,他灌嬰敢不服從聖命?」

娥姁又說:「陳平和周勃有什麼動靜?這時候最怕裡應外合,打我們個措手不及。」

呂祿說:「皇姨放心。大耳朵氣息奄奄,光等著見閻王了。粗脖子是個光杆司令,除了種瓜務菜,不關心任何事情。」

呂產說:「皇姨的提醒是對的,我們還得多防著點。更始!你要帶領禁軍,加強巡邏,多長幾隻眼睛,以防萬一。」

呂更始說:「遵命!」

八月中旬,滎陽,灌嬰的中軍帳內,灌嬰正和諸將議事。他左手拿著劉襄的《討呂檄文》和親筆信,右手拿著呂產以少帝劉弘名義頒發的聖旨,說:「各位!我們現在面臨一個艱難的抉擇。東邊，齊王劉襄要我們合兵進攻長安，討伐呂氏集團；西邊，聖旨要我們嚴防死守，討伐劉襄叛亂。你們說，我們應該怎麼辦？」

灌嬰的部將多是高皇帝劉邦時期的人手，內心裡向著劉漢，紛紛表示，應當站在劉襄一邊，拒絕聖命。

有人說：「我們是大漢的軍隊，匡扶大漢是我們的天職。呂氏集團篡權亂政，成爲天下公敵。劉襄發兵討呂，利國利民，我們沒有理由不予回應。」

有人說：「檄文上說得清楚，少帝劉弘實是呂產之子呂弘。既然如此，少帝就是一個假皇帝，所謂的聖旨狗屁不値，我們沒有必要爲呂氏賣命。」

有人說：「這全是呂產在搞鬼，他讓我們和劉襄火拼，自己坐得漁人之利。」

灌嬰朗聲大笑，說：「好！我與各位的想法完全一致。現在，局勢還不夠明朗，但有一點是肯定的，那就是我們並不奉詔，去討伐齊王。那樣做，只會使親者痛，仇者快。」

正在這時，侍衛報告說：「朝廷派來專使，要見將軍。」

灌嬰一愣，心裡說：「剛剛頒了聖旨，接著派來專使，這是幹什麼？」他硬著頭皮來見專使，及至見面，不由大喜，驚呼說：「賢侄！怎會是你？」

原來，專使不是別人，恰是張良之子張辟強。呂產自用少帝名義給灌嬰發了聖旨以後，擔心灌嬰拒不受命，所以又派遣專使，催促灌嬰抗擊劉襄。辟強受陳平和周勃指示，自告奮勇，擔當了專使的差使，實際上另有任務。辟強給灌嬰施禮，說：「聖旨命討劉襄，灌叔是否拿定主意？」

灌嬰說：「我正和部將們商議，無一人同意接受聖命。」

辟強說：「眾人怎麼說？」

灌嬰如實敘述了部將們的意見。辟強微笑，說：「這就是人心！」

灌嬰說：「賢侄的意思是……」

辟強不慌不忙，從懷中取出一物，說：「這是陳相和周勃將軍的信，灌叔請看。」

灌嬰接信，打開細看，但見寫道：「齊王舉兵，呂黨驚恐。呂產託少帝之名，頒發僞詔，其用心不言而喻。我等乃高皇帝之重臣，滅呂安劉，義不容辭。爲了恢復大漢江山，將軍宜整肅三軍，佯裝東進討伐齊王，實則與齊王會合，然後在函谷關一帶陳兵以待，靜觀長安變故。」灌嬰異常興奮，說：「謝天謝地！有了這封信，我的心裡就踏實了。」

辟強說：「侄兒這次名爲朝廷專使，實是爲了遞送這封信函。灌叔可按陳相和周勃將軍的部署行動，但不要讓呂氏族人看出破綻。」

灌嬰說：「賢侄盡可以回報陳相和周勃將軍，灌某依計而行，靜觀長安變故就是。」

張辟強返回長安。灌嬰立即統領兵馬，佯裝東進，暗中派人去見劉襄，說明事情原委。劉襄心領神會，擺開陣勢，做出要與灌嬰決戰的樣子。灌嬰並不應戰，掉頭向西，退守函谷關。劉襄進逼，亦在函谷關外紮下大營。雙方據關對峙，揮舞旗幟，擊鼓鳴號，聲勢蠻大，卻不動一刀一槍。

呂產氣壞了，大罵灌嬰消極怯戰，違抗聖命。他召來呂祿、呂通、呂更始等呂氏子弟，說：「看來，灌嬰靠不住，我得趕快登基，否則很難鎮住局面。」

呂更始堅決地說：「對著哩！爹爹只有登基稱帝，才能名正言順，號令天下。」

呂祿見呂產、呂更始父子一唱一和，心中很是不快，猶疑地說：「目前形勢混亂，兄長登基，會不會激起更多人的反對？」

呂產說：「反正是個反對。我不登基，還是有人反對；不如登基，造成既成事實，讓反對的人反對去！我們手中有南軍和北軍，誰反對就誅殺誰。我就不信，呂氏的天下還能翻了？」

呂產當即決定，選擇黃道吉日，登基稱帝。同時命呂祿和呂更始，率領禁軍，加強巡邏，實行宵禁，禁止三人同行，違者格殺勿論。山雨欲來風滿樓。長安的形勢更加緊張了。

這一天，周勃和陸賈先後來到陳平府中。陳平不再裝病了，迎接二人進了書房，密商滅呂安劉的大計。

周勃說：「現在到了火燒眉毛的時候了，我們該怎麼辦？」

陸賈說：「是否可以通知灌嬰和劉襄，讓他們直接進兵長安？」

陳平說：「不！那樣必有一場大戰，遭殃的只能是長安百姓。我想，呂祿那裡是呂氏的軟肋，此人庸碌懦弱，沒有主見，他應是我們奪取北軍的突破口。」

陸賈說：「呂祿掌管北軍，我們連面都見不著，奪取北軍談何容易？」

陳平說：「我們可以計取嘛！請問，呂祿和誰最爲要好？」

陸賈說：「酈寄。二人好得不分你我，形影不離。」

陳平說：「酈寄又是何人？」

陸賈說：「曲周侯酈商的兒子呀！」

陳平說：「這就對了。我們可以通過酈商這條線，讓酈寄說服呂祿交出兵權。」

陸賈說：「酈商是呂后黨人，他能聽我們的嗎？」

陳平把目光轉向周勃，說：「軟的不行來硬的，我相信周勃將軍會有辦法。」

周勃哈哈大笑，說：「我明白陳相的意思了。」

周勃回到府中，高聲說：「來人！」

幾名侍衛齊刷刷地站到周勃面前。周勃說：「你們去弄幾套南軍的號衣來！」

侍衛犯難地說：「現在全城戒嚴，我們到哪裡去弄號衣呀？」

周勃一揮手說：「活人能被尿憋死？去偷，去搶，弄不來號衣，你們還是我的侍衛嗎？」

侍衛頓時會意，說：「是！」

當夜，幾名侍衛手持利刃，埋伏於街道拐角。不一時，有一隊巡邏的南軍士兵經過，好像是剛喝了酒，半醉半醒，腳步散亂。侍衛打一個呼哨，猛撲向前，虎捉山羊似的，將南軍士兵全部擒住，押到周勃府中的庭院裡。

周勃趁著火把的亮光，命令鬆綁，說：「弟兄們受驚了。」

南軍士兵中有人認識周勃，「啊」的一聲，嚇得跪地磕頭，戰戰兢兢地說：「太尉饒命！太尉饒命！」

周勃笑了笑，說：「你們別怕，我不會傷害你們，只是想借號衣一用。」南軍士兵見說，慌忙脫下衣服，乖乖地待在一邊。周勃命將他們帶去一間房裡飲酒，然挑選十餘名侍衛，威嚴地說：「你們給我聽著：立即穿上南軍的號衣，去把曲周侯酈商給請來！」

侍衛們當然知道所謂「請來」的含義，答應一聲「是」，趁著夜色，直撲酈商的府邸。途中，他們遇見巡邏的南軍士兵，南軍士兵以爲是自家人在執行公務，不僅不予盤查，反而讓開了道路。

酈商已經六十六七歲，身體不是太好，多年來養成了早睡早起的習慣。從理論上說，他是呂后黨人，當初曾接受呂后的指令，竭力主張誅殺英布。高皇帝劉邦死後，呂后專權，所作所爲，使他大爲寒心。他看到劉氏子弟一個個地慘遭殺害，呂氏子弟一個個地飛黃騰達，劉漢天下有其名而無其實，內心深感歉疚。他憑經驗料定劉呂兩家爲了爭奪皇權，必將有一番惡鬥，誰勝誰負，很難預測。因此，他決心退出政壇，遠離是非，藉口有病，不再參加朝會，也斷絕了與外人的交往，自保求安，頤養天年。

這天，酈商早早地上床了，忽然聽到人聲喧嘩，正欲詢問原因，卻見十餘名南軍士兵雄赳赳氣昂昂地站在床前。他本能地打了個哆嗦，說：「你們是誰？要幹什麼？」

南軍士兵說：「我們是誰並不重要，只請大人跟我們走一趟。」

「去哪裡？」

「不用問，到那裡就知道了。」

酈商剛想喊叫和掙扎。南軍士兵不由分說，七手八腳，把他捆綁起來，還在他嘴裡塞了一塊破布，左右架著，飛也似地帶到了周勃府中。

周勃出迎，笑呵呵地說：「曲周侯一向可好？」轉而訓斥侍衛說：「我讓你們去請曲周侯，怎能這樣無禮？」他親自給酈商解去繩索，說：「多有得罪，還請原諒。」

酈商取出嘴裡的破布，指著周勃，說：「你……你……」因爲氣憤過度，竟不知說什麼才好。

周勃說：「曲周侯且別發火，請到大廳用茶。」

酈商緩過勁來，憤憤地說：「半夜三更的，你把我劫持來，就是爲了陪你喝茶？」

周勃依然笑著說：「深夜品茶，也是人生一樂嘛！請！」

酈商料難走脫，索性進了大廳，落座。這時，陳平和陸賈一前一後地也進了大廳，抱拳說：「曲周侯別來無恙？」

酈商面對三人，茫然恍惚，不知道他們葫蘆裡賣的什麼藥……

50

文武一心，滅呂安劉。酈商之子酈寄說服呂祿交出北軍軍權。周勃統兵包圍長樂宮和未央宮，呂氏集團徹底覆滅。漢文帝劉恆即位，大漢歷史揭開新的一頁。

夜深人靜，燭光搖曳。陳平、周勃、陸賈、酈商四人圍桌而坐，一時無話。還是酈商忍耐不住，氣乎乎地說：「你們深夜綁架一個高皇帝時期的功臣，到底要幹什麼？」

「怎麼？你還知道你是高皇帝時期的功臣？」陳平和顏悅色地說。

「是啊！高皇帝時期的功臣，只顧自保求安，不管江山社稷，自在得很哪！」

陸賈旁敲側擊地說。

「你倆……」酈商指著陳平和陸賈，意欲反駁，卻沒有反駁的言辭。

周勃哈哈大笑，說：「現在不是鬥嘴的時候，凡事都好商量。我們在座的四位，要說，都是高皇帝時期的功臣，只是這些年來，由於呂氏篡權竊國，使我們彼此疏遠和隔膜了。」

酈商插話說：「你等等，你說呂氏篡權竊國是什麼意思？」

周勃說：「你是圈在小家裡，哪知天下事啊！你可知道，如今的江山早就不姓劉啦！」

酈商根本不信，說：「當今皇上不是高皇帝的孫子劉弘嗎？怎能說江山不姓劉呢？」

陳平說：「你是只知其一，不知其二。當今皇上劉弘實是呂產的兒子呂弘！」

酈商驚異，說：「哪會有這種事？」

陸賈說：「這都是你所依仗的那個呂后安排的，她偷天換日，不動刀兵，就改朝換代啦！」

陳、周、陸三人異口同聲，酈商不能不信了，喃喃地說：「駭人聽聞！駭人聽聞！」

周勃說：「還有更駭人聽聞的。呂后已經安排了三代皇帝：呂弘、呂產、呂更始。近日，呂產正忙於登基稱帝呢！」

酈商瞠目結舌，啞口無言。周勃接著說：「陳相、陸老弟和我，牢記高皇帝的白馬誓約，決心消滅呂氏集團，恢復劉漢江山。齊王劉襄發兵討呂，灌嬰和劉襄會合，實是我們部署的。今日請你曲周侯來，就是爲了共商滅呂安劉之大計。你若還承認是高皇帝時期的功臣，看在高皇帝在天之靈的份上，可助我等一臂之力。對了，我還想請你看一件東西。」周勃去內室取了一方白帛，展放在桌上，說：「請看！」

酈商仔細看那白帛，上面寫著八個蒼勁大字：「文武同心，滅呂安劉」。酈商凝神看了許久，失聲叫道：「這是留侯張良的手跡！」

周勃說：「沒錯，確是留侯張良的手跡。留侯生前預見到今天這個局面，所以臨終時寫此遺囑，贈予陳相和周某，要我等同心協力，滅呂安劉。爲了完成留侯遺志，你曲周侯能夠置身事外，只顧自保求安嗎？」

酈商是非常敬重張良的，睹物思人，百感交集，不由得流下了滾滾熱淚，說：「你們吩咐吧，要我做什麼？」

陳平、周勃、陸賈會心地一笑，說：「曲周侯畢竟是曲周侯，還是高皇帝時期的功臣。」於是，周勃把奪取北軍的計劃和盤托出，說：「有勞曲周侯寫個便條，請貴公子酈寄來此一敘，我們要託他充當說客。」

酈商照辦。當夜，酈寄便急匆匆地到了周勃府中。陳平和周勃當面交代，要酈寄如此如此，曉之以理，動之以情，設法說服呂祿交出北軍軍權。酈商叮囑說：「寄兒！這事你必須辦好，不然，你爹死後，沒有臉面去見高皇帝。」

次日，酈寄來到呂祿的軍帳，但見呂祿緊鎖眉頭，悶悶不樂。酈寄說：「呂兄何事發愁？」

呂祿說：「唉！一言難盡。」

酈寄說：「有心事別埋在肚裡，那樣會傷身體，說出來，兄弟幫你排解排解。」

呂祿見左右無人，悄聲說：「你我是至交，說也無妨。梁王呂產正在選擇吉日，準備登基稱帝，到時候必有一場大亂，我這項上人頭還不知保得住保不住呢！」

酈寄並不吃驚，想了想，說：「我有句話，不知當不當講？」

「你我相好，勝過自家兄弟，有什麼當講不當講的？講！」

「我說，呂兄應當和梁王保持距離。」

「爲什麼？」

「呂兄和梁王同祖不同父，屬於叔伯兄弟。在我看來，太皇太后健在的時候，就厚彼薄此了。你伯父呂澤門下，先後有呂台、梁王、呂嘉、呂通四人封王，而你父親呂釋之門下，只有你一人封王。四比一，這沒有道理。而且聽說，當今皇上是梁王的兒子呂弘，呂弘之後將由梁王和呂更始當皇帝。好事都讓他們一家人占了，怎麼就沒想到你呢？你看梁王那種獨斷專行、盛氣凌人的架勢，何曾把你放在眼裡？他若登基稱帝，說不準會怎樣對付你呢！」

呂祿滿臉愁苦，說：「那我該怎麼辦？」

酈寄說：「權勢的盡頭是覆滅。我勸呂兄趁早離開是非之地。」

「怎麼講？」

「呂兄爵封趙王，不去封國，卻以大將軍名義統領北軍，留守京城，這會讓人怎樣想？人們肯定會說，你是欺皇上年幼，別有所圖。梁王不去封國，圖的是皇位。那麼，你留在這裡，圖的是什麼呢？你看，齊王劉襄和將軍灌嬰屯兵函谷關，朝中一些大臣躍躍欲試，梁王妄想當皇帝，他當得了嗎？」

呂祿被酈寄的話打動了，說：「那麼，兄弟有何高見？」

酈寄說：「依我看，呂兄最好交出大將軍印信，還軍權於太尉，速去趙國，好好當王爺，高枕無憂，想怎麼快活就怎麼快活。」

呂祿默想半晌，遲疑地說：「我聽兄弟的。不過，我總得給梁王打個招呼呀！這麼著，我這就去見梁王，下午給你個准信。」

酈寄不便催逼太緊，說：「行！我們下午再見。」

酈寄回到周勃府中，彙報了游說的情況。周勃皺起眉頭，說：「情況有點不妙。」

陸賈沉思著說：「呂產豈能同意呂祿交出軍權？看來，得有皇帝的一道聖旨才行。」

「聖旨來了！」陸賈的話音剛落，御史大夫曹窋笑瞇瞇地進了大廳，他的身後跟著襄平侯紀通。紀通官符璽御史，掌管皇帝的各種印信。

周勃和陸賈驚詫萬分，說：「你們怎會……」

曹窋和紀通看著陳平，笑而不答。陳平說：「我已考慮到呂祿不會輕易交出兵權，所以通過曹窋請來紀御史，一起滅呂安劉。」

紀通說：「皇帝的所有印信，包括傳國璽在內，我都帶來了，想怎麼用就怎麼用。」

眾人發出歡呼，說：「大事成矣！」

下午，酈寄再去呂祿軍帳。呂祿愁眉苦臉，無奈地說：「唉！難哪！我去跟梁王說了，表示要交出軍權，誰知他把我罵了個狗血噴頭，罵我沒有骨氣，罵我臨陣脫逃，罵我背叛祖宗。」

酈寄說：「那你怎麼辦？」

呂祿完全亂了方寸，說：「我也不知道怎麼辦。梁王還說，我這個大將軍頭銜是皇上任命的，沒有免職之前，不幹也得幹。」

就在這時，曹窋和紀通走進軍帳，高聲說：「聖旨下，趙王呂祿接旨！」

呂祿跪地。紀通抖開聖旨，宣讀道：「著趙王呂祿交出大將軍印信，北軍歸於原太尉周勃統領。趙王宜體念國難，速回封國，以免戰亂。欽此。」

呂祿磕頭，說：「臣遵旨！」

前來宣旨的一是御史大夫，一是符璽御史。呂祿想也沒想，隨手取了大將軍印信，遞給曹窋和紀通，說：「煩請二位交於周勃太尉。」

曹窋和紀通離去。酈寄向前拍拍呂祿的肩膀，說：「這下子該輕鬆了。」

呂祿說：「謝天謝地，大有一種如釋重負的感覺。輕鬆了，我們明天到郊外釣魚去！」

曹窋和紀通回見周勃，呈上大將軍印信。周勃大喜，說：「二位辛苦了！」

他步入大廳，興奮地和陳平等人商量一下行動方案，然後戴上兜鍪，穿上鎧甲，腰懸佩劍，來到庭院，大喝一聲：「來人！」

十餘名侍衛全副披掛，昂首挺胸，巍然肅立。周勃目光炯炯，注視每一個侍衛，說：「我們又有用武之地了。走！接管北軍去！」侍衛牽過那匹栗紅色駿馬。周勃躍身上馬，朝陳平等人一拱手，帶領侍衛出了府門。

陸賈讚嘆說：「周太尉威風不減當年！」

陳平說：「他是老當益壯！」

「哈哈！」所有人都大笑起來。周勃一行順利抵達北軍，出示大將軍印信。當值軍吏慌忙跪地，說：「我等恭迎大將軍！」

周勃命令說：「全軍集合！」

「是！」當值軍吏命人擊鼓鳴號。不一時，北軍士兵整齊地聚集於校場，約莫四五千人，鴉雀無聲。周勃由侍衛護衛，大步走上將台，掃視全場，高聲說：「弟兄們！朝廷任命周某為大將軍，統領北軍，現在是你們建功立業的時候了！」

士兵中略有騷動。很多人認識周勃，說：「呀！這不是原來的太尉周勃老將軍嗎？」

周勃示意肅靜，接著說：「這些年來，呂氏篡權竊國，罪惡滔天，劉漢天下已經變成呂漢天下。本將軍奉旨討逆，消滅呂氏集團，匡扶劉漢江山。你們當中，願意繼續為呂氏效力的可袒露右臂，願意跟隨本將軍為劉氏效力的可袒露左臂，自己決定，不必猶豫！」

士兵們還是心向劉漢的，紛紛袒露左臂，說：「願為劉氏效力！願為劉氏效力！」

周勃說：「好！高皇帝在天之靈會感謝你們的。聽著！從現在起，你們各就各位，養精蓄銳，明日便可一試身手，大顯神威！」

「是！」這聲音猶如霹靂，驚天動地。

周勃順順當當地接管了北軍，回至軍帳。劉章、劉興居前來報到，說：「大將軍滅呂安劉，末將願為前驅！」

周勃高興地說：「太好啦！我正愁缺少幫手哩！」周勃當即和劉章、劉興居以及北軍的軍吏圍坐在一起，商談進一步的行動。

再一天是八月庚申日。風輕雲淡，秋高氣爽。呂祿約了酈寄，去郊外釣魚，途經舞陽侯樊伉府前。呂祿說：「我們約樊伉也釣魚去。」二人踱進樊府，迎面撞見臨光侯呂娥姁。呂祿親熱地叫了一聲：「姑母！」娥姁大為詫異，說：「你怎麼有空到這裡來？」

呂祿說：「我約樊伉釣魚去。」

娥姸說：「現在是什麼時候，你還有興致釣魚？莫忘了，你是北軍的統帥，捍衛呂氏，任重道遠！」

呂祿吞吞吐吐地說：「侄兒……侄兒已將大將軍印信交出去了。」

「什麼？」娥姸驚訝萬分，說：「什麼時候？交給誰啦？」

「昨日傍晚，交給周勃了。」

娥姸立刻覺得天旋地轉，手指呂祿，說：「你……你……」接著一跺腳，說：「嗨！呂氏子弟儘是些草包飯桶窩囊廢！你身爲大將軍，竟莫名其妙地交出軍權，呂氏族人死無葬身之地了。可惜呀！我姐姐費盡心機，爲呂氏掙得榮華富貴，到頭來卻敗在你們這些不爭氣的東西手裡。報應啊報應！」她嘶啞著嗓子，發瘋似地喊道：「來人哪！把金銀珍寶、綾羅綢緞、家具器皿全給我搬出來，扔到大街上，任人取拾，反正是守不住了！」

呂祿沒想到事情會這樣嚴重，發傻發愣，尷尬茫然。酈寄拉了拉他的衣角，二人悄悄離開樊府。呂祿再沒有心思釣魚了，怏怏地回歸府邸。這時，呂產正在南軍軍帳。他爵封梁王，官任相國，況且不日就要登基稱帝。他得意地想像著登基稱帝的細節，盤算著重要朝臣的人選，心裡美滋滋的。忽然，一名侍衛進帳，說：「報！趙王呂祿已將大將軍印信交於周勃，周勃完全控制了北軍！」

這猶如晴天一聲霹靂，震得呂產目瞪口呆。他慌亂地說：「怎……怎麼可能？我……我不讓他交出印信呀！再說，沒……沒有皇上旨意，他……」

侍衛說：「聽說皇上頒了聖旨。」

呂產更加糊塗了，皇上是自己的兒子，沒有自己的許可，聖旨怎會頒出呢？他感到事情不妙，立即統領千名南軍士兵，直奔未央宮北闕。他要首先把呂弘搶在自己手裡，因爲呂弘不僅是兒子，更是皇帝，挾持了皇帝，對於不明眞相的人就有號召和影響作用。未央宮四面宮門都關閉了。那是御史大夫曹窋根據周勃指示發出的命令，目的就在於阻止呂產進宮，挾持少帝。呂產氣得大喊大叫，命令士兵抬來圓木，撞擊北闕大門。隨著「轟隆」一聲巨響，門被撞開，呂產帶領士兵蜂擁入內，搜尋皇帝。少帝早被藏匿了，任憑搜尋，不見蹤影。呂產氣急敗壞，回到北闕內側的廣場，徘徊往來，不知該怎麼辦。約莫未時，劉章奉周勃的命令，率領二千名北軍士兵包圍了未央宮。北闕內外，兩軍對陣，展開廝殺。士兵們的叫喊聲，各種兵器的撞擊聲，響成一片，天昏地暗。有人死掉了，有人受傷了，地上倒滿死者和傷者，血污狼藉。南軍漸漸不支。呂產向著長樂宮方向喊道：「更始我兒，快來救援你爹呀！」

呂產喊也是白喊。就在劉章率領士兵包圍未央宮的同時，周勃還命劉興居率領千餘名北軍士兵包圍了長樂宮。呂更始全然不知外面的變故，帶領禁軍出宮，倉促應戰。劉興居和呂更始以刀對刀，正面交鋒。一來一去三個回合，劉興居擊倒呂更始，復進前一刀，砍了呂更始的腦袋。呂更始的部下大亂，無心戀戰，丟了器械，逃命的逃命，投降的投降。

劉興居提了呂更始的腦袋，快馬趕到未央宮北闕，聽到呂產呼喊兒子救援，遂使勁將呂更始的腦袋扔向呂產，說：「讓你的兒子救援你吧！」

呂產見兒子的腦袋在地上滾動，嚇得十魂丟掉九魂，撒腿向西逃跑，尋找藏身之地。周勃騎馬進了北闕，高聲說：「南軍兄弟們！南軍北軍都是大漢的軍隊，所有士兵都是大漢的臣民。呂產篡權竊國，罪不容赦。你們是上當受騙者，趕快放下武器，既往不咎。假若負隅頑抗，必是死路一條！」

南軍士兵眼看大勢已去，誰也不想送死，一一放下武器，跪地投降。劉章雙眼一直盯著呂產。他看到呂產逃跑，提劍尾隨追了過去。前面是郎中令署，呂產不問三七二一，逃進署裡。劉章接踵趕到，緊追不捨。呂產猶如喪家之犬，直奔後院，藏進茅廁。劉章追至，猛刺一劍。呂產慘叫撲地。劉章一轉劍柄，拔出劍來，再一劍，呂產身首分離。劉章哈哈大笑，飛起一腳，將呂產的頭顱踢進茅廁的糞坑裡，說：「死，也要讓你當個骯髒鬼！」

前後也就是兩個時辰，整個戰事結束了。周勃命劉興居率兵清宮，命劉章率兵剿殺呂氏族人。次日，劉章、劉興居報告：少帝呂弘，臨光侯呂娥妍及其子舞陽侯樊伉，趙王呂祿，呂王呂通，沛侯呂種，扶柳侯呂平，呂城侯呂忿，魯王張偃，呂氏女子呂蘊、呂梅、呂菊、呂蘭、呂竹、呂萍、呂芹、呂花，以及他們的嫡系親屬，共五百餘人，全被誅殺，無一漏網。孝惠皇帝之子劉強、劉朝、劉武等，因身世不明，亦被誅殺。長樂宮和未央宮之戰，南軍和北軍死亡二百餘人，受傷五百餘人。周勃問劉章說：「呂花是你的妻子，也殺了？」

劉章回答說：「殺了，除惡務盡！」

呂氏之禍由此平定，呂氏集團徹底覆滅。陳平、周勃、陸賈、酈商召回灌嬰，五人和劉氏皇室、文武大臣集議會商，決定迎立代王劉恆爲皇帝。劉恆是高皇帝劉邦和薄姬之子，仁慈忠厚，廣有人緣。九月，劉恆回到長安登基即位，是爲漢文帝。大漢江山經過一段風雨曲折，復歸劉氏，歷史揭開新的一頁。

文帝感謝文武一心、滅呂安劉的功臣，任命周勃爲右丞相，陳平爲左丞相，灌嬰爲太尉，曹窋爲御史大夫。陸賈不願爲官，酈商請求辭官。齊王劉襄沒能當上皇帝，罷兵回歸臨淄。劉章、劉興居各增封邑二千戶，賜黃金千斤。有人懷恨呂后，主張毀陵鞭屍。文帝說：「不！不能那麼做。對於朕的這位庶母，應當具體情況具體分析。她作爲一個女人，性格剛毅，佐高皇帝而定天下，很屬不易。繼而代秉朝政，臨朝稱制，不出房闥，而天下晏然，亦爲創舉。當然，她是陰狠和凶殘的，誅殺劉氏子弟，培植呂氏集團，不得人心。但從實而論，歷史上的帝王爲了鞏固權力，誰不如此呢？過去的都過去了，不必折騰，就讓她在九泉之下安息和反省吧！」

朝臣們體諒文帝的寬宏，齊聲說：「皇上聖明！」

一段千迴百折、驚心動魄的歷史結束了。

呂后的一生，既飽受了苦澀和冷落，又享盡了榮華和富貴，既創造了史無前例的奇蹟，又鑄就了世人唾罵的罪惡。她是一個鐵腕女人，追求權力和玩弄權力，力圖以呂氏天下取代劉氏天下，結果卻是霧消雲散，灰飛煙滅。她的情夫審食其三年後被淮南王劉長椎殺，親人中只有外孫女張嫣活在世上。這個張嫣是劉媛和張敖的女兒，十四歲時被呂后強行立爲孝惠皇帝的皇后。她和孝惠皇帝只做了一夜夫妻，其後便成了寡婦成了太后。她是呂后政治權術的犧牲品，十餘年後抑鬱而死。

巍巍秦嶺，山色青蔥。滔滔渭河，波浪洶湧。長安附近的渭北高原上，矗立著漢高帝劉邦和呂后的陵墓，日出日落，花開花謝，功過是非，任人評說。

國家圖書館出版品預行編目資料

漢宮梟后呂娥姁／ 張雲風 著；
-- 第一版. -- 臺北市：大地，
2003〔民92〕
面； 公分-- （歷史小說；14）

ISBN 957-8290-84-5（平裝）

857.7 92008540

歷史小說 14

漢宮梟后呂娥姁

作　　者：張雲風
創 辦 人：姚宜瑛
發 行 人：吳錫清
主　　編：陳玟玟
美術編輯：黃雲華
出 版 者：大地出版社
社　　址：台北市內湖區內湖路2段103巷104號1樓
劃撥帳號：0019252－9（戶名：大地出版社）
電　　話：(02)2627－7749
傳　　真：(02)2627－0895
E-mail：vastplai@ms45.hinet.net
印 刷 者：久裕印刷股份有限公司
一版一刷：2003年6月
特　　價：249元

Printed in Taiwan

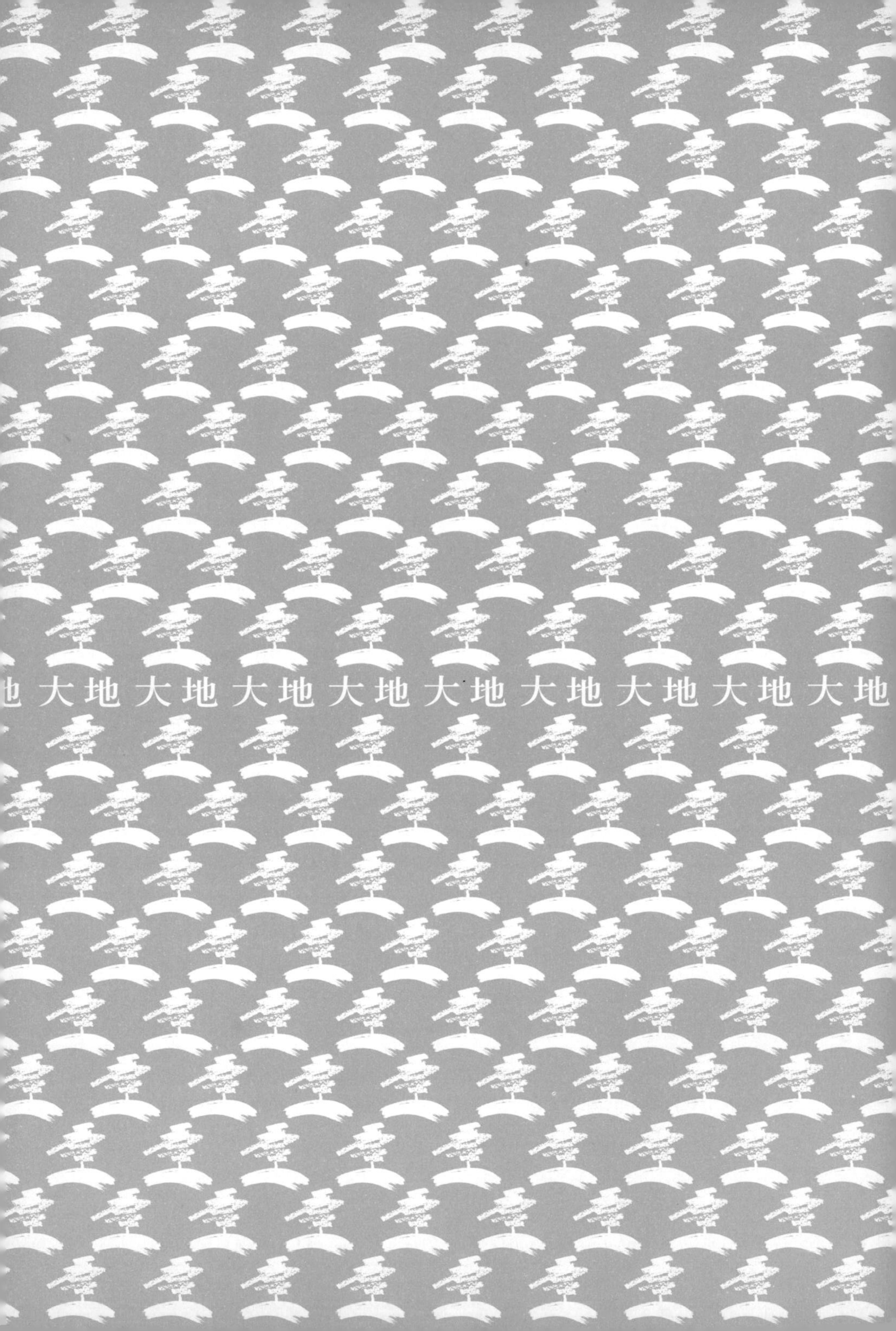
大地 大地 大地 大地 大地 大地 大地 大地 大地

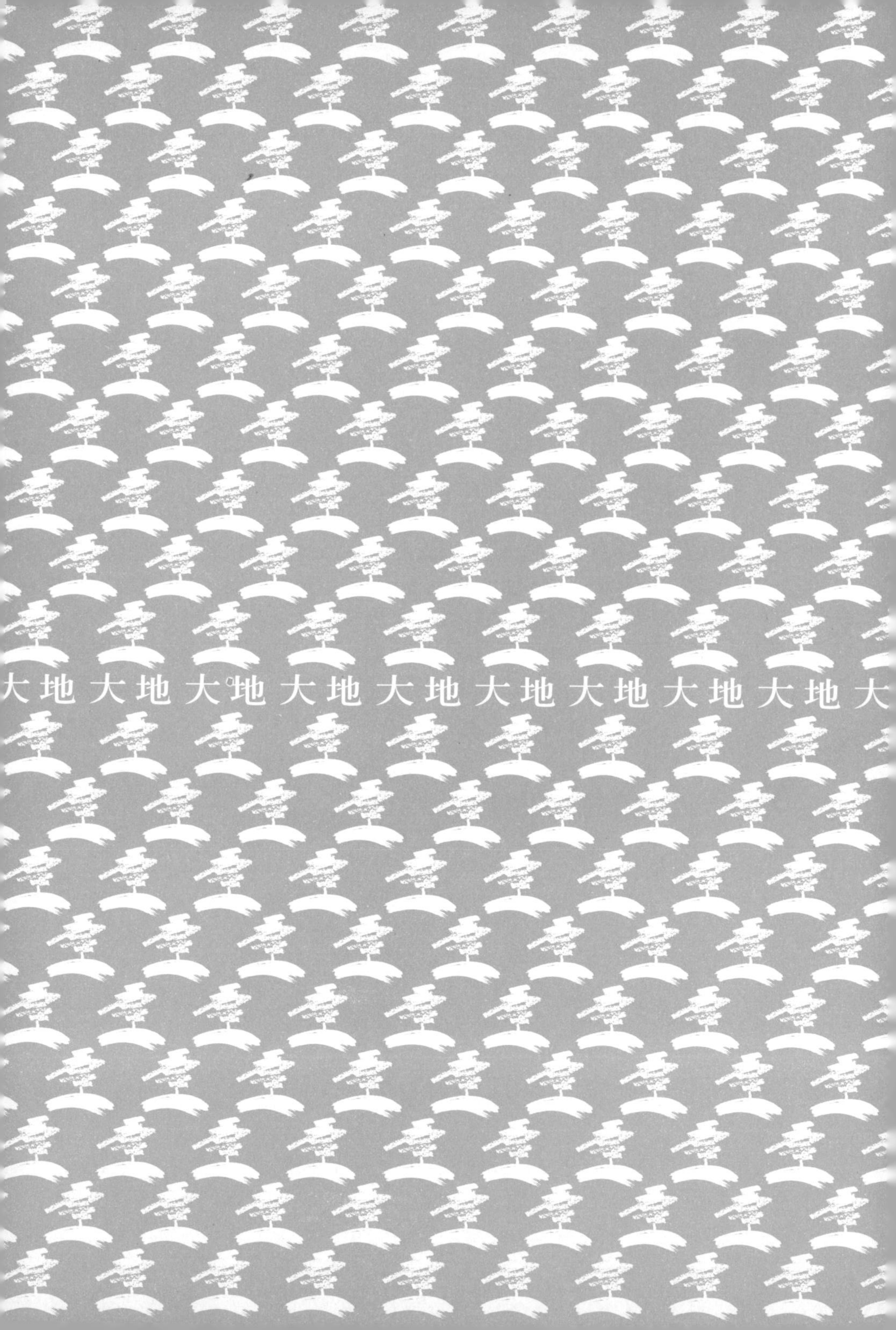
大 地 大 地 大 地 大 地 大 地 大 地 大 地 大 地 大 地 大